Trumpf im Ärmel

Ein Amber Farrell Roman
Band 2 der Bite Back Reihe

von
Mark Henwick

Herausgegeben von *Marque*

Terminkalender der Reihe,
Rezensionen & News auf
www.athanate.com

und für deutschsprachige Leser
Bite Back Buchreihe auf Facebook

https://www.facebook.com/groups/2322354514740983/

https://www.amazon.de/Mark-Henwick/e/B008SBO5YK/

Bite Back 1: Trumpf im Ärmel
ISBN: 978-1-912499-21-2

Herausgegeben 2014 von Marque
© Mark Henwick

Es handelt sich um eine erfundene Geschichte. Die Namen, Charaktere und Geschehnisse, die darin beschrieben werden, sind das Resultat der Fantasie des Autors oder werden als Fiktion genutzt. Jede Ähnlichkeit mit tatsächlichen Personen, lebend oder tot, juristischen Personen, Vorfällen oder Örtlichkeiten ist rein zufällig. Es mag sein, dass die Gesetze der Physik, Chemie, Biologie und Psychologie nicht wie beschrieben funktionieren.

Notizen des Autors:

Asiatische Namen:
In dieser Reihe benutze ich die im Westen gebräuchliche Abfolge (Vorname, Mittelname, Nachname) bei der Namensgebung, damit sie mit der Mehrheit der Charaktere in diesem Buch übereinstimmt. Die meisten asiatischen Gesellschaften würden den Nachnamen nach vorne stellen.

Kapitel 1

MONTAG

Noch vor Ablauf dieser Woche würde man mich hintergehen.

Das dämmerte mir, als ich vom Nexus Gebäude am südlichen Stadtrand von Denver wegfuhr. SWAT Teams schwärmten durch das Gebäude, verhafteten die überlebenden Mitglieder der ZK Gang und verpackten diejenigen in Leichensäcke, die ich erschossen hatte. Da die ZK ihren Polizei Captain, José Morales, entführt und verwundet hatte, waren die Sturmtruppen nicht in guter Stimmung.

Aber ich flüchtete nicht vor ihnen. Ich verschwand, um dem FBI aus dem Weg zu gehen, das sich zu fragen begann, wieso die unwichtige Privatdetektivin Amber Farrell plötzlich in so viele Fälle des organisierten Verbrechens verwickelt war. Und wieso ich unverletzt aus Situationen entkam, die einen normalen Menschen getötet hätten. Ich konnte mir nicht leisten, diese Fragen zu beantworten.

Die heutigen Vorgänge hatten alles noch schlimmer gemacht. Es hatte als Routinefall im Auftrag der Geschäftsführerin Jennifer Kingslund begonnen - die Suche nach demjenigen, der ihr Unternehmen sabotieren wollte. Wie sich herausstellte, waren das ihr Geschäftskonkurrent Jack Tucker - ein scheinbar ehrlicher Geschäftsmann - und sein unehelicher Sohn Frank Hoben, der die ZK Gang anführte. Und es war zu versuchtem Mord, Geiselnahme, Sturmgewehren, explodierenden Granaten und einer Befreiungsaktion aus dem Nexus Gebäude mit einem Hubschrauber eskaliert.

Manche Tage sind so.

Ich hatte meine Ziele erreicht. Geiseln gerettet. Die ZK zerstört. Tucker war tot - obwohl ich das nicht beabsichtigt hatte. Er hatte sich selbst erschossen, als sich die SWAT Teams näherten.

Natürlich hatte ich das nicht alles allein gemacht. Ich hatte Hilfe - aber nicht die Art Hilfe, die ich beim FBI offenbaren konnte. Keine Verbrecher, aber Leute, deren Überleben davon abhing, unter dem Radar zu bleiben. Und deren Interessen sich nicht notwendigerweise mit denen des FBI deckten. Oder mit denen gewöhnlicher Menschen.

Daher sank der Adrenalinstoß nach dem Volltreffer gegen die ZK am Nexus schnell wieder. Es war großartig, Verbündete zu haben, aber sie hatten gegensätzliche Absichten und ihre ganz eigenen Pläne mit mir. Ich war ein Schwachpunkt, auf den sie notfalls verzichten konnten. Und ich war mir nicht mal sicher, ob ich mir selber mehr vertrauen konnte, als ich ihnen vertraute.

Mein Blick fiel in den Rückspiegel und verharrte dort.

Mist.

Der Adrenalinspiegel schoss wieder hoch.

Ich hatte einen Verfolger.

Dieser schwarze Cadillac SUV mit getönten Scheiben war seit dem Nexus Gebäude hinter mir. Schwarze Caddies waren nichts Ungewöhnliches, aber alle anderen Gaffer interessierten sich eher für den Höhepunkt der SWAT Team Operation, mit Einsatzfahrzeugen, Krankenwagen, Blaulicht und Sirenen, die einen wahren Zirkus veranstalteten. Das Fernsehen war wahrscheinlich da. Wer würde es da interessanter finden, mir zu folgen?

Ich folgte meinem Bauchgefühl und fuhr von der Meridian südlich auf die Interstate 25. Der Caddy war noch da, zwei Wagen hinter mir. Als sie mir die Abfahrt Castle Pines hinunter folgten, wusste ich, dass mein Instinkt mich nicht getrogen hatte.

Wie ich reagieren sollte, hing davon ab, wer sie waren.

Es sagt wohl einiges über mich aus, dass es so viele Möglichkeiten gab und nicht alle waren ausgemachte Feinde. Es könnte zum Beispiel das FBI sein oder Obs, die medizinische Abteilung der Armee, die mich untersuchen wollte. Oder sogar meine paranormalen Verbündeten.

Aber mein Bauchgefühl sagte, dass es die Gang von Hoben war. Und das bedeutete Ärger. Hoben hatte keine zivilisierte Fassade wie Jack Tucker - er war ein rachsüchtiger Hurensohn mit einer Vorliebe für Vergewaltigung und Folter. Wut brannte in meinem Bauch.

Ich lehnte mich hinüber und holte meine Heckler & Koch Mark 23 aus dem Handschuhfach. Es war ein Monstrum von Pistole, aber ich war aus meiner Zeit bei Ops 4-10, dem geheimsten Spezialkräfte Bataillon der Armee, an sie gewöhnt und sie hat echte Mannstoppwirkung. Ich hatte Hoben einmal entkommen lassen, als er Jen und mich zum ersten Mal angegriffen hatte. Diesen Fehler würde ich kein zweites Mal begehen.

Als die Straßen ruhiger und die Abzweigungen seltener wurden, fiel der SUV weit zurück. Das verriet mir, dass sie mich entweder verfolgten, um mein Ziel herauszubekommen oder sie telefonierten bereits mit ihren Komplizen, um mir weiter vorn den Weg auf den unbelebten Straßen abzusperren. Wahrscheinlich Letzteres und das war nicht gut. Ich wollte nicht zwischen ihre zwei Fronten geraten. Es wurde Zeit mit dem Spiel zu beginnen. Schade, dass ich die Kevlarweste am Nexus Gebäude zurückgelassen hatte.

Ich fuhr durch eine Kurve und war vorübergehend außer Sicht des Caddies. Die Straße vor mir war frei, soweit ich sehen konnte. Es war ein langer Tag gewesen - zum Teufel, zwei lange Wochen - und der Hauptgrund dafür war genau hinter mir. Hoben war mir auf den Fersen, blieb außer Sicht und bedrohte Jen und mich aus dem Dunklen. Ich hatte genug davon.

Ich zog die Handbremse, schleuderte den Wagen um hundertachtzig Grad und stellte ihn so ab, dass er die Straße blockierte. Ich sprang raus, rannte zur Seite und glitt in einen Graben.

Während ich mich vorbereitete, hatte ich eine Minute, um meine eigene Idiotie zu verfluchen. Wie viele Typen passen in einen SUV? Fünf? Ich hatte kaum eine Chance gegen fünf bewaffnete Männer. Das war verrückt - ich war hinsichtlich der Risiken einer Mission unvorsichtig geworden. Ich hatte bei Ops 4-10 Leute trainiert, genau diese Art Fehler zu vermeiden.

Aber es gab keine Zeit noch etwas zu ändern; ich konnte sie kommen hören.

Als sie ankamen, sah ich aus wie ein Stück staubiger Müll am Straßenrand, halb versteckt im Sand und mit Gestrüpp bedeckt. Ihrer Aufmerksamkeit nicht wert, die auf den leeren Wagen vor ihnen gerichtet war.

Sie hielten an und stiegen vorsichtig aus.

Nun ja, Mist. Nicht Hoben und auch nicht die ZK. Wer dann?

Ich hatte ein bisschen Glück - es waren nur zwei. Aber der mir nähere Mann, von der Beifahrerseite, hatte eine kurze Schrotflinte. Damit gab es zwei Probleme. Ein Mann mit einer Schrotflinte glaubt, dass er unverwundbar ist und jeder Amateur kann sie abfeuern. Man sagt, dicht dran ist nur bei Handgranaten schlimm, aber das gilt auch für Schrotgewehre.

Sie krochen aus der Deckung des SUV und sie würden bald erkennen, dass sich niemand in meinem Wagen versteckte. Mein momentanes Versteck würde nicht lange eines bleiben, wenn sie zu suchen begannen und die Chancen wurden nicht besser. Meine

Anspannung ließ nach, meine Muskeln lockerten sich; bereit. Es war so weit.

Ich kam in Kampfposition hoch, mit beiden Händen an der HK. Sandkaskaden regneten von mir herab, als wäre ich ein Statist aus dem Film ‚Der Wüstenplanet'.

„Waffen fallen lassen, sofort", schrie ich. Ich war zwanzig Meter entfernt. Jeder mit etwas Vernunft hätte Folge geleistet. Jemand mit entsprechendem Training könnte versuchen aus dem Visier wegzurollen, wenn er verzweifelt genug war.

Herr Schrotflinte drehte sich einfach um und hob selbige an.

Aus zwanzig Metern schieße ich nicht daneben.

Der Fahrer war langsamer als sein Begleiter, aber viel schlauer. Er legte seine Pistole auf den Boden, sein Gesicht schlaff vor Schreck.

„Zurück", befahl ich ihm und er trat schnell zurück.

Ich überprüfte Herrn Schrotflinte. Seine Marke, ein Geruch nach Messing, sagte mir, dass er Athanate war.

Kein Vampir, das sind Hollywoodprodukte und Mythen. *Athanate*. Das Wort bedeutet unsterblich, aber es heißt nicht, dass sie - *wir* - nicht getötet werden können.

Alle Athanate haben einen schwachen Duft und eine unterschwellige Ausstrahlung, die andere Athanate wahrnehmen können und die zusammen ihre Marke bilden. Jedes Athanate Haus hat seine eigene Marke. Die Marke dieses Mannes verriet mir, dass er zu Haus Matlal gehörte.

Mist, jetzt war auch Matlal hinter mir her. Ich war auf seine Negativliste gelangt, als ich den ZK Drogenschmuggel, die Verteiler Pipeline von seiner Basis in Mexiko, hatte auffliegen lassen.

Der Puls von Herrn Schrotflinte sagte mir, dass er noch am Leben war. Wenn er ein Mensch gewesen wäre, hätte ihn der Schuss mit dem 45er Kaliber wahrscheinlich sofort getötet. Ich hatte kein Mitgefühl mit ihm; er hatte zuerst versucht mich zu erschießen.

Ich nahm die Pistole des Fahrers. Sig Sauer 9 mm. Eine gute, kompakte Pistole.

„Auf die Knie", sagte ich. „Hände hinter den Kopf."

Er gehorchte. Schweiß glänzte in seinem gepflegten, schwarzen Haar und seine Augen waren wachsam, machten Bestandsaufnahme: der Körper seines Freundes, die Straße, die HK. Das mochte ich. Ich würde es hassen, auch auf ihn schießen zu müssen, aber er schien schlau genug zu sein, um nichts Unheilvolles zu versuchen.

Der Schock kam, als ich seine Marke bemerkte. Er gehörte nicht zu Haus Matlal - tatsächlich erkannte ich seine Marke gar nicht.

Das Wichtigste zuerst; ich nahm mir eine Minute Zeit, um den SUV nach weiteren Waffen abzusuchen. Nichts, aber sein Handy lag auf dem Armaturenbrett. Ich steckte es ein.

Jetzt wollte ich Antworten. Ich stellte mich vor den Fahrer. Herr Schrotflinte war wie ein Gangster in einen dunklen Geschäftsanzug gekleidet. Der Fahrer trug eine anthrazitgraue Hose und ein rostfarbenes College Sweatshirt, seine schillernd verspiegelte Panoramabrille war hochgeschoben. Verschieden wie Tag und Nacht.

„Für wen arbeiten Sie? Matlal?", fragte ich.

Sein Mund öffnete sich, aber es kam kein Ton heraus. Ich hatte so etwas schon früher gesehen, Leute, die so eingeschüchtert waren, dass ihre Stimme nicht funktionierte; ich hatte ihm mehr zugetraut.

„Hoben?", schlug ich vor.

Er nickte. Dann ließ er den Kopf hängen und sein Gesicht verzog sich frustriert und vor ... Wut? Worum ging es hier?

Aber ich hatte keine Zeit, mich damit zu befassen.

„Sehen Sie mich an." Ich wartete, bis sein Kopf wieder hochkam, dann hob ich die HK langsam und zielte genau zwischen seine Augen. Jede Schusswaffe, die direkt auf dich gerichtet ist, ist beängstigend. Das schwarze Loch des Laufs erscheint umso tiefer, dunkler und größer, je länger man hineinsieht. Die HK sieht bereits wie eine verdammte Kanone aus. So nah und auf einen selbst gerichtet, ist sie furchterregend.

„Sind noch mehr weiter vorn?"

Die HK half ihm, seine Stimme wiederzufinden, auch wenn sie verzerrt war. „Ja, sie fahren Richtung Parker", sagte er. Gut, das war nützlich. Ich stellte mir die Straßen vor. Es gab eine Autobahn Richtung Parker und diese Straße hier schlängelte sich durch Ackerland. Es würde ungefähr ...

„Sie werden in zehn Minuten hier sein", sagte er.

Ein Mann, der um sein Leben fürchtet, wird mehr erzählen, als man ihn fragt, um sich beliebt zu machen. Ebenso wird es ein schlauer Mann machen. Aber ein wirklich schlauer, ein abgebrühter Agent - könnte lügen.

„Wie viele?"

„Zwei Wagen", sagte er. „Vielleicht acht Männer."

Zu viele. Also versuchte er nicht, mich in falscher Sicherheit zu wiegen. Und ich musste verschwinden; ich konnte nicht gegen so viele Leute antreten.

„Hoben dabei?"

„Ja", krächzte er.

Verdammt.

Ich versuchte, mir eine Möglichkeit zu überlegen, wie ich einen Hinterhalt schaffen könnte, aber ich hatte einfach nicht genügend Zeit. Es tat weh, aber ich musste diese Gelegenheit verstreichen lassen.

„Und was sollten Sie tun? Mich töten? Mich gefangen nehmen?"

„Einfach nur verfolgen. An der Flucht hindern. Sie für Hoben festhalten, wenn nötig. Nicht töten."

Hoben würde das selbst erledigen wollen. In seinem verqueren Hirn hatte ich ihn jedes Mal, wenn ich seine Anschläge überlebt hatte, gedemütigt. Er musste mich seinen Freunden vorführen, ihnen seine Macht über mich zeigen. Es würde nicht schnell gehen. Oder schmerzlos.

Aber wieso hatte er Leute von Matlal als Hilfskräfte geliehen bekommen?

„Und seit wann bekommt Dreck wie Hoben seine eigenen Athanate zum Herumkommandieren?", fragte ich.

Sein Gesicht verzog sich wieder vor Wut und sein Mund arbeitete, bevor es ihm gelang zu sprechen. „Wir beobachten ihn."

Also, das konnte ich glauben. Matlal würde Hoben für den Verlust seiner Drogen beim aufgeflogenen Transport verantwortlich machen. Ihre Beziehung musste angespannt sein. Daraus müsste sich ein Ansatz für mich ergeben, den ich nutzen konnte.

Aber nicht jetzt.

Dieser Mann schien keine Probleme zu haben, mir Dinge über Hoben zu verraten, also war es eine letzte Frage wert.

„Wo finde ich Hoben? Wo versteckt er sich?"

„Er bleibt in Bewegung. Alle möglichen Orte. Jeden Tag woanders."

Mist. So nahe dran. Ich knirschte mit den Zähnen.

Das Funkgerät im Wagen quäkte. „*Was ist los, Garcia? Wo zum Teufel steckst du gerade?*"

Sogar durch die verzerrte Übertragung konnte ich Hobens raue Stimme erkennen. Zeit zum Verschwinden.

„Ich habe eine Botschaft für Hoben", sagte ich.

Er wirkte ängstlich. Er wusste, dass tote Männer eine starke

Botschaft sind - die Art Botschaft, über deren Versendung Hoben nicht zweimal nachdenken musste.

„Ich werde ihn mir holen." Seine Augen weiteten sich zweifelnd. „Wenn er glaubt, dass das nicht ernst ist, sagen Sie ihm, dass er die Leichensäcke beim Nexus zählen soll."

Ich ging hinter ihn und zog ihn auf die Füße. Im Caddy lagen einige Kabelbinder. Wahrscheinlich für mich gedacht, aber sie würden ihn ebenso gut fesseln.

„Warten Sie", sagte er. Er blickte zu Herrn Schrotflinte hinüber und drehte sich etwas, sodass er seinem Partner den Rücken zukehrte. Seine Stimme wurde leiser. „Bitte nehmen Sie mich mit. Ich möchte da raus, Farrell."

Wie bitte?

Ich war schon früher bei Missionen in dieser Lage gewesen. Ich hatte Gegner, die baten, dass ich sie gefangen nahm. Aber doch nicht dieser Mann? Ich trat zurück, sodass ich ihn und die Straße beobachten konnte.

„Wo raus genau?"

„Ich gehöre nicht zu Haus Matlal, um Himmels willen. Ich muss da raus."

„Welches Haus sind Sie?"

„Das kann ich nicht sagen." Seine Augen traten hervor, als ob ihm übel würde. Ich schob mich mit der Waffe vor. Schweiß lief sein Gesicht hinunter.

Ich hatte Probleme, das zu interpretieren. Eine Minute lang war er ein schlauer Agent; in der nächsten ein stotterndes Wrack.

„Versuchen Sie es noch einmal."

„Ich. *Kann. Es. Nicht. Sagen.*" Er musste die Worte einzeln herauspressen. Er würgte.

Mir ging ein Licht auf.

Ich bin kein Experte, aber ich wusste genug über die mentalen Fähigkeiten der Athanate, um zu vermuten, dass er es genau so meinte; er war wirklich nicht fähig es zu sagen, ob mit oder ohne Waffe im Gesicht.

Ich war verblüfft. Sein Haus war irgendwie mit Matlal verbunden, aber waren seine Leute so unwillig, dass Matlal bei ihnen Zwang einsetzte?

Konnte ich ihm vertrauen? Und wenn er raus wollte, wie konnte ich das nutzen, um Hoben zu erwischen?

„Matlal hat an Ihrem Kopf herumgefummelt?"

Er antwortete nicht, aber sein Gesichtsausdruck sagte mir, dass ich recht hatte. Ich fragte mich, was er beantworten *konnte*.

„Zwingt Matlal Sie für Hoben zu arbeiten? Können Sie über Hoben sprechen?"

„Ja."

„Genug Info, dass ich ihn erwischen kann?"

Er wirkte vorsichtiger. „Vielleicht."

Da wusste ich, dass ich den Hurensohn festnageln konnte. Ich konnte mit den Hinweisen arbeiten, die mir dieser Mann gab, ohne dass er merkte, dass er mir Hoben auslieferte.

Falls es nicht eine wirklich schnuckelige Methode war, mich in die Falle zu locken.

Aber ihn jetzt mitzunehmen, stand definitiv nicht zur Debatte. Es würde Hoben alarmieren. Es wäre übertrieben zu sagen, dass sich ein Plan entwickelte, aber ich hatte zumindest eine Idee. Dieser Mann würde für seinen Ausweg arbeiten müssen.

„Wie heißen Sie?"

„Larry", sagte er.

„Hören Sie zu, Larry. Ich werde Sie jetzt nicht mitnehmen. Aber wenn Sie morgen Abend entwischen können, ohne dass es jemand merkt, nehme ich Sie auf. Glauben Sie, dass Sie das schaffen?"

„Ich denke schon", krächzte er.

Es war keine Zeit, um etwas Elegantes zu planen, um Larry aufzugreifen. Ich brauchte offenes Gelände, wo ich sehen konnte, ob sich jemand anzuschleichen versuchte. Mit Leuten drum herum. Ich mochte den Gedanken nicht, dass andere im Weg stehen könnten, aber wahrscheinlich war meine beste Verteidigung, dass Matlal und Hoben zögern würden Unbeteiligte einzubeziehen - sie konnten sich die Aufmerksamkeit der Polizei nicht leisten.

„Kennen Sie den Cheesman Park, den mit dem extravaganten Pavillon?"

Er nickte.

„Ich werde morgen dort sein, genau wenn es dunkel wird. Stellen Sie *sicher*, dass Ihnen niemand folgt. Ich lasse den Platz überwachen." Eine dreiste Lüge, aber das wusste er nicht.

„Ich werde da sein. Ich werde Sie nicht verraten, Farrell."

„Sehen Sie zu, dass Sie das nicht tun. Geben Sie mir Hoben und ich werde Sie schützen."

Ich ließ ihn seine Hand mit Kabelbindern ans Lenkrad fesseln und band dann die andere fest. Mit einem Auge auf die Parker riss ich das Funkgerät heraus und warf es in den Kofferraum meines Wagens, zusammen mit ihren Waffen und seinem Handy.

Dann ließ ich die Reifen qualmen und fuhr zur Interstate 25 zurück und nach Denver.

Ich hatte Larry eine schwierige Aufgabe gestellt und er konnte etwas Glück gebrauchen.

Nun, ein abgebrühter Agent, ein wirklich *richtig* guter Agent mit Eis statt Blut in seinen Adern hätte sich das alles einfallen lassen können, um mir eine Falle zu stellen. Aber das war nicht der Gedanke, der mir durch den Kopf ging - nein, es war: *Ich werde mir den Bastard Hoben morgen Nacht schnappen.*

Währenddessen war ich nach wie vor mit der Kurieruniform bekleidet, die ich benutzt hatte, um in das Nexus Gebäude zu gelangen und ich sah wie ein Landstreicher aus, mit Staub im Haar und auf der Kleidung, mit Blutspritzern unter dem Staub und mein Gesicht und meine Hände waren total verdreckt. Und ich hatte kratzigen Sand in meiner Unterwäsche. Igitt. Damals bei Ops 4-10 hätte ich das kaum bemerkt, geschweige denn dass es mich gekümmert hätte.

Ich werde weich.

Zum Glück bedeutete mein Zigeunerleben, dass ich Kleidung zum Wechseln im Kofferraum hatte. Ich musste jetzt dringend einen Ort finden, wo ich mich zurechtmachen konnte, bevor ich irgendetwas anderes tat. Jeder Ort wäre gut. Die heiße Dusche musste warten.

Kapitel 2

Ich bog zum Einkaufszentrum Park Meadows ein und schaffte es, in die Waschräume zu schleichen, ohne wegen Landstreicherei verhaftet zu werden.

Als ich das Schlimmste sauber gemacht und frische Unterwäsche, Jeans und T-Shirt angezogen hatte, begann ich mich besser zu fühlen. Ich lehnte mich vor und prüfte mein Spiegelbild. Ich hatte den Staub so gut wie möglich aus meinem kastanienbraunen Haar gekämmt. Ich hatte Dutzende Kratzer im Gesicht von Querschlägern und abgeprallten Fragmenten der Granate, die auf der Treppe explodiert war, während ich die Geiseln rettete.

Die Kratzer waren bereits geschlossen und heilten, weil ich jetzt Athanate war und wir heilen schnell. Sonst gab es keine weiteren Anzeichen im Spiegel, die darauf hindeuteten. Ich hatte den Körperbau einer Läuferin, weil ich lief. Mein Gesicht war unverändert. Die zu spitze Nase war dieselbe, die mir immer vor Augen gehalten hatte, dass ich keine Schokoladenseite habe. Der Bronzeton meiner Haut und die grünen Augen waren ungewöhnlich, aber nur das Ergebnis der Mischung meiner irischen und Arapaho Gene und kein seltsamer Nebeneffekt meiner paranormalen Transformation. Irgendwann, wenn ich vollständig Athanate würde, gäbe es Veränderungen in meinem Körper. Keine Veränderungen in der Art von ‚Alles-anstelle- von-Nichts', aber ich würde mit meinen Anstrengungen mehr erreichen. Mein Körper war bereits jetzt effizienter geworden. Ich war schneller, stärker und ausdauernder, als ich es vorher war.

Ich empfand eine milde Panik, als ich mein Spiegelbild betrachtete.

Ich bin ein verdammter Vampir.

Nein, Athanate. Kein mythischer Vampir, der in der Sonne verbrannte, sondern ein lebender, atmender Mensch. Allerdings einer, der menschliches Blut trinken musste. Ich würde auch die Fangzähne dafür bekommen, selbst wenn sie nur zum Trinken hervorkämen. Ich hatte meine bereits einige Male gespürt, aber nie gesehen und ich hatte noch niemanden gebissen, noch nicht. Ich entwickelte eine Phobie, dass sie herausschießen würden und für alle sichtbar wären und mich zwingen würden, mit der Hand vor dem Mund herumzulaufen.

Eine Frau kam herein und erwischte mich, als ich mein Zahnfleisch untersuchte.

„Oh meine Liebe, Sie haben ja so recht es zu kontrollieren." Sie trippelte herüber und legte mir eine Karte hin. Eine Spezialistin für Zahnfleischbehandlungen. Das kann auch nur mir passieren. „Man kann alles Mögliche mit seinen Zähnen machen, aber wenn Ihr Zahnfleisch schwindet, war es das. Kommen Sie mal bei mir wegen einer kostenlosen Beratung vorbei. Wenn Sie behandelt werden müssen, können Sie das über Ihre Unfallversicherung abrechnen. Keine Sorge." Sie wedelte mit der Hand. „Ich habe alles schon mal gesehen."

„Madam", sagte ich grinsend, „Sie haben keine Ahnung."

Ich dachte mir, dass mein Gesicht wohl so aussah, als hätte ich einen Unfall gehabt. Ich nahm den Beutel mit meiner staubigen Kleidung und ging zurück ins Einkaufszentrum, um mir einen Imbiss und einen Softdrink zu kaufen. Ich hatte heute Morgen keine Zeit für ein Frühstück gehabt und nichts zum Abendessen gestern, bis auf die Suppe.

Während ich aß, schaltete ich mein Handy ein. Es gab mehrere Nachrichten von Tullah, meiner Assistentin. Mich überkam ein plötzliches Schuldgefühl. Sie hatte auf meine Nachricht, dass alles gut gegangen war, gewartet. Ich war nicht daran gewöhnt, dass sich jemand um mich Sorgen machte.

Ich rief sie an, erreichte aber nur den Anrufbeantworter. Es schien viel Arbeit in der Firma zu geben. Ich hinterließ die Nachricht, mich im Washington Park zu treffen. Ich hatte Hobens Leute abgeschüttelt, aber sie könnten das Büro und Jens Wohnung beobachten, wo wir vorübergehend gearbeitet hatten. Besser war es, uns irgendwo zu treffen, wo sie nicht nach mir suchten und wo sie mir auffallen würden, wenn sie ihr folgten.

Die nächste Nachricht war von Bian. Die konnte ich nicht ignorieren.

Vor zwei Wochen hatte ich noch dagegen gekämpft Athanate zu werden und verloren, auch wenn ich es mir nicht eingestanden hatte. Dann hatte ich Altau getroffen, das Athanate Haus von Denver, und war von ihnen aufgenommen worden. Sie waren zu dem Schluss gekommen, dass ich das Recht auf ein eigenes, untergeordnetes Haus hatte und hatten mir Bian zugewiesen, um mich zu lehren, was das bedeutet. Aber bis ich Haus Altau auf der formellen Athanate Versammlung kommendes Wochenende meine Gefolgschaft schwören würde, war das nicht in trockenen Tüchern. Und bis ich diesen Schutz bekam, war Jagdsaison, mit mir als Freiwild.

In der Tat waren die Altau meine neuen besten Freunde.

Meine Welt war noch nicht vollständig auf den Kopf gestellt. Ich würde mich immer noch eher selbst umbringen, als Basilikos Athanate wie Matlal zu werden. Die Basilikos waren eine der beiden hauptsächlichen Glaubensrichtungen der Athanate und betrachteten Menschen als Nahrung.

Aber der Gedanke, Teil der Panethus Athenate, der anderen Glaubensrichtung, zu werden, erschien nicht mehr so schlimm. Panethus arbeitete daran, die Beziehung sowohl für Menschen als auch für Athanate nutzbringend zu gestalten und Altau war das führende Haus der Panethus.

Es gab da jedoch ein Problem; ich hatte keinerlei Garantie, als welche Art ich enden würde. Ich hatte nicht genug Zeit gehabt, allzu viel über die Athanate überhaupt herauszufinden und insbesondere nichts darüber, warum es einen Unterschied zwischen den Basilikos und den Panethus gab. Athanate brauchten Gefühlsnahrung genau wie Blut - warum ernährten sich die Basilikos von Furcht und die Panethus von Liebe? Was, wenn ich Basilikos würde? War es ein schleichender Vorgang, der ablaufen konnte, ohne dass ich es merkte? Ich hatte genug gesehen, um zu wissen, dass einem der Kopf Streiche spielen kann. Ich hatte mich in den letzten zwei Wochen verändert und die Dinge fühlten sich anders an. Wie sollte ich wissen, ob ich die falsche Richtung eingeschlagen hatte?

Was, wenn ich einfach total bösartig würde?

Die Athanate überlebten, indem sie ihre Instinkte kontrollierten. Sogar die Basilikos waren sorgfältig darauf bedacht, nicht die Aufmerksamkeit der normalen Welt auf sich zu lenken. Aber die Empfindungen waren schwer zu meistern. Ich hatte sie noch nicht erlebt, aber ich hatte zahlreiche Warnungen erhalten. Athanate, insbesondere neue Athanate, neigten dazu, sich in dem Vergnügen zu verlieren und schnell dem Wahnsinn zu verfallen, wenn sie nicht überwacht wurden.

Ich konnte den Gedanken nicht ertragen, vielleicht eine Basilikos zu werden. Oder bösartig. Mich schauderte. Ich musste das mit Diana durchgehen.

Diana war nach Skylur die Zweite in der Hierarchie in Haus Altau und ich spürte, dass sie etwas zugänglicher dafür war. Ich wusste nicht, wo Bian in der Hierarchie einzuordnen war. Wahrscheinlich als Dritte. Diana und Skylur waren höllisch beängstigend; Bian war anders. Und unheimlich.

Genug mit den Tagträumen; ich musste mit ihr reden. Das stellte ein spezielles Bian Problem dar. Unsere letzte Unterhaltung hatte damit geendet, dass sie sich durch das Fenster meines Wagens gelehnt, ihre Lippen geleckt und ihre Fangzähne gezeigt hatte. Ich hatte einen Scherz gemacht und sie hatte noch einen draufgelegt. Ich war nervös über den Fortgang und unsicher, wo das Spiel endete und die Realität begann.

Sie antwortete beim zweiten Klingeln.

„Hallo Rundauge." Sie klang, als wäre sie gerade aufgewacht und ich wusste nicht, was ich davon halten sollte. Ich hatte keine Vorstellung über ihren Tag- und Nachrhythmus. Sie hatte bislang alle meine Anrufe unabhängig von der Uhrzeit angenommen.

„Guten Morgen, Miezekatze", sagte ich. „Warum stelle ich mir vor, dass deine getüpfelten Schultern zwischen weißen Seidenlaken hervorlugen?" Sie hatte mit dem Auftrag, ihren Hals und ihre Schultern in eine Leopardenhaut zu verwandeln, einen Tattoo Künstler sehr glücklich gemacht.

„Es sind *schwarze* Seidenlaken. Rufst du mich wegen Telefonsex an?", schnurrte sie. „Warum kommst du nicht lieber einfach her?"

Ich hätte es besser wissen müssen, als zu versuchen sie auf die Schippe zu nehmen. „Ich rufe an, weil du mir die Nachricht hinterlassen hast, das zu tun."

„Oh das. Das war nichts, es gab nur eine Meldung im Fernsehen über einen Idioten, der von einem Gebäude gesprungen und per Anhalter mit einem Hubschrauber mitgeflogen ist wie ein Affe, der von einem Ast baumelt. Es wird wahrscheinlich viral gehen."

Ich zuckte zusammen. Ich sollte ein diskreter Privatdetektiv sein, ich wollte mein Gesicht nicht in den Nachrichten oder im Netz sehen, ebenso ungern wie Altau. Das einzig Gute war, dass die Presse nicht rechtzeitig beim Nexus hatte sein können, um es zu filmen; das musste von einem Handy stammen, das Bild klein und ruckelig. Aber Bian war Sicherheitschefin für Altau - es war ihre Aufgabe sicherzustellen, dass die Athanate unter dem Radar blieben. Zweifellos war ich deshalb Ziel ihres Sarkasmus.

„Oh ja, das war ich, im Fall Jennifer Kingslund."

„Fleißiges Mädchen, Amber." Sie machte eine Pause und ich erwartete eine Warnung über die Gefahr, durch meine Aktionen Aufmerksamkeit auf die Athanate zu lenken. Stattdessen fragte sie, „Geht es dir gut?"

Bevor ich ihn stoppen konnte, hatte mein kleiner Dämon wieder einmal meine Kehle im Griff und sagte: „Aber Mieze, ich wusste gar nicht, dass du dir Sorgen machst."

Sie schnaubte. „Ich soll dich in deine Pflichten als Haus Farrell einweisen", sagte sie. „Stell dir vor, wie peinlich es wäre, wenn du während meiner Wache zerschmettert auf dem Gehsteig enden würdest."

Das war die Bian, die ich kannte und eigentlich auch mochte. „Ich bin etwas ramponiert und habe blaue Flecke, aber es geht mir gut, danke", sagte ich.

So viel zum Ausmaß ihrer Bedenken, was die Sicherheitsfragen anging. Vielleicht wollte sie *wirklich* feststellen, ob ich in Ordnung war. Es waren schon seltsamere Dinge geschehen. „Du solltest vorbeikommen", sagte sie. „Wir können meine speziellen vietnamesischen Öle zur Behandlung der Prellungen nutzen."

„Hmm. Ja." Mir war ziemlich klar, wohin *das* führen würde. „Du könntest eher daran interessiert sein zu erfahren, was danach geschah."

Die Art, wie ich das sagte, alarmierte sie und die Neckerei stoppte. „Was?"

„Ein paar von Matlals Leuten verfolgten mich und haben versucht mich gefangen zu nehmen."

„Matlal? Warum?" Jede Spur von Müdigkeit war aus ihrer Stimme gewichen.

„Ich glaube es ging darum, mich für Hoben gefangen zu nehmen. Es sieht so aus, als ob Matlal einige seiner Leute an Hoben verliehen hat, wahrscheinlich um sicherzustellen, dass er nicht verschwindet. Matlal denkt, dass Hoben ihm etwas für den aufgeflogenen Drogentransport schuldet."

„Du sagst gefangen nehmen? Meinst du, dass Hoben dich lebend haben will?"

„Scheint so, nach einem der Männer. Ich zweifle, dass es für lange wäre."

„Autsch. Und diese Leute von Matlal, wie bist du ihre Leichen losgeworden?" Sie war jetzt ganz in die Rolle als Sicherheitschefin von Altau geschlüpft.

„Ach. Ich habe sie leben lassen. Nur einer von ihnen gehörte zu Haus Matlal. Ich habe ihn angeschossen, als er seine Waffe auf mich richtete, aber er lebte noch, als ich sie verlassen habe. Ich glaube, dass der andere unter einer Art Zwang stand, darum habe ich ihn nur gefesselt. Ich war mir nicht sicher, was ich deiner Meinung nach hätte tun sollen."

„Ungeladene Basilikos in unserer Domäne?", sagte sie. „Bring sie auf sichere Weise her, wenn du kannst, ansonsten töte sie und sag Bescheid. Es hilft uns wirklich nicht, sie freizulassen."

Großartig. Sie klang sauer, dass ich sie hatte laufen lassen.

„Das ist ziemlich endgültig", sagte ich. „Und wie weit reicht diese Domäne?"

„Na, sagen wir mal, achtzig Kilometer um das Kapitol. Aber niemand wird sich über zwei Leute von Haus Matlal oder seine Verbündete beschweren. Sie sollten ohne Sondergenehmigung nicht auf dieser Seite des Rio Grande sein."

Ich wettete, dass es mehr als nur zwei waren. Wenn nur eines der Autos, die Larry erwähnt hatte, mit Matlals Leuten besetzt war, machte das ein halbes Dutzend von ihnen. Das war zu viel, nur um Hoben zu beobachten. Was ging da sonst noch vor? Wenn es Larry zu unserem Treffen morgen Abend schaffte, würde ich diese Information aus ihm herausquetschen.

Ich dachte daran Bian von Larry zu berichten, aber entschied mich, mein Treffen momentan für mich zu behalten. Die Altau waren an Matlal interessiert und wahrscheinlich an mir, obwohl ich nicht mein Hab und Gut darauf verwetten würde. Sie waren nicht an Hoben interessiert - oder, was noch wichtiger war, an Jens Sicherheit. Das lag in meiner Verantwortung. Sobald ich die benötigte Information von Larry bekommen hatte, könnte ich ihn notfalls an Bian übergeben. Falls er überhaupt auftauchte.

„Also gut, tut mir leid", sagte ich zu Bian. „Außerdem waren es nicht nur die beiden, glaube ich. Es gab noch ein paar andere. Sie wollten mich in eine Falle locken, mich zwischen zwei Gruppen erwischen."

„Zwei und *ein paar* andere? Fünf? Zehn? Fünfzig?" Sie murmelte etwas auf Athanate. Nach dem Tonfall zu urteilen, wollte ich wahrscheinlich nicht wissen, was es war. „Ich weiß, wie gerne du

Ratschläge annimmst, Rundauge, aber unbekannte Risiken allein anzupacken, ist einfach dumm. Bisher hast du es gut hinbekommen, aber du könntest auf einen älteren Athanaten treffen und es nicht merken, bevor es zu spät ist." Sie klang frustriert, fauchte beinahe. „Normalerweise würde ich sagen, fordere eine Eingreiftruppe an, aber wir haben im Moment keine übrig. Ich denke, du kommst besser nach Haven."

Haven war das geheime Hauptquartier von Altau. Es war ein luxuriöses Herrenhaus auf einem weitläufigen Grundstück, mit diskreten Wachhäuschen und Überraschungen für Feinde, denen es gelang, es zu finden. Gut gesichert, aber auch einengend. Mich dort zu verstecken, würde mein Problem mit Hoben nicht lösen oder Jen beschützen. Ich hoffte, dass es ein Vorschlag und kein Befehl war.

„Ich kann mich jetzt nicht verstecken, Bian", sagte ich. „Ich kann Hoben nicht frei herumlaufen lassen, während ich mit der Versammlung beschäftigt bin. Es ist nicht so, dass Matlal Hoben Leute gibt, nur um mich zu jagen. Der Angriff von heute war ein Abschluss der Nexus Angelegenheit - sie waren bereits in Position, sodass Hoben sie einfach umdirigiert hat."

„Hast du irgendwelche Hinweise auf Hoben?"

„Hmm." Wir waren wieder bei Larry. Die Information zurückzuhalten kam mir nicht richtig vor - ich sollte meine Allianz mit Altau stärken, ihnen keine Gründe geben, mir zu misstrauen. Aber solange ich nicht sicher war, dass meine Interessen den ihren nicht völlig untergeordnet wurden, musste ich mich nach mir selber richten. Altau würde von Larry Informationen über Matlal haben wollen und nach Bians Kommentaren über seine Anwesenheit in ihrer Domäne ohne die notwendige Genehmigung, würde es nicht gut für Larry ausgehen. So arbeite ich nicht.

Zum Glück spürte Bian nicht, dass ich etwas zurückhielt. „Gut", sagte sie, „das nächste Mal, wenn du Matlals Leute erwischen kannst, mach sie fertig." Sie war für eine Minute still. „Weißt du, du bist nicht sehr blutdurstig für ein ehemaliges Mitglied der Spezialkräfte. Es klingt, als wärst du heute Risiken eingegangen, um die Anzahl der Leichen niedrig zu halten."

Ich verzog mein Gesicht, obwohl sie das natürlich nicht sehen konnte. „Ich bin ein Neuling in der Welt der Athanate. Ich war nicht sicher, was gerechtfertigt war. Und wenn ich erst mal anfange, wo höre ich dann auf?"

„Das war keine Kritik, Rundauge." Sie seufzte.

Jetzt wurde mir ganz übel, weil ich etwas zurückhielt.

Ich gab ihr das Nummernschild des Caddies und bevor ich auflegte, versprach ich, ihr alle nützlichen Informationen aus den Handys zukommen zu lassen.

Bian hatte absolut recht mit dem, was sie über das Kämpfen gegen Athanate gesagt hatte. Diejenigen, denen ich begegnet war, waren jung, was meiner Meinung nach weniger als zwanzig Jahre als Athanate bedeutete. Ich wusste, dass Diana und Skylur viel älter waren und wahrscheinlich auch Bian und der Gedanke, gegen einen von ihnen zu kämpfen, ließ mir das Herz in die Hose rutschen. Sie waren zu schnell, zu stark. Ich wusste nicht, wie viele der Athanate älter waren oder wie viele von ihnen an Hoben verliehen waren. Aber Matlal würde nicht viele Hobens Kommando unterstellen. Ich musste sicherlich nur an ein oder zwei jüngeren vorbeikommen, um Hoben zu erwischen.

Aber ich musste natürlich vorsichtig sein. Und ich musste das machen, bevor ich in die Versammlung einbezogen wurde. Das machte es etwas schwerer, aber damit konnte ich umgehen. Musste ich. Aber wie?

Während ich Ideen wälzte, fuhr ich wieder auf die Interstate 25 Richtung Washington Park.

Kapital 3

Ich spazierte den Rundweg entlang, während ich auf Tullah wartete.

Ich befürchtete, dass Hoben Tullah bereits beobachten ließ. Und auch weil ich morgen im Cheesman Park ebenso verfahren musste, fielen mir wieder alle Vorsichtsmaßnahmen ein, die mir bei Ops 4-10 beigebracht worden waren. Zuallererst, beobachte *keine* Individuen. Beobachte Gruppen, wie die Gruppen zusammengesetzt sind, achte darauf wie sich jemand bewegt oder nicht bewegt. Bekomme ein Gespür für jeden, der aus dem Rahmen fällt. Dann konzentriere dich auf sie und weise ihnen Bedrohungsstufen von 1 bis 10 zu. Waren sie allein, in einer Gruppe oder mit Gleichgesinnten zusammen? Wofür waren sie gekleidet. Dann reagiere entsprechend oder mach weiter.

Obwohl ich das alles machte, erkannte ich sie leicht, als sie auf mich zukam und die Sonne auf ihrem glatten, schwarzen Haar glänzte. Ich bin eine Mischung aus einer Arapaho und einem Iren, was nicht allzu gewöhnlich ist. Tullah Autplumes-Leung war eine Mischung aus einer Arapaho und einem Chinesen und ich wettete, dass das verschwindend selten vorkam. Bis auf den Familiennamen war sie gelungen. Aufgrund der Mischung hatte sie ein frisches Gesicht mit exotischen Zügen, was ihrem ausufernden Optimismus entsprach. Ich hatte sie beim Kampftraining im Liu Leung Wu Shu Kwan ihres Vaters getroffen. Ich hatte sie als Teilzeitsekretärin eingestellt, während sie ihren Abschluss in Strafrecht an der Hochschule machte.

Es stellte sich heraus, dass das ein Komplott war. Tullahs Mutter, Mary Autplumes, war Adeptin, sie benutzte Magie und wollte, dass Tullah ein Auge auf mich hatte. Adepten und Athanate hatten im besten Fall eine gespannte Beziehung. Mary hatte erkannt, dass ich Athanate wurde, aber auch ein Geistwesen besaß wie ein Adept. Sie wollte wissen, wieso und warum.

Zum Teufel, das wollte ich auch wissen.

Tullah war jedenfalls nicht glücklich über Marys Täuschung und als ich wegen eines Armreifs argwöhnisch wurde, den ich von Mary geschenkt bekommen hatte und der sich als magisch herausstellte, überzeugten Tullah und ich Mary gemeinsam, dass wir offen miteinander umgehen mussten. Leider erwuchsen daraus mehr

Fragen als Antworten. Wie zum Beispiel, welche Probleme ein Geistwesen bei den Athanaten verursachen konnte.

Und das war, bevor wir auf das ‚Wirken von Magie' kamen, das Mary angeblich in mir sehen konnte - langfristige Magie, die so selten war, dass sie nicht einmal sagen konnte, ob es sich um einen Segen oder einen Fluch handelte.

Das alles hatte ich ebenfalls noch nicht mit Altau besprochen.

Wir waren verblieben, dass Tullah weiter für mich arbeiten würde, wenn sie die Hochschule beendet hatte. Damit war ich zufrieden, sie handhabte die Bürokratie weitaus besser als ich und ihr Enthusiasmus hob meine Stimmung.

Aber das war vor ein paar Wochen gewesen, als wir noch dachten, dass ich irgendwie nicht als Athanate enden würde oder es zumindest noch ein weiter Weg wäre. Ich konnte nicht vorhersagen, was Mary tun würde und ich konnte mich nicht darauf verlassen, dass es zu meinem Wohl wäre. Ihre Vorstellungen schienen sehr verschieden von denen Altaus zu sein. Oder womöglich sogar von meinen.

Und was würde Tullah jetzt machen? Sie war auch eine Adeptin und ihre Mutter hatte klargestellt, dass sie mich verlassen musste, wenn ich mich wandelte. Und ich fühlte mich verwandelt.

Ich wollte, dass Tullah blieb. Wir waren nicht nur Arbeitskollegen, sondern auch Freunde. Ich würde sie schmerzlich vermissen und ich zweifelte daran, dass ich meine Detektei ohne sie weiterführen konnte, mit all dem, womit ich mich noch befassen musste.

Als wir uns trafen, lagen, was mich betraf, keine Zweifel in ihrem Lächeln. Sie war offensichtlich erleichtert, dass ich nicht noch ramponierter aussah. Und sie hatte mir Kaffee mitgebracht. Sie kannte mich zu gut.

Ich umarmte sie und nahm ihr den Kaffee ab. „Gehen wir ein Stück", sagte ich ruhig.

Sie kam an meine Seite und wir gingen nebeneinander und beobachteten die Umgebung, während wir sprachen. Ich erklärte ihr, was ich tat und sie sagte, dass der Mann im hellen Trenchcoat natürlich ein Spion sei. Ich grinste darüber, ließ mich aber nicht ablenken.

Ich berichtete ihr auch, was zuvor geschehen war. Als ich zu Tuckers Tod kam, fragte ich mich, wie sie das aufnehmen würde. Die

Umstände konnten die Athanate kaum in ein schlechteres Licht rücken, aber ich würde ihr das nicht vorenthalten.

„Er wurde von einer Athanate gebissen, seiner Verlobten Inez Vega Martine", sagte ich ihr. „Sie hat ihm erklärt, dass er sterben müsse, bevor er Athanate werden kann. Totaler Schwachsinn, aber er hat es geglaubt. Vega Martine gehört zu Haus Matlal und der hat Tucker einfach als Belastung eingestuft."

„Also hat er sich im Glauben erschossen, dass er als Athanate wieder aufersteht", sagte Tullah.

„Genau. Selbst wenn er das nicht gemacht hätte, hat dieser Biss die Crusis ausgelöst, wobei sich der Körper verändert. Bei Altau werden die Anwärter monatelang darauf vorbereitet, um die Crusis zu überleben. Tucker war noch gar nicht bereit und wäre somit ohnehin gestorben. Er war durch den Vorgang bereits in den Wahnsinn abgedriftet. Das hat wahrscheinlich sein Urteilsvermögen ausgelöscht."

Tullah verzog das Gesicht und schüttelte sich. Aber sie schien es immerhin nicht als Zeichen gegen alle Athanate aufzufassen. „Ist Jens Fall damit also abgeschlossen?"

„Nein. Hoben ist noch da draußen. Und er ist schlimmer als sein Vater."

Tullah war letzte Woche bei der Rettung einer jungen Frau vor den ZK dabei gewesen, wobei sie selbst ein Risiko eingegangen war. Die Frau war gefoltert worden und sollte von der Gang vergewaltigt werden, als wir sie befreiten. Tullah konnte es nicht brauchen, dass ich auf diesem Thema herumritt.

Ich verließ den Parcours, um meinen Kaffeebecher in den Müll zu werfen und nahm die Gelegenheit wahr, einen ausgiebigen Blick zurück auf den Weg zu werfen, den wir gekommen waren. Die Schulen waren aus und im Park wurde es geschäftiger. Es wurde schwieriger, Individuen in der Menge auszumachen. Niemand änderte plötzlich sein Bewegungsmuster oder drehte sich um, während ich beobachtete. Das bewies aber nur, dass uns keine Amateure folgten.

„Tullah, hast du je Schießen trainiert?"

„Was? Nein."

„Also du fängst sofort diese Woche an und absolvierst mindestens zwei Trainingseinheiten in einer Schießanlage. Du kannst meine Walther benutzen, aber wir werden eine geeignete Waffe für dich suchen. Und du musst dich registrieren. Du brauchst eine Erlaubnis zum Tragen einer verdeckten Waffe."

„Wahnsinn, Amber. Ich …"

„Das ist nicht verhandelbar, Tullah. Willst du Privatdetektivin werden und mit mir arbeiten?"

„Oh, ja. Aber das ist auch etwas, das bei Ma nicht gut ankommen wird. Adepten sollen eigentlich keine Schusswaffen haben."

„Schön, daran hätte sie denken sollen, bevor sie dich losgeschickt hat, um mich auszuspionieren, nicht wahr?"

Tullah lächelte mich schief an. „Wirst du es ihr sagen?"

„Oh nein! Deine Mutter, deine Aufgabe."

„Na, dann vielen Dank." Sie legte ihre Hände an den Kopf und schloss ihre Augen in gespieltem Entsetzen.

„Wie denkt Mary jetzt über das Ganze?"

Tullah sah weg und zog eine Grimasse. „Ich weiß es nicht genau. Sie ist mit alldem nicht wirklich glücklich." Sie zuckte mit den Schultern. „Sie fragte nach einer Sache. Wie wurden die Werwölfe in all das verwickelt? Wenn das Denver Rudel mit Matlal und seiner Sorte von Athanaten verbündet ist, wäre sie wirklich unglücklich."

Ein Teil von Jens Fall beinhaltete die Betriebsstörung beim Bau ihrer neuen Ferienanlage in den Rocky Mountains. Ich hatte bewiesen, dass es sich um Werwölfe handelte und hatte sie dazu gebracht, sich zurückzuziehen.

„Sie sind nicht mit Matlal verbündet", sagte ich. „Sie wurden nur in diese eine Sache mit hineingezogen. Matlal wusste, dass Tucker etwas Sabotage brauchte, daher erwähnte er in einer Unterhaltung mit Tucker, dass der Chef seiner langjährigen Vertragsfirma ein Werwolf ist", sagte ich. „Tucker überredete den Mann, mit seinem Rudel bei Jens Anlage aufzutauchen und dort Halligalli zu machen. Die Bauarbeiten wurden unterbrochen und daraufhin ließ der Druck auf Tuckers Ferienanlage etwas nach, seine Geschäfte erholten sich. Aber das war ein absolut einmaliger Vorgang. Das Rudel wird sich nicht noch einmal einspannen lassen."

Hoffe ich.

„Wer ist dieser Chef der Vertragsfirma? War er dein Kontakt zu den Werwölfen? Wie hast du ihn dazu gebracht, von den Störungen bei Jen abzulassen?"

Ich versuchte, geheim und wissend zu lächeln, versagte aber dabei und grinste schließlich schief. „Alex Deauville heißt er. Ich habe ihn beim Wohltätigkeitsball getroffen."

Tullahs Antenne schaltete sich bei dem Ton meiner Stimme ein und sie sah mich an. „Wie hast du ihn dazu gebracht damit aufzuhören?", wiederholte sie argwöhnisch.

„Süße", sprach ich gedehnt in meiner besten Jen Imitation, „ich habe einfach mein Bestes getan, damit er sich schuldig fühlte, gleich als Erstes heute Morgen."

Tullahs Augen wurden groß. „Wie bei ..." Sie machte einige diskrete, pumpende Bewegungen mit ihren Fäusten entlang ihrer Hüften und ich errötete. Es spielt keine Rolle, dass ich von Natur aus einen Bronzeton habe, ich erröte dennoch.

„Wow, ich gebe dir ein Wochenende frei und du legst Werwölfe flach", sagte sie. „Ich brauche die ganze Woche, um auf den neuesten Stand zu kommen."

Ich lachte, wurde aber schnell wieder ernst. Ich imitierte Jen und sprach über Alex. Seufz. Mich in eine Athanate zu verwandeln, beeinflusste meinen Körper und meinen Verstand. Beide sagten mir, dass hetero zu sein, nicht notwendigerweise in Bezug auf Jen galt, unabhängig davon, was mit Alex passierte Und wann und wie würde ich das mit den beiden besprechen?

„Es ist nicht nur das letzte Wochenende. Ich kann diese Woche nicht viel machen. Ich muss Hoben erwischen."

Und nicht zuerst erwischt werden. Es gab jetzt zu viele Leute im Park. Ich lenkte Tullah zurück auf den Weg, den sie gekommen war und suchte die herumschwirrende Menge ab.

„Jedenfalls sehe ich, dass es dir auf den Nägeln brennt, mit mir über unsere Detektei zu reden", sagte ich und nickte zur Akte, die sie mitgebracht hatte.

Tullah schlug sie auf.

„Wir haben ein Dutzend Anfragen von Leuten vom Wohltätigkeitsball bekommen." Sie blickte hoch und grinste. „Einige davon bezogen sich auf richtige Arbeit."

Ich hatte mich auf dem Ball in Szene gesetzt und Tullah hatte neue, flotte Visitenkarten für mich entworfen, die ich auf meinem Tisch liegengelassen hatte. Ja, ich konnte mir einige der Anfragen vorstellen. Sie reichte mir eine Liste von wirklichen Fällen mit Notizen zu den Einträgen.

„Ich habe ein paar einfache herausgesucht, die ich bearbeiten kann. Es gibt eine Anfrage, die in Richtung Personenschutz geht und die habe ich als Unterauftrag an Victor Gayle weitergereicht. Es ist bereits jemand vor Ort."

Victor betrieb die größte der kleinen Detekteien von Denver und war auf Personenschutz spezialisiert. Er war ein guter Freund und es war seinen Fähigkeiten als Hubschrauberpilot zu verdanken, dass ich die Geiseln und mich selbst aus dem Nexus Gebäude herausbekommen hatte. Er stellte auch den Personenschutz für Jen.

Tullah sah mich nervös an. Letzte Woche war sie noch Sekretärin in Teilzeit gewesen. Sie hatte hier mehr Verantwortung übernommen, als wir besprochen hatten. Ich las mir die Liste durch und nickte ihr zu.

„Okay, mit denen bin ich einverstanden", sagte ich langsam. „Normalerweise treffe ich diese Entscheidungen. Wenn ich nicht da bin und du nicht ganz sicher bist, dass du es handhaben kannst, dann okay, gib einen Unterauftrag an Victor weiter."

„Verstanden." Sie nickte und zog einen Umschlag heraus. „Dies ist eine Sonderlieferung von der Polizei. Kam heute Morgen."

Ich öffnete ihn und fing einen kleinen USB Stick auf, der herausfiel. Eine kurze Notiz besagte, dass es sich um eine Aufstellung über Angriffe von Hunden oder wilden Tieren handelte. Ich hatte Morales überzeugt, dass Werwölfe und Athanate bis zum Beweis des Gegenteils als gute Bürger betrachtet werden sollten. Dieser Bericht sollte mir zeigen, wie weit ich meinen Hals für die Werwölfe riskiert hatte.

„Gut." Ich packte den Stick in die Tasche. „Gibt es weitere Fälle?"

„Nur einen. Der Mann hat speziell nach dir gefragt. Quinn. Er sagte, dass er dich kennt."

Ich hob eine Augenbraue und Tullah zeigte mir ihre Notiz. Die Quinns, Niall und Ruth, waren alte Freunde der Familie. Tullah hatte die Adresse aufgeschrieben und ‚Diebstahl/Versicherung' hinzugefügt.

Wir hatten das Ende des Parks erreicht. Mein Ops 4-10-Training und meine Instinkte waren in Konflikt. Mein Training sagte mir, dass es gefährlich wurde, denn wir waren schon zu lange auf dem Präsentierteller. Die Instinkte sagten mir, dass ich mir mehr Zeit für Tullah nehmen sollte, um zu gewährleisten, dass es ihr gut ging und sie in Sicherheit war.

„Ich rufe ihn morgen an", sagte ich. Meine Aufmerksamkeit war durch Farben und Bewegung am mittleren Tor abgelenkt. Drei

Clowns waren in den Park gekommen. Einer schob einen Karren und schlug eine große Trommel, die beiden anderen rannten umher und verkauften Eis vom Karren.

Ein klassischer Hinterhalt. Sie bewegten sich zu schnell. Sie könnten mehr verkaufen, wenn sie stehen bleiben würden.

„Komm mit." Ich nahm ihren Ellbogen, zog sie aus dem Park und hinter den nächsten Lieferwagen.

„Hast du etwas gegen Clowns?", fragte sie.

„Ich habe etwas gegen Lärm und Ablenkung in Menschenmengen", antwortete ich. „Vielleicht ist es nur meine Paranoia, aber man kann nie wissen, eines nachts könnte ein Clown versuchen dich aufzufressen."

„Igitt. Weißt du, Boss, manchmal bist du sehr merkwürdig. Hoben kann doch sicher nicht mehr viel machen, da die ZK Gang aufgelöst wurde?"

„So wie er selber auch noch auf freiem Fuß ist, bezweifle ich, dass schon alle ZK Mitglieder festgenommen wurden. Außerdem borgt er sich Leute von Matlal und das ist noch schlimmer." Ich spähte um den Lieferwagen herum. Die Clowns bewegten sich von uns weg. Vielleicht falscher Alarm. „Sonst noch etwas?"

„Ja. Das FBI möchte mit dir sprechen." Tullah reichte mir die letzte Notiz aus ihrer Akte. „Ich will dir zu nichts raten", sagte sie zögernd, „aber wahrscheinlich ist es besser mit ihnen zu sprechen, solange sie nicht sicher sind, worüber sie mit dir reden wollen."

„Hm." Ich nickte düster.

Ich wusste, dass sie recht hatte, aber ich konnte mir nicht vorstellen, dass ein Besuch bei den Bundesagenten kurz und schmerzlos wäre. Mein Leben war voller Geheimnisse. Meine gesamte Zeit bei Ops 4-10 war auf dem Niveau ‚nur mit Sondergenehmigung' geheim. Und natürlich konnte ich nicht über die Athanate sprechen. Oder über die Werwölfe. Oder über die Adepten. Sie mussten geradezu über Dinge stolpern, über die ich nicht sprechen konnte. Schlimmstenfalls konnten sie sich entschließen, mich wegen Behinderung einer Untersuchung festzuhalten, während sie die Sachen ‚aufklärten'. Oder sie setzten mich aufgrund der Verordnung über psychische Gesundheit fest. Das war ein großes Risiko für mich; ich *musste* frei sein, um Hoben zu verfolgen und ich *musste* zu der Athanate Versammlung am Samstag.

„Ist alles in Ordnung?", fragte sie und schaute mit mir in den

Park zurück. „Ich habe nichts Verdächtiges bemerkt."

„Ja, wahrscheinlich war diesmal nichts", sagte ich.

„Ich gehe besser zurück. Ich muss heute früh Feierabend machen."

Sie klang besorgt. Ich hob eine Augenbraue.

„Ein Gespräch mit Ma und Pa." Sie rollte mit den Augen. „Formell. Den Freund vorstellen. Dann über den Job reden. Meine Fortschritte als Adept beurteilen."

Sie versuchte darüber zu lachen, aber es klappte nicht ganz.

Ich holte das Handy aus meiner Tasche, das ich bei Castle Pines an mich genommen hatte.

„Wenn du Matt siehst, bitte ihn um eine Analyse dieses Handys. Und warne ihn vor, dass ich ein paar weitere kleine Aufgaben für ihn habe." Matt war ihr neuer Freund, mit dem Verstand eines Supergenies und dem Gesicht eines Engels. Er arbeitete für die Kingslund Gruppe.

„Hast du das mit Jen abgesprochen?"

„Das werde ich."

„Okay." Sie ging davon. Ich beobachtete, wie sie in ihren Wagen stieg und niemand folgte ihr oder schien ihr Verschwinden auch nur zu bemerken. Die Gruppen, die mir Sorgen bereitet hatten, waren weiterhin im Park, sogar die Clowns. Meine Paranoia hatte nicht immer recht, aber um auf der sicheren Seite zu sein, würde ich niemals mit einem Clown im selben Raum schlafen.

Tullah war heute etwas abgelenkt. Ob es nun an ihren Eltern lag oder an Matt oder an der zusätzlichen Verantwortung, die sie übernommen hatte, musste ich im Auge behalten. Sie hatte noch keine besonders gefährlichen Aufgaben übernommen, aber es war kein sicherer Job und es zahlte sich nicht aus, als Privatdetektiv abgelenkt zu sein.

Ein Rat, den ich mir selbst zu Herzen nehmen sollte.

Kapitel 4

Ich ging zu meinem Wagen zurück und beobachtete dabei weiterhin den Park.

Ich fuhr ein paar Blocks und parkte dann an einem dunklen Platz in einer ruhigen Straße hinter meiner alten Schule, dem Gymnasium Süd. Ich betrachtete das Gebäude einige Minuten voller Nostalgie. Verdammt, ich hatte damals gedacht, dass mein Leben kompliziert war. Wie falsch konnte ich liegen?

Ich war heute nicht vollständig ehrlich zu Bian gewesen und jetzt hatte ich mit Tullah das Gleiche gemacht. Ich war nicht stolz auf mich. Wenn ich Bian von Larry erzählt hätte, wäre meine Chance, Hoben zu erwischen, ganz sicher verspielt gewesen. Warum ich Tullah verschwiegen hatte, vollständig Athanate zu sein, war nicht so klar.

Was würde geschehen, wenn ich es ihr sagte? Mary hatte gesagt, dass sie mich verlassen müsste; Adepten arbeiten nicht mit Athanaten. Vielleicht müsste ich die Detektei schließen. Was würde ich dann machen? Ich konnte nicht für jemand anderen arbeiten, solange ich nicht sicher war, alles, was an mir Athanate war, unter Kontrolle zu haben. Hieß das, ich musste mir ein Leben von Haus Altau erbetteln? Diana hatte gesagt, dass sie mich willkommen heißen würden, aber ich hatte nie gefragt, was das bedeutete.

In Wahrheit war ich nicht einmal sicher, ob ich vollständig Athanate war. Würde ich mich plötzlich anders fühlen? Gäbe es einen Moment, in dem ich es einfach wusste?

Und was war mit meinem Geistwesen? Letzte Nacht hatte ich im Traum eine Vision gehabt; meine Arapaho Urgroßmutter Spricht-mit-Wölfen war mir erschienen. Was hatte sie gesagt? ,Du bist nichts von dem, wofür sie dich halten werden'. Und sie hatte mir mein Wolf Geistwesen, Hana, vorgestellt die mit mir sprechen würde, ,wenn deine Geister im Gleichgewicht sind.''

Adepten hatten Geistwesen, Athanate nicht.

Hieß das, ich würde Athanate *und* Adept werden? Und in beiden Gemeinschaften willkommen sein? Oder in keiner?

Ich rieb mein Gesicht, müde und frustriert. Eine Athanate Adeptin, die an Träume glaubte und mit Stimmen in ihrem Kopf sprach. Paranoid und mit einem Werwolf verabredet. Bei diesem Gedanken musste ich schließlich schmunzeln. Zumindest konnte mein

Leben nicht noch seltsamer werden.

Während ich im Wagen saß, konnte ich ebenso gut einen Bluttest durchführen. Ich langte hinter den Sitz und nahm das kleine Gerät.

Die Armee hatte nicht an Vampire geglaubt, bis mein Team im südamerikanischen Dschungel von ihnen ausgelöscht worden war und sie mich eher tot als lebendig zurückbekamen. Ich war nach fünf Tagen geheilt. Meine Kehle war aufgerissen worden und eine Woche später konnte man es nicht mehr sehen. Das war schwer zu ignorieren.

Die Armee hatte alles streng geheim gehalten und ein medizinisches Team aufgestellt, Obs genannt, um mich zu untersuchen. Meinem früheren Kommandanten aus Ops 4-10, Colonel Laine, war die Leitung übertragen worden.

Zu Beginn hielten sie mich natürlich isoliert. Aber dann hatten sie ein Testgerät entwickelt, um den Fortschritt meiner Infektion zu überwachen und als es mich als stabil einstufte, ließen sie mich raus. Die Vereinbarung, die ich unterzeichnen musste, stufte alles als geheim ein: Ops 4-10, Obs, Vampire, alles. Wenn ich Informationen weitergab, käme ich zurück in die Isolierzelle. Und wenn ich jemanden infizierte, kämen wir beide in Isolierzellen.

Das Gerät, das ich an meinen Arm schnallte, maß den Spiegel eines Prionentyps, eine Proteinkette im Körper, die ein Maß für meine vampirische Infektion war, wie Obs es noch immer nannte. Gemäß dem Colonel hätte ein aktiver Vampir einen Index von 0,8 und als ich den Test bei Diana durchgeführt hatte, wurde das bestätigt. Ich hatte letzte Woche einen Wert von etwa 0,5. Ich vermutete, dass ich jetzt nahe bei 0,8 war.

Es störte mich nicht mehr so wie früher, aber dennoch …

Das unheimliche Gefühl stellte sich ein, als die Mikrosensoren meine Vene fanden, ich spürte den Stich der Nadel und hörte das Summen, als das Gerät sein Programm abspulte.

Die Anzeige blinkte mich an.

Verdammt. Die Batterien gingen vermutlich zur Neige. Ich wusste nicht einmal, wo sie saßen. Ich schnallte es ab und drehte es um. Das war kein Verbraucherprodukt mit einem nützlichen, kleinen Batteriefach. Ich würde einen Schraubenzieher brauchen, um das Gerät auseinanderzunehmen.

Ich drehte es wieder richtig herum und sah mir die blinkende Nachricht sorgfältiger an.

ANOM 0,38 blinkte es und daneben konstant :0,41.

Ich machte ein Reset. Das hieß, ich schaltete es aus, schlug es ein paar Mal auf das Lenkrad und schaltete es wieder ein. Es kam zum gleichen Ergebnis. Das hatte es nie zuvor gemacht. Es hatte immer konstant etwas angezeigt, wie beispielsweise 0,45.

Zeit, Fragen zu stellen.

Der Colonel ging nicht an sein Handy. Das war das erste Mal überhaupt und ich starrte in Gedanken auf mein Smartphone, als der Anrufbeantworter zum zweiten Mal ansprang.

Ich hatte eine weitere Nummer - für das Obs Team im Hauptlabor. Ich wollte nicht mit ihnen sprechen, aber diese blinkenden Zahlen machten mich nervös.

Einer der Wissenschaftler antwortete. Ich erkannte seine Stimme, konnte mich aber nicht an sein Gesicht oder seinen Namen erinnern.

„Hallo, hier ist Amber Farrell, kann ich bitte mit Ihnen über die Bluttest Anzeige sprechen?", fragte ich unbeholfen. Ich durfte das Gerät vermutlich gar nicht haben.

„Oh ja, Frau Farrell. Es ist an der Zeit, dass Sie wegen einer weiteren vollständigen Untersuchung herkommen."

„Schön", log ich. „Sobald der Colonel es arrangiert. Aber heute wollte ich nur eine Anzeige überprüfen, die ich auf dem Display bekommen habe."

„Okay, aber die Anzeigen sind sehr einfach. Es sollte offensichtlich sein."

„Was bedeutet dann ein blinkendes ANOM?"

„Diese Anzeige kann es nicht geben. Sehen Sie, Sie müssen herkommen, damit wir alles komplett untersuchen können."

Ich rollte mit den Augen. Das war schlimmer als eine Computer Hotline.

„Sagen Sie mir einfach, was ein blinkendes ANOM in der Anzeige bedeutet."

Ich konnte ihn seufzen hören. „Das Gerät könnte fehlerhaft sein. Es ist zur Bestimmung von Vampirprionen eingestellt und es sollte den Standardindex zwischen 0 und 1 ausgeben. Bei jeder anderen Art von Prionen wird ‚anomale Anzeige' blinken." Er machte eine Pause und ich konnte hören, wie er in seinem Hirn plötzlich in einen anderen Gang wechselte. „Hey, Sie haben uns vor ein paar Wochen diese Werwolfsachen geschickt, nicht wahr. Haben Sie den Test an einem Werwolf ausgeführt? Oh mein Gott, das haben Sie. Hören Sie, bringen Sie sie zu uns. Das ist ganz wichtig."

Mir drehte sich der Magen um. Werwolfprionen.

„Ja", sagte ich und gab vor, unbesorgt zu sein. „Sagen Sie Colonel Laine, dass er mich anrufen und es arrangieren soll." Nur über meine Leiche. Ich legte auf.

Mist. Ich saß zitternd da und ließ es sacken.

Das kann mir nicht passieren.

Werwölfe und Athanate *können* sich nicht gegenseitig infundieren. Alex hatte mir das gesagt.

Oh mein Gott, Alex. Was hatten wir getan?

Ich rief ihn an. Der Anrufbeantworter ging dran, aber dies war keine Angelegenheit, zu der man eine Nachricht hinterlässt.

Hatte er mich angerufen?

Ich wischte durch meine Nachrichten. Er hatte. Das schlug mir auf den Magen.

Ich war heute Morgen bei ihm einfach weggerannt, um auf Jens Hilferuf zu reagieren. Wir waren da gerade mittendrin gewesen, dabei uns auszuziehen und in die Horizontale überzugehen. Unser erstes Mal, mein erster Mann seit über zwei Jahren. Oh, und mein allererster Werwolf. Wir waren so heiß aufeinander gewesen und er musste sich ziemlich über mein Verschwinden geärgert haben, auch wenn er es gut versteckt hatte. Hatte ich es mir nun mit ihm verdorben, bevor wir richtig angefangen hatten? Oder war das ein Anruf, um zu fragen, warum er plötzlich eine andere Art Fangzähne bekam?

Ich hörte mir mehrfach aufmerksam seine Nachricht an. Er musste die Stadt verlassen und würde mich nach seiner Rückkehr anrufen. Wahrscheinlich morgen. Es gab da etwas Wichtiges, das er mir so bald wie möglich erklären wollte. Seine Stimme hatte einen warmen Unterton, als er das sagte und trotz meines gefühlsmäßigen Durcheinanders grinste ich, als mein Körper auf seinen Tonfall reagierte. Definitiv kein ‚Danke und ich melde mich'. Auch kein Anzeichen, dass er ein durch Athanate verursachtes Problem hatte.

Einer der Gründe, weshalb ich Verabredungen mit Männern in den letzten Jahren vermieden hatte, war die Gefahr, sie zu infundieren, wie die Athanate es nannten. Ich hatte Alex letzte Woche bei einem Wohltätigkeitsball getroffen und die Erinnerung brachte noch immer meinen Puls zum Rasen. Er war groß, ungefähr eins neunzig, mit breiten Schultern und schmalen Hüften. Er bewegte sich mit dem richtigen Maß an Arroganz und war heiß wie die Hölle, sogar bevor ich in seine Augen gesehen hatte. Als ich in sie sah, war ich verloren. Es lag etwas Wildes in seinem Blick, das mich anzog.

Es hatte mich in dem Moment wütend gemacht, dass ein Flirt alles war, was ich wagen konnte. Aber das alles zählte nicht mehr, als ich den Grund für seine Ungezähmtheit herausfand. Er war ein Werwolf und zu meiner Freude hatte er mir gesagt, dass Athanate und Werwölfe sich nicht gegenseitig infundieren können.

Vielleicht konnten Athanate und Werwölfe sich *doch* infundieren. Würde ich nicht nur als Athanate und Adept, sondern zusätzlich als Werwolf enden? Würde Alex halb Athanate werden? Aber nichts in seiner Nachricht wies darauf hin.

Was aber, wenn wir uns gar nicht gegenseitig infundiert hatten? Das würde heißen, dass ich aus anderen Gründen Werwolfprionen in mir trug, schon bevor Alex und ich heute Morgen angefangen hatten miteinander herumzumachen.

Ich war mir nicht sicher, ob das nicht sogar noch schlimmer war, wegen der Auswirkungen für David.

David war ein so enger Freund, dass ich ihn als den Bruder ansah, den ich nie hatte. Ich hatte letzte Nacht sein Leben gerettet. Er war ein Anwärter, also jemand, der im Begriff war Athanate zu werden. Seine Verwandlung wurde von Haus Altau begleitet und es sollte ein sicherer und kontrollierter Vorgang sein, im Gegensatz zu meinem. Altau hatte David eine Mentorin, Pia, zur Seite gestellt, um ihn durch die Crusis zu führen.

Aber etwas war schief gegangen und sie hatte ihn gestern praktisch ausgeblutet. Als ich ihn fand, war er hypovolämisch und sein Herz raste, als es versuchte, das wenige Blut durch seinen Körper zu pumpen. Es war eine Frage von Minuten bis zu seinem Tod. Da ich keine Zeit für irgendetwas anderes gehabt hatte, ließ ich ihn von mir trinken und die Athanate Organe in seiner Kehle hatten mein Blut aufgesogen.

Ich hatte gewusst, dass diese Athanate Organe gleichzeitig Substanzen in mich zurückleiten würden, die meinen Wandel zur Athanate beschleunigten. Aber als ich mit der Entscheidung konfrontiert war David zu retten oder noch eine Weile nicht vollständig Athanate zu werden, gewann David haushoch.

Sobald er außer Gefahr war, musste ich den Preis zahlen. Eine Veränderung wallte durch meinen Körper und ich stolperte aus seinem Haus, schwach vom Blutverlust, aber, wie ich dachte, letztendlich Athanate. Alex war gekommen und hatte mich gerettet, als ich am frühen Morgen durch den Park irrte.

Wenn ich also Werwolfprionen in mir hatte, *bevor* ich zu David ging, dann hatte er eine Mischung von Athanate und Werwolf in sich aufgesogen.

Wir steckten bereits in Schwierigkeiten - er hatte die Vertraulichkeitsbestimmungen gebrochen, als er als Anwärter mit mir gesprochen hatte, noch bevor ich Haus Altau traf, aber ich konnte mir vorstellen, dass dies bedeutungslos war, wenn ich ihn mit Werwolfprionen infundiert hatte.

Ich konnte mich ein andermal über mich selbst aufregen. Ich musste jetzt nach David sehen. Sein Haus lag direkt auf der anderen Seite des Washington Parks. Ich fuhr schnell.

Ich parkte vor seinem weißen, A-förmigen Haus. Sein Wagen stand noch an der gleichen Stelle wie gestern. Eines seiner Wohnzimmerfenster war offen, aber ich konnte drinnen niemanden sehen, der sich regte.

Ich rannte den Weg hinauf.

David öffnete die Tür, bevor ich klopfen konnte.

Er sah viel besser aus als gestern. Er hatte sich nicht rasiert und sein dichtes, schwarzes Haar war noch nicht gekämmt, aber sein Blick war klar. Er hatte etwas Farbe, war sogar etwas gerötet. Ich hätte an Fieber gedacht, wenn er nicht Athanate wäre.

Er schien nervös zu sein, der drahtige Körper balancierte auf seinen Zehenspitzen.

„David, geht es dir gut?"

Er nickte abrupt und trat zur Seite, um mich hereinzulassen.

Schön, so viel zu ‚Danke, dass du mir das Leben gerettet hast'. Er war wahrscheinlich noch beschämt wegen allem.

Ich trug den Armreif, den mir Tullahs Mutter gegeben hatte. Es war eine Art magisches Warnsystem, das kribbelte, wenn jemand in meiner Umgebung mir nicht wohlgesonnen war. Er hatte schon eine Weile nicht mehr gekribbelt. Ich hatte das Gefühl, dass er sich auf mich abstimmte und mich nur warnte, wenn mir nicht schon selber klar war, dass eine Gefahr in der Nähe lauerte.

Er kribbelte jetzt.

Ich erstarrte und sah mich um.

„David, hier ist jemand", flüsterte ich. „Ist die Hintertür offen oder so etwas?"

Sein Blick fiel auf die Küchentür. Sie war geschlossen; jemand konnte durch die Hintertür gekommen sein und drinnen warten, während er dadurch abgelenkt war mich hereinzulassen.

Mist, meine Waffe lag im Wagen. Ich konnte nicht losgehen und sie jetzt holen, aber ein Überraschungsmoment war fast so gut wie eine Waffe. Ich schlich zur Küchentür. David nahm einen Baseballschläger aus einer Ecke.

Ich konnte einen anderen Athanate Geruch im Haus wahrnehmen. Ich erwartete Matlal, aber es schien eher Altau zu sein, mit einem kleinen Unterschied. Er erschien vertraut. Verrat? Jemand aus Haus Altau? Ich schlich vor, legte meine Hand leise auf die Klinke der Küchentür und spannte mich.

In dem Moment schlug mir David mit dem Baseballschläger auf den Hinterkopf.

Kapitel 5

Als ich zu mir kam, fühlte ich mich wund, unbehaglich und war wirklich wütend.

Ich wusste, was passiert war; es war sonst niemand im Raum, als ich geschlagen wurde, niemand anderes konnte es gewesen sein.

Ich versuchte aufzustehen. Ausgeschlossen. Ich war an den Stuhl gefesselt, auf dem ich saß und zwar sehr fest und an Hand- und Fußgelenken. Ein Seil führte sogar um meine Taille und band mich an die Rückenlehne. Ich konnte mich nicht befreien und war völlig hilflos.

Mist. Was zum Teufel ging hier vor? Hatte David mich verraten? Waren Matlal oder Hoben auf dem Weg hierher? Ich konnte das nicht glauben. Nicht David. Bestimmt nicht David? Ich hatte ihm vollständig vertraut.

Ich ruckte mit dem Stuhl herum, um zu sehen, ob etwas in Reichweite war, mit dem ich mich befreien konnte.

Ich war nicht allein.

Eine nackte Frau lag auf dem Bett, ebenfalls gefesselt. Ihre Haut hatte einen orientalisch olivfarbenen Ton und ein dichter Vorhang aus gewelltem Haar floss über die Laken wie Tinte über ein weißes Blatt. Sie war eine Athanate und gehörte zu Altau und ich hielt sie für Pia. Wir waren beide Gefangene; es sah mit jeder Sekunde schlimmer aus.

Als sie mein Geruckel hörte, fuhr ihr Kopf hoch. Sie funkelte mich an.

„Was zum Teufel hast du angestellt, du dämliche Idiotin?", zischte sie.

„Ich?" Oh, das stachelte mich an. Der kleine Dämon, der in meiner Kehle lebt, schlug zu. „Ich habe sein Leben gerettet, nachdem du ihn letzte Nacht fast zu Tode ausgeblutet hast. Was hast du ihm angetan? Was macht er?"

„Was meinst du damit, was er macht? Oh, gib mir Kraft." Sie schlug ihren Kopf frustriert aufs Bett. „Er wird bösartig. Glaubst du, du kannst einfach jemanden an dich binden und dann fortgehen?"

„Ich habe was? Ich habe ihn nicht an mich gebunden. Ich habe sein Leben gerettet. Ich habe ihm mein BLUT gegeben, weil er im Sterben lag. Weil du weggegangen bist und ihn zum Sterben zurückgelassen hast."

Das traf sie. „Ich bin zurückgekommen", sagte sie. Ihr Kopf hing herunter.

„Nicht annähernd rechtzeitig. Und ich bin gegangen, weil ich ihn *nicht* an mich binden wollte. Ich bin klug genug, um zu erkennen, dass ich nicht verstehe, was ich tun muss und wie. Ich bin klug genug, um zu erkennen, dass ich in genug Schwierigkeiten mit Altau stecke."

„Du lügst. Du kannst nicht ..."

Sie wurde unterbrochen. David platzte herein, er trug Koffer, die er auf den Boden warf. Als er mich ansah, zuckte er zurück.

„Amber, es tut mir leid", sagte er und kniete sich neben mich. „Ich musste es tun. Wir müssen hier verschwinden und ich wusste, dass du nicht gleich einverstanden sein würdest. Du wirst es verstehen, wenn ich es dir erkläre. Es ist unsere einzige Möglichkeit."

„Binde mich los und erkläre es mir jetzt sofort, David." Ich kämpfte gegen die Seile, aber er hatte gute Arbeit geleistet.

„Während wir fahren ..."

„Nein. Jetzt sofort. Du bekommst mich so nie in ein Auto."

David kniete sich vor mich, seine Hände auf meinen Knien, sein Gesicht bat um Verständnis.

„Du hast mich an dich gebunden ..."

Oh, Scheiße.

„Bring ihn dazu uns loszubinden, Farrell", rief Pia.

David schlug mit der Faust aufs Bett. „So darfst du nicht mit ihr reden." Sein bereits gerötetes Gesicht wurde dunkler und ich sah, dass er nur mit gewaltiger Anstrengung die Kontrolle über sich behielt. Seine Augen glitzerten und sein Gesicht verzerrte sich aufgrund des inneren Konflikts. Nach seiner bisherigen Röte wurde sein Gesicht nun blass.

Er befand sich in einem kritischen Zustand bei seiner Crusis, der Transformation zum Athanaten. Sie war schief gegangen. Irgendwie hatte ich sie für ihn verdorben. Er wurde wahnsinnig, wurde bösartig.

„Wie? David!" Sein Blick klärte sich langsam und fiel wieder auf mich. „David, konzentriere dich auf mich. Sag mir, wie ich dich gebunden habe."

„Dein BLUT. Nicht nur gebunden. Ich bin nicht mehr Haus Altau. Ich bin ... ich bin Haus Farrell."

Was hatte ich getan? Athanate sind territorial. Denver war die Domäne von Haus Altau. Ich war als Unterhaus akzeptiert worden, aber nicht, um ihre Anwärter zu stehlen.

„Du hast mich mit deinem BLUT gebunden, mich von Altau weggeholt", sagte David. „Das ist wie Hochverrat, Amber. Wir müssen hier weg. Wir alle."

„Oh, Gott! Nein, nein, nein." Pia presste ihre Augen zu und versuchte ihr Gesicht in den Laken zu verstecken.

Davids Gesicht zuckte vor Anstrengung und wurde dann langsam ruhig, als er sie ansah.

„Pia." Er berührte sanft ihre Schulter. „Du wirst es verstehen. Du wirst sehen."

Sie zitterte.

Er öffnete die Koffer und warf Sachen aus seinen Schubladen hinein. „Wir müssen heute Nacht noch gehen. Sie werden erkennen, dass etwas vorgefallen ist, wenn sie nicht zurückkommt und dann müssen wir aus Denver verschwunden sein."

„Wenn er an dich gebunden ist, kannst du ihn kontrollieren, Farrell!", sagte Pia. „Bring ihn dazu, uns loszubinden. Wir können nirgendwohin und er wird auch uns in die Bösartigkeit treiben. Wir werden alle verrückt werden. Sie werden uns wie tollwütige Hunde jagen. Du musst ihn stoppen."

„Keine Sorge, es wird ihr gut gehen", sagte David träumerisch, seine Bewegungen wurden weicher, entspannter. „Wir werden alle zusammen Haus Farrell sein."

„Farrell!", schrie Pia.

Ich hatte genug. Ich musste zu David durchdringen, solange noch Zeit war. Jedes Wort von Pia lenkte ihn ab. Sie brachte uns nirgendwohin und ich wusste instinktiv, dass der träumerische Ausdruck auf Davids Gesicht nichts Gutes verhieß. Ich wollte sie anschreien, aber meine Ausbildung zum Sergeanten setzte sich durch und meine Stimme wurde ruhig und distanziert, aber autoritär. Der Tonfall, den ich erlernt hatte und mit dem ich Leute dazu bringen konnte, sofort alles liegenzulassen und mir zuzuhören.

„Sei still, Pia", sagte ich einfach.

Verdammt, es klappte immer noch. Für einen Moment herrschte segensreiche Stille.

„David, hör mir zu." Ich wartete, bis ich seine Aufmerksamkeit hatte. „Egal, wie weit du mich wegbringst, ich werde zurückkehren. Also vergessen wir die Autofahrt einfach und bleiben gleich hier."

Ich sprach leise und er musste genau zuhören, um mich zu verstehen. Seine Bewegungen verlangsamten sich und ich sah, wie die

Emotionen erneut in ihm rangen. Der träumerische Blick verschwand und wurde von einem konzentrierten Stirnrunzeln ersetzt. Das war es, was ich wollte.

Denk nach, David. Denk darüber nach.

„Es ist nicht dein Fehler, oder Pias, oder meiner", sagte ich vernünftig. „Es ist nur etwas, mit dem wir umgehen müssen. Ich kann auf keinen Fall ein Athanate Haus auf mich allein gestellt führen, ohne Hilfe und Unterstützung. Ich werde es nicht einmal versuchen. Wir hängen von Altau ab. Ich werde keinen Zwang auf dich ausüben. Dafür gibt es keinen Grund. Du verstehst, was ich sage und wenn du einen Moment darüber nachdenkst, wirst du mir beipflichten."

Er hielt inne und begann, die Kleidung in seinen Händen zu wringen, aber seine Augen hatten etwas von ihrer Verrücktheit verloren.

„Habe ich recht, Brüderchen?"

„Ja", flüsterte er. „Es ist nur so ...", seine Stimme versagte.

„Es ist nichts", sagte ich ruhig. „Wir haben ein paar Fehler gemacht, aber nicht mit Absicht. Niemand hat Schuld. Du brauchst dringend Hilfe. Wenn sie dir wehtun wollen, müssen sie an mir vorbei. Binde uns los."

Sein Gesicht verzerrte sich wieder für eine Sekunde, seine Fäuste ballten sich und mein Herzschlag setzte kurz aus. Aber dann glättete sich sein Stirnrunzeln und er lächelte fast. „Gesprochen wie die Herrin des Hauses, Schwesterchen." Er ließ die Kleidung fallen. „Darum habe ich dir die Schlüssel von meinem Haus gegeben."

Erleichterung durchflutete mich. Wenn er so sprach, hatte er sich unter Kontrolle.

Er kniete nieder und band mich los. Er arbeitete langsam, als ob er sichergehen wollte, dass er ruhig blieb und ich passte mich ihm an. Ich stand vorsichtig auf und ließ ihn zu Pia gehen, um sie loszubinden. Als er mir den Rücken zukehrte, fiel mein Blick auf den Baseballschläger, den er auf den Boden geworfen hatte, aber ich ließ ihn liegen. Bei unserem nächsten Boxtraining würde er eine höllische Abreibung bekommen, aber heute Nacht wollte ich ihn aufrecht und bereit.

Ich fürchtete, dass Pia ihn wieder aufregen würde, aber es schien sie positiv beeinflusst zu haben, den Mund halten zu müssen. Ihre Kleidung war im Raum verstreut, einige Teile ziemlich zerfetzt. Ich sammelte sie auf, brachte sie dazu sich anzuziehen und ersetzte ihr zerrissenes Hemd durch eines von David. Es stand ihr besser als David. Sie fand eine Spange und steckte ihr Haar unbefangen zu einem dramatischen, mitternachtsschwarzen Wasserfall zusammen.

Ich lotste beide aus dem Schlafzimmer.

Mit dem Handy in der Hand wartete ich ab, während mein Herz bis zum Hals schlug. Ich freute mich nicht auf diesen Anruf. Ich war mir nicht einmal sicher, ob es das Richtige war, egal was ich zu David gesagt hatte. Mein BLUT verfremdete sich, ich hatte nichts von David gesagt und dann hatte ich ihn gebunden und als krönender Abschluss war dies die Woche vor der Versammlung, die von Altau abgehalten wurde und die lebenswichtig für die gesamte Athanate Gemeinschaft war. Ich hätte mir keinen ungünstigeren Zeitpunkt aussuchen können. Aber ich musste tun, was auf lange Sicht das Beste für David war. Ich musste mich um ihn kümmern. Ich hatte mein Wort gegeben. Und ... es schien noch mehr als das zu sein.

Verdammt. Konnte es nicht einmal einfach sein? Oder zumindest nicht schwer?

Ich drückte die Schnellwahltaste.

„Bian, ich habe hier einen Notfall."

„Oh, Amber." Sie klang aufgebracht. „Es ist gerade nicht der richtige Zeitpunkt."

„Ich verstehe und es tut mir wirklich leid. Ich bin im Haus von David Thaler mit Pia ..."

„Was zum Teufel machst du dort?" Ihre Stimme klang kalt. „Hast du eine Vorstellung ...?"

„Warte, ich kann das erklären. Hör zu, Bian. Er hatte einen Rückfall. Er brauchte letzte Nacht BLUT, wirklich dringend. Ich musste ihn von mir trinken lassen. Aber heute ... wirkt er verstört. Ich befürchte, dass er ohne Diana oder jemanden, der ihn behandeln kann, bösartig wird. Ich kann uns alle nach Haven bringen, aber ..."

„Nein! Scheiße! Bleib dort. Du *bleibst* bei ihm. Geh *nicht* weg." Ich hörte, wie sie ihr Handy weghielt und jemandem schnell eine Reihe von Kommandos auf Athanate gab, bevor sie zu mir zurückkam. „Lass ihn *nicht* aus den Augen. Bleib so ruhig du kannst. Jemand wird innerhalb der nächsten Stunde kommen. Geht *nicht* aus dem Haus."

Sie konnte das Handy nicht mit Schwung auflegen, aber das abrupte Ende des Gespräches sagte mir alles, was ich darüber wissen musste, wie ernst die Lage war. Für uns alle.

Kapitel 6

Nach ungefähr vierzig Minuten hörte ich, dass draußen Autos hielten und es lautstark an der Tür klopfte.

Ich blickte durch das Fenster. Dort standen drei im Licht vor der Eingangstür. Ein Mann vor der Tür sowie ein Mann und eine Frau mit dem Rücken zu uns, alle trugen Kevlarwesten über schwarzen Uniformen, darüber Mäntel. Den, der mich ansah, erkannte ich aus der Gruppe der vier, die ich vor zwei Wochen in LoDo getroffen hatte. Ich hatte ihn Fangzahn 2 genannt. Alle trugen die hässlichen, kompakten P90 Maschinenpistolen, halb verborgen unter ihren Mänteln. Mich durchfuhr ein nervöser Schauer, ein Impuls Pia und David zu schützen.

Ich schluckte schwer. Der beste Weg David zu schützen, war, ihm Hilfe zukommen zu lassen, statt zaudernd hier herumzustehen.

Ich öffnete die Tür ein Stück weit. Fangzahn 2 versuchte vorbeizukommen, hob seine Waffe. Ich weigerte mich, mich zu bewegen, blockierte seinen Weg und der Mann hinter ihm drehte sich um und hob die Waffe. Ich hielt die Stellung. Wenn er die Dinge forcierte, würde das sehr schnell sehr schlecht enden.

Er tat es nicht. „Bitte, Haus Farrell", sagte er höflich. „Einsatzauftrag. Wir müssen das Gebäude sichern." Er zögerte. „Wir haben die Freigabe für tödliche Gewalt."

Ich schluckte schwer und zwang den Knoten in meinem Magen, sich zu lockern. Ich kannte den Drill aus seiner Sicht. Ich starrte in seine Augen und war mir der P90, die entsichert auf mich zielte, deutlich bewusst. Sie mussten ihre Aufgabe erfüllen und sie würden es tun. Sie durften sich durch nichts davon abbringen lassen. Ein Fehltritt wäre jetzt tödlich.

Ich holte tief Luft und trat zur Seite, um sie hereinzulassen. Der andere Mann war Fangzahn 4. Er nickte mir respektvoll zu, als er eintrat. Zumindest waren sie höflich.

Die Frau war Mykayla und sie sah verlegen aus. „Hallo, Amber", flüsterte sie, dann drehte sie sich um, sodass sie von der Eingangstür auf die Wagen sehen konnte, in denen sie angekommen waren.

Ich war schockiert. Ich kannte diese Art Sicherheitsprozedur, die sie einhielten und dass sie Mykayla beteiligten, zeigte mir, wie gefährlich überlastet sie bei Haus Altau waren.

Ich fühlte mich immer noch für Mykayla verantwortlich. Vielleicht war etwas dran an dem alten chinesischen Sprichwort: Rette einem Menschen das Leben und du bist für immer für ihn verantwortlich. Ich hatte sie letzte Woche vor Tuckers Bande gerettet. Hieß das, ich würde mich für immer für sie verantwortlich fühlen? Ich hatte sie an Altau übergeben, weil das ihr Wunsch war. Aber in dieser kurzen Zeit konnte sie unmöglich gelernt haben, ein Teil des Teams zu sein.

Meine Instinkte aus der Sergeantenausbildung übernahmen. „Du konzentrierst dich auf die Wagen, Mykayla. Deine Aufgabe hier ist, für sie sichtbar zu sein und hinter ihnen aufzupassen. Beobachte die Straße." Mir gelang ein schiefes Lächeln, obwohl meine Haut wegen der Geräusche der anderen, die sich durch das Haus bewegten, kribbelte.

Davids Atmung wurde schwerer und ich ging zu ihm. Es schien etwas zu helfen.

Fangzahn 4 tauchte wieder auf und schaltete die Lichter am Eingang und im Flur aus. Das Haus lag jetzt im Dunkeln. „Gesichert", sagte er in sein Funkgerät, bevor er sich an uns drei wandte. „Ins Wohnzimmer, bitte." Es war keine Bitte. Seine P90 war nicht auf uns gerichtet, aber auch nicht weit weg. Wir waren unter Arrest und es war zu spät für Alternativen.

Ich nahm Pia und David mit ins Wohnzimmer, wo Fangzahn 2 die Vorhänge zuzog.

Pia und ich stellten uns still zu beiden Seiten von David auf. Bis auf das Hecheln war er ruhig gewesen, aber jetzt fing er wieder an zu zittern und zu zucken. Seine Augen wechselten von starr zu glasig und zurück, immer wieder. Ich bangte um ihn. Wie lange hatten wir, bis er unrettbar in den Wahnsinn glitt? Ich wusste, wie Athanate mit Bösartigen umgingen; Bians Worte waren - *ein schneller und humaner Tod*. Ich musste sie davon überzeugen, ihm schnell zu helfen. Pias Arme schlossen sich um ihn und das machte sie für mich etwas sympathischer als vorher. Vielleicht würden wir nie Freunde, aber wenn sie aufhörte die hysterische Tussi zu spielen, war sie in Ordnung.

Als Fangzahn 2 alle Vorhänge geschlossen hatte, schaltete er das Licht an.

Diana fegte herein, größer als ich und schnell wie ein Sonnenuntergang, ihr langer Mantel wehte beim Gehen. Sie ließ ihre

Kapuze herab und nickte den beiden Fangzähnen zu. Ihr Gesicht war ruhig, umrahmt von ihrem schwarzen Haar und ihre großen Augen verrieten nichts.

Skylur folgte ihr. Jeder hätte Schwierigkeiten, ihn auf einem Gruppenfoto zu finden. Sein Gesicht war durchschnittlich, sogar unauffällig. Aber von Nahem waren seine Augen von einem erstaunlichen Blau. Und heute Nacht waren sie eisig kalt vor Wut.

Bian kam zuletzt. Sie warf ihren Mantel ab, sodass ihre eigene Seidenversion der schwarzen Kampfuniform zum Vorschein kam. Ein japanisches Katana Schwert in einer mattfarbenen Scheide hing wie fehl am Platz an ihrer Seite. Ihr Blick musterte mich ausdruckslos.

Ich stellte mich vor die beiden anderen. „Haus Altau", sagte ich formell zu Skylur und beugte mein Haupt. Meine Stimme klang laut in der Stille. Ich war nicht sicher, ob ich das richtige Protokoll befolgte, aber das war meine geringste Sorge.

Skylur starrte mich eine Ewigkeit lang an. „Haus Farrell", antwortete er schließlich.

Ich räusperte mich. Schweigen schien keine gute Option. „Das war eine eindrucksvolle Ankunft", sagte ich. „Es tut mir leid, dass ich so kurz vor der Versammlung ein Problem verursacht habe."

„Wir sind im Krieg mit den Basilikos, Amber", sagte Diana. „Noch nicht erklärt, jedoch bereits begonnen. Für dessen Dauer verfahren wir von jetzt an immer so, wenn Skylur und ich gemeinsam unterwegs sind. Und ja, du hast uns Unannehmlichkeiten bereitet, um es freundlich auszudrücken."

Skylur setzte sich, die Ellbogen auf den Armlehnen des Stuhls und legte seine Fingerkuppen aneinander. Sein Gesicht war blass und seine Augen brannten weiter in ihrem eisigen Glanz.

„Verstehe ich richtig, dass du diesem Anwärter gestattet hast, dein BLUT zu trinken?", fragte er und zeigte dabei mit dem Finger auf David.

„Ja, aber ..."

„Nachdem ich einen Bann ausgesprochen habe", unterbrach er mich barsch. „Auf deinen besonderen Wunsch hin."

„Ja ..."

„Setz dich hin."

Ich öffnete meinen Mund, um etwas zu sagen, erhielt aber ein dezentes Warnzeichen von Diana. Ich hielt den Mund und wir setzten uns auf das Sofa, David zwischen Pia und mir. Diana setzte sich in den anderen Stuhl und Bian lehnte sich an die Wand. Die Fangzähne 2 und 4 schlüpften leise hinaus. Sie würden ihre Position vor und hinter dem Haus einnehmen, um jeden fernzuhalten. Drinnen befanden wir uns wie in einem Kokon; in unserer eigenen kleinen Welt, wo die Regeln und Bedingungen der sorglosen Außenwelt ohne Bedeutung für uns waren. In diesem Raum galten nur die Regeln der Athanate. Ich hatte kaum eine Ahnung, wie das ablaufen würde, aber schon eine viel zu gute Vorstellung davon, wie schnell und endgültig die Athanate mit Problemen umgingen. Ich hatte keinerlei Ratgeber, keine Chance auf Berufung und zwei Leute, die von dem Urteil abhingen. Und Davids Leben hing davon ab, wie schnell eine Lösung gefunden würde. Ich musste mich darauf konzentrieren, statt mir Sorgen über mich selbst zu machen und zuerst David retten. Ein Schritt nach dem anderen.

Skylur gab mir keine Chance anzufangen.

„Du solltest inzwischen erkannt haben, dass Athanate zu werden nicht nur Vorteile bringt, sondern mit Pflichten und Verantwortung gegenüber der Athanate Gemeinschaft einhergeht. Unsere Situation bedingt, dass das nicht verhandelbar ist. Es gibt Regeln und du befolgst sie oder du stirbst. Du bist Athanate, in meiner Domäne, unter meiner absoluten Hoheit und es ist meine Pflicht gegenüber den Athanaten, sicherzustellen, dass du mir gehorchst." Nach einer Pause fügte er hinzu: „Verstehst du das?"

Die Wirkung seiner Worte wurde noch dadurch verstärkt, dass er sie ruhig aussprach. Ja, ich verstand, dass die Athanate nur durch strenges Durchsetzen ihrer Regeln so lange überleben konnten. Und ich verstand, dass ich keinen Freifahrtschein hatte, mich so zu verhalten, wie ich wollte. Ob ich wollte oder nicht, ich war Teil der Gemeinschaft und musste ihre Regeln befolgen. Was immer sie besagten.

„Jawohl, Sir", antwortete ich.

„Ich habe deine Taten toleriert. Verstehst du, dass ich für dich verantwortlich bin gegenüber der Athanate Versammlung?"

„Jawohl, Sir."

„Du hast den Standort meines Hauses herausgefunden. Es liegt in meiner Macht, jeden Athanaten zu töten, der dieses Wissen hat und nicht Teil meines Hauses ist und mir einen Schwur geleistet hat."

Er machte erneut eine Pause und wartete. Ich nickte. Ich hatte nicht aktiv bei Altau spioniert, sie hatten einfach meinen Wagen benutzt, als sie mich für unser erstes Treffen entführten und der Wagen hatte ein modifiziertes GPS, das ich genutzt hatte, um herauszufinden, wohin sie mich gebracht hatten. Das wäre ein gutes, legales Argument vor Gericht gewesen. Aber dies hier war nicht die Art von Gerichtshof, darum schwieg ich.

„Ich habe außerdem die Macht, dir einen Zwang aufzuerlegen Dinge zu tun. Wie mir zu sagen, wo und wann du infundiert wurdest. Ich habe mich damit zurückgehalten."

Ich nickte wieder. Skylur hatte gesagt, dass er meine früheren Vereinbarungen mit der Armee respektierte, die mir untersagten, irgendetwas von dem, was passiert war, zu offenbaren. Ein weiteres gutes Argument, das ich im Moment nicht anführen würde.

Neben mir wurde Davids Atem tiefer und abgehackt. Der träumerische Blick zeigte sich erneut auf seinem Gesicht und ich sah, wie Diana es registrierte. Aber Skylur war noch nicht fertig.

„Stattdessen habe ich dir Freiraum gegeben. Nicht auf dem Austausch von BLUT bestanden. Tatsächlich habe ich einen Bann auf dein BLUT gelegt. Dich zum Haus erhoben. All das könnte bei der Versammlung in Zweifel gezogen werden, als Beweis dafür, dass ich keine ausreichende Kontrolle über meine Domäne habe. Fast so, als wärst du von den Basilikos dazu angestiftet worden." Er wartete, als wenn er mir die Gelegenheit geben wollte, das zu leugnen, bevor er fortfuhr. „Und jetzt finde ich heraus, dass du eine Beziehung zu einem Anwärter hast, die du vor uns geheim gehalten hast. Der dein BLUT getrunken hat in Missachtung meines Banns." Seine Augen bohrten sich in meine. „Die Strafe dafür ist der Tod."

Nein!

„Bitte", stotterte ich. „Du verstehst das nicht."

„Dann erkläre es", sagte er.

„Kannst du nicht zuerst etwas für David tun? Ich befürchte, dass er ..."

Skylur unterbrach mich. „Wir werden uns nicht die Mühe machen, wenn wir ihn dann hinrichten, weil er den Bann gebrochen hat."

Ich spürte, wie das Blut aus meinem Gesicht wich. Er würde es tun. Ich konnte es in seinem Gesicht sehen. Ich musste ihm begreiflich machen, dass es nicht Davids Fehler war. „Als ich letzte Nacht hier ankam", beeilte ich mich zu sagen, hielt aber abrupt inne, als mir klar wurde, dass der nächste Teil auch für Pia tödlich sein konnte. Aber ich musste etwas tun und auf dem einen Weg lag der sichere Tod und auf dem anderen war er ungewiss. Dianas Kopf neigte sich fragend wegen meines Zögerns. Ich schluckte und fuhr fort. „In der letzten Nacht lag David im Sterben. Er war bewusstlos, hypovolämisch. Er hatte so wenig Blut in seinem Körper, dass sein Herz sich zu Tode schlug. Das ist nicht sein Fehler. Ich musste sofort etwas tun. Es war keine Zeit euch hierher zu holen und ich dachte, dass ein Notarzt außer Frage stand. Ich brachte ihn dazu mich zu beißen. Ich musste ihn zwingen mich zu beißen."

Niemand sagte etwas. Davids raues Atmen war das einzige Geräusch im Raum. Draußen im Flur quietschte der Boden unter den Schritten eines der Wächter.

„Pia?", fragte Bian mit Unglauben in ihrer Stimme.

Pias Augen waren rot und jagten zwischen uns hin und her, baten um Verständnis. Sie sah entsetzt aus und sagte nichts. Ich musste ihr ebenso viel Ärger eingebrockt haben wie David.

„Pia?" Diana lehnte sich in ihrem Stuhl vor, ihre Stirn gerunzelt vor Verwunderung.

Was machte sie bloß? War sie zu verängstigt zum Reden?

Diana ging zu ihr und kniete vor ihr. Ihre Fingerspitzen glitten ihre Braue entlang.

„Sie steht unter einem Zwang", sagte Diana. Pia nickte und sah mich an. Diana reichte herüber und strich über Davids Braue. Seine Augen waren glasig und er schien ihre Berührung nicht zu bemerken.

„Gibt es hier kein Ende?", fragte Skylur. „Jetzt belegst du Mitglieder meines Hauses mit einem Zwang. Was versuchst du zu tun? Startest du eine Rebellion in Denver?"

„Nein!", sagte ich. „Ich habe ihr lediglich gesagt, dass sie still sein soll. Sicherlich ..."

„Skylur", unterbrach mich Diana. Sie schwang herum, um ihn mit ernstem Gesicht anzusehen und sein Blick ließ für einen Moment von mir ab. „Das sind keine Mitglieder deines Hauses mehr", sagte sie.

Skylur sprang abrupt auf. Ich ebenso, weil er mich erschreckt hatte.

Er starrte mich an, als ob er mich nie zuvor wirklich gesehen hätte.

Ich bekam keine Luft in meine Lungen. Ich fühlte, wie die kalten Finger seiner mentalen Kräfte meinen Kopf umklammerten und wie eisige Nadeln in mein Gehirn glitten. Diana hatte mir die Grundlagen beigebracht, mich zu verteidigen. Ich brauchte nur den Brennstoff dafür. Ich langte in das Wut Reservoir in meinem Bauch.

Und stoppte mich.

Ich konnte ihn nicht bekämpfen. Es hatte keinen Sinn mich ihm zu widersetzen.

War ich das oder ließ er mich das denken? Denk nach, verdammt, denk nach. Mein Leben hängt davon ab.

Ich konnte ihn nicht bekämpfen, weder physisch noch mental. Das war ich, das wusste ich. Die andere Option war, sich zu unterwerfen und zu hoffen. Ich hatte einige Dinge falsch gemacht. Es sah schlecht aus. Ausgehend von meinem Beschützerinstinkt gegenüber David konnte ich mir kaum die Stärke von Skylurs Gefühlen vorstellen und er hatte gerade herausgefunden, dass ich David von ihm gestohlen hatte.

Und Pia? Wie zum Teufel?

Nichts davon war beabsichtigt. Und Skylur war nicht nur mächtig, er war alt, er hatte Weisheit und Kontrolle angesammelt. Hoffte ich. Etwas kreischte in mir - *nein, nein, nein.*

Ich verzögerte nur ihre Behandlung von David. Ich umklammerte meine Beine, die zu zusammenzuklappen drohten, schloss meine Augen und neigte meinen Kopf nach hinten, um meine Kehle anzubieten.

Oh, Gott, nein, bitte nicht.

Hatte ich das tatsächlich laut gesagt? Tränen quollen hervor und liefen meine Wangen hinunter.

Von fern kam eine Stimme. „Skylur."

Sein Atem an meiner Kehle fühlte sich wie Flammen an, die meinen ganzen Körper erschauern ließen.

Und der Druck auf meinen Geist ließ nach.

Ich hob meinen Kopf vorsichtig.

Skylur stand jetzt etwas entfernt. Sein Gesichtsausdruck war verschlossen, enthüllte nichts, aber zumindest war er zurückgewichen. Ich konnte nicht aufhören zu zittern. Er war ganz nahe dran gewesen, mich zu beißen.

„Skylur." Diana sprach wieder und stellte sich leicht vor mich. „David kommt in eine kritische Phase."

Er machte eine Geste.

Was heißt das? Wie lautet seine Entscheidung?

Diana drehte sich um.

In meinem Kopf drehte sich etwas, als wenn ich auf den Kopf gestellt worden wäre. Der Zwang, David zu beschützen, durchflutete mich wie ein elektrischer Schlag.

Ohne nachzudenken, blockierte ich Dianas Weg. Schweiß kühlte meine Stirn und mein Mund wurde trocken. Wie Skylur war auch Diana schneller und stärker als ich. Nicht nur ein wenig, sondern überwältigend. Sie konnte mich mit einem Blick lähmen. Ich konnte sie keinesfalls davon abhalten zu tun, was immer sie wollte, aber meine Instinkte trieben mich. Ich musste David und Pia schützen.

„Er gehört *mir*", sagte ich mit gespannter Stimme und mein Herz schlug bis zum Hals.

Diana sah aus, als hätte ich ihr ins Gesicht geschlagen. Sie stellte sich auf ihre Fußballen. Ich spürte, dass Pia an meine Seite eilte und Bian glitt wie ein dunkler Geist von der Wand und ließ das Katana Schwert plötzlich im sanften Licht singen.

Oh Scheiße, das war es dann.

„Halt", sagte Skylur, seine Stimme schneidend. Wir erstarrten.

„Bian", sagte Diana. Das Katana glitt ruhig wieder in die Scheide. Bian nahm ihre lässige Position an der Wand wieder ein, als wäre nichts geschehen. Aber sie runzelte besorgt ihre Stirn. Pia trat zurück. Ich tat einen zittrigen Atemzug.

Diana drehte sich halb zu Skylur, ein Hauch von einem Lächeln auf ihrem Gesicht. „Was war es noch, was du mir dazu gesagt hast, dass sie Unterricht braucht in Bezug auf ihre Pflichten als Haus?"

Sie legte ihre Hand auf meine Schulter. „Amber, David braucht mich jetzt, um ihm zu helfen." Sie sah mich intensiv an und ihre Stimme wurde härter. „Wenn er zu weit weg ist, dann ist er tatsächlich dein."

Ich nickte mit einem flauen Gefühl im Magen. Sie meinte, es wäre meine Verantwortung, wenn er wie ein tollwütiges Tier getötet werden musste.

Sie setzte sich zu David auf das Sofa und hielt seine Hände wie ein Pärchen beim ersten Rendezvous, das nicht zusammenpasste. Davids Zittern ebbte etwas ab, sein Blick konzentrierte sich halbwegs auf sie. Ihr Blick gab ihm Halt und dann glitten ihre Hände seine Arme hinauf, an seinem Hals vorbei, bis sie seinen Kopf hielten. In einer flüssigen Bewegung kniete sie und erhob sich dann über ihn und drückte seinen Kopf zurück. Pia schoss vorwärts, aber Bian war plötzlich neben ihr und hielt sie mit einer Hand fest. Pia sah mich an und ich blieb ruhig stehen. Ich musste Diana vertrauen. Pia wollte dagegen argumentieren, aber sie trat zurück, wenn auch ärgerlich und besorgt.

Diana senkte ihren Kopf über David, als ob sie ihn küssen wollte, aber glitt hinunter zu seinem Hals. Sie seufzte laut in der Stille und ihre Lippen berührten seinen Hals. Sofort sank Davids angespannter Körper weich auf das Sofa zurück und sie folgte ihm sachte, als wäre sie an seinem Hals befestigt.

„Nur Beruhigungsstoffe", sagte Bian so dicht an meinem Ohr, dass ich zusammenfuhr. „Botenstoffe, die ihn entspannen. Es ist in Ordnung."

Es war noch nicht in Ordnung. Davids Augen starrten geradeaus und er stöhnte und wand sich, aber Dianas Fangzähne hatten sich in seiner Kehle eingegraben und ihr Mund lag fest auf seinem Hals. Ihre Augen schlossen sich, als würde sie sich auf das Herausfinden der einzelnen Aromen eines komplexen Geschmacks konzentrieren. Jedes Zucken wallte auch durch mich. Hatte sie rechtzeitig begonnen oder würde ich David töten müssen?

Dann hob Diana ihren Kopf von seinem Hals und ein kleines Zittern durchfuhr sie. David blieb in sich zusammengesunken, seine Augen waren jetzt geschlossen, Blut tropfte aus den Wunden an seiner Kehle. Sie drehte sich zu mir um, ihre Bewegungen langsam und sinnlich, ihr Blick verschleiert.

„Er wird es schaffen", sagte sie.

Erleichterung durchfuhr mich.

„Bian, er ist mit Envirionen und Ambers BLUT überflutet. Übernimm, während Amber und Pia uns erklären, wie das alles passiert ist."

Bian übernahm Dianas Platz. Mit erfahrener Leichtigkeit platzierte sie das Katana auf eine Seite und spreizte ihre Beine über David. Sie lehnte ihr Gesicht an seinen Hals und er stöhnte, als sie ihn biss. Ich errötete. Ich fand, es war intim und erregend. Etwas, von dem ich fühlte, dass ich es selber auch tun konnte, sogar tun wollte. Verdammt, etwas das ich als Haus Farrell tun sollte, statt alles mit jedem Schritt schlimmer zu machen.

„Also?", fragte Diana, als sie und Skylur auf ihre Stühle zurückgekehrt waren. Skylur blieb ruhig und runzelte gedankenverloren die Stirn.

Da das Sofa besetzt war, setzte ich mich auf einen Hocker. Pia stellte sich neben mich, ihr Gesicht zeigte ihren Konflikt. Ich konnte mir einige der Dinge vorstellen, die ihr durch den Kopf gingen. Zweifellos war sie zufrieden gewesen in der Geborgenheit von Altau, einem mächtigen Haus, mit dem mächtigsten Meister, hatte sich sicher gefühlt. Dann wurde sie irgendwie - *wie?* - Teil eines Hauses unter einer Athanate, die nicht einmal wusste, wie man Athanate war. Die sich nicht einmal bewusst war, sie in ihr Haus aufgenommen zu haben. Das war nicht angenehm und definitiv nicht sicher. Und doch war sie mir in einer hoffnungslosen Konfrontation mit Diana zur Seite gesprungen. Ihre Instinkte waren auf mich ausgerichtet. Kein Wunder, dass sie Schwierigkeiten hatte.

Ein bisschen wie ich, auf meinem Weg vom Menschen zur Athanate. Da musst du durch, Mädchen.

„Pia, setz dich bitte zu mir", sagte ich.

Sie kniete sich steif neben mich, als ob ihre Gelenke geölt werden müssten.

Ich hob gedankenlos meine Hand, um sie auf sie zu legen und hielt inne. Vielleicht später, wenn wir uns alle daran gewöhnt hatten. Wenn es ein Später für uns gab.

„Also?", wiederholte Diana.

Konzentriere dich.

„Ich kenne David, seit er Anwärter wurde, lange bevor ich euch getroffen habe. Wir wurden Freunde, wie Bruder und Schwester. Er redete mit mir über Athanate im Allgemeinen, ohne wirklich etwas zu verraten." Ich räusperte mich. „Es schien nie der passende Zeitpunkt zu sein, euch das zu sagen." Es klang pathetisch in meinen Ohren.

„Und du denkst, dies ist der passende Zeitpunkt?", fragte Diana.

„Nein, natürlich nicht, aber ..."

„Dies ist die denkbar schlechteste Zeit", sagte sie. „Skylur hat stündlich Anrufe von den Wardern und weist zurzeit alle zurück. Wenn wir zurückkehren, was soll er ihnen sagen? Dass er die Kontrolle über seine Domäne verloren hat?"

Das konnte ich nicht beantworten.

„Mach weiter", sagte Skylur. Er war wieder dabei, seine Fingerkuppen zusammenzulegen, aber zumindest sah sein Gesicht weniger ärgerlich aus. Wenn ich nur herausfinden könnte, was er dachte, könnte mich das etwas beruhigen. Aber ich bin natürlich mit dem militärischen Konzept der entbehrlichen Aktivposten vertraut und ich nahm an, dass er mich so sah. Weshalb er wahrscheinlich darüber nachdachte, wie er den größten Nutzen daraus ziehen konnte, wenn er mich opferte.

„Ich habe mit David an seiner physischen Vorbereitung gearbeitet und an seiner Telergie. Während wir damit experimentierten, Bilder zu projizieren, bekamen wir einige unklare Signale und es führte dazu, dass wir uns küssten." Ich errötete und Pia regte sich. „Das ist alles, was passiert ist, aber David sagte, dass eine Übertragung zu ihm durch das Küssen stattgefunden hat. Durch einige meiner Prionen."

Ich wartete, damit sie Fragen stellen konnten, aber sie beobachteten mich nur wie zwei Katzen ein Mauseloch.

„Ich vermute, dass das seine Marke verändert hat", fuhr ich fort. „Wie ich das verstehe, fing sie an mehr meine zu sein, als die von Haus Altau. Er und Pia haben sich deswegen gestritten. Ich weiß nicht, was genau passiert ist. Als ich letzte Nacht herkam, war keine Zeit. Ich wollte nur, dass er überlebt. Er schien sich gut zu erholen, aber ich merkte auch, dass ich den Übergang zur Athanate vollendet hatte. *Dann* wollte ich ihn wirklich beißen, ihn zu Haus Farrell machen. Darum bin ich weggegangen."

Ich leckte nervös meine Lippen. „Heute war er manisch. Ich musste ihm gut zureden. Aber er war noch in Ordnung. Er hörte zu. Ich habe euch angerufen." Ich hatte noch mehr zu sagen. „Ich habe nicht die Absicht, ein Haus als Opposition aufzubauen. Ich wollte nicht, dass das geschieht. Ich habe nicht erkannt, was geschah."

„Und jetzt, was ist falsch gelaufen, Pia?" Diana gestikulierte mir. „Du musst sie freigeben, Amber."

Hatte ich wirklich einen so starken Zwang ausgeübt? Ich musste sehr vorsichtig mit dieser Kontrolle sein. Wie konnte ich sie abstellen?

„Du darfst sprechen, Pia", versuchte ich es.

„Vielen Dank, H ...", stotterte sie und brach ab. „Herrin", beendete sie flüsternd.

„Du erkennst sie an?", fragte Skylur. Pia nickte, hielt aber ihren Kopf gesenkt.

Bevor sie noch etwas sagen konnte, hob Bian ihren Kopf von Davids Kehle. Sie drehte sich mit gespenstischer, unmenschlicher Eleganz, ihr Mund weit offen und fauchend, die blutigen Fangzähne waren zu sehen. Ihre Augen glitzerten und als sie ausatmete, zischte es in ihrer Kehle. Ich erkannte sie kaum.

Diana war sofort bei ihr, eine Hand auf ihrer Schulter. Sie hatte sich so schnell bewegt, es war ebenso unheimlich wie Bians Wandlung.

Bian erschauerte unter der Berührung, aber ihre Pupillen zogen sich langsam zusammen und ihre Augen verloren das Glitzern. Ihre Fangzähne schrumpften, wurden wieder zu normalen Eckzähnen. Sie leckte ihre Lippen und sah wieder mehr wie Bian aus. An meinen Nerven zerrte, dass sie mich dabei nicht aus den Augen gelassen hatte.

„Beeindruckend, Rundauge", flüsterte sie. „Ich sagte ja, dass du verdammt lecker bist. Sogar aus zweiter Hand." Sie bewegte sich noch immer mit geölter Präzision, trat von David zurück und verließ das Wohnzimmer wie eine Katze. Er lag zusammengesunken auf dem Sofa, blass und unbeweglich.

„Sie hat zu viel genommen", sagte ich.

Diana schüttelte ihren Kopf. „Bian hat viel getrunken, aber nein, es geht ihr gut. Und das ist nur der erste Schritt."

Bian kam mit Mykayla zurück, führte sie an der Hand. Ich verstand, was der nächste Schritt sein musste. Ich wäre aufgestanden, aber wieder hatte Diana das vorhergesehen. Ich hatte sie sich nicht bewegen sehen und plötzlich stand sie neben mir, ihre Hand hielt meine Schulter wie ein Schraubstock.

„*Nicht* deine Verantwortung", sagte sie bestimmt.

Ich zwang mich, ruhig zu bleiben. Sie hatte recht. Ich hatte für Mykayla getan, was ich konnte. Sie musste ihre Entscheidungen selber treffen und sie würde nur etwas tun, was ich bereits gemacht hatte. Sie zitterte, als sie sich mit gespreizten Beinen über David kniete, aber sie verhielt sich nicht wie unter Zwang. Mit zitternden Händen streifte sie ihre Kevlarweste ab und öffnete ihr Hemd. Bians Hand blieb auf ihrem Rücken, als sie sich vorlehnte und ihre Kehle an Davids Mund hielt. Ich konnte den genauen Moment spüren, als er biss, bei der Erinnerung an die Fangzähne zuckte mein Hals. Mykayla schreckte zusammen, aber blieb wo sie war. Bian kniete sich auf das Sofa und flüsterte ihr ins Ohr.

„Sie ist noch nicht bereit ...", begann ich.

„Still, Amber. Dies ist unsere Arbeit."

Fangzahn 4 kam herein, lauschte auf sein Funkgerät und kritzelte eine Notiz, die er Skylur gab.

„Wenn wir dann mit der Show fertig sind", sagte Skylur kalt und holte uns damit zurück. Er faltete die Notiz nach einem kurzen Blick darauf in eine seiner Taschen. „Pia, deine Version."

Pia riss ihre Augen von David los und setzte sich aufrechter. „Er hatte Schwierigkeiten", sagte sie. „Alle körperlichen Tests hat er mit Leichtigkeit gemeistert, aber wir hatten Probleme bei der Entwicklung seiner Telergie. Er konnte keine Verbindung aufrechterhalten, geschweige denn jemanden zwingen. Ich bin irgendwie nicht zu ihm durchgedrungen."

Pia nahm sich eine Minute Zeit. „Dann änderte sich seine Marke, nur ein wenig und plötzlich ging er mit Verbindungen um, als hätte er nie ein Problem damit gehabt. Ich versuchte das zu reparieren. Es war, wie ... mit einem Geist zu ringen. Es wurde schlimmer und schlimmer. Ich fühlte, dass ich ihn nicht nach Haven bringen konnte. Ich wollte nicht zu allen anderen Problemen beitragen." Sie schloss ihre Augen.

„Gestern wurde er manisch. Ich konnte ihn kaum beruhigen. Ich versuchte, seinen Körper durch einen Schock zurückzuholen." Tränen liefen ihre Wange hinunter. „Ich bin zu weit gegangen. Ich habe zu viel genommen. Der Hunger ..." Sie zitterte und ihr Mund bewegte sich kurz, ohne zu sprechen. „Ich kann es nicht beschreiben. Für eine Weile fürchtete ich, dass ich bösartig werde. Es war so schwierig. Ich dachte, wenn ich nur weggehe und mich für eine Weile ausruhe, könnte ich zurückkommen und es hinkriegen." Sie verbarg ihr Gesicht in den Händen, ihre Stimme kam gedämpft. „Ich war eine gute Assistentin, aber ich war nicht bereit zum Mentor aufzusteigen. Ich habe alle gefährdet, insbesondere David. Es tut mir so leid."

Es herrschte eine Stille, die nur von Mykaylas Seufzen durchbrochen wurde.

„Also." Skylur wandte sich an mich, wieder ärgerlich. „Ich könnte akzeptieren, dass du Davids Marke versehentlich verändert hast, aber dann hast du gedacht, Pia bei der Stange zu halten, indem du auch sie wegnimmst?"

Bevor mein Mund Zeit hatte sich zu öffnen, flog Pias Kopf hoch.

„Nein!", schrie sie auf. „Du hast gedacht ..." Sie drehte sich zu Mykayla. „Oh Gott, nein! Ist sie keine Anwärterin?"

Alle schienen sich zeitgleich in Bewegung zu setzen. Pia sprang zu Mykayla. Bian kam fauchend aus der Hocke, um sie aufzuhalten. Ich versuchte, zwischen sie zu kommen. Fangzahn 4 drehte sich um und hob seine Waffe. Wir alle stießen zusammen. Pia ignorierte Bian und versuchte, an mir vorbeizukommen und mir war akut bewusst, dass der kalte Metallring, der sich an meinen Hals drückte, die Mündung der P90 von Fangzahn 4 war und mir ein Zucken seines Fingers genügend Hochgeschwindigkeitsmunition durchs Genick schicken würde, um mich zu enthaupten.

„Stopp!" peitschte Dianas Stimme dazwischen und wir alle hielten abrupt inne. „Jeder tritt einen Schritt zurück."

Sie schlüpfte zwischen uns. „Pia. Was ist los?"

„David! Das Mädchen! Das Mädchen ist noch nicht bereit." Pia konnte vor Dringlichkeit kaum sprechen und zeigte auf Mykayla.

Bian befreite Mykayla rasch aus Davids halb bewusstlosem Griff. Diana drehte sich um und beugte sich über beide hinab.

Sie stand wieder auf und schüttelte den Kopf. „Da ist nichts, keine Verwandlungsstoffe. Wovon redest du, Pia? David hat kaum mit der Crusis begonnen, sein Biss kann noch nicht aktiv sein."

„Nein, nein! Hört mir zu. Ihr denkt, dass Amber mich gebunden hat. Das hat sie nicht. Ich weiß, dass David noch nicht so weit sein sollte, aber ihr müsst mir glauben. Sein Verhalten heute war die Manie der späten Crusis Phase und sein Biss *war* aktiv. *Er* hat mich an Haus Farrell gebunden."

Kapitel 7

Eine atemlose Minute lang rührte sich niemand. Zum ersten Mal heute zeichnete sich auf dem Gesicht von Skylur etwas anderes ab als Wut - er war zutiefst schockiert. Ebenso wie Diana und Bian.

Diana beugte ihren Kopf wieder über Mykayla. Nach einer Weile kam sie hoch und schüttelte ihren Kopf. „Sein Biss ist jetzt definitiv nicht aktiv. Vielleicht hat Bian ihn gerade unter das entscheidende Niveau abgesenkt." Sie runzelte die Stirn. „Ich räume ein, dass er wirklich wie in der letzten manischen Crusis Phase schien. Und was das betrifft, sollte Amber noch gar nicht in der Lage sein, seine Marke überhaupt zu verändern."

„Ich verstehe nicht", sagte ich. „Sagst du, dass ich die Crusis überstanden habe?"

„Als wir uns letzte Woche trafen, hätte ich gesagt, dass du vor der Crusis stehst. Dein BLUT gewinnt seine Stärke während der Crusis und dadurch bekommst du die Fähigkeit, einen Menschen durch einen Biss zu verwandeln." Sie zeigte auf David. „Oder eine Marke zu verändern."

„Aber ich habe ihn nicht gebissen."

„Er hat tief von dir getrunken, nachdem du ihm einige vorläufige Verwandlungsstoffe durch einen Kuss gegeben hattest. Prionen, wenn du die so nennen willst. Das könnte das Gleiche erreichen."

„Aber es fühlte sich an, als ob *er mich* verändert hat", sagte ich. „Bevor er mich gebissen hat, kämpfte ich noch dagegen an Athanate zu werden. Als er sich erholt hatte, wollte ich … na ja, ich kann nur sagen, wie es sich in meinem Kopf angefühlt hat, aber es fühlte sich so an, als könne ich ihn beißen und zu Haus Farrell machen. Dann bin ich davongelaufen."

„Eine Resonanz zwischen dem BLUT der beiden?", fragte Bian. Sie drückte Mykayla an sich.

„Nein, das glaube ich nicht." Diana wandte sich an Skylur. „Erkennst du, was das heißen könnte?" Ihr Gesicht blieb ruhig, aber ihre Augen begannen vor Aufregung zu strahlen.

„Wenn du dich auf eine weitere von Tollys unbelegbaren Behauptungen beziehst, ja." Skylur machte eine knappe, wegwerfende Geste. „Ich glaube nichts davon."

Diana zeigte Erbarmen mit mir. „Amber, David war für

mindestens zwei Monate noch nicht für die volle Crusis bereit. Je fitter man ist, je stärker die Abwehrkräfte des Körpers sind, desto länger kann man sich dagegen wehren und desto besser sind am Ende die Chancen. Deshalb werden unsere Anwärter so gründlich vorbereitet und wir arbeiten uns bis zur vollen Dosis der Verwandlungsstoffe hoch. Und dann, wenn der Anwärter in der Crusis ist, kann es noch zwei weitere Monate dauern. Darum ist der Prozess so langsam und daher transformieren wir nur wenige." Sie starrte mich intensiv an. „Dein BLUT scheint die Crusis auf wenige Tage verkürzt zu haben"

Anstelle von Monaten? Wie?

„Das ist unmöglich", sagte Skylur.

„Aber *wenn*. Siehst du, wie wichtig das ist?", fragte Bian mich. „Die Crusis ist der Flaschenhals, die Schwachstelle. Durch so einen langen Zeitraum und so viel Unsicherheit kann ein Mentor nur wenige Athanate sicher durch die Crusis führen und mit dem körperlichen und mentalen Training dauert der gesamte Vorgang ein Jahr oder länger. Wenn dein BLUT die Crusis wirklich schneller und einfacher macht, stell dir vor, was das für die Athanate insgesamt bedeutet."

„Wenn es einfacher ist, dann haben diejenigen, die die Tests für die Anwärter nicht bestehen und stattdessen Angehörige werden, eine neue Chance", sagte Diana.

„Aber es ist nicht einfacher. Davids Reaktion ..."

Sie schnaubte abwehrend. „Das war schlimmer, weil wir nicht von Anfang an dabei waren. Es wäre gar nichts gewesen."

„Genug!" Skylur sprang auf. „Du spekulierst wild herum." Er wurde wieder ruhig. „Und ich verstehe warum, Diana." Er ging zu David und machte seine eigene Untersuchung, bevor er sich wieder uns zuwandte.

„Stellt euch vor, dass die Basilikos auch nur ein Gerücht davon hören. Sie würden alles tun, um Amber in die Hände zu bekommen und deine Theorie zu überprüfen."

Ich zitterte beim Gedanken an die fensterlose Zelle bei Obs, festgeschnallt, bewegungsunfähig. Sie hatten auch ihre Theorien getestet. Ich erinnerte mich in einer plötzlichen, lebhaften Rückblende. Da war eine Stimme gewesen. Ich konnte den Sprecher nicht sehen, aber ich hörte, wie er mich ‚es' nannte, als wäre ich ein Stück Fleisch auf dem Labortisch. Und die Basilikos wären schlimmer.

„Kein Wort davon nach außen." Skylur funkelte uns alle an.

Ein Hauch Hoffnung wärmte mich. Er hatte Diana David retten lassen und er würde ihn nun nicht einfach töten. Sie schienen sogar zu akzeptieren, dass Pia einen wirklichen Fehler gemacht hatte. Und jetzt schien er sich um mich und mein Wohlergehen zu sorgen. Zumindest hatten all die Schocks die kalte Wut ersetzt. Vielleicht konnten wir heil hier herauskommen.

Es gab natürlich noch einige weitere ‚kleine' Angelegenheiten, die noch nicht erwähnt worden waren. Vielleicht konnte ich heute Nacht damit davonkommen ...

Diana stellte sich vor mich und mein Herz rutschte in die Hose.

„Amber?" Ihre Stimme war weich, leicht verwundert. Ihre Hand schob sich über meine Schulter und sie zog mich sanft zu sich. Ich fühlte mich, als ob ich fiel. Sie schmiegte sich an meinen Hals. Das Seufzen ihres Atems war so laut wie das fieberhafte Pochen meines Herzens.

Ihr Kopf kam fast sofort wieder hoch.

„Was?", fragte Skylur. „Was ist jetzt?"

Das war nicht gut.

„Ihre Marke hat sich geändert", sagte Diana.

„Sie hat ihre eigene Marke geändert?" Nach der Art, wie er es sagte, war das sehr schlecht.

„Das glaube ich nicht", sagte Diana schnell. „Aber ihre Marke hat etwas von einem Werwolf aufgenommen. Amber?"

Ich räusperte mich. „Alle sagten, dass es nicht möglich ist für Athanate und Werwölfe, sich gegenseitig zu infundieren."

Skylur kam herüber und drückte meinen Kopf schroff zurück, als er sich über meinen Hals beugte. Ich zwang mich, seine Untersuchung ruhig über mich ergehen zu lassen.

„Wie hast du das gemacht?", fragte er. Seine Stimme war wieder eisig kalt.

„Ich weiß es nicht. Ich verstehe nichts von dem, was vorgeht. Ich versuche nicht, irgendetwas zu *tun*." Ich versuchte mich zu beruhigen. „Ich habe Alex Deauville getroffen, den Kontakt zu den Werwölfen, den ihr mir gegeben habt."

„Und?"

„Nichts und! Ein paar Küsse und Umarmungen. *Ihr* habt mir nicht gesagt, dass das nicht sicher ist."

„Eins nach dem anderen", schnappte Skylur und ging zu seinem Platz zurück. „Setz dich."

Ich ging zurück zu meinem Hocker, Diana zu ihrem Stuhl. Bian hockte sich auf die Kante des Sofas hinter mir.

„Es hätte sicher sein müssen", sagte Diana. „Hast du eine Vorstellung, wie die Infusion passiert ist?"

„Ja", sagte ich zögernd. „Ich kann nur raten, aber als ich David verließ, wurde ich vom Blutverlust bewusstlos. Alex kam und hat mich aufgelesen. Vielleicht ist es passiert, als ich geschwächt war."

„Eine Verkettung der Umstände?" Skylur sah Diana an.

Sie zuckte mit den Schultern. „Es kann nicht nur das sein. In all den Jahrhunderten muss das schon früher geschehen sein. Ich habe nie davon gehört, dass es zu einer Mischung wie dieser geführt hat."

Sie wurden still, blickten einander an.

„Warum ist das so wichtig?", fragte ich. War das irgendeine eine Sache der Reinheit?

„Du bist schon jetzt so rätselhaft und beunruhigend für uns", sagte Diana. „Bist du wirklich ohne Hilfe durch die Crusis gekommen? Wenn das so war, wieso hattest du einen so niedrigen BLUTspiegel? Wie konnte dein BLUT die Marke von David ändern? Welche Art Athanate hat dich gebissen?" Sie seufzte. „Jetzt fügst du Werwölfe zu dieser Mischung hinzu."

„Dein Widerstreben uns zu sagen, wie du gebissen wurdest, bedeutet, dass wir raten müssen", sagte Skylur. „Ich werde die Sicherheit von Haus Altau nicht auf ein Ratespiel gründen und ich kann dich auch nicht frei in meiner Domäne herumlaufen lassen."

Trotz meiner größten Anstrengung riss mein Dämon die Kontrolle über meine Stimme an sich. „Sag mir, warum es so gottverdammt wichtig ist und vielleicht sage ich dann, was passiert ist."

Es wurde still. Skylurs Blick bohrte sich in meinen. „Du vergisst dich, Haus Farrell. Es wäre mir ein Leichtes, die nötigen Antworten von dir zu bekommen. Wenn ich dich beiße, wird das *meine* Marke nicht ändern."

Ein Kälteschauer durchfuhr mich. Wenn er mein BLUT trank, würden seine Athanate Sinne das Rätsel darum, was mich anders machte, lösen. Aber etwas in mir wollte wirklich nicht, dass er das jetzt schon tat. Etwas, das noch zu zerbrechlich war.

„Und wir könnten etwas verlieren", warf Diana ein, als nähme sie den Gedanken in meinem Kopf auf. Skylur schnaubte und türmte seine Finger wieder vor seinem Gesicht, aber er protestierte nicht, als

Diana fortfuhr. „Es ist wichtig, weil Panethus und Basilikos mehr als nur Glaubensrichtungen sind, Amber, sie sind auch Verhaltensmuster. Die Menschen diskutieren über Veranlagung und Erziehung, das tun wir auch."

Weitere Kälteschauer liefen mir den Rücken hinunter.

„Athanate tendieren dazu, dem Verhalten derer zu folgen, die sie infundiert haben", sagte sie. „Panethus erschaffen Panethus. Aber wenn jemand frisch von einem Basilikos gebissen in ein Panethus Haus kommt, wird er zum Panethus Verhalten tendieren."

„Aber ich weiß nicht, welcher Typ mich gebissen hat und ich war in keiner Art von Haus."

„Genau. Nach unserer Erfahrung hättest du eigentlich bösartig werden müssen. Du bist nicht bösartig. Das Nächste wäre gewesen, dass du eine Basilikos hättest werden müssen, weil es einfacher ist, in dieses Verhaltensmuster zu fallen."

„Also sitzt ihr jetzt da und wartet, dass ich ..."

„Amber." Dianas ruhiger Ton ließ mich innehalten.

Niemand sonst sagte etwas. In meiner Brust lag eine Kälte, die nicht verschwinden würde, bevor das geklärt war, aber es gab nichts, was sie jetzt für mich tun konnten. Und sie warteten darauf, dass ich meine Vereinbarung, die Geheimnisse von Ops 4-10 zu wahren, brach.

Mist. Schlimmer noch hatte ich den Verdacht, dass sie die Wahrheit nicht mögen würden. Aber meine Verbindungen zu Ops 4-10 lösten sich. Ich würde nie mehr zu ihnen zurückkehren können. Ich würde nicht einmal durch das Tor kommen, ohne dass Obs mich fassen würde und sobald sie herausgefunden hätten, dass mein BLUT sich wieder verändert hatte, würde ich niemals wieder herauskommen. Ich würde den Rest meines Lebens in dieser Zelle verbringen.

Dies war eine weitere Entscheidung zwischen einem mit Sicherheit schlechten und einem ungewissen Ergebnis. Ich musste mich den Athanaten verpflichten und meine Vereinbarung mit der Armee vergessen.

Ich holte Luft und sprang.

„Ich war auf einer Mission in Südamerika, als es geschah, vor zwei Jahren." Ich studierte ihre Reaktionen. Sie hatten alle ihre Pokerface Gesichter aufgesetzt, aber eine gewisse Spannung um Bians Mundwinkel sagte mir, dass schon Südamerika eine schlechte Nachricht war. „Ich weiß nicht, was sie waren. Sie trugen keine T-

Shirts mit der Aufschrift Basilikos. Tatsächlich trugen sie gar nichts, außer Lendenschurzen. Beide Seiten ..." Meine Stimme brach ab. Meine Einheit. Jeder einzelne war tot, außer mir. Ich schüttelte den Kopf, um ihn zu klären. „Einer von ihnen war am Ende übrig und er hat mich erwischt. Riss mir die Kehle heraus und trank von mir."

„Was hast du gemacht?", fragte Diana.

„Ich habe seinen verdammten Kopf abgeschnitten", blaffte ich zurück.

„Oh, meine Art Mädchen", sagte Bian und reichte herüber, um meine Schulter zu drücken.

Fangzahn 4 kam wieder herein und unterhielt sich leise mit Skylur auf Athanate. Diana saß still da und beobachtete mich. Was ging hinter diesen dunklen Augen vor?

Skylur kam zum Ende und wandte uns wieder seine Aufmerksamkeit zu.

„Wir haben nicht die Zeit, das jetzt weiterzuführen." Er nickte Diana zu. „Wir werden vorsichtig weitermachen. Südamerika macht es wahrscheinlich, dass es Basilikos waren. Das ist ein Problem. Und die Infusion des Werwolfs macht es schlimmer."

Was?

„Wir sagen nicht, dass Werwölfe wie Basilikos sind", sagte Diana zu mir, „aber ihr rein instinktives Verhalten ist den Basilikos viel näher als den Panethus. Das ist etwas, das zu untersuchen in meiner Verantwortung liegt. Wir wollen, dass du Teil von uns wirst, Amber, aber jeder Teil von uns beeinflusst uns auch als Ganzes. Wir können kein Gift in unsere Verbindung aufnehmen, wenn es das ist, was du bist."

Sie lehnte sich zurück. „Wir waren heute alle an der Grenze. Teilweise vielleicht durch deine Marke. Nicht nur die Pheromone, sondern das telergetische Element. Wir nehmen eventuell subtile Werwolf Ausstrahlungen von dir wahr und reagieren schlecht darauf. *Das* können wir in Haven nicht gebrauchen."

„Wir könnten sie isolieren", sagte Skylur kurz.

„Nicht ideal", sagte Diana. „Befassen wir uns besser erst nach der Versammlung damit."

Skylur grunzte und saß für eine Minute ruhig da, seine Augen im Schatten, bevor er erneut das Wort ergriff.

„Meine Verantwortung liegt heute Nacht darin, den aktuell aufgetretenen Fall zu bereinigen." Nach einer Pause fuhr er fort:

„Anwesend Haus Farrell, Haus Altau."

Mein Körper versteifte sich.

„Ich habe einen Bann auf das BLUT von Haus Farrell verhängt, für Haus Altau und alle Untergebenen. Die Strafe für das Brechen dieses Banns ist der Tod."

Oh, Mist!

Skylur wartete.

Ein Test. Bitte, lass das nur ein Test sein.

Ich ballte meine Fäuste und zwang mich dazu sitzen zu bleiben. Unsere Blicke trafen sich. Ob ich ihm Gefolgschaft schwor oder nicht, er war der Meister der Athanate in Denver. Er hatte Macht über Leben und Tod, über mich und mein Haus. Und die Handlungen meines Hauses und ihre Nachwirkungen lagen in meiner Verantwortung. Er musste wissen, dass ich das anerkannte. Ich hatte meine Wahl getroffen und mich für die Athanate entschieden. Ich biss die Zähne zusammen und senkte die Augen.

„Jedoch war David Thaler als Anwärter des Hauses Altau der Bann auf dein BLUT nicht bekannt und er war bewusstlos, als er trank. Die Todesstrafe wird abgewiesen."

Reagiere nicht.

Ich hatte nicht einmal an den Bann gedacht, als es geschah. Ich erkannte wieder einmal, dass ich die Athanate besser verstehen musste und bis dahin war ich eine Gefahr für mich und jeden um mich herum.

Skylur fuhr fort: „Haus Altau erkennt die BLUTschuld von David Thaler an Haus Farrell an. Haus Altau erkennt auch die Änderungen der Marke von Pia Shirazi und David Thaler an und akzeptiert sie. Haus Farrell akzeptiert die Verantwortung für die bei der Arbeit als Mentor von Pia Shirazi begangenen Fehler und wird alle daraus erwachsenen Folgen tragen."

Damit konnte ich klarkommen. Ich würde es müssen.

Er war noch nicht fertig. „Als alliiertes Haus ist Farrell verpflichtet, Altau über wesentliche Sicherheitsprobleme zu informieren und das Versäumnis, Altau über Farrells vorherige Kenntnis eines Anwärters aufzuklären, fällt darunter. Als Ausgleich für diese Verfehlung wird die BLUTschuld annulliert und Haus Farrell erklärt sich einverstanden, zehn Tage für Haus Altau zu arbeiten. Die Art der Arbeit wird noch festzulegen sein."

Zehn Tage. Ein halber Arbeitsmonat, umsonst. Auch damit konnte ich klarkommen. Irgendwie. Aber er war noch immer nicht fertig.

„Zusätzlich werden Shirazi und Thaler für vierzehn Tage zurück an Altau übertragen, außer es treten besondere Umstände auf. Haus Farrell wird Zugang haben, aber wenn sich in dieser Zeit ihre Marke zurückwandelt, wird Farrell das ohne Widerspruch akzeptieren."

Nein, sie gehören mir! Ich wollte widersprechen, traute mich aber nicht.

„Stimmen wir überein?", drängte er mich.

Ich räusperte mich. „Ja, Haus Altau."

„So protokolliert", bestätigte Diana und mein Herzschlag setzte kurz aus.

Skylur sprach zu Diana: „Der Bann auf das BLUT von Haus Farrell bleibt in Kraft und wird ausdrücklich auf die Anwärter ausgedehnt." Sie nickte und er fuhr fort. „Wir müssen verstehen, was passiert ist, bevor noch jemand einbezogen wird. Amber ist bereits für Mittwoch in Haven eingeplant, um weitere Einweisungen zu erhalten. Dieser Vorgang muss nötigenfalls ausgedehnt werden."

Diana nickte. „Ich werde beides organisieren und Bian entlasten. Ich habe keine wesentlichen Termine, bis ich abreise."

Abreisen? Ich zog Diana Skylur vor und mir war Skylur lieber, wenn Diana da war, um zu vermitteln. Ich hoffte, dass sie nicht lange weg sein würde.

„Wenn dein Drang zu beißen stärker wird, musst du in Haven sein, Amber", sagte Diana und stand auf, um zu gehen. „Es ist lebenswichtig, dass wir diesbezüglich nur kontrolliert weitermachen. Und schwöre auf dein BLUT, keine weiteren Sicherheitsprobleme!" Diana lächelte ein wenig. „Zumindest bis nach der Versammlung und dann kannst du uns zeigen, wo wir nachbessern müssen."

„Auf mein BLUT, so schwöre ich", antwortete ich, die Worte klingelten in meinem Kopf.

Verdammt. Was ist mit Larry? Was ist mit den Adepten? Werden die zu Sicherheitsproblemen? Ich kann jetzt nicht darüber sprechen.

„Warum kommst du nicht gleich mit nach Haven?", fragte Diana. „Nicht in Isolation, sondern einfach in ein Teil des Hauses."

Das könnte als Anweisung gemeint gewesen sein, einfach höflich ausgedrückt, aber ich schüttelte den Kopf. „Ich komme am Mittwoch", sagte ich. Ich brauchte Zeit, um alles sacken zu lassen. Ich brauchte etwas außerhalb von Altau und den Athanaten, an das ich mich klammern und trotzdem ich selbst sein konnte. Und ich musste

Hoben schnappen.

Diana hob David ohne Anstrengung vom Sofa. „Dann sehe ich dich am Mittwoch." Ich nickte. „Ist dir klar, dass dein Haus dich brauchen wird, Amber?"

„BLUT? Ja, so ist das wohl." Das war abgefahren. Trotz meiner lässigen Antwort wühlte die Vorstellung meinen Magen total auf. Einerseits wollte ich kein Blut brauchen oder teilen, andererseits wurde mein Körper ganz erregt bei dem Gedanken.

„Ja, aber nicht nur BLUT. Führerschaft, unter anderem. Haus Farrell ist nicht nur ein Titel. Du hast jetzt zwei Sorgen mehr."

Ich neigte meinen Kopf. So viel war mir heute Abend eingebläut worden.

Fangzahn 4 löschte alle Lichter und Diana ging an mir vorbei. Sogar im Dunkeln sah ich, dass ihr Blick mich beobachtete, abwog. Ich reichte hinüber und streichelte Davids Braue und versprach im Stillen, dass ich ihn bald holen würde.

„Herrin." Pia stand vor mir, ihr Gesicht verriet einen Krieg der Emotionen und Instinkte, der in ihr tobte. Sie neigte langsam ihren Kopf und bot mir ihren Hals auf die Art der Athanate an. Ich küsste sie und ließ auch sie meinen Hals küssen. Es fühlte sich fremd an, es war wie ein Symbol all der verworrenen Emotionen, die wir beide deswegen hatten und es würde nicht einfach sein, uns daran zu gewöhnen.

Skylur wartete, bis Diana und Pia im Wagen waren. Anders als bei Diana war sein Kupfer- und Zimtduft nicht beruhigend, sondern kompromisslos. Seine Augen blitzten mich in der Dunkelheit an. „Unsere Vereinbarung ist die einzig sinnvolle Lösung für dich", sagte er ruhig. „Und ich fange an, ein Problem damit zu haben. Auf jedem Schritt dieses Weges tritt ein Problem auf. Das ist nicht gesund. Bring das in Ordnung."

Er fegte hinaus.

Mistkerl.

Bian half Mykayla, die noch immer benommen war. Sie kam dicht an mir vorbei und drückte mir schnell die Hand, als sie vorbeihuschte. Ihr Blick bohrte sich ärgerlich in Skylurs Rücken, als er Richtung Wagen verschwand. Ich blieb noch lange an der Tür des dunklen Hauses stehen, nachdem sie weg waren, gegen den Türrahmen gelehnt, schwach und taumelig von dem ganzen Vorfall.

Das Haus erschien unsagbar leer ohne David und Pia.

Mittwoch. Der Zeitraum, um Hoben zu erwischen, war unerträglich knapp geworden. Ich wusste noch nicht einmal, wo er sich aufhielt. Jen war bereits in Gefahr und ich konnte ihn nicht frei herumlaufen lassen, während ich in der Versammlung festsaß.

In der Zwischenzeit fragte ich mich nun selber, was mich alle gefragt hatten. Was, um Himmels willen war ich?

Kapitel 8

Ich räumte Davids Zimmer auf, packte die Bettwäsche in die Waschmaschine und warf die ruinierte Kleidung in den Müll. Ich duschte und zog mich um und nutzte die Gelegenheit, auch etwas von meiner eigenen Kleidung zu waschen. Alles, um in Bewegung zu bleiben und das Nachdenken zu vermeiden.

Letztendlich musste ich damit aufhören, aber kein Problem war verschwunden.

Was bedeutete das alles für mich? Wie wahrscheinlich würde ich bösartig werden oder als Basilikos enden? Was würde dann mit David und Pia passieren? Wenn wir BLUT austauschen durften, würde sich ihre Marke wieder ändern, um wie meine zu werden und würden sie auch teilweise Werwölfe werden? Würde irgendetwas von dem, was ich noch zurückhielt, Larry oder mein Geistwesen, sich als etwas Wesentliches entpuppen und mir noch mehr Ärger einbringen?

Das verdrehte Gefühl in meinem Kopf, als ich Diana konfrontiert hatte, um David zu schützen - etwas hatte sich in diesem Moment bis tief in meine Knochen in mir kristallisiert, nämlich was ich war und wo ich stand. Eine Athanate zu sein, machte plötzlich Sinn. Letzte Woche hatten sie mich Haus Farrell genannt, aber es war ein leerer, bedeutungsloser Titel gewesen. Jetzt spürte ich die Verbindungen zu David und Pia, zu Skylur und Diana wie reale Bänder; mein Haus, meine Verpflichtung. Nicht die Einzelheiten, aber die wichtigen Dinge waren einfach *da*: ich hatte fest verdrahtete Athanate Instinkte erworben. Und wegen der Verunreinigung meines BLUTES durch die Werwölfe würde ich vielleicht ausgestoßen. Ich konnte Pia und David nicht mitnehmen, wenn das geschah. Ich konnte nicht einmal wütend auf Skylur sein. Er war wie ein General, dessen brandneuer Leutnant einen furchtbaren Fehler gemacht hatte. Er würde mich unterstützen, aber nicht auf Kosten der gesamten Truppe.

Wunderbar. Ich hatte genügend Einsichten über die Athanate gewonnen, um mit ihnen übereinzustimmen, dass ich vielleicht geopfert werden musste.

Seufzend holte ich den Brief von Top heraus und las ihn noch einmal durch. Master Sergeant Gabriel Wells war letzte Woche gestorben. Er war meine Richtschnur gewesen, derjenige, mit dem ich diese Gedanken teilen konnte und das war sein letzter Brief und Rat.

Er schien jetzt gespenstisch relevant zu sein, besonders die persönliche Seite. Und zumindest deutete sich mir ein Hinweis auf den Weg an, auf dem ich vorankommen konnte, während ich seine Worte wieder und wieder las.

Ebenso wie sein Rat für den Alltag - kümmere dich um was du kannst, wenn du es kannst.

Ich würde noch lange nicht schlafen können, daher holte ich meinen Laptop und den Polizeibericht über Tierangriffe hervor, den Tullah mir gegeben hatte und begann zu lesen. Ich versuchte nicht, den Bericht zu analysieren; es war zunächst nur ein schneller Überblick. Ich hoffte, dass sich die Gehirnzellen damit befassen würden, während ich etwas anderes machte.

Ich verwarf den Bericht über Wölfe, die russisch sprachen und den über den großen grünen Hund im blauen Raumschiff. Ich war mir nicht sicher bei einem, wo ein Wolf unter einem Grabstein hervorkroch. Auch ohne diese gab es Vieles in den Berichten, das mich beunruhigte.

Ich war gerade am Ende angekommen und wollte den Computer herunterfahren, als mir etwas am Ablagesystem auffiel.

Die meisten Berichte waren einfach elektronische Kopien von Dokumenten auf dem Computer des Denver Police Departments. Einige waren als Bilder von handschriftlichen Notizen eingescannt, die noch nicht ins System eingegeben worden waren. Ich überflog die Zeilen in den Bildern und entzifferte nur jedes zweite Wort und fragte mich, wie die damit beschäftigten Leute das lesen und abtippen konnten.

Mir fiel eine Referenznummer in einem Stempel an der Seite auf.

Was war mit der Zahl los? Etwas war in meinem Gedächtnis vergraben.

Die Referenznummern des Denver PD zur Kommunikation mit Regierungsabteilungen hatten zwei Codes. Der zweite Code ist wie eine Rechnungsnummer, nur eine Zahl, die die andere Seite festlegt. Den ignorierte ich. Der erste Code ist wie ein Absender auf den Rechnungen. Er identifiziert die andere Partei. Wer war 55734? Irgendeine Bundesbehörde - alle 55er Codes waren bundesstaatlich.

Der Referenzcode sagte mir, dass jemand in einer Bundesbehörde Kopien dieser Akten angefordert hatte. Und als die anderen Seiten in den Computer eingegeben worden waren, war diese Tatsache entfernt worden. Jemand untersuchte diese Art der Angriffe, wahrscheinlich landesweit und dieser Jemand wollte nicht, dass das bekannt wurde.

Vielleicht gab es ein weiteres Wissenschaftlerteam wie Obs, in den Tiefen einer Bundesbehörde versteckt, das nach Forschungsobjekten suchte. Und mit dieser Art von legaler Macht hieß das, dass die Objekte einfach von der Landkarte und in die Labors verschwanden. Wie ich bei Obs, bis der Colonel mich herausbekommen hatte. Ich dachte an Alex, in einer fensterlosen Zelle festgeschnallt, wo ihn niemand schreien hörte. Das Bild war so plastisch, dass mir übel wurde. Ich musste herausfinden, was dahintersteckte.

Ich kopierte den Referenzcode sorgfältig und schaltete den Laptop aus.

Ich holte meine Kleidung aus dem Trockner. Ich war hier fertig, fing an mich zu entspannen und brauchte wirklich eine lange Nacht voller Schlaf. Ein Blick auf die Uhr änderte das in einen tiefen, aber kurzen Schlaf.

Wo? Ich wollte nicht in Davids Haus bleiben, obwohl ich sicherlich willkommen war. Es sprach nichts gegen das Haus, aber es kam mir auch nicht richtig vor. Es zog mich nicht an wie das von Alex oder Jen.

Alex war weg, ganz abgesehen davon, dass dort ein tiefer Schlaf nicht oben auf der Agenda stehen würde. Damit blieb Jen. Als sie vor zwei Wochen in mein Büro kam und mich engagierte, war ich hetero. Frustriert, weil ich ein zwei Jahre langes Zölibat hinter mir hatte, um niemanden dem Risiko einer Ansteckung durch meine Prionen auszusetzen, aber hetero. Das hatte sich in den letzten zwei Wochen geändert. Diana hatte mir erklärt, dass ich als Athanate menschliches Blut von vier oder fünf Spendern brauchte. Panethus Athanate nannten ihre menschlichen Partner *Angehörige* und die Beziehung basierte auf Liebe. Die Tatsache, dass Jen eine Frau ist, war meinen Athanate Instinkten gleichgültig.

Was war zuerst da gewesen, fragte ich mich und versuchte, vollständig ehrlich zu mir zu sein. War ich von ihr angezogen worden, bevor ich sie beißen wollte? War das Bedürfnis der Athanate nach Angehörigen vor meinem menschlichen Gefühl für sie erwacht?

Es war sozusagen ein Kopf-an-Kopf-Rennen.

Das ließ mich nicht so unbehaglich fühlen, wie es noch vor einigen Wochen gewesen wäre, nur ein bisschen unsicher und sehr verloren.

Jen hatte sichergestellt, dass ich wusste, dass sie mich anziehend fand. Zuerst subtil. Ich grinste, als ich an die letzten beiden Wochen dachte. Viel zu subtil für mich, aber schließlich hatte ich es mitbekommen.

Und nichts davon wirkte sich in irgendeiner Weise darauf aus, dass ich mich zu Alex hingezogen fühlte.

Wenn ich Jen und Alex als Angehörige und Partner wollte, bewies das, dass ich Panethus und nicht Basilikos war? Das war doch mal ein interessanter Gedanke.

Nun, es war mir nicht möglich etwas mit Jen anzufangen, solange ich ihr nicht alles erklären und sie eine auf diesen Erklärungen basierende Entscheidung treffen lassen konnte. Aber das ging erst nach der Versammlung. Ich hatte schließlich gerade erst geschworen, keine weiteren Sicherheitsbestimmungen mehr zu verletzen und einem Menschen von den Athanaten zu erzählen, fiel ganz sicher in diese Kategorie.

Und Alex - wo sollte ich anfangen? Hatte ich auf ihn dieselben Auswirkungen wie er auf mich? Wenn das so war, was war dann mit seinem Rudel - würden sie auf ihn reagieren wie Skylur auf mich? Was würden sie von mir halten? Verdammt - was würde Skylur von Alex halten? Konnten Werwölfe Angehörige von Athanaten sein?

Und selbst wenn alles andere gut ging, sollte ich wirklich gegenüber Alex zugeben, dass ich nach Angehörigen suchte, bevor wir unsere Beziehung weiterführten. Das wäre natürlich das Richtige. Vielleicht wollte er nicht Angehöriger sein.

In der Zwischenzeit war Jen in der Nähe und schwebte, selbst mit dem Personenschutz, den ich aufgestellt hatte, wegen Hoben in Gefahr. Zu ihr würde ich gehen. Sie hatte mir ihre luxuriöse Gästesuite in Manassah angeboten und nannte sie *meine* Suite und ich würde sie beim Wort nehmen.

Es war etwa 4:30 Uhr morgens, als ich in Manassah ankam.

Es war nur ein Wachmann am Tor. Ich erkannte ihn von der vorigen Woche.

„Hallo, Reynolds. Wo ist der Rest?"

„Ich bin allein, Madam. Frau Kingslund hat entschieden, dass die Gefahr geringer ist."

„Mist." Ich wusste, dass ihr das Sicherheitslevel, das ich

festgelegt hatte, nicht gefiel, aber es war zu früh um nachzulassen und das ging zu weit. „Die Situation hat sich wieder verändert. Können Sie heute Nacht noch jemanden kommen lassen?"

„Oh, natürlich. Sie werden nicht erfreut sein, um diese Zeit angerufen zu werden." Er lächelte teuflisch. „Aber Arbeit ist Arbeit."

„Machen Sie das bitte, auf meine Verantwortung hin. Ich werde das am Morgen klären. Ich bin jetzt drinnen. Halten Sie die Tore verschlossen und gehen Sie Patrouille auf dem Gelände. Und verdoppeln Sie die Ablösung am Morgen ebenso. "

Er nickte und ließ mich passieren.

Ich fuhr hinein und parkte an der Treppe zur Vordertür.

Das Haus war dunkel, aber die eleganten, spanischen Bögen begrüßten mich an der luftigen Veranda. Im Schatten blühte ihr Säulenkaktus und füllte die Luft mit einem Duft von Apfel und Vanille. Ich stoppte mit der Hand an der Tür, atmete den Duft ein und ließ die Atmosphäre des Ortes auf mich wirken und mich entspannen. Wunderbar.

Ich ging leise hinein und bewegte mich durch das Haus ohne das Licht einzuschalten.

Jen schlief auf dem Sofa im Wohnzimmer, halb in eine Decke gewickelt. Ein Laptop und ein Stapel Unternehmensberichte lagen neben ihr auf dem Boden. Die Asche verglühte langsam im Kamin und tauchte den gesamten Raum in einen warmen Lichtschein. Brandy- und Rumflaschen standen auf dem Sideboard, aber die Gläser waren unbenutzt. Eines für sie, eines für mich. Sie hatte gehofft, dass ich auftauchte.

Ich schlich zur Gästesuite. Sie war für mich fertig gemacht worden, mit Handtüchern und Morgenmantel. Das Bett war bereit. Einige meiner Hemden, die wohl in der Reinigung gewesen waren, als ich fortging, hingen im begehbaren Kleiderschrank.

Ich zog mir den Bademantel an und trug die Kissen und Laken zum zweiten Sofa neben dem von Jen. Mit meiner Athanate Nachtsicht brauchte ich natürlich kein Licht und ich machte kein Geräusch. Sie rührte sich nicht, selbst als ich neben ihr kniete.

Das Licht der Glut verlieh ihrem Gesicht eine rote Farbe, aber es war leicht zu erkennen, wie schön sie war. Ich erinnerte mich an einen Traum, als ich sie schlafend in ihrem Zimmer beobachtet hatte. Ich hoffte, dass es ein Traum war. Es war zu gruselig mir vorzustellen, dass ich in ihr Schlafzimmer schlafgewandelt war.

Es war sehr ruhig.

Unser Herzschlag und unser Atem waren synchron: der tiefe, langsame Rhythmus des Schlafes. Ich konnte den Puls an ihrer Kehle sehen, ein weiches Trommeln, das mich im Dunkeln rief. So warm, so friedlich. Eine verirrte Strähne ihres blonden Haares fiel über ihren Hals und bewegte sich durch meinen Atem.

So verdammt nah! Ich wich abrupt zurück und stellte mich aufrecht hin.

So viel zu meiner Athanate Seite, die eigentlich sie hypnotisieren können sollte - aber nur ein Blick auf sie fesselte mich. Ich war nur einen Fingerbreit davon entfernt, ihr in den Hals zu beißen. Oder sie vielleicht zu küssen. Mein Kiefer schmerzte nicht mehr, wenn ich ans Beißen dachte. Stattdessen gab es ein Gefühl von sinnlicher Lockerheit, als würde sich mein ganzer Kiefer entspannen. Es war das gleiche Empfinden, das ich vor einem Kampf in meinen Muskeln spürte. Jen bewegte sich im Schlaf. Ich ging lautlos zurück und kuschelte mich auf das andere Sofa.

Ich musste vorsichtig sein.

Und wenn ich es ihr und Alex gesagt hatte, was wäre dann? Warum würde sie Angehörige sein wollen?

Aber es war hier zu angenehm für unglückliche Gedanken. Sie verschwanden langsam, als ich zur Ruhe kam. Ich wusste, dass ich die richtige Entscheidung getroffen hatte heute Nacht herzukommen. Als ich eindämmerte, nahm ich die Eindrücke des Hauses verstärkt wahr: unseren gleichmäßigen Atem und Herzschlag, das schwache Ticken einer Uhr im Flur, das sanfte Wispern des Windes gegen die Fenster, den rauchigen Duft des Kamins und das gelegentliche Knacken von Asche und Glut.

Das alles kitzelte eine alte, schwer fassbare Erinnerung wach, ein flüchtiges, bittersüßes Phantomgefühl ... bis ich es in einem Moment überraschender Klarheit erkannte, gerade als ich einschlief.

Es fühlte sich an wie Zuhause.

Kapitel 9

DIENSTAG

Ich erwachte vom Duft des Frühstücks; so viel dazu, einen superleichten Schlaf zu haben.

Mein Magen erinnerte mich daran, dass ich letzte Nacht nichts gegessen hatte. Ich folgte dem Duft in die Küche, wo Jen Omeletts machte und der Kaffee in der Maschine brühte. Sie stand noch im Bademantel am Herd, umgeben von Granitarbeitsflächen, die wie Seen glänzten.

Ich zögerte, fühlte mich unsicher. Ich hatte durch meine Rückkehr nach Manassah eine Botschaft gesandt. Jen hatte jedes Recht Erwartungen an mich zu hegen. Sie hatte mir klar gemacht, dass sie mich wollte. Aber ich konnte nicht - *durfte nicht* - reagieren, bevor sie die ganze Geschichte kannte.

Und ich konnte es ihr noch nicht sagen. Es kam mir vor, als würde ich sie betrügen.

Ihr Rücken war mir zugewandt und ich konnte die Spannung darin sehen. Sie hatte mich hereinkommen hören und fragte sich, wie ich sie begrüßen würde. Wir hatten uns letztes Wochenende gestritten. Ich war hinausgestürmt. Wir hatten uns vor dem Nexus Gebäude mehr oder weniger wieder vertragen.

Ich durchquerte die Küche, stellte mich neben sie und umarmte sie mit einem Arm, hauptsächlich aus der praktischen Erwägung heraus, weil sie ihre Hände voll hatte mit Bratpfanne und Pfannenwender. Ich beugte mich hinüber und küsste sie auf die Wange.

„Guten Morgen. Das riecht gut", sagte ich zur Ablenkung. „Was kann ich tun?"

Sie entspannte sich etwas. „Deck den Tisch und gieß den Kaffee ein, Süße. Wir können anfangen."

Wir aßen in der Küche, auf Barhockern an der Frühstückstheke. Normalerweise führte Jens Köchin Carmen die Küche, aber sie hatte heute frei.

Keine von uns wusste genau, wie wir die Dinge wiedergutmachen und einen Weg zu unserer komfortablen

Freundschaft von letzter Woche finden sollten. Ich wagte nicht, etwas zu überstürzen. Und ich merkte, dass ich mich steif benahm und schien es nicht ändern zu können.

Schließlich unterrichtete mich Jen, während wir aßen, über die gestrigen Ereignisse nach meinem Abgang. Das fühlte sich nach sicherem Terrain an.

Das Unternehmen von Tucker Beacon befand sich in freiem Fall. Jens Anwälte verhandelten mit ihnen über Notverkäufe der besten Teile und nutzten den Vorvertrag der Fusion als Hebel.

„Frank Hoben läuft noch da draußen herum. Er kann es offensichtlich nicht wagen, aufzutauchen und deine Forderungen bezüglich des Unternehmens seines Vaters anzufechten. Aber du solltest die volle Überwachung von Victor wiedereinsetzen", schlug ich vorsichtig vor.

Jen schüttelte den Kopf. „Himmel, nein. José sagt, dass er längst weg ist. Die ganze ZK Gang ist aufgelöst und sie sind alle auf der Flucht, jeder auf sich selbst gestellt. Ein Mann ist mehr, als ich früher je gebraucht habe."

„Jen, Hoben hatte ein Team, das das Nexus Gebäude beobachtete. Sie folgten mir, als ich ging. Ob Hoben in Denver ist oder nicht, er hat jemanden hier. Bitte. Es ist wirklich noch nicht sicher. Mindestens drei Mann jederzeit. Einer immer hier und zwei bei dir."

Ihre blassblauen Augen sahen mich über ihre Kaffeetasse hinweg kalt an. Ich hatte bereits bemerkt, dass sie ihre Launen hatte, schnell aufbrausend und ebenso schnell wieder ruhig war. Und sie hasste die Überwachung wirklich.

„Zwei", sagte sie kategorisch. „Einer hier, einer bei mir."

Dann verbarg sie ihren Kopf in ihren Händen. „Warum zum Teufel streite ich hier mit dir? Ich sollte dir danken. Du hast mir zweimal das Leben gerettet und ich werde kribbelig, weil ich den Eingriff in mein verdammtes Privatleben nicht mag."

Ich schob meine Hand über den Tisch und drückte ihren Arm. „Hey, zwei reichen im Moment auch aus."

Ihre Hand legte sich auf meine und ich sah wieder in diese blauen Augen.

„Ich werde in dieser Woche auch oft da sein", fügte ich hinzu. „Wenn das okay ist."

„Natürlich." Sie verengte ihren Blick plötzlich. „Wie du schon sagtest, brauche ich tatsächlich zusätzliche Überwachung wegen

Hoben."

„Ja?"

„Amber Farrell, ich engagiere dich als zusätzliche Wache für mich persönlich und", sie gestikulierte mit einer Hand, „um eine Untersuchung durchzuführen, die Hoben an die Justiz ausliefert."

„Das kannst du nicht tun."

„Warum nicht?"

„Das ist nur ein Vorwand ..."

„Nein. Du hast dich als die beste Wahl erwiesen, um mich zu schützen. Ich verstehe, dass du nicht immer hier sein kannst, aber es ist eine sinnvolle Entscheidung ..."

„Du machst das nur, um ... " Ich schwieg. Um mich zu bezahlen, um da zu sein? Wie konnte ich das sagen? Jen starrte mich an, Wut verdunkelte ihr Gesicht. Und darunter lag Schmerz. Das war falsch auf vielen Ebenen, aber damit konnte ich jetzt nicht umgehen.

„Vorübergehend", gab ich nach. „Nächste Woche besprechen wir das nochmal."

Zusammen mit allem anderen.

Sie verbarg ihre Erleichterung, indem sie ihren Kopf senkte, aber ich bemerkte es und es ließ mich auch besser fühlen.

„Was denkst du von mir, um Himmels willen?"

„Ich glaube, du bist beängstigend", sagte ich.

„Nicht die Wirkung, die ich im Sinn hatte", murmelte sie.

„Ich mag beängstigend", sagte mein Dämon, bevor ich es verhindern konnte. Ich hustete und fragte schnell, was sonst noch vorgefallen war, nachdem ich verschwunden war.

Sie lächelte ein wenig und griff ihre Geschichte wieder auf.

Wie José vorhergesagt hatte, war jetzt das FBI an der Sache dran.

Jen wartete und gab mir so möglichst taktvoll die Chance zu erklären, warum das FBI mit mir reden wollte.

Ich schnaubte. „Ich habe nichts Verbotenes getan, Jen. Aber wenn sie anfangen mir Fragen zu stellen, gibt es viele Antworten, die ich ohne Freigabe nicht geben kann und dann wird es schwierig. Ich muss ihnen aus dem Weg gehen, zumindest bis nächste Woche."

Und vielleicht musste ich bis nach der Versammlung verschwinden. Für die ich auf freiem Fuß sein musste.

Jen sah nachdenklich aus. „Zum Teufel noch mal, sprich sofort mit ihnen. Wenn sie dich auf einen vagen Verdacht hin verhaften, kann ich dich in einer Stunde frei bekommen und es wirklich schwer für sie machen das noch einmal zu versuchen."

Sie und Tullah hatten recht. Je früher, desto besser. Es fühlte sich seltsam an, als Jen fortfuhr und sich verpflichtet fühlte mich herauszuholen, wenn man mich festnahm. Ich wollte diese Verpflichtung für sie nicht, aber mir gefiel, dass sie sie empfand. Ich verzog das Gesicht. Es wurde so verworren.

Jen wollte natürlich mehr wissen. Trotz ihres Gefühlsausbruchs konnte ich sehen, dass sie ihre Neugier bezwang und es hasste, dass es so Vieles gab, das ich ihr nicht sagen konnte und sie fragte sich, warum das so war. Ihre Augen sahen nahezu verletzt aus durch den Schmerz in ihnen.

Ich stand auf und begann die Teller abzuwaschen.

„Oh, das habe ich fast vergessen", sagte Jen, „dein Freund Campbell Carter ..."

„Ich kann mir viele Namen für ihn vorstellen", sagte ich kurz und trocknete meine Hände ab, „aber Freund habe ich nicht auf meiner Liste." Er hatte gedroht, mich in ein unfaires Gerichtsverfahren zu verwickeln, das ich mir wirklich nicht leisten konnte. Jen hatte mich davon überzeugt das ihren Anwälten zu überlassen. Eine weitere Sache, für die ich ihr etwas schuldete.

„Nein, nein, hör zu. Er hat mich kontaktiert, noch bevor ihn meine Anwälte erreichen konnten und hat mich gebeten, dir seine Entschuldigung zu übermitteln. Zitat - Ich war ein Narr - Ende des Zitats. Dein ausstehendes Honorar ist heute auf deinem Konto, mit einem Zuschlag von 50 % als Entschuldigung."

Ich ließ mich mit offenem Mund auf den Hocker plumpsen, während sie mich auslachte.

Wir wurden von dem Geräusch der sich öffnenden Tür unterbrochen.

Meine Waffe lag auf dem Tisch im Wohnzimmer. Ich wollte mir gerade eins von Carmens glänzenden Küchenmessern nehmen, als ich Tullahs Stimme hörte.

„Hallo. Ich bin es nur."

Offiziell nutzten wir noch immer Jens extra Arbeitszimmer als Büro, also kam sie zur Arbeit. Ich atmete erleichtert aus.

Jen und ich gingen mit dem Kaffee hinaus, um uns zu unterhalten.

Tullah wirkte angespannt und als sie gestern gegangen war, war sie beunruhigt gewesen.

„Ich habe gerade gehört, dass Carter eingeknickt ist und seine Rechnung bezahlt hat", sagte ich, um sie aufzumuntern.

„Das ist super", antwortete sie.

Hmm.

Wir zogen ins Wohnzimmer um und setzten uns zwischen die nun überflüssigen Decken und Kissen. Es sah aus wie nach einer Pyjama Party. Tullahs Blick überflog den Raum, nahm alles auf und fragte sich wahrscheinlich, was, um Himmels willen hier vorging.

Du und ich auch, Mädel. Ich erinnerte mich an das Gefühl von Zuhause, als ich letzte Nacht eingeschlafen war.

Tullah setzte sich ganz still hin, ihren Kopf leicht nach vorn gebeugt und ihr Blick zuckte nervös zwischen Jen und mir hin und her. „Jen, könnte ich für eine kurze Zeit hier wohnen?"

„Natürlich", sagte Jen sofort. „Was ist passiert?"

„Ich bin zu Hause ausgezogen. Es ist Zeit, dass ich unabhängig werde."

„Oha! Was hat dazu geführt?", fragte ich. Ich hatte mir schon gedacht, dass etwas nicht ganz rund lief, aber das war etwas plötzlich.

„Teilweise das, worüber wir gestern gesprochen haben. Ich möchte jetzt nicht darauf eingehen. Es ist nur für ein paar Tage. Ich suche mir eine Wohnung."

„Das ist etwas plötzlich, Tullah", sagte ich.

„Es ist meine Entscheidung", sagte sie abwehrend.

„Okay, okay", sagte ich. „Aber ich werde irgendwann mit Mary und Liu sprechen müssen. Sie werden mich dafür verantwortlich machen."

„Es hat nichts mit dir zu tun, Amber. Nicht direkt."

„Was soll das heißen?"

Tullah sah frustriert aus. „Es geht um das, was wir letzte Woche besprochen haben. In meinem Alter warst du bereits in der Armee und hast deine eigenen Entscheidungen getroffen und dein Leben selbst bestimmt."

„Aber Mary könnte sagen, dass die Armee damals mein Leben bestimmt hat. Sieh mal, ich werde nicht mit dir streiten. Wie du sagst, es ist deine Entscheidung."

Die, wie immer praktisch denkende, Jen unterbrach uns. „Hast du Kleidung und so weiter in deinem Wagen?"

Als Tullah nickte, leitete Jen alles in die Wege und wir luden unsere beiden Wagen aus. Meine lumpenartige Kleidersammlung wanderte in die Gästesuite, die Jen weiter als meine bezeichnete. Jen gab Tullah ein schönes Zimmer auf der anderen Seite des Hauses. Ich hatte nicht viele Sachen, also half ich Tullah ihre reinzutragen.

Tullah hielt mich am Arm fest, als wir allein waren.

„Hör mal, Amber, es tut mir leid. Ich weiß, dass dich das bei Ma unbeliebt macht." Sie zögerte. „Ich wollte nur sagen, dass ich euch nicht im Wege stehen werde, weißt du, Jen und dir."

„Hmm. Da gibt es nichts im Weg zu stehen, aber danke." Ich errötete.

„Ja. Natürlich", sagte sie.

„Tullah, du weißt, was ich bin und was ich bei Jen anrichten könnte."

Sie nickte. „Aber du hast das unter Kontrolle, nicht wahr?"

„Mir wurde noch gar nichts beigebracht. Ich weiß wirklich nicht, was ich tun kann und was nicht. Ich habe versprochen, vor nächster Woche niemandem von den Athanaten zu erzählen. Ich kann nichts mit Jen riskieren, bevor ich es ihr gesagt habe. Und wenn ich es ihr sage, glaubst du, dass sie mich noch bei sich haben will?"

Tullah grinste dazu, bevor sie fortfuhr. „Was ist die große Sache diese Woche? Hat das etwas mit all den energiegeladenen Athanaten in der Stadt zu tun, über die Ma gesprochen hat?"

„Ich kann dazu nichts sagen", antwortete ich und änderte das Thema. „Was kannst du mir zu deinen Problemen zuhause sagen? Da geht es nicht um mich, oder?"

„Es geht nicht nur um dich. Es sind viele Dinge."

„Um was zum Beispiel? Wenn es dir nichts ausmacht, es mir zu erzählen."

„Zum Beispiel habe ich Ma von meinem Geistwesen erzählt."

Autsch. Traditionelle Adepten wie Mary billigen die bekannten Geistwesen: Bär, Wolf, Kojote, Rabe und so weiter. Tullahs halb chinesisches Erbe hatte sich in einem Geistwesen manifestiert, das *nicht* auf der Positivliste vermerkt war. Sie hatte es mir letzte Woche heimlich gezeigt. Sie hatte einen verdammten Drachen als Geistwesen.

„Wie ist es gelaufen?" fragte ich.

Tullah schnaubte. „Was meinst du? Ma ist ausgerastet. Völlig. Sie hätte fast wieder eine Sperre auf mich gelegt. Und fang gar nicht erst mit Matt an."

Ich musste mir auf die Lippen beißen. Es war momentan nicht lustig für Tullah. Eine Sperre würde sie daran hindern ihre Adepten

Fähigkeiten zu nutzen. „Ich bin sicher, dass sie wieder einlenkt", war alles, was mir dazu momentan einfiel. „Und über mich?"

„Hmm. Hast du angefangen, du weißt schon, zu trinken?" Sie machte mit den Fingern Fänge neben ihrem Mund.

„Nein. Noch nicht, jedenfalls." Träume ja. Ich zitterte.

„Du hast deine Einstellung dazu, Athanate zu werden, geändert", sagte Tullah. „Ich kann es an deiner Stimme hören."

„Es gibt nicht mehr viel, was da noch *werden* muss. Ist das ein Problem?", fragte ich. „Ich weiß, dass Mary mir nicht mehr vertrauen wird."

„Für mich macht es keinen Unterschied." Tullah zuckte mit den Schultern und drehte sich leicht weg. „Nur, dass du es weißt, Ma und ich stimmen im Moment in nicht vielen Sachen überein."

„Ich möchte nicht der Grund für Ärger in deiner Familie sein", sagte ich. Nicht zuletzt, weil mir ihre Eltern Angst machten.

Ich versuchte an die praktischen Dinge zu denken, die sie vielleicht übersehen hatte. „Was ist mit der Uni?"

„Ich kann in ein modulares Programm wechseln. Das schaffe ich. Es macht mir nichts aus, wenn es länger dauert. Ich kann nachts arbeiten."

„Oh, das wird Matt glücklich machen."

Sie schlug mir auf die Schulter und dann gab sie sich selbst einen kleinen Stoß. „Ich gehe besser ins Büro und löse meine Fälle."

Ich lächelte. Sie versuchte, ernst und professionell zu wirken und ich konnte mich gut an das erste Mal erinnern, als ich das gesagt hatte. Ich ergriff ihren Arm. „Fühlt sich gut an, nicht? Sag es noch einmal."

„Ich gehe und löse meine Fälle." Dieses Mal lachte sie. Sie hielt inne und sah mich ein wenig scheu an. „Ich meine es ernst mit dir als Athanate, Amber. Ich halte es für total cool und es ändert nichts für mich, egal was Ma sagt. Und ich glaube, dass mein Drache es mag, weißt du?"

„Danke."

Und nun?

Vielleicht musste ich mit Mary sprechen und herausfinden, warum Drachen nicht auf der Positivliste standen. Heimlich.

Wir gingen zurück ins Wohnzimmer und Tullah schien glücklicher zu sein, dass sie es sich von der Seele geredet hatte.

„Jen, hat Amber mit dir über Matt gesprochen?", fragte Tullah.

Danke, Tullah.

„Nein." Jen sah mich auffordernd an.

„Äh, kann ich Matt für einige Aufgaben diese Woche ausborgen? Keine ganzen Tage oder so etwas."

„Natürlich", sagte Jen. „Geh sanft mit ihm um, er hat noch immer Angst vor dir. Ich rufe ihn an. Was soll ich sagen?"

„Ich brauche ihn als Cyber Ninja", sagte ich. „Ich sende die Details gleich per E-Mail."

Sie lachte und rief ihn von ihrem Handy aus an, als sie sich auf den Weg zur Arbeit machte.

Ich setzte mich und schrieb eine Mail für Matt. Ich brauchte ihn, um Informationen über Matlal und Hoben herauszubekommen und dann brauchte ich ihn für eine Analyse der Handys, die ich beim Hinterhalt von Castle Pines an mich genommen hatte. Er hatte letzte Woche eine ähnliche Aufgabe mit einigen ZK Handys übernommen und die Polizei hielt es für eine Goldader.

Nachdem ich darüber nachgedacht hatte, fügte ich die Referenznummer aus den Polizeiberichten hinzu und sagte ihm, dass ich lediglich eine Bestätigung wollte, welche Bundesbehörde das war.

Ich schloss die Mail mit der Warnung, ein wahrer Ninja zu sein und keine Spuren seiner Nachforschungen zu hinterlassen.

„Was hast du heute geplant, Amber?", fragte Tullah, als ich mich aufmachte zu gehen.

„Die Quinns und wohl das FBI." Ich wollte prüfen, warum der Colonel nicht auf meine Anrufe reagiert hatte und ich musste am Abend im Cheesman Park sein, um Larry abzuholen, wofür ich wiederum Vorbereitungen treffen musste. Mich juckte es, Hoben zu verfolgen, aber Larry war mein bester Weg zu ihm und ich musste warten, bis ich ihn hatte.

Es sah also so aus, als würde es heute ein einfacher Tag werden, als könnte ich zu einem normalen Rhythmus zurückkehren, sogar mit all den Gedanken in meinem Kopf.

Als ob.

Kapitel 10

Bevor ich zu den Quinns ging, hatte ich eine wichtige Aufgabe. In der Annahme, dass Larry heute Abend von Hoben und Matlal wegkam, brauchte ich einen Platz, um ihn sicher zu verstecken. Solange Hoben frei herumlief, war ich die ganze Zeit unruhig, fühlte mich ins Visier genommen. Ich musste Hoben unschädlich machen und dafür musste Larrys Info Gold wert sein.

Wenn er mir das geben konnte, brauchte ich einen sicheren Ort für ihn, wo Hoben und Matlal nicht nach ihm suchen würden, einen Ort ohne offensichtliche Verbindung zu mir. Und wenn er das nicht konnte, sollte er zu niemandem Zugang haben, der mir etwas bedeutete. So kurzfristig standen auf der Liste der Möglichkeiten nur zwei Orte.

Als erste Alternative sah ich mir Mykaylas Apartment an, direkt auf der anderen Seite der Interstate, gegenüber vom Bahnhof Yale. Sie war nach dem Angriff der ZK Gang nach Haven gezogen, aber die Miete war wahrscheinlich noch bezahlt und niemand würde Larry dort suchen. Ich fuhr um das zweistöckige Gebäude herum auf den Sandparkplatz hinter dem Haus. Die rostigen Trucks befanden sich an genau derselben Stelle, aber die ZK Motorräder waren natürlich alle weg. Als ich hier fertig war, war der Sand voller Blut gewesen, jetzt nicht mehr.

Die Tür zur Treppe war noch immer kaputt. Sie quietschte laut, als ich sie aufmachte. Ich hatte die Treppe und den Flur zuletzt voller ZK Motorradfahrer gesehen, die in Mykaylas Apartment einbrechen und sie als ganze Gang vergewaltigen wollten. Genau wie sie es angedroht hatten, als Mykayla das Wenige, was sie über Bian und mich wusste, nicht verraten wollte. Tullah hatte die Tür verbarrikadiert und ich war gerade rechtzeitig gekommen.

Die Wohnungstür war erneuert worden. Der Vermieter war wohl gekommen und hatte die nötigsten Reparaturen durchgeführt, um bald erneut vermieten zu können. Mykayla kam sicher nicht wieder. Der Ort fühlte sich jedoch nicht richtig an; die Nachbarn waren zu nahe und es gab zu wenig Ein- und Ausgänge. Ich fuhr zurück nach Aurora.

Meine nächste Option war ein wahres ‚Versteck in aller Öffentlichkeit'. Das kleine Haus in Aurora hatte dem Lastwagenfahrer Guy Windler gehört, der die Logistik des ZK Drogenschmuggels leitete. Er war entkommen, als ich die Operation hatte auffliegen lassen, aber er war hier gestorben, als einer von Matlals Leutnants entschieden hatte, dass Windler zu viel wusste. Er hatte die unerledigten Probleme aus dem Weg geräumt, indem er ihm den Brustkorb aufgebrochen und ihm das Herz herausgerissen hatte.

Das Haus war noch immer mit dem gelben Polizeiband abgesperrt, aber sie hatten den Fall schon vor längerer Zeit abgeschlossen. Es war riskant, aber es hatte mehr Fluchtwege als Mykaylas Apartment und niemand war unmittelbar verantwortlich. Wahrscheinlich würde für mindestens sechs Monate niemand danach sehen und Hoben würde nicht daran denken hierherzukommen. Und die Nachbarn in dieser Straße gehörten nicht zur neugierigen Sorte.

Es stank noch nach Tod, aber damit würde Larry leben müssen.

Die Quinns wohnten im fünften Stock eines Apartmentgebäudes, ein paar Blocks östlich vom Cheesman Park. Niall Quinn war ein enger Freund meines Vaters gewesen und um seinetwillen würde ich ihnen auf jede erdenkliche Weise helfen.

Ich parkte und blickte das salbeifarbene Gebäude hoch. Es hatte eine seltsam gezahnte Fassade, die aussah wie die gewellte Seite eines Verladecontainers. Jedes Apartment hatte an der Seite einen breiten Balkon mit einem eisernen Geländer, das mich an Gefängnisgitter erinnerte.

Ich rief an und Niall ging ran. „Mister Quinn, hallo. Hier ist Amber Farrell."

„Ah. Oh, ja. Hallo, Amber."

„Ist dies eine ungünstige Zeit? Ich bin gerade auf der anderen Straßenseite, aber ich kann wiederkommen."

Er zögerte. Offensichtlich war der Termin nicht optimal, aber er lud mich trotzdem ein hochzukommen und öffnete die Haustür mit dem Summer.

Es war ein Schock zu sehen, wie sehr er gealtert war, seit ich ihn das letzte Mal auf der Beerdigung meines Vaters gesehen hatte. Sein helles Haar hatte sich zu durchscheinenden Strähnen ausgedünnt und sein rosiges Gesicht war voller Sorgenfalten. Er hatte auch einen ordentlichen Bauch bekommen, aber das Schlimmste waren seine Bewegungen. Ich erinnerte mich an ihn als unseren Softball Trainer, wie er über das Spielfeld jagte und jetzt tat er jeden Schritt mit

Bedacht, jede Bewegung war langsam und gesetzt.

Ich lehnte ein Getränk ab und brachte ihn in Verlegenheit, als ich ihm zu seinem Platz im Wohnzimmer half. Einige Gehstöcke lehnten daneben an der Wand.

„Also, Mister Quinn, wie kann ich helfen?", fragte ich, nachdem wir unsere üblichen, alten Familienangelegenheiten durchgegangen waren.

„Nenn mich Niall, bitte", antwortete er und fuhr mit der Hand über seinen Kopf. „Ich weiß nicht, ob du uns helfen kannst. Es tut mir leid, wenn sich herausstellt, dass ich deine Zeit verschwendet habe. Es ist etwas weit hergeholt. Mir ist nur nichts anderes einfallen."

„Erzähl mir davon, Niall. Ich berechne nichts fürs Zuhören." Ich grinste ihn an und freute mich über sein Lächeln als Antwort. Zumindest hatte sein körperlicher Zustand nicht seine Lebenseinstellung beeinflusst.

„Okay." Er rieb seine Hände ein paar Mal über die Schenkel. „Vor ungefähr einem Monat wurde bei uns eingebrochen."

Ich sah mich in dem Zimmer um. Es sah etwas spartanisch aus, ohne Musikanlage oder teure Deko. Waren die geraubt worden?

Er bemerkte meinen Blick und lächelte dünn. „Oh, wir haben nicht viel zum Stehlen. Die da oben auf der obersten Etage", er deutete zur Decke, „bei denen hätte sich der Einbruch gelohnt. Bei uns nicht."

„Was wurde denn gestohlen?"

„Nur eine alte Goldmedaille und etwas Schmuck", sagte er leise.

„Oh mein Gott! Nicht ..."

Er nickte und machte viel Aufhebens davon sein Taschentuch herauszuholen und sich geräuschvoll die Nase zu putzen.

Ich hatte die Medaille einmal gesehen. Sie war ebenso wenig nur eine Medaille wie Arlington nur ein Friedhof war. Nialls Großvater hatte posthum die Tapferkeitsmedaille für die entsetzlichen Kämpfe der Marines im Bois de Belleau im ersten Weltkrieg verliehen bekommen. Nialls Vater hatte sie ihm gegeben, kurz bevor er an Kehlkopfkrebs gestorben war. Weil er nicht mehr sprechen konnte, hatte sein Vater diese Worte auf einen Zettel gekritzelt, den Niall zusammen mit der Medaille aufgehoben hatte: „Bewahre sie sicher auf. Das ist alles, was ich je von ihm kannte." Obwohl er sehr stolz darauf war, stellte er die Medaille nicht zur Schau und nur weil mein Vater und Niall so enge Freunde waren, hatte ich die Gelegenheit bekommen, sie anzusehen.

Ich war völlig schockiert. Da ging es nicht um Geld, es ging um die Tapferkeitsmedaille. Mein erster Gedanke war - wie konnte jemand ihre Bedeutung so wenig achten, dass er sie stahl? Aber das war dumm. Die Welt war voller Leute, die nichts kümmerte.

Zweitens war sie graviert und ein Verkauf war illegal. Aber eine gewisse Art Sammler mochte das ignorieren.

Am schlimmsten war, dass es jemand gewesen sein musste, der von der Medaille wusste. Ein Freund der Familie.

„Ich dachte mir, dass du es verstehst", sagte Niall nach einer Weile.

Ich setzte mich aufrechter. „Was soll ich tun?" Auf den ersten Blick gab es nichts, wobei ich helfen konnte.

„Da gibt es zwei Dinge", sagte er langsam und kämpfte sich auf die Füße. Er schleppte sich in sein Büro, wo einige Briefe lagen und nahm ein paar Seiten, die er mir reichte. „Zunächst prellt uns die Versicherungsgesellschaft." Er winkte zur Balkontür, die offensichtlich repariert, aber noch nicht gestrichen war. „Und als ich mich beschwerte, drohten sie mir, die Police nicht zu verlängern."

Ich runzelte die Stirn. Das war sicher eher etwas für Kath als für mich. Welche Probleme ich im Moment auch mit meiner jüngeren Schwester hatte, sie würde nicht ablehnen den Quinns bei einem Rechtsstreit zu helfen. Sie war Anwältin, das wäre ein Kinderspiel für sie. Dann überflog ich in die Briefe und plötzlich machte es Sinn.

Die Versicherungsgesellschaft behauptete, dass der Dieb nicht über den Balkon gekommen sein konnte.

„Du weißt es noch?", fragte ich und lachte trotz des Ernstes der Lage.

Ich öffnete die Balkontür und ging hinaus. Er kam nach, als ich mich über das Geländer lehnte und nach unten blickte.

„Das ist einfach. Wie sollen wir es machen? Willst du einen Versicherungsvertreter dazu holen oder willst du es filmen?"

Er dachte darüber nach. „Ich glaube nicht, dass sie jemanden schicken. Ich würde dich lieber filmen und ihnen das Video schicken."

„Okay, hast du eine Videokamera?"

„Ich werde heute Nachmittag eine ausleihen, wenn das in Ordnung ist." Er sah mich fragend an.

„Das ist gut, Niall. Und ich werde nichts dafür berechnen die Seite deines Gebäudes hinaufzuklettern."

Ich drehte mich um, um wieder hineinzugehen, aber er griff nach meinem Arm.

„Hör zu, Spidergirl, ich werde dich nichts ohne Bezahlung machen lassen. Nein. Finde dich damit ab. Dein Mindesthonorar ist eine Stunde. Ich weiß es. Ich habe deine Sekretärin gefragt."

„Ein Stundenhonorar ist Wucher für einige Minuten Klettern. Und Tullah ist meine ..." Verdammt, ich war noch nicht dazu gekommen, ihr einen Titel zu geben. „... Auszubildende." Das klang gut. Es klang, als ob sie alle langweiligen Aufgaben übernehmen musste.

„Eine Stunde. Ja oder nein."

Ich zuckte die Achseln und klopfte ihm leicht auf die Schulter. „Ich kann nicht glauben, dass du dich daran erinnerst, was ich mit vierzehn angestellt habe."

„Wenn nicht ich, dann hätte Cassie mich daran erinnert."

„Hat sie mir verziehen?" Ich war die Seite ihres Hauses hinaufgeklettert und hatte Frösche ins Bett seiner Tochter gesteckt. Nun, sie hätte mich eben nicht Kröte nennen sollen. Sie hätte wissen müssen, dass man sich nicht mit der Gründerin des Verrückten Städtischen Kletterclubs anlegt, auch wenn wir gute Freundinnen waren.

„Was? Schon? Es ist doch erst, äh, kaum fünfzehn Jahre her."

„Sechzehn", sagte ich.

„Richtig. Sechzehn. Ich nehme an ..." Er brach ab. Vor fünfzehn Jahren, als Dad krank wurde, hatten die Streiche, das Klettern und vieles mehr aufgehört. „Auf jeden Fall schickt sie dir liebe Grüße und sie wird dich das nächste Mal besuchen, wenn sie wieder da ist."

Ja, und ich würde ihre Rache zu erwarten haben. Sie war ebenso durchtrieben wie ich bei Streichen.

Nach den Fröschen hatte sie bei jeder Gelegenheit anonyme Nachrichten für mich hinterlassen - ‚Rache wird am besten kalt serviert'. Sie wusste, wie man jemanden treffen konnte, sogar in dem Alter. Ich mache sie für meine Paranoia verantwortlich.

Es hörte natürlich alles auf, als Dad krank wurde.

Heute war sie eine verdammte Seelenklempnerin in New York, als würden sie dort noch so jemanden brauchen. Sie wäre jetzt wahrhaft furchteinflößend, wenn sie zum Servieren der Kaltspeise bereit wäre. Ich grinste innerlich. Es wäre schön, sie wiederzusehen und zu sehen, wie es ihr ging. Es würde mehr als Frösche brauchen, um mich abzuschrecken.

Wir gingen wieder hinein. Ich schaute mir den Brief der Versicherung nochmal an und schüttelte den Kopf. Sie hatten es wirklich übertrieben. Sie weigerten sich für die Balkontür zu zahlen und behaupteten, es wäre unmöglich, von außen auf den Balkon zu gelangen, was ich mit Freuden widerlegen würde. Sie beschuldigten die Quinns praktisch, ihre eigenen Türen beschädigt zu haben. Warum? Dann bestanden sie darauf, dass die Vordertür offen gewesen sein musste, was Fahrlässigkeit darstellte und die ganze Forderung zweifelhaft machte.

Richtig bitter war, dass die Medaille noch nicht einmal von der Versicherung gedeckt war; nicht, dass man ihr einen bestimmten Geldwert hätte zuordnen können.

„Ich bin sehr aufmerksam, was die Tür betrifft, wenn ich hinausgehe, was dieser Tage nicht mehr oft vorkommt." Er ließ sich wieder auf seinen Stuhl nieder und ich setzte mich auf die Armlehne des Sofas.

„Okay, ein Schritt nach dem anderen. Wir beweisen, dass es einfach ist, von außen auf deinen Balkon zu kommen. Du sagtest, es gibt zwei Dinge?"

Ich hörte den Klang der Vordertür und stand auf. Nialls Lippen bewegten sich. Ich kann von den Lippen ablesen und was er sagte, war ein zweisilbiges, deutsches Wort. Seine Frau Ruth hetzte herein und hielt abrupt inne. Ihr Gesicht wurde kalkweiß.

„Was macht sie hier?", wollte sie wissen.

Holla! Wo war das ‚Hallo Amber, wir haben dich seit Jahren nicht gesehen?'

„Amber ist gerade gekommen, um uns mit der Versicherung zu helfen, Ruth", sagte Niall.

Ihr Gesicht wechselte ins andere Extrem, rot vor Wut. Sie rang um Kontrolle. Was, um Himmels willen war hier passiert?

„Es tut mir leid, Amber, dass ich hier so ohne Gruß hereinplatze. Das ist eine sehr anstrengende Zeit für uns gewesen und vielen Dank für dein Angebot. Ich weiß, dass du es gut meinst, aber was könntest du tun, was die Polizei nicht schafft?"

„Ich habe nicht gesagt, dass ich den Einbruch untersuchen würde, Frau Quinn", sagte ich. „Ich habe zugesagt zu beweisen, dass die Versicherungsgesellschaft falsch liegt. Sie wissen schon, wenn sie behauptet, dass der Einbrecher nicht über den Balkon hat kommen können." Ich wollte wieder nach der zweiten Angelegenheit fragen, die Niall erwähnt hatte, aber er gab mir Zeichen zu schweigen.

„Aber, das ist Verschwendung von Geld, das wir nicht haben", sagte sie.

„Ich habe gesagt, dass ich es umsonst mache", wies ich noch einmal darauf hin. Ich war nie gut darin, meinen Mund zu halten und warum hatte sie sich so aufgeregt, als sie mich gesehen hatte?

„Dann solltest du deine Zeit nicht mit uns verschwenden, vielen Dank, Amber. Ich denke, dass wir es selbst schaffen, die Versicherungsgesellschaft zu überzeugen."

„Ruth, du weißt, dass die nicht spaßen", sagte Niall. „Sie haben unseren letzten Brief nicht beantwortet und der Vertreter geht nicht einmal ans Telefon."

Sie funkelte ihn an, weil er sie nicht unterstützte, aber gab zögernd bei diesem Punkt nach. Besser spät als nie erinnerte sie sich an ihre Manieren und bot mir Kaffee an. Ich wollte weg von hier, konnte aber nicht ablehnen - und Mom würde es als Unhöflichkeit meinerseits vorgehalten bekommen.

Wir setzten uns in die Küche an ihren Tisch. Frau Quinn war von der Sorte, die sich umständlich dahin vortastet, worüber sie sprechen wollte. Als sie genug Neues von meiner Mutter erfahren und mir die Neuigkeiten über Cassie erzählt hatte, konnte ich fast hören, wie sie sich zum Thema Kath vorarbeitete.

„Wir hatten so ein gutes Gespräch mit Kathleen", sagte sie schließlich. „Wir haben alles von ihrer Verlobung gehört. Es scheint, dass Taylor ein wunderbarer Fang für sie ist." Ihr Blick glitt zu Niall und sie verständigten sich stumm auf die Art wie es lange verheiratete Ehepaare tun.

Niall, der zurückgelehnt dagesessen hatte und nur zuhörte, beugte sich nun vor und lehnte sich über den Tisch.

„Amber", sagte er, „wir kennen dich nun schon so lange. Weißt du, als du von der Armee zurückgekommen bist …, ich meine, als du zurückgekommen bist, war es, als ob du nie weg gewesen wärst. Wenn Cassie bloß da gewesen wäre, dann hätten wir dich zum Abendessen eingeladen."

Obwohl er sich schnell gefangen hatte, war mir das Stocken nicht entgangen und ich hatte im Geist die Verbindung hergestellt. Niall hatte Kath angerufen, um meine Nummer zu erfahren. Kath hatte behauptet, dass ich nie in der Armee gewesen war.

Meine Dienstaufzeichnungen bei Ops 4-10 waren versiegelt und nicht einmal das Lohnbüro der Armee hatte Zugriff darauf. Als ich die Armee verließ, zahlte Ops 4-10 mir eine Pauschale, aber statt es korrekt aufzusetzen, hatten sie es als Versehrtenrente für Veteranen getarnt. Ein Bürohengst namens Leutnant Krantz war auf meinen Fall gestoßen und war sicher, dass ich ihn zu einem großen Betrug in der Armee führen würde. Als Colonel Laine ihn abgezogen hatte, versuchte er sich zu rächen, indem er Kath sagte, dass ich nicht in der Armee gewesen sein konnte, weil er keinerlei Aufzeichnungen über mich gefunden hatte. Das hatte zu einer Lawine von falschen Annahmen seitens meiner Schwester geführt.

„Du und Cassie seid so eng befreundet, dass du wie eine Tochter für uns bist, Amber", sagte Frau Quinn. „Du weißt, dass du uns sagen kannst, wenn du in Schwierigkeiten steckst, nicht wahr?"

Was hatte Kath ihnen sonst noch gesagt? In ihrer letzten betrunkenen Tirade hatte sie mich beschuldigt, eine Hure und drogenabhängig zu sein, zusätzlich zu meiner Lüge, in der Armee gewesen zu sein.

„Es ist nicht so, dass wir glauben, dass du in Schwierigkeiten steckst", sagte Niall schnell und blickte seine Frau scharf an. „Aber …" Er machte eine Pause und fuhr sich mit der Hand über die Stirn. „Deine Mutter hat immer viel von dir gehalten. Kathleen hat immer gefühlt, dass sie an dir gemessen wurde. Das verstehst du, oder?"

Ich nickte. Sogar der Dämon in meiner Kehle gab Ruhe. Es war, wie einem Autounfall in Zeitlupe zuzusehen, ohne dass man etwas dagegen unternehmen konnte.

„Und jetzt ist sie eine erfolgreiche Anwältin, die in ihrer Firma geschätzt wird."

„Mir geht es auch gut, danke", schaffte ich zu sagen. Eine leichte Beschönigung der Wahrheit.

„Natürlich", sagte Frau Quinn. „Das ist nur nicht ganz das Gleiche."

Ich zog meinen Job dem von Kath vor, aber davon würde ich die Quinns niemals überzeugen können. Sie hatten eine altmodische Vorstellung davon, welcher Beruf für eine Frau akzeptabel war. Anwalt war für sie ein mutiger Fortschritt. Es gab gute Gründe für Cassie, warum sie als Psychiaterin lieber in New York als in Denver praktizierte. Privatdetektiv kam gleichauf mit Straßenkehren.

„Beneidest du sie um ihren Erfolg?" fragte Niall.

„Nein! Ich bin froh, dass es ihr gut geht. Ich freue mich, dass sie verlobt ist. Ich ...“

„Es ist einfach so, dass sie sagte, du hättest ihr auf dem Wohltätigkeitsball letzte Woche ein paar Probleme mit deinem Verhalten bereitet. Bei ihren Partnern in der Firma“, unterbrach Frau Quinn.

„Das Problem war, dass sie nicht erwähnt hatte, dass sie eine Schwester hat, bis ich aufgetaucht bin“, brachte ich an. „Das zog die Aufmerksamkeit auf mich.“

„Ja, da hat sie sicher einen Fehler gemacht“, sagte Niall.

„Aber darum ging es nicht wirklich, nicht wahr, Amber?“ Frau Quinn wollte es nicht dabei belassen. Ich erkannte, dass Niall glaubte, dass Kath mich ablehnte und die Dinge übertrieb. Genauso wie Frau Quinn dachte, dass etwas dahinterstecken müsse. Es hing alles davon ab, was Kath tatsächlich zu ihnen gesagt hatte.

„Hat sie dir gesagt, dass sie für eine Partnerschaft erwogen wurde?“ fragte Frau Quinn.

Ich nickte.

„Und sie bat dich, diskret zu sein. Aber wie ich es verstanden habe, hast du mit der gesamten internationalen Delegation getanzt ...“

„Es war ein Ball, Ruth“, sagte Niall und hob beschwichtigend die Hände.

Frau Quinn hörte für einen Moment auf, aber zwischen den beiden lief wieder diese bedeutungsvolle, stille Kommunikation ab.

„Hör mal, Amber“, sagte Niall. „Es ging nicht wirklich darum, dass du mit den Delegierten getanzt hast. Und es gab wahrscheinlich einen guten Grund für die anderen Dinge, die Kathleen gesagt hat. Aber du wirst wissen, dass die Partner in ihrer Firma sehr ... konservativ sind.“ Er leckte nervös seine Lippen. „Wir wissen, dass ein Geschäft wie deines lange braucht, bis es läuft und die Dinge können im Moment etwas schwierig für dich sein. Ich kann wirklich verstehen, wie überwältigend es sein muss, wenn jemand so reich ist und dir Beachtung schenkt.“

Es dauerte ein oder zwei Sekunden, bis ich es erfasst hatte. Es war beinahe lustig. Während des Wohltätigkeitsballs hatte ich mit einer ganzen Reihe von Vampiren getanzt, darunter Luc Matlal. Und ich hatte einen erfreulichen Walzer mit einem Werwolf, Alex, getanzt. Ich hatte Jen vor Tuckers versuchtem Mordanschlag gerettet, als wir gingen.

Aber das, was Kath und ihre Partner mitbekommen hatten, war, dass ich viel Spaß beim Tanzen mit Jen gehabt hatte, zu offensichtlich für ihren konservativen Geschmack.

Bevor ich irgendetwas sagen konnte, unterbrach Frau Quinn nochmals. „Natürlich kennen wir sie nicht, aber die Dinge, die man von diesen reichen Leuten hört ...“

„Drogen und Orgien, so etwas?“ Ich zog meine Jacke aus. „Kath hat euch wahrscheinlich gesagt, dass ich Drogen nehme. Seht selber.“ Ich streckte meine Arme quer über den Tisch. Ich hatte recht, sie suchten nach Einstichen ohne es zugeben zu wollen. „Was Jennifer Kingslund angeht, sie hat mich als Privatdetektiv und Sicherheitsberater engagiert und ja, wir sind Freunde geworden. Inwiefern das Kath oder die Partner betreffen sollte, habe ich keine Vorstellung.“

Mein Handy musste natürlich genau in diesem Augenblick klingeln und ich zog es heraus, um auf die Anruferkennung zu sehen. Oh Gott, Alex, ein super Zeitpunkt.

„Seht mal“, sagte ich und stand auf. „Ich weiß es zu schätzen, dass ihr euch Sorgen um mich macht und offensichtlich muss ich Kath irgendwie zur Vernunft bringen, aber jetzt muss ich gehen. Es war schön euch wiederzusehen. Ich bin um vier heute Nachmittag zurück, Niall.“

Ich bemühte mich, so ruhig wie möglich zu erscheinen, aber ich kochte innerlich, als ich die Treppe hinunterging. Was zum Teufel fiel ihr ein, so mit den Quinns zu sprechen? Niall glaubte offenbar nicht alles, aber bei Ruth war es anders. Ich hoffte, dass ich genug getan hatte, um Ruth daran zu hindern meine Mutter anzurufen und sie in ihrem Urlaub aufzuregen.

Kath hatte dieses Mal die Grenze überschritten und das würde ich ihr klar und deutlich sagen müssen. Wenn sie damit nicht umgehen konnte, hatten meine Schwester und ich ein Problem.

Aber es gab da noch etwas anderes bei den Quinns. Die Frau Quinn, die ich kannte, wäre von vornherein nicht so schockiert gewesen, egal was sie von mir gehört hätte. Die Angelegenheit, die ihr in Wirklichkeit zusetzte, war der Gedanke, dass ich den Diebstahl der Medaille untersuchen könnte. Ihre erste Reaktion darauf war Sorge und Bestürzung.

Ich war sehr, sehr an der zweiten Angelegenheit interessiert, über die Niall mit mir reden wollte.

In der Zwischenzeit musste ich einen Mann zurückrufen. Einen Werwolf, genauer gesagt.

„Alex?"

„Amber, bist du in der Nähe?"

„Ich kann in fünf Minuten da sein. Gott sei Dank hast du angerufen. Wir müssen - ich muss ..."

„Die Tür ist offen für die Richtige", unterbrach er mich.

„Oh, ist es eine magische Tür?", fragte ich aus meinen Gedanken gerissen und erwärmte mich für sein Frotzeln. Ich schleuderte meine Jacke nach hinten und stieg in den Wagen. „Wie funktioniert sie?"

„Rauch, Spiegel und der Flexor, Extensor und Brachioradialis im Unterarm und verschiedene Adduktoren in der Schulter und im Oberarm. Hauptsächlich."

„Oh Gott, Ärzte sind wie Tretminen", stöhnte ich.

„Ehemalige Ärzte", korrigierte er mich. „Ja, aber wir verstehen wirklich, wie ein Körper funktioniert. Ich sehe dich in fünf Minuten." Er legte auf.

Ich fragte mich, ob ich es in drei schaffen konnte. Mein Körper verstand genau, was er von ihm wollte. Nachdem ich einige Dinge geklärt hatte, befahl mein Gewissen. Vielleicht würde er nichts mehr mit mir zu tun haben wollen, nach dem, was ich zu sagen hatte.

Kapitel 11

Es gab keine Anzeichen von Rauch und keine Spiegel, als sich die Tür öffnete. Alex trug nichts außer Shorts und er sah heiß genug aus, dass dort Rauch hätte sein müssen. Ich überprüfte seine Flexoren, Extensoren und Adduktoren, hauptsächlich, indem ich über seine Arme strich, die sich um mich schlossen, sobald die Tür zufiel.

Ich bin nicht ausgezehrt, aber ich fühlte mich unbedeutend im Vergleich zu seinem Körper. Ich streichelte mit meinen Händen über seinen Rücken und erfreute mich an den starken Muskeln, als ich ihn fest an mich drückte. Nichts ist so wertvoll wie etwas, das man verlieren könnte. Oh Gott, was würde er zu der gegenseitigen Infundierung sagen? Mein Kopf fiel in den Nacken und sein Mund schloss sich über meinem. Den einen Kuss erlaubte ich mir, dann musste ich ihm alles erzählen.

Seine Lippen waren bestimmend und fordernd. Ich erzitterte bei der Tiefe der Reaktion, die er in mir auslöste. Meine Beine wurden schwach, aber das war in Ordnung, weil es schien, als würde er mich sowieso nicht so bald loslassen. Meine Hände fuhren fort ihn zu entdecken, seine Schultern zu kneten, seinen Hals zu liebkosen. Er war wie eine lebende Skulptur, so verdammt schön und seine Haut verströmte den Duft von Wolf und Begierde, wie ein guter Wein.

Ich musste jetzt aufhören oder ich wäre nicht mehr dazu in der Lage. Ich brach den Kuss ab.

„Warte, Alex." Mein Herz raste und es war schwierig genügend Luft zu bekommen, um sprechen zu können. „Wir müssen reden." Meine Stimme war heiser. Ich legte meine Hand auf seine Brust, um ihn zurückzuschieben, fühlte den Donner seines Herzens unter meiner Handfläche und meine ganze verbliebene Stärke entwich.

„Hmm. Ja", sagte er. Er küsste meinen Hals. „Reden ist gut." So, wie er vom Reden sprach, bedeutete es etwas ganz anderes.

„Nein, wirklich reden ..."

Ich kreischte alarmiert, als er meinen Hintern griff und anhob. Er warf mich über seine Schultern und ging durch den Flur und die Treppe hinauf. Natürlich wehrte ich mich. Vorsichtig. Er hätte mich ja fallen lassen können.

„Alex, nein. Das Wohnzimmer. Wir müssen ..."

„Ja, ja." Er bog scharf ab zum Schlafzimmer, sodass ich mich an ihn klammerte. Das sinnlich rhythmische Spiel seiner Rückenmuskeln unter meinen Händen machte mich verrückt und herrlich erotische Bilder erstanden vor meinen Augen.

„Setz mich ab", schrie ich und er gehorchte, indem er mich auf sein Bett warf. Ein Teil meines Hirns bemerkte, dass es ein sehr solides Bett war, gut verarbeitet. Kein ablenkendes Klappern oder Wackeln. Das war gut, weil er hinter mir ins Bett sprang.

Ich funkelte ihn an. Nur weil ich Spaß daran hatte, sollte ich ihn nicht damit durchkommen lassen. Für welche Art Frau hielt er mich?

„Ist dies, was du glaubst ..."

Er küsste mich wieder, sanft dieses Mal, während seine Hände mein T-Shirt aus meiner Jeans zogen. Ich hatte beim letzten Mal, als wir uns liebten, sein Hemd zerfetzt. Oder besser gesagt, das letzte Mal, als wir Liebe machen wollten. War das erst gestern Morgen gewesen? Er hatte sich besser unter Kontrolle als ich und mein Shirt überlebte.

Wir mussten den Kuss unterbrechen, um das Shirt über meinen Kopf zu ziehen. Der Sport-BH ging gleich mit flöten.

Ich musste das beenden.

„Alex ..."

Ich schnappte nach Luft. Seine Lippen fuhren meinen Hals hinunter und mein verräterischer Körper bog sich.

Nein, nein, nein. Das war nicht fair ihm gegenüber. Ich musste ihn warnen.

Der Rest von mir hatte jedoch andere Vorstellungen. Meine Nippel wurden hart unter seinem Kuss, fast schmerzvoll empfindsam bei der Berührung seiner Zunge. Ich langte hoch und vergrub meine Finger in seinem seidigen Haar, griff hinein und zog seinen Kopf herunter zu mir. Alle meine guten Absichten verdampften wie Wasser in der Wüste.

„Oh, rette mich", hauchte ich und meine Worte und Taten entfernten sich unaufhaltsam voneinander.

Zum Teufel mit fair.

All der Mist, den ich erlebt hatte, der Stress Athanate zu werden und jetzt auch noch Werwolf, die magenzerfressende Furcht David und Pia zu verlieren, die sich auflösenden Familienbande, die mich als Mensch geerdet hatten, all das braute sich zu einer Gewitterwolke zusammen, die zerbarst und jegliches Zögern aus meinem Kopf fegte.

Unsere Hände tasteten und kamen sich gegenseitig in die Quere, als sie Knöpfe öffneten und Reißverschlüsse aufzogen. Seine Hand war wieder hinten in meiner Jeans und zog sie mir beinahe aus, aber plötzlich war er langsam, bedachtsam, spielerisch. Ich stöhnte. Seine Hand glitt über die Muskeln meines Hinterns, die Schenkel hinunter, verlängerte den Kontakt, machte ihn absurd sinnlich. Er schleuderte meine Jeans vom Bett und beugte sich über mich, die Fäuste zu beiden Seiten meines Kopfes in die Matratze versenkt, nahm er mich gefangen, verdammte Pose eines Alpha Wolfs.

Ich drehte mich, überraschte ihn und schob ihn zurück aufs Bett. Ich legte eine Hand auf seine Brust, meine Finger krümmten sich und ich senkte meine Nägel in seine Brustmuskeln, aber drückte ihn nicht hinunter. Dominanz ist nicht nur Stärke, Wolf. Ich riss seine Shorts herunter und warf sie hinter mich.

Oh mein Gott!

Ich legte beide Hände auf seine Brust, sehr bedachtsam, langsam. Wir atmeten beide schwer, beobachteten einander, hatten Spaß am Spiel.

Mein!

Er kam hoch und rang mich auf meinen Rücken, ragte über mir auf.

Sein Körper war gespannt wie ein Schiffstau, er bebte. Das Verlangen in seinem Gesicht ließ meinen ganzen Körper singen und ein schmerzendes Bedürfnis sammelte sich in meiner Brust und meinem Bauch und breitete sich in meiner Leiste aus. Ich wollte diesen Gesichtsausdruck bewahren, ich wollte ihn in meinen Händen halten, ich wollte ihn für immer fühlen können.

Sein Blick ließ meinen nicht los, als sein Kopf auf meine Brüste sank. Es war nur ein Kuss. Ein Kuss. Seine Lippen auf meinen Nippeln. Sein Körper an meinem Körper. Ich keuchte bei der Empfindung. Meine Augen schlossen sich, um ihn besser zu spüren, als er einen trägen Pfad der Lust meinen zitternden Bauch hinunter entlangwanderte.

Nach wenigen Augenblicken hatte ich keinen Gedanken mehr für irgendetwas anderes. Er schulterte meine Schenkel und ich umklammerte ihn, als seine Schlangenzunge meinem zitternden Körper verrucht zuflüsterte.

Ich griff nach seinem Haar und zog ihn zurück, reichte zu ihm hinunter.

Seine Augen waren jetzt ganz Wolf. Golden, schaurig, wild, als ich ihn in mich führte.

Ich stöhnte, als er mich ausfüllte, wir begannen uns zu bewegen, passten uns einander an, wiegten uns in einem Taumel der Lust. Ich hielt mich verzweifelt an ihm fest, meine Arme und Beine schlangen sich um seinen schweißnassen Körper, während ich mich in den aufkeimenden Empfindungen verlor und mein Gesicht an seinem Hals vergrub.

Sein Hals. Der dunkle Nervenkitzel brannte in mir wie Wetterleuchten. Sein Blut, heiß vor Verlangen, durchströmte ihn keinen Fingerbreit vor meinem Mund, meinen Fangzähnen. *Oh mein Gott, nein.* Mein Blickfeld verdunkelte sich und ich heulte vor Hunger.

Aber es war sowieso bereits zu spät. Die ansteigende Flut der Lust war wie eine Lawine, hob uns gemeinsam hoch und jagte uns über die Schwelle. Ich bog mich zurück und schrie erlöst, als mein Orgasmus durch mich hindurch jagte und seine rasenden Stöße ihren Höhepunkt erreichten.

Wir kamen zitterten zur Ruhe wie eine alte ramponierte Lokomotive, die von den Gleisen abgekommen war. Und Frieden senkte sich auf uns. Schockierter, wortloser, sich berührender, küssender Frieden. Und das Wissen, dass nichts jemals wieder so sein würde, wie es war.

Kapitel 12

Er rollte uns herum, sodass ich auf ihm lag.

Ich hatte für eine Minute geglaubt, dass das wie eine normale Beziehung funktionieren könnte, inspiriert durch die glühende Befriedigung nach fantastischem Sex. Klar. Ich wusste zu wenig über meine eigene Natur, fast nichts über seine und absolut nichts darüber, was mit meiner Marke geschehen war. Das konnte nicht funktionieren. Außerdem würde er ebenso wenig Angehöriger werden wollen wie Jen. Und ich hatte ihn gerade geliebt, ohne ihn zu warnen, was mit mir passiert war. Er würde stinksauer sein.

Ich verbarg mein Gesicht an seinem Hals. Noch ein wenig länger so tun als ob.

„Wirst du jetzt schüchtern, du heißer Feger?" Seine Worte vibrierten durch meine Brust.

„Es tut mir leid", murmelte ich. So cool. „Dumm. Ich hätte dich beinahe gebissen."

„Na und? Gib's dir, Vamp. Wenn du zu weit gehst, lasse ich es dich wissen." Die amüsierte Zärtlichkeit in seiner Stimme ließ mich hochschauen. Schlechte Idee. Der Wolf steckte weiterhin in seinen Augen und mein Herzschlag setzte kurz aus.

„Alex ..."

Er erkannte den Tonfall und schaute verwundert.

Mist. Wird schon schiefgehen.

„Erinnerst du dich, dass du sagtest, Werwölfe und Athanate können sich nicht gegenseitig infundieren?"

„Ja, das ist richtig, das passiert nicht."

„Es hat sich herausgestellt, dass das nicht für mich gilt."

„Hä?"

Ich schob mich etwas zurück. „Ich ... meine Marke hat sich verändert. Diana sagte, dass ich etwas Werwolf aufgenommen habe. Tut mir leid, ich hätte es sagen müssen."

„Das ist nicht möglich." Er runzelte die Stirn.

„Benutze deine verdammte Nase, du dummer Wolf", schnappte ich, sauer auf mich selbst. Ich war diejenige, die dumm war. Und jetzt unverantwortlich.

Er benutzte seine Nase, zog mich dicht an sich heran und drückte sein Gesicht an meinen Hals. Mein Herz schlug unregelmäßig und ich schob ihn wieder weg. Ich traute mir selber nicht.

Seine Augen wurden klar und leuchteten auf. „Oh, ja. *Verdammt.* Du hast recht."

„Es tut mir leid", murmelte ich wieder.

Seine Brauen kräuselten sich. Ich konnte mich gerade so zurückhalten, sie glatt zu streichen. „Was tut dir leid?", fragte er. „Das ist großartig. Seltsam, das gebe ich zu, aber fantastisch."

„Alex, denk nach. Wenn du meine Marke änderst, was mache ich mit deiner?"

„Scheiße."

Ich sah, wie ihn die Erkenntnis traf und bereitete mich auf seine Wut vor. Aber seine Antwort war nicht die, die ich erwartet hatte.

„Wie hat Altau es aufgenommen? Was kann ich tun, um zu helfen?"

„Nicht gut, aber es ist für den Moment in Ordnung, glaube ich. Aber darum geht es nicht, Alex. Ich bin nur ein Nebenschauplatz für Altau. Du bist vollwertiges Rudelmitglied. Was wird das Rudel machen?"

„Mach halblang, Amber. Wir wissen nicht, ob etwas mit meiner Rudel Marke geschehen ist. Ich meine, kannst du es erkennen?"

„Nein", sagte ich. „Aber ich habe nichts zum Vergleich."

„Okay, denken wir nach. Du bist eine neue Athanate. Ich bin schon eine Weile Werwolf. Was auch passiert ist, es ist so ungewöhnlich, dass niemand je davon gehört hat. Es wäre doppelt ungewöhnlich, wenn es in beide Richtungen wirken würde."

Er versuchte mich zu überzeugen, war sich aber selbst nicht sicher.

„Außer wenn ich untypisch bin", sagte ich. „Du musst zugeben, dass ich bereits an dem Punkt bin."

„Ja."

Er holte mich wieder heran und dieses Mal wich ich nicht zurück. Es war seltsam. Ich hatte mich in der Armee auf Leute verlassen - das gehört zu dem Job, es muss sein. Dann war ich ausgestiegen und hatte gelernt, mich auf niemanden zu verlassen. Und plötzlich wollte ich wieder jemanden haben, auf den ich mich verlassen konnte, der auf meiner Seite war.

„Bist du nicht böse auf mich?" Ich verzog mein Gesicht. Ich klang wie eine verdammte Fünfzehnjährige.

„Was? Nein."

„Aber wäre es eine große Sache gegenüber dem Rudel?"

Er schnaubte. „Wenn du die Rudel Marke hast, bist du drin, sonst nicht. Ich habe von Leuten gehört, die zwischen Rudeln gewechselt haben und ihre Marke musste sich dafür ändern. Aber in Denver sein mit anderer Marke? Ja, das wäre ein Problem für uns."

Uns. Das kurze Wort brachte so viele Gedanken mit sich, gute und schlechte. Das Rudel würde mich nicht mögen, wenn ich zum Teil Werwolf und in ihrem Gebiet war. Vielleicht galt das gleichermaßen für Alex und Altau. Aber das ‚uns' hieß, dass wir es gemeinsam angehen würden.

Und gemeinsam beinhaltete Angehörige für mich. Wenn Alex etwas Athanate würde, könnte er das mit den Angehörigen besser verstehen?

Mir wurde plötzlich unbehaglich und ich glitt von ihm hinunter und verbarg mein Gesicht in den Kissen, als ich versuchte das alles in Worte zu fassen.

Er rollte sich auf mich, hatte mich in der Falle und begann meinen Rücken zu küssen, hinauf zu meinen Schultern und zu meinem Hals. All die klugen Worte waren vergessen.

Seine Küsse erreichten mein Ohr und mein Herzschlag verdoppelte sich. Eine Hand zeichnete träge Muster auf meinen Rücken, die andere glitt unter mich. Ich schnappte sie, zog sie zurück.

„Halt", flüsterte ich, Mund und Körper gingen wieder in ganz verschiedene Richtungen. Ich küsste die Innenseite seines Handgelenks.

Das ist Verschwendung bei einem Mann, sagte Tara. *Probier das bei Jen, sie wird es lieben.*

„Sei ruhig", flüsterte ich, aber sein Wolfsgehör war zu gut.

„Sprichst du mit dir selber?"

„Nein", sagte ich, kämpfte mich frei und drehte mich, um ihm ins Gesicht zu sehen. „Das wäre verrückt. Nein, ich spreche mit Tara. Sie lebt in meinem Kopf."

Er grinste und neigte seinen Kopf, um einen einzelnen Kuss auf meinen Hals zu drücken. „Was hat sie gesagt?"

Ich holte tief Luft. „Sie sagt, dass ich dir alles erzählen muss, über Angehörige und BLUT und so", platzte ich heraus.

„Hmm." Er küsste die andere Seite meines Halses. „*Alles* wird sehr lange dauern. Diese Tara ist ein kluges Mädchen."

„Hör auf." Ich hielt ihn verzweifelt von mir weg. „Sieh mal, all dieses ‚uns' - was, wenn es nur vorübergehend ist?" Er wurde ärgerlich, aber ich ackerte weiter. „Neue Athanate, die von Hormonen überwältigt ist, tobt sich mit einem Werwolf aus. Richtig?"

Seine Augen waren wieder golden, befanden sich dicht vor meinen und sahen nicht glücklich aus.

„Es tut mir leid", sagte ich und das stimmte. „Ich habe das nicht so gemeint, wie es sich angehört hat. Es geht nicht um dich, sondern um mich. Ich bin die mit den verborgenen Absichten."

„Und die wären?"

„Ich suche nach Angehörigen, Alex." *Mach weiter - sage es. Sage es.* „Nach Leuten, von denen ich trinken kann." Ich versuchte, mein Gesicht vor Scham zu verstecken.

„Du verstehst es wirklich noch nicht." Er gluckste, wie ein großer Dieselmotor im Leerlauf, tack, tack, tack. Ich hätte ihm eine geknallt, wenn ich mich unter ihm hätte herauswinden können. Darum ließ er mich wahrscheinlich nicht.

„Du hast mir gerade das größte Athanate Kompliment gemacht", sagte er und gluckste weiter, tack, tack, tack.

Ich starrte ihn an. „Also jetzt bin ich Athanate. Was ist mit dem ‚Vamp' passiert?"

„Ich nenne dich nur Vamp, um dich aufzuziehen." Er sank zu einer Seite, dann zur anderen, damit ich meine Arme herausziehen konnte. Ich entschied mich, ihn wenigstens im Moment nicht zu schlagen. Ich konnte entweder daliegen, mit meinen Armen flach neben mir wie die Wiederbelebungspuppe aus der Schule oder sie um ihn legen. Ich legte sie um ihn. Es fühlte sich viel zu gut an.

Er machte weiter damit, meinen Hals zu küssen. „Ich weiß nicht einmal, ob ich Angehöriger werden kann, aber wenn eine Athanate von Angehörigen spricht, meint sie nicht nur etwas Dampf ablassen, da geht es nicht nur um das Körperliche."

„Ja, aber ..."

„Aber was?"

„Es ist nicht exklusiv, Alex. Du willst etwas Zweisamkeit, oder? Vergiss uns mal für eine Sekunde. Nur theoretisch, okay, gerade mal vor ein paar Wochen dachtest du vielleicht, wo ist das eine Mädchen, das für mich die Richtige ist? Ein Mann, eine Frau. Das kann ich nicht sein."

„Warum?"

„Weil Angehörige Mehrzahl ist", sagte ich irritiert.

„Hmm", sagte er ohne überrascht zu wirken. „Über wen sonst sprechen wir also?"

„Jen", murmelte ich. „Jennifer Kingslund."

Sein Glucksen brach ab, aber seine Küsse nicht, verdammt. „Und was hält sie davon Angehörige zu sein?", fragte er zwischen den Küssen. „Mit mir zusammen?"

„Ich kann ihr gar nichts sagen bis nach der ... bis nach dem Wochenende. Viele, viele Athanate Geheimnisse", schnaubte ich. „Sie wird wahrscheinlich sowieso abspringen."

„Vielleicht." Mein Kopf wurde zurückgebogen, damit er besser an meinen Hals kommen konnte, verdammt, aber ich konnte das Lächeln in seiner Stimme hören. „Habt ihr beiden ...?"

„Nein! Ich kann nicht einmal daran denken, bevor sie weiß, auf was sie sich einlässt. Vielleicht auch dann nicht, bis ich weiß, wie ich mich kontrollieren kann und ich sie nicht verwandle. Und ich könnte auch alles falsch deuten."

Mein Herz setzte wieder einen Schlag aus beim Gedanken an Jens Küsse auf meinem Hals, wie ihre Stimme flüsterte, *das kann ich gut*. Nein, ich hatte es nicht fehlgedeutet.

Er lachte. „Das glaube ich nicht. Die Kingslund ist niemand, die einen über ihre Gefühle im Unklaren lässt."

Ich zog seinen Kopf von meinem Hals und starrte ihn an. Es konnte nur einen Grund geben, dass er sie so gut kannte.

„Oh nein", sagte er. „Ich nicht. Sieh mal." Er küsste meine Stirn. „Ich verstehe Angehörige, ich verstehe die Athanate gewissermaßen. Ich weiß nicht, ob mein Blut das ist, was du brauchst. Ich weiß nicht, ob ich als Angehöriger geeignet bin, aber wenn du mich beißen willst, dann nur zu. Ich bin ein großer, starker Wolf und wir heilen sogar noch schneller als Athanate." Er holte tief Luft. „Und wenn wir uns gegenseitig infundieren und ich teilweise Athanate werde, dann ist es besser, wenn wir schnell lernen, wie sich das entwickelt."

„Und zum Teufel mit dem Rudel?"

„Nein, das nicht, aber wir werden uns etwas ausdenken."

„Und Altau?"

„Dasselbe und ich bin für dich da."

„Warum bist du für mich da?" Gott, ich hasste, wie ich manchmal klang. So verdammt hilfsbedürftig. Aber ich könnte es genauso gut jetzt ausräumen. „Warum nicht die Frau auf dem Foto in deinem Wohnzimmer?"

„Weil sie tot ist und du nicht", blaffte er. Er holte tief Luft. „Weil du verdammt heiß bist. Weil ich dich wirklich, wirklich mag, solange du nicht versuchst, so komplett verquer zu denken."

Autsch.

Ich konnte mit dem *wirklich mögen* umgehen. Und ich bin nicht schön, aber ich mochte es, wenn er mich *heiß* nannte. Laut Verfassung hatte er ein Recht auf seine eigene Meinung. Und ja, ich dachte zu viel nach. Ich fühlte, wie der kleine Samen der Hoffnung seinen Kopf aus dem Boden reckte.

Wie ich so unter ihm festgesteckte, versuchte mein Körper mich zu überzeugen, dass alles gut würde. Besser als gut.

Hmm. Es war vermutlich etwas zu früh für ihn, aber ich war bereit für die nächste Runde.

„Gibt es wirklich keine anderen heißen Mädchen in Denver?", stichelte ich, als meine Finger an seiner Seite hinunterglitten.

Er schnaubte. „Ja, es gibt zahlreiche Mädchen in Denver. Einige sind hübsch und ein paar davon könnten an mir interessiert sein; einige wenige davon könnten körperlich in der Lage sein und vielleicht gibt es darunter ein, zwei, die das Risiko eingehen würden, ein Werwolf zu werden. Aber die sind nicht heiß." Er runzelte konzentriert die Stirn. „Ich weiß es nicht. Vielleicht sollte ich öfter ausgehen. Wohin, würdest du empfehlen, sollte ich gehen, um heiße, taffe, schöne Mädchen zu treffen?"

„Zur Domina in der achten Straße", sagte ich geradeheraus.

„Als ob ich dort irgendeine Chance hätte." Wir lachten und er zwinkerte mich an. „Woher weißt du von der Domina?"

„Das ist nun wirklich kein Staatsgeheimnis, Alex. Und nein, ich war nie dort. Was ist mit den Frauen aus deinem Rudel?"

„Mist, nein! Für einige ist das okay, aber mir kommt es wie Inzest vor. Vielen Dank." Er sah zu mir hinunter, amüsiert und genervt. „Also, ... habe ich bestanden?"

Ich schlug ihn. Sanft. Und begann, die Seite seines Halses zu lecken.

Ein Handy klingelte und wir zuckten beide zusammen.

„Dieses Mal ist es nicht meines", krächzte ich. Wenn er dieses Mal wegmusste, würde ich genauso cool sein wie er gestern.

Er wurde weggerufen. Ich konnte es erkennen, sobald er die Anruferkennung sah. Er setzte sich schnell auf und sprach über Lieferprobleme in Salt Lake City. Aus seiner Seite des Gesprächs hörte ich, wie er sich mental bereit machte aufzubrechen, um das Problem zu lösen.

Ich öffnete seinen Schrank und überflog seine Arbeitskleidung. Worin würde er gut aussehen, außer in allem oder gar nichts? Ich suchte einige Alternativen aus und legte sie ihm auf das Bett. Ich wählte ein Paar Straßenschuhe aus dem Schuhschrank, die gut dazu passten. Ich überließ ihm die Wahl von Boxershorts und Socken. Ich gehöre nicht zu den Kontrollfreaks, nicht so sehr.

Ich ging in sein Badezimmer und unter die Dusche. Eine Minute später leistete er mir Gesellschaft.

„Nicht mal einen Morgen hier und schon bestimmst du, was ich tragen soll", beschwerte er sich, als ich ihn mit meinem Körper einseifte.

„Hmm." Mehr davon und er würde sich verspäten. Ich reckte mich für einen Kuss, aber der war enttäuschend kurz.

„Wir müssen reden"

„Hmm. Ja, ich kenne deine Vorstellung vom Reden." Ich feixte und griff nach seinem Hintern.

„Nein, ernsthaft, Amber." Seine Hände hörten auf zu wandern und hielten mich einfach fest. „Du wirst glauben, dass ich verrückt bin ..."

Ich lachte. „Ich bin die obdachlose Frau, die zu Leuten in ihrem Kopf spricht und ich soll glauben, dass du verrückt bist? Wow."

„Ja, das wirst du. Jetzt ist nicht genug Zeit für Erklärungen. Ich werde Donnerstag zurück sein und du musst das Rudel so schnell wie möglich treffen. Es liegt eine Akte auf dem Tisch im Wohnzimmer. Lies sie. Ruf mich an. Es könnte genau das sein, was wir brauchen, um die Aufmerksamkeit von der Veränderung unserer Marken abzulenken."

„Okay. Wir sind verabredet. Ich muss ohnehin mit dem Alpha sprechen."

„Oh? Warum?", fragte er und drehte das Wasser ab.

„Es ist kompliziert", sagte ich. „Sprechen wir darüber, während du dich anziehst."

Ich wickelte mich in seinen Bademantel, legte mich aufs Bett und beobachtete, wie er sich abtrocknete. Lecker. Ich hatte Schwierigkeiten mich zu konzentrieren. Es störte ihn überhaupt nicht, dass ich ihn beobachtete. Gockel.

„Als Erstes lass mich dich etwas fragen." Ich räusperte mich. Er hatte seine Hose an, das half etwas. „Leben Werwölfe in Denver, die nicht Teil des Rudels sind?"

„Nein", sagte er zu schnell. Ich wartete, während er sehr sorgfältig seine Socken aussuchte.

„Ja", verbesserte er sich. „Es gibt eine Gruppe, die sich etablieren will. Wir werden das nicht zulassen. Und du dürftest das nicht wissen. Geht es darum?"

„Vielleicht. Ich bin inoffizielle Beraterin für paranormale Sachen beim Denver PD ..."

„Was?", erschrak er. „Die wissen nicht ..."

„Einer von ihnen weiß es." Ich winkte ab. „Das ist eine sogar noch kompliziertere Geschichte. Aber für den Augenblick vertraue mir einfach. Ich habe einen Polizeibericht mit allen Angriffen von großen Hunden oder Wölfen in der Umgebung bekommen. Ich muss das mit dem Rudel besprechen. Es geht etwas vor sich und ich fürchte, es bedeutet, dass einer bösartig ist."

Alex schlüpfte in seine Jacke. „Das wird *nicht* gut ankommen." Er sah auf seine Uhr. „Das muss bis Donnerstag warten. Ich kann dich nicht einfach damit zum Alpha schicken. Ganz sicher nicht mit dieser Geschichte als Einführung. Es wird schlimm genug sein, wenn er dich riecht."

Ich zuckte die Achseln, noch jemand, der mir die Kehle würde rausreißen wollen. *Zieh eine Nummer.* Ich würde mich damit beschäftigen, wenn es so weit war. „Also, Donnerstag."

Ich folgte ihm zur Treppe und er nahm einen Schlüsselbund von einem Regal in der Küche. „Das sind deine Schlüssel", sagte er einfach. Keine Bedingungen, keine Grenzen.

Wir umarmten uns an der Haustür.

„Alles klar in deinem Kopf im Moment?", fragte er.

„Ich glaube schon."

„Ich bin dein Angehöriger und du bist mein Rudel?"

Ich nickte. Damit konnte ich umgehen.

Er küsste meine Nase. Das war definitiv ein Wolfs Ding.

„Ich werde nicht gut mit der Kingslund zurechtkommen", warnte er. „Und ..."

Er wartete.

„Spuck es aus, Wolf."

Er seufzte. „Du glaubst, dass du die Eiskönigin zum Schmelzen gebracht hast. Ich bin mir da nicht sicher." Er schüttelte den Kopf. Das war das Ende von diesem Teil des Gesprächs.

„Wir finden einen Weg", sagte ich und erkannte, dass das eine von Jens Phrasen war. Es wurde so langsam zu einem Mantra für mich.

Seine Hand war schon an der Tür, als er sich umdrehte. „Tara?"

Ich schluckte. Ich hätte nichts sagen sollen. Ich musste auch ohne sie schon verrückt genug auf die Leute wirken. „Zwillingsschwester. Totgeburt."

„Und sie spricht mit dir?"

Ich nickte vorsichtig.

„Cool", sagte er und ging.

Ich schlenderte in die Küche zurück und machte mir einen Kaffee.

Licht flutete durch Oberlichter in die Küche und ich saß dort mit geschlossenen Augen, schnurrte tief drinnen und atmete den Duft von Alex' Blue Mountain Kaffee ein. Ich hatte eine Wagenladung Probleme, aber die würde ich eines nach dem anderen umschiffen.

Alex schien zu verstehen, dass meine Bedürfnisse als Athanate vielschichtig sein konnten. Lag das einfach daran, weil er ein rundherum guter Mensch war oder beeinflusste ihn bereits der Effekt der Athanate Veränderungen?

Und nicht nur Alex, sondern auch Jen. Heute Morgen schien alles möglich, egal was Alex über Jen sagte. Die Athanate in mir rührte sich zufrieden, wie eine Schlange, die in der heißen Sonne träumte. Dasss ist gut.

Ich gab mir einen Ruck und nahm den Kaffee mit ins Wohnzimmer.

Sie war noch da, in dem einen leeren Abschnitt des Bücherregals. Ich war voriges Mal schnell verschwunden, wollte sie nicht sehen, versuchte so zu tun, als ob sie nicht existierte. Dieses Mal erwies ich ihr die Höflichkeit sie hochzunehmen und anzusehen, während ich meinen Kaffee trank.

Anhand des Fotos konnte ich nicht viel sagen. Sie hatte einen bronzefarbenen Hautton und rabenschwarze Haare, vielleicht Arapaho, vielleicht mehr noch als ich. Ich hatte sie voriges Mal als hübsch abgetan, aber das stimmte nicht, sie war wunderschön. Und es ist schwer auf eine tote Frau eifersüchtig zu sein.

Sie hatte Outdoor Kleidung an, die Sonne schien auf ihr Gesicht und im Hintergrund sah man die Rocky Mountains. Sie lachte. Ich wusste, dass ich sie gemocht hätte, wenn wir uns begegnet wären. Und das änderte alles für mich. Ich berührte das Foto mit den Fingerspitzen. Ich würde mehr von ihr erfahren. Wenn sie ein wenig in meinem Herzen leben würde, wäre sie nicht wirklich tot.

Dann, als ich meinen Frieden mit ihr gemacht hatte, nahm ich mir Alex' Akte vor.

Aber meine Gedanken kehrten zu Angehörigen zurück, zu Alex und Jen und zu meiner neuen Athanate Familie, David und Pia. Und auch zu meiner eigenen, menschlichen Familie. So sehr ich mich zu ihrer eigenen Sicherheit von ihnen ferngehalten hatte, waren sie doch immer eine echte Familie für mich gewesen. Sie waren immer die Konstante, an der ich mich orientierte, wenn ich mir Sorgen darüber machte Athanate zu werden. Wenn ich schwitzend und zitternd aus einem weiteren Albtraum erwachte, hatte ich durch Erinnerungen daran, wie Kath und ich unser Haar flochten oder kämmten und dabei laut zum Radio sangen, wieder in den Schlaf sinken können. All diese kostbaren Momente wurden jetzt schal. Ich knirschte mit den Zähnen.

Ich schaffte es, die Akte von Alex zu beenden, bevor ich losging, um meiner Schwester einen Besuch abzustatten.

Kapitel 13

„Wirklich, Frau Farrell, sie ist nicht zu sprechen, nur mit einem Termin."

Die Empfangsdame war modisch gekleidet, wie jemand von der Titelseite eines Modemagazin. Ich fragte mich, ob sie für die wirkliche Arbeit jemanden als Reserve im Hinterzimmer hatten, damit die am Empfang niemals ihr Haar in Unordnung brachte oder sich einen Fingernagel abbrach.

„Schön, wenn sie beschäftigt ist, zieht sie es vielleicht vor, wenn ich mit ihrem geschäftsführenden Partner spreche."

„Tut mir leid, er ist auch beschäftigt."

„Das habe ich keine Sekunde bezweifelt, aber ich bin Privatdetektivin. Noch bevor hier heute Abend geschlossen wird, kann ich herausfinden, wo er wohnt, in welchen Clubs er Mitglied ist und in welche Restaurants er geht. Wenn meine Schwester das möchte."

Ich drehte mich um und ging davon. Es war unmöglich, dass sie das ignorieren würde, während sie als Partnerin in Betracht gezogen wurde. Es war ein schweres Geschütz, aber ich hatte nicht die Zeit zum Herumstreiten.

Es war eine große Lobby und ich war noch nicht halb bis zur Tür gekommen, als mich die Empfangsdame zurückrief.

„Sie sagt, dass sie fünf Minuten erübrigen kann." Hinter ihrem professionell leeren Gesicht kochte sie, das wusste ich. Ich lächelte breit und dankte ihr höflich.

Eine Sekretärin führte mich in ein dunkles Besprechungszimmer im Keller. Ich wusste, dass Kath es gewählt hatte, um mich von allen anderen in der Firma fernzuhalten. Das war mir egal.

Ich brauchte nicht lange zu warten.

„Wie kannst du es wagen, hierherzukommen und mich zu belästigen?", zischte sie, als sie die Tür nachdrücklich hinter sich schloss.

„Ich sage dir, wieso ich es wage. Ich habe heute Morgen mit den Quinns gesprochen."

„Und?"

„Was meinst du mit ‚und'? Du hast ihnen gesagt, dass ich drogenabhängig und eine Hure bin und ich soll das einfach so hinnehmen? Zeig es mir." Ich zog meine Jacke aus und hielt ihr meine Arme hin. „Du hast gesagt, du konntest Einstiche sehen. Wo? Und warum rufst du nicht Jennifer Kingslund an und sagst ihr, dass sie Huren beschäftigt? Na los, Kath, wo ist dein Problem? Hast du Angst, dass sie dich wegen übler Nachrede verklagt und gewinnt? Deine Chance darauf, Partner zu werden, ruiniert?"

„Ich habe Einstiche gesehen", sagte sie, faltete ihre Arme übereinander und hob ihr Kinn.

„Du hast gesehen, dass ich einige Bluttests hatte. Das hast du in eine Drogensucht aufgebauscht. Du hast mich mit der Kingslund tanzen sehen und denkst, dass ich eine Hure bin. Ein anderer Klient gab mir einen Wagen anstelle einer Bezahlung und soweit es dich betrifft, ist damit der Beweis erbracht, dass ich eine Hure bin. Und du willst Anwältin sein. Bedeutet das Wort ‚Beweis' irgendetwas für dich? Und egal was du denkst, wie kannst du den Quinns solche Sachen sagen?"

„Du hast den Ball mit der Kingslund verlassen."

„Richtig. Und ich wohne in ihrem Haus. Große Sache. Ich bin ihre verdammte Sicherheitsberaterin. Es gab ein Sicherheitsproblem beim Ball."

„Sonst hatte niemand Probleme."

„Weil sie hinter sonst niemandem her waren. Hast du die Nachrichten gestern gesehen? Etwas über Leute, die aus dem Nexus Gebäude gerettet wurden? Angestellte der Kingslund Gruppe und der Captain des Denver Police Departments. Läuten da irgendwelche Glocken? Das war ich, in meinem Job für die Kingslund."

Sie drehte mir ihren Rücken zu und zitterte vor Wut.

Kath und ich hatten uns nahgestanden, bis ich zur Armee gegangen bin. So wie der Job war, den ich dort machte, hatte ich nur selten die Möglichkeit nach Hause zu kommen und konnte nie darüber sprechen, was ich wirklich tat. Athanate zu werden, hatte dies auf unermessliche Weise verschlimmert.

Ich konnte verstehen, dass es für Kath so schien, als hätte ich mich von ihr entfernt, aber ihre Reaktion war völlig unangemessen und mehr als schmerzhaft für mich.

Aber ich musste versuchen sie aufzuhalten, bevor es eskalierte. Das war meine Verantwortung. Ich war ihre große Schwester. Ich konnte doch sicher zu ihr durchdringen?

„Sieh mal, ich verstehe, dass du … ", begann ich.

„Du verstehst gar nichts", schrie sie mich an und drehte sich wieder zu mir. „Absolut nichts. Zehn Jahre wurde mir gesagt, zu dir aufzusehen. Zehn Jahre. Ja, du hast Geld geschickt, wie eine reiche Cousine, die sich nicht zu einem Besuch durchringen kann. Ich habe mich auch um Mom gekümmert. Ich war da, wenn sie mich brauchte. Woche für Woche, Nacht für Nacht, wenn sie weinend aufwachte. Und dann kommst du zurück und machst dir kaum die Mühe mit mir zu sprechen. Wie oft haben wir in diesen zwei Jahren miteinander geredet? Dich interessiert nicht, was ich durchgemacht habe oder was ich tue, weil es nicht aufregend genug für dich ist. Nicht wie in der Armee", sagte sie sarkastisch und beschrieb Anführungszeichen in der Luft. „Dann finde ich heraus, dass alles eine Lüge war."

„Es war keine Lüge! Leutnant Krantz hat unrecht. Er kann meine Unterlagen nicht einsehen."

„Ich habe bei der Armee angerufen. Ich bin Anwältin, egal was du denkst. Ich akzeptiere keine ungeprüften Beweise. Das sagte ich dir. Ich habe sie angerufen und nach geheimen Einheiten und Spezialkräften gefragt. Sie nehmen nicht einmal Frauen."

„Und warum glaubst du, dass sie mit dir reden würden, nur weil du anrufst? Der ganze Sinn eines Geheimnisses besteht darin, dass man es niemandem sagt, um Himmels willen."

Wir standen einander gegenüber und starrten uns wütend an.

Bei diesem Thema machten wir keinen Fortschritt und zwischen uns stand noch ein großes Problem, das ich aus der Welt schaffen musste. Es war vor einer Woche während eines Mittagessens mit der Familie herausgekommen, dass ich die Ausbildung von Kath bezahlt hatte. Mom hatte das angeführt, um uns zu versöhnen. Dass das nicht funktioniert hatte, wurde klar, als Kath mir später einen Scheck gab und vorschlug, ich solle ihn für eine Entziehungskur nutzen.

Ich nahm ihren Scheck aus meiner Tasche und legte ihn auf den Tisch.

„Ich habe das nicht getan, um es zurückgezahlt zu bekommen, Kath."

„Fantastisch, jetzt versuchst du mir auch noch Schuldgefühle zu verursachen. Ich habe mich gefragt, wann das kommen würde." Sie wartete und faltete ihre Arme noch enger um sich. „Also, warum hast du es dann gemacht?"

„Weil ich es Dad versprochen habe, bevor er gestorben ist."

„Perfekt. Jetzt wird auch noch Dad da reingezogen. Er hat dich gebeten, für mich zu zahlen?"

„Nein." Ich drehte mich von ihr weg. So sollte es nicht klingen. „Ich saß an einem Nachmittag bei ihm, kurz bevor er starb. Er wachte auf und erzählte mir, dass er einen Traum gehabt habe: er sah uns beim College Abschluss."

„Und was ist falsch an diesem Bild?"

„Kath, um Gottes willen!" Ich wirbelte herum. „Hör auf, alles als Chance zum Zickig sein zu nutzen. Wenn ich auf der Schule geblieben wäre, hätten wir das Haus verloren und keine von uns hätte aufs College gehen können. Es war die einzige Möglichkeit; ich ging und half dir und Mom."

„Und jetzt soll ich dankbar sein."

„Nein! Du hättest es überhaupt nicht erfahren sollen. Und das hättest du auch nie, wenn du Mom letzte Woche nicht so aufgeregt hättest, weil du abgelehnt hattest, mir zu helfen."

Mein Handy klingelte in meiner Jackentasche. Ich klappte es auf.

Bian – *Ruf an. Dringend!!*

„Mist. Ich muss gehen."

„Typisch. Deine Freunde sind wichtiger für dich als deine Familie. Und zu wichtig, als dass wir sie je treffen dürften."

Sie hatte die Grenze zu oft überschritten. Plötzlich war es, als ob sie weit, weit weg von mir war.

„Momentan sind sie mehr wie eine Familie für mich als du", sagte ich. Ihre Augen wurden groß.

Ich streifte sie im Vorbeigehen auf dem Weg zur Tür.

„Amber", sagte sie. Ich hielt an und blickte über meine Schulter zurück. Sie holte tief Luft. „Ich wollte ehrlich nicht, dass es so wird. Ich bin zu gestresst und wütend. Aber du brauchst Hilfe. Du kannst es nicht einfach immer weiter verleugnen. Was auch immer du so lange tun musstest, das ist jetzt vorbei. Und ich bin dankbar für das, was du getan hast. Bin ich wirklich. Du bist zurück in Denver und wir werden helfen, aber nur, wenn du uns lässt. Komm zurück zur Familie und beginne damit zuzugeben ..."

„Nein, Kath. Du liegst komplett falsch. Ich kann mich jetzt nicht damit beschäftigen. Hör einfach auf, mit noch mehr von unseren Freunden zu sprechen. Und lass Mom da raus, solange sie im Urlaub ist."

Ich ging. Das war noch lange nicht durchgestanden, aber ich kam damit jetzt nicht weiter und hatte keine Zeit mehr.

Kapitel 14

„Bian, ich bin es", sagte ich, als ich aus dem Gebäude trat und versuchte, alles wieder in die richtige Perspektive zu rücken. Bei diesem Anruf musste ich klar denken.

„Rundauge, bist du beschäftigt?"

Als ob nichts geschehen wäre.

Es war vielsagend, dass sie sich die Mühe machte.

„Im Moment geht es. Am Nachmittag werde ich beschäftigt sein. Ist es wichtig?"

„Das ist es. Ich habe einen Job für dich."

„Schieß los."

„Es gibt einen Dexion, mein Gegenstück im Haus Romero in New Mexico, der in einer Stunde am DIA, dem internationalen Flughafen von Denver, ankommt. Jemand muss ihn dort treffen und herbegleiten. Und zwar auf sichere Art und Weise."

Das Etikett New Mexico warnte mich, dass dies nicht unbedingt eine alltägliche Routineaufgabe war. Ich wusste nicht, was los war, aber ich hatte mitbekommen, dass Altaus Verbündete dort unzuverlässig geworden waren, vielleicht sogar mit den Basilikos sprachen. „Sicher in der Art, dass er nicht weiß, wohin es geht?"

„Du hast verstanden. Es ist wichtig. Normalerweise würde ich dich nicht ohne bessere Einweisung bitten, aber wie gesagt, wir sind hier etwas unterbesetzt."

„Schon okay. Name und Details?"

„Oscar Jaworski. Fluggesellschaft Frontier Air, landet mittags."

„Ich kümmere mich darum. Ich nehme an, dass er die Erlaubnis hat, hier zu sein, also sollte ich ihn nicht töten?"

Bian schnaubte. „Haus Romero ist mit uns alliiert und er hat eine Erlaubnis, also sei freundlich, Rundauge. Wir *glauben*, dass es da unten ein Problem gibt, aber wir haben keine Bestätigung."

„Ist dies ein Auftrag von Skylur?"

„Das kommt von mir, Rundauge. Ich leite die Sicherheit, das ist meine Aufgabe. Vermassle es und ich beiße dir in den Hintern." Sie legte auf.

Also war ich nicht direkt ausgestoßen. In Wahrheit war ich sogar froh, dass sie gefragt hatte. Es gab mir etwas für Altau zu tun, das mich in einem besseren Licht erscheinen ließ. Wenn ich es nicht vermasselte. Aber hallo, jemanden vom Flughafen abholen und nach Haven fahren? Ein Spaziergang.

Die Fahrt würde mir eine gute Gelegenheit geben, Alex' Akte zu durchdenken, statt mir Sorgen zu machen, dass ich ihm große Probleme mit dem Rudel bereitet hatte oder wegen meiner Familienprobleme mit den Zähnen zu knirschen.

Ich fischte ein flaches Stück Pappe aus dem Abfallbehälter eines Geschäfts und borgte mir einen Filzstift, um ‚Jaworski' darauf zu schreiben, dann stieg ich in meinen Wagen und fuhr nach Norden.

Alex' Akte war das Ergebnis jahrelanger Recherche der mündlich überlieferten Traditionen über den Glauben der Arapaho und Cheyenne und umfasste Formwandler, Totems und Geistführer. Auf das Deckblatt war das Wort ‚Therianthropie' gekritzelt und ich musste es nachschlagen. Es war ein hochtrabendes Wort für Formwandler. Der Hauptteil der Akte hatte mit Bären und Werbären zu tun. Er hatte Passagen, die sich um den ersten Wandel und die Probleme der Wandlung drehten, mit einem Leuchtmarker hervorgehoben. Der kopierte Monolog eines Schamanen handelte von einem ‚Bären-Sprecher', einem Schamanen, der mit Werbären sprechen und ‚die ersten Schritte lindern' konnte. Es war ein frustrierender Artikel, der aus einer älteren, wissenschaftlichen Arbeit herauskopiert worden war und der Monolog war durchsetzt mit arroganten, zweifelnden Kommentaren der Wissenschaftler.

Ergreifendes Material, aber ich war mir nicht klar darüber, welche Relevanz es für mich hatte, bis ich ans Ende kam. Die letzten Einträge in der Akte handelten vom Hintergrund des Arapaho Wolfsclans und vom Stammbaum der Familie Farrell. Ein Blatt war der Ausdruck vom Foto meiner Großeltern, Padraig und Spricht-mit-Wölfen, das Alex letzte Woche eingescannt hatte. Wenn Alex dort eine Verbindung sah, konnte ich annehmen, dass Spricht-mit-Wölfen Schamanin gewesen war und soweit ich wusste, hatte sie tatsächlich mit Wölfen gesprochen. Aber ich glaubte auch fest, dass ich keine war und nicht mit ihnen sprach.

Der Farrell Stammbaum begann mit Padraigs Generation. Er wurde 1876 geboren, Spricht-mit-Wölfen 1889 und sie heirateten 1915. Ich konnte nur raten, was für Schwierigkeiten sie durchgemacht haben mussten. Liam war mein Großvater, 1921 geboren, das zweite Kind und das einzig überlebende. Das Gleiche ereignete sich in Liams Ehe. Ich musste das jetzt beiseitelegen. Zu viele tote Kinder.

Wie Alex mit all dem verknüpft war, musste warten, bis ich mit ihm sprechen konnte. Ich nahm die Akte mit und würde sie noch einmal lesen, wenn ich die Gelegenheit hatte.

Am Flughafen landete das Flugzeug pünktlich und der Mann, der zu mir und meinem gekritzelten Schild kam, war wohl mein Fahrgast. Er war akkurat zurechtgemacht: glattes, zurückgekämmtes, schwarzes Haar, etwa meine Größe und mein Alter, in lockerer Geschäftskleidung - grauer Blazer, enge Jeans und Halbschuhe. Ein Koffer auf Rollen und eine Aktentasche. Seine Augen passten zur Farbe seiner Jacke. Cool.

Er starrte mich finster an. Nicht cool.

„Jaworski?"

„Richtig." Er schob seinen Koffer voran und hielt mir den Griff hin.

Ich brauchte einen Moment, bis ich begriff, was er erwartete und eine Sicherung brannte in mir durch.

„Schraube locker?", fragte ich. Ich konnte es nicht glauben. Wenn er hallo gesagt hätte und wir losgegangen wären, hätte ich es vielleicht angeboten, aber so wurde er nicht mein neuer, bester Freund.

Er versuchte es zu ignorieren und blieb mit ärgerlichem Blick steif stehen. Das machte es schlimmer. Ich bekam erstmals den Geruch seiner Marke in die Nase und mein Bedauern über meinen Ausbruch erstarb, bevor es begonnen hatte.

„Das können Sie zum Wagen bringen und ich fahre Sie zu Ihrem Ziel oder Sie können den ganzen Tag weiter Statue spielen. Sie haben die Wahl." Ich drehte mich auf dem Absatz um und begann zurückzugehen. Nach einigen Sekunden hörte ich das Rumpeln seiner Kofferräder. Junge, das würde eine lustige Fahrt werden.

Ich öffnete den Kofferraum und ließ ihn sein Gepäck hineinlegen. Er knallte die Klappe über seinem Koffer zu, behielt jedoch die Aktentasche bei sich und setzte sich auf die Rückbank. Er hatte noch kein zweites Wort gesprochen und ich würde ihn nicht mit einem Gespräch unterhalten.

„Ich muss einige Male anhalten", sagte ich in einem Ton, der ihm klarmachen sollte, dass es mir egal war, ob es ihm etwas ausmachte oder nicht. Er saß nur da und sah aus dem Fenster.

Und zwar auf sichere Art und Weise. Hmm.

Ich rief Matt an.

„Hallo Matt, hier Amber. Hast du einen mobilen Breitband Frequenzscanner? Und einen faradayschen Käfig, der in meinen Kofferraum passt?"

„Ja und ja."

„Könnte ich sie vielleicht in einer Stunde in deinem Büro abholen?"

„Das geht."

Ich fuhr auf der 6 in die Innenstadt.

Ich wusste, dass ich übertrieb, aber Jaworski hatte mich stinksauer gemacht und ich war aus Sicherheitsgründen um ihn besorgt. Ich kannte diese Marke. Ich hielt an der Aurora Plaza an und ließ ihn im Wagen. Das war sicher genug - wenn er nach Haven wollte, brauchte er mich. Und ich beeilte mich; ich hätte mich auch eine Stunde lang in ein Café setzen und ihn schmoren lassen können. Aber ich war ein nettes Mädchen, schnell rein und raus. Ich kaufte Trainingsklamotten für Männer, ein Handtuch und robustes Klebeband. Nach fünfzehn Minuten fuhren wir weiter Richtung Innenstadt.

Matt wartete vor dem Kingslund Gebäude auf mich. Ich vermutete, dass sie einen Seiteneingang hatten, den er nehmen konnte. Seine abgerissene Jeans und sein schwarzes T-Shirt passten perfekt zu seinem sonnengebleichten Surfer Haar und den Paul Newman Augen, aber ich glaubte nicht, dass es gut ankommen würde, wenn er so durch die Lobby ging. Er strahlte, also hatte er wohl seine Furcht vor mir abgelegt.

Wir legten den Käfig in den Kofferraum und er erdete ihn mit Krokodilklemmen an das Fahrzeugchassis.

„Solange er eine gute Verbindung zu etwas wie dem Chassis hat, kann fast nichts herauskommen", bestätigte er auf meine Frage. „Und ganz sicher nichts aus einem mobilen Gerät."

„Gut." Ich legte Jaworskis Koffer in den Käfig.

Matt führte mir den tragbaren Scanner vor. Es war ein ausgefeilter Apparat, genau was ich brauchte.

„Danke, Matt. Ich rufe dich später an."

„Kein Problem." Er wirkte eifrig und neugierig. Er spähte in den Wagen, wo Jaworski saß und kochte, während wir den Käfig einluden.

Ich stieg wieder ein und fuhr los.

„Keine weiteren Umwege", sagte Jaworski.

Es hätte eine Frage sein können oder ein Befehl. Ich fragte nicht nach. „Nur einen", sagte ich. Einen, den ich genießen würde.

Ich nahm die Interstate 25 bis zur Interstate 70. Jaworski sagte immer noch nichts, aber ich konnte ihn im Rückspiegel sehen, wie er die Straßen beobachtete und zu erkennen versuchte, wohin wir fuhren.

Nicht viel weiter.

Nach zehn Minuten bog ich am Kreuz Kipling ab und fuhr zu einer Ansiedlung von Billighotels. Ich parkte in einer Sackgasse zwischen ihnen an einer fensterlosen Wand, die uns vor zufälligen Blicken schützte.

Ich stieg aus und riss seine Tür auf. Er sah sich verwundert um.

„Das ist es nicht", sagte er.

„Gut erkannt." Ich warf ihm die Trainingssachen zu. „Ausziehen und das anziehen."

„Was zum ..."

Ich hatte die HK gezogen und auf sein Gesicht gerichtet, bevor er seinen Satz beendete. Zum ersten Mal bröckelte seine arrogante Fassade und sein Gesicht wurde blass.

„Wer sind Sie?", fragte er.

„Mein Name ist Amber Farrell. Sie können mich Madam oder Haus nennen, ist mir egal. Das hätten Sie am Flughafen prüfen sollen. Besonders bei den Spannungen im Moment."

„Sind Sie Basilikos?", fragte er und wurde noch blasser. *Ein Punkt für ihn.*

„Nein. Und Sie?"

„Ich verstehe nicht ..."

„Ich bin Haus Farrell, mit Altau verbunden. Ich wurde beauftragt, Sie sicher zu Haus Altau zu bringen. Das werde ich tun. In Armee Sprache befände sich Panethus in Defcon 3, also in erhöhter Alarmbereitschaft, darum würde ich sowieso weitere Vorsichtsmaßnahmen bei Ihnen treffen. Aber gestern hat jemand aus Haus Romero mit Matlal zusammengearbeitet und versucht, mich zu entführen."

Ich stoppte und beobachtete seine Reaktion.

„Das ist verrückt! Wir sind mit Altau alliiert. Wir sind Panethus."

„Wirklich? Dann stellen Sie bitte sicher, dass alle Mitglieder Ihres Hauses das wissen." Ich war versucht, Larrys Namen zu benutzen, um zu sehen, ob das eine Reaktion in Jaworski auslöste, aber das wäre keine gute Spionagearbeit. „Wenn allerdings ein weiterer Romero auftaucht und sich wie ein Arschloch benimmt, wird er entsprechend behandelt."

„Sie können nicht ..."

„Wir verschwenden Zeit, Jaworski. Ziehen Sie sich jetzt um."

Ich unterstrich meinen letzten Satz mit dem Spannen der HK.

Nach zehn Minuten steckte er im Trainingsanzug, das Handtuch als Augenbinde mit Klebeband um den Kopf befestigt und seine Hände zusammengebunden. Er saß auf dem Vordersitz, der aber ganz in die Liegeposition gestellt war. Ich hatte seine Koffer und Taschen durchsucht, hatte alles ausgeschaltet und mitsamt seiner Kleidung in den faradayschen Käfig geworfen. Er hatte jede Menge elektronischer Geräte, darunter ein Smartphone mit GPS. Ich fuhr mit dem Scanner rund um den Käfig. Kein Signal kam heraus und das hieß vermutlich, dass auch nichts hineinkam. Also würde etwas darin, das sich selbst einschalten konnte, um seinen Standort zu senden, erstens nicht wissen, wo es war und es zweitens auch niemandem senden können. Ich hatte nicht die Absicht, irgendjemanden nach Haven zu führen.

Die verbleibende halbe Stunde der Fahrt verging recht friedlich für mich; es ist eine schöne Strecke entlang der Interstate 70 und des Evergreen Parkways, wenn man kein Handtuch über dem Gesicht hat.

Kapitel 15

Im Gegensatz zu meinem letzten Besuch in Haven, als ich nicht wissen durfte, wo ich war, grüßten mich die zwei Wachposten mit einem höflich gemurmelten ‚Haus Farrell'. Ich nutzte das Überwachungssystem zum ersten Mal, legte meine Hand auf einen mobilen Flachbettscanner und zeigte mein Gesicht einer Kamera, die es aufzeichnete. Auch das nahm ich als gutes Zeichen; ich wurde nicht als Ausgestoßene behandelt. Trotz seines unterdrückten Zorns schien Skylur gewillt abzuwarten und mir die Chance zu geben mich zu beweisen. Zumindest solange ich es mir nicht mit Bian verdorben hatte.

Als er erkannte, dass wir angekommen waren, begann Jaworski Theater zu machen.

Der Wachmann betrachtete ihn und schaute mich dann fragend an. „Sie sollten Dexion Jaworski vom internationalen Flughafen Denver abholen", sagte er. Sein Kollege machte keine Anstalten Jaworski zu befreien, ging um den Wagen herum und überprüfte die Unterseite mit einem Spiegel, dann öffnete er den Kofferraum.

Ich zuckte die Achseln. „Er behauptet, dass er es ist. Wer auch immer er ist, seine Marke stimmt mit jemandem überein, der mich gestern versuchte anzugreifen. Mir wurde gesagt, ihn auf sichere Art und Weise herzubringen. Das ist unter diesen Umständen meine Interpretation davon."

Der zweite Wachmann hob den Daumen und schloss den Kofferraum. Beide ignorierten Jaworski. Das hieß wohl, dass ich ranghöher war als er.

Nach einem Anruf im Haus schickten sie mich an der Seite entlang in eine unterirdische Garage. Ich parkte auf einem freien Platz und stieg aus.

Diana trat aus einer Tür und kam zu mir herüber.

Als ich sie sah, stotterte mein Herz. Ich hatte Bian erwartet. Diana und ich tauschten Athanate Halsküsse aus und ich fragte mich, ob ich wieder in Schwierigkeiten steckte. Hatte ich vielleicht gerade wieder eine in Skylurs Augen vermasselte Situation erzeugt?

Herrje, ein bisschen spät für Reue.

Vielleicht hatte ich mit meinen Sicherheitsvorkehrungen übertrieben. Das Arschloch verdiente es, aber ich könnte alle Arten von diplomatischen Problemen ausgelöst haben.

Offenbar nicht. Nachdem sie mich leise angelächelt hatte, griff sie in den Wagen, hob Jaworski ohne Anstrengung heraus und stellte ihn unsanft auf die Füße. Das stabile Klebeband löste sich unter ihren Fingern als handelte es sich um labberige Nudeln und sie warf das Handtuch zur Seite.

Das Wutgeschrei erstarb auf seinen Lippen. „Diana", stammelte er.

Ich hatte sein Gesicht voll im Blick und ich hätte wetten können, dass er nicht erwartet hatte sie zu sehen, warum auch immer.

Diana dachte das auch. Ihre Augenbrauen hoben sich leicht. „Überrascht, Dexion?" Sie begann um ihn herum zu schreiten. Er erstarrte. Ich trat zurück und beobachtete. „Romero lehnt es ab an der Versammlung teilzunehmen und sendet verspätet einen Dexion, mit der Anweisung ihn in Haus Altau unterzubringen und dann überrascht es Sie, dass ich einbezogen werde?"

„Sie müssen verstehen, dass die Lage sehr schwierig ist", stotterte er. „Es gibt ständig Druck von Matlal. Wir fühlen uns bedroht."

„Sie fühlen sich von den Basilikos bedroht und Romero muss in New Mexico bleiben, um die Kontrolle zu behalten?"

„Ja, genau so ist es." Er stand aufrecht, versuchte zuversichtlich zu erscheinen, aber er bewegte sich unruhig von einem Bein auf das andere. Ich nahm an, dass kein Dexion ein Dummkopf war, aber Bian würde ihn jederzeit ausstechen. Ich konnte seine Furcht riechen und das Stolpern seines Herzens hören.

„Obwohl dadurch die Panethus Abstimmung bei der Versammlung gefährdet wird?", fragte Diana.

„Die Stimmen der Panethus haben bei allen Hauptpunkten eine Mehrheit, Diana." Es klang beinahe, als ob er diese kleine Ansprache vorbereitet hatte. „Und ich werde in der Versammlung im Namen von Haus Romero zu jedem Punkt, von dem Sie es möchten, meine Meinung sagen."

„Aber Sie werden nicht abstimmen, weil Sie es nicht können", sagte Diana rundheraus. „Und neben den Hauptpunkten gibt es eine Menge von kleineren Angelegenheiten, die wichtig werden, wenn wir sie nicht sofort lösen. Die Basilikos sind darauf bedacht, die kleinste Schwäche bei den Panethus auszunutzen. Wenn Romero nicht teilnimmt, welches Signal sendet das Teugis oder Madrone oder Ubbriaco? Wenn Romero zu ängstlich oder zu stark in Bedrängnis ist um teilzunehmen, warum sollten sie es tun? Wie viele müssen es sein, bevor das auch zu einer Hauptangelegenheit wird?"

„Aber Matlal ..."

„Das Einzige, was Matlal aus Romero raushält ist, dass Romero zu klein ist, um ihn zu kümmern. Romero steckt mit seinem Kopf noch im 19. Jahrhundert fest und glaubt, dass er eine Grenze beschützen muss." Sie umkreiste ihn. „Die Grenze ist bedeutungslos. Matlal ist hier in Denver. Und wenn er wollte, wäre er auch in Albuquerque."

Dianas Stimme war nicht lauter geworden, aber ihre Worte waren kalt wie Eis. Sie schritt noch einmal um ihn herum, bevor sie sich hinter ihn, ganz dicht an sein Ohr stellte. „Oder ist er bereits dort?", flüsterte sie.

„Nein, Diana. Nein. Ich schwöre es."

„Können Sie das? Sagen Sie mir, kommen Sie direkt von einem Briefing von Romero? Waren Sie in Albuquerque?"

„Nein, nein. Ich war in Santa Fe. Dort trage ich die Verantwortung. Aber wir haben telefoniert, kurz bevor ich losfuhr."

Diana schnaubte.

Eine Wache trat in die Garage. Sie war mit Altaus Standardgewehr bewaffnet, der kurzen, hässlichen Herstal P90.

„Bring ihn in eine Zelle. Ich werde ihn später befragen", sagte Diana.

„Ich protestiere ..." Jaworski stolperte, als er weggeführt wurde und die Tür schloss sich hinter ihnen und brach seine Tirade ab.

Diana kam zu mir zurück. „Das wird eine Zeitverschwendung. Er weiß gar nichts. Seine Unwissenheit sagt mir mehr darüber, was in New Mexico vorgeht, als er selbst sagen könnte. Romero hat uns absichtlich einen Junior Dexion geschickt. Einen, der nicht gebrieft wurde, der Romero monatelang nicht getroffen hat. Der nicht nach Matlal riecht."

Diana hatte keine wirkliche Vorstellung von Privatsphäre oder ignorierte sie. Ich zwang mich stillzuhalten, als sie eine Hand auf meine Schulter legte und sich zu mir beugte, die Nasenflügel geweitet. Sie schnaubte noch einmal.

„So, einer der Männer, die gestern versucht haben, dich in einen Hinterhalt zu locken, war also Haus Romero?" Sie ging um mich herum, wie sie es mit Jaworski getan hatte, aber ohne die drohende Schärfe. Oder mit etwas weniger.

Ich nickte. „Jaworski benahm sich noch dazu wie ein Arschloch. Nicht, dass es mich beeinflusst hat, natürlich, aber unter den Umständen dachte ich, es wäre besser, vorsichtig zu sein."

„Ich mag deine Vorsicht", murmelte Diana.

„Wie kann Jaworski nicht wissen, was in Haus Romero passiert?"

„Romero ist altmodisch, ein Grenzhaus, das man absichtlich so aufgebaut hat, um ein großes Gebiet abzudecken, mit Unterhäusern in den wichtigen Städten. Es ist möglich, dass Jaworski ein Jahr lang keinen Kontakt mit Romero selbst hatte."

„Könnten sie wirklich zu den Basilikos überwechseln? Ich meine das ganze Haus - Romero entscheidet einfach und sein Haus folgt ihm?"

„Nein. Es zerreißt ein Haus, wenn der Glaube wechselt. Einige werden gehen, andere nicht. Sie werden kämpfen." Sie seufzte. „Fast jeder wird dabei Schaden nehmen."

Hieß das, Larry könnte einer von denen sein, die kämpften statt zu folgen? Aber wenn das so war, warum wurde er dann geschickt, um mit Matlal zusammenzuarbeiten? Und um was für einen Schaden handelte es sich? Das waren weitere Fragen, die ich ihm stellen würde, falls er auftauchte.

Wenn, nicht falls. Bleib positiv.

Schuld durchzuckte mich, als Dianas Blick mich neugierig ansah. Ich sollte ihr von Larry erzählen, besonders da ich nun herausgefunden hatte, dass er ein Romero war. Aber ich hatte gerade erst wieder einen Umgang auf Augenhöhe mit ihr zurückgewonnen. Was, wenn ich etwas sagte und damit das nächste Problem für Skylur erzeugte? Immerhin *wusste* ich nicht, ob Larry heute Nacht auftauchen würde. Ich beschloss, es unter Verschluss zu halten, bis ich es als schön verpacktes Geschenk präsentieren konnte: eine Lösung, kein weiteres Problem.

„Wo ist sein Gepäck?", fragte sie.

Ich öffnete den Kofferraum und erklärte den faradayschen Käfig. Sie holte einen Scanner aus ihrer Tasche, der sogar noch ausgefeilter war, als der von Matt und wedelte mit ihm über den offenen Käfig. Als er auf nichts reagierte, holten wir das Gepäck und die Kleidung von Jaworski heraus und warfen sie in eine Transporttonne an der Seite der Garage. Nichts Mobiles konnte von hier unten ein Signal abstrahlen.

„Gut", sagte Diana. „Ich wusste, dass es richtig ist, wenn du nach der Versammlung unsere Sicherheitseinrichtungen überprüfst. Wir werden manchmal zu unkritisch."

Sie ging mit mir zum Wagen zurück.

„Kann ich David und Pia treffen, bevor ich gehe?"

„Im Moment nicht. Aber es geht ihnen gut. Ich werde dafür sorgen, dass sie morgen eine Pause in ihr Programm einbauen, damit du sie sehen kannst." Sie überraschte mich durch einen kompletten Themenwechsel. „Dein Besuch bei Alexander ist also gut verlaufen?"

Ich sah sie nervös an. Es war dumm von mir nicht daran zu denken, dass sie es würde erkennen können. Ihr Gesicht verriet nicht, wie sie darüber dachte. „Ist es so offensichtlich?"

„Du dünstest Wolf aus, Amber." Sie schloss ihre Augen und lehnte ihren Kopf einen Moment zurück, wirkte müde. „Wir diskutieren das morgen. Du kannst mir mal erklären, was du zu erreichen versuchst. Und danach sprechen wir über die Beschwerden, die Matlal über dich vorgebracht hat."

Das klang nach einem Schritt vorwärts und zwei zurück; ich verlor wieder etwas von dem Boden, den ich durch das Einbringen von Jaworski gewonnen hatte. Mist.

Ich wollte nach den Beschwerden fragen, aber sie kam mir zuvor.

„Du gehst jetzt besser", sagte sie.

Etwas brachte mich dazu, mich zu behaupten. „Und warum?"

„Weil ich zu lange nichts getrunken habe und dieser Narr Jaworski hat mein BLUT zum Kochen gebracht." Sie tigerte hinter mich und ich zuckte, als ich ihren Atem an meinem Hals spürte. „Weil du trotz der Spur von Wolf immer leckerer riechst. Und der Bann von Skylur weiterhin gilt."

Ich drehte meinen Kopf, um sie anzusehen. Ihre Bewegungen waren langsam geworden, fast träge. Sie fuhr mit dem Umkreisen fort. Ihr Gesicht war blass geworden und ich fühlte wie die Luft knisterte, als ihr Atem tiefer und tiefer wurde. Eine Art Geruch von Gewalt umgab sie, als ob ein Gewittersturm auszubrechen drohte. Ein Zittern durchfuhr mich und ich war mir nicht im Klaren darüber, ob vor Kälte oder Nervenkitzel.

Ich hatte letzte Nacht nach Tops Brief eine Entscheidung getroffen und ich musste jetzt meinen ersten Schritt machen. Ich versuchte besonnen zu handeln und meinen Herzschlag ruhig zu halten. Ich griff nach ihr und hielt ihre Arme, lehnte mich langsam vor und küsste sie an der Seite ihres Halses. Dann stellte ich mich wieder aufrecht und bog meinen Hals zurück. Ich war mir jedes einzelnen Pulsschlags in meinem Hals bewusst.

Ich beobachtete ihre Augen. Sie glitzerten, waren auf meinen Puls gerichtet, aber ihr halbes Lächeln war zurück auf ihren Lippen.

„Prüfst du mich, Amber?", fragte sie sanft und mit leiser Stimme. Mein Hals war warm und entspannt.

„Ja", sagte ich.

„Warum?"

„Das sage ich dir morgen."

Ihr Kopf beugte sich vor. Ich spürte die Wärme ihres Gesichts ganz nahe. Meine Augen schlossen sich. Ich glaubte nicht, dass Skylurs Bann auch für ihn oder Diana galt. Ich wusste wirklich nicht, was ich erwarten sollte, Zähne oder Lippen, aber ich musste es wissen.

Ihre Lippen streiften meinen Hals.

„Dann sehe ich dich morgen." Sie schritt zur Tür. „Es wäre eine Schande, wenn wir keinen Platz für dich finden könnten", sagte sie über ihre Schulter. „Wie Bian sagt, du machst so viel Spaß."

Kapitel 16

Während ich nach Denver zurückkehrte, schickte ich Niall eine SMS, dass ich mich verspäten würde und rief dann den Colonel an.

Colonel Laine war die letzte verbliebene Verbindung zwischen der Armee und mir. Dank der Untersuchung von Leutnant Krantz wurde mir nicht einmal mehr die monatliche Pauschale gezahlt. Was für einen Einfluss hatte die Armee also noch auf mich?

Außer auf meine Gefühle. Ich hatte meine Zeit bei Ops 4-10 geliebt. Was ich dort gemacht hatte, hatte tiefe Wurzeln in mich geschlagen. Als alles herausgerissen wurde, hatte ich mich hohl gefühlt. Meine kurze Zeit bei der Polizei war ein blasser Abklatsch davon. Privatdetektiv zu sein, war besser als Polizist, aber nichts ging bislang über 4-10. Würden meine Arbeit, meine neuen Freunde und die Athanate mit der Zeit diese Leere in mir füllen?

Ich wusste es nicht. Aber wenn das FBI mit mir sprechen würde und mir Fragen über meine Zeit in der Armee stellte, würde ich den Ball an den Colonel weitergeben.

Sein Anrufbeantworter ging wieder dran.

Verdammt.

Ich hatte nie zuvor Probleme gehabt ihn zu erreichen.

Ich hatte den Verdacht, dass sich der Ärger um Major Petersen drehte, der mich die ursprüngliche, blöde Vereinbarung hatte unterschreiben lassen. Ich war gewarnt worden, dass er sich die gesamte Einheit, Ops 4-10 und Obs, unter den Nagel reißen wollte. Und dass er einen Plan hinsichtlich der Vampire hatte. Der einzige Platz, den ich in seiner Organisation hätte, wäre angeschnallt auf einem Untersuchungstisch.

Nun war ich beunruhigt, aber ich konnte ja schlecht bei 4-10 auftauchen und alles klären.

Mit einem Seufzer und dem Gefühl, einen Fehler zu machen, wenn ich ohne Unterstützung hinginge, nahm ich die Notiz von Tullah und rief die Nummer des FBI an.

„Griffith", lautete der wortkarge Gruß, als das Gespräch angenommen wurde.

„Farrell", antwortete ich gleichermaßen und wartete. Irgendeine Entschuldigung?

Nach einem Moment gab er nach. „Hier ist Agent Griffith, FBI, wer sind Sie bitte?"

„Amber Farrell, Privatdetektiv. Sie haben eine Nachricht bei meiner Assistentin hinterlassen, dass Sie mit mir sprechen wollen."

„Oh ja, Fräulein Farrell. Sie müssen zu uns kommen. Wir gehen davon aus, dass Sie bei der Aufdeckung der kriminellen Vorgänge bei Crate & Freight beteiligt waren und das liegt jetzt in unserem Zuständigkeitsbereich. Es wäre sehr nützlich, wenn Sie uns einige Fragen darüber und auch über die Ereignisse gestern beim Nexus Gebäude beantworten könnten."

„Sie sagen immer wir und uns. Wer ist ‚wir'?"

„Das Federal Bureau of Investigation, FBI, die Agentur für Drogenüberwachung, DEA, das Amt für Alkohol, Tabak, Waffen und Sprengstoffe, ATF. Und die Abteilung für Heimatschutz, Homeland Security."

Mir gefiel nicht wie sich das anhörte und auch nicht der Klang von Agent Griffith. Jeder, der die Namen so herunterleierte, war selbst davon erfüllt. Er versuchte mich einzuschüchtern. Das würde mich nicht von einer frivolen Antwort abhalten.

„Nichts von der Küstenwache? Der Parkverwaltung? Den Faulpelzen bei der CIA? Ich bin enttäuscht."

Er ignorierte das. „Wo sind Sie, Fräulein Farrell?"

„Frau!", sagte ich. „Und ich nehme an, dass Sie im CBI Gebäude sind?"

„Ja ..."

„Ich bin auf der Route 6 und ich werde in fünf Minuten bei Ihnen sein", unterbrach ich ihn. „Sie haben eine Stunde, also stimmen Sie alle Ihre Ämter ab und bringen Sie alle Fragen in eine Reihenfolge." Ich legte auf.

Einige Minuten später bog ich von der Garrison ab und fuhr zum Kleeblatt ähnlichen Autobahnkreuz Kipling. Ich parkte im Schatten des bedrohlichen Bürogebäudes des Ministeriums für Öffentliche Sicherheit, Colorado Bureau of Investigation, CBI.

Was, wenn sie mich geradewegs in eine Zelle werfen würden? Ich merkte, wie ein Teil meiner Tapferkeit sich verflüchtigte.

Steh deinen Mann, Farrell. Bei dem Ausdruck musste ich immer lächeln.

Agent Griffith war nicht da, um mich zu empfangen. Große Überraschung. Aber die Wache wusste, wer ich war und eskortierte mich in einen leeren Verhörraum.

Ich drehte mich im Türeingang um und hinderte die Wache daran die Tür zu schließen und mich versehentlich einzusperren.

„Sie müssen bitte eine Nachricht an Agent Griffith weiterleiten. Ich habe ihm eine Stunde eingeräumt und das ist alles, was er bekommt."

Der Wachmann betrachte mich von oben herab. Ich war hier in einem Vernehmungsraum, um mit einem Agenten zu sprechen, also war ich natürlich eine Kriminelle. Er versuchte näher heranzurücken, in meine Privatsphäre einzudringen, sodass ich zurückweichen musste und er die Tür schließen konnte.

Sergeanten haben keine Privatsphäre, sie haben einen Standpunkt. Ich lehnte mich gegen die Türzarge und kreuzte meine Arme. Ich wich keinen Zoll zurück.

„Wollen Sie mich anmachen?", fragte der kleine Dämon in meiner Kehle.

Er wich verwirrt zurück.

Ich hielt die Tür mit einem Stuhl offen und überprüfte den Raum. Er war leer und kahl. Tisch, Stühle und eine Wand mit einem Einwegspiegel. Nicht einmal ein Mülleimer.

Nachdem ich fünf Minuten herumgetigert war, seufzte ich, setzte mich im Schneidersitz auf den Tisch und sah in den Spiegel. Ich hielt meinen Rücken gerade, schloss die Augen und visualisierte Meister Lius Kung-Fu Bewegungen.

Tick tack.

Siebenundvierzig Minuten später kam ein Mann herein. Ich hörte mit der Visualisierung der Gottesanbeterin auf und beobachtete ihn. Er hatte ein teigiges Gesicht und bewegte sich ruckartig. Er umklammerte eine Akte und ein Tablet mit der einen Hand und blickte auf einen Text in seinem Smartphone in der anderen. Er schien das Bild eines vielbeschäftigten Mannes vorgeben zu wollen, sah aber nur aus wie jemand, der immer spät dran war.

„Würden Sie sich setzen, Fräulein Farrell?" Er glitt seitwärts auf einen Stuhl.

„Ich habe Ihnen bereits gesagt, es heißt Frau. Es bedeutet nichts Gutes, wenn Sie sich nicht einmal das merken können. Was Ihre Einladung angeht, sitze ich bereits bequem. Und Ihnen geht die Zeit aus. Lassen Sie die Spielchen und stellen Sie Ihre Fragen."

Griffith hatte ein Problem, aber keine Vorstellung, wie er damit umgehen sollte. Er hatte erwartet, dass das Warten mich weichkochen und gefügig machen würde. Er hatte alle Arten von Training, wie er *an* einem Tisch sitzen und jemanden zum Sprechen bringen konnte. Jemand, der *auf* dem Tisch saß, warf ihn aus der Bahn.

Er wusste, dass er die Führung verloren hatte und das war ein Fehler. Er war nie dafür ausgebildet worden, jemanden verbal zu bändigen, der auf seinem Tisch saß.

Er versuchte, den Vorteil der Höhe zurückzugewinnen und stand auf, aber das brachte ihn in die untergeordnete Position. Er erkannte das zu spät und dachte daran, sich wieder zu setzen, wollte jedoch nicht unentschieden wirken. Ich lächelte fast.

„Sie scheinen das hier nicht ernst zu nehmen ...“ begann er.

„Sie können sich nicht einmal daran erinnern, ob es Fräulein oder Frau ist, Sie haben offenbar vergessen, dass ich eine Stunde gesagt habe und Sie haben bereits über fünfzig Minuten davon verschwendet. Sie sind derjenige, der das nicht ernst nimmt.“

„Wenn Sie glauben, dass ich nichts anderes ...“

Er war geradewegs in meine Falle gegangen. „Es hat also keine Priorität. Dann will ich Sie nicht von Ihrer *wichtigen* Arbeit abhalten.“

„Fräulein Farrell ...“

„Frau. Und Sie haben die Gelegenheit mit mir zu sprechen vermasselt durch schlechte Manieren und dumme Versuche mit Psychospielchen.“

Ich drehte mich auf meinem Hintern vom Tisch herunter und ging auf die Tür zu.

Er griff nach meinem Arm. Ich hielt inne und funkelte ihn an.

Ein weiterer Agent wehte wie zufällig herein und ich verzog im Geiste das Gesicht. Das war kein Idiot, der herumgestoßen werden wollte. Er war groß und hatte silbernes Haar und einen leichten Bauchansatz. Sein Gesicht war gebräunt; dieser Typ war viel draußen unterwegs. Seine hellen, blauen Augen hatten kleine Lachfalten und er hatte eine Nase, die zuckte wie bei einem Fuchs.

„Howdy, ich bin Hal Ingram“, sagte er in seinem gedehnten, texanischen Akzent und reichte mir seine Hand. „Gibt es hier ein Problem?“ Er machte aus jeder einzelnen Silbe mindestens zwei.

Ich riss meine Hand aus Griffiths Griff und schüttelte die Hand von Agent Ingram.

„Ich bin nicht sicher“, antwortete ich. „Meister Griffith scheint zu glauben, dass ich verhaftet bin.“ Ich musste mit meinem Dämon ringen, um meine Worte nicht ebenso zu strecken wie Ingram. Ich wette, ich konnte sechs Silben aus dem Wort verhaftet machen.

Ingrams Augen lächelten, während sein Gesicht ernst blieb. „Aber nein, absolut nicht. Wir wollten nur feststellen, ob sie herkommen und etwas Licht auf einige Ereignisse werfen könnten. Ich will wohl auch gern hinzufügen, dass die Polizei von Denver klargestellt hat, wie wertvoll Ihre Unterstützung bei diesen Ereignissen war."

„Danke." Die Polizei hatte nur von den Drogentransporten bei Crate & Freight erfahren, weil ich sie angerufen hatte. Und sie würden noch immer am Nexus Gebäude verhandeln, wenn ich nicht hineingegangen wäre und die Geiseln gerettet hätte, inklusive Captain José Morales. Ja, meine Hilfe war unschätzbar. „Das war es, was ich gedacht hatte, als ich vor einer Stunde hergekommen bin. Es ist schade, dass ich die eine Stunde, die ich Zeit hatte, in diesem Raum verbracht habe, ohne eine einzige Frage zu beantworten."

„Vielleicht ..." Griffith versuchte die Führung zurückzugewinnen. Er hätte es nicht mit einem Satz versuchen sollen, der mit vielleicht anfing. Das traf natürlich nicht auf mich zu.

„Vielleicht sollten wir einen neuen Termin vereinbaren. Suchen Sie Zeit und Ort aus, wenn andere, wichtigere Dinge Ihnen nicht in die Quere kommen. Schicken Sie mir eine SMS oder eine E-Mail." Ich holte eine meiner Visitenkarten heraus und reichte sie Ingram. Wenn er sie verspotten würde, würde ich ihn schlagen. Tullah hatte für das Papier meine Hautfarbe ausgewählt und die Zeile mit dem Motto ‚zuverlässig - effizient - diskret' ließ mich wie eine Hure erscheinen. Aber ich hatte mich irgendwie an sie gewöhnt.

Und jetzt führte Tullah ihre eigenen Untersuchungen durch und musste selber eine haben. Ha! Mal sehen, ob sie sie mochte.

Agent Ingram tauschte sie mit einer von seinen - eine langweilige Geschäftskarte -, die mir aber eine Nummer verschaffte, um an dem Bürotrottel vorbeizukommen.

Sie folgten mir, als ich zurück zum Empfangsbereich ging und geleiteten mich durch die Scanner. Am Empfangstisch gab ich meinen Besucherausweis zurück und drehte mich um.

„Sie haben noch zwei Minuten. Das könnte genug Zeit für Ihre zwei wichtigsten Fragen sein", sagte ich zu Agent Ingram. Fehler.

Ingram ließ Griffith zuerst fragen. „Wir haben ein paar Schwierigkeiten, mit dem Zeitraum, bevor Sie nach Denver zurückkehrten ..."

„Ich war beim Militär. Ich muss bei allen weiteren diesbezüglichen Fragen auf Colonel Laine verweisen."

Ich hatte mich darauf vorbereitet und gab Griffith den Namen und die Nummer des Colonels auf einer blanken Karte. „Das sind seine Kontaktdaten." Ich drehte mich um. „Agent Ingram?"

„Schön, vielen Dank dafür, Frau Farrell. Tatsächlich habe ich auch eine Frage", sagte Ingram wie beiläufig, als würden wir nur ein Pläuschchen halten. „Wissen Sie, mit all den Drogen und Waffen und Banden und Attentätern sollte man glauben, es würde darum gehen. Aber ich mag seltsame Fragen." Er gluckste. „Und wissen Sie, was das Verrückteste war, das gefragt wurde?" Seine Nase zuckte und mich beschlich ein mulmiges Gefühl. Seine Hand zog ein kleines Diktiergerät aus der Tasche heraus. Er schüttelte den Kopf, als könne er gar nicht glauben, dass die Leute da unten mit so einer Frage ankamen. „Frage der Homeland Security. Was ist das hier wohl für eine Sprache?"

Er drückte die Abspieltaste und mein Herz rutschte in die Hose. Mist. Es war Athanate, zwei oder drei von ihnen sprachen in einer Konferenzschaltung. Doppelter Mist.

„Äh. Ich kann erkennen, dass es kein Spanisch ist und kein Vietnamesisch", sagte ich wahrheitsgemäß. „Klingt nicht wie Arabisch. Für mehr brauchen Sie wirklich einen Experten."

„Nun, genau das sind die da drüben, Frau Farrell, das versichere ich Ihnen. Die kennen jede dokumentierte Sprache der Welt. Haben Leute, die, wie nennen sie's, Klingonisch und Elfisch sprechen." Er strahlte mich an. „Aber das haben Sie noch nie gehört."

„Wow. Abgefahren. Warum sollte ich das kennen?"

„Also, Frau Farrell", er kratzte sich am Ohr. „Weil Leute, mit denen Sie über ihr Handy reden, das sehr oft sprechen."

Ingram wartete nicht, ob ich mich durch weitere Lügen quälte oder ihn fragte, ob mein Handy illegal abgehört wurde.

„Jedenfalls klären wir das das nächste Mal, irgendwo bei einer Tasse Kaffee. Und ich bin wirklich daran interessiert alles darüber zu erfahren, wieso Sie Vietnamesisch gelernt haben. Ich danke Ihnen für Ihre Zeit heute, Frau Farrell. War mir ein Vergnügen." Er streckte seine Hand noch einmal aus und wir schüttelten uns die Hände.

Er eilte davon, fasste dabei Griffith mit einem Arm freundlich um die Schultern.

„Das war nützlich, Ray, meinst du nicht?", sagte er, als er ihn zurück durch die Sicherheitsschleuse führte.

Ich floh.

Kapitel 17

Ich parkte um 18:00 Uhr draußen bei den Quinns. Ich hatte fünfzehn Minuten erfolglos damit verbracht, nach Peilsendern zu suchen. Nicht dass ich dem FBI nicht traute, *natürlich*, aber wenn sie Handys verwanzten, was machten sie sonst noch? Ich musste Bian warnen. Ich konnte es nur nicht tun, bevor ich mit Larry fertig war, so oder so. Wenn Bian mich wegen des Zurückhaltens von Information beschimpfen würde, dann wäre es wenigstens wegen etwas Konkretem.

Das Licht begann bereits zu schwinden, aber die Arbeit bei den Quinns würde nicht lange dauern.

„Niall, tut mir leid, dass ich mich verspätet habe. Ich bin jetzt draußen", sagte ich in die Gegensprechanlage. „Willst du zum Spielen runterkommen?"

Niall versuchte den Hörer zuzuhalten, aber ich hörte einige Kommentare über meine Pünktlichkeit von seiner Frau. Nichtsdestotrotz sagte er, dass er gleich unten wäre.

Wir standen unten vor seinem Gebäude und er testete seine geborgte Kamera. Ich zeigte ihm, wie man Zeit und Datum einblendet, zoomt und wir waren bereit.

„Auf mich, Niall, Nahaufnahme." Er zoomte auf mich.

„Hallo, mein Name ist Amber Farrell. Ich bin private Ermittlerin in Denver. Ich stehe vor dem Gebäude, in dem Niall Quinn ein Apartment besitzt und ich werde zeigen, wie man von außen auf jeden Balkon dieses Gebäudes gelangen kann."

Ich ging zu der kleinen Grenzmauer, sprang hinauf und hangelte mich auf den Rand des ersten Balkons. Ich hatte das seit Jahren nicht gemacht, aber das war wohl wie Fahrradfahren. Man kann jederzeit aufs Gesicht fallen. Ich griff bereits nach der Ecke, als ich dachte, dass ein gerader Aufstieg nicht am besten zeigte, dass das jeder machen konnte. Ich wechselte daher zu einem einarmigen Schwung, bekam das eiserne Geländer zu fassen und zog mich hinauf. Auf dem ersten Balkon balancierte ich oben auf dem Geländer und wiederholte den Vorgang. In zwei Minuten war ich vor Quinns Apartment. Frau Quinn versuchte, mich durch die Balkontür zu ignorieren, aber ich wollte ohnehin nicht wieder hinein. Ich drehte mich über das Geländer und machte mich auf den Weg zurück, was tatsächlich schwieriger und gefährlicher war.

Am Boden bedeutete ich Niall, wieder auf mich zu zoomen.

„Das hat weniger als fünf Minuten gedauert, hinauf und wieder hinunter. Ich habe keine Ausrüstung benutzt, niemand, der vorbeifuhr, hat angehalten, niemand in den Wohnungen hat etwas bemerkt. Ich klettere nicht professionell, es war nur früher ein Hobby von mir. Es ist nicht nur *nicht* unmöglich, auf diese Weise einen Balkon zu erreichen, es ist sogar relativ einfach."

Ich signalisierte ihm, mit dem Filmen aufzuhören und wir waren fertig.

„Amber, das ist großartig. Hier, hältst du das mal für mich?" Er reichte mir einen Umschlag, während er mit der Speicherkarte der Kamera hantierte. Wie ein Dummkopf nahm ich ihn und er würde ihn nicht zurücknehmen. Es war mein Honorar. Wir stritten darüber, während wir zurück zur Tür gingen, wo er versuchte, sich für seine Frau zu entschuldigen.

„Beachte Ruth gar nicht. Sie ist im Moment aufgebracht."

Ich ließ das so stehen. „Niall, du hast gesagt, dass du über zwei Dinge mit mir sprechen wolltest."

Er druckste und fummelte herum, sah mir jedoch nicht in die Augen. „Es ist nicht wichtig. Du hast uns einen großen Gefallen getan. Ich gebe Cassie deine Nummer. Sie wird bald mal wieder hier vorbeikommen."

Er reichte mir die Hand. Ich ignorierte sie.

„Du weißt, wer sie gestohlen hat, nicht wahr?"

„Ich *weiß* gar nichts."

„Du hast eine ziemlich gute Vorstellung oder du hättest es nie erwähnt. Du bist dir sicher, nicht wahr?"

Er grunzte, aber stritt es nicht ab.

„Spuck es aus, Niall."

„Floyd", seufzte er schließlich. „Ruths Bruder, Floyd Underwood." Wir lehnten am Geländer an der Tür und Niall sprach leise.

„Er ist Sammler. Er wollte die Medaille schon seit Ewigkeiten haben. Kam immer wieder hierher, ließ sie uns herausholen. Rief immer Ruth an." Er strich mit der Hand über seinen Kopf. „Er pflegte zu sagen, dass das Geld, das er uns vor längerer Zeit geliehen hatte, eine Anzahlung war, solches Zeug."

„Du kannst sie nicht verkaufen", sagte ich. „Es ist illegal eine

Tapferkeitsmedaille zu verkaufen."

Er zuckte nur mit den Schultern. „Floyd war es egal, wie sie genannt wurde, er wollte sie nur haben. Jedenfalls hörten seine Anrufe nach dem Einbruch auf. Ich hatte ihm nichts erzählt. Ruth auch nicht, sagt sie und wir haben seitdem nichts mehr von ihm gehört. Ruth sagt, das ist Zufall. Was denkst du?"

Ich schätzte, dass Underwood ‚Dieb‘ auf der Stirn geschrieben stand, aber ich würde das überprüfen müssen. Mir fiel nicht sofort ein, was ich tun konnte und es wurde spät für den Cheesman Park.

Ich brachte Niall dazu, dass er mich rein ließ, damit ich in der Toilette der Lobby meine Laufkleidung anziehen konnte, dann umarmte ich ihn und joggte in den Abend, während ich mein Haar unter die schwarze Skimütze steckte.

Der Cheesman Park war nur einen Block entfernt und eine viel schwierigere Aufgabe.

Kapitel 18

Eine Minute später joggte ich auf dem eine Meile langen Rundweg im Park. Es wurde dunkel und die Zahl der Jogger nahm ab, aber es war besser, als einfach zum Pavillon zu gehen.

Der Cheesman Park ist groß und von Bäumen umringt, sodass der innere Park wie eine offene Landschaft wirkte, trotz der Straßen, die hindurchführten und der Apartmentgebäude, die über den Bäumen zu sehen waren. Hinter dem Akropolis Pavillon an der Ostseite erstrecken sich Gärten, davor befinden sich spiegelnde Wasserbecken. Er liegt leicht erhöht und bietet rundherum gute Sicht. Es war nicht der ideale Treffpunkt, aber es würde reichen.

Der äußere Rundweg führte wenige Meter am Pavillon vorbei und gab mir die Gelegenheit, ihn zu beobachten. Ich konnte niemanden innen stehen sehen. Es gab natürlich viele Gründe, warum er nicht da war: Hoben hatte ihn woanders hingeschickt; er war nach New Mexico zurückgekehrt; Matlal hatte ihn getötet. Oder er war einfach noch nicht da.

Ich drehte eine weitere halbe Runde. Es befanden sich einige Gruppen im Park, aber nichts Verdächtiges oder Bedrohliches.

Ich schlenderte in den Pavillon und begann mit Dehnübungen, stellte sicher, dass ich die Position variierte und jeden Winkel prüfte. Der Pavillon war nach allen Seiten offen, nur Säulen und ein Dach. Ich fühlte mich verwundbar, aber ich rechnete damit, dass das Letzte, was Hoben oder Matlal wollten, war, die Aufmerksamkeit auf sich zu ziehen. Das würde aber keinen Scharfschützen aufhalten. Ich bewegte mich wie zufällig. Die Säulen erschienen mir viel dünner als ich sie in Erinnerung hatte.

Natürlich war eine zweite Möglichkeit, mich aus der Nähe mit einer Schalldämpferpistole zu töten. Okay, ich würde nicht unbedingt stehen bleiben, wenn jemand hereinkäme.

Was war mit einer Entführung? Ich überlegte mir, wie ich eine Falle im Pavillon aufstellen würde, ohne dass jemand im Park sehen konnte, was wirklich geschah. Entkommen war einfach - ein falscher Krankenwagen, der eine ‚kranke' Frau aufnahm oder eine Gruppe mit einem ‚betrunkenen' Freund.

Wie würde ich mein Ziel im Pavillon lange genug ablenken, um meine Leute heranzubringen?

Schicke jemanden, der mit der Zielperson über Informationen spricht, die sie wirklich hören will.

Ich versuchte, mich nicht auf diesen Gedanken zu fixieren. Gib Larry eine Chance.

Ich prüfte die HK in meinem Joggingbeutel. Ich würde sie nur als letzte Möglichkeit benutzen. Ich hatte eine Genehmigung für verdeckte Waffen, aber wenn ich sie im Park abfeuern würde, würde mich die Polizei verhaften und das FBI wäre nur zwei Schritte dahinter.

Außer der HK hatte ich noch Matts Scanner. Er war nicht dafür gedacht, aber er war das Beste, was ich so schnell auftreiben konnte. Ich hatte ihn eingestellt, nach Frequenzen kurzer Reichweite zu suchen. Er konnte mir vielleicht, aber nur vielleicht, einen Hinweis geben, falls jemand in der Gegend taktische Funkgeräte nutzte. Im Moment empfing er gelegentlich statisches Rauschen, aber das war normal, die ausgefeiltesten Kommunikationsgeräte hörten sich für Lauscher so an.

Außerdem hatte ich Marys Armreif an meinem Handgelenk. Ich wollte mich nicht darauf verlassen, weil ich noch nicht verstand, wie er funktionierte, aber er hatte mich schon früher gewarnt, wenn mir von jemandem in der Nähe Gefahr drohte.

Eine schwer atmende Gruppe lief auf dem Weg hinter mir vorbei. Sie spornten sich gegenseitig an noch eine letzte Runde zu schaffen.

Wo war er?

Ich war es Larry schuldig zu warten, aber mein Jogginganzug war keine gute Verkleidung mehr. Sobald es ganz dunkel war, würde ich damit hervorstechen. Und langsam bekam ich ein kribbeliges Gefühl. Noch fünf Minuten, dann würde ich verschwinden.

Als ich durch die Dunkelheit spähte, wurde mir bewusst, dass mein Körper einen weiteren Schritt zur Athanate gemacht hatte - meine gute Nachtsicht wurde durch die Sensibilität am infraroten Ende des Spektrums noch verstärkt. Ohne wirklich die Art zu ändern, wie ich Dinge sah, trat jetzt eine Überlagerung auf. Ich sah um warme Körper herum ein leichtes Glühen und einen Hauch in der Luft. Irgendwie cool.

Mit diesem Vorteil konnte ich unter den Bäumen an der nordwestlichen Ecke einen Mann in der Dunkelheit auftauchen sehen; er machte sich daran, den Park in Richtung Pavillon zu durchqueren. Er war allein, dadurch fiel er auf. Er bewegte sich unsicher, als wäre er betrunken. Das konnte er zur Täuschung machen, dachte ich. Wenn das Larry war, ließ sein Handwerk zu wünschen übrig. Und wenn er es nicht war, würde ich verschwinden.

Ich blieb im Schatten, schlüpfte hinter eine Säule, als er hereinkam und trat dann leise hinter ihm wieder hervor. Es war wirklich Larry. Er stank nach billigem Bourbon und schwenkte eine Flasche.

Meine Hand strich über den geriffelten Griff der HK. Er hatte seine Cargohose und Sweatshirt durch einen zerknitterten Anzug und einen schäbigen Mantel ersetzt, aber er trug Laufschuhe.

„Schnappen Sie etwas frische Luft?", fragte ich mit ruhiger Stimme.

Er zuckte erschrocken. „Jesus Christus, Farrell. Tun Sie das nicht."

Er war klug genug, seine Hände sehen zu lassen.

„Stellen Sie sich in die Mitte", sagte ich. Ich durchschritt den Pavillon, ein Auge auf ihn, das andere in die Nacht gerichtet. Gelächter drang von einer Gruppe vorbeibummelnder Freunde herüber. Der Scanner flüsterte und zischte in meiner Lauftasche. Mein Armreif blieb stumm. Mein Nackenfell sträubte sich nicht, jedenfalls nicht sehr.

„Sind Sie sicher, dass Sie nicht verfolgt wurden?"

„Ja. Doppelt und dreifach geprüft." Er wedelte mit seiner Hand zur Untermauerung und der Bourbon spritzte zu Boden.

„Stellen Sie die Flasche ab." Er tat es. „Es ist kein Rasierwasser. Wissen Sie, man soll es trinken, nicht tragen."

„Das würden Sie nicht sagen, wenn Sie ihn probiert hätten", antwortete er.

Ich lachte. Ich wollte ihn mögen. Es erforderte Courage, unter Matlals Nase zu flüchten und dann Witze zu reißen. Oder den Köder in einer Falle zu spielen. Ich musste mir erst sicher sein bei ihm.

„Wieso ist es so einfach für Sie, zu entkommen?"

„Das war es nicht! Darum habe ich mich verspätet."

„Wenn Sie weg wollten, warum sind Sie nicht einfach davongelaufen?"

„Und wohin? Ich brauche ein Haus, das mir Zuflucht gewährt. Und Denver wimmelt von Matlals Leuten."

Ich konnte noch immer nichts Ungewöhnliches bemerken, aber aufgrund meines Trainings machte es mich nervös, so lange an einem

Ort zu bleiben. Ich musste wegen Larry eine Entscheidung treffen und ihn entweder anständig unterbringen oder selbst höllenmäßig schnell von hier verschwinden. Ich entschied mich dafür Druck zu machen.

„Ist Romero jetzt Basilikos geworden?"

Er zuckte bei dem Namen, aber sprach nicht und nickte nicht.

„Wenn Sie ein Romero sind, wieso traut Matlal Ihnen dann?"

Er verleugnete sein Haus nicht.

„Das tut er nicht. Einer seiner Leutnants legte ..." Er brach ab und ballte frustriert die Fäuste.

„Legte einen Zwang bezüglich mancher Dinge auf Sie?"

Er nickte. „Und Matlal gab mir einen Babysitter."

„Wo ist der?"

„Er erholt sich, verdammt nochmal. Sie haben ihm in den Bauch geschossen, erinnern Sie sich? Das ist einer der Gründe, warum ich entkommen konnte."

„Und wohin glauben die, sind Sie gegangen?"

„Sie wissen es nicht. Ich soll ...", er hielt stotternd inne, sah kränklich aus, aber diesmal glaubte ich nicht, dass es der Zwang war. „Ich soll trinken", beendete er leise und schüttelte sich. Es dauerte einen Moment, bis ich begriff, was er meinte. Irgendwo in dieser Stadt hatte Matlal Gefangene, die BLUT für seine Truppen liefern mussten. Wenn Larry wirklich Panethus war, war es kein Wunder, dass er bei dem Gedanken krank wirkte.

Er fuhr fort: „Heute ist eine neue Gruppe von Matlals Leuten eingetroffen - eine Spezialeinheit. Sie weisen die Leute neu zu. Ich bin im Durcheinander hinausgeschlüpft." Er drehte sein Handgelenk, um auf seine Uhr zu sehen. „Sie werden es inzwischen vermutlich bemerkt haben."

Ich konnte sehen, wie der Gedanke sich in seinem Kopf breit machte. *Zu spät zum Umkehren.*

„Okay, Larry, wir müssen auf den Punkt kommen. Was haben Sie für mich? Wie kann ich Hoben aufspüren?"

„Wie ich gesagt habe, ändert er seine Standorte. Aber es gibt einen Ort in der Nähe des Autobahnkreuzes der Interstate 25 und der Interstate 70, auf dieser Seite der Eisenbahnschienen. Es war früher ein Bowlingcenter oder so etwas. Dort geht er immer hin. Und ein weiterer die Avenue 64 hoch in Commerce City, in einem alten Auto Auktionshaus."

Er zögerte und wischte seine Hände am Mantel ab. „Ich weiß,

dass sie etwas Großes planen."

„Was zum Beispiel?"

Er schüttelte seinen Kopf. „Unsere Vereinbarung war Hoben. Ich habe Ihnen gesagt, was ich konnte. Bringen Sie mich in Sicherheit."

„Und dann?", fragte ich. „Sie stehen noch immer unter Zwang."

„Und dann haben wir Zeit ihn zu umgehen. Zwänge sind wie Computerprogramme, man kann immer einen Weg finden." Er tippte auf seine Uhr. „Wir müssen weg."

Ich schnaufte. Er hatte recht, es war spät. Ich würde heute nicht weiterkommen mit meiner Beurteilung über ihn und bisher deutete alles darauf hin, dass er ehrlich war.

Der Scanner piepte in der Stille.

„Was wollen Sie für den Rest?"

„Nur einen Platz für mich und meine Angehörigen." Er sprach sehr leise, unsicherer als vorher. Seine Angehörigen bedeuteten ihm viel und ich konnte ein Flehen hören. Nichts, was er sonst gesagt hatte, hatte so ein Gewicht auf meine Entscheidung wie dieses Flehen.

„Natürlich, Ihre Angehörigen", sagte ich. Bian und Skylur würden mich ohnehin aufknüpfen.

Ich nickte in Richtung Pavillonrückseite, unser Weg hinaus. Wir gingen los.

„Ich bringe Sie in ein sicheres Haus in ..."

Ich stoppte.

Der Scanner rauschte weiterhin, aber es gab plötzlich einen Rhythmus darin, der mir aus meinen Tagen bei Ops 4-10 nur allzu vertraut war. Ich rannte zurück und schaute über den Park.

Vage Gestalten schimmerten im Blickfeld meines Wärmesinns in der Richtung, aus der Larry gekommen war. Sie bewegten sich gezielt, verteilten sich und breiteten sich aus. Sie suchten. Und sie waren organisiert genug, um sich mit gesicherten Funkgeräten zu koordinieren.

Mist.

Unser einziger Vorteil lag darin, dass sie mich noch nicht gesehen hatten und nicht wussten, dass ich sie gesehen hatte. Wir hatten noch ein paar Minuten. Ich griff Larry und schob ihn gegen eine Säule, außer Sicht.

„Was zum Teufel?", grunzte er, aber, das musste ich ihm lassen, er blieb ruhig und wehrte sich auch nicht.

„Sie sind Ihnen gefolgt, Arschloch." Ich hatte meine

Entscheidung über Larry gefällt; er war ehrlich. Aber diese Leute da draußen im Park waren nicht zufällig hier herein gestolpert.

Ich durchsuchte seine Taschen. Ich erwartete, ein Ersatzhandy zu finden, dass er eingeschaltet gelassen hatte, aber zum Vorschein kam ein Apartmentschlüssel an einem Ring mit einem großen blauen Anhänger.

Der Scanner zwitscherte.

„Idiot! Da ist ein Peilsender drin."

Ich warf ihn weg und schnappte ihn am Revers.

„Wenn wir getrennt werden, Monroestraße 248 in Aurora. Wiederholen Sie es."

„Monroe 248, Aurora. Ich kann niemanden sehen", zischte Larry und reckte seinen Hals, um zu schauen.

„Halten Sie den Mund. Los jetzt. Dorthin. Zur Avenue 11."

Ich folgte ihm und versuchte, unsere Verfolger im Dunkeln zu erkennen. Die Gruppe, die seine Spur verfolgte, ging noch immer langsam. Es war unser Glück, dass sie uns noch nicht gesehen hatten.

In diesem Moment verließ uns unser Glück.

Der Funkverkehr hatte dazu gedient, ein Netz um uns zu bilden. Wir waren gerade schnell genug, dass sich das Netz nicht vollständig geschlossen hatte. Weitere Gestalten kamen auf uns zu. Bei ihrem plötzlichen Erscheinen versuchte Larry instinktiv stehen zu bleiben. Ich wusste, unsere einzige Hoffnung bestand darin, jetzt auszubrechen. Ich schubste. Er stolperte.

Als ich mich hinunterbeugte, um ihn zu fassen zu bekommen, hörte ich ein zischendes Geräusch und etwas peitschte an meinen Kopf vorbei und zerplatzte an einer Säule. Mist. Ein Beruhigungspfeil.

„Larry ..." Ich zog ihn. Ich merkte, wie er schnell hinaufreichte und etwas in meine Tasche schob.

„Laufen Sie!", fauchte er, während er sich taumelnd aufrichtete und mit dem Arm winkte. „Nicht auf uns, ihr Idioten", schrie er. „Dort hinten." Er rannte von mir weg durch die Gärten und deutete geradeaus. „Sie entkommt."

Das war schlau. Sogar Athanate Augen wären in der Dunkelheit verwirrt. Er hatte wertvolle Sekunden für uns herausgeschunden. Ich machte zwei Bögen und rannte direkt dorthin, woher der Pfeil gekommen war. Diese Dinger brauchten Zeit zum Nachladen.

Sie waren zwischen den Bäumen.

Ich hatte sie gerade rechtzeitig erwischt. Sie standen nicht in

Position. Der Mann mit dem Pfeilgewehr trat aus dem Schatten und ich nutzte den Schwung von uns beiden, um meinen Unterarm in seinen Hals zu stoßen. Er fiel, rang nach Luft und griff sich an die Kehle. Ein Matlal Athanate.

Ein zweiter Mann war jetzt hinter mir. Ich hörte, wie er hinter mir herrannte. Ich konnte nicht anhalten oder er würde mich einholen. Ich sprang über den dritten in der Hoffnung, dass er mit meinem Verfolger zusammenstieß, aber jetzt hatte ich zwei Leute, die mich jagten und ich lief auf den vierten Mann zu. Frau, korrigierte ich mich.

Sie stand frei, wartete, ausbalanciert auf ihren Fußballen. *Gute Stellung, aber das wird dir nicht helfen, Miststück.* Ich war schwerer als sie. Ich knirschte mit den Zähnen, senkte meinen Kopf. *Das wird dir mehr wehtun als ...*

Ich flog hin. Mist! Das würde mir eine Lehre sein. Ich machte mich klein, drehte mich und knallte meinen Arm auf den Boden, bevor ich aufschlug und verwandelte meinen Schwung in eine schnelle Rolle, die mich gleich wieder auf die Füße stellte. Sie war *gut,* aber ihr Wurf hatte mich in die Richtung geschickt, in die ich sowieso wollte. Ich rannte auf die Straßenlichter der Avenue 11 zu und übersprang die dicht geparkten Autos. *Sie* war ohne jeden Zweifel Haus Matlal und bedeutete noch dazu eine ganze Menge Ärger.

Einer der Jäger folgte mir und drängte sich zwischen zwei Autos durch. Großer Fehler. Er konnte sein Gleichgewicht nicht halten und nicht ausweichen. Ich betäubte ihn mit einem Schlag und rammte sein Gesicht auf die Autohaube. Der zweite Mann griff nach mir. ZK, kein Athanate, registrierte ich, als ich sein Handgelenk brach. Während er keuchte und stolperte, versetzte ich ihm einen hohen Fußtritt und katapultierte ihn taumelnd in einen weiteren Angreifer.

Sie war bereits hinter mir, erschreckend schnell. Ich wich ihrem Schwitzkasten aus und stieß mit meinem Ellbogen nach hinten. Ich traf, aber es half mir nichts. Sie trug Polster. Kein Kevlar, aber Körperschläge waren Zeitverschwendung. Ich griff zu und drehte mich, versuchte, sie zu werfen, aber sie glitt aus meinem Griff wie ein Schluck Wasser und landete einen Schlag, während sie plötzlich nach hinten auswich.

Ich steckte in der Klemme. Ich war schwerer als sie und hatte mehr Reichweite. Sie war schneller als ich. Ich musste sie schnell ausschalten. Alles, was sie tun musste, war mich aufzuhalten. Bald wären zu viele von ihnen hier oder ein weiterer Beruhigungspfeil würde dem ein Ende setzen.

Sie zog einen Vorteil aus meinem Zögern, kam wie ein Geist heran und landete eine Körperschlag Kombination. Ich trug keinerlei Polster, aber so rasch konnte sie mich nicht verletzen und sie hatte den Fehler gemacht, in meine Reichweite zu kommen. Ich setzte einen Griff an.

Zum zweiten Mal in dieser Nacht flog ich zu Boden. Dieses Mal ließ sie nicht los. Ich sah ihre geplante Schlagsequenz wie in einem Lehrbuch. Landete ich auf meinem Rücken, würde sie mich umdrehen oder ich landete direkt auf dem Bauch. In jedem Fall wollte sie meinen Arm hinter mich bringen, um mich bewegungsunfähig zu machen. Nicht mit mir.

Ich kugelte mich zusammen und drehte mich, um meine Füße unter mich zu bekommen und schob sie dabei zur Seite. Ihr Schlag hämmerte gegen meinen Kiefer. Verdammt, sie war *wirklich* gut. Zwei weitere ihrer Freunde rannten aus dem Park herüber. Es sah schlecht aus.

„Keine Bewegung! Bundesagenten!" tönte es aus der anderen Richtung.

Oh, zum Teufel. Vom Regen in die Traufe.

Aber er war zu weit weg. Sie verschwand blitzschnell, ihre Freunde mit ihr und sie nahmen ihre Verwundeten mit.

Griffith schoss. Ich warf mich zu Boden und blieb mit ausgestreckten Händen liegen. Er rannte herbei und feuerte zwei weitere Schüsse in die Dunkelheit, aber er verschwendete seine Zeit und seine Munition. Schlimmer noch, gemäß Handbuch ,gefährdete er die Öffentlichkeit'. Das hatte ich zumindest nicht gemacht. Ich konnte beinahe hören, wie er schmerzvoll schluckte, als ihm der Gedanke an seinen Bericht über den Vorgang dämmerte.

Ich blieb unbeweglich liegen und schluckte meinen Stolz hinunter. „Vielen Dank, Agent Griffith. Das war sehr gutes Timing." Es schadete nichts, jetzt ein bisschen zu schleimen. Ich würde flach liegen bleiben, bis er die Pistole wegsteckte.

„Sie ..." Er kniete neben mir und ich fühlte seine Hand an meinem Handgelenk. Es erschütterte mich, glattes Metall zu spüren.

Er wird doch nicht ...

„Sie haben das Recht zu schweigen." Die Handschellen schnappten zu. „Sie ..."

„Also, Ray." Gedehntes Sprechen übertönte die vorgeschriebene

Rechtsbelehrung zur Verhaftung. „Ich denke, dafür besteht keine Notwendigkeit."

Ich schloss meine Augen und bedankte mich im Stillen. „Agent Ingram. Ich hätte nicht gedacht, dass ich mal sagen würde, welche Freude es ist."

Er gluckste wie jedermanns Lieblingsonkel auf einer Grillparty. Griffith öffnete mürrisch die Handschellen und ließ mich aufstehen. Der Adrenalinstoß ließ nach und mein Atem war schon wieder normal. Ich zitterte und betrachtete einige blaue Flecke. Die Frau war echt extrem gewesen.

„Sie müssen wirklich Ihre Waffe tragen, Ingram", murmelte Griffith, darum bemüht, dass ich es nicht hörte.

Ingram zuckte die Achseln. „Hätte hier keinen Unterschied gemacht."

„Weswegen wollten Sie mich verhaften?", fragte ich Griffith und rieb mein Handgelenk mit einer Hand und meinen Kiefer mit der anderen. Er ignorierte mich.

„Würden Sie uns bitte erklären, was passiert ist, Frau Farrell?", fragte Ingram.

„Ich war gerade mit dem Joggen durch den Park fertig und auf dem Weg zu meinem Wagen, als ich von einer Gruppe angegriffen wurde. Mindestens sieben. Dann tauchten Sie auf." Das war einfach genug; das konnte ich mir merken. Und es war nicht gelogen.

Ingram grunzte und nickte Griffith zu, der es der Polizei meldete. Versuchter Überfall, FBI vor Ort. Niemand würde kommen.

„Können wir dort etwas Nützliches tun?" Ingram wedelte in Richtung Park.

„Das bezweifle ich."

„Warum kommen Sie dann nicht mit und setzen sich in unseren Van dort drüben", fragte Ingram. „Wir können Kaffee trinken und ein wenig plaudern." Er nahm behutsam meinen Arm und wir gingen zurück in die Nähe der Quinns, wo ich meinen Wagen gelassen hatte.

Das passte mir gut. Einige der an dem Hinterhalt Beteiligten gehörten zu ZK und die würden es sich zweimal überlegen Bundesagenten anzugreifen, aber die Matlal Athanate hätten keine Bedenken. Wenn sie merkten, dass dies keine von mir gestellte, schlaue Falle, sondern nur zwei Agenten waren, würden sie zurückkehren und ihre Aufgabe beenden.

Ihr Van war einige Parkplätze hinter meinem Wagen geparkt. Es war ein Dodge mit acht Sitzen, Schiebetüren an den Seiten und verspiegelten Scheiben hinten. Das Äußere war normal, aber ich würde wetten, dass der Motor frisiert war. Das Innere war voller Technik. Die Kabine war um einen kleinen Tisch herum arrangiert und ich setzte mich mit einem unguten Gefühl auf einen der Sitze.

Ingram holte eine Thermosflasche aus einem Behälter und goss uns drei kleine Becher Kaffee ein. Der Kaffee war gut. Wir gönnten uns einen Moment, um ihn zu genießen.

„Wissen Sie, ich könnte mir vorstellen, dass ein reicher, also ein wirklich sehr reicher Mensch, so weit kommen kann, dass er sein Geld niemals komplett ausgeben könnte." Ingram lehnte sich in seinen Sitz zurück und sah zum Dach des Vans. „Ich möchte mir lieber nicht vorstellen, dass man in Bezug auf Fragen an so einen Punkt gelangen kann." Sein Blick fiel wieder auf mich und er lächelte wie ein Alligator.

Ich zuckte die Achseln. „Sie müssen einfach mit dem Colonel sprechen."

Halt, Dämon. Verfalle BLOß NICHT in seinen texanischen Akzent.

„Aha", nickte Ingram. „Ja. Der Colonel. Tatsache ist, dass ich die Nummer angerufen habe, gleich nachdem Sie gegangen sind."

Ich zitterte. Es war kalt, sogar im Van. Der Colonel hatte meine Anrufe bereits seit zwei Tagen nicht mehr angenommen.

„Mächtig interessant", sagte Ingram.

Ich widerstand dem Köder. Ich blieb sitzen und nippte an meinem Kaffee.

„Besonders, nachdem wir Ihre Polizeiakte konsultiert hatten und mit Leutnant Krantz gesprochen haben", sagte Griffith. Ich war entschlossen, nicht auf diesen Test zu reagieren, aber bei Krantz' Namen zuckte ich.

„Ach Gottchen, der bringt sie auf die Palme, nicht wahr?", gluckste Ingram. „Bei der Sache können sie sich nicht einigen. Ihre Polizeiakte sagt Armee und wenn die nichts anderes sagen, heißt das normalerweise supergeheime Spezialeinheit. Krantz schwört blind, dass er Zugriff auf sämtliche Zahlungsunterlagen des Militärs hat und dass Sie niemals dort waren. Sagte, dass es in den Spezialeinheiten keine Frauen gibt. Jedenfalls habe ich bei der Nummer angerufen, die Sie mir gegeben haben. Ich habe mit keinem Colonel Laine gesprochen. Nein, ich sprach mit einem Captain Baker."

Ingram beobachtete mich wie der Fuchs, dem er ähnelte.

Es gab keinen Captain Baker in Ops 4-10, als ich dort war.

„Den kenne ich nicht", sagte ich.

„So viel hat er auch über Sie gesagt. Ich fragte nach dem Spezialkräfte Kram und er lachte. Junge, der konnte lachen. Sagte, dass der komplette Staat pleite gehen würde, wenn er alle Leute bezahlen müsste, die behaupten, bei den Spezialkräften gewesen zu sein."

Ich blieb einfach sitzen und wartete ab. Es war, als würde mein Kopf durch den Dreck gezogen, aber er verfolgte eine Absicht damit. Agent Ingram war ein Mann mit Absichten.

„Die Sache ist die", sagte er, „dieser Kerl Baker behauptet, dass die Telefonnummer zum Lohnbüro der Armee gehört. Nun sind die nicht geheim, sodass ich ihre Nummern überprüfen kann. Und hier wird es lustig. Sie hat die richtige Vorwahl, aber es ist keine Verwaltungsnummer und einen sogenannten Captain Baker gibt es nicht im Lohnbüro. Ich habe sogar Ihren Freund Krantz befragt."

Die Nummer war ohne Anschluss. Sie wurde irgendwo im System auf das Handy des Colonels umgeleitet. Oder so war es zumindest bisher gewesen.

„Und wohin bringt uns das?", fragte ich.

„Wir glauben Ihnen weiterhin nicht", murmelte Griffith.

Ingram lächelte und ich zitterte wieder. Dieses Mal ging die Kälte tiefer als die Temperatur oder die Nachwirkung des Adrenalins. Ich musste unbedingt mit dem Colonel und mit Haus Altau sprechen, so schnell wie möglich. Ich konnte niemanden mit meinem Handy anrufen, wenn mich das FBI abhörte. Ich musste hier raus. Altau konnte ich zumindest erreichen. Solange mich diese Männer nicht wegen Behinderung einer Untersuchung oder zu meiner eigenen Sicherheit einsperren würden. Ich konnte mir nicht vorstellen, dass sie irgendwelche sonstigen Vorwände nutzen könnten.

„Ich sage Ihnen etwas", sagte Ingram und griff hinter seinen Sitz. „Ich habe einige kleine Tests hier."

Er legte ein in Polierleder gewickeltes Päckchen auf den Tisch. Es war schwer. Es klapperte. Ich wusste, dass es eine Waffe war.

„Ich habe mit einem Freund gesprochen. Er sagt, dass Sie die feldmäßig zerlegen können, das ist genial"

Ich setzte mich auf und schlug das Tuch zurück. Ein Grinsen erschien in einem meiner Mundwinkel. „Fast jeder Blinde bekäme das hin", sagte ich. Es war eine HK Mark 23, das gleiche Modell wie in meiner Joggingtasche. Es war eine Waffe der Spezialkräfte und nicht der normalen Armee, aber das Prinzip war das gleiche. „Ich mache es interessanter."

Ich wusste nicht, ob dies irgendetwas beweisen würde, aber wenn Ingram das dachte, würde ich es gern machen. Das juckte mich nicht. Ich nahm das Tuch, wirbelte es zu einem Streifen und wickelte es mir als Augenbinde um den Kopf. Ich berührte die Waffe, sicherte sie, prüfte die Kammer und warf das Magazin aus.

Ich streckte meine Hand aus. „Kugelschreiber", sagte ich. Ich fühlte, wie einer in meine Hand fiel. Ich drückte den steifen Lösestift damit, legte den Kugelschreiber weg und baute die vertrauten Komponenten der Waffe mit meinen Händen wie ein oft benutztes Puzzle auseinander. *Wie oft hatte ich das getan?*

Ich legte die Teile in der richtigen Reihenfolge auf den Tisch, klatschte in die Hände und setzte die Pistole in fünf Sekunden zusammen.

„Mächtig beeindruckend, Frau Farrell, aber das könnte auch daran liegen, dass sie eine haben." Natürlich, das hatte er aus meiner Akte. „Behalten Sie die Binde bitte auf und versuchen sie es damit." Ich hörte ein viel heftigeres Klappern, als er etwas von hinten hervorzog und vor mir auf den Tisch legte.

Ich spürte Gewicht und Größe der Waffe. Ein Gewehr. Meine Hände fuhren darüber.

„Ein Sturmgewehr für Spezialeinsätze, als SCAR bekannt. Von der Fabrique Nationale, FN, hergestellt für SOCOM, dem Kommando für Spezialoperationen der Vereinigten Staaten", sagte ich, als ich mit dem Zerlegen begann. Es war steif, wahrscheinlich brandneu. „Das ist die große Version, für die 7,62mm NATO Patrone. Langer Lauf." Ich legte das letzte der Teile auf den Tisch. „Wurde offiziell erst nach meinem Ausscheiden eingesetzt. Ich konnte nur einige Male damit spielen."

Ich setzte es in wenigen Sekunden zusammen und warf das Tuch oben drauf.

Ingram lächelte noch immer, ein professionelles Lächeln, das nichts bedeutete. Ein kleiner nagender Zweifel torpedierte mein selbstzufriedenes Gefühl.

Warum hatte er das getan? Was ging hinter diesen Augen vor? Sicher, jemand mit meinem Hintergrund konnte tun, was ich gemacht hatte. Aber ebenso ein Spion oder ein Auftragskiller.

Oder ein Terrorist. Mein Herz setzte einen Schlag aus. Hatte ich mir gerade einen Aufenthalt in einer Zelle gemäß dem Gesetz gegen Terrorismus verdient? Oder schlimmer. Meine Fingerabdrücke waren jetzt überall auf diesen Waffen und nur die beiden waren Zeugen, wie das geschehen war. War das ein Komplott oder eine Drohung, um mich gefügig zu machen?

Ich konnte nicht herausfinden, was ihm durch den Kopf ging, aber er hatte vermutlich jeden einzelnen meiner Gedanken mitbekommen, als wären Sie mir ins Gesicht geschrieben.

Aber er spielte ein langatmiges Spiel.

„Das ist dann wohl alles", sagte er und trank seinen Kaffee aus. „Im Moment."

Ich biss mir in die Wange, um mein Gesicht ausdruckslos zu halten und wollte los, aber er hielt die Hand hoch. „Nur eine letzte Sache, Frau Farrell", sagte er. „Jedenfalls für heute Nacht. Sie haben da ein ziemlich ausgefallenes Auto für das Einkommen, das Sie angeben."

„Das war die Bezahlung für einen Auftrag, den ich erledigt habe." Haus Altau hatte mir den Wagen im Austausch für einen Job gegeben, den ich für sie ausgeführt hatte, also war das keine Lüge.

Ingram grunzte. „Ich hoffe, dass Sie das bei Ihrer Steuererklärung angeben", sagte er.

„Großer Gott, Ingram. Setzen Sie den Heimatschutz auf mich an, aber lassen Sie bitte die verdammte Steuerbehörde außen vor." Ich öffnete die Schiebetür.

Er lachte, wieder der lustige alte Onkel vom Barbeque.

„Sie werden noch einmal zu uns kommen müssen, Frau Farrell", sagte Griffith. Er verstaute das SCAR. Und trug dabei Handschuhe.

„Es wäre unschön, wenn wir nach Ihnen ... fahnden lassen müssten", sagte Ingram.

Jawohl. Sehr unschön für mich. Auf die Art ‚Gesucht in Verbindung mit' unschön. Ich stieg aus und ging davon, sauer auf alles und jeden, mich selber eingeschlossen.

Ich fuhr um die Südseite des Parks, verzweifelt auf der Suche nach einem Zeichen von Larry. Es war sinnlos; wenn er davongekommen war, wäre er noch auf der Flucht. Er hatte gute Chancen. Es war alles irre schnell passiert, aber ich hatte den Eindruck, dass jeder von Matlals Leuten hinter mir her war, nicht hinter Larry. Das waren mehr als gute Chancen und Larry war klug genug, sie zu nutzen.

Ich wollte zur Monroe fahren und auf Larry warten. Aber es konnte Stunden dauern, bis er dort ankam und es gab nichts, womit ich ihm in der Zwischenzeit helfen konnte.

Denk nach.

Der Automatismus aus der Ausbildung setzte ein. Ich hatte noch weitere Verantwortlichkeiten.

Konzentriere dich auf das nächste Ziel. Die Telekommunikation von Altau war kompromittiert. Ich musste das mitteilen.

Aber ich konnte nicht mit diesem Wagen fahren. Und ich konnte ihn auch nicht benutzen, um einen Blick in die Monroe zu werfen.

Es war kein verdammter Zufall, dass der FBI Van direkt neben mir aufgetaucht war. Sie mussten eine Wanze eingesetzt haben, die ich nicht hatte finden können.

Ich überlegte, wie groß sie sein mochte und wo sie sie in der Stunde, die ich im CBI Gebäude verbracht hatte, versteckt haben konnten. Sie benötigte Energie, einen Sender, sie verfügte wahrscheinlich über GPS oder Bewegungserkennung, sie musste senden und empfangen können. Es gibt eine Untergrenze, wie klein man ein solches Gerät machen und wo man es platzieren konnte, selbst für die Zauberer des FBI. Ärgerlich war, dass ich nicht wusste wie klein. Ich musste einen Experten fragen.

Es war dunkel und ich konnte es nicht jetzt tun. Ich konnte nicht riskieren, mit dem Wagen nach Haven rauszufahren, ich konnte nicht anrufen und ich sollte es nicht hinauszögern Altau zu berichten, dass ihre Telefone überwacht würden.

Ich musste unkonventionell vorgehen.

Kapitel 19

Ich fuhr hinüber nach Aurora und parkte den Wagen in der Nähe des großen Einkaufscenters.

Ich zog mich um, ließ meine Laufkleidung auf dem Rücksitz und ging hinunter in die Colfax Avenue. Niemand folgte mir. Das stellte ich doppelt sicher. Meine Paranoia lief auf Hochtouren.

So spät es auch war, ich hatte Glück; Rom arbeitete noch in seiner Werkstatt.

Rom hatte mir bei der Instandhaltung meines alten Wagens für nahezu umsonst geholfen, indem er mir offiziell den Platz und die Werkzeuge vermietete und dabei all die Ratschläge und die Hilfe ignorierte, die er mir gab. Und wir hatten uns bei Rave Partys getroffen. Wir waren nicht wirklich Freunde, aber er hatte mir sein Motorrad geliehen, wenn mein Wagen aufgebockt war und ich irgendwohin musste. Das war es, was ich jetzt von ihm brauchte.

Rom war in der Hinsicht entspannter als ich. Ich mochte es nicht, Gefallen anzusammeln, aber er lachte darüber und gab mir die Schlüssel, seine schwere Motorradjacke und Handschuhe. Fünf Minuten später war ich auf der Straße, freute mich über das Röhren der Harley und schwang in Bögen durch den nächtlichen Verkehr auf der Interstate 70. Ich begann, mich besser zu fühlen und ließ das Bike auf dem Parkway einfach laufen. Der Wind peitschte mein Haar wie eine Fahne hinter mir her. Tränen liefen aus meinen Augenwinkeln und froren auf meinen Wangen und auf meinem Gesicht lag ein dummes Grinsen, während ich dem Donnern des Motors zuhörte. Ich war dankbar für die geliehene Jacke und die Handschuhe.

Genau an diesem Punkt kam mein Hirn endlich über das FBI hinweg und begann die Geschehnisse im Park zu verarbeiten.

Sieben Leute? Eher ein Dutzend. Verfolgten sie Larry? Sie waren gar nicht an ihm interessiert gewesen, sobald ich aus der Deckung kam. Die Elite von Matlal hatte übernommen. Taktische Kommunikationsgeräte. Ein Pfeil mit einem Beruhigungsmittel. Das war nicht mehr Hoben, das war Matlal. Larry wusste das. Er hatte es gewusst, sobald er das Ausmaß der Jagd erkannt hatte - er war mit dem Ruf davongerannt, *sie entkommt*, nicht *sie entkommen*.

Mist, Matlal war hinter mir her und er wollte mich lebend. Ich erinnerte mich an die schaurige Warnung von Skylur letzte Nacht: enn die Basilikos von meinem BLUT erfuhren, würden sie *alles* tun, um mich zu erwischen.

Als Reaktion darauf musste ich an den Straßenrand fahren und mich zitternd neben das Motorrad knien.

Wer hatte es ihnen gesagt? Vor mir wartete Haven. Jeder außer mir, der wusste, was in Davids Haus gesagt worden war, war dort. Wem konnte ich trauen?

Ich dachte zurück an das Ops 4-10 Training für verdeckte Einzeleinsätze.

Rotes Team. Gefesselt als unfreiwilliger Gast des blauen Teams. Dumm erwischt, reingelegt worden. Vierzig Stunden lang wach und alle zehn Minuten in Eiswasser getaucht als Strafe. Ausbilder Ben-Haim schrie aus nächster Nähe in mein Gesicht: „Traue niemandem! Hast. Du. Endlich. Verstanden?"

Und in der Stille danach flüsterte er mit trauriger Stimme. „Nur Leute, denen du vertraust, können dich jemals wirklich verraten, Amber."

Was würdest du mir jetzt raten, Ben-Haim? *Verschwinde.*

Ich konnte verschwinden. Mit meiner Ausbildung könnte ich für immer verschwinden. Ich war kein Mechaniker mit Instinkt wie Rom, aber ich könnte mit Motoren arbeiten. Ich könnte Fitness Trainerin werden. Ich könnte mein Haar färben, einen falschen Pass kaufen, die Küsten hinauf- und hinunterreisen. Ich konnte das Meer beinahe riechen. Immer für Bargeld arbeiten, immer in Bewegung bleiben. Immer allein.

Und ich würde Alex, Jen, David, Pia, Tullah und meine übrig gebliebene Familie hinter mir lassen müssen. Nein. Das würde ich nicht tun.

Du hattest unrecht, Ben-Haim. Ich bin eine Team Playerin. Ich war bei 4-10 immer besser, wenn ich in der Gruppe arbeitete. Ich habe es zwei Jahre lang allein versucht und es kotzt mich an. Ich brauche jetzt ein Team.

Ich musste mir selber trauen, meinen neuen Instinkten und meinen alten und mir meinen Weg hier hindurchkämpfen.

Wenn ich gedacht hatte, dass es kalt war neben der Harley zu knien, belehrte mich eine weitere Minute Fahren eines Besseren. Mein Gesicht und meine Beine waren eingefroren, als ich Haven erreichte.

Der Ort war dunkel und niemand erschien am Tor, als ich das Motorrad aufbockte. Ich fühlte, dass sie mich beobachteten. Ich zweifelte nicht, dass eine Waffe oder auch drei auf mich gerichtet waren. Unangemeldete Ankunft bei Nacht - ich schnaubte. Ich machte mir hier keine Freunde bei der Überwachungsmannschaft.

„Haus Farrell", sagte ich in die leere Nacht, mein Mund fühlte sich schwerfällig an bei der Kälte. „Dringende Mitteilung für den Dexion."

„Sind die Brieftauben ausgegangen?", fragte eine Stimme aus dem Pförtnerhaus. Ein Mann tauchte mit einem Handscanner auf. Er entspannte sich etwas, als er mich verifizierte.

„Gerade ausgegangen. Tut mir leid, dass ich mitten in der Nacht so auftauche."

„Macht nichts. Wir schließen ja nicht. Schönes Motorrad, Haus." Er lauschte für einen Augenblick seinem Ohrhörer. „Sie ist auf dem Weg. Die Haupttore bleiben geschlossen - Dauerbefehl momentan."

Ich zuckte mit den Achseln und rieb meine Beine, um den Kreislauf wieder in Gang zu bringen. Wie würde das ankommen?

„Rundauge, was für eine Überraschung." Bian kam durch den Personaleingang. „Wollen wir ein Stück gehen?" Sie schnappte meinen Arm und wir gingen die Straße zurück. Ich fragte mich, welche Bian ich heute zu Gesicht bekam. Den Dexion oder das, was ich für mich als ‚Leoparden' bezeichnete, die Bian, die gedroht hatte mich zu beißen und in ihr Lager zu zerren für wilden, fauchenden Sex.

„Heute kein Mondlicht. Schade", sagte sie.

Ich musste in der Dunkelheit grinsen. „Als ob dich das an etwas hindern würde, Miezekatze. Bist du nicht besorgt, was da draußen so vor sich gehen könnte?"

Sie schnaubte. „Wir sind die unheimlichen Dinge, die in der Nacht umgehen, Rundauge. Also, so gern ich es auch glauben würde, nehme ich nicht an, dass du den ganzen Weg auf dem hübschen Bike herausgefahren bist, um mit mir spazieren zu gehen."

„Nein." Ich seufzte. Dexion Bian. „Ich hatte eine Menge Spaß, seit ich Jaworski hier abgegeben habe. Und ich habe etwas vor dir zurückgehalten, was ich vielleicht nicht hätte tun sollen." Ihre Hand spannte sich um meinen Arm, aber sie sagte nichts. „Ich musste mit dem FBI sprechen ..."

Bian hörte zu, ohne mich zu unterbrechen, als ich die Ereignisse des Nachmittags durchging: das Interesse des FBI, die angezapften Telefone, das Peilgerät an meinem Wagen, warum ich Larry am

Pavillon traf und den Angriff.

Ich wurde langsamer, war mir des Griffs an meinem Arm bewusst. Die Stille wurde nur durch unsere Schritte unterbrochen. Wir waren außer Sicht- und Hörweite des Pförtnerhauses. Warum hatte Bian mich hier hinausgeführt?

Sie drehte uns um und wir gingen zurück.

Vertrau und spring. Meine alte Parole.

Ich teilte ihr meine Befürchtungen mit, was der Angriff bedeuten könnte.

„Beruhige dich, Amber", sagte sie und hielt meinen Arm weiter fest. „Überlege. Es waren sehr wenige von uns im Haus, die wissen, was vor sich ging. David, Mykayla und Pia wurden von allen anderen isoliert und sie haben keine Möglichkeit mit jemandem von draußen zu sprechen. Daneben waren Skylur, Diana und mein Sicherheitsteam beteiligt. Wie kann Matlal es herausgefunden haben?"

„Jemand in Haven kann bemerkt haben, dass David die Crusis überstanden hat. Als er hergebracht wurde, könnte auch jemand seine veränderte Marke bemerkt haben. Leute zu isolieren, erzeugt Gerüchte. Die Leute reden, die Leute zählen zwei und zwei zusammen."

Wir blieben stehen. Wir waren zurück am Pförtnerhaus und Bian nutzte die Gegensprechanlage, um auf Athanate mit jemandem zu sprechen, bevor sie wieder zu mir kam. Sie zog mich hinein auf das Grundstück und führte uns auf dem Rundweg um das Haus herum.

„Skylur will vielleicht mit dir reden", sagte sie, als wir außer Hörweite des Pförtnerhauses waren. „Also, ich sehe das so. Es ist möglich, dass jemand sich zusammengereimt hat, was mit David passiert ist, aber es ist unwahrscheinlich. Ich glaube, dass du vorschnell urteilst."

Irgendwie beruhigte mich das nicht sehr.

„Was das FBI angeht", fuhr sie fort, „sind wir nicht so ahnungslos wie es klingt. Wir sprechen nicht Athanate, wenn wir telefonieren und wir besprechen keine Athanate Angelegenheiten über ungesicherte Telefone. Normalerweise. Nach dem, was sie gesagt haben, haben sie diese Aufzeichnung bekommen, als sie ein Telefon abhörten, das du angerufen hast. Ein Telefon hier. Das kann nur bedeuten, dass mein Handy von jemand anderem benutzt wurde, denn ich habe ganz sicher kein Athanate darüber gesprochen." Sie war eine Weile still. „Der Schlüssel ist, was gesagt wurde. Und natürlich, wer es gesagt hat. Gibt es die Möglichkeit, eine Kopie der Aufzeichnung zu bekommen?"

Ich seufzte. „Ich werde es versuchen, Bian, aber es handelt sich um das verdammte FBI, okay?"

„Ich weiß. Und danke. Ich werde einige sichere Handys besorgen, die du morgen mitnehmen kannst."

„Okay. Ich werde mich vielleicht etwas verspäten, falls ich Schwierigkeiten habe herauszufinden, wie sie meinen Wagen aufspüren."

„Kümmere dich einfach darum, Rundauge." Wir gingen einige Meter schweigend. „Wenn Larry sagt, dass sie etwas Großes planen ...", sie zuckte die Achseln. „Ich will es nicht abtun, aber er steht unter einem Zwang. Das verursacht Schäden. Er könnte eine induzierte psychotische Episode haben. Das passiert oft, wenn man am Kopf von jemanden herumspielt."

„Oder sie planen wirklich etwas."

„Das können wir nicht sagen, bis du Larry herbringst."

Wir gingen zurück zum Pförtnerhaus und darüber war ich froh. Bian war zu seltsamen Zeiten wach, aber ich mochte den Nachtschlaf. Zumindest manchmal jedenfalls.

Sie war wieder still, tief in Gedanken. Dann: „Ich verstehe nicht, warum du nicht einfach bis nach der Versammlung hierbleibst." Sie klang frustriert, fast enttäuscht - als wenn es etwas sein müsste, das ich selber *wollen* sollte. Sprach jetzt der Dexion oder der Leopard? Oder die wirkliche Bian, die tatsächlich um mich persönlich besorgt war? Sie war verdammt schwer zu lesen. „Das wird es sein, was Skylur will, wenn er hört, dass Matlal dich zu entführen versucht hat", fügte sie hinzu.

Aha. Der Dexion hatte gesprochen. Rein beruflich. Ich wusste nicht, ob ich traurig oder erleichtert war.

Sollte ich hierbleiben mit David und Pia oder in Denver mit Alex und Jen. Hier bei jemandem, den ich verdächtigte mich und Altau betrogen zu haben. Oder in Denver mit Hoben und Matlal, die mich für den Rest meines Lebens einsperren wollten. Und Larry. Ich würde Larry nicht aufgeben. Nicht nur, weil er mein Weg zu Hoben war; er hatte meine Verfolger im Cheesman Park aufgehalten. Ich verdankte ihm wohl mein Leben.

„Ich kann nicht."

Sie wartete und hoffte auf Einzelheiten, die ich aber nicht

preisgab. Sie zischte frustriert. Ich merkte, wie sich ihr Körper spannte wie bei einem Tier vor dem Sprung. „Ich verstehe." Die Stille zog sich hin. „Könnte es etwas mit diesem verträumten Wolf, Deauville, zu tun haben, dass du draußen bleiben willst? Diana sagte, dass du heute Nachmittag nach Wolf gerochen hast." Ihr Ton neckte mich, hatte aber einen Beiklang. Hatte sie ein Problem mit Alex? Sie lehnte sich zu mir herüber und inhalierte tief. „Ja, das ist noch immer so."

Bian hatte nie viel Respekt vor Privatsphäre, aber hierbei war mir unbehaglich. Ich bewegte mich etwas weg.

„Alex ist im Moment nicht in der Stadt", sagte ich.

Bian schloss die Lücke zwischen uns wieder. „Jennifer Kingslund also?" Sie legte einen Arm um meine Hüfte. „Warum sollten Blondinen allein allen Spaß haben?" Da war wieder diese Spannung. Der Leopard, aber nicht ganz. Und mich machte ihr Nachhaken nach Antworten wegen was auch immer nervös.

Ich schob sie zurück und schnaubte. „Sie hatte überhaupt keinen Spaß."

Bians Augen weiteten sich. „Amber, Süße, du bist so langsam", sprach sie schleppend, eine hervorragende Imitation von Jen. Aber ihre Augen lachten nicht dabei. Es war beinahe eine Provokation.

„Ich bin ..." Ich stoppte und wurde rot. Ärgerlich über uns beide. „Warum zum Teufel rede ich mit dir darüber?"

Sie sah mich eine ganze Weile an, zuckte dann die Achseln und begann mit raschen Schritten davonzugehen. Ich musste mich beeilen, um sie einzuholen. Physisch und mental. Warum war sie so sprunghaft?

„Weil Skylur mich beauftragt hat, dir die Regeln und Gebräuche der Athanate beizubringen", sagte sie kühl, als spielte sich die ganze Intensität nur in meinem Kopf ab. „Kleine Missverständnisse darüber korrigieren, was mit dir passiert. Dir Mut machen. Sicherstellen, dass du verstehst, was bei der Versammlung vor sich geht. Solcherlei nützliche Dinge."

„Oh." Der Dexion war mit aller Macht zurück. „Wie dem auch sei, ich habe versprochen, dass keinerlei Sicherheitsverletzungen vorkommen werden. Ich kann mit Jen nicht einmal reden, bis die Versammlung vorbei ist. Und dann muss ich ihr sagen können, worin die Risiken liegen und das wissen wir noch gar nicht. Ich habe mit nur einem Kuss bei David einen Effekt ausgelöst."

Wir waren fast am Pförtnerhaus. „Wir werden sehen", sagte sie.

Sie war definitiv wieder Dexion Bian. „Du möchtest jetzt wieder zurück. Okay, aber höre erst zu, Rundauge. Die Frau, mit der du gekämpft hast? Du hast recht. Sie ist eine von Matlals Elite. Also, ich kann glauben, dass er Leute an Hoben ausleiht, um ein Auge auf ihn zu halten, aber nicht auf diesem Niveau. Er hat ein gewisses Interesse an dir und je stärker du ihn frustrierst, desto versessener wird er werden."

Bian drehte sich, als jemand aus dem Haus rief.

„Warte", sagte sie und legte eine Hand auf meinen Arm. Ein Mann kam zu uns gerannt und sie sprachen hastig auf Athanate. Ihr Griff wurde fester.

„Okay", sagte sie und drehte sich zurück zu mir. „Skylur möchte dich jetzt sehen und ich habe einen weiteren verdammten Notfall."

Wir gingen zurück zum Haus, ich hatte ein flaues Gefühl in meinem Magen. Ich wollte *nicht* mit Skylur reden. Besonders, wenn er dafür gerade geweckt worden war. Als wir das Haus erreichten, sprachen drei Leute zugleich auf Bian ein. „Der letzte Raum links, dann mit dem Fahrstuhl hinunter", sagte sie zu mir und erschreckte mich mit einer schnellen Umarmung. Sie war nicht einfach nur schwer zu verstehen, sie war geradezu schizophren. „Ich komme zurück, wenn du fertig bist und bringe dich hinaus." Sie rauschte davon.

Ich ging die Eingangshalle hinunter. Beim ersten Mal, als ich hergebracht worden war, um Skylur zu treffen, waren meine Augen verbunden gewesen, aber ich wusste, wo ich war.

Ich kam zum Ende der Halle. ‚Links', hatte sie gesagt. ‚Rechts' sagte mein Bewegungsgedächtnis. Ich ging in den Raum rechts und hatte recht; es war der, in den ich beim ersten Mal gebracht worden war. Bian muss abgelenkt gewesen sein.

Ich ging hinüber, wo die Fahrstuhlplattform versteckt war - ein kreisförmiges Muster auf dem Teppich. Ich blieb dort stehen und kam mir dumm vor. Ich konnte keine Kontrolltafel sehen. Wie konnte ich ihn hinunterfahren lassen? Ich würde wie ein Idiot aussehen, wenn ich umherging und jemanden suchte, der mir erklären konnte, wie man den Fahrstuhl bediente.

Aber das war gar nicht nötig. Gebogene Glastüren glitten flüsternd aus der Säule hinter mir. Der Boden sank hinab und einige Sekunden später stand ich in Skylurs gruseligem Kerker.

Wie tief war ich? Zwanzig Meter? Fünfundzwanzig? Fünf Stockwerke unter dem Haus? Was genau hatte er hier unten versteckt?

Das Licht war genauso wie ich mich erinnerte - tiefblau und richtungslos. Sogar mit meiner verbesserten Athanate Sicht hatte ich Schwierigkeiten Details zu erkennen. Und es war kalt. Das war mir beim letzten Mal nicht aufgefallen.

Skylur war nicht hier. Die Statuen entlang der Wand schon.

Sie wirkten jetzt anders auf mich. Als ich das letzte Mal hier war, war meine Sicht noch nicht so entwickelt. Ich hatte hinübergehen müssen, um eine Statue zu berühren, um zu bestätigen, dass sie warm war, körperwarm. Nun konnte ich den sanften Schleier sehen, der von ihnen in der kalten Luft aufstieg.

Ich stand wieder vor Anubis, blickte zu seiner Schnauze hoch, die hervortretenden Muskeln unter der sonnengebräunten Haut, die unergründlichen Augen. Die Haut fühlte sich so fest und warm an, als wäre Anubis in dieser Minute zu Stein geworden.

Niemals war dies nur eine Statue.

Anders als beim letzten Mal hörte ich, wie Skylur hinter mir hereinkam.

Ich drehte mich um und ging auf seinen Thron am Ende zu, als er sich setzte. „Guten Abend, Amber." Seine Stimme war wahrhaft angenehm, wenn er wollte. Es klang, als stünde ich heute nicht auf seiner Problemliste, aber ich entspannte mich noch nicht. Ich würde es glauben, wenn er mich gehen ließ. Zumindest nahm ich heute nichts von der beherrschten Wut in ihm wahr.

„Hallo, Skylur. Etwas spät, um mir einen guten Abend zu wünschen."

Um Mitternacht. Ich nahm mir einen Stuhl von der Seite und setzte mich ihm gegenüber. Es war zu dunkel, um seine Gesichtszüge zu erkennen.

Ich erwürgte den Dämon in meiner Kehle, der gerade etwas noch Gedankenloseres sagen wollte.

Stille.

Mist, durfte ich eigentlich ohne seine Erlaubnis in seiner Gegenwart sitzen? Er hatte mich in Davids Haus ausdrücklich zum Sitzen aufgefordert. Ich hatte ihn wahrscheinlich gerade wieder verärgert. Wenn ich kleine Dinge wie diese nicht richtig hinbekam, welche Chance hatte ich dann bei den größeren Dingen?

Aber seine Stimme klang nachdenklich, als er schließlich sprach. „Du bist ein mit Haus Altau verbundenes Haus. Was denkst du, bedeutet das in Bezug auf meine Politik und Kommandos?"

Mist. Ich hatte offensichtlich wieder einen großen Fehler gemacht. Was war es dieses Mal?

Ich räusperte mich. „Ich hatte noch nicht die Zeit für eine volle Einweisung, Skylur. Ich weiß es ehrlich nicht. Ich entschuldige mich, wenn ..."

„Es wäre etwas anderes, wenn ich dich in Haus Altau aufgenommen hätte, aber Diana bestand auf einer Partnerschaft und ich habe ihrem Urteil vertraut."

Ich neigte meinen Kopf. Das entwickelte sich zu mehr als einer disziplinarischen Anhörung. Es klang, als ob er Haus Farrell zum kurzlebigsten Haus in der Geschichte der Athanate machen wollte. Es musste etwas geben, das ich tun konnte. Es durfte nicht dazu kommen, dass er mir befahl, in Haven zu bleiben. Ich musste draußen frei sein.

„Ich weiß nicht, was ich getan habe ..."

„Es ist nicht, was du getan hast", unterbrach er mich. „Es ist, was du tun wirst. Erkläre mir deine Sicht über die Geschehnisse im Cheesman Park."

Das erschütterte mich mehr, als hätte er mich angeschrien. Ich begann mich durch die Ereignisse zu stammeln und er stoppte mich.

„Ich kenne die Vorgänge. Ich möchte deine Interpretation. Was steckt hinter all dem?"

Ich war bereit los zu plappern - sie wollten mich fangen und irgendwohin zerren, um ...

Aber er wollte nicht meine reflexartige Bauch Reaktion. Er wollte Interpretation. Es war, als hätte er mich geschlagen. Mein Hirn kam schmerzhaft in Gang.

Komm in die Gänge! Denk nach!

„Es waren zu viele dort. Zu viel Aufwand, zu viel Technik. Es war beinahe ..."

Er lehnte sich vor, als ich langsamer wurde.

„Es war beinahe, als ob sie es als eine Art reales Notfall Training benutzten."

„Es ging gar nicht um dich?"

„Nein, das meinte ich nicht. Ihr Training und meine Ergreifung waren beides ihre Ziele."

Wenn das so war, musste mein Entkommen sie wirklich stinksauer gemacht haben. Ein kleiner Sieg.

Es herrschte wieder Stille und er lehnte sich zurück.

„Matlals Truppen in Denver", sagte er herablassend. „Worauf könnten sie sich überhaupt vorbereiten?"

Ich schluckte. Als ich es wie ein abstraktes, militärisches Problem betrachtete, sprang mich eine erschreckende Möglichkeit an. Ich wagte hier einen großen Sprung. Ich könnte wie ein Idiot dastehen.

„Ein Präventivschlag. Wenn Matlal den Krieg gegen die Panethus wiederaufleben lässt, welche bessere Möglichkeit gibt es, als die Führerschaft der Panethus auszuschalten, wenn sie sich zur Versammlung trifft? Dann ist es vorbei, noch bevor es richtig angefangen hat."

Er schnaubte, aber ohne sein Gesicht sehen zu können, wusste ich nicht, was ich davon halten sollte.

„Die Repräsentanten der Basilikos würden das für völlig lächerlich halten", sagte er. „Ohnehin halten die Warder die Delegierten getrennt und in Bewegung. Es gibt nicht nur ein einzelnes Ziel für einen Angriff und der erste Schlag würde den gesamten Plan verraten. Abgesehen davon, dass die menschliche Bevölkerung von Denver alarmiert werden würde. Kein Basilikos will das. Sie sind fanatisch dagegen, dass die Menschen von der Existenz der Athanate erfahren."

„Ein Anschlag hier während der Versammlung", sagte ich sofort und erwärmte mich für das Thema. „Die maximale Konzentration an Zielen an einem abgeschiedenen und geheimen Ort."

„Er weiß nicht, wo Haven liegt. Die Delegierten werden ‚auf sichere Art und Weise' hergebracht."

War das ein Witz über Jaworski? Nein. Das klang nicht nach Skylur, oder?

„Er könnte inzwischen wissen, wo Haven ist." Wenn die Sicherheitsvorschriften lax genug waren, dass jemand das Handy von Bian benutzen konnte, wer weiß, was sonst noch durchgesickert war?

„Oh ja, das könnte sein. Und ich könnte auch Verteidigungen haben, die er nicht erwartet." Er bewegte sich in der Dunkelheit. „Aber auch die Basilikos hätten gewiss Abtrünnige, wenn es zu einem Angriff auf die Versammlung käme. Es gäbe zumindest Gerüchte. Es gibt nichts. Zumindest nicht darüber."

„Worum drehen sich die Gerüchte?", fragte ich.

„Die Gerüchte besagen, dass ein Partner von Altau BLUT mit bemerkenswerten Eigenschaften hat. Dass Altau das für sich selbst behalten will. Dass Matlal entschlossen ist, diesen Partner in die Hände zu bekommen. Für das größere Wohl der gesamten Athanate Gemeinschaft natürlich. Dass er sie durch die Straßen von Denver jagt."

Das lag wie ein Eisklumpen in meinem Bauch. Nur weil es ein in Lügen verpacktes Gerücht ist, konnte es doch einen wahren Kern haben. Matlal war mit seinen Spitzenteams hinter mir her. Ich war mit Unsinn über irgendwelche Angriffe herausgeplatzt, hatte versucht meinen Wert zu beweisen und alles, was ich erreicht hatte, war, wie ein Idiot zu klingen. Er würde mich jetzt einziehen, beschämt darüber, einen solch dummen Partner zu haben.

„Ich bezweifle, dass du einen Gegner beim Boxtraining unterschätzt, Amber. Wende die gleiche Vorsicht hier an"

Ich starrte in die Dunkelheit und suchte nach irgendwelchen Hinweisen in seinem Gesicht.

Was meinte er? Trotz allem kitzelte mich ein Hauch Aufregung. Im Boxtraining könnte ich eine Finte in die eine Richtung ansetzen und dann in eine andere vorgehen.

„Die Gerüchte sind eine Finte. Er ist überhaupt nicht hinter mir her."

„Oh, er will dich schon auch haben. Daran solltest du nicht zweifeln. Du hast ihn beim Ball vor den Basilikos Repräsentanten zurückgewiesen. Unterschätze nicht seinen Stolz. Und jetzt bist du ihm wieder entkommen."

Skylur stand so plötzlich auf, dass ich auf dem Stuhl hochhüpfte. „Wenn man alles andere beiseite nimmt, was ist, wenn er dich erwischt?" Er stieg auf den dunklen Granitboden hinunter. „Entweder hast du dieses WunderBLUT und dann wird er es nutzen. Oder du hast es nicht, dann wird er nichts sagen. Und solange er nichts sagt, wird jeder Abtrünnige der Basilikos damit aufhören, auf welche Weise auch immer, abtrünnig zu werden, für den Fall, dass er die Vorteile daraus verliert. Und sogar Panethus Abtrünnige könnten überwechseln, bevor sie das Risiko auf sich nehmen, keinen Zugang zu dem WunderBLUT zu bekommen. Oh ja, er will dich auf jeden Fall."

Ich stand auch auf. Skylur war für mich instinktiv in den unbesetzten Rang eines vorgesetzten, militärischen Kommandanten aufgestiegen und ich fühlte mich unwohl zu sitzen, während er stand. Wenn er es bemerkte, zeigte er es nicht.

„Du glaubst nicht, dass mein BLUT anders ist, oder?", fragte ich.

„Es ist anders. Darüber gibt es gar keinen Zweifel. Ist es ein Wunder, das die Crusis verkürzt?" Er drehte sich um, kam langsam herüber und stellte sich direkt vor mich. Ich konnte jetzt sein Stirnrunzeln sehen. „Ich bin nicht sicher, ob ich das glauben will", murmelte er, als spräche er zu sich selbst.

„Du könntest es herausfinden", sagte ich. Schauer liefen meinen Rücken hinunter. Er könnte mich beißen und dann wüsste er es irgendwie. Ich war nicht bereit dafür. Ich wusste nicht warum.

Er beugte sich näher heran und ich schloss meine Augen. Diesmal war keine Diana da, um ihn aufzuhalten. Ich konnte fühlen, wie er auf meinen Hals starrte. Ein Teil von mir wollte, dass er biss, wollte aufgeben und Teil von Altau werden. Es wäre sicherer. So viel einfacher dazuzugehören. Der Rest von mir versuchte ihn wegzudrängen.

„Möchtest du, dass ich es tue?", flüsterte er.

Meine Lippen fühlten sich taub an.

„Nein", sagte Tara.

Um Himmels willen! Sei still!

„Noch nicht", fügte ich hastig hinzu.

Meine Augen blieben geschlossen. Ich spürte, dass er sich wegbewegte und füllte unauffällig meine Lunge mit der kalten Luft. Etwas knirschte. Als ich hinsah, saß er wieder.

„Ein andermal also. Du *wirst* mich darum bitten, weißt du."

„Ja." Es schien die sicherste Antwort zu sein. Kurz und einfach, während ich meinen zermürbten Verstand sammelte.

„Was die verschiedenen Täuschungsabsichten von Matlal angeht, Amber", sagte er, als ob wir unser Gespräch nicht unterbrochen hätten. „In Anbetracht der Tatsache, dass wir ihn nicht wissen lassen wollen, dass wir es wissen, wie sollten wir deiner Meinung nach vorgehen?"

„Ah. Auf die erste Stufe seines Plans reagieren." *Mist.* „Mich verstecken."

„Mein Dexion hat dir Zuflucht angeboten, aber anscheinend willst du nicht."

„Ich muss Dinge erledigen, die mir wichtig sind."

„Hmm. Und was, wenn wir Matlals erste Stufe nicht wegnehmen wollen? Wenn wir ihn glauben lassen wollen, dass er seine Täuschung nicht zu ändern braucht? Wenn wir ihn ablenken wollen? Wenn er uns unterschätzen soll?"

Ich lehnte mich zurück und versuchte meine Gedanken zu ordnen. Das Einzige, woran ich denken konnte, war absurd. Es musste etwas anderes geben. Er begann mit dem Fuß auf den Boden zu tippen. Ich hatte nichts anderes.

„Ich bleibe von hier fern", sagte ich. „Unter Missachtung der Befehle."

„Ja. Das könnte funktionieren." Er verlagerte sein Gewicht und verschränkte seine Finger. „Natürlich besteht das Problem, dass er dich erwischen könnte."

„Also werde ich jetzt mal deutlich: warum ist das für dich ein Problem? Du glaubst nicht, dass mein BLUT die Crusis beeinflusst und ich bin sicher, dass du allen unbegründeten Behauptungen von Matlal entgegentreten kannst." Mir machte die trockene Analyse von Skylur über mein mögliches, unschönes Schicksal in Matlals Hand nichts aus. „Ich glaube, ich verstehe so in etwa das Problem für mich", fügte ich hinzu.

„Du bist kein Bauernopfer, Amber. Du bist ein Partner meines Hauses, ob geschworen oder nicht. Ich werde dir nicht befehlen, das zu machen. Andererseits ist es wichtig für alle Panethus, Matlal abzulenken und ich glaube, du verstehst, dass dies auch für die ganze Welt von Bedeutung sein könnte."

Das war für mich in Ordnung, wirklich. Der Gedanke, dass er mich nur dahinmanövrierte zuzustimmen, den Köder zu spielen, war keinen Gedanken wert.

„Wie gut bist du, Amber? Kannst du ihm immer einen Schritt voraus sein?", fragte er.

„Wenn es nur um mich geht, ja." Die alten Lehren von Ben-Haim noch im Ohr, konnte ich völlig aus dem Blickfeld verschwinden. „Aber es gibt zwei Dinge, die es mir schwer machen. Ich muss an Matlal vorbei, um Hoben auszuschalten. Darum muss ich da draußen sein."

„Hmm. Und die zweite Sache, die dir entgegensteht?"

„Falls ich Bericht erstatten muss und es hier einen Spion gibt."

„Woran ich denke, trägt dem Rechnung." Ich wartete. Es gab zu viele Möglichkeiten, die er meinen konnte, keine davon angenehm. *Arbeite niemals am Ende einer kompromittierten Kette*, hatte Ben-Haim gesagt.

Er stand wieder auf.

„Es war Glück, dass du den Fehler gemacht hast hierherzukommen, statt dorthin, wohin du geschickt worden bist. Das hat es mir erspart, einen Plan auszuhecken, um vertraulich mit dir zu sprechen. Aber das können wir nicht noch einmal nutzen. Es könnte auffallen. *Falls* es einen Spion gibt. Möglicherweise können wir vor der Versammlung nicht mehr reden, Amber, also ist deine Entscheidung jetzt wichtig. Nach dem, was du weißt, bist du willens, eine Ablenkung für Matlal zu sein?"

„Ja", sagte ich.

„Dann hast du meine geheime Erlaubnis meinen Befehl, den ich durch die angemessenen Kanäle schicken werde, zu ignorieren, den Befehl, dass du herkommen und in Haven bleiben sollst. Nur Diana und ich werden davon wissen. Dieses Treffen, der Raum selbst und alles, was wir gesagt haben, ist absolut geheim. Sag es niemandem. Verstanden?"

„Ja."

„Und der Unterschied zwischen einem Partner und einem Mitglied meines Hauses liegt im Grad der Entscheidungsfreiheit. Als Partner könntest du theoretisch Einwände dagegen erheben nach Haven zu kommen. Aber einzelne Mitglieder meines Hauses würden dich unvermeidlich für einen Unruhestifter halten. Und gleichzeitig werden Matlal und Hoben immer verzweifelter versuchen dich zu erwischen, je näher die Versammlung rückt. Ich kann keine Reserven von meinen anderen Vorbereitungen abziehen, um dich zu beschützen. Bist du noch immer willens?"

„Ja, das bin ich."

„Dann sei vorsichtig und denk dran, dieses Gespräch niemandem gegenüber zu erwähnen. Nicht einmal Bian, die im Fahrstuhlraum wartet, um dich hinauszubegleiten."

Ich nickte und ging zum Fahrstuhl zurück. Mir war gleichzeitig kalt und ich schwitzte. Ich wollte so schnell wie möglich aus diesem gruseligen Kerker hinaus und eine Gelegenheit haben, zu überlegen, was das alles bedeutete.

„Oh, Amber", rief er mir nach. Ich drehte mich um und ging zurück. Was jetzt?

„Ich wollte nur sagen, diese antiklederne Motorradjacke steht dir."

Er schlüpfte durch seine Tür, die sich nahtlos hinter ihm schloss.

Arschloch.

„Gute Nacht, Skylur", sagte ich, als ich zum Fahrstuhl zurückkehrte. „Vielen Dank für deinen Rat. Ich hoffe, dass ich dich nicht aufgehalten habe. Schlaf gut."

Bian traf mich und führte mich hinaus zum Tor.

„Nur zu deiner Information", sagte sie, „die Warder haben bei uns Bedenken gegen dich angemeldet."

Ich seufzte. „Ja? Was habe ich jetzt wieder gemacht?"

„Wir nehmen das nicht ernst, Rundauge. Sei nicht so sauer." Sie nahm meinen Arm und imitierte eine Nachrichtensprecherin. „Deine Gegenwart in Denver ist eine Provokation, verstärkt unnötig die Spannungen und lenkt vom Zweck der Versammlung ab." Dann war sie wieder die verspielte Bian. Das war eine Erleichterung. Damit konnte ich umgehen.

„Matlal bricht wer weiß wie viele Regeln und ich bin diejenige, die als Provokation eingestuft wird?"

„Ich sagte, dass wir es nicht ernst nehmen."

Wir erreichten das Tor.

„Bekomme ich einen Gutenachtkuss?", fragte sie.

Ich schnaubte und küsste ihren Hals und versuchte dann, ihre Stichelei mit einem kleinen Biss meiner Zähne zurückzuzahlen. Das war so dumm. Sie erwiderte den Gefallen und es waren nicht ihre normalen Zähne, die die Haut an meinem Hals kratzten. Skylur hatte mich für tabu erklärt, also war ich wahrscheinlich sicher. Wahrscheinlich. Außer wenn Bian einige geheime Weisungen von ihm bekommen hatte seine Befehle zu missachten, gerade so wie ich.

Ich zitterte und schlüpfte zum Klang ihres Lachens durch das Tor.

∞ ∞ ∞ ∞ ∞

Die Monroe 248 war ruhig, eingehüllt in Kälte und Dunkelheit und Elend. Larry war nicht da.

Ich konnte Ben-Haim wieder in mein Ohr flüstern hören. *Er ist nicht da. Verschwinde! Jetzt! Kehre nicht zurück! Er ist kein sicherer Kontakt mehr. Er könnte erwischt worden sein und den Ort verraten haben. Du kannst das nicht länger als sicheres Haus ansehen. So wirst du einen weiteren Tag überleben.*

Nein, Ben-Haim. Ich würde Larry nicht aufgeben. Aber ich musste sehr vorsichtig sein, wenn ich wieder herkam. Ich schlüpfte wieder hinaus, müde und bedrückt. Wo war er?

Es hatte ewig gedauert die Monroe zu überprüfen, Roms Harley zurückzubringen und meinen Wagen abzuholen. Ich ließ den Wagen am Washington Park zurück und schlich durch den Golfplatz in der Nähe von Manassah. Ich würde das FBI nicht zu Jens Tür führen.

Um 4:00 Uhr morgens schlich ich auf Zehenspitzen in meine Suite und war eingeschlafen, sobald mein Kopf das Kissen berührte.

Ich kann nicht atmen. Warum träume ich so oft vom Ersticken?

Ich stolpere ins Wohnzimmer und eine Dunkelheit, die meine Augen nicht durchdringen können, erdrückt mich. Aber meine Lungen schwellen an und süße Luft füllt sie. Hier kann ich wieder atmen.

Schatten tauchen auf und rühren sich in jeder Ecke; ein Zischen liebkost meine Ohren.

„Willkommen." Es ist, als ob der gesamte Raum spricht und das Wort bebt in meiner Brust.

„Wer ist da?"

„Sieh her." Ein Flammenball, schmerzhaft hellblau leuchtend, taucht aus der Dunkelheit auf, schwebt in den Kamin und setzt den sauber aufgeschichteten Holzstapel, der dort wartet, in Flammen.

Das warme Glühen drängt die Dunkelheit zurück. Reflektierende Schimmer schießen hervor wie tausend Augen, die sich in der Nacht öffnen.

Tullah sitzt schlafend auf dem Sofa.

Den ganzen Raum mit glänzenden Schuppen und rastlosen Bewegungen ausfüllend, bewegt sich ihr Drache um sie herum.

„Ist Tullah ..."

„Es geht ihr natürlich gut. Ich grüße dich, Amber Farrell. Ich bin Kaothos."

Ihr Kopf ist riesig und liegt auf dem Boden neben dem Sofa, ein Auge von der Größe meines eigenen Kopfes ist auf mich gerichtet. Die Pupille ist oval wie bei einer Katze.

Ich setze mich langsam auf einen Hocker. Unsere Augen sind auf gleicher Höhe. Das Feuer wärmt mich. „Ich grüße dich, Kaothos."

„Ich grüße auch diejenigen in dir", sagt Kaothos.

Ich fühle Unruhe in meinem Kopf. Hana, mein Geistwolf, windet sich fassungslos. Tara ist einfach nur fasziniert.

„Du wirst bald mit Tullahs Eltern reden. Sie werden dich vor den Gefahren warnen, die von Drachen ausgehen, genau wie sie dich vor den Gefahren der Athanate gewarnt haben." Der riesige Augapfel, der mich anstarrt, verdunkelt sich, als ein durchsichtiges, inneres Lid kurz darüberwischt. Die Pupille erweitert sich, schwarz wie der Weltraum. *„Glaubst du, dass ich böse bin, Amber Farrell?"*

„Ich glaube, alle Kreaturen haben die Möglichkeit böse zu sein. Ich kenne dich nicht."

Es gab einen zischenden Klang wie Wasser, das auf sehr heiße Steine spritzt. Das Lachen eines Drachen.

„Und du hast diese Möglichkeit auch?" fragt Kaothos.

„Ja."

„Vielleicht können wir einander helfen."

Kaothos will das. Wir hören es in ihrer Stimme. Hana hört auf zu lauschen.

„Wir werden wieder miteinander reden, Amber Farrell."

Das große, äußere Augenlid schließt sich wie fallende Seide und im Kamin ersterben die Flammen und verschwinden.

Ich schoss hoch. Ich lag auf meinem Bett, auf der Decke. Das Haus war vollständig still. Meine Haut war warm, als ob ich neben einem Feuer gesessen hätte, aber ich zitterte. Ein Traum. Nur ein Traum.

Kapitel 20

MITTWOCH

Jen war schon längst zur Arbeit gegangen, als ich aufstand.

Ich sortierte einige schmutzige Kleidungsstücke zum Reinigen für das Hausmädchen aus. Gute Güte, ich gewöhnte mich langsam an diesen Lebensstil. Vielleicht keine gute Idee. Wer weiß, was morgen sein wird?

Ich leerte die Taschen und fand einen Papierschnipsel. Larry hatte ihn mir in die Tasche gesteckt, bevor er im Cheesman Park weggerannt ist. Ein kleines, abergläubisches Frösteln ließ mir die Haare zu Berge stehen. Ich schob das beiseite. Auf einer Seite war ein Durcheinander von Buchstaben, Zahlen und etwas, das wie eine skizzierte Landkarte aussah mit Flussdeltas oder vielleicht stilisierte Farne. Auf der Rückseite war ein bedeutungsloses Durcheinander an Linien. Ich faltete es sorgfältig und packte es für einen späteren Zeitpunkt weg. Ich würde ihn bei einem Bier damit aufziehen, was es bedeuten konnte.

Im Wohnzimmer befanden sich Asche und teilweise verbrannte Holzscheite im Kamin. Ich sah mir das gedankenvoll eine Minute lang an, während ich die Steifheit vom Kampf gestern Abend weg dehnte. Bei den Prellungen konnte ich nichts machen, aber sie würden alle schnell heilen.

Tullah war im Büro.

„Oh, hallo", sagte sie. „Ich habe den Wagen nicht gesehen. Ich dachte, du wärst schon weg."

„Ich habe den Wagen ein ganzes Stück vom Haus entfernt stehengelassen. Das FBI hat eine Art Peilsender daran befestigt." Ich setzte mich an meinen Schreibtisch. „Hast du gut geschlafen, Tullah?", fragte ich beiläufig.

„Oh, sehr gut, danke." Ich bemerkte, dass sie meine Prellungen betrachtete, aber außer dem normalen Augenrollen bemühte sie sich nicht um einen Kommentar.

Ich brachte sie über die Ereignisse mit dem FBI und Hobens und Matlals Versuch, mich im Cheesman Park zu entführen, auf den neuesten Stand. Wir verglichen die Aufzeichnungen über unsere

Untersuchungen und ich verbuchte Nialls Honorar. Ich behielt das Bargeld - es war zu nützlich, nicht verfolgbar. Ich würde eine Kreditkarte nur im Notfall nutzen, solange mir das FBI im Nacken saß.

Zu Tullahs Fall gehörte etwas Überwachung und viel Recherche in Internetaufzeichnungen, wobei ich annahm, dass Matt ihr geholfen hatte. Sie hatte mich nicht um Rat gefragt und ich wollte ihr freie Hand lassen, also ließ ich sie, nachdem ich sichergestellt hatte, dass ich wusste, was sie tat, einfach machen.

„Was ist mit deiner Mutter, Tullah?", fragte ich, als das Geschäftliche erledigt war. „Wie nimmt sie deinen Auszug auf?"

Tullah zuckte zusammen. „Immer noch nicht gut. Ich habe meinen Eltern gesagt, dass es nichts mit dir zu tun hat, aber sie wollen mit dir sprechen."

„Okay. Wann?"

„Heute Nachmittag?"

Ich überlegte, was ich heute noch erledigen musste.

Ich musste die Monroe erneut überprüfen, vorsichtig. Larry hatte mir zwei weitere Orte genannt, die Hoben nutzte, aber Larry selbst war die beste Quelle für einen Hinweis darauf, wo ich Hoben finden konnte, auch wenn er das selbst nicht glaubte.

Ich hatte Matt eine SMS mit der Bitte um Informationen über diese Orte geschickt und ich musste dort vorbeifahren. Aber ich hatte auch einen Termin in Haven, um für die Versammlung eingewiesen zu werden und um mit dem Schiedsmann zu sprechen. Ich musste Quinns Fall vorantreiben und mir Floyd Underwood ansehen. Das alles wurde dadurch verkompliziert, dass ich Matlal und dem FBI aus dem Weg gehen musste. Seufz.

„Sicher", sagte ich zu Tullah, „aber ich muss sie später anrufen, um Ort und Zeit abzumachen."

Tullah runzelte die Stirn und bewegte sich unruhig auf ihrem Stuhl. „Bei Ma musst du vorsichtig sein."

„Himmel, Tullah, das brauchst du mir nicht zu sagen. Mary jagt mir Angst ein."

„Es ist nicht nur das. Mas Ablehnung der Athanate ist normal für Adepten und sie ist ... ziemlich einflussreich in der Gemeinschaft."

„Oberhexe, was?" Ich versuchte, es locker zu nehmen, aber Tullah reagierte nicht. Erneutes Seufzen. Eine weitere Angelegenheit, bei der ich auf der Hut sein musste.

„Also, Tullah, was machen Adepten eigentlich?", fragte ich sie. „Außer natürlich, die Athanate zu hassen." Ich erwartete nicht wirklich eine Antwort und gewiss nicht die, die ich bekam.

„Die verdammte Welt davor retten, dass andere Adepten ihre Fähigkeiten wirklich nutzen", schnappte sie. „Alle daran hindern, ihr Potenzial umzusetzen." Sie hörte abrupt und verstört auf.

Ihr Blick flog zu mir hinüber. „Das habe ich nicht so gemeint", sagte sie leise.

„Okay", sagte ich. Ich wollte keine große Sache daraus machen. Unüberlegte Ausbrüche waren gar nicht ihr Stil. Sie schien über sich selbst erschrocken zu sein und ich dachte es wäre das Beste, es für den Moment dabei zu belassen. Es war Zeit genug später darüber zu reden, wenn die Wohnungsfrage für sie kein so großes Problem mehr darstellte.

Stattdessen rief ich Matt über das Festnetz an, um zu hören, ob er Fortschritte bei der Suche gemacht hatte und, um mit ihm über sichere Kommunikationsmöglichkeiten zu reden. Ich wurde ernstlich paranoid und zu meinem Glück liebte er dieses Thema.

„Also, Amber, du kannst Prepaid Handys vergessen, sofern du nicht zwei für jeden Gesprächspartner hast, eins für ihn und eins für dich. Sonst können sie dich zurückverfolgen und deinen Standort ermitteln, wenn du jemanden oft anrufst, selbst wenn sie dein Handy nicht verfolgen. Und du kannst die SIM Karte nicht wiederverwenden. Du musst also einen ganzen Stapel SIM Karten kaufen und nach jedem Telefonat wegwerfen, aber das ist teuer und es gibt eine bessere Möglichkeit."

„Schieß los."

„Du weißt, dass man mithilfe des Internets von Computern aus anrufen kann? Ich habe ein trickreiches System zusammengebastelt, das genau das nutzt. Der einzige Nachteil ist, dass es nur innerhalb der Stadtgrenzen oder in der Nähe von ungesicherten Verbindungen arbeitet. Es kann nicht zurückverfolgt werden. Es verschleiert sogar deine Stimme. Ich sende dir die Dateien und eine Liste mit dem, was du brauchst. Natürlich könnten sie denjenigen überwachen, den du anrufst und du musst immer noch vorsichtig sein mit dem, was du sagst, aber ich nehme an, dass du reichlich Codewörter und solche Sachen kennst."

„Das wünschte ich, Matt. Ich behalte das Problem im Gedächtnis. Das Handy ist nur so verdammt nützlich, dass es mich aus der

Fassung bringt, dass es ungefähr so sicher ist wie über die Straße zu rufen. Okay, genug davon. Hast du etwas über Matlal und Hoben herausgefunden?"

„Nichts Besonderes. Sie sind nicht ganz so gespenstisch wie gewisse andere Leute ..." Ich grinste dabei. Matt hatte nach Spuren von mir im Internet gesucht und es gab keine während der ganzen Zeit, in der ich bei Ops 4-10 war. „Jedenfalls ist es in deinem Posteingang, als verschlüsselte Datei. Tullah hat das Passwort."

„Danke. Hast du deine Spuren verwischt, während du dieses Cyber Ninja Zeug durchgezogen hast?"

„Ja, ja."

„Okay, eine letzte Sache. Vielleicht ist das nicht dein Gebiet. Ich habe einen Peilsender an meinem Wagen. Ich habe gesucht, konnte ihn aber nicht finden. Hast du irgendetwas über die neueste Technologie von Peilgeräten? Wie man eins findet zum Beispiel?"

„Ich kenne jemanden, der das weiß. Ich schicke dir eine E-Mail mit der Info in circa fünfzehn Minuten."

„Du bist ein Genie, Matt. Ich rufe dich später auf deinem Geistertelefon an."

„Cool."

Wir verabschiedeten uns.

„Er ist so klug", sagte ich mit einem träumerischen Ausdruck zu Tullah, „und er sieht auch so gut aus. Meinst du, dass er zu jung für mich ist?"

„Genug davon", sagte sie grinsend und drehte ihren Computerbildschirm herum. „Ist das Alex, der Wolf?"

Sie hatte ein Bild aus ihrer Suchmaschine gezogen. Ich schätzte, dass es wohl drei oder vier Jahre alt war. Alex im Smoking bei einem Event. Am Arm seine verstorbene Freundin. Ich reichte zu Tullah hinüber und las die Einzelheiten. Ihr Name war Hope Gilliam.

„Ja. Das ist er."

„Wer ist das Mädchen?"

„Ehemalige Freundin. Sie ist gestorben. Er hat noch ein Bild von ihr im Wohnzimmer."

„Hmm. Sie ist schön, aber er ist so verdammt wölfisch heiß."

Ich grinste. „In echt sogar noch besser."

Das brachte sie zum Kichern. „Das wette ich!" Sie kritzelte ein bedeutungsloses Passwort auf einen Zettel und reichte ihn mir. „Das ist für die E-Mails von Matt."

Ich nahm meinen Laptop und meine Schlüssel und ging zur Tür.

„Amber?"

Ich drehte mich um.

„Das hier ...", sie wedelte mit der Hand und deutete auf den Monitor, auf das Haus, auf alles. „Alex und Jen. Das ist Athanate Verhalten oder? Du bist wirklich angekommen?"

Ich schnaubte. „Ich kann nicht sagen, dass dies alles passiert ist, weil ich Athanate geworden bin. Ich fand beide schon vorher attraktiv, aber ich hätte nie gedacht ... ach, ich weiß es nicht. Entweder bin ich schon Athanate oder etwas ganz anderes. Wie auch immer. Ich will sie beide. Ich glaube, ich bin dort, wo ich hingelangen sollte, Tullah." Es machte für mich selbst so wenig Sinn, dass ich nicht überrascht gewesen wäre, wenn es auch für Tullah keinen gemacht hätte.

Sie nickte nur. „Ma wird es wissen", sagte sie.

„Ja. Das ist eines der Dinge, die mich beunruhigen." Ich lächelte und ging.

Statt direkt zu meinem Wagen zurückzukehren, bog ich in die Alameda Avenue. Dort gab es ein asiatisches Restaurant, zu dem mich drei Dinge zogen - gutes Essen, frühe Öffnungszeiten und freies Internet. Ich bestellte Hühnchen süß und würzig mit Reis und ein heißes Shrimpsgericht; außer dem Frühstück mit Jen gestern hatte ich nur kleine Snacks zwischendurch gehabt und war hungrig.

Ich lud Matts Dateien herunter und las alles durch, während ich wartete. Ich hoffte, das Essen war einfacher zu schlucken, als der Bericht über Matlal. Es gab wenig belastbares Material, aber sein Profil ähnelte auf unheimliche Weise vielen, die ich gelesen hatte. Warum hatte dieser Mann nie die Aufmerksamkeit der Leute erregt, die Ops 4-10 ihre Aufgaben zuwiesen? Wenn die Hälfte von dem wahr war, was dort geschrieben stand, hätte er schon vor Jahren einen schnellen, tödlichen Besuch des Teams bekommen müssen.

Der Clou war am Ende die Referenz im Polizeibericht über die Tierangriffe. Matt hatte herausgefunden, dass das Department 55734 ein FBI Projekt mit dem Namen Anthrazit war. Das Treffen mit den Werwölfen am Donnerstag wurde damit um einiges wichtiger und ich hatte einen weiteren Grund, mich von Ingram fernzuhalten.

∞ ∞ ∞ ∞ ∞

Zurück beim Wagen, der in einer ruhigen Straße ein paar Blocks vom Park entfernt geparkt war, begann ich eine gründliche Suche nach dem Peilgerät. Ich ging von der Hypothese aus, dass ich verwanzt worden war, als ich das CBI Gebäude besucht hatte. Mein Auto hatte dort in direkter Sicht auf dem Parkplatz gestanden und ich war nur eine Stunde im Gebäude gewesen, daher sollte es nicht zu tief versteckt sein. Das war ein beruhigender Gedanke. Ich konnte die Verzögerung, den Wagen in einer Garage zerlegen lassen zu müssen, nicht gebrauchen.

Ich konnte nichts direkt sehen. Matts Scanner, den ich für Jaworski ausgeliehen hatte, piepte einmal, während ich um den Wagen ging, gab aber keinen Hinweis darauf, wo das Peilgerät sein konnte.

Matts Hinweise zur Technologie der Peilgeräte legte nahe, dass es viel kleiner sein konnte, als ich ursprünglich gedacht hatte. Eher wie eine Armbanduhr als von der Größe eines Smartphones. Es musste noch immer groß genug sein für eine Batterie, einen GPS Empfänger und einen Sender und es musste sicher befestigt sein. Es konnte nicht ganz flach oder winzig sein.

Ich gab auf, es mit den Augen zu suchen und begann, den Wagen nochmal zu umrunden und ihn dabei abzutasten.

Die Mistkerle hatten es hinter das Nummernschild an den Kühlergrill geklebt, wie ich nach einer Weile entdeckte.

Es war so groß wie die Batterie in meinem Handy. Ich hebelte es mit einem Messer von der Rückseite des Nummernschildes, öffnete es und fand eine super schmale Batterie, die ich herausnahm. Ich warf alles in den faradayschen Käfig, der noch im Kofferraum war.

Ich ließ Matts Scanner eingeschaltet, um festzustellen, dass es keine weiteren Piepstöne abgab, die anzeigten, dass noch etwas sendete und fuhr dann zum nächsten Computerladen an der Virginia Avenue. Ich kaufte die Ausrüstung, die Matt aufgelistet hatte, um aus meinem Laptop ein Internet Telefon zu machen und den Adapter, damit er vom Zigarettenanzünder aus funktionieren würde. Alles in bar.

Dann verband ich alles, setzte die Antenne aufs Armaturenbrett und klickte auf die Installationsdatei.

Ein animierter Oktopus machte einen Stepptanz auf dem

Bildschirm. Ich rollte mit den Augen. Nerd. Der Oktopus streckte ein Bein schräg heraus und hielt es dann still. Danach ein weiteres und noch eines, bis alle acht sich nicht mehr bewegten. Der Oktopus verkleinerte sich und wurde zu einem Symbol am unteren Rand des Monitors. Eine Nachricht erschien. „Ich habe acht ungesicherte Internetverbindungen in der Nähe. Ich werde Sie warnen, wenn es irgendwann weniger als vier werden. Internettelefonie und Internetzugriff werden gebündelt über alle Verbindungen und Fernzugriffe geleitet." Die Nachricht verschwand und eine weitere erschien. „Jetzt bei Matt anrufen?" Ich klickte darauf und ich hörte Matts Stimme.

„Hallo Amber." Er klang, als würde er in einer Kabine sprechen.

„Matt, verdammt, das ist erste Sahne. Ist es sicher nicht verfolgbar?"

„Ja. Die Fernzugriffe verschleiern die IP Adressen. Sobald sie wissen, dass es gemacht wird und vorausgesetzt sie haben staatliche Mittel und Möglichkeiten, kann es theoretisch rekonstruiert werden. Aber ich werde es wissen, wenn sie mit der Rückverfolgung anfangen. Und diese Fernzugriffe sind wirklich weit entfernt. Es ist nicht verfolgbar, bis ich dir etwas anderes sage."

„Absolut wunderbar. Du hast etwas gut bei mir."

„Kein Problem. Ich wollte das System schon ewig mal einsetzen."

„Warte mal. Teste ich es?"

„Nein, nein. Ich habe es getestet, aber bei dir hat es seinen ersten Einsatz. Oh, … ich muss weg. Ruf mich später wegen der beiden Industriegebäude an, nach denen du gefragt hast."

Ich schauderte und meldete mich ab. Ich hatte eine Menge Erfahrung mit brandneuer Ausrüstung, nicht immer gute.

Um es in einem anderen Modus zu testen, sandte ich ihm damit eine E-Mail und bat ihn, nach weiteren Tierangriffen in den Polizeiberichten zu suchen. Es wäre interessant zu sehen, was er noch finden konnte.

Ich fuhr Richtung Westen und machte kehrt, um nach Verfolgern Ausschau zu halten und prüfte den Oktopus von Zeit zu Zeit. Keine Verfolger und einige ungesicherte Zugänge.

Ich fuhr eine Weile Richtung Monroe Street, hielt auf halber Strecke an und prüfte mein Handy. Wenn sie das abhörten, würden sie meinen Standort in diesem Moment herausfinden, aber ich wollte nicht hierbleiben. Die meisten Anrufe konnte ich ignorieren. Ich würde heute ohnehin mit Niall und Jen sprechen.

Es gab eine kurze Nachricht von Agent Griffith. „Frau Farrell", sagte er vorsichtig. „Ich habe einige Hinweise auf Sie in Verbindung mit einem Projekt Schlangenbiss des Denver Police Departments. Sonst kann ich keine weiteren Bezüge zu dem Projekt finden. Rufen Sie mich bitte an."

Nein, das FBI würde ich diese Woche nicht anrufen, um über den Codenamen Schlangenbiss zu sprechen, den Captain Morales und Colonel Laine sich ausgedacht hatten, um alles bezüglich der Vampire in Denver abzudecken. Ich stöhnte; nun musste ich auch José warnen - er hatte ein Team dafür aufgestellt, das sich jetzt auflösen musste. Aber zumindest war Agent Griffith jetzt höflich.

Ich war beinahe am Ende der Nachrichten. Ich bekam Werbeanrufe und falsche Verbindungen wie jeder andere. Ich hatte den Finger bereits auf der Löschtaste, um einen aufgezeichneten Anruf von einer Frau, die ich nicht kannte und die offenbar meine Nummer fälschlicherweise gewählt hatte, zu löschen.

„...es ist nicht derselbe Fluss und du bist nicht dieselbe Frau."

Ich erstarrte. Ich kannte die Stimme nicht. Die Frau war offenbar mitten in einem Gespräch. Das war leidlich ungewöhnlich, gerade genug, dass ich stutzte. Aber die Worte waren eine Umstellung der zweiten Zitathälfte des griechischen Philosophen Heraklit. Der Teil, den jeder kennt, war die erste Hälfte ‚man kann nicht zweimal in denselben Fluss steigen'. Und ich konnte mich nur an einziges Mal erinnern, es mit jemandem besprochen zu haben und zwar letzte Woche mit Colonel Laine.

Eine weitere mir unbekannte Stimme unterbrach. „Aber was steht im Buch, wer dir beistehen wird?"

Ich hatte die Schule abgebrochen, um zur Armee zu gehen. Ich lese weder die Bibel noch Philosophen zum Spaß.

Ich hatte angefangen Heraklit zu lesen, weil er über den Wandel sprach. Es erschien mir relevant, weil ich mich zur Athanate verwandelte.

Und der Colonel hatte die Bibel mir gegenüber nur einmal zitiert. Er hatte gesagt, dass es ein glücklicher Zufall war, dass der Wahlspruch, den wir in in Ops 4-10 hatten, durch die Bibel im Buch der Prediger 4:10 bekräftigt wurde.

Ich hatte mir diese Worte zu Herzen genommen und flüsterte sie jetzt. „Fällt ihrer einer, so hilft ihm sein Gefährte auf. Weh dem, der allein ist! Wenn er fällt, so ist keiner da, der ihm aufhilft."

Ich zitterte. Damit und mit ‚Captain Baker‘ unter der Kontaktnummer des Colonels wusste ich jetzt, dass bei Ops 4-10 etwas sehr falsch gelaufen war und das war ein äußerst beunruhigender Gedanke. Ein Bataillon mit den Fähigkeiten von Ops 4-10 in den falschen Händen? Ich wollte mir das Chaos, das daraus erwachsen konnte, nicht vorstellen. Und selbst wenn auf dieser Ebene nichts zu befürchten wäre, warum wurde ich plötzlich verleugnet? Was war mit dem Colonel geschehen? Befand sich die gesamte paranormale Untersuchung unter neuer Leitung und wurde ‚bereinigt‘?

Die Aufzeichnung wurde schlagartig beendet. Als hätte jemand bemerkt, dass er versehentlich eine falsche Nummer gewählt hatte.

Ich schaltete das Handy aus, fuhr ein paar Blocks weiter und parkte in einer Nebenstraße.

Wollte der Colonel mit dem zweiten Teil einfach nur sagen, dass er weg war und mich warnen, dass mein Handy abgehört wurde? Oder war es eine noch unheimlichere Warnung - auf wen konnte ich mich verlassen, wenn ich stürzte? Wer war jetzt mein Gefährte? Ich konnte das alles nicht einfach ignorieren. So wichtig mein Besuch in Haven war, musste ich herausfinden, was das bedeutete.

Der Oktopus hatte noch ein paar Freunde gefunden; ich nutzte den Laptop für einen Anruf bei Jen und hinterließ eine Nachricht, dass ich Probleme mit meinem Handy hätte, aber heute Abend zurück wäre. Ich wollte auch José anrufen. Er musste wissen, dass Ingram nach Projekt Schlangenbiss fragte. Aber wenn sie mein Handy abhörten und von Schlangenbiss wussten, wie standen die Chancen, dass sie seines abhörten? Es würde nichts nützen, dass sie meinen Anruf nicht verfolgen konnten, wenn sie meine Stimme erkannten. Selbst wenn ich meine Stimme mit Matts Software verfremdete, gab es kein Codewort, um José zu warnen und ich konnte nicht einfach Schlangenbiss sagen. Also, schätzte ich, dass ich einen persönlichen Besuch auf meine To-do-Liste setzen musste.

Ich riskierte einen weiteren Blick auf mein Handy, um nachzusehen, ob der Colonel noch einen Hinweis geschickt hatte. Es gab eine weitere Nachricht - eine Verkaufsmasche wollte mir den Sinn des Lebens verraten, wenn ich auf die Wahrsagerwebseite klickte. Das zauberte ein schräges Lächeln auf mein Gesicht. Ich schaltete das Handy aus, fuhr ein paar Blocks weiter und loggte mich über den

Oktopus ein.

Wenn das der Colonel war, hatte er ungeahnten Tiefgang oder zumindest einen Gefährten gefunden. Es war eine richtige Wahrsager Internetseite und als ich mich als Gast einloggte und mein Geburtsdatum eingab, bekam ich ein kleines Fenster im Stil von Glückskeks Zitaten. Bis auf ein Zitat war alles Standard - ‚Nichts ist so beständig wie der Wandel'. Das war auch von Heraklit und wie ich dachte, an mich gerichtet. Ich klickte es an und eine Sekunde lang blitzte eine Nummer auf dem Monitor auf, dann schloss sich die Internetseite, als wäre ein Fehler aufgetreten. Ich wählte die Nummer auf meinem Internet Telefon.

Der Anruf ging durch, aber alles war ruhig.

„Colonel, hier ist Farrell. Die Leitung ist sicher."

Es blieb noch einen Moment still, dann hörte ich seine Stimme, sie klang erschöpft. „Hallo. Danke, dass Sie meinen Brotkrumen gefolgt sind."

Ich atmete tief ein. „Was zum Teufel ist passiert?"

„Ich wünschte, ich wüsste es. Ich versuche es noch immer herauszufinden, aber die Einheit ist jetzt für uns beide feindliches Gebiet. Ich werde herausfinden, was geschehen ist, aber ich muss Vera in Sicherheit bringen."

„Sie würden sie mit da reinziehen? Was ist mit dem Rest Ihrer Familie?" Er war ernstlich aus dem Konzept, wenn er ihren Namen in einem Telefonat erwähnte. Ausbilder Ben-Haim bekäme einen Schlaganfall.

„Ich habe mich immer mit ihr besprochen, nie mit meiner restlichen Familie. Und ich habe eine Wanze bei uns zu Hause gefunden." Ich konnte die Beklemmung in seiner Stimme hören.

„Okay, Colonel, bringen Sie sie nach Denver. Ich kann Sie beide verschwinden lassen, bis wir alles aufklären."

„Dafür bin ich dankbar, Sergeant. Ich hatte natürlich darauf gehofft. Tut mir leid, dass ich zu Ihren Sorgen beitrage."

„Vergessen Sie das, kommen Sie nur her."

„Wie trete ich mit Ihnen in Verbindung?"

„Schicken Sie eine SMS mit etwas Beliebigem aus der Einheit, dann rufe ich diese Nummer wieder an."

„Abgemacht. Ich werde in einigen Tagen da sein."

„Bitte erst nach dem Wochenende."

„Schmeißen Sie eine Party?", versuchte er zu scherzen.

„Schön wär's. Diese Sache bei der Einheit ... es sind doch nicht die Leute, die wir kennen, oder?"

„Nein. Die Einheit hat Ausgangssperre, während das Personal mit einer anderen Einheit von Petersen gemischt wird. Diese andere Einheit ist das Problem."

Bei dem Namen Petersen bekam ich Magenschmerzen. Ich hatte herausgefunden, dass sein Hauptinteresse an mir darin lag, mich zu sezieren. Natürlich für das Wohl der Allgemeinheit.

„Mir wurde gesagt, dass er befördert wurde", sagte ich.

„Richtig." Die Stimme des Colonels verriet, wie er darüber dachte.

Jeder, der sein Handwerk versteht, hätte das Telefonat sofort beendet, sobald das Wichtigste abgedeckt war, aber drüber waren wir bereits hinaus. Ich wusste, wie isoliert und ungeschützt er sich fühlen musste und wir waren sicher genug. Ich kannte die Situation. Egal wie hart man im Nehmen ist, in einer Lage, wie der, in der sich der Colonel befand, ist man für ein paar freundliche Worte dankbar.

Ich suchte nach einem Thema.

„Ich bin nie dazu gekommen mich zu entschuldigen, Colonel."

„Entschuldigen? Wofür?"

„Ich habe total versagt, damals in Südamerika. Sie wurden degradiert", sagte ich.

Ich hatte mich beißen und meine Einheit töten lassen. Colonel Laine hatte Ops 4-10 bis dahin geführt. Als ich mich erholt hatte, unterstand ihm nur noch das medizinische Team, das mich überwachte. Das musste eine schmerzhafte Degradierung gewesen sein, aber er hatte es mir gegenüber nie erwähnt.

„Amber, das haben Sie falsch verstanden", sagte er. „Sie haben da unten eine außerordentliche Arbeit geleistet."

„Ich habe alle verloren!", sagte ich und biss mir auf die Lippe. Himmel, das war immer noch ein wunder Punkt. Meine Einheit, meine Verantwortung. Ich hätte dieses Thema nie anschneiden dürfen.

„Schwachsinn."

Mir fiel die Kinnlade herunter. Ich hatte ihn noch nie fluchen hören.

„Wir werden gelegentlich bei einem Drink darüber reden", sagte er. „Aber, nur zu Ihrer Information, ich habe mich freiwillig für den Posten beworben. Es lag in *meiner* Verantwortung, wenn bei Hacha del Diablo etwas schief gegangen war. Das Mindeste, was ich tun konnte, war herauszufinden, was passiert ist und wie wir das in Zukunft vermeiden können."

„Okay", sagte ich endlich. „Okay, dann haben wir eine Verabredung, Colonel."

Ich sollte das Telefonat beenden, wollte ihn aber nicht mit den Gedanken bei Hacha del Diablo lassen, besonders, weil er sich auch verantwortlich fühlte. Wir hatten nicht viele seichte Gespräche geführt. Ich konnte mich nicht einmal erinnern, für welche Sportclubs er war. Ich versuchte es mit der anderen Sache über Ops 4-10, über die ich vor Kurzem nachgedacht hatte und stach damit in ein neues Wespennest.

„Hey, Colonel. Ich habe gerade einen Bericht über einen Drogenbaron unten in Mexiko gelesen. Ich kann nicht verstehen, warum der immer noch herumspaziert. Wir hätten ihn schon lange eliminieren müssen."

„Name?" Er klang beruflich interessiert.

„Matlal. Luc Matlal", buchstabierte ich. Wieder hätten wir keine Namen nennen sollen, aber er hatte gefragt.

In der Leitung blieb es ruhig.

„Sind Sie noch da, Colonel?"

„Ja. Ich nehme an, dass das geheim bleiben muss, also müssen Sie nicht erklären, warum Sie von ihm gelesen haben. Aber nur zu Ihrer Information, der Name Matlal war bereits aufgetaucht. Ich habe es drei oder viermal weitergeleitet. Kein grünes Licht."

„Mist." Das klang nicht gut. Je öfter ich darüber nachdachte, wie alles zusammenhängen könnte, desto weniger mochte ich es.

„Ja. Wir können jetzt nicht darüber sprechen. Wir sehen uns nächste Woche."

„Okay."

„Oh … und …", stammelte er.

„Ja?"

„Es ist doch sicher?"

Was er eigentlich fragte war, ob meine Athanate Freunde ihn und seine Frau beißen würden. Seine Stimme hatte nie zuvor unsicher geklungen. Das erschütterte mich ebenso wie alles andere, was wir besprochen hatten.

„Nichts ist momentan sicher, aber niemand, bei dem ich Sie verstecke, würde Ihnen Schaden zufügen."

Damit beendeten wir das Telefonat und ich fuhr in die Monroe. Die Zeit wurde immer knapper. Ich hätte das im Dunkeln tun sollen, über den Zaun reinschleichen oder so etwas. Aber Larry war nicht da und auch sonst niemand.

Ich war frustriert und hatte drei eisige Gedanken. Larry war gefangen genommen worden. Das grenzte jetzt an ziemlich erschreckende Sicherheit. Und wenn das so war und er noch lebte, hatte er ihnen nichts von der Monroe verraten, noch nicht. Aber das würde er. Und letztlich konnte ich nichts daran ändern, außer wenn wir Glück hatten.

Trotz der Leute bei Ops 4-10, von denen ich einige noch immer als Freunde ansah, musste ich, nachdem Ops 4-10 jetzt feindliches Gebiet war, einige Vorsichtsmaßnahmen treffen, bevor ich nach Haven fahren konnte.

Ich fuhr zur Mietspeicheranlage in die Stadt zurück, wo ich Sachen aufbewahrte, die ich nicht sehen wollte oder die ich nicht haben durfte. Ich überprüfte sie eine Zeit lang, aber die Luft war rein. Zumindest ein Mensch in Ops 4-10 wusste von diesem Ort. Ich machte mir keine Sorgen wegen Keith, meinem ehemaligen Freund aus Armeezeiten; er würde mich nicht verraten, auch wenn wir kein Paar mehr waren. Aber er hatte es geschafft, das Schließfach über eine alte, falsche Identität, die ich nutzte, zu finden. Jeder sonst bei Ops 4-10 könnte dieser Spur ebenso folgen.

Ich legte die Rückbank um und leerte beide Speichereinheiten. Zuerst kamen alle Waffen und die Armeeausrüstung, verpackt in Taschen, hinein, dann meine alten Armeeuniformen obendrauf als Sichtschutz. Als alles unschuldig genug wirkte, fuhr ich hinaus. Meine falsche Identität aus den Tagen bei Ops 4-10, Frau Abigail Welchester, verschwand für immer als zerrissene Schnipsel in einer Mülltonne.

Dann machte ich mich endlich nach Haven auf. Ich hatte Bian gewarnt, dass es spät werden könnte, aber das jetzt war extrem. Und nun musste ich um Dinge bitten und über Vieles nachdenken. Mein tröstlicher Glaube an meine absoluten Werte, zu denen unter anderem die Armee und Ops 4-10 gehörten, war fort und ich schien nur noch dahinzutreiben.

Haus Altau könnte mein neuer Halt werden, aber Skylur war für mich zu schwierig zu verstehen. Also blieb Diana. Diesen Weg hatte ich gestern angefangen zu gehen und ich fragte mich, wohin er führen würde.

Kapitel 21

Die Sonne des späten Vormittags war sommerlich grell und im Dunst erschien Haven so unwirklich wie eine Fata Morgana, fast wie ein Traum.

Am Pförtnerhaus schlenderte ich auf dem Kiesweg hin und her, während die Wachleute die Genehmigung zum Öffnen des Tores einholten. Ich drehte Kreise und dachte an Ops 4-10, den Colonel und die Sicherheitsprobleme in Haven.

Skylur hatte gesagt, dass ein Angriff hier auf eine Überraschung stoßen würde. Was hatte er gemeint?

Nicht nur, dass mir solche Dinge nicht erklärt wurden, ich wusste auch nicht, welches Maß an Schutz notwendig war.

Die Mauer, das Pförtnerhaus und die offenen Rasenflächen um das Haus selbst boten angemessenen Schutz vor allein arbeitenden Killern und kleinen Gruppen. Ich wusste, dass das Gebäude Kellerräume hatte, die wahrscheinlich Schutz vor einem Angriff mittlerer Stärke boten, wie beispielsweise mit raketenangetriebenen Granaten oder Ähnlichem.

Aber wenn ich dies als eine Mission für einen Angriff von Ops 4-10 plante, würden die Verteidiger zwischen zehn Minuten und einer halben Stunde durchhalten, je nachdem, ob es eine Mission zum Töten oder zur Gefangennahme war. Betrachtete ich es andererseits als Verteidigungsproblem, war die beste Lösung, das Haus selbst als Falle mit unterirdischen Optionen zur Flucht und zur Verteidigung auszustatten. Aber das verlangte Umbauten, die teuer und schwer geheim zu halten wären.

Die Wachmannschaft war mehr als ausreichend für die tägliche Bewachung. Aber eine Verteidigungseinheit gegen einen ernsthaften Angriff war wieder etwas ganz anderes. Ich hatte eine Menge Ideen dazu, wenn sie gebraucht würden.

Die Wachleute riefen mich zurück und öffneten die Torflügel. Ich fuhr hinein und parkte in der Tiefgarage, dann ging ich ins Haus hinauf und suchte nach dem Zimmer, das sie mir genannt hatten. Es war kalt und ruhig um mich herum. Nicht zum ersten Mal fragte ich mich, wo alle waren. Unter der Erde?

Eine Tür zum Flur öffnete sich und Bian schlich wie eine Katze herein. „Oh! Mir kam es so vor, als hätte ich etwas Leckeres gerochen", sagte sie.

Sie trug ihre seidenen, schwarzen Kampfhosen, aber diesmal mit einem lockeren, weißen T-Shirt mit einem Werbeaufdruck zum Blutspenden bei einem biomedizinischen Zentrum, das ihre Leopardenschultern und ihren Hals frei ließ. Ihre Füße waren nackt. Ihr Haar war zu einem einzigen Knoten gebunden. Durch die Tür hinter ihr konnte ich zwei Leute über einen komplexen Ablaufplan auf einer großen Tafel diskutieren sehen. Ja, ich verstand, warum sie dort raus wollte.

„Hallo, Miezekatze", sagte ich. Ich wollte nicht auf ihren Köder reagieren, daher war das vielleicht nicht die richtige Antwort.

Sie blockierte lässig meinen Weg, lehnte sich herüber und schnüffelte.

„Hmm. Kein Wolf. Bleibst du hier? Ich kann sicher ein Bett für dich finden."

„Bian, ich bleibe nicht in Haven." Ein Augenblick der Unaufmerksamkeit und mein kleiner Dämon war wieder aktiv. „Nebenbei bin ich nicht sicher, ob ihr ein genügend stabiles Bett habt." Ich versuchte, sie davon abzulenken und in die Defensive zu drängen. „Und was ist mit Mykayla?"

Bians Augen leuchteten auf. Nicht im Geringsten abgelenkt. „Wir können sie mit dazu nehmen, wenn du möchtest. Sie wird so schnell müde bei einem Zweier. Und der Boden ist wirklich stabil genug."

Ich rollte mit den Augen. Sie war total unmöglich und bei dieser Art Gespräch konnte ich nicht gewinnen.

Ich zeigte auf die Tür, durch die sie gekommen war. „Solltest du dich nicht darauf konzentrieren?"

„Oh, die Sicherheitsmaßnahmen für die Verpflegung während der Versammlung werden auch gut ohne mich vorangehen", schnurrte sie und lehnte sich wieder herüber.

Ich wurde von Dianas Eintreffen gerettet. „Bian, du hast keine Entschuldigung, nicht bei dem Treffen zu sein."

Bian schlich wieder zurück und grinste mich über ihre Schulter an. Es war unmöglich, nicht zurück zu grinsen.

Diana seufzte und begleitete mich den Flur hinunter. „Ich habe dich gewarnt, dass sie sich für deinen Scherz von letzter Woche revanchieren würde."

Sie öffnete eine Tür und wir betraten ein Wohnzimmer.

„Sie kann gleichzeitig so lustig und irritierend sein." Ich setzte mich auf das Sofa. „Ändert die Richtung wie ein stürmischer Wind. Sag mir, wie lange dauert es bei Athanaten erwachsen zu werden?"

Diana lachte. „Ewig. Oder bis sie von allein herauswachsen. Du musst nicht verlegen sein, Amber. Wenn Bian keine Reaktion mehr aus dir herauskitzelt, bist du bereits tot."

Ich war eher deswegen verlegen, weil ich es nicht ignorieren konnte. Und was immer ich glaubte, tun zu müssen, wurde durch meine Athanate Reaktionen verworfen.

„Wie schaffst du es?"

„Die vorgetäuschte, aggressive Vertraulichkeit? Ich kämpfe nicht dagegen an."

„Das hält sie also auf? Nicht dagegen ankämpfen und sie weicht zurück?"

Diana schüttelte den Kopf. „Du musst es so verstehen, Bian macht sogar im Spaß keine Versprechungen, die sie nicht halten würde."

Mist. Ich hatte das Verhältnis zwischen Bian und Diana missverstanden. „Seid ihr ...""

„Liebende? Ja, gelegentlich", sagte Diana ruhig.

Ich errötete. „Es tut mir leid, ich habe das nicht erkannt. Bist du wütend auf mich?"

„Warum? Bin ich eifersüchtig? Nein. Ich liebe Schmetterlinge. Das macht mich nicht auf die Blumen eifersüchtig." Diana runzelte die Stirn. „Nein, ich sollte das gerechterweise nicht so abtun. Natürlich haben Athanate alle menschlichen Gefühle, auch Eifersucht. Aber bei unseren Bedürfnissen und mit der Zeit werden wir kaum eifersüchtig bei so etwas. Bian und ich sind nicht monogam."

„Warum ..." Ich zögerte. Diana war alt. Ich wusste nicht, wie alt, aber wir hatten beim letzten Mal über Angehörige gesprochen und ich wusste, dass sie viele von ihnen überlebt hatte und das hatte seinen Tribut gefordert. „Es tut mir leid, ich weiß nicht, ob es eine unhöfliche Frage ist. Warum brauchst du mehr Partner? Du hast Angehörige. Sind die nicht deine Partner?"

„Athanate überleben", antwortete sie mit leiser Stimme, ihre großen Augen verdunkelten sich. „Athanate überleben, Angehörige nicht."

Sie drehte sich weg und ich gab mir einen kleinen Schubs. Ein Gespräch mit Diana war immer aufreibend.

„So benimmt sich Bian bei Leuten, die sie mag", sagte sie

schließlich. „Sie versteckt ernsthafte Dinge hinter Scherzen."

„Worum ging es denn dann gerade eben?"

„Na ja, worüber habt ihr kürzlich gesprochen?"

Ich räusperte mich. „Also, über alles, was gestern passiert ist ...."

„Und ...?", hakte Diana nach.

„Angehörige."

„Aha. Sie merkt vielleicht, dass deine Bedürfnisse sich schneller ändern, als deine Komfortzone." Diana zuckte mit den Schultern. „Vielleicht versucht sie dir klarzumachen, dass du als Athanate die Beziehungen anders empfindest. Und als Haus Farrell wird es noch komplexer sein. Davon hast du am Montag in Davids Haus einen Vorgeschmack bekommen."

Ich nickte und erinnerte mich an das Gefühl.

Trotzdem war ich sicher, dass Bians Verhalten vielschichtig war und ich glaubte, dass ich mindestens eine Schicht noch nicht gesehen hatte. Ein Gefühl, als ob mich jemand aus der Tiefe beobachtete und dies weder die sexuell verspielte Bian noch der ernste Dexion war.

„Und sie *macht* dich auf ein ernstes Problem aufmerksam", sagte Diana. „Das müssen wir genauer besprechen. Vielleicht sollten wir später am Nachmittag über Athanate Politik und die Versammlung sprechen. Wir müssen heute viele wichtige Dinge abdecken. Am wichtigsten ist, wie du deine Marke geändert hast und warum dein BLUT diese Wirkung auf David hatte, obwohl ich noch keine Vorstellung davon habe, wie man das erforschen kann. Aber zuerst musst du dir Zeit für den Schiedsmann nehmen."

„Was wird er machen?"

„Nur ein paar Tests, nichts weiter. Tests, bei denen ein Sinnesreiz erfolgt und die Reaktion deines Körpers und deines Gehirns gemessen wird."

„Was sollen diese Tests beweisen?"

„Nun, mit dieser Methode glauben die Warder, am besten deinen Athanate Status objektiv beurteilen zu können. Das ist wirklich nichts, Amber. Und das Urteil der unabhängigen Warder kann nicht so einfach angezweifelt werden."

Ich glaubte nicht, dass Diana mich tatsächlich belügen würde, aber mir gefiel nicht, wie sich der Test anhörte.

Die Warder hatten eine seltsame Position inne, die durch die Entstehung der Versammlung bedingt worden war. Es handelte sich bei ihnen um ein großes Athanate Haus, das von den Panethus und

Basilikos unabhängig war, das in den meisten Staaten Botschaften unterhielt und dem freier Zugang zu den Domänen der Versammlungsmitglieder garantiert war. Sie hatten die Aufgabe, als Polizei bei der Versammlung zu dienen und die Repräsentanten zu begleiten, wenn diese wegen Athanate Geschäften reisen mussten. Sie stellten neutrale Tagungsorte für kleine Treffen zwischen gegnerischen Häusern. Sie schätzten ihre Neutralität hoch ein und nahmen gerne alles in Besitz und in ihre Verantwortung, was sie als Allgemeingut oder nützlich für den Fortschritt der Athanate als Ganzes ansahen. Ich hatte bislang noch kein gutes Wort über sie gehört.

„Wie macht er diese Tests?"

Wie aufs Stichwort kam ein seltsamer, kleiner Mann mit einem Wagen voller Apparate in den Raum. Ein Blick auf den Inhalt des Wagens reichte, dass ich eine Gänsehaut bekam. Es war ein Grauen an Drähten und Schläuchen mit diesem anhaftenden, antiseptischen Geruch. Es hatte etwas an sich, dass die Obs Tests wie einen Sonntagsspaziergang erscheinen ließ.

Kapitel 22

Diana legte ihre Hand auf meinen Arm, als würde ich weglaufen wollen. Was keine schlechte Alternative zu sein schien.

„Willkommen, Philippe. Amber, das ist Philippe Remy, Schiedsmann der Warder aus ihrem belgischen Büro. Philippe, Amber Farrell, Haus Farrell."

„Natürlich", sagte er mit starkem Akzent. *Mesdames, enchanté.*" Er beugte sich über unsere Hände. „Zu Ihren Diensten."

Er war ein kleiner, übereifriger Mann mit glattem, schwarzem Haar, das wie festgeklebt wirkte. Meine Nase teilte mir schnell mit, dass er Angehöriger und kein Athanate war. Sein rundes Gesicht hätte lustig gewirkt, aber sein Blick war zu scharf.

„Ich sehe ein, Frau Farrell, dass dies einschüchternd wirkt." Er steckte ein Kabel in eine Steckdose an der Wand und unheilvolle rote LEDs leuchteten in Teilen seiner grauen Geräte auf, als die Dämonen darin erwachten.

„Ja", antwortete ich. „Das kann man sagen."

Diana sah mich an, als wäre ich ein Untersuchungsobjekt in einem Labor. „Faszinierend", sagte sie. „Du verachtest körperliche Gefahren geradezu, aber dieses harmlose Gerät ängstigt dich."

„Assoziationen", murmelte ich. Dad, Top, Obs. Nichts Gutes kam je von Geräten wie diesen.

Remy bemerkte meine Sorge und flatterte um mich herum, drängte mich auf einen Stuhl und brachte mir ein Glas Wasser, was mich alles nur noch nervöser machte.

„Das wird die Auswertung beeinflussen. Nein, nein, nein. Das ist nicht gut." Er nahm meinen Puls am Handgelenk und starrte in meine Augen.

Diana stupste ihn zur Seite und ließ sich auf die Armlehne nieder.

„Komm, Amber." Sie lehnte sich vor, ihr Blick hielt mich im Stuhl. „Beruhige dich."

Es war, wie einen Wolkenkratzer hinaufzuschauen, hinter dem Wolken entlangzogen. Mein Gehirn versuchte mir zu sagen, dass ich nicht fiel. Was zum Teufel machte sie? Das Gefühl von Macht, das sie ausströmte ließ mich taumeln.

Mein Körper war gespannt wie ein Bogen. Sie fuhr mit der Hand hinter meinen Kopf und zog mich sanft an ihren Hals. Als Athanate war es mir immer schwerer gefallen meinen Puls über 120 zu treiben, aber jetzt jagte er hoch und meine Lungen arbeiteten schwer. Aber schnell, sehr schnell durchdrang mich ihr Duft nach Kupfer und Zimt. Er war sonderbar beruhigend.

„Hast du dich mal gefragt, warum wir zur Begrüßung Hälse küssen?", murmelte sie.

„Es ist dort, wo ihr - wir - beißen", versuchte ich es. „Eine Art symbolisches Angebot." Meine Augen schlossen sich und meine Fäuste öffneten sich. Ihr Hals war warm an meinem Gesicht. Ich konnte ihren Puls spüren, träge wie Meeresbrandung und meiner verlangsamte sich und passte sich an.

„Das spielt mit hinein", sagte sie. „Aber der wahre Grund ist, dass unsere Athanate Drüsen tief unten in der Kehle sitzen. Die meisten Athanate Geruchspheromone werden dort freigesetzt. Und die Rezeptoren sind natürlich in der Nase konzentriert."

Ich schwebte. „Die Begrüßung führt sie dicht zusammen", sagte ich. „Man riecht, was die andere Person fühlt. Oder dich fühlen lassen will. Schlaue Begrüßung." Ich kicherte. „Verdammt. Du hast mich gerade mit Beruhigungsmitteln geflutet, nicht wahr?"

„Ein wenig. Komm, lass Philippe seine Tests machen. Ich bin bald zurück."

Ich sackte auf den Stuhl und ließ Remy überall Elektroden an mich anheften. Nach den Elektroden kamen Schläuche, einer wurde an meinen Hals geklebt und eine Nasenkanüle an meine Oberlippe. Eine große Schutzbrille mit geschwärzten Gläsern kam über meine Augen. Es kam mir beinahe lustig vor. Mit was auch immer Diana mich sediert hatte, es war ein guter Stoff.

Würde ein Beruhigungsmittel nicht die Auswertung ebenso verfälschen wie eine Überdosis Adrenalin?

„Nein, nein, nein", sagte Remy und ich erkannte, dass ich wirklich gesprochen hatte. „Es beeinflusst den Test nicht. Eine traumartige Verfassung begünstigt genaue Ergebnisse. Stress und Aufregung nicht."

In meinem momentanen Zustand kümmerte mich nicht, was das bedeutete.

Mich kümmerte nicht einmal, dass er mir Blut aus meinem Arm abnahm und mich in ein Probeglas spucken ließ.

Dann bekam ich Kopfhörer auf meine Ohren und seine Maschine spulte ihre Prozedur ab.

Es war wie ein fremdartiger Traum oder eine Abfolge von Träumen und fast Albträume. Ich war nicht ganz sicher, ob ich die ganze Zeit wach blieb. Mein Körper reagierte auf die Düfte aus der Kanüle, auf Lichter aus der Schutzbrille und auf Klänge aus dem Headset. Die Elektroden am Kopf kitzelten mein Gehirn. Eindrücke und Emotionen jagten einander durch meinen Kopf. Gedächtnisfragmente tauchten auf und wurden von bizarren Phantomen verjagt, die mir gewiss nie passiert waren.

„Morgen geht es mir besser", sagt Dad und tätschelt meine Hand. „Wir gehen in die Berge." Aber das passiert nicht und Cassie weint, weil die Wunde an meinem Hals niemals heilen wird. „Dir wird es nicht besser gehen", sagt sie. „Du kannst nicht mit mir reden." Verbranntes Popcorn. Der Wolf blickt durch das Fenster herein, seine Zunge hängt raus wie ein rosa Waschlappen. Frisch geschnittenes Gras. Und Kath gibt mir ihr Eis, obwohl es ihre Lieblingssorte ist. „David nimmt mich zum Ballspiel mit", flüstert sie. „Versuch es noch einmal, mit höherer Intensität", sagt eine körperlose Stimme. „Der Colonel wird bald hier sein. Wir haben nicht mehr viel Zeit."

Ich zuckte und weinte und lachte und zitterte.

Ich war froh über Dianas Beruhigungsmittel, weil es viel, viel schlimmer war als die Tests, die Obs an mir durchgeführt hatte. Der Gedanke, dass dies eine einmalige Angelegenheit war, half etwas, wenn Albträume am Rande meiner Wahrnehmung aufzublitzen schienen.

Und im Gegensatz zu dem Raum bei Obs hatte dieser Fenster und eine Tür. Ich könnte alles abreißen und davonrennen. Aber dann würde es keinen anderen Weg geben; Skylur müsste mich beißen, um herauszufinden, was in meinem Körper vorging.

Remy löste endlich die Elektroden von meinem Körper, als Diana zurückkehrte.

„Also?", sagte ich zu ihm, als er die Kanüle entfernte.

Er hielt inne und sah mich mit einer hochgezogenen Augenbraue an.

„Bin ich Athanate oder nicht?"

Er schien beleidigt. „Madam, ich bin kein Marktplatz Wahrsager. Ich muss mich durch einen wahren Datenberg arbeiten, bevor ich eine Meinung äußern kann."

„Also gut, wann auch immer." Ich zog die letzten Schläuche von meinem Hals und warf sie über seinen Wagen.

„Wann, Philippe?", fragte Diana.

„Spätestens natürlich bei der Versammlung", antwortete er und zuckte betont die Achseln. „Vielleicht früher. Man kann nicht ganz sicher sein."

„Das ist nicht akzeptabel", sagte Diana. „Wir brauchen die Ergebnisse vor der Versammlung."

„Madame, die Wissenschaft bewegt sich nicht schneller, nur weil wir es uns wünschen. Ich werde vorläufige Ergebnisse verfügbar machen, so schnell ich kann."

Er schob seine Geräte davon und Diana schloss die Tür hinter ihm.

Diana ließ sich auf den nächsten Stuhl nieder. „Geht es dir gut?", fragte sie.

Ich winkte ab. Es war erledigt.

„Was ist los, Amber. Das hat dich stärker erschüttert als nötig."

„Ich weiß es nicht", sagte ich. „Vielleicht, weil es mich an Obs erinnert."

Sie hob eine Augenbraue. Mein Hirn schaltete sich wieder an. Natürlich wusste sie nichts von Obs.

„Als die Armee entschied, dass Vampire tatsächlich existieren, bildeten sie ein medizinisches Forschungsteam namens Obs, um mich zu untersuchen."

„Und die machten diese Art Tests."

Ich zuckte die Achseln. „Ich war in einer Art Schock; ich erinnere mich kaum an die frühe Phase. Es gab Maschinen wie diese. Ich erinnere mich, dass ich in einem fensterlosen Raum festgeschnallt war. Wahrscheinlich zu meiner eigenen Sicherheit. Ich glaube, ich habe um mich geschlagen oder so etwas. Es schien lange zu dauern ..."

Was? Wochen? Monate? Kann nicht sein. Es war alles verwaschen.

„Ich dachte, dass ich da nie mehr rauskommen würde", flüsterte ich erschüttert.

Diana runzelte die Stirn und wartete, aber ich hatte genug davon, diese Erinnerungen aufzuwühlen. Zeit, das Thema zu wechseln.

Ich nickte in Richtung Remy. „Vertraust du ihm?"

„Ich vertraue ihm soweit, dass er genau das tut, was ich von ihm erwarte." Ich hätte darauf reagiert, wenn ich nicht so stark unter

Beruhigungsmitteln gestanden hätte und sie fuhr sanft fort. „Ich habe eine Idee, wie wir unseren Zeitplan heute schaffen. Würdest du mich zum Flughafen fahren? Dann haben wir noch eine zusätzliche Stunde oder so."

„Natürlich."

„Gut. Wir nehmen meinen Jeep. Ich borge ihn dir, solange ich weg bin und ich habe eine Wohnung am University Boulevard, wo du bleiben kannst. Du darfst sie gern heute Nacht nutzen. Wenn du lieber woanders hingehst, wirst du wenigstens nicht verfolgt, wenn du meinen Wagen fährst."

„Ich danke dir." Ich zögerte und biss mir auf die Lippe. „Ich möchte nicht undankbar erscheinen, aber ..."

„Aber, warum ich das alles für dich tue?", lächelte Diana. „Aus einigen ganz selbstsüchtigen Gründen. Es ist wichtig, dass unter den scharfen Blicken der Versammlung Skylurs Domäne voll und ganz unter Kontrolle ist und dass Altaus assoziierte Häuser darin sicher sind. Und es geht nicht nur um das FBI. Matlal sucht aktiv nach dir. Eine geliehene Wohnung und ein Auto sind nichts im Vergleich dazu. Ich wünschte, wir könnten mehr tun." Sie machte eine Pause. „Dann ist da unser Interesse an der Wirkung deines BLUTES." Sie stand auf und tigerte umher. „Dann auch meine rein persönlichen Gründe. Du bist der Schlüssel zu einem Weg, dem ich folgen möchte, um den Athanaten die Emergenz zu bringen. Und zuletzt steht auch mein Angebot noch, deine Mentorin zu sein."

„Aber vielleicht bin ich bereits durch die Crusis gekommen. Dann brauche ich doch sicher keinen Mentor mehr?"

„Ein Mentor macht mehr, als einen Anwärter durch die Crusis zu führen. Tatsächlich kann ich bei dem Teil gar nicht helfen. Dein Weg durch die Crusis scheint anders zu verlaufen, als wir das kennen. Wenn du dabei Hilfe brauchst, kann ich dich nur begleiten." Pause. „Mentoren gibt es jedoch für jeden Schritt des Weges. Und um es noch einmal zu sagen, wenn ich dir den Weg schon nicht zeigen kann, würde ich einfach neben dir gehen. Der Weg ist dunkel und lang."

Ich bekam eine Gänsehaut. „Und wenn ich falle ..."

„Werde ich dich aufheben", sagte sie. Sie tätschelte meine Schulter, bevor sie sich dem Fenster, das zum Garten hinaus ging, zuwandte. „Denk darüber nach, Amber."

„Das werde ich." Ich räusperte mich, fühlte mich haltlos. „Ah. Es gibt ein Problem mit diesem Emergenzplan." In der letzten Woche hatten wir besprochen, einen Prozess mit Colonel Laine in Gang zu setzen und hochrangige Armeekommandanten in eine Gruppe zu rekrutieren, einen nach dem anderen, um sie Diana vorzustellen, bis wir eine Reihe von vertrauenswürdigen Leuten bis hin zum Präsidenten hatten. „Colonel Laine ist nicht mehr in der Armee."

Diana sah mich fragend an. Ich erklärte ihr, was ich wusste und bat um Asyl für Colonel Laine und Vera.

Diana blieb eine Weile still und sah in den Garten hinaus. „Das könnte immer noch funktionieren. War dein Colonel immer in dieser geheimen Einheit?"

„Nein." Ich stoppte und stand auf, um Diana am Fenster Gesellschaft zu leisten. Ich sollte Ops 4-10 mit niemandem diskutieren. Selbst wenn die Vereinbarung, die ich unterschrieben hatte, nicht durchsetzbar war, stand das gesamte Projekt unter höchster Geheimhaltungsstufe. Aber jetzt zog ich langsam alles in Zweifel. Wer kommandierte die Einheit wirklich? Der Hinweis des Colonels hatte mich aus der Fassung gebracht - eine Einheit wie 4-10 wurde effektiv an der Verfolgung eines Drogenbarons gehindert? Ich hatte viele Fragen an ihn, wenn er herkam.

„Er wurde von einem anderen Zweig der Spezialkräfte versetzt, um die Einheit zu übernehmen."

„Es kann immer noch funktionieren", wiederholte Diana. „Aus dem, was du und auch jeder sonst mir *nicht* sagen darf", sagte sie, „weiß ich, dass diese militärische Einheit autark ist, quasi abgeschottet. Dein Colonel müsste für jedes Vorgehen seine Kontakte außerhalb nutzen. Vielleicht kann er das weiterhin tun." Sie schloss ihre Augen und seufzte. „Und wenn nicht, was kann er sonst für uns tun?"

Ich hatte darüber nachgedacht.

„Wenn es zu einem Krieg kommt, braucht ihr eine Armee. Eine geheime. Er ist der beste kommandierende Offizier, den ihr bekommen könnt."

Diana sah mich lange an. „Das ist eine Schlüsselposition", sagte sie langsam. „Das heißt, er müsste Athanate oder Angehöriger werden." Sie beobachtete die Wirkung ihrer Worte auf mich. Verdammt. Was würde der Colonel davon halten? Das müsste ich alles sehr vorsichtig erklären.

„Los, Amber, es ist an der Zeit über Angehörige zu sprechen."

Ich nahm mir das Glas Wasser, das Remy gebracht hatte. Bian

und Diana gelang es offenbar ohne Anstrengung, mich aus dem Gleichgewicht zu bringen. Ich glaubte nicht, dass Diana mich nur provozieren wollte.

„In vielerlei Hinsicht fühle ich mich als Athanate." Ich nahm einen Schluck. „Was meinen Körper betrifft: ich bin stärker, gesünder, sehe im Dunkeln. Das liebe ich alles. Und ich verstehe die Strukturen." Ich runzelte die Stirn. Mir fehlten die richtigen Worte, um es zu beschreiben. „Die Verbindungen und Verpflichtungen zwischen mir und David und Pia. Andere Verbindungen zu dir und Skylur und Bian. Irgendwie erkenne ich das alles."

„Was meinst du mit irgendwie?"

Ich hatte gewusst, dass sie das nicht durchgehen lassen würde.

„Also, ich bin Athanate, zumindest teilweise, aber ich bin auch Amerikanerin, teils aus der alten und teils aus der neuen Welt, keltisch und Arapaho und auf all das bin ich stolz. Ich werde Eide auf Skylur schwören, aber ich habe bereits Eide auf dieses Land geleistet und die gebe ich nicht auf. Ich weiß nur nicht was passiert, wenn die in Konflikt geraten."

„Skylur und ich fordern nicht, dass du deine menschliche Seite aufgibst. Sein Ansatz ist, dass wir alle mehr wie du werden müssen. Zumindest alle in Amerika." Sie runzelte die Stirn. „Es wird Konflikte geben. Vielleicht musst du einen fürchterlichen Preis zahlen, während des Übergangs. Aber deine Athanate Instinkte werden stärker werden, Amber, egal wie sehr du versuchst, sie zu beherrschen. Wir alle werden versuchen, ein neues Gleichgewicht zu finden. Einigen wird es vielleicht nicht gelingen und wir wissen nicht, was dann passiert."

Ein eisiger Hauch schien durch den Raum zu fegen.

Sie drehte sich weg. Neben dem Fenster stand ein alter Globus, dessen Farben durch das Sonnenlicht verblichen waren. Diana drehte ihn und verfolgte bedächtig den Umrissen der USA.

„Wir haben über Angehörige gesprochen", sagte sie.

„Ich verstehe das Konzept von Angehörigen nicht. Letzte Woche hast du gesagt, dass ich vier oder fünf Angehörige brauche, um mich zu erhalten, dass es eine Liebesbindung wäre. Und diese Anzahl kommt mir nicht richtig vor. Ich weiß, dass ich mich wandele. Bin ich einfach noch nicht fertig damit oder bin ich ..."

„Eine andersartige Athanate?" Diana lächelte. „Ich weiß es nicht. Ich brauche mehr Zeit mit dir, kostbare Zeit, die wir wegen der

Basilikos nicht haben. Vielleicht veränderst du dich weiter. Vielleicht bist du bereits dort, wo du sein musst." Sie kam ganz nah an mich heran und mein Adrenalin schoss hoch. Aber sie schloss nur ihre Hände um meine und das Glas und kippte es, sodass sie auch einen Schluck nehmen konnte.

Ich räusperte mich nervös. „Ja, Wandel. Letzten Monat, zum Teufel, vor zwei Wochen noch, sagte ich, ich wäre hetero und das war nicht gelogen."

„Und jetzt?"

„Ich bin immer noch monogam", platzte ich heraus. Vielleicht war es der kleine Dämon in meiner Kehle.

Diana hob überrascht ihre Augenbrauen.

„Also, zumindest nach der Definition von monogam, nach der ich einen von jeder Sorte haben darf."

Sie lachte. „Dem Geruch nach kann ich sagen, dass Alexander Deauville der Mann ist. Und deine Freundin? Jennifer Kingslund?"

Ich nickte.

„Aha. Ich erkenne eins deiner Probleme. Du sorgst dich, was mit ihr passieren könnte, aber du hast uns auch versprochen, niemandem etwas zu sagen, sodass sie sich über dein Verhalten wundert."

„Ich habe versprochen, bis zur Versammlung niemandem etwas zu sagen." Ich starrte Diana an und wartete auf ihren Widerspruch. Sie ignorierte es. „Und ja, sie fragt sich, was vorgeht."

„Warte nicht darauf, mit ihr zu sprechen. Nimm sie einfach", sagte Diana beiläufig. „Sie ist geeignet. Selbstverständlich müssen nicht alle Angehörigen von den Anwärtern kommen. Du kannst sicher sein, dass sie sich nicht beklagt. Sobald du sie gebunden hast, kannst du ihr alles sagen."

„Nein!"

„Du willst alles riskieren, um ihr die Chance zum Ablehnen zu geben? Du tust ihr einen Gefallen, sie jetzt zu nehmen."

„Nein, das mache ich nicht." Ich wollte mich lösen, aber Dianas Hände umfassten meine noch immer um das Glas herum und ihr Griff war schlichtweg unlösbar. Ich müsste das Glas zerbrechen, um mich zu befreien. Wasser spritzte über meine Hände. „So kann ich nicht sein."

„Ruhig, Amber", sagte sie. „Sei ruhig. Genau für diese Antwort schätzen wir dich." Sie ließ meine Hände los und nahm mir das Glas ab, ein leichtes Lächeln auf den Lippen. „So wie du mich testest, teste ich dich. Komm, lass uns gehen."

Wie konnte sie mich so einfach und so oft verstören?

Sie führte mich nach draußen und wir schlenderten durch den Garten.

Ich wollte die Tests abschließen. Ich hatte eine Bitte an Diana und einen Brief in meiner Tasche. Ich suchte nach einem Weg es anzusprechen, als sie weiter sprach.

„Genug von Jennifer im Moment. Erzähl mir von Alexander. Er scheint ausgesprochen attraktiv."

„Er ist hinreißend. Heiß wie ... heiß wie die Hölle. Und er scheint viel von den Athanaten zu verstehen."

„Er ist die Verbindung zu den Werwölfen von Denver. Das Pendant zu Bian, wenn du so willst. Sie wird ihn ziemlich ausführlich über uns informiert haben, um Missverständnisse zu vermeiden."

Ich fühlte das Stechen einer völlig irrationalen Eifersucht. Bian hatte ihn den verträumten Wolf genannt. Ausführliche Informationen laut Diana. Hieß das, was ich befürchtete, dass es hieß? Ich würde viele Sticheleien über mich ergehen lassen müssen, wenn ich diese Information von Bian bekommen wollte und Diana schien sie mir auch nicht geben zu wollen.

„Ist das ungewöhnlich?", fragte ich. „Alex und ich - Athanate und Werwolf?"

„Rein zum Spaß ist es ziemlich verbreitet. Aber als Beziehung ist es ungewöhnlich, ja. Und als Angehöriger musst du wissen, dass sein BLUT dich nicht vollständig erhalten kann."

Alex hatte das auch gesagt.

Diana drehte ihr Gesicht zur Sonne und stellte sich kurz mit geschlossenen Augen hin.

„Was die Beziehung angeht ...", sagte sie. „Versteh bitte, dass ich dich nicht warne oder dir einen Rat gebe, Amber." Ihre Augen öffneten sich und sie drehte sich zurück zu mir. „Für gewöhnlich finden wir schlimme Jungs attraktiv. Es ist ein Nervenkitzel. Es ist eine Herausforderung. Wir glauben, dass wir sie kontrollieren können. Das ist wirklich dumm. Denn wenn wir sie kontrollieren, dann ist es kein Nervenkitzel mehr."

„Ich habe es nie selbst analysiert", sagte ich. Es war nicht nur der Nervenkitzel. Er hatte etwas an sich.

Als würde sie meine Gedanken lesen, nahm Diana meinen Arm. „Du suchst den Nervenkitzel überall in deinem Leben und ich sehe, dass du ihn hier suchst."

Ich zuckte die Achseln. Ich fand Alex aufregend. Das konnte ich nicht abstreiten. „Okay, und nun?"

„Werwölfe können nicht kontrolliert werden. Gewalt ist ein Teil von dem, was sie zum Werwolf macht. Sie können irgendwie geführt werden, aber das macht das Rudel für seine Mitglieder. Das macht der Alpha. Entferne einen Werwolf aus dem Rudel und er wird fast sicher bösartig werden."

Wenn Alex nun aus seinem Rudel ausgestoßen würde? Und was, wenn ich von den Athanaten ausgestoßen würde? Der Gedanke, dass wir zwei irgendwo anders zusammen wären, ohne all diese Furcht und Sorgen, war verlockend, bis das Bild auftauchte, in dem wir beide bösartig wurden.

„Aber was ist mit dem Alpha?", fragte ich. „Wie wird ihre Gewalt kontrolliert?"

Diana lachte. „Kluge Frage. Ich habe keine kluge Antwort darauf. Alphas sind anders."

Wir kamen an einigen Büschen vorbei, die dicht genug standen, um Deckung zu geben und es machte mich aufmerksam genug, um es in Gedanken in meinen Sicherheitsbericht aufzunehmen.

„Mein Rat ist, diese Angelegenheiten gedanklich vor der Versammlung zu klären. Da wirst du den Eid leisten und dich an uns binden. Wie es danach weitergeht, hängt von den Risiken ab und es ist ein Risiko, einem Werwolf so nahe zu sein. Es ist nicht ansteckend, aber Werwölfe sind hemmungslos, wenn der Wolf in ihnen übernimmt. Und sein Wesen ist dann näher an den Basilikos als an den Panethus."

Was wäre, wenn Alex und ich als Mischung endeten, aber er als Basilikos und ich als Panethus? Ich machte mir immer mehr Sorgen und wurde immer unruhiger, je länger ich darüber nachdachte, was passieren konnte.

Diana war lange Zeit still danach. Wir schlenderten in ein heißes Gewächshaus und ihre Hände streichelten automatisch die Knospen oder entfernten vorsichtig tote Blüten.

„Trotzdem müssen wir sehr vorsichtig mit dir vorgehen", sagte sie, fast zu sich selbst. „Aber ich habe eine Idee. Ja." Sie hielt an und pflückte geistesabwesend einen hübschen Strauß Maiglöckchen und wand mir die Blüten ins Haar. „Hier", sagte sie lächelnd, „die stehen für Süße in der Sprache der Blumen, weißt du. So hübsch, dass die

Leute die Gefahr vergessen. Sie sind giftig."

Ich schnaubte. Ich würde *keine* Blumen im Haar tragen, aber ich konnte sie kaum vor ihr herausreißen.

„Bitte, Amber. Beiße im Augenblick niemanden und lass dich nicht beißen. Fang nichts mit Jennifer an, weder Blut noch Sex, zu ihrer eigenen Sicherheit. Ich nehme an, mit Alexander ist bereits alles geschehen, was geschehen kann. Wenn er sich seltsam verhält, ruf an bei ...", sie stoppte. „Nein, diese Woche ist niemand verfügbar." Sie seufzte. „Zurzeit ist alles so heikel, bis die Versammlung vorbei ist. Vielleicht solltest du Alexander meiden."

Ich merkte, wie sich meine Fersen in die Erde gruben wie die Hufe eines Esels, aber ich sagte nichts.

„Das Projekt, an das ich denke, wird uns zeigen, warum dein BLUT einen solchen Effekt auf David hatte", fuhr sie fort. „Ich werde einen Freiwilligen finden und wir werden sehen, was passiert, wenn du ihn zu verwandeln versuchst."

Was? Und wenn ich Erfolg hatte? Würde er zu Haus Farrell werden? Musste ich für eine beliebige Person Verantwortung übernehmen? Und wenn ich sie nicht mochte, würden meine Athanate Instinkte das verdrängen?

Diana ließ mir nicht die Zeit all diese Fragen zu stellen. Sie machte so schnell weiter, dass ich das Nächste beinahe verpasste.

„Bring nächste Woche deinen Colonel und seine Frau nach Haven, wenn du willst, natürlich auf sichere Art und Weise. Es wird an Skylur liegen, ob sie bleiben können und ob der Colonel uns helfen kann. Und was für Bedingungen er stellen wird, dazu mache ich keine Versprechungen."

„Danke." Was, wenn Skylur darauf bestand, den Colonel zum Angehörigen zu machen? Igitt. Ganz zu schweigen davon, was der Colonel davon halten mochte. Aber wieder ließ Diana mir keine Gelegenheit darüber nachzudenken.

„Nichts davon sorgt mich so wie die Veränderung deiner Marke durch Alexander und dich. Auch ohne über Remys Gerätschaften zu verfügen, fühle ich, dass die Athanate in dir übernimmt. Ärgerlich ist nur, dass ich nicht sicher bin, welches der ungefährlichere Weg ist."

„Doch sicher die andere Alternative? Nachdem, was du sagst, ist es doch der gefährlichere Weg, wenn der Wolf stärker wird."

„Ich weiß es nicht, Amber. Ein Athanate, der durch einen Wolf beeinflusst wird, könnte zu einem Basilikos werden, wird ein Wolf durch einen Athanaten beeinflusst, könnte er bösartig werden. Das einzig Positive ist, wie schon gesagt, dass meine Athanate Sinne deine Marke noch immer gutheißen. Meine Instinkte sagen mir, dass wir vom Teilen profitieren würden." Sie lächelte. „Soll heißen, ich möchte dich noch immer beißen. Mehr denn je."

Ich schnaubte. „Sie schien diese Art Auswirkung bereits auf dem Ball zu haben, noch bevor ich Alex getroffen habe."

„Schiebe nicht alles auf deine Marke."

Ich verschränkte die Arme.

„Sogar Skylur mag sie", sagte Diana.

„Du machst Witze! Er ist so verdammt ... überlegen, wenn er mal nicht wütend auf mich ist. Er lässt sich jedenfalls ganz und gar nichts anmerken."

„Nein, das tut er nicht." Sie lächelte und wechselte das Thema. „Du solltest den Wandel zur Athanate nicht überschätzen. Notwendigkeit ist ein zu starkes Wort, denn Athanate zu sein bringt dich nicht dazu irgendetwas zu tun oder zu sein, aber es könnte dich zu etwas drängen, etwas vorschlagen, etwas verstärken ..."

„Es bringt mich dazu Blut zu trinken." Ich unterbrach mich und korrigierte. „Es wird mich dazu bringen Blut zu trinken."

Sie nickte. „Zugegeben. Das wird es."

„Ist es für andere anders? Beeinflusst es Bian? Ich meine die Art, wie sie ..."

Diana blickte mich mit ihren großen, dunklen Augen an. „Nein. Es gibt einen Grund, warum Bian sich so verhält, wie sie es tut, aber es hat nichts mit den Athanaten zu tun, glaub mir." Sie schloss ihre Augen wieder und stieß einen tiefen Atemzug aus. „Eines Tages wird sie dir ihre Geschichte erzählen."

Wir verließen das Gewächshaus und gingen zurück in den Garten.

„Verstehst du, dass du die Arbeit von Bian noch schwieriger machst? Obwohl du deinen Eid noch nicht geleistet hast, akzeptiert sie dich als Partner. Das bedeutet, sie ist als Dexion für deine Sicherheit in unserer Domäne verantwortlich. Und im Moment kann sie dich außerhalb von Haven nicht vor Matlal schützen. Das ist die Verantwortung, die du tragen musst. Du musst besonders wachsam sein."

Diana blieb an einem Zierteich stehen und blickte auf die Fische, die dicht unter der Oberfläche schwammen.

Es wäre sinnvoller, wenn sie Bian sagen würden, was sie taten, aber ich hatte kein Gespür dafür, ob Diana Skylurs Pläne guthieß oder nicht und sowieso hing alles davon ab, was Skylur wollte.

„Skylur mag mich nicht wirklich, oder?", fragte ich. „Er glaubt nicht, dass etwas an den Gerüchten dran ist. Er meint, dass ich einfach nur Ärger bedeute."

Sie schüttelte den Kopf. „Du tust ihm Unrecht. Und nicht nur das. Ein jüngeres Haus würde dein Verhalten nicht tolerieren."

Ich hob fragend meine Augenbrauen.

„Sie hätten dein Verhalten als Provokation betrachtet und entsprechend reagiert. Und egal wie tödlich du bist, Amber, dafür bist du nicht bereit."

„Also ist er ‚älter'. Wie alt ist Skylur eigentlich?", fragte ich.

„Versetze ihn in gute Stimmung und frag es ihn selber."

Ich hätte wissen müssen, dass ich nicht so leicht eine Antwort bekam.

Wir waren auf der anderen Seite des Hauses neben der Einfahrt zur Tiefgarage angekommen. Das erinnerte mich an etwas.

„Ich sollte erwähnen, dass ich einige Waffen und Apparate auf der Rückbank meines Wagens habe."

Diana nickte. „Alles andere hätte mich überrascht. Musst du sie herausholen?"

„Ein paar. Ich wollte darum bitten, den Rest hier in einem Lager zu deponieren, aber mein Wagen langt auch, wenn ich deinen nehme. Es sind allerdings nicht nur einige Handfeuerwaffen. Ich habe Schrotgewehre, ein Maschinengewehr, Granaten und Munition, außerdem ein Überwachungsgerät, einen Fallschirm, Kevlarwesten und so weiter."

„Was hast du damit vor?"

Ich fing an zu lachen aber es erstarb. Die Vorahnung vom Anfang der Woche kehrte zurück.

„Was?", fragte Diana.

Ich zuckte die Achseln. „Ich weiß es nicht. Es ist einfach so, dass alle Leute, die ich als Freunde oder Verbündete ansehe, alle Institutionen, denen ich vertraut habe, alles und jeder hat verschiedene Vorstellungen. Ihre Ziele sind zu weit gesteckt. Einiges ist nicht das, für was ich es gehalten habe. Ich kann nicht auf allen Hochzeiten tanzen und ich bin allein. Ich bin entbehrlicher als irgendwelche Prinzipien, wenn jene Prinzipien wirklich wichtig sind.

In Kürze wird mich jemand hintergehen. Oder ich werde jemanden hintergehen. Es ist unvermeidlich."

Diana wurde blass und still. Die Luft schien sich abzukühlen.

„Einer von deinen ... nein, du und Skylur, ihr erinnert mich daran, dass ich ‚unsere' sagen muss, wir müssen jetzt Amerikaner sein. Einer von unseren großen, amerikanischen Städtegründern hat mir einmal gesagt: Traue nur dir selber und niemand wird dich hintergehen."

Kapitel 23

Ich traf David und Pia kurz, während ich darauf wartete, Diana zum internationalen Flughafen von Denver zu fahren.

Ich war so damit beschäftigt darüber nachzudenken, was Haus Farrell zu sein für mich selbst bedeutete, dass ich vergessen hatte, wie es für sie war. Oder natürlich für uns. Es war beängstigend; eine gerade eingegangene Verpflichtung mit Bedürfnissen und Abgrenzungen und Einschränkungen, die ich nicht vollständig verstand. Und nicht nur das, es arbeitete auf einer tiefen Ebene in uns allen - sie kamen und wir trafen uns einfach und wortlos und umarmten uns zu dritt, so verlegen es mich auch machte.

Sie wirkten müde, was in Ordnung war; ich wirkte wahrscheinlich auch so. David hatte seinen optimistischen Humor zurückgewonnen, aber Pia war erschüttert. Ganz langsam beruhigte sie sich und das wirkte sich dann auf uns drei aus.

„Die halten euch auf Trab", sagte ich.

„Ja. Ich darf nicht drüber reden", sagte David. „Direkte Anweisung." Sein Blick huschte zu Diana, die mit einer Hilfskraft sprach. „Ich habe dir einige Früchte mitgebracht, Schwesterchen." Er hielt einen Beutel hoch. „Ich wette, du hattest noch kein Mittagessen."

Ich gluckste. „Du kennst mich zu gut, Brüderchen." Ich biss in einen Apfel und legte den Rest in Dianas Wagen.

„Herrin ...", begann Pia.

Ich zuckte zusammen. „Äh, Pia. Hausvorschriften. Ich bin Amber."

Sie lächelte schwach. Ich konnte nur raten, wie sehr es sie quälen musste, dass ihre fest verdrahteten Loyalitäten plötzlich von Altau zu mir übergegangen waren und sie dann zurückkommen und hier arbeiten musste.

Was hätte Top getan? Ich gab ihr eine weitere Aufgabe. „Pia, ich weiß, dass du schon eingespannt bist, aber ich brauche etwas von dir."

Sie sah zu mir hoch, nicht gerade eifrig, aber zumindest auf etwas anderes konzentriert.

„Eine Satzung; so nennt man das, glaube ich", sagte ich. „Zumindest einen Entwurf. Was du und David von Haus Farrell erwarten solltet und von mir. Und was ich von euch im Gegenzug erwarten sollte. Athanate Verpflichtungen und Traditionen. Kannst du das machen?"

„Oh. Natürlich." Sie wirkte tatsächlich erfreut.

„Vorläufige Vorschriften: Diana will nicht, dass ich beiße oder gebissen werde, bis wir herausfinden, was passiert ist. Seid ihr zwei damit einverstanden?" Gute Güte, was für eine ruhige und organisierte Athanate ich doch war, wie ich mit ihnen darüber sprach, dass sie mich beißen mussten.

„Wir schaffen das", sagte David und änderte das Thema. „Hey, das ist ein echt cooler Blütenschmuck."

Wir lachten und steckten die Maiglöckchen von mir zu Pia um. Ihr standen sie besser in ihrer gewellten, schwarzen Mähne als mir in meinem kastanienbraunen Haar.

Zu schnell war Diana bereit und wir mussten aufbrechen. Es war frustrierend. Wir mussten Sicherheitsleute mitnehmen und es bot sich keine Gelegenheit, ihr meine Bitte vertraulich vorzutragen.

Ich fuhr ihren Hardbody Jeep Wrangler die Rampe hinauf und wartete vor der Eingangstür auf die Wachen, die uns begleiten würden.

„Warum bleibst du heute Nacht nicht bei David und Pia?", schlug Diana vor. „Außer deiner Anwesenheit muss es nichts bedeuten. Es wäre gut für die beiden."

„Heute nicht, vielleicht morgen", sagte ich. „Sollte uns nicht ein zweiter Wagen mit Wachen folgen?"

„Ja, aber ich habe entschieden es unauffällig zu halten. Es kommt nur das eine Team mit uns mit."

Die Wachen kamen aus der Tür.

„Hey! Da ist ja wieder das Team Fangzahn." Ich grinste. Die vier hatten mich bei einem ersten Versuch, mich dazu zu bringen Skylur zu treffen, erfolglos in LoDo attackiert.

Diana stellte sie mir vor und ich erklärte ihnen mein Spitznamensystem. Sie fanden es lustig.

Einer von ihnen fehlte. Ich erfuhr, dass er Marlon Pruitt hieß und er fehlte, weil er sich ein Bein gebrochen hatte, als ich ihn eine Treppe hinuntergestoßen hatte. Er war der Leiter ihres kleinen Teams. In seiner Abwesenheit übernahm Tom Sherman, den ich später als Torwache getroffen hatte.

Er war der, den ich Fangzahn 3 genannt hatte. Die absolute Informationssperre von letzter Woche war aufgehoben worden und er bestätigte, dass er Marinesoldat gewesen war. Ich hatte das vermutet, als ich ihm ein Revanche Boxtraining versprochen hatte. Er hatte in Vietnam gedient und ich schätzte ihn auf siebzig Jahre. Er sah natürlich nicht älter aus als ich.

Fangzahn 2 war Jason Newberry und Fangzahn 4 Paul Samuels. Sie waren auch ehemalige Militärs und jünger als Tom in Athanate Jahren. Ich mochte sie sofort. Sie teilten Toms Optimismus und sahen vollständig darüber hinweg, dass wir bei unserer ersten Begegnung miteinander gekämpft und sie verloren hatten. Klar.

Tom übernahm das Steuer und ich setzte mich mit Diana und Jason nach hinten, wo sie mich weiter in die Politik der Athanate einwies. Bevor ich der Versammlung und Matlal entgegentrat und mich unwiderruflich an Skylur und Altau band, musste ich wissen, worauf ich mich einließ.

„Der grundlegende Überblick, den ich dir schon zuvor gegeben habe, ist, dass es zwei Glaubensrichtungen gibt, Panethus und Basilikos. Skylur ist der Anführer der Panethus und der Präsident der Versammlung. Matlal ist sein Pendant bei den Basilikos ..."

Wenn es nur so einfach wäre. Beide Glaubensrichtungen umfassten eine Vielzahl von Untergruppen. Die Haupt Untergruppe der Panethus ist für den Status quo - keine Kämpfe unter den Athanaten, kein offener Kontakt mit der Menschheit. Die Hauptgruppe der Basilikos wird von Matlal repräsentiert - absolute Unterwerfung der Menschheit mit dem unvermeidbaren, größenwahnsinnigen Ziel der Weltherrschaft. Aber die Untergruppe der Basilikos, die Arvinder Singh repräsentierte, war groß und mächtig, weshalb Skylur und Diana so erfreut darüber waren, als sich herausstellte, dass er hinter der geheimen Kontaktaufnahme steckte, die ich auf dem Wohltätigkeitsball entgegengenommen hatte. Die Meinung der Gruppe um Arvinder war, dass die Athanate eine Elite bildeten und die angemessene Position der Menschheit war, sie zu verehren. Mit der Richtung war ich auch nicht einverstanden, aber sie war doch angenehmer als die von Matlal.

Um die Dinge zu verkomplizieren, gab es noch drei unabhängige Athanate Gemeinschaften, die die Existenz der Versammlung unterstützten, aber jede Regierung über sich ablehnten. Sie gehörten nicht zu den Glaubensrichtungen und erlaubten den einzelnen Häusern innerhalb ihres Herrschaftsbereichs jeglichen Stil, in vernünftigen Grenzen. Sie verfolgten die Versammlung und äußerten ihre Meinung. Auch wenn sie nicht an der Wahl teilnahmen, hatte ihre Stimme doch großes Gewicht.

Die älteste Gemeinschaft unter ihnen war die Domäne der Karpaten. Das brachte mich zum Grinsen. Unter den geheimniskrämerischen Leuten waren sie die geheimnisvollsten und am wenigsten kommunikativen. Sie weigerten sich, ihre Anführer oder ihre Grenzen zu offenbaren. Sie waren die Wiege des Volkes der Athanate und ihr Herrschaftsbereich erstreckte sich mindestens über Rumänien, Moldawien, Teile der Ukraine, Ungarn, Bulgarien und die Türkei. Überall um das westliche Schwarze Meer bewegten sich andere Athanate mit Vorsicht.

Die zweitälteste und größte der unabhängigen Gesellschaften war das Imperium des Himmels. Es hatte seinen Sitz in China und umfasste die Bereiche Japan, Korea und Vietnam.

Die letzte war das Mitternachtsimperium. Bei dem Namen lachte ich laut auf.

Diana lächelte. „Das ist der Humor der britischen Athanate. Das Imperium des Himmels nutzte dies als Beleidigung, als die internationale Presse zu schreiben begann, dass die Sonne schließlich im Britischen Imperium unterging. Das Britische Imperium definierte etwa den Bereich der britischen Athanate. Sie übernahmen den Namen und nutzen ihn seitdem."

„Aber Indien war Teil des Britischen Imperiums. Und Arvinder ist ein Basilikos."

„Ja, die Athanate des indischen Subkontinents traten aus dem Britischen Imperium aus und gliederten sich den Basilikos an. Wenn wir es jetzt schaffen, dass sie die Basilikos für uns verlassen, wird Panethus sofort die mächtigste Athanate Gruppe. Dann bekommen wir auch bessere Kontakte zum Mitternachtsimperium. Aber wir müssen aufpassen, dass wir das Imperium des Himmels nicht zu den Basilikos drängen."

Diana skizzierte eine Karte.

„Panethus deckt viele Bereiche der westlichen Welt ab: USA, Europa, Skandinavien. Wir haben auch im Laufe der Zeit einiges vom Mitternachtsimperium übernommen: Australien und Neuseeland. Basilikos deckt Russland ab, den Großteil des Mittleren Ostens, alle Länder, die auf -stan enden, Süd- und Mittelamerika, Indonesien und die Philippinen. Das Mitternachtsimperium und die Basilikos ringen um Afrika. Die Unabhängigen stimmen nicht immer mit uns überein, aber sie verstehen nur zu gut, warum ein weiterer Krieg vermieden werden muss."

„Weil die Menschheit uns entdecken würde, wenn es Kämpfe gäbe."

„Und sie würden uns von der schlimmsten Seite kennenlernen."

„Aber wir werden ohnehin aufgespürt. Dass das FBI Telefonate abhört ist nur die Spitze des Eisbergs. Und es geht nicht nur um die Durchsetzung von Gesetzen", sagte ich. „Was ist mit der Steuerbehörde? Wie erklärt ihr eure Steuern? Wie bekommt ihr Pässe, Führerscheine, eröffnet Bankkonten?"

„Du musst mich nicht überzeugen, Amber. Es gibt Möglichkeiten, all das zu erreichen, aber jeder Schritt entfernt uns weiter von der Allgemeinheit, bis eine Rückkehr unmöglich wird. Wir wollen *nicht* als Bande von Kriminellen auftauchen. Und doch sind viele von uns Überlebende früherer Versuche, uns der Menschheit zu öffnen." Sie sah düster aus dem Fenster und murmelte ruhig. „Die sind nicht gut ausgegangen."

„Okay", sagte ich. „Ich verstehe das große Bild. Was ist mit der Versammlung. Wer ist auf unserer Seite?"

„Die Versammlung besteht aus zweiundvierzig Repräsentanten, den Führern der Häuser. Zwanzig von Basilikos und nominell zweiundzwanzig von Panethus. Aber wir wissen bereits, dass Romero entweder zu den Basilikos übergewechselt ist oder unter einer Art Zwang steht. Andere entschuldigen ihre Teilnahme. Einige wollen per Internet oder Konferenzschaltung teilnehmen, aber das könnte abgelehnt werden." Ich bemerkte, dass wir am Kreuz zur Interstate 25 vorbeifuhren. Wir waren bereits halb am Flughafen und noch immer schien ich zu wenig Informationen zu haben. Könnte Matlal genügend Stimmen haben, um die Versammlung zu übernehmen? Oder plante er es auf die altmodische Art, mit Mordanschlägen, wie ich es Skylur gegenüber erwähnt hatte?

„Die wichtigsten Entscheidungen brauchen eine Zweidrittel Mehrheit, aber es gibt eine Reihe kleinerer Dinge, die die Basilikos aus dem Weg räumen möchten, um damit alles zu untergraben", fuhr Diana fort. „Sie könnten dieses Mal einiges davon durchsetzen, selbst wenn Skylur die Agenda bestimmt." Sie schüttelte sich. „Jedenfalls ist dein Anteil nicht allzu lang oder schwierig." Sie reichte mir einen Zettel. „Dies ist der Eid. Matlal hat im Voraus deinen Status als Athanate angefochten und wird es auf der Versammlung wieder tun.

Vielleicht hat er die Gelegenheit, die Anfechtung auf der Versammlung zu erweitern. Bian muss dich da hindurchführen."

Oh, lustig! Wir müssen uns in der Situation etwas ausdenken.

Nach einem kurzen Blick steckte ich den Eid weg, um ihn später in Ruhe zu lesen.

„Zusätzlich zu den Repräsentanten werden Adepten zugegen sein."

Mist! Würden sie Hana sehen können? Würden sie etwas sagen?

„Warum?", fragte ich. „Und sicher halten sie sich von euch fern?"

Dianas Lächeln wurde etwas kälter. „Die Adepten haben also mit dir gesprochen. Ich hatte mich das schon gefragt. Ich bin mir sicher, dass sie kein schmeichelhaftes Bild gezeichnet haben. Aber es trifft auch nicht ganz zu. Jedenfalls sind Adepten in der Versammlung, um Skylur zu überwachen sowie alle anderen, bis auf die Repräsentanten und die Warder. Dich und Bian zum Beispiel. Sie sind Wahrheitsdetektoren."

„Wofür braucht ihr die, wenn ihr Lügen aus dem Herzschlag und dem Geruch des Blutes erkennen könnt?" Und verdammt, konnte Mary feststellen, ob ich sie belog? Beängstigender Gedanke.

„Nicht in einem vollgestopften Raum und es gibt Möglichkeiten die Lügen zu tarnen. Aber nicht vor den Wahrheitsdetektoren."

„Was ist mit den Repräsentanten und den Wardern?"

„Oh, die dürfen nach Herzenslust lügen. Aber die Wahrheitsdetektoren sind der Grund, weshalb Skylur nicht weiß, wohin ich gehe und dass ich mit dir über die Emergenz gesprochen habe. Er muss das vor ihnen sagen können."

„Ich verstehe, denke ich. Und ich muss mich auf Bian verlassen." *Und hoffen, dass das, was auch immer sie so verrückt agieren lässt, nicht schlimmer wird.* „Okay. Aber was ist deine Funktion?"

„Ich bin einfach Skylurs Beraterin. Ich habe keine formelle Aufgabe."

Sie hatte keinen Grund mich zu belügen, aber einfache Beraterin schien mir nicht ausreichend. Jede Frage, die ich stellte, schien zu zwei weiteren zu führen. Aber es war zu spät. Die markanten Dachspitzen des Flughafens erhoben sich vor uns.

Am Abflugterminal stieg ich mit Diana aus.

„Tom", sagte sie, „dreh eine Runde. Amber und ich sind hier noch nicht ganz fertig."

Sein Blick fiel auf die Menschenmengen, aber er nickte und fuhr davon, ließ uns allein.

Diana führte mich in die Haupthalle. Leute strömten um uns herum. Der Brief brannte ein Loch in meine Tasche und ich wollte unbedingt mit ihr sprechen, aber dies war weder die Zeit noch der Ort.

„Komm, Amber. Du hattest den ganzen Tag etwas auf dem Herzen."

„Ich kann nicht ... das ist jetzt nicht richtig, es ist zu öffentlich", murmelte ich.

„Wir werden nie ungestörter sein", flüsterte sie. Ihre Hand ruhte auf meiner Schulter.

Ich schloss meine Augen und holte tief Luft. Sie hatte recht. Die Geräusche der Halle vermischten sich zu einem bedeutungslosen, murmelnden Rauschen, nicht mehr als der Wind in den Bäumen. Als ich meine Augen öffnete, waren die Leute noch da, aber nur als Farbsprenkel am Rande meines Blickfeldes. Wir waren die Ruhe im Zentrum des Sturms. Und ihr Blick hielt mich fest, das schiefe Lächeln auf ihren Lippen und die sanfte Hand auf meiner Schulter.

Ich fummelte den Brief von Top aus meiner Tasche. Er war etwas zerknittert. Ich hatte meine Hälfte immer wieder gelesen. Ich reichte Diana die versiegelte Hälfte.

„Was ist das?"

„Es ist ein Brief an dich von meinem vorgesetzten Sergeanten bei Ops 4-10, Gabriel Wells. Du kannst ihn dir als meinen Mentor bei der Armee vorstellen. Oder wie einen zweiten Vater. Er starb letztes Wochenende." Ich atmete einige Male tief ein und verlor mich wieder in ihrem Blick. „Kurz bevor er starb, habe ich ihm alles erzählt, was mit mir passiert. Alles."

Dianas Gesicht war eine Maske. Sie drehte den Brief um. „Er ist nicht an mich adressiert", bemerkte sie.

„Er konnte in der Zeit, die er hatte, nicht wählen, an wen er schrieb. Er schlug vor, dass ich es der Person gebe, der ich bei dieser Aufgabe am meisten vertraue."

„Nicht Alexander oder Jennifer?"

„Nicht hierfür."

Ihre Hand verließ meine Schulter und ich schwankte, aber das Gefühl der Abgeschiedenheit blieb. Sie öffnete den Umschlag und las den Brief. Er war nicht lang.

„Amber, hast du irgendeine Vorstellung davon, was hier

drinsteht?"

Ich nickte.

„Sag es mir."

Jetzt war ich verpflichtet, jenseits aller Zweifel und Fragen. „Der Brief bittet dich, mich zu töten, wenn ich langsam zu einer Basilikos werde."

„Warum, Amber?"

Selbst in der Kühle der luftigen Halle fühlte ich das Kribbeln der Schweißperlen.

„Mein privater Albtraum", sagte ich, „ist es, verrückt zu werden, aber nicht in der Lage zu sein es zu bemerken."

„Basilikos ..."

„Basilikos sind nicht verrückt, nach *ihrer* Definition", unterbrach ich sie. „Sie glauben auch nicht, dass sie bösartig sind. Aber nach meinen Vorstellungen sind sie beides, nach dem, was ich *jetzt* glaube. Und mein Albtraum ist, dass ich mit ihnen verrückt und bösartig werde, Schritt für Schritt, ohne es zu bemerken. Ich brauche jemanden, von dem ich weiß, dass er nie wird wie sie. Jemanden, der diese Pflicht akzeptiert. Jemanden, bei dem ich absolut sicher sein kann, dass er es durchführt."

„Der Brief bittet mich, es zu schwören", sagte Diana leise und blickte auf den Brief hinunter.

„Wirst du?"

„Wirst du mich als Mentor akzeptieren, wenn ich es tue?"

„Ja", flüsterte ich.

Sie nahm meine Hände und hielt sie, der Brief zerknitterte zwischen unseren Fingern. „Dann höre zu, Amber Farrell, Haus Farrell. Auf mein BLUT, so schwöre ich, Diana Ionache, dass ich den Inhalt des Briefes befolgen werde."

„Es ist vollbracht." Das war eine Formulierung, die ich als Abschluss des Eides für Altau auf der Versammlung gesehen hatte.

„Es ist vollbracht", wiederholte Diana. „Ich wünschte, dass ich Gabriel getroffen hätte. Und ich wünschte, du hättest die Maiglöckchen in deinem Haar gelassen. Um mich daran zu erinnern - süß und tödlich." Sie sah blass aus und plötzlich irgendwie verwundbar; eine Frau, groß und machtvoll und schön, aber allein inmitten dieses Stroms von lauten, unwissenden Menschen. Jeder hing von ihr ab und sie konnte sich an niemanden wenden. Ich schämte mich, dass ich noch etwas zu ihren Pflichten hinzugefügt hatte.

Dann lächelte sie, als wären meine Gedanken ein offenes Buch für sie.

Ihr Blick glitt an mir vorbei. „Tom ist zurück und du musst los." Sie schüttelte ihren Kopf und sagte etwas auf Athanate. Dann: „Wir werden uns nächste Woche wieder treffen und du wirst es verstehen." Wir küssten uns am Hals und sie drehte sich um und ging davon, ihren kleinen Reisekoffer hinter sich herziehend.

Kapitel 24

Tom ließ mich nicht in den Wagen steigen. Er gab mir ein Handy.

„Eines von unseren sicheren. Nur für die Nummern auf den Schnellwahltasten."

Ich warf einen Blick darauf. Die oberste war Skylur.

„Skylur möchte, dass du ihn jetzt anrufst", sagte Tom.

Ich wollte einsteigen, um während der Fahrt anzurufen, aber Tom hielt mich auf.

„Vertraulicher Anruf, nur für deine Ohren."

Er schien sich mit dieser Anweisung total wohlzufühlen. Ich sah mich um. Leute stiegen aus, mit ihrer eigenen Welt beschäftigt. Das war in Ordnung. Niemand würde mich bemerken, niemand würde mehr als ein oder zwei Worte mitbekommen.

„Hat er die Zeit festgelegt?", fragte ich.

Tom nickte. „Er hat gesagt, sobald wir Diana abgeliefert haben." Er ging zum Jeep zurück.

Ich war beunruhigt, als ich die Haltezone entlangging. Warum wollte Skylur erst mit mir sprechen, nachdem Diana weg war? Ich drückte auf die Nummer und hörte es einmal klingeln, bevor er abnahm.

„Hallo, Amber."

„Guten Tag, Skylur." Dianas Kommentare, Skylur nicht zu provozieren, waren noch frisch in meinen Ohren, aber ich konnte nicht widerstehen. „Hoffentlich ist das keine weitere schlimme Situation."

Er schnaubte. „Die Gesamtsituation ist schlimm. Ich habe ein Ersuchen an dich, das ich unter fast allen anderen Umständen abgelehnt oder dir geraten hätte, es abzulehnen."

Gefährlicher, als mit mir vor Matlals Nase herum zu wedeln wie ein Stierkämpfer mit seinem roten Tuch? Na wunderbar. „Was muss ich jetzt tun?"

„Du musst es nicht machen, Amber, wenn du nicht willst. Oder wenn es dir zu gefährlich erscheint." Ich lächelte beinahe über die Art und Weise, wie er den Haken vor mir baumeln ließ. „Arvinder Singh hat um ein Treffen mit dir gebeten."

Alles wurde gerade schlimmer.

„Ein netter Kerl und vielleicht im Geheimen auf unserer Seite, aber er ist noch ein Basilikos. Wie klug wäre es, ihn zu treffen?"

„Ihm ist klar, dass es Bedenken gibt. Er hat gesagt, dass du alles arrangieren darfst. Aber ihr könnt euch nicht in Haven treffen und ich kann dir keinerlei Security zur Seite stellen." Er seufzte. „Wie ich gesagt habe, bei jedem anderen hätte ich abgelehnt, aber ..."

„Aber er ist ein möglicher Verbündeter und es wäre ein Husarenstreich, seine Gruppe von den Basilikos zu lösen, also wäre es gut, etwas Vertrauen zu zeigen."

„Exakt. Aber nicht auf Kosten eines Risikos für dich."

„Oh, danke. Okay, gib mir seine Kontaktinfo und ich denke mir etwas aus."

Er gab mir eine Telefonnummer.

„Nicht mit diesem Handy, denk dran. Es wird gefährlich da draußen, Amber", sagte er.

Ich merkte, dass er seine Absicht, mich in Denver herumlaufen zu lassen, überdachte. Dem musste ich vorgreifen. „Ich bin vorsichtig und komme am Freitag rein. Denkst du, dass Arvinder über die Gerüchte sprechen möchte?"

„Das ist das Offensichtliche."

„Vertraust du ihm?"

„Soweit ich jedem Panethus Haus vertraue. Schließlich könnte er das bald sein."

„Du hast diese Art, dass ich mich gleich viel besser fühle, Boss", sagte mein Dämon.

Skylur nahm keinen Anstoß.

„Das freut mich sehr. Sehr gut, Amber. Nutze dieses Handy, um mich im Notfall anzurufen. Versuche, Notfälle zu vermeiden. Und rede mit niemandem außer mit Bian und mir über Arvinder. Mit niemandem."

„Alles klar."

„Falls ich tatsächlich möchte, dass du mit dieser Irreführung aufhörst, rufe ich an oder schicke eine SMS an dieses Handy. Verstanden?"

„Ja."

„Und wenn du das Team hier ablieferst, dreh mit Marlon eine Runde und sag ihm, wie deiner Meinung nach jemand Haven angreifen würde."

„Okay. Kann ich das als weiteren halben Tag von meiner Strafe abziehen?"

Er lachte und legte auf.

Ich stieg für die Rückfahrt bei Tom vorn ein.

Ich wollte mich zurücklehnen und in Ruhe über alles nachdenken. Sie ließen mich nicht. Ohne Diana war das Team Fangzahn viel gesprächiger.

„Tom sagt, dass er eine Verabredung mit dir hat", sagte Paul.

„Ha! Eine Verabredung für einen Tritt in den Hintern hat er", schoss ich zurück.

„Streng genommen habe ich nur das Versprechen einer Verabredung", sagte Tom, die Mundwinkel traurig heruntergezogen.

„Können wir auch etwas davon bekommen", fragte Jason.

„Ihr wollt auch einen Tritt in den Hintern? Ist Marlon der einzig Vernünftige in diesem Team?", fragte ich.

„Ja, das stimmt. Wir melden unsere Hirne jeden Morgen bei ihm an ..."

„Deswegen würde es uns nicht helfen, zu viel zu denken."

„Dürfen wir also?"

„Natürlich, Team. Ihr könnt alle kommen", sagte ich. Unglückliche Wortwahl. Sie lachten und wurden um einiges unanständiger. Mich störte es nicht. Zehn Jahre in der Armee machen das mit einem und ich teilte ebenso gut aus wie ich einsteckte. Es war albern und es war lustig. Die Fahrt zurück schien zu kurz zu sein.

Ich verließ den Jeep draußen und wir gingen durch das Personaltor. Ich wartete dort auf Marlon. Als sie sich auf den Weg machten, rief ich ihnen nach.

„Hey, Team - in den Hintern treten, nächsten Dienstag?"

„Abgemacht." Sie grinsten und hielten die Daumen hoch. „Aber versprich uns, keine dreckigen Witze dieses Mal."

„Niemals! Das ist Teil meiner offensiven Verteidigung." Ich gluckste. „Oh, noch etwas, Tom. Sprichst du Athanate?"

Er nickte, und schlenderte ein paar Meter zurück.

„Was bedeutet das?" Ich sagte die Worte, die Diana bei unserer Trennung gesagt hatte, so gut ich mich erinnerte. Es war wahrscheinlich gut genug.

Sein Gesicht verzerrte sich. Hmm. Vielleicht war meine Erinnerung doch nicht so gut.

„Den ersten Teil verstehe ich nicht. Etwas über Bindung. Der letzte Teil ist wahrscheinlich der Athanate Spruch ‚Wirklich stark ist die Weisheit der Unschuld'. Hilft das?"

„Wie ein Aschenbecher auf einem Motorrad. Danke, Tom und dem Rest von euch. Bis später."

Marlon kam mit einem Gips und auf Krücken heraus. Okay, für ihn keinen Tritt in den Hintern nächsten Dienstag. Athanate heilen schnell, aber es gab wohl unterschiedliche Zeitspannen für unterschiedliche Verletzungen. Meine Kratzer und Prellungen vergingen in einem Tag, aber Marlons Bein schien noch immer Schmerzen zu bereiten.

„Tut mir leid", sagte ich und deutete auf sein Bein, als ich ihm die Hand schüttelte. „Kannst du um das Haus gehen?"

Er zuckte die Achseln und zuckte einmal vor Schmerz, als wir losgingen.

„Bian ist allgemein für die Sicherheit verantwortlich", sagte er ohne Einleitung. „Ich leite die Verteidigung von Haven. Skylur will, dass du mich darüber informierst, wie du bei einem Angriff vorgehen würdest." Er fummelte an einem Mikrofon an seinem Revers. „Bian hört im Moment zu. Sie wird zu uns stoßen, wenn sie kann."

„Hallo, Miezekatze", sagte ich zum Revers und wechselte dann sofort in den Ops 4-10 Modus. „Wie ich beim Angriff vorgehen würde, hängt davon ab, was das Ziel der Mission ist und welche Parameter es gibt - Kollateralschaden zulassen, Dritte aufmerksam machen und so weiter. Ich nehme das Szenarium für den schlimmsten Fall - keine Sorge um Kollateralschäden, minimale Sorge um Dritte und keinerlei Einschränkung bei der Waffenauswahl oder hinsichtlich der Verluste. Die Mission ist, sagen wir mal, einige aus der Versammlung zu evakuieren und die meisten anderen zu töten." Ich blinzelte ihm zu und er nickte. Faire Annahme. Ich drehte mich auf dem Absatz um und zeigte zurück auf das Pförtnerhaus. „Fangen wir mit denen an. Beeindruckende kleine Festungen und vollständig nutzlos. Ich würde zwei kleine Teams zusammenstellen, nicht mehr als sechs Leute, mit einigen lasergeführten Panzerabwehrraketen. In weniger als einer Minute aufstellbar. Keine Überlebenden. Egal, wie ich eigentlich angreifen will, das hier würde ich auf jeden Fall machen, als Ablenkung. Große, auffällige Explosionen, sodass viele Menschen in die falsche Richtung schauen."

Marlon wirkte, als wolle er widersprechen, aber ich kenne die Waffen. Wenn sie einen T-90 Panzer zerstören können, ist ein Ziegelbau mit einem schönen offenen Schlitz vorn ein Witz.

„Ich sage falsche Richtung, weil ich *nicht* von vorn angreifen würde."

„Warum nicht?", fragte Marlon.

„Weil es der offensichtliche Weg ist. Und du hast die Zufahrt wahrscheinlich vermint."

Marlon sah verblüfft aus. *Volltreffer.*

Ich skizzierte einige weitere mögliche Ablenkungsmanöver, während wir langsam die Seite des Hauses entlanggingen. An der Rückseite zeigte ich in das Tal hinunter.

„Von dort würde ich kommen. Reichlich Deckung, sogar innerhalb des Grundstücks. Es ist der zweit offensichtlichste Weg, daher die Ablenkungen vorn und an der Seite."

Ich sah über den Garten und das ansteigende Grundstück und überlegte. „Zehn Minuten, weniger als fünf Prozent Verluste bei den Angreifern."

„Zehn Minuten bis was?", sagte er.

„Zehn Minuten von der ersten Ablenkung, bis alle oberirdischen Teile des Hauses in meiner Hand sind."

„Aber ..."

„Ich sage nur, wie lange meine alte Armee-Einheit bräuchte, um hier reinzukommen gegen jeden, der kein äquivalentes Training und Waffen hat. Garantiert."

Wir starrten uns eine Minute lang an. Marlon gefiel das nicht, aber er gestand mir einige Kenntnisse auf dem Gebiet zu. Er war zuerst etwas ablehnend gewesen, aber er begann, sich dafür zu erwärmen.

„Also gut, was würden sie dann tun?", nahm er den Faden wieder auf. „Du sagst minimale Bedenken wegen Dritter, aber es gab zehn Minuten lang Explosionen und Gewehrschüsse. Nun steckst du fest - wie kommst du in den unterirdischen Teil? Das dauert Stunden und bis dahin sind die SWAT Teams der Polizei da."

Ich lachte. „Es würde nur Minuten dauern und jeder, der raus soll, wird per Hubschrauber ausgeflogen. Eine halbe Stunde vom Start bis zum Ende."

„Du kannst den Weg hinunter nicht freikämpfen ..."

„Es wird keinen großen Kampf geben, sobald eine Bresche im Haus ist, Marlon. Du denkst an eine Verteidigung im Haus, langsames Vorarbeiten und hohe Zermürbung. Du steckst in diesem Gedankenspiel fest. So läuft es nicht mehr ab, in dieser Art Situation."

„Was machst du also?"

„Ich sprenge verdammt riesige Löcher durch die Decke von jeder unterirdischen Etage." Ich sah Bian aus dem Haus zu uns kommen. „Hast du von Hohlladungen oder bunkerbrechenden Waffen gehört?"

„Ja, aber ..."

„Dieselben Hubschrauber, die die zu evakuierenden Leute und das Angriffsteam ausfliegen, fliegen die Ladungen ein. Diese Ladungen können Löcher durch meterdicken Stahlbeton sprengen, also halten deine unterirdischen Gebäudestrukturen nicht stand. Und niemand in der nächstunteren Ebene wird in der Lage sein, großartig zu kämpfen, wenn die ganze Decke über ihm einstürzt."

Bian gesellte sich zu uns und zog den Ohrhörer raus, über den sie mitgehört hatte. „Wie steht es um die Verluste bei den Basilikos, die du zu evakuieren versuchst?"

Ich zuckte die Achseln. „Es ist ein riskantes Geschäft. Die, die eingeweiht sind, könnten sich an der Nordseite des Raumes versammeln, während sich die Angreifer auf die Südseite konzentrieren. Hohlladungen breiten sich nicht aus."

„Und wie verteidigt man sich dagegen?", fragte Marlon.

„Zuerst einmal müssen die Warder ihre Aufgabe erledigen." Ich war nur schnippisch und Marlon mochte das nicht.

„Die Warder haben die komplexe Aufgabe neutral zu bleiben und Spannungen zu deeskalieren. Ich habe Hochachtung ..."

Sein Handy unterbrach ihn.

„Er ist der Primärkontakt der Warder", flüsterte Bian, während er abgelenkt war. „Er wird schnell ein wenig defensiv."

Er sah blass und verschwitzt statt streitbar aus, als er sich uns wieder zuwandte.

„Ich muss diesen Anruf im Büro entgegennehmen", sagte er. „Das war ... interessant, Haus Farrell. Danke."

Er humpelte mit seinen Krücken zurück zum Haus. Bian runzelte die Stirn, als sie seinem sich entfernenden Rücken hinterher sah.

„Okay?", fragte ich.

„Er heilt nicht schnell", sagte sie. „Er erscheint verstört zu sein. Er ärgert sich noch stärker als normalerweise über die Kommentare, die alle über die Warder abgeben."

„Es könnte einfach der Stress der anstehenden Versammlung sein."

„Hmm." Sie setzte sich auf eine Bank und schlug die Beine

übereinander. „Er unterstützt einen Plan, nach dem die Regierung der Athanate eine feste, unabhängige Körperschaft sein sollte, die auf den Wardern basiert. Er hat einige gute Argumente, aber sie wäre nie stark genug. Er sieht das nicht ein. Er glaubt daran, dass sich die angeborene Güte der Athanate durchsetzt, wenn sie die Chance bekommt." Sie machte Zitatzeichen in der Luft.

Ich lachte, was unfreundlich war.

„Er ist ein guter Mann, Rundauge", sagte Bian scharf.

Ich setzte mich neben sie auf die Bank. Ich würde das nicht bestreiten. Er war etwas mürrisch, aber er war okay. Trotz all der Scherze respektierte sein Team ihn und das war für mich ein starkes Argument.

Sie seufzte. „Deine Angriffsanalyse ist ziemlich düster. Wie lautet dein Rat zur Verteidigung?"

„Es hilft, wenn man weiß, was kommt. Ich nehme an, dass die Angreifer für diese Art Operation gut trainiert sind. Viel besser, als ihr für die Verteidigung. Wenn ihr also das Grundstück und das Haus nicht verteidigen könnt, versucht es gar nicht. Versteckt Leute in den Wäldern mit der richtigen Ausrüstung, um jeden Hubschrauber, der einfliegt, abzuschießen. Und genügend Leute, um den Rückzug der leicht bewaffneten Angreifer abzuschneiden. Die Angreifer können nicht genug Hohlladungen den Hügel hinauftragen, also endet jeder Angriff auf das Haus in einer Falle. Es geht weder rein, noch raus."

„Bei dir klingt es so geradlinig."

„Die Planung ist immer so. Aber kein Plan ..."

„Überlebt den Kontakt mit dem Feind. Ja, ich kann auch Clausewitz zitieren."

Ich nickte. „Altau benötigt Spezialisten, um damit umzugehen. Nichts für ungut, aber ihr seid in eine Art Dornröschenschlaf gefallen, während die Versammlung den Frieden bewahrt hat."

„Ich stimme beidem zu. Ich muss zurück. Danke, Amber."

Sie ging abgelenkt zurück und es gab keine Neckerei. Nicht einmal einen Kuss auf den Hals. Oder sollte das neckisch sein? Ich kannte mich bei ihr nicht aus.

Draußen wendete ich den Jeep und fuhr zurück. Über Taktiken zu sprechen, hatte mir das Gefühl für den Raum in mir zurückgegeben, den die Armee einst ausgefüllt hatte.

Ich hatte nicht meine alten Armee-Einheit um mir ein tröstliches Gefühl zu geben und auf meinem Weg zurück nach Denver fühlte es sich an, als ob ich in ein Krisengebiet fahren würde. Ich wollte sie als Rückendeckung.

Trotzdem rief ich Alex an, sobald der Oktopus einige Verbindungen gefunden hatte.

„Hallo, kannst du sprechen?"

„Ähem ... Nicht so ganz wie ich möchte unter diesen Umständen."

„Bist du bei jemandem im Büro? Und die können dich hören?"

„Ja."

Ich gluckste und sagte ihm, was ich mit ihm in genau diesem Moment tun wollte. Detailliert. Ich hatte meinen Spaß.

„Ja, ich sehe. Ich freue mich darauf", sagte er. Seine Stimme klang etwas angespannt.

„Wann soll ich dich wieder anrufen?", fragte ich süß. „Ich muss wissen, wo ich den Alpha treffen kann."

„Ruf um sieben wieder an."

„Alles klar." Ich legte grinsend auf.

Mary und Liu standen als nächste auf meiner Liste. Das versprach nicht so lustig zu werden. Zumindest erreichte ich Liu statt Mary. Ich sagte, ich wäre gegen 18:00 Uhr im Kwan.

Ich hinterließ eine Nachricht für Jen, dass ich nach 19:00 Uhr zurück sei.

Damit blieb der restliche Nachmittag, um zu prüfen, ob die alte Bowlinganlage ein Versteck von Hoben war. Ich konnte heute nur vorbeifahren. Ich hatte einiges von meinem Arsenal aus dem Audi umgeladen, aber ich war nicht für einen Frontalangriff gerüstet.

Ich hatte die Zeit knapp geplant, weil ich auch das Haus von José in Lowry aufsuchen musste, auf die Möglichkeit hin, dass er sich noch von der Bauchwunde erholte, die er sich am Montag zugezogen hatte. Ich musste ihn warnen, dass das FBI dem Projekt Schlangenbiss auf der Spur war.

Und noch eine letzte Überprüfung der Monroe. Tut mir leid, Ben-Haim.

Josés Auto stand vor seinem Haus, das offensichtlich von niemandem beobachtet wurde. Ich fuhr einige Male vorbei und ging um den Block. Ich wusste, dass ich nicht so abkürzen sollte, aber mir kam es vor, als ob ich rennen musste, nur, um nicht auf der Stelle zu treten. Ich konnte es mir zeitlich nicht leisten, um Mitternacht über seinen Zaun zu schleichen.

Es gab ein Einkaufszentrum an der Quebec Street, ein paar Blöcke von seinem Haus entfernt. Ich holte mir Umschläge und Papier und schrieb einige Notizen, dann spielte ich Postbotin.

Zum Glück kam José selbst an die Tür.

Ich hielt die Notiz hoch, die besagte: *Das FBI zapft mein Telefon an - können wir reden?*

„Der Herr beobachtet euch, Bruder, sogar jetzt", sagte ich. „Kann ich Sie für ein Treffen interessieren?"

Er grinste und kam heraus, zog die Tür beinahe hinter sich zu.

Ich hatte ihn nie in etwas anderem als in einem Anzug gesehen. Jetzt hatte er Shorts und einen Kapuzenpullover an, Sandalen an den Füßen. Lässig, ein ganz normaler Kerl zu Hause. Er schonte seine verwundete Seite, aber er sah zum ersten Mal, seit ich mich erinnern konnte, entspannt aus. Ich hasste es, ihm diese Art Neuigkeit zu bringen.

„Ich habe dich vor der Bundespolizei gewarnt", sagte er ruhig.

„Ja, das ist richtig. Sieh mal, José, die haben etwas herausbekommen. Ich habe eine Nachricht auf meinem Anrufbeantworter, ob ich etwas von einem Projekt Schlangenbiss wüsste."

„Verdammt. Warte hier." Er fischte ein Handy aus seiner Tasche und wählte.

„Wally? José. Das Spiel ist abgesagt, offenbar ... Ja. Vielleicht nächstes Mal."

Er beendete seinen Anruf.

Ich hob meine Brauen. „Oha! Einfach so? Alles vorher arrangiert? Also bin ich nicht allein paranoid?"

„Ja. Das war Edmunds. Spiel abgesagt ist der Code. Schlangenbiss ist gerade verschwunden."

„Hoffentlich ist es nicht zu spät." Ich seufzte. „Gut, dass du wieder munter bist, José, aber ich muss für ein paar Tage untertauchen. Ich rufe an, wenn ich zurück bin."

Er grinste schief. „Es ist auch schön, dich zu sehen. Und ich will keine Einzelheiten wissen."

„Danke." Wir schüttelten uns die Hände.

„Sei vorsichtig", rief er mir nach.
Als wäre das je eine Möglichkeit.

Einst war es ein Lagerhaus gewesen. Dann eine Autowerkstatt. Dann eine Themenbar und schließlich ein Bowlingcenter. Auf dem Plastikschild stand ‚Luckys Bahnen' in geschwungenen, verblassten, roten Buchstaben. Nun war es verfallen und mit Brettern vernagelt, von einem wuchtigen Zaun und Warnschildern umgeben. Ein verfallenes Monument für fehlgeleiteten Unternehmergeist und schlechte Namensgebung.

Eisenbahnschienen führten an der Rückseite entlang und die beiden Nachbargrundstücke gehörten einem Zementhersteller. Tucker hatte den Ort als Investition gekauft, in dem Bewusstsein, dass das eine oder andere der neuen Unternehmen in der Umgebung es schließlich kaufen wollen würde. Das könnte sein, aber es wäre zu spät für ihn.

Matt hatte die Server der Elektrizitätsgesellschaft gehackt und herausgefunden, dass der Ort für etwas genutzt wurde. Allerdings nicht für das Depot des Auto Auktionshauses. Die Frage war, was genau hier vor sich ging.

Dieses Mal war ich nur als Kundschafter hier. Ich fuhr vorbei und sah Rostspuren von den Nägeln wie dunkle, traurige Tränen die Platten hinunterlaufen, klappernde Wellblechstücke, die Löcher im Dach abdeckten, abblätternde Schilder, das Ganze strahlte eine Atmosphäre dumpfer Trostlosigkeit aus.

Dazu ein brandneues Schloss mit Kette am Tor. Niedergedrücktes Unkraut auf dem Grundstück. Reifenspuren in der Erde.

Es war jetzt zu hell, es waren zu viele Leute da. Ich würde später wiederkommen.

Das Haus in der Monroe war kalt und leer und der Nachmittag schien auf einmal um so vieles freudloser.

Kapitel 25

Das Kwan war wie jeden Abend geöffnet. Lius Assistent unterrichtete eine Klasse. Er nickte mir zu und zeigte mit seinem Kopf zum hinteren Büro. Ich wollte mitmachen, aber offensichtlich war das nicht die richtige Zeit dafür. Ich verbeugte mich vor der Gruppe und ging um sie herum.

Liu und Mary saßen am Tisch und warteten auf mich, Tassen mit grünem Tee und eine große Kanne standen vor ihnen. Ich setzte mich ihnen gegenüber, Liu reichte mir eine Tasse und goss mir wortlos Tee ein. Ich würde ihnen zutrauen, mich mit der Stille aus der Fassung bringen zu wollen, aber Sergeanten lassen sich nicht so leicht beeindrucken.

Ich beobachtete sie, während ich nippte und gewährte ihnen einen Vertrauensbonus - es handelte sich ja nicht um eine List. Liu hielt nicht viel von einer Teezeremonie, aber er mochte es, ihn in aller Stille zu genießen, bevor er zum Geschäftlichen überging. Mary hatte seine chinesischen Bräuche übernommen. Ich fragte mich wie schon früher, wie sie sich getroffen und ihre sehr verschiedenen Hintergründe überwunden hatten.

Mary war eine Arapaho und die Adepten Anführerin, wenn Tullah recht hatte. Lius Familie war aus China gekommen, um Eisenbahnen zu bauen und sie hatten sich in einer ruhigen, abgeschotteten Gemeinschaft niedergelassen. Er war nicht nur mein Shi Fu, mein Kampfkunstlehrer, er war auch oft die zuverlässigste Quelle für eine beruhigende Perspektive in meinem Leben gewesen, seit ich die Armee verlassen hatte. All das, ohne dass ich je ein Wort über meine Athanate Wandlung gesagt hatte. Ich versuchte, ihn mit neuen Augen zu sehen. War er auch Adept? Das würde einiges erklären.

„Ja, Amber", sagte er. „Ich bin Adept."

Die Stille hatte mich zwar nicht erschreckt, aber meine Gedanken zu lesen war eine ganz andere Sache.

„Man braucht keine paranormalen Fähigkeiten, um zu wissen, was du denkst." Er zeigte ein leises Lächeln. „Ich habe dich gut kennengelernt, seit du hier trainierst."

Wir nippten an unserem Tee. Mary blieb ausdruckslos sitzen,

während Liu und ich einige Kommentare zum Kwan austauschten.

Mary stellte ihre Tasse mit einem entschiedenen Klappern auf den Tisch und Liu und ich wandten uns ihr zu.

„Meine Tochter hat nicht die Fähigkeit, mit dem fertig zu werden, was sie zu tun versucht", sagte sie. Mary gehörte nicht zu den Leuten, die sich einem Thema behutsam näherten.

„Du warst diejenige, die mich gefragt hat, was ich mit neunzehn gemacht habe, Mary. Ich weiß nicht, was sie versucht, aber ist es gefährlicher als das, was ich in dem Alter gemacht habe?"

„Gut möglich." Mary lehnte sich auf ihrem Stuhl zurück, ihre Augen verschleiert. „Hier geht es nicht um die normale Angst einer Mutter um ihre Tochter."

„Ist es, weil sie mit einer bösen, verdorbenen Athanate zusammenarbeitet?"

„Hör auf, mich zu provozieren, Amber." Mary goss sich mehr Tee ein. „Was weißt du über ihr Geistwesen?", fragte sie und sah mich listig an.

Ich schnaubte. „Ungefähr so viel wie über meines." Mary wartete, also fuhr ich fort. „Sie hat einen Drachen. Und der steht nicht auf der Positivliste." Ich würde ihr nicht sagen, dass Kaothos und ich miteinander sprachen. Oder vielleicht, dass ich zu träumen begonnen hatte, mit Tullahs Drachen zu sprechen.

„Weißt du, warum er nicht auf der ‚Positivliste' steht?", fragte Mary. Die Betonung, die sie auf das Wort legte, sagte mir, dass sie die Beschreibung nicht mochte.

„Nein", sagte ich und nahm mir auch noch etwas Tee.

„In China wäre ein Drachen nicht nur auf der Positivliste, sondern ein Grund zum Feiern", sagte Liu. „Hier unglücklicherweise nicht."

„Warum dort und hier nicht?"

„Weil sie selten sind", sagte Liu. „Und extrem mächtig. Und sehr gefährlich." Er hielt kurz inne. „In China werden Gemeinschaften um Adepten mit Drachenwesen gebildet."

Ich runzelte die Stirn. Bestimmt ...

„Es gibt keine Gemeinschaften mit Drachenwesen in Amerika, Amber", sagte Mary. „Und anders als die Athanate, haben wir keine weltweiten Verbindungen."

„Also, dann stellt sie doch her", sagte ich entnervt.

„Dazu ist keine Zeit", sagte Liu mit absoluter Endgültigkeit.

Ich schüttelte den Kopf. „Das verstehe ich nicht", sagte ich.

„Alle Geistwesen beginnen unvollständig, unsicher", sagte Mary. „Voller Möglichkeiten, aber ohne Richtung und Fokus." Sie stoppte, um mich mit verkniffenen Augen anzusehen, reichte herüber und berührte meine Stirn. „Dein Geistwesen ist dir erschienen?"

„Als Wolfswelpe", sagte ich. „Diese Woche."

Mary seufzte und senkte ihren Kopf. „Noch mehr Probleme", murmelte sie.

Liu legte seine Hand zur Unterstützung auf ihre und sie sah wieder zu mir hoch. „Alle Adepten, die ihre Geistwesen nutzen wollen, treten Gemeinschaften bei. Zu diesen Gemeinschaften gehören andere Adepten mit gleichen oder ähnlichen Geistwesen. Die Gemeinschaften quer durch Amerika umfassen alle normalen Typen und wurzeln tief in der Geschichte dieses Landes, den mündlichen Überlieferungen, den Zeremonien und dem Wissen, das das unerfahrene Geistwesen nährt."

„Du sagst also, der Geistführer braucht einen Führer?", fragte ich.

„Nicht für den Zugriff auf die Energie. Für die Entwicklung. Und für den richtigen Gebrauch der Energie."

„Richtiger Gebrauch? Eine Art moralischer Leitfaden?"

„Ja. Aber nicht nur das, sondern auch das Bewusstsein über die Grenzen des Kanals, des menschlichen Wirtes", sagte Mary.

„Ihr denkt, dass Tullahs Drache sie bösartig machen und irgendwie ausbrennen könnte?" Ich lachte; sicherlich nicht Tullah.

Marys Blick sprang zu Liu. „Ja."

Mist!

„Aber wie? Nicht Tullah. Ich meine, sie ist so weit ..."

„Eine Person muss nicht zu Beginn bösartig sein, Amber. Es geht um Macht und untrainierte, unbegrenzte Macht wird Böses aus sich selbst heraus erschaffen."

„Hat es ..."

„Nein, es hat noch nicht angefangen", sagte Mary und ich fühlte einen Funken Erleichterung. Vielleicht war noch Zeit. Es musste eine Möglichkeit geben. „Und anfangs ist es ganz subtil", fuhr sie fort. „Wir wissen, wie es abläuft."

„Und was ist mit mir? Eure Gemeinschaft wird mich nicht akzeptieren. Was ist, wenn mein Geistwesen mich bösartig macht und mich ausbrennt?"

„Der Wolf ist nicht so machtvoll wie der Drache", sagte Liu.

„Kein anderes Geistwesen ist das. Es ist unwahrscheinlich, dass der Wolf dich ausbrennt. Aber", seufzte er, „verzeih mir, mit der Gegenwart der Athanate, der Macht der Athanate und ohne unterstützende Gemeinschaft ..."

„Werde ich böse enden. Mom hat mich immer gewarnt."

„Das ist kein Witz, Amber."

„Ja, tut mir leid."

Es ist eine Frage von Lachen oder Weinen, Freunde. Bereits jetzt fechten Werwölfe und Athanate in meinem Kopf einen Kampf aus und machen es wahrscheinlich, dass ich bösartig werde. Nun finde ich heraus, dass Hana das bereits alleine schaffen kann. Denk nach.

Tullahs Fall war dringender. „Warum könnt ihr zwei denn keine Gemeinschaft für Tullah bilden?"

Mary und Liu sahen sich an. Liu antwortete. „Wir haben es versucht, sobald wir es herausgefunden haben. Aber der Drache hat uns abgelehnt. Sie hat sich im Geheimen und isoliert so weit entwickelt. Von uns nimmt sie keinen Rat an."

„Wir glauben, dass diese ... diese Arroganz auf Tullah übergegriffen hat", sagte Mary. „Es ist das erste Warnzeichen. Ablehnung der Gemeinschaft."

Hmm. Tullah war etwas angespannt diese Woche, aber nicht wirklich arrogant. Und ich dachte, dass Kaothos nicht die Gemeinschaft an sich, sondern nur ihre ablehnte.

„Matt als Freund abzulehnen, hat dabei nicht geholfen", sagte ich.

Liu sah beschämt aus. „Das ist eher mein Fehler als Marys."

Ja, Väter und Töchter. Schön, dass sogar der unergründliche Meister der Kampfkünste und Adept dieser einfachsten menschlichen Regung zum Opfer gefallen war. Und es gab den schwachen Hoffnungsschimmer, dass beide vielleicht überreagierten, weil es ihre Tochter war.

„Okay. Da es hier nirgends Drachenführer gibt und ihr auch keine Verbindung zu den chinesischen Gemeinschaften habt, wie sicher seid ihr bei all dem?"

„Das ist genau Tullahs Argument. Unsere Familie hat nur die Überlieferungen aus China", sagte Liu.

„Und wovor warnen die?"

„Der letzte ungebändigte Geistdrache fegte ganze Imperien hinfort", sagte Mary, „von China bis vor die Tore von Byzanz. Ganze

Völker wurden ausgelöscht."

Liu starrte mich an. „Es ist sehr schwer, Leute mit Schwertern zu töten in so einem … epischen Ausmaß", sagte er. „Stell dir vor, was mit der modernen Technik heutzutage gemacht werden könnte."

Das konnte ich mir tatsächlich vorstellen. Ich hatte es gesehen und das aus viel zu großer Nähe.

„Was wollt ihr dann von mir? Ich werde nicht mit ihr streiten und sie nicht ausspionieren."

Mary zog den Kopf ein. Liu antwortete. „Sei für sie da, sprich weiter mit uns. Ich meine nicht hinter ihrem Rücken. Wir wollen, dass sie weiß, dass du mit uns sprichst und was du sagst. Sie muss wissen, dass wir immer da sind." Er machte eine kurze Pause. „Es könnte auch sein, dass der Drache auf dich hört", sagte er leise. „Es gibt ein wenig Hoffnung."

„Aber ihr glaubt, dass ich bösartig werde. Warum wollt ihr, dass ich das Geistwesen eurer Tochter beeinflusse?"

„Du bist noch nicht dort, Amber und …"

Die beiden tauschten wieder Blicke aus.

„Gibt es etwas, das ihr mir sagen wollt?", regte ich an.

Liu räusperte sich. „Ob Athanate wirklich bösartig sind oder nicht … darüber sind wir uneinig in der Adepten Gemeinschaft. Aber es gibt Hoffnung. Wenn du eine Bindung zu ihr herstellen kannst und wir zu dir. Gibt es Hoffnung. Vielleicht für euch beide."

Ich rieb mein Gesicht mit beiden Händen. Irgendwann musste ich aufhören alle hinzuhalten, aber es fühlte sich nicht richtig an, ihnen jetzt bereits alles zu sagen. Ich wollte weg und es reifen lassen, gemeinsam mit allem anderen, was passierte. Sehen, ob mir etwas Kluges einfallen würde. Aber ich wollte noch eine Frage beantwortet haben.

„Ich weiß, dass es bösartige Athanate gibt, aber die Athanate von Denver scheinen mir nicht dazuzugehören. Warum glaubt ihr, dass sie es sind?"

Ich wartete. Liu wirkte unruhig.

„Ich weiß, wie du erzogen wurdest." Mary lehnte sich vor. „Ich habe deine Mutter Stacy getroffen. Sie hat dich gelehrt, dass alles seinen Preis hat, nicht wahr?"

Ich nickte.

„Also, welchen Preis zahlen die Athanate für ihre Macht? Oder zahlt jemand anderes dafür?", fragte Mary.

Ich hatte keine Antwort auf ihre Frage. „Wie ist das bei den Adepten?", entgegnete ich.

„Wir bezahlen, Amber. Mit unserer eigenen Lebenskraft. Adepten, die ihre Macht oft nutzen, leben kürzer. Nur als Angehörige der Athanate leben Adepten und Menschen länger. Warum? Wie?"

„Verdammt, das weiß ich nicht. Ein Effekt des Blutes der Athanate. Es ist klar, dass ihr es auch nicht wisst, aber ihr nehmt einfach an, dass es böse ist."

Mary wurde still, sie war sich bei ihrem Standpunkt ebenso sicher wie ich mir bei meinem. Zeit zu gehen. Ich stand auf.

„Liu, Mary", sagte ich. „Tullah ist wie eine Schwester für mich und ich tue, was ich kann, damit sie sicher ist, aber ich werde sie nicht vollständig ändern. Ich glaube nicht, dass ich bösartig bin. Ich glaube nicht, dass alle Athanate bösartig sind. Ich habe aufgehört, meine Wandlung zur Athanate zu bekämpfen."

Liu folgte mir zur Tür. „Du sagst, dass du nicht dagegen ankämpfst, Amber", sagte er leise, seine Stimme von den Geräuschen der Klasse überdeckt, „aber in meinen Augen bist du nicht mehr Athanate als du immer warst."

„Ich bekomme Fangzähne, Liu. Meine Sinne spielen verrückt. Mein Herzschlag kommt nicht mehr über 120. Ich suche nach Angehörigen. Ich bin angekommen."

Liu lächelte und zuckte die Achseln. „Deine Beschreibung stimmt mit den Änderungen, die ein Werwolf durchläuft, ebenso überein, weißt du."

Verdammt, ich hatte ihn nicht getäuscht. Er konnte sehen, was vor sich ging.

„Vertraue mir, Amber", sagte er. „Ich kenne dich länger als die Athanate, länger als die Werwölfe. Es steckt eine enorme Stärke in dir. Ich kann helfen, wenn du mich lässt. Athanate, Werwolf oder nicht. Mach weiter mit deinen Trainingsstunden hier und wir werden reden."

Sein Gesicht wurde ernster. „Diese Wut", er berührte meinen Bauch und meine Brust, „die hier eingeschlossen ist. Die ist nicht gut. Nicht für den Menschen. Nicht für den Adepten. Nicht für den Werwolf und besonders nicht für die Athanate."

Kapitel 26

„Ronit Chopra", sagte die Stimme. Ich überprüfte die Nummer, die Skylur mir gegeben hatte. Sie stimmte.

„Amber Farrell", antwortete ich. „Kann ich Arvinder sprechen?"

„Frau Farrell, ich bin so erfreut, dass Sie anrufen. Ich bin der Dexion von Haus Singh. Arvinder hat mich gebeten, dringend ein Treffen mit Ihnen zu vereinbaren."

„Ronit, letzte Woche hat man versucht, mich zu töten oder zu entführen. Sie werden verstehen, dass es ganz schön verrückt von mir wäre, ein Treffen zu riskieren." Ich beobachtete den Oktopus auf dem Computer und hoffte, dass er seine Arbeit tat und verschleierte, wo ich war, während ich langsam nach Norden fuhr.

„Frau Farrell, wir garantieren Ihnen absolute Sicherheit."

„Das ist schön, aber es könnte schwierig sein, die Garantie einzufordern." Ich schnaufte. „Wenn er mich wirklich treffen will, muss es morgen sein. Ich werde anrufen und ihn bitten, irgendwo allein aufzutauchen. Wenn ich das Gefühl bekomme, dass es nicht sicher ist, egal, ob es Ihre Schuld ist oder nicht, bin ich weg."

„Das verstehen wir, Frau Farrell und vielen Dank."

Ich legte auf. Ob es zum Treffen kam oder nicht, ich hatte zumindest guten Willen gezeigt. Dass er so eifrig auf das Treffen aus war, ließ meine Antennen jucken, aber wenn er glaubte, dass er etwas gegen die Sicherheitsvorkehrungen ausrichten konnte, die ich aufstellen würde, dann müsste er das noch einmal überdenken.

Es wurde spät und ich hatte versprochen, um 19:00 Uhr zurück in Jens Haus Manassah zu sein. Nur nannte ich es nicht so in meinen Gedanken. Ich nannte es mein Zuhause.

Ich rief Alex an.

„Wölfchen, kannst du jetzt reden?", fragte ich, als er sich meldete.

„Du bist eine ..."

„Bitch?", schlug ich vor. „Ja, das kann ich. Ich kann deine Bitch sein und du meine. Hast du meinen letzten Anruf nicht genossen?"

Er lachte. „Nicht so sehr wie du."

„Gut, das klingt, als ob du es mir jetzt heimzahlen kannst."

„Hmm. Ich stehe eher auf körperliche Nähe, als auf Worte."

Das war eine Eröffnung für mich. Ich hatte nicht speziell darauf gewartet. Ich hätte es lieber von Angesicht zu Angesicht gemacht.

„Apropos, kann ich dir eine schwierige Frage dazu stellen?"

„Du hast nicht schon wieder Zweifel, oder?"

„Nein." Ich lächelte. „Ich frage nur." Mir war schmerzhaft bewusst, wie wenig ich von den Werwölfen wusste und wie sehr Alex es schätzte darüber zu sprechen. Die Frage hatte sich durch die Beschreibung anderer Leute von ihnen in meinem Kopf gebildet. Ich war nicht einmal sicher, welche Antwort ich hören wollte.

Der ungezähmte Ausdruck in seinen Augen, die Wildheit, waren beängstigend. Sie sprachen von Gefahr, der Möglichkeit tierischer Gewalt. Aber ich *liebte* die Gefahr; sie erregte mich. Und ich war kein Schoßhund. Ich wollte wohl nur wissen, wie viel Leine es gab. Das Problem war, das in Worte zu fassen.

„Nun?", hakte er nach.

„Also ... als wir gestern im Bett waren, danach, als wir geredet haben."

„Den Teil mag ich." Beinahe klang ein Knurren hinter seinen Worten hervor.

„Bevor dein Handy geklingelt und alles ruiniert hat," versuchte ich etwas kaltes Wasser auf ihn zu schütten. „Hast du gesagt, dass nicht jedes Mädchen die körperlichen Voraussetzungen mitbringt." Ich schluckte und hörte eine tiefe Stille in der Leitung. Oh Mist! Warum konnte ich nicht einfach den Mund halten?

„Ja, wir können rau werden, dominant und glaub mir, wir genießen es sogar in menschlicher Form zu beißen." Er machte eine Pause. „Ich wünschte, du wärst hier", sagte er sehr leise, sehr einfach.

Ich war an den Straßenrand gefahren und hatte angehalten. Das war gut, weil ich dem Fahren im Moment keine Aufmerksamkeit schenken konnte. Ich war in meiner neuen Beziehung auf schwieriges Terrain geraten, einer für mich sehr wichtigen Beziehung und jegliche nonverbale Kommunikation war gerade unmöglich.

„Ich wünschte auch, dass du hier wärst", antwortete ich.

„Du bist in deinem Wagen."

„Es spielt keine Rolle, wo wir sind."

Er gluckste. Es war ein tiefer, satter Klang, der mir sagte, dass alles mit uns in Ordnung war. „Ich suche niemanden, der die ganze Zeit unterwürfig ist, heißer Feger und ich verspreche nicht, dass ich immer behutsam bin, aber ich bin nicht ganz und gar ein Tier. Nicht einmal, wenn ich eines bin."

Ich lachte. Damit konnte ich umgehen. „Wann sehe ich das ganze Tier? Ich nehme an, der Vollmond betrifft nur Hollywood."

„Hey, Vollmonde sind gut. Bei Licht kann man viel besser im Wald rennen." Es waren ein paar Geräusche im Hintergrund zu hören. „Warte eine Sekunde."

Ich hörte, wie er mit jemandem redete und versprach, in ein paar Minuten zu kommen. Dann war er wieder bei mir.

„Ich muss weg. Der Kunde ist wieder mit an Bord. Ich will nur sicher sein, dass es dabei bleibt. Ich bin morgen zurück in Denver und ich habe ein Treffen mit dem Alpha am Morgen angesetzt."

Er gab mir die Adresse einer Ranch jenseits der Deer Creek Straße, draußen bei den Nationalparks, südwestlich der Stadt.

„Amber, dies ist ein sehr schlechter Zeitpunkt", warnte er mich.

„Einen guten Zeitpunkt gibt es nie."

„Lass dem Alpha nur etwas Spielraum, okay? Sein Name ist Felix Larimer."

„Alex, ich beschuldige Felix nicht ..."

„Doch, das tust du, ob du es so meinst oder nicht."

„Warum ist das so eine große Sache?"

„Das ist so, weil die Athanate ihre Nase in unsere Angelegenheiten stecken, wenn es ihnen passt und uns ansonsten kaltstellen. Athanate treffen Entscheidungen im Namen der ganzen paranormalen Gemeinschaft, ohne irgendwen hinzuzuziehen und verlangen dann, dass wir uns verantwortungsbewusst zeigen. Immer nehmen, niemals geben. Die Welt dreht sich nicht um die Belange der Athanate, Amber."

„Aua. Tut mir leid. Ich werde nett sein. Und ich komme nicht als Vertreterin der Athanate."

„Nein. Mir tut es leid. Ich hätte nicht so auf dich losgehen sollen. Es wird helfen, wenn du klarstellst, dass es um dich persönlich geht. Schau, ich muss weg."

„Wirst du mit mir kommen?"

„Ich werde dort sein. Bis morgen."

Wir verabschiedeten uns und ich blieb sitzen, um nachzudenken.

Hmm. Er würde ‚dort sein', statt ‚mit mir zu kommen'.

Was er über die Athanate gesagt hatte, hatte seine Berechtigung, zumindest was die Art anbelangte, wie man mich wahrnehmen würde. Vielleicht hatte er recht, dass die Athanate dahin tendierten zu glauben, dass die Welt sich um sie drehte. Diana hatte die Werwölfe oder die Adepten bei ihrem Plan, mit der Regierung zu sprechen, nicht erwähnt.

Ich wollte nicht der Grund sein, dass Alex Ärger mit seinem Rudel bekam.

Eine SMS erschien auf meinem Handy und beorderte mich zurück nach Haven. Sie war von Tom, der sie angeblich von Skylur hatte. Das Täuschungsmanöver war in Gang. Ich löschte die SMS.

Es war nicht so spät wie befürchtet. Als ich ankam, holte Jens Fahrer Kingston gerade einige Taschen aus dem Kofferraum ihres Wagens. Sie war einkaufen gewesen und ich sah, dass sie sogar Tullah mitgeschleppt hatte.

„Noch ein neues Fahrzeug, Süße?", fragte Jen.

„Es ist nur für ein paar Tage geliehen. Komme ich zu spät?", fragte ich.

„Du bist früh dran", sagte Jen, als wir uns auf die Wangen küssten. „Himmel, es ist noch so früh, dass wir uns aussuchen können, wohin wir zum Abendessen fahren."

Tullah war still. Sie konnte sich ausrechnen, wo ich gewesen war und das war wohl der Grund. Ich würde später unter vier Augen mit ihr reden.

„Warum essen wir nicht hier?", fragte ich, als wir hineingingen.

„Geht auf mich."

Darüber mussten Jen und ich sprechen. Nicht, dass sie es sich nicht leisten konnte. Sie musste zu den reichsten Leuten von Denver gehören. Es ging nur um meinen Stolz und den Stich, den mir meine Schwester versetzt hatte, als sie mich beschuldigt hatte, von Jen ausgehalten zu werden. Aber wenn ich mich durchsetzen würde und zahlte, müsste ich das mit meiner Kreditkarte tun und ich zweifelte nicht daran, dass das FBI die ebenso überwachte wie meine Handys.

„Du kannst mich nicht immer zum Essen ausführen. Und ich habe nichts anzuziehen", sagte ich.

Tullah ging plötzlich die Halle hinunter. „Ich ziehe mich um", rief sie über ihre Schulter.

Kingston kam von der anderen Seite zurück. „Alles fertig, Frau Kingslund."

„Danke, Kingston. Das ist alles für heute. Ich sehe Sie morgen zur üblichen Zeit."

Er schlüpfte aus der Vordertür und Jen nahm meine Hand und zog mich trotz meiner Proteste zur Gästesuite.

Ich erkannte, warum Tullah verschwunden war. Jen hatte nicht für sich selbst eingekauft.

„Nein, Jen. Das kannst du nicht weiterhin tun." Ich war nicht wirklich böse. Wirklich nicht. Ich wusste, dass es nicht ihre Schuld war. Die Gesamtkosten der Kleidung, die sie mir gekauft hatte, bedeutete finanziell für sie wahrscheinlich nicht mehr als für mich, Tullah einen Kaffee zu spendieren. Sie sah nur nicht, dass es einen Unterschied gab. „Kannst du das Problem nicht erkennen?"

„Nein, Süße, ich konnte nur sehen, dass du keine Kleidung mehr hast." Nun war sie wütend auf mich. Es ging um mehr als fehlendes Verständnis. Darunter kochte die Frustration. Es waren nicht die Kosten. Es bedeutete so viel für sie und ich musste schnell für eine Lösung sorgen. Die Luft fühlte sich trocken an wie Zunder, als könnte ein Funke alles entzünden.

„Was soll ich deiner Meinung nach denn machen?", schnappte sie. „Wie kann ich es besser machen, wenn du mich nicht lässt?" Ihre blauen Augen schienen von innen zu glühen. Sie war Sekunden davor zu explodieren.

Mir fehlten die klugen Worte und ich tat genau das, von dem ich wusste, dass ich es nicht tun sollte, obwohl ich es trotz allem selber wollte. Ich nahm sie in meine Arme. Ihr Körper war steif.

„Du brauchst nichts zu tun, Jen. Nichts muss ‚besser gemacht' werden."

Sie atmete tief aus und damit floss die ganze Spannung aus ihrem Körper. Ihre Hände glitten über meinen Rücken und ich schloss meine Augen.

„Tut mir leid", flüsterte sie an meinen Hals, die Lippen wie Schmetterlinge auf meiner Haut.

Ich lächelte.

„Was ist?" Sie kniff mich sanft.

„Ich hätte beinahe etwas total Unangemessenes und Kitschiges gesagt."

„Das kannst du gar nicht, Süße. Verrate es mir", sagte sie, „oder das Abendessen fällt aus." In einem Scherz versteckt, war das ihre Frage, ob es in Ordnung war, zum Essen auszugehen. Und da ich aufgehört hatte, über die Kleidung zu streiten, konnte ich, glaube ich, auch gleich vollständig kapitulieren.

„Okay, wir gehen, aber ich suche aus, wohin."

„Einverstanden. Trotzdem musst du mir verraten, was du gedacht hast, du raffiniertes Wesen."

„Nur wie gut du aussiehst, wenn du wütend bist. Ich habe dich gewarnt, dass es kitschig war."

Sie kicherte. „Wirklich?"

„Ja. Lass es dir von mir gesagt sein, das ist wirklich kitschig, ernsthaft." Sie schlug mich. Zum Glück ist es schwierig, jemanden zu schlagen, den man umarmt.

„Probierst du einige Kleidungsstücke an, Süße?"

Ich konnte mir vorstellen, meine Kleidung auszuziehen, aber ich hatte Schwierigkeiten mir vorzustellen, dann schnell wieder etwas anzuziehen. Und sie hatte nichts davon gesagt, das darauf hinwies, dass sie draußen warten würde.

„Schüchtern?" Ihr Gesichtsausdruck war ganz unschuldig.

Ich lachte. „Nach zehn Jahren bei der Armee? Nein, Jen, ich bin nicht schüchtern wegen meiner Figur. Aber tatsächlich möchte ich, dass du etwas für mich tust." Ich fuhr mit meinen Fingern durch ihr Haar und genoss es. Kleine Schauer fuhren über meinen Körper. Wenn ich nicht bald damit aufhörte, würde ich es nicht mehr können. Ich küsste ihre Stirn. „Ich muss dich bitten, bis nach dem Wochenende zu warten, damit ich dir dann alles über mich erklären kann, bevor wir das hier fortführen."

Sie sah zu mir hoch, erhitzt, aber ergeben. „Okay, Süße." Sie hatte sich wohl an mein seltsames Verhalten und meine seltsamen Bitten gewöhnt. Ihre Hände sanken auf meine Hüfte herab und ruhten dort. Sie biss sich nervös auf die Unterlippe.

Sie beruhigte sich mit einem tiefen Atemzug. „Ich werde meine Absichten nicht ändern. Aber wir befinden uns jenseits der ausgetretenen Pfade."

Ich neigte meinen Kopf und sah sie fragend an. Sie wusste von Werwölfen; ein Teil ihres Falles hatte Alex' Rudel involviert. Und ich dachte, dass wie bei vielen anderen Dingen auch, alle möglichen Gedanken ganz von allein auftauchten, sobald man seinen Geist erst einmal für das Thema geöffnet hatte. Hatte sie herausgefunden, was ich war? Zumindest ungefähr?

„Also", fragte sie vorsichtig, „werde ich dich in Vollmondnächten vermissen?"

Ich kicherte. „Das ist kein Fragespiel, aber das mit dem Vollmond ist pures Hollywood." Bevor ich meinen Mund schließen konnte, ließ mich mein kleiner Dämon sagen: „Du könntest mich aber zum Heulen bringen."

Sie sah mich an, die großen blauen Augen blinzelten. „Aber Süße, was meinst du damit?" Unschuldiger konnte sie gar nicht gucken.

Ich überzeugte sie, sich etwas Lässigeres anzuziehen, während ich mir ein Outfit aus der Kleidung zusammenstellte, die sie mir gekauft hatte. Sie hatte die Größe auf den Punkt getroffen und ihr Geschmack war exzellent. Kein einziges Preisschild hing an der Kleidung, aber ich konnte es mir vorstellen. Zum Schluss steckte ich zwar wieder in Jeans und Hemd, nur viel hochpreisiger.

Ich war vor Jen wieder draußen und Tullah wartete im Wohnzimmer. Sie lächelte etwas über die Kleidung. „Das ging besser als ich dachte", sagte sie.

Sie war noch immer verhalten.

„Was ist los?", fragte ich und setzte mich neben sie. Ich nahm an, dass sie fürchtete, von mir eine Predigt von ihren Eltern zu bekommen.

Ich sah, dass sie überprüfte, dass Jen noch nicht wieder da war. Sie holte tief Luft. „Wie gut kennst du Alex?"

Ein Hauch Kälte machte sich in meinen Bauch breit. „Überhaupt nicht gut. Wirklich nicht. Warum?"

„Ich hätte mich nicht einmischen sollen, Amber." Sie rieb ihr Gesicht mit den Händen. „Aber als du gesagt hast, dass seine frühere Freundin gestorben ist, musste ich das überprüfen. Ich konnte mich nicht zurückhalten."

„Was hast du überprüft?"

„Es gibt keine Sterbeurkunde", sagte Tullah. „Sie gilt offiziell als vermisst."

Ich musste mit mir ringen, um ruhig zu bleiben. „Hope war auch ein Werwolf, ich bin ziemlich sicher. Es gibt viele Gründe, warum ein menschlicher Gerichtsmediziner sie nicht untersuchen sollte."

„Ja. Wahrscheinlich ist es nichts und ich weiß, dass du auf dich aufpassen kannst. Aber ich musste es dir sagen. Tut mir leid."

„Du hast das Richtige gemacht, Kleine." Darüber würde ich mir heute Nacht keine Sorgen machen. Ich würde Alex morgen fragen und er würde es erklären. Gut.

Ich umarmte sie, gerade als Jen hereinkam. Zum Glück vergrößerten sich meine Probleme dadurch nicht. Jen wusste über meine Beziehung zu Tullah Bescheid und sie flüsterte mir nur ins Ohr, als Tullah wegen der Reservierung am Telefon war: „Ist alles okay?"

„Ja, es war nichts Wichtiges."

Tullah reservierte für uns bei Lario. Es war meine Wahl und die Steaks waren göttlich.

„Ist das deine Hand an meinem Hintern?", murmelte ich.

Sie seufzte. „Ich prüfe nur, ob sie passt, Süße. Habe ich es richtig gemacht?"

„Fühlt sich gut an", sagte mein Dämon. „Die Größe, meine ich."

Sie gluckste schelmisch und war brav, als wir uns in den Jeep drängten. Ich stellte sicher, dass die Handynummern noch stimmten und ließ die Wachen in Manassah.

Lario machte viel Aufhebens um mich. Ich war seit einem Monat nicht mehr da gewesen. Gut, trotz des Rabatts, den ich bekam, konnte ich mir nicht leisten, dort regelmäßig zu essen. Mit Wangenküssen für uns alle begleitete er uns zu einem Ecktisch und ließ das Servicepersonal auf uns los. Ich bezweifelte, dass Lario Jen erkannte; ihn interessierte nicht viel neben seinem Restaurant, aber das Personal wusste, wer sie war und der Service hatte Schwung.

Das Steak und der Wein lockerten uns alle auf. So sehr, dass ich zustimmte, am nächsten Abend mit Jen nicht in ein Restaurant, sondern zu ihrer neuen Quarter Horse Rennbahn zu fahren. Sie lag in Richtung Golden, auf der Westseite von Denver. Obwohl es noch lange dauern würde, bis die Ställe und Einrichtungen fertig waren, wollte der Quarter Horse Verband das mit einigen Eröffnungsrennen feiern. Jen musste teilnehmen, um die Medienzeremonie für eine formelle Schlüsselübergabe zu planen. Ich ächzte innerlich; ich hatte gerade zugestimmt, zu einem geschäftlichen Treffen mitzugehen.

Bei einem ganz anderen Thema erwies sich das Essen als Goldgrube für mich. Jen erwähnte nebenbei, dass sie erwog, einige Kunstwerke von einer Galerie zu kaufen, die einem gewissen Floyd Underwood gehörte.

Tullah hatte meine Notizen zum Fall Quinn gelesen und damit auch meinen starken Verdacht, dass Underwood für den Diebstahl der Medaille verantwortlich war. Ohne einen einzigen Blick in meine Richtung, zeigte sich Tullah von Underwoods Galerie und vom Umfang seiner Sammlungen fasziniert. Der Wein wirkte auch bei Jen und sie plauderte zufrieden und indiskret. Ich kam mir einige Male schuldig vor, aber hey, ich stellte die Fragen ja nicht.

„... und du glaubst nicht, was für eine private, militärische Sammlung er in seinem Büro hat."

„Militärisch? Medaillen und solche Sachen?"

„Ja. Er hat mir einige gezeigt. Nicht mein Ding, aber er hat so ziemlich jeden Medaillentyp, der je verliehen wurde."

Tullah, du hast dir gerade eine verdient.

Ich war mir einfach sicher, dass die Medaille in seiner privaten Sammlung war, in seinem Büro, im Keynes Gebäude in Capitol Hill.

Zurück in Manassah ging Tullah zu Bett, während sich Jen einen Brandy als Schlummertrunk einschenkte.

„Für dich nicht, Süße?" Sie hielt meinen Lieblings Rum hoch.

Ich schüttelte den Kopf.

„Gehst du noch einmal los?" Ihre Stimme war matt. Nicht so glücklich.

„Ich muss etwas für einen Fall überprüfen", sagte ich. Noch eine lange Nacht, aber es machte Sinn, um die alten Bowlingbahnen herumzuschleichen. Ich änderte das Thema. „Weißt du, hier ist es nicht sicher genug." Ich überprüfte, dass die Terrassentüren verschlossen waren. Durch sie konnte ich sehen, wie sich die Lärchen als Abgrenzung des Grundstücks im Wind bewegten sowie die in der Ferne glitzernden Lichter des Country Clubs. „Vielleicht solltest du noch einen von Victors Männern auf Patrouille schicken."

„Genug Wachleute. Aber ein Grund mehr, dass du hier bist." Sie nippte an ihrem Brandy. „Dann fühle ich mich sicher."

Ich nahm den Köder nicht an. Ja, ich hatte zwei Mal ihr Leben gerettet und ja, sie war bei mir sicherer. Ich konnte aber nicht immer da sein.

„Ich habe auch ein Schrotgewehr in meinem Zimmer", sagte sie. „Ich habe früher auf Tontauben geschossen."

Ein Schrotgewehr, das vielleicht geladen war oder vielleicht nicht, das zuletzt vor Ewigkeiten abgefeuert worden war von jemandem, der auf Übungsscheiben schoss. Das war nicht gut genug, wenn es nach mir ging.

Jen leerte ihr Glas.

Sie schien über ein Dutzend Möglichkeiten nachzudenken, mir

etwas zu sagen, aber am Ende hielt sie es ganz einfach: „Sei vorsichtig. Bitte."

Ich umarmte sie und wartete, bis sie ihre Tür geschlossen hatte, bevor ich in meine Suite ging.

Ich durchstöberte meinen begehbaren Kleiderschrank und fand ein dunkles Sweatshirt. Ich wechselte in meine Arbeitsstiefel und nahm meine Handschuhe heraus, die schwarze Skimütze und den Mantel eines Lagerarbeiters. Ich hatte ihn mir angeeignet, als ich Tuckers Drogenschmuggel hatte auffliegen lassen und jemand von Jens Personal hatte ihn geflickt, gesäubert und wetterfest gemacht. Es hatte zu regnen begonnen in der Nacht und ich war froh über den Mantel. Er würde mich auch doppelt so kräftig erscheinen lassen und besser noch, er würde Dinge verbergen.

Ich nahm einige Sachen aus dem Kofferraum, um sie darunter zu verstecken. Ich trug bereits die HK im Schulterholster. Ich fügte den Schalldämpfer hinzu. Ich nahm eine kurze Pumpgun für den Einsatz als letztes Mittel, wenn Schalldämpfer nicht mehr nötig waren und meinen alten Klappspaten. Ich selbst hatte mich seit dem Ausbildungscamp nie mehr verschanzt. Natürlich nutzten wir dieses Werkzeug bei Ops 4-10. Wir nannten ihn unsere transportable Toilette. Das war heute nicht meine Absicht, aber er empfahl sich sehr zum Einbruch in alte Gebäude.

Ich prüfte meine Nachrichten mit dem Oktopus. Matt hatte mir ein Update geschickt - Der *Energieverbrauch im Bowlingcenter ist heute Nachmittag abgestürzt. Das Auto Auktionshaus ist noch immer kalt, seit einer Woche.*

Mist. Ich versuchte mir einzureden, dass sie vielleicht einfach zu einem angenehmeren Ort umgezogen waren, um sich zu verstecken. Ich musste trotzdem gehen; das Bowlingcenter war meine einzige Spur zu Hoben. Ich war des Schattenboxens müde. Ich grollte. Ich musste auf etwas schlagen. Und ich könnte Glück haben und einen Hinweis finden, wohin sie gezogen waren oder vielleicht wo sie Larry gefangen hielten.

Aber mal ehrlich, sie zogen gerade heute aus? Kein Zufall. Sie hatten mich gesehen, als ich vorbeigefahren war.

Oder im schlimmsten Fall - *dem wahrscheinlichsten*, flüsterte Ben-Haim - hatten sie Larry und er hatte geredet. Sie hatten herausgefunden, dass er mit mir über das Bowlingcenter und das Auto Auktionshaus gesprochen hatte.

Wie auch immer, ich lief geradewegs in eine Falle.

Kapitel 27

In der Nacht sah das alte Bowlingcenter sehr unheimlich aus.

Ich stieg eine halbe Meile entfernt auf dem Parkplatz eines Hotels am Autobahnkreuz der Interstate 70 und der Interstate 25 aus dem Wagen. Es war ruhig; während ich mit gegen den Regen hochgestelltem Kragen dort entlang ging, hatte ich nur wenige andere Leute gesehen und keiner von ihnen ging zu Fuß.

Die Zementhersteller nebenan hatten geschlossen und ihre Sicherheitsbeleuchtung machte die Schatten nur noch dunkler. Einige alte Autos waren an der Straße davor geparkt, aber es gab keinen Hinweis auf ihre Besitzer.

Ich kletterte den Zaun hinauf und glitt hinüber, ohne mehr Geräusche zu verursachen, als er bei dem Wind ohnehin machte. Selbst das ging im Rattern der Züge auf den Eisenbahnschienen hinter dem Gebäude unter.

Innerhalb des Geländes hatte der Regen die Reifenspuren im Sand verwischt, aber alles war noch aufgewühlt. Mehrere große Lieferwagen waren kürzlich hier gewesen. Ich schlüpfte in die Schatten um das Gebäude. Sonst rührte sich hier nichts.

Ich konnte nichts aus dem Inneren des Gebäudes hören. Ich konnte nichts außer Rost und altem Öl riechen und den Zement von den Nachbargrundstücken. Ich nahm kein Gefühl von Wärme in den Wänden wahr. Die Bleche des notdürftig reparierten Dachs kreischten und klapperten im Wind.

Ich umrundete das Gebäude. Ich war kein Fan von Orten mit nur einem Ein- oder Ausgang. Verrottete, hölzerne Transportpaletten und verrostete 160 Liter Fässer lagen kreuz und quer an der Rückseite verteilt. Unkraut hatte sich zwischen die Betonplatten gezwängt, die das Gebäude umringten und hatte auch den Raum zwischen dem Gebäude und dem Zaun, der die Eisenbahnschienen abtrennte, in Beschlag genommen.

Die Haupteingangstüren vorn waren verschlossen hinter einem Metallgitter, das ans Gebäude angeschraubt worden war. Auf der Hälfte der Längsseite befanden sich alte Notausgangstüren, aber die waren dicht mit Brettern vernagelt. Der einzig offensichtliche Weg hinein war eine kleine Seitentür und die war die letzte Möglichkeit, die ich probieren wollte.

Ich kletterte das Metallgitter an den Vordertüren hinauf, dann über das ‚Luckys Bahnen' Schild auf einen Vorsprung, der gerade breit genug war, um darauf stehen zu können. Von dort konnte ich, wenn ich mich streckte, durch Fensterschlitze hineinsehen, die nicht vernagelt waren, weil sie zu schmal und zu weit oben waren. Sie waren voller Zementstaub.

Es war fast vollständig dunkel innen. Außer dort, wo ein einzelner Wachmann neben einer vergitterten Arbeitslampe saß und eine Zigarette rauchte und mit einer Pistole spielte. Er saß auf einem der alten, aufgereihten Sitze, auf denen die Bowlingspieler darauf gewartet hatten, an die Reihe zu kommen. Die Plastikabdeckungen waren aufgerissen und ein Holzbrett brachte die Sitzbeine auf eine Höhe. Links befand sich ein altes Büro, eigentlich der einzige Raum im Gebäude, der verschlossen war. Sogar die Deckenplatten waren entfernt worden und hatten ein Metallskelett mit herunterbaumelnden Lampenkabeln hinterlassen. Die alten Bahnabgrenzungen waren noch da sowie ein trauriger Haufen Leihschuhe in einer Ecke. Der Fußboden und die Bowling Mechanismen waren zu wertvoll, um zurückgelassen zu werden; sie waren herausgerissen worden und hinterließen klaffende Löcher an der hinteren Innenwand. Ich war beinahe beleidigt. Dies war Hobens altes Versteck und es schrie mir ‚Falle' entgegen, aber warum hatte man einen einzelnen Wachmann hier zurückgelassen? Einen so dummen, dass er bei Licht dasaß und sich damit seine Nachtsicht verdarb? Natürlich könnten mehr von ihnen hinter der Innenwand versteckt sein. Oder im Büro.

Ich war bereit wieder hinunterzuklettern, als sich der Wachmann bewegte.

Er sah auf seine Uhr, stand auf und wischte sich Asche von seiner Jacke. Dann ging er zum Büro und leuchtete mit einer Taschenlampe durch das Glaspanel in der Tür. Offensichtlich zufrieden gestellt zog er ein Handy aus seiner Tasche und wählte. Stunde der Amateure. Er machte Meldung. Was berichtete er vom Büro? Etwas über Larry?

Warum eine Falle aufstellen und Larry hierlassen? Als Köder? Das wäre einfacher zu glauben, wenn ich ihn sehen könnte. Was, wenn dies keine Falle war und sie noch keinen Ort gefunden hatten, wo sie ihn sicher verwahren konnten? Oder war jemand oder etwas anderes in dem Büro versteckt? Blutsklaven?

Falle oder nicht, ich würde hineingehen - Hoben und Matlal würden herausfinden, dass das Problem mit Fallen war, dass sie nicht immer so funktionierten wie gedacht. Die Wache musste etwas wissen und das war mehr, als ich momentan auf irgendeine andere Art erfahren konnte. Er könnte meine einzige Spur zu Hoben sein und die Uhr tickte.

Die Frage war, wie. *Nicht* durch die offensichtliche Seitentür.

Ich stieg wieder hinunter und umrundete das Gebäude, wurde ungeduldig und wusste, dass das tödlich sein konnte. Ich hatte niemanden, den ich anrufen konnte. Haus Altau war zu angespannt und das Team Schlangenbiss hatte sich gerade aufgelöst. Diese Arbeit musste ich alleine durchziehen. Ich musste sie nur richtig angehen.

Auf der Rückseite waren Löcher in den gemauerten Wänden, wo das Belüftungssystem entfernt worden war. Das wertvolle Metall war eilig herausgerissen worden und hatte große, unregelmäßige Lücken hinterlassen. Sie waren etwa acht Meter über dem Boden, hoch genug, dass sie nicht komplett mit Brettern vernagelt worden waren wie die Fenster im Erdgeschoss. Das sah nach dem einzigen alternativen Weg hinein aus, mit etwas Aufwand. Und dieser Weg wäre wenigstens teilweise durch die Innenwand vor dem Wachmann abgeschirmt.

Dank einiger alter, verrosteter Fässer bekam ich einen Vorsprung zu fassen. Ich nutzte den Klappspaten wie einen Eispickel und zog mich hoch, bis ich an der beschädigten Wand Fuß fassen konnte. Mit dem Spatenblatt löste ich die Platten, hebelte sie langsam Stück für Stück frei und die vorbeifahrenden Züge übertönten die Geräusche. In annehmbar kurzer Zeit hatte ich einen neuen Weg hinein und möglicherweise auch hinaus.

Unterhalb der Belüftungslöcher lag das Gerüst eines eingezogenen Zwischenbodens, der wahrscheinlich als Servicezugang für den Bowlingmechanismus gedient hatte. Ich glitt in das Loch und ließ mich vorsichtig auf das Gerüst hinab und von dort auf den Boden.

Die Szene in der Haupthalle war unverändert. Der Wachmann zündete sich mit der Kippe seiner letzten Zigarette eine neue an. Er wandte mir den Rücken zu und der Weg, über den ich hereingekommen war, war vor ihm durch die zerstückelten Reste der inneren Wand abgeschirmt.

Ich konnte jetzt seine Zigarette riechen, also gab es Luftbewegungen, wenn er seine Aufmerksamkeit darauf richtete.

Aber die Gerüche von chemischen Toiletten und feuchtem Zement maskierten andere Gerüche.

Von diesem Blickwinkel aus konnte ich sehen, dass einige verkabelte Geräte über der kleinen Nebentür, durch die ich hätte kommen sollen, montiert waren.

Nette kleine Überraschung.

Der Vorteil lag ganz auf meiner Seite. Der Wachmann war in einer schlechten Position und auch wenn sein Verstand es noch nicht erkannt hatte, sein Körper wusste es - ich konnte seine Furcht riechen.

Im Spektrum der vielen Gerüche, die auf meine Nase einstürmten, gab es Spuren von Matlal. Und Blut. Mein Magen verkrampfte sich.

Der Wachmann führte seine Prüf- und Bericht Prozedur durch. Das hieß einmal alle fünfzehn Minuten oder so. Jede Menge Zeit, hoffte ich.

Die notdürftigen Dachreparaturen draußen rasselten und klapperten im Wind, sodass ich nicht hören konnte, was er zu seinem Kontakt sagte, daher war es keine Überraschung, dass er mich nicht hörte. Er setzte sich wieder hin und legte die Pistole auf den Platz neben sich, während er anrief.

Er legte auf und ich reichte hinüber und nahm seine Pistole weg.

Er fiel hintenüber, wühlte nach etwas in seiner Jacke.

Ich sprang über die Bestuhlung.

„Die hättest du vorher nehmen müssen", sagte ich, als ich seinen Arm mit einem Schlag lähmte und ihn mit dem Gesicht auf den Boden stieß. Er hatte nach einer Pfeilpistole gegriffen, die kleine Schwester von der, die sie im Cheesman Park eingesetzt hatten. Nur auf zehn Meter genau, gerade ausreichend, wenn ich durch die Tür gekommen wäre.

Ich hob ihn hoch, knallte ihn gegen die nackte Ziegelwand und hielt ihm seine eigene Pistole unter das Kinn. Staub stob in einer Wolke über uns auf. Zementstaub. Das förderte meine Laune nicht gerade.

„Bitte, ich hatte nichts mit ihm zu tun", rief er. Sein Blick war panisch und er stank vor Furcht und Schweiß und Zigaretten, genug, dass meine Nase versucht war ihre Arbeit einzustellen.

„Wer?", fragte ich.

„Er. Da drinnen. Es sind die verdammten Vampire, sage ich Ihnen. Ich habe gesagt, dass wir uns nicht darin verwickeln lassen dürfen. Der Boss hat nicht zugehört."

Die Kälte, die sich über mir zusammengebraut hatte, zog in meinen Bauch hinunter.

Ich zerrte ihn zum Büro. Das kleine Fenster, durch das er gesehen hatte, war fast undurchsichtig vor Staub. So dick, dass ich Larry kaum zusammengesackt in einem Stuhl erkennen konnte. Die Seile, mit denen er gefesselt war, schienen ihn aufrecht zu halten. Er bewegte sich nicht.

Der Wachmann war nicht hineingegangen. Dieser Gedanke hielt mich auf. Was würden sie von mir erwarten? Hineinzustürzen.

„Dort ist noch eine Falle, nicht wahr?" Zwei Fallen. Zwei Chancen, mich zu kriegen. Das wäre es, was ich getan hätte.

„N-nein", stotterte er. Er log. Für wie dumm hielt er mich?

Ich nutzte seinen Körper, um die Tür aufzubrechen, schob ihn hindurch und riss ihn zurück. Natürlich peitschte ein federgespanntes Netz herunter. Wenn ich hindurchgegangen wäre, wäre ich jetzt eingewickelt wie ein Rollbraten.

Ich nutzte ihn erneut, um es aus dem Weg zu räumen und ging zu Larry.

Der sich nicht rührte. Und sich nie wieder rühren würde. Er saß da mit aufgerissener Brust, Herz und Lunge herausgerissen. Sein Gesicht war in Todesqual verzerrt.

Ich war viel zu spät dran für ihn.

Ich schloss meine Augen für einen Moment und spürte, wie sich eine Welle von Verzweiflung und Hass in mir zusammenbraute. Aber ich konnte der blinden Wut nicht die Oberhand lassen. Jetzt blieb nur noch eines, dass seinem Tod Bedeutung geben würde - seine Mörder der Gerechtigkeit zuzuführen.

Ich konnte nicht bleiben. Ich zog den Wachmann hinaus und drängte ihn wieder gegen die Wand.

„Wer hat das getan?"

„Matlals Leute", stammelte er.

„Wo?"

Er blickte verständnislos.

„Nicht. Genug. Blut." Ich knallte ihn immer wieder wie zur Betonung gegen die Wand. „Er wurde woanders getötet und hergebracht. Wo? Wo wurde er getötet?"

„Weiß ich nicht. Das ist die Wahrheit", wimmerte er. „Ich weiß es nicht."

„Wo ist dann Hoben?"

Er fing an zu weinen, schüttelte seinen Kopf von einer Seite zur anderen.

Wenn ich einem sicheren, schmerzhaften Tod gegenüberstände, hoffte ich, dass ich mich besser halten würde. Ich würde ihn nicht töten und obwohl er das nicht wusste, machte es seine Feigheit schlimmer für mich.

Meine Wut stieg ganz von allein. Ich griff seine Kehle und er schnappte nach Luft. Seine Augen traten hervor. Warum sollte ich ihn nicht töten? Die Wellen von Furcht, die von ihm ausströmten, schienen meinen Verstand zu überfluten. Mit einem Schauder sah ich, dass meine Athanate lernen konnte, sich davon zu nähren.

„Was hast du hier bewacht?", fragte ich ihn und verringerte den Druck. „Was war dein Auftrag?"

Er zögerte, seine Augen blickten vor und zurück. Ich erhöhte den Druck wieder etwas. Kein Entkommen. „S-Sie gefangen zu nehmen", stotterte er. „Für Hoben."

Verdammt. Es gab hier keine Hinweise - er war nur der Köder. Außer ... warum Netze *und* getränkte Pfeile? Warum überhaupt einen Wachmann riskieren?

„Ich hätte Sie nicht verletzt, das schwöre ich", fuhr er mit weinerlicher Stimme fort. *Nein, er wollte mich nur seinem kranken, sadistischen Boss übergeben. Rührend, diese Sorge um mich.*

Warte mal. *Mich dem Boss übergeben.*

„Du solltest mich also an Hoben ausliefern, sobald ich bewusstlos wäre." Seine Augen weiteten sich furchtsam. Ich schüttelte ihn etwas. „Wo?"

Er stöhnte. „Das kann ich Ihnen nicht sagen! Sie haben gesehen, was sie mit ihm gemacht haben." Seine Augen jagten zum Büro. „Hoben wird einen der Vampire dazu bringen mein Herz herauszureißen."

„Hoben ist nicht hier", sagte ich. „Ich schon."

Meine eigenen Regeln. Ich würde ihn jetzt nicht töten, aber das wusste er nicht. Ich zog den Hammer an seiner Pistole zurück und hielt sie ihm an die Leiste. Er hob die Hände, als wollte er mich abwehren und lallte zusammenhanglos.

Die Uhr tickte und er ging mir auf die Nerven. Ich stieß ihn mit der Pistole an. „Verdammt, wo?"

Seine Augen fielen auf seine Armbanduhr. Das Lallen stoppte so plötzlich wie ein Radio bei Stromausfall. Er sah mir in die Augen, kalt wie Eis.

„Hier." Seine Mundwinkel zuckten. „Hab dich, Bitch."

Draußen donnerten die Tore auf. Jemand schien einen Truck in vollem Tempo hindurchzufahren.

Er versetzte mir einen Schlag und traf mich in die Seite. Auch kein schwacher, halbherziger Schlag, sondern ein kräftiger. Aber in seiner Arroganz hatte er mich gewarnt und ich hatte mich leicht gedreht. Er zerschlug seine Knöchel am Schrotgewehr unter meinem Mantel.

Ich fluchte und schlug ihn hart mit seiner Pistole, trieb sie tief in seinen Solarplexus. Ich sprang zurück aus seiner Reichweite, als er sich krümmte und trat ihm ins Gesicht. Er taumelte, war wie geblendet. Ich griff nach seinem Revers, schwang ihn herum und warf ihn auf die Falle, die für mich an der Seitentür aufgestellt worden war.

Das Netz schnappte zu, wirbelte ihn herum und wickelte ihn ein wie eine Fliege im Spinnennetz. Gerade als sie zur Tür kamen, blockierte ich sie mit dem Stuhl, auf dem er gesessen hatte. Als sie versuchten, die Tür aufzubrechen, rannte ich davon.

In Ops 4-10 ließen wir niemals jemanden aus dem Team zurück. Das konnte ich heute nicht schaffen. Gedankenblitze an Larry erschütterten mich. Wie er nach Bourbon stank und den Betrunkenen spielte. Darüber scherzte. Die Art, wie sich seine Stimme änderte, wenn er von seinen Angehörigen sprach. Wie er auf der Straße bei Castle Pines kniete. Ich hatte ihn für einen Feigling gehalten, aber das war er nicht. Danach hatte ich befürchtet, dass er mich in eine Falle lockte, aber das hatte er nicht. Er war tapfer und er war tot und ich musste ihn hierlassen.

Ich kletterte zu meinem Notausgang hinten hinauf, als sie mit dem Truck die Tür rammten, sodass das ganze Gebäude erzitterte. Zementstaub wölbte sich über jeder Oberfläche und bildete eine erstickende Wolke, die schnell von starken Taschenlampenstrahlen durchdrungen wurde, als sie sich hineinkämpften, durch die verbogenen Überbleibsel der Stühle und über den Körper des Wachmanns hinweg.

Das Gerüst der verrotteten Pfeiler ächzte und begann unter mir nachzugeben. Ich sprang hoch, als es zerfiel, tastete verzweifelt umher und erwischte gerade noch eine Ecke der Belüftungslöcher. Als ich mich hochzog, hörte ich weitere Trucks mit kreischenden Motoren und quietschenden Reifen in den Hof einbiegen.

Ich fiel aus dem Gebäude, drehte mich und verfing mich mit einem Fuß an einem rostigen Fass, das unter dem Tritt nachgab. Zum Glück war noch niemand hier hinten.

Ich rannte direkt zum Zaun. Ein Wagen raste um die Ecke und stoppte schlitternd, beschleunigte dann erneut und röhrte über das Grundstück auf mich zu. Das waren keine verdammten Amateure. Ich hörte ein Rufen hinter mir. Sie hatten mich gesehen. Hochreichen, zugreifen, hochziehen und … überschlagen. Hinauf und hinüber. Der Stacheldraht zog an meinem Mantel. Er musste wieder geflickt werden, aber ich hatte meine Fähigkeit über Hindernisse zu kommen, nicht verloren.

Jemand feuerte. Das schaurige Pfeifen einer Kugel, die ganz nahe an meinem Kopf vorbeiflog, sagte mir, dass ich es noch nicht geschafft hatte. Offenbar galt der Befehl, mich lebend zu fangen, nicht, wenn ich zu entkommen drohte.

Weitere Rufe und Schüsse hinter mir, abrupt abgeschnitten vom Pfeifen des Zuges, als ich direkt vor ihm über die Schienen rannte. Dicht genug, dass er meinen Mantelsaum hochriss, als er vorbeifuhr. Dann folgte ein endloses Rattern der Waggons hinter mir und sie waren auf der anderen Seite und mussten dank Union Pacific lange warten, bevor sie mich verfolgen konnten.

Außer natürlich, wenn sie über den Zaun und auf die fahrenden Güterwagen springen würden.

Ich spurtete zum Hotel zurück, warf den Mantel in den Kofferraum und fädelte mich in den Verkehr auf der Interstate ein, noch bevor sie den ersten Truck auf meine Seite der Schienen gebracht hatten.

Ich hämmerte meine Hand frustriert auf das Lenkrad.

Ich hatte nichts gewonnen. Nichts. Ich hatte Larry gegenüber versagt und deswegen war er tot. Hoben war jetzt von Matlals Leuten umgeben. Der Wachmann war nicht ZK, er war aus Matlals Elite. Sie hatten mich perfekt eingeschätzt. Er hatte seine Marke hinter Zigarettenqualm und etwas, das wie Furcht roch, versteckt. Er hatte mich dazu gebracht auf ihn zu reagieren, ihn als Gefahr nicht ernst zu nehmen, die leichten Hinweise auf Matlal zu ignorieren. Er hatte mit mir gespielt.

Und er hatte mich damit beinahe lange genug aufgehalten. Ohne meine Fluchtroute befände ich mich jetzt in ihrer Hand.

Was Hoben betraf, selbst wenn ich einen weiteren Hinweis auf seinen Aufenthaltsort finden könnte, wäre die nächste Falle vielleicht besser oder sie hätten Glück. Sie mussten nur einmal Glück haben.

Ich hatte unrecht, als ich dachte, dass nur eine Sache Larrys Tod etwas Sinn geben konnte. Es gab zwei. Ich hatte die Verantwortung für ihn übernommen. Er war tot, aber seine Angehörigen nicht, soweit ich wusste. Ich tastete in meiner Tasche herum und holte den Fetzen Papier heraus, den er mir gegeben hatte, als wir im Cheesman Park losgerannt waren. Er hatte nicht erwartet davonzukommen. Unter der Trauer fühlte ich ein Ziehen, tief und stark wie die Gezeiten des Ozeans. Das war eine verschlüsselte Nachricht, um seine Angehörigen zu finden und das würde ich. Sie würden zu meiner Verantwortung und Teil meines Athanate Hauses werden.

Bei meinem BLUT, Larry, so schwöre ich.

Ich ließ den Jeep in der Tiefgarage von Dianas Wohnung und lief zurück nach Manassah. Ich war müde, aber zu aufgewühlt zum Schlafen, also ging ich nach einer Dusche wieder an Matts Berichte und Updates und zwang mich, mich zu konzentrieren.

Zuerst Matlal. An der Oberfläche war er, wie Bian ihn beschrieben hatte: glanzvoll. Sein Hauptunternehmen und die Quelle seines Reichtums war Bioteca Eztlian, eine in Mexiko-Stadt ansässige Biotechfirma. Hinzu kam ein blühendes Viehgeschäft, mit Viehfarmen in ganz Mexiko und seltsamerweise einige Firmen, die Blumen züchteten und verkauften. Er unterstützte Stadterneuerungsprojekte, Zoos und Waisenhäuser. Nach den Fotos und Videos, die Matt zutage gefördert hatte, war der Mann Duzfreund von jedem Politiker in Mittelamerika und von der Hälfte in Südamerika. Seine eigene politische Überzeugung schien nicht sehr stark definiert, obwohl einige Nahuatl Gruppen seine Unterstützung geltend machten. ,Möchtegern Azteken' nannten ihre Gegner sie geringschätzig.

Matt hatte nicht so viel Glück gehabt, in der Vergangenheit von Matlal fündig zu werden. Die Geschichte ,vom Elendsviertel in die Vorstandsetage' auf den offiziellen Webseiten erschien zu glatt. Sie war so unglaubwürdig, dass sie fast wahr sein konnte.

Gleichermaßen waren fundierte, kriminelle Verbindungen kaum nachzuweisen. *Unbestätigten* Gerüchten zufolge war er der Marionettenspieler des gesamten Drogenhandels von Kolumbien bis

Mexiko. *El Jefe Sombra*.

Ebenso schwierig zu belegen war alles, was sich jenseits des offiziellen Rahmens seines Biotechunternehmens abspielte, zu dem, den Gerüchten nach, biologische Kampfstoffe und illegale, genetische Experimente gehörten.

Es gab nichts, das mir, besonders in den nächsten Tagen, helfen konnte, aber ich ziehe es vor meinen Feind zu kennen und betrachtete es nicht als Zeitverschwendung den Bericht zu lesen.

Matts zusätzlicher Bericht über Tierangriffe und der zugehörige Schriftverkehr waren eine Goldgrube für mein Treffen mit den Werwölfen morgen. Es stärkte mein Bauchgefühl. Er hatte sogar einige weitere Bezüge auf das FBI Projekt Anthrazit gefunden und einen Meinungsaustausch mit Polizeiberatern, der nicht in die Polizeiberichte eingeflossen war.

Am Ende tobten noch immer zu viele Dinge ungeklärt in meinen Gedanken und ich hatte diese Woche kaum Sport gemacht, abgesehen von einigen Läufen im Park. Ich zog mich um und schlich mich in den Trainingsraum im Untergeschoss.

Eine Stunde später lag ich schließlich auf den Übungsmatten, um zu Atem zu kommen und den Schweiß zu trocknen. Das unbequeme Kribbeln verließ mich nicht, aber ich schloss kurz meine Augen.

Ich gehe hinauf. Ich brauche kein Licht, die Dunkelheit im Wohnzimmer ist vollkommen, bis sie blendend blaue Flammen in den Kamin speit.

Tullah sitzt wieder schlafend auf dem Sofa und der Raum ist ausgefüllt mit einem kompliziert in sich verschlungenen Drachen.

„Kaothos", sage ich und setze mich mit gekreuzten Beinen auf den Boden.

„Amber Farrell", sagt sie. „Du hast mit Tullahs Eltern gesprochen und sie haben dich gewarnt?"

„Dass du bösartig wirst und Tullahs Fähigkeiten, Energie zu kanalisieren, sprengen wirst, ja." Ich sehe keinen Grund zu verschleiern, was mir gesagt worden war.

„Und was denkst du darüber?"

„Ich bevorzuge noch immer, mir selbst ein Bild zu machen."

Kaothos kräuselt sich, Reflexe schimmern über ihre geschuppten Seiten. Sie schien sich zu freuen. „Ich möchte eine Gemeinschaft vorschlagen", sagt sie.

„Von zweien?"

„Von vielen. Was ist ein Haus anderes als eine Gemeinschaft? Du bietest mir Vorteile, die die Adepten nicht haben. Und ich bin sicher, dass ich Hana Vorteile biete, die andere Wolfsgeister nicht haben. Das wären auch Vorteile für euch beide. Und Tullah braucht deine Hilfe und Führung, um ihre Möglichkeiten zu erkennen."

„Was sind das für Vorteile?"

„Das wird sich während des Lernprozesses für uns beide ergeben."

„Gut, solange alles so vage ist, ist meine Antwort es auch."

Zischendes Drachengelächter.

„Vorsichtig sein ... ist vielleicht gut für unsere kleine, von Feinden umgebene Gemeinschaft. Sprich nicht darüber, Amber. Amber."

„Amber? Amber?" Tullah rüttelte mich wach. „Warum schläfst du auf dem Boden?"

Ich war im Wohnzimmer. Im Kamin brannte ein Feuer.

Kapitel 28

DONNERSTAG

Ich verließ Deer Creek und nachdem ich von den kurvigen Straßen einige Male falsch abgebogen war, fand ich schließlich den Weg zur Ranch.

Ich hielt vor dem Eingangstor an. Das Schließen meiner Autotür war so laut wie ein Schuss an diesem stillen Morgen. Ich lehnte mich gegen den Wagen und schaute über das Gelände. Ich würde ein Rudel Werwölfe treffen und das brachte meinen Magen in Aufruhr. Wie würden sie auf eine Athanate Werwolf Mischung reagieren? War das mein Rudel, wenn sich die Dinge zum Guten wendeten?

Ein weitläufiges Haus war auf der rechten Seite halb hinter einem wogenden Schirm aus Ahorn und Pappeln versteckt. Hinter dem Haus erstreckte sich ein dunkler Kiefernwald den Hügel hinauf und ich konnte beinahe die kalte Luft fühlen, die aus den Schatten bis ganz zum Tor hinunterströmte. Ein Hof mit Farmgebäuden und Geräten dominierte die Mitte des Geländes. Ein Mann saß allein vor einem der Schuppen und werkelte an einem Motor. Linkerhand lehnte sich eine uralte, große, hölzerne Scheune wie betrunken über einige antike Eggen, die im Gras einer überwucherten Wiese verschwanden. Im herbstlichen Sonnenlicht war die ganze Atmosphäre so hell und leuchtend wie die Anfangsszene eines Horrorfilms.

Wenn die Werwölfe hier waren, war ich sicher, dass mich jemand beobachtete. Der Kerl am Motor hatte noch nicht einmal seinen Kopf gehoben. Das konnte gut oder schlecht sein. Meine Panik war nur geringfügig stärker als vor dem Anhalten und ich stieg wieder ein und fuhr bis zu den Farmgebäuden.

Den Kerl am Schuppen nannte ich Ledergesicht, passend zum Horrorfilm Szenarium, obwohl ich das liebend gern ändern würde, wenn er sich vorstellte. Das tat er aber nicht. Seine Nasenflügel weiteten sich und er wurde ganz bewegungslos. Ich verspannte mich, aber er zeigte nur mit einem öligen Finger zur alten Scheune hinüber.

Ich dankte ihm und ging über die Wiese, mit meinem Rucksack über der Schulter. Ich merkte, wie seine Augen ein Loch in meinen Rücken bohrten.

Die Gräser waren hoch und trocken und raschelten, als ich hindurchging. Ich war mir bei den Wölfen nicht sicher, aber ich hätte einen ganzen Zug Scharfschützen in dem Gras verstecken können und nach dem Jucken zu urteilen, beobachtete man mich definitiv.

Das Scheunentor öffnete sich problemlos, trotz des baufälligen Eindrucks des Ganzen und ich ging hinein.

Es war erstickend heiß und feucht.

Helle Sonnenstrahlen fielen durch Lücken in Wand und Dach, beleuchteten nichts und ließen den Rest noch dunkler erscheinen. Gegenüber an einer hellen Stelle trottete ein verdammt riesiger Wolf von links nach rechts, goldene Augen starrten mich an. Dann blieb er stehen. Ich blickte in die dunkleren Bereiche, um meine Augen schneller anzupassen.

Der Ort war voller Wölfe. Ich konnte sie riechen, lange bevor ich sie sehen konnte. Wölfe haben keinen starken Geruch, aber ein Hauch, der genügend oft multipliziert wird, würde zu jedem durchdringen und meine Athanate verfeinerte Nase war empfindlich. Der Geruch von dampfenden Heuballen mischte sich mit Wolf.

Als sich meine Augen angepasst hatten und ich sie sah, bedauerte ich es. Ich wusste, dass ein Werwolf eins dreißig groß sein konnte; ich hatte sie auf dem Überwachungsfilm gesehen. Aber es ist eine Sache, es zu wissen und eine andere, von einem Rudel ponygroßer Exemplare umgeben zu sein. Sie hechelten. Ich hoffte, dass es an der Hitze lag.

Ich erkannte Alex in der Finsternis. Herbstfarben und blasse Halskrause. Wunderschön. Ja, und tödlich. Ich hatte ihn nie zuvor in Wolfsform gesehen, aber meine Nase bestätigte, dass er es war, als ich mich hinkniete. Ich wusste beinahe nichts über Werwölfe und ganz gewiss nicht, wie sie in Wolfsform reagierten. Ich reichte sehr langsam hinüber und umarmte ihn ganz sanft.

Ein tiefes, aber nicht bedrohliches Grollen kam von ihm und ich stand beruhigt wieder auf. Aber ich war nicht hier, um ihn zu sehen. Ich hatte keine Ahnung, warum alle in Wolfsform waren, aber ich dachte mir, dass es wahrscheinlich eine Art Test war. Ich bemerkte, dass mehr Raum um Alex frei war als um die meisten. Und ich bekam den Eindruck, dass er nicht glücklich darüber war.

„Felix Larimer?", fragte ich in die Dunkelheit.

„Hier", sagte eine Stimme hinten aus der Scheune. „Ich beobachte Sie mit Ihrem Haustier, Athanate."

„Und ich dachte, dass Wölfe sich nicht als Haustiere eignen", sagte mein Dämon. „Oder sind Sie einfach der Leiter dieser Haustierhandlung?"

Eine Welle rauschte durch die Wölfe wie der Wind über Gras - ein unterschwelliges Grollen. Nicht klug, Dämon. Ich musste das Gesicht wahren, also ging ich dorthin, woher die Stimme gekommen war, in das tiefste Dunkel.

„Sind Sie dumm oder selbstmörderisch?", fragte er.

„Weder noch. Aber ich ärgere mich sehr über die Macho Spielchen, die Sie und Altau spielen."

„Warum beteiligen Sie sich dann an Altaus Spiel?"

„Ich bin nicht in seinem Auftrag hier. Noch nicht einmal mit seiner Zustimmung"

Der Druck des Grollens ließ etwas nach.

„Interessant. Sie könnten sogar die Wahrheit sagen."

Ich antwortete nicht. Ich starrte in die Ecke, aus der seine Stimme kam und strengte meine Augen an, um sein Gesicht in der formlosen Unschärfe zu erkennen.

„Ich brauche sie nicht, um zu erkennen, dass Sie sich fürchten", fügte er hinzu. Gewebe rieb leicht raschelnd aneinander, als er sich bewegte. Er saß in einem Liegestuhl. „Das mag ich. Es ist angemessen."

Na schön.

„Großartig. Wenn wir das abgehandelt haben, können wir jetzt darüber reden, weshalb ich gekommen bin?"

Das Grollen war zurück, wie Fangzähne, die sich an meinen Hals drückten. Ich hob die Hände; ich hatte die Botschaft verstanden. Er bestimmte, worüber wir sprachen.

„Was genau sind Sie, Amber Farrell?"

„Ich bin es ganz und gar leid das gefragt zu werden. Was denken Sie?"

Als er aufstand und auf mich zu kam, veränderte sich die geisterhafte Gestalt zu einem Mann, größer als Alex, mit stacheligem, schwarzem Haar und tiefliegenden Augen, die mit diesem ungezähmten Wolfsblick glänzten. Sein Mund war hart und dünn. Er trug eine cremefarbene Leinenjacke über einem weißen Hemd und dunkle Jeans. Er hielt sich mit einer Spannung wie ein Boxer im Ring. Seine Stirn glitzerte vor Schweiß.

„Was ich denke?", wiederholte er. „Athanate, zum Teil.

Anwärter?" Er schnüffelte und runzelte die Stirn. Statt hin und her zu gehen, trat er plötzlich genau vor mich. Ich schraubte meine Reaktion auf lediglich ein Zucken hinunter, kämpfte dagegen, mein Gewicht nach vorn auf die Fußballen zu verlagern, lockerte meine Fäuste bewusst und versuchte gleichmäßig zu atmen. Er starrte auf mich hinab. Dominanzspiele eines Wolfs oder war es etwas anderes? Ich hob meinen Kopf, um ihm in die Augen zu sehen, überlegte es mir dann anders.

Aber ich spürte, dass es gut war, mein Kinn zu heben. Genau wie es bei Skylur gut war, den Hals anzubieten. Ob diese Mistkerle wussten, wie ähnlich sie sich waren?

Ich konnte eine Veränderung um mich herum fühlen, als ich meinen Kopf zurückneigte. Die Feindseligkeit ließ nach.

Mein Herz geriet wieder ins Stottern, als ich Bewegungen über mir spürte. Da waren noch mehr von ihnen auf den Dachbalken. Daran konnte ich jetzt nichts ändern. Ich schloss meine Augen und zwang meinen Herzschlag hinunter.

Larimer beugte sich über meinen Hals und schnupperte. Ich hielt den Mund und klemmte meine Zunge wortwörtlich fest zwischen meine Zähne. Ich konnte den Dämon nicht von der Leine lassen, um Kommentare darüber abzugeben, er solle an meinem Hintern schnüffeln. Der Herzschlag ging runter. Einatmen. Ausatmen. Mit der Strömung gehen. Er würde mich nicht beißen.

„Gut", knurrte Larimer und ich nahm das als Erlaubnis, meinen Kopf wieder in die normale Haltung zu bringen. Er kehrte in den Halbschatten zurück und wanderte wieder herum.

„Gut", sagte er erneut. „Ich könnte an einen Athanate Plan glauben, einen Vorteil darin zu suchen, Werwölfe zu stehlen, indem man sie auf irgendeine Weise infundiert." Er wendete sich und wendete sich erneut, starrte mich aus dem Dunkel an. „Aber einen Athanaten mit einem Werwolf zu infundieren? Das würde Altau nicht absichtlich tun."

Der Druck fiel wieder etwas.

„Das hatte nichts mit Altau zu tun", sagte ich ruhig.

Er grunzte. „Und wie hat der hochnäsige Blutsauger das aufgenommen?"

„Wenn Sie Skylur meinen, nicht gut. Sie sind besorgt." Ich wollte nicht auf Details eingehen, aber Larimer ließ sich auf nichts so Unbestimmtes ein.

„Warum?"

„Die Mischung ist unberechenbar." Ich stoppte, aber damit gab er sich nicht zufrieden.

Vertraue und spring, Farrell.

„Sie fürchten, dass einen Werwolf hinzuzufügen zu Instabilität führen könnte", sagte ich, „dazu, entweder Basilikos oder bösartig zu werden."

Er knurrte, jedoch nicht direkt mich an.

„Also nicht ganz Altau. Wie geht das?"

„Ich bin ein eigenes Haus, alliiert mit Altau."

„Ich verstehe. Oh, sehr schlau. Dicht, aber nicht zu dicht. Auf jeden Fall nah genug, um es im Notfall zu korrigieren."

Ich war verwirrt und das entging ihm nicht.

„Er nimmt Sie nicht in Haus Altau auf, bis er sicher ist, dass er die Dinge kontrollieren kann. Er lässt Sie nicht sonst wohin entwischen, damit andere keinen Ärger mit ihnen veranstalten können. Er erwartet von mir, die Werwolf Seite vernünftig zu halten, während er die Athanate Seite kontrolliert."

„Aber", protestierte ich mit offenem Mund, „er hat nichts dergleichen gesagt. Er hat mich nicht gebeten, hierherzukommen. Er hat nicht ..."

„Hat er Ihnen verboten, uns zu treffen?"

„Nein, aber ..."

„Könnte ein intelligenter Mensch annehmen, dass wir zu Ihnen kommen würden, wenn Sie nicht zu uns gekommen wären?"

Ich hielt den Mund. Es war wie auf Sand zu stehen, den das Meer unter mir wegschwemmte. Aber *Diana* hatte vorgeschlagen, dass ich Haus Farrell werden sollte. *Bevor* mich Alex infundiert hat.

„Er hat mir nichts in der Art gesagt", sagte ich.

„Das macht Altau nie", fauchte Larimer. „Was er sagt und was er will, sind verschiedene Dinge. Er ist nur zufrieden, wenn man glaubt, dass man macht, was man will, aber in Wirklichkeit macht man, was er will. Er lässt einen raten. Und wenn man falsch rät, können die Konsequenzen tödlich sein."

Er trat wieder vor mich und funkelte mich an. „Hier", grollte er, „sagen wir, was wir denken."

Mist. Er hatte Unrecht mit Altau. Sicher sah er subtile Ebenen, die gar nicht da waren. Und auch Altau hatte Unrecht damit, ihn so schmoren zu lassen. Er war niemand, der so behandelt werden durfte.

Ich würde die beiden nicht gegeneinander ausspielen, aber kurzfristig musste ich meinen Hals retten und das hieß mitspielen, mit beiden.

Ich senkte meinen Kopf. Braves Mädchen. „Ich verstehe."

Er zog sich in den Schatten zurück und drehte eine Runde. Überprüfte die Reaktion des Rudels, glaubte ich. Ich hoffte, dass ich eine Lockerung gegenüber mir und auch gegenüber Alex spürte.

„Erkennen Sie", fragte er, „dass Alexanders Marke nicht mehr zum Rudel passt?"

„Ich war nicht sicher", antwortete ich. „Es erschien mir möglich, aber ich hatte nichts zum Vergleich."

„Prüfen Sie es jetzt."

Ich ging zu Alex zurück. Als ich mich nun darauf konzentrierte, mit dem Rudel zum Vergleich, war der Unterschied offensichtlich. Es gab eine Spur von dem exotischen, scharfen Duft der auch David und Pia von Altau unterschied.

„Verschieden", sagte ich einfach und ging zu meinem Platz zurück. Ich konnte nicht sehen, wo Larimer stand.

Seine Stimme kam von der Seite. „Keiner von euch hat die Marke des Rudels. Keiner von euch ist Rudel. Und wie soll ich nach Ihrer Vorstellung damit umgehen?"

Ich räusperte mich. „Wie Altau. Ein eigenständiger Verbündeter?"

„In meinem Revier?" Larimer war plötzlich direkt vor mir, sodass mein Herz im Hals klopfte. Aber die vielen Stunden, in denen die harten Ausbilder der Armee mich ebenso eingeschüchtert hatten, hatten mich gelehrt, innerlich damit umzugehen. Ich stand sogar in der Rührt-euch-Stellung.

„Ja", sagte ich und hielt meinen Blick auf sein Schlüsselbein gerichtet.

Seine Hand hob meinen Kopf, bis ich ihm direkt in die Augen blickte.

„Wir sind nicht wie die Athanate. Wir haben kein Statut. Wir machen keinen Papierkram. Wir leisten keine Eide." Er schätzte meine Reaktion ein, bevor er weitermachte. „Wir treffen eine zeitweise Vereinbarung, während wir Sie untersuchen", sagte er. „Sie kommen, wann und wohin ich bestimme, mindestens einmal die Woche. Sie machen genau, was ich sage."

„Das letzte kann ich nicht versprechen." Meine Stimme klang schwach, aber es hatte keinen Zweck zuzustimmen, nur damit mir etwas befohlen wurde, wie Altau zu betrügen. „Ich werde versuchen zu tun, was Sie sagen, genau wie ich versuche, das zu tun, was Skylur sagt."

Er sah auf meine Kehle und seine Nasenflügel weiteten sich.

„Sie sollten froh sein, dass Sie mich nicht belogen haben", murmelte er. Dann drehte er sich um und stolzierte großspurig davon. „Ich erwarte, dass Sie alles Weitere befolgen."

Es gab eine lange Pause. Larimers Stiefel klapperten auf den hölzernen Dielen. Man hörte ein Scharren von Klauen und das Rascheln von Heu, als die Wölfe um mich herum ihre Haltung lockerten.

„Wenn Sie nicht für Altau hier sind, warum dann?", fragte er schließlich.

„Weil wir ein Problem haben."

„‚Wir'? Oh, das mag ich, glaube ich. Zumindest mehr als ‚ihr'." Er wartete, dann fuhr er fort. „Berichten Sie mir von ‚unserem' Problem."

„Es gibt in Denver einen bösartigen Werwolf, der Menschen tötet."

Die Spannung stieg wieder rapide an in der Scheune. Larimer schwenkte zurück in einen der schrägen Lichtstrahlen. Seine Augen verschwanden in Schattenhöhlen.

„Wir haben Besonnenheit gelernt. Wir töten keine Menschen. Normalerweise."

Trotz all seines Drohens und Posierens, war mir klar, dass er nicht dumm war. Das hatte ich vom Alpha des Denver Rudels auch nicht erwartet. Zum Teil spielte er vor seinem Publikum eine Rolle und das beruhigte mich etwas.

„Zeigen Sie es mir." Er deutete auf meinen Rucksack in der richtigen Annahme, dass ich nicht mit leeren Händen gekommen war und mit Beschuldigungen herausplatzte.

Ich löste die Klappe und holte mein erstes Beweisstück heraus, einige Gipsabdrücke von Wolfsspuren.

„Diese habe ich in Bitter Hooks genommen. Sie stammen von Ihrem Rudel, glaube ich." Ich kniete mich hin und legte sie in eine Reihe, der Größe nach geordnet, mit einem Lineal daneben.

„Olivia, mach Licht", sagte Larimer.

Es quietschte und dröhnte im Gebälk, als eine Frau in menschlicher Gestalt eine Dachfensterblende öffnete und plötzlich die

Mitte der Scheune mit Licht flutete. Ich blinzelte. Barmherzig kalte Luft strömte mit herein.

Larimer stellte sich genau hinter mich und sah mir über die Schulter. Ich nahm einen tiefen Atemzug und versuchte ihn zu ignorieren, aber ich musste zugeben, dass er Präsenz hatte; ich konnte ihn dort spüren.

Als nächstes legte ich einige Fotos und Skizzen neben die Gipsabdrücke.

„Dies ist aus Polizeiberichten. Einige davon, die älteren, wurden als nicht tödliche Angriffe von großen Hunden abgelegt."

„Und die anderen? Die neueren?"

„Morduntersuchungen, bei denen der Leichenbeschauer zu dem Schluss kam, dass sich nicht identifizierte Tiere nach dem Tod an den Leichen zu schaffen gemacht hatten."

Es war still in der Scheune; sogar das Hecheln hatte aufgehört. In der Ferne sangen Vögel in den Bäumen. Draußen rauschte der Wind im Gras und Ledergesicht ließ ein Werkzeug auf Metall fallen und fluchte.

„Ricky", rief Larimer.

Im Augenwinkel sah ich eine Bewegung, ein Zerrbild wie eine Fata Morgana. Hervor trat Ricky, ein blonder Wikingertyp, unrasiert, mindestens zwei Meter groß und ganz und gar nackt. Das schien ihm nichts auszumachen. Er stellte sich hinter meine andere Schulter. Sehr nahe.

„Groß", sagte er. Seine Stimme war ruhig. Ich musste mir wieder auf die Zunge beißen. Ja, das konnte man sagen.

„Ja", sagte ich, als ich meinen Humor unter Kontrolle hatte. „Viel zu groß für einen Hund. So groß wie die größten Gipsabdrücke, die ich genommen habe." Ich räusperte mich. „Ein oder zwei könnte ich ignorieren und als Zufall ansehen, Messfehler oder was auch immer. Bei einem halben Dutzend keinesfalls. Bei einem Dutzend gibt es ein ernstes Problem."

„Sie haben hier kein Dutzend Berichte", sagte Ricky.

Ich stand auf. Ich bin nicht besonders körperbewusst, aber es war schwer mich zu konzentrieren, wenn der nordische Gott so über meiner Schulter aufragte.

„Diese hat mir die Polizei gegeben. Es gab einige, bei denen keine Abdrücke genommen wurden. Trotzdem habe ich einiges überprüft und etwas gefunden, das nicht in den Haupt-Polizeiberichten steht, noch nicht."

Ich holte den Ausdruck heraus und warf ihn zum Rest.

„Diese sind von Beratern, die die Polizei hinzugezogen hat und von Experten, mit denen die Berater gesprochen haben. Einige sind auf Spanisch und was die wissenschaftliche Terminologie betrifft, bin ich nicht so bewandert." Ich machte eine Pause, um mir den Schweiß aus dem Gesicht zu wischen. „Der erste war ein Zoologe, der vom Leichenbeschauer hinzugezogen wurde, um bei einigen der jüngeren Fälle Bissspuren auf einigen Oberschenkelknochen und Halswirbeln zu beurteilen. Der Zoologe wies darauf hin, dass die Oberschenkelknochen tatsächlich durchgebissen und nicht zerbrochen worden waren. Also holten sie einen Berater und fragten ihn, welche Hundeart das kann."

Vielleicht sollte ich Rednerin werden; ich hatte mein aufmerksamstes Publikum überhaupt. Sie wussten natürlich alles über Beißkraft, aber ich musste es logisch aufbauen.

„Es stellte sich heraus, dass ein normaler Hund das nicht kann. Seine Beißkraft beträgt etwa 517 N/qcm. Eine besondere Hunderasse könnte mehr haben. Ein typischer Wolf hätte etwa 1034 N/qcm. Der Berater meinte, es müsse eine entlaufene Hyäne sein, weil der Wert mehr als doppelt so hoch war."

Frische Luft wehte über mein Gesicht und kühlte den Schweiß.

„Die Polizei gab an diesem Punkt auf. Es war teuer und sie dachten, dass es zu nichts führte. Sie hielten die Daten für falsch. Aber der Berater war neugierig geworden und sandte seine Funde an einen Experten, den er auf einer Konferenz getroffen hatte. Einen Professor in Spanien, dessen Fachgebiet Hyänen sind."

Ich schritt um die große, quadratische, sonnenbeleuchtete Fläche und versuchte die Dunkelheit in den Scheunenecken zu durchdringen.

„Der Professor sagte auch, dass die Daten falsch sein mussten. Entweder ist es keine Hyäne und die Kraftberechnung ist falsch, sagte er oder es ist eine Hyäne und das Zahnmuster ist falsch. Ende der Geschichte, außer dass er sich in der Nacht betrank und eine weitere, als Witz gemeinte E-Mail schrieb. Darin spekulierte er, dass es wegen des Zahnmusters ein Wolf sein musste und er versuchte die Größe des Wolfs abzuschätzen, der diese Kraft erzeugen könnte. "

Larimer beobachtete mich, sein Gesicht undurchschaubar. Ricky hörte mit stark gerunzelter Stirn zu und sah auf die Gipsabdrücke.

„Die Antwort lautet: etwa doppelt so viel Masse wie ein normaler Wolf. Masse und Größe steigen nicht proportional und deshalb berechnete er, dass der Wolf ein Meter dreißig Schulterhöhe hätte."

Ich sah mich um. Zumindest die Hälfte hätte sich qualifiziert.

Larimer rührte sich. „Wann?" Er winkte auf die Abdrücke und Berichte.

„Der früheste Angriff war vor einem Jahr, der letzte vorigen Monat," antwortete ich.

„Warum haben Sie das zu uns gebracht?"

„Dies ist das hiesige Rudel. Wollen Sie mir sagen, dass es weitere Werwölfe in Denver gibt?", fragte ich.

Das mochte Larimer überhaupt nicht. Ebenso wenig Ricky. Natürlich hatte mir Alex bereits gesagt, dass es ein Problem gab, aber jetzt wusste ich es offiziell. Das Denver Rudel wurde auf irgendeine Weise angegriffen.

„Also gibt es ein weiteres Rudel in Denver? Nicht erwünscht?"

Larimer nickte kurz.

„Wie lange schon?"

Ein Knurren war aus den Schatten zu vernehmen, aber Ricky knurrte zurück und ein entschuldigendes Jaulen antwortete. Es wurde ruhiger, aber das unterbewusste Grollen durchfuhr mich weiterhin und das Geräusch von Wölfen, die im Dunklen näher krochen und sich um mich scharten.

„Ungefähr drei Monate", sagte Larimer. „Sie werden nicht mehr viel länger hier sein."

„Also haben sie nichts hiermit zu tun." Ich berührte die älteren Berichte mit einem Zeh und versuchte, den Druck ihrer Blicke zu ignorieren. „Machen die denn dieselben Sachen?"

Larimer grunzte unverbindlich.

„Da gibt es noch etwas", sagte er und wartete. „Sie sind noch nicht fertig, nicht wahr?"

„Ja. Diese Akten werden für das FBI kopiert, ich weiß nicht warum. Was auch immer abläuft, es muss aufhören und zwar bald. Keiner von uns will, dass das FBI hier in Denver herumschnüffelt."

Es herrschte eine schockierte Stille, die Larimer vorgab einfach abzuschütteln.

„Aha. So ist das also. Die Athanate wollen das FBI nicht hier haben."

„Sie können jeden verdammten Grund vorschieben, den Sie

wollen, Larimer", schnappte ich. „Ich hatte noch keine Zeit, mit Altau hierüber zu sprechen. Ich habe das hier vorgebracht, weil das Ihr Problem ist."

Er ging ein, zwei Meter zurück, wurde wieder eine blasse, im Dunkel treibende Gestalt. Ich spürte, dass er mich weiterhin beobachtete.

Ein halbes Dutzend weitere Werwölfe veränderten sich in einem Zerrbild, dass die Augen schmerzten, um sich die Berichte anzusehen. Einige Frauen wie auch Männer. Ich machte ihnen Platz. Niemand wirkte, als würde ich ihnen einen Gefallen tun, aber zumindest zeigte sich niemand aktiv feindlich.

Ricky und einer seiner Freunde runzelten über meine Abdrücke die Stirn, aber Larimer beobachtete mich noch immer gespannt. Er spazierte zurück ins Licht. Sein Gesichtsausdruck war jetzt eher misstrauisch und abschätzend als offen bedrohlich.

„Gibt es etwas, womit ich dabei helfen kann", fragte ich ihn.

„Wir brauchen keine Hilfe von Athanaten", knurrte Rickys Freund und sah von den Abdrücken auf. Ich lächelte ihn nur an und er war klug genug, um zu verstehen, wie dumm er gerade war. Das mochte er nicht. Er errötete ärgerlich und knurrte, was aus seiner menschlichen Kehle zu dünn und hoch klang, aber es klang dennoch bedrohlich.

Ein antwortendes Grollen erklang hinter mir, tiefer, vibrierte in meiner Brust. Alex.

Alle erstarrten.

Rickys Hand umklammerte den Arm seines Freundes und sein menschliches Gesicht zeigte ein gutes Bild der entblößten Fangzähne eines Wolfs, aber zu spät. Die Gruppe schien um ihn herumzuwirbeln, schweißte das Rudel gegen den Außenseiter zusammen. Ich drehte den Rucksack in meiner Hand. Ich könnte die HK in einer Zehntelsekunde herausholen. Und nach dem Leeren des Magazins könnte ich sie als Keule nutzen, während sie mich in Stücke rissen.

Ricky schleuderte einige zur Seite, aber es war Larimer, der es beendete, er schlug in die sich bildende Gruppe, stoppte die Dynamik und knurrte die Angreifer an. Er schwitzte erneut, obwohl er bei den Provokationen unbesorgt auszusehen versuchte.

Das Rudel wurde ruhig. Alex nicht. Larimers Blick schätzte mich ab, schätzte Alex ab. Er sah, wie ich den Rucksack hielt und ich zweifelte nicht daran, dass seine Nase ihm verraten hatte, was drin war. Er sah an mir vorbei auf Alex.

„Ich bitte um Entschuldigung, Alexander", sagte er förmlich. „Ich habe dir bei Beweisen misstraut, die ich nicht verstanden habe. Aber das ist kein Grund für Provokationen." Er starrte böse in die Runde.

Das Grollen von Alex ließ nach, ohne ganz zu verstummen. Larimer kam vorsichtig näher zu mir.

„Und meine Entschuldigung auch an Sie, Frau Farrell. Sie erscheinen aufrichtig und wenn Sie uns Probleme bereitet haben, sind die geringer als das, worauf Sie uns aufmerksam gemacht haben." Er verzog den Mund, als sein Blick zu meinem Rucksack flog. „Ihre Bereitschaft, freiwillig herzukommen und an der Seite von Alex zu sterben, spricht für Sie. Vielleicht wird etwas Gutes daraus entstehen."

Alex wurde still hinter mir und der Druck in der Scheune fiel so schnell ab wie bei einem geplatzten Reifen.

„Ehrlich gesagt", sagte ich zu Larimer, „hatte ich gedacht, dass die Beziehungen besser wären." Ich räusperte mich. „Neue Athanate und Werwölfe, Sie wissen schon ..."

„Oh, es war bestens. Funktionierte gut."

„Funktionierte? Vergangenheitsform? Jetzt nicht mehr?"

Larimer hob eine Augenbraue, überrascht, dass ich es nicht wusste. „So ist es."

„Warum?"

„Fragen Sie Altau, Farrell", sagte Ricky. „Sie haben uns nichts gesagt."

Er hatte seinen Freund vorwärts gezogen, sodass er zwischen ihm und Larimer stand.

Der Junge stotterte eine Entschuldigung und floh, als ich die Achseln zuckte. Es ist wohl schwierig für einen Mann, ganz nackt vor einer bekleideten Frau zu stehen und sich dafür zu entschuldigen ein Esel gewesen zu sein, egal ob Werwolf oder nicht.

„Ich bin nicht in der Position, es zuzusagen, Larimer, aber ich bin sicher, dass Sie und Altau sich nächste Woche irgendwie einigen können."

Er schnaubte. „Ja, nächste Woche. Nicht diese Woche, nicht, wenn Denver vor lauter Athanaten stinkt."

Ich ignorierte das. „Mein Angebot steht, wenn es etwas gibt, das ich tun kann. Und mein Bauchgefühl sagt mir, dass Altau auf Ihrer Seite sein wird, wenn es ein Problem gibt."

„Das wäre das erste Mal", schnaubte Larimer.

„Es gibt noch etwas, weshalb Alex mich hier haben wollte." Ich wollte das Thema nicht anschneiden, weil der Alpha in Protokollfragen so reizbar schien, aber Alex konnte es kaum tun. „Vielleicht ..." Ich wollte vorschlagen, dass Alex sich uns auf zwei Beinen anschließen sollte, aber ein Blick vom Alpha ließ mich schweigen.

„Es ist besser für das Rudel, wenn er im Moment Wolf bleibt", sagte er ohne Erklärung. „Trotzdem weiß ich, worum es geht." Er ging zu seinem Liegestuhl zurück und setzte sich seufzend.

„Alexander nimmt die örtliche Geschichte zu wichtig. Er glaubt, dass Ihre Urgroßmutter eine Adeptin war und bei der Erstwandlung neuer Werwölfe geholfen hat und dass wir es untersuchen sollten."

Ich verlagerte mein Gewicht. Ich glaubte es auch nicht wirklich, aber er verwarf es geradewegs. Ich wollte mich auf die eine oder andere Weise durch Beweise überzeugen lassen. Alex hätte dies nicht anberaumt, wenn er kein gutes Argument dafür hätte.

„Und Sie haben hier einige ... zu klärende Angelegenheiten." Ich umging das Wort Probleme, aber ich wollte seine Reaktion testen. Larimer selbst war undurchschaubar. Aber er hatte die Reaktion seines Rudels genutzt, um mich einzuschüchtern und das arbeitete jetzt gegen ihn. Ich konnte die Reaktionen in den dunklen Ecken der Scheune spüren. Es gab ein Problem. Und als ich zu der Schlussfolgerung kam, tauchte die gleiche Frage wie bei den Athanaten auf. Wo waren all die Werwölfe? Dies konnte doch sicher nicht das gesamte Rudel sein? Mein Geruchssinn war während der letzten beiden Jahre, während ich Athanate wurde, empfindlicher geworden, aber ich hatte in Denver nie einen Hinweis auf Werwölfe gerochen, bevor ich Alex traf.

Larimer beobachtete mich scharf und versuchte zu erraten, welche Gedanken mir durch den Kopf gingen.

„Die Sache ist die", sagte er, „selbst wenn Sie die Erstgeborene sind *und* den symbolischen Gegenstand erhalten haben *und* er tatsächlich funktioniert wie die Geschichten sagen, haben Sie offensichtlich nicht das Wissen, das damit einhergeht."

Stelle Fragen und sage nichts.

Ich erschrak. Tara redete zu den ungewöhnlichsten Zeiten mit mir, aber ich hörte immer zu. Etwas war hier gerade geschehen.

„Was für ein symbolischer Gegenstand?", fragte ich, um meine Überraschung zu verbergen.

„Ein Fetisch." Er winkte verärgert mit der Hand ab. „Irgendein Hokus-Pokus-Ritualobjekt, das vererbt wird. Wer weiß, vielleicht ein Becher? Eine Schnitzerei? Adepten stehen auf so einen Mist. Und sie würden es lieben zu behaupten, dass es ihre Aufgabe sei, den Werwölfen zu helfen. Dass die Werwölfe die Adepten brauchen."

„Wer würde das Ritual kennen? Die Adepten? Sie sagen, das Wissen ist verloren gegangen? Meinen Sie vollständig?"

Er zuckte die Achseln. „*Wenn* es existiert, könnten die Adepten es kennen."

„Mit denen kommt Ihr auch nicht zurecht?"

„Ich ziehe vor zu denken", fletschte er seine Zähne, was für ihn ein Lächeln sein mochte, „dass niemand gut mit uns auskommt."

Okay.

„Also könnte meine Urgroßmutter eine Adeptin gewesen sein."

Larimer lehnte sich vor. „Das war sie fast gewiss." Er zeigte auf meinen Bauch. „Ich kann die Echos darin spüren, Frau Farrell. Das bedeutet nicht, dass sie bei den Werwölfen irgendeine Rolle gespielt hat. Und Sie sollten bei den Adepten sehr vorsichtig sein. Die mögen keine Leute, die keine Adepten sind und mit den Kräften experimentieren."

Ein Knarren oben ließ mich aufschauen. Olivia lag auf einem Querträger wie ein Leopard und starrte mich hungrig an. Sie war die ganze Zeit nicht in Wolfsform gewesen, seit ich gekommen war und war es noch immer nicht. Vielleicht war sie eines der Probleme. Ich hoffte, dass das der Grund für den hungrigen Blick war, nicht dass eine leckerere Athanate in einer Scheune inmitten des Nirgendwo gefangen war.

Verschwinde. Jetzt.

„Gut, ich habe gesagt, was ich wollte." Ich zeigte auf die Abdrücke und die Fotos. „Der eine Polizist, der weiß, dass ich mich damit beschäftige, wird sich eine Weile zurückhalten, aber irgendwann wird er mit mir sprechen wollen. Wir müssen vorher nochmal miteinander reden. Ich kann nicht behaupten zu wissen, was das FBI macht und was es von der Sache hält."

Larimer nickte.

Ich drehte mich um. „Alex?"

„Sie werden ihn für eine Weile in Ruhe lassen", sagte Larimer. „Das ist es, was er braucht."

„Verzeihung, Alpha, aber das soll er mir selber sagen."

Larimer knurrte. „Nennen Sie mich nicht Alpha und verweigern dann meine Anweisungen."

Alex legte sich hin, wo er war. Er kam nicht mit mir, aber etwas sagte mir, dass er auch nicht hierbleiben würde.

Ich machte mich auf den Weg.

Ledergesicht sah nicht auf als ich vorbeiging. Sonst hätte ich ihm vielleicht gesagt, dass er die Nockenwelle falsch herum aufgesetzt hatte.

Kapitel 29

Es gab keine Verbindungen für den Oktopus, bis ich wieder zurück innerhalb der Stadtgrenzen war. Das war in Ordnung. Es ließ mir Zeit, um mich vom Treffen mit dem Rudel zu erholen.

Ich ließ Tullah einen Besprechungsraum im Keynes Gebäude für den Rest des Tages reservieren und mir einige falsche Visitenkarten drucken, die dorthin geliefert werden sollten. Dann instruierte ich Arvinders Dexion, dass ich jemanden schicken würde, um Arvinder abzuholen und holte mir die Bestätigung, dass er allein käme. Zuletzt rief ich bei Victor an.

„Vic, alles klar?"

„Wunderbar. Welchen verrückten Plan versuchst du mir dieses Mal anzudrehen?"

„Hey, das tut weh, großer Mann."

„Kümmere dich nicht darum." Er gluckste. „Ich höre es an deiner Stimme. Was willst du, Mädel?"

„Das Sicherheitssystem, das wir letztes Jahr benutzt haben, funktioniert das noch? Sagen wir im Keynes Gebäude?"

Er wurde still. „Dafür gibt es keine Garantie. Gab es nie. Ich werde es dir nicht ausreden, aber bist du sicher?"

„Das weiß ich zu schätzen, Vic, aber mir fehlt die Zeit, ich muss es so machen."

„Okay. Bist du dort?"

„Ich habe einen Konferenzraum dort. Und ein Typ muss aufgesammelt und zu mir gebracht werden, ohne Peilgeräte und Verfolger. Es wird in letzter Minute bestätigt. Und eine deiner Mikrokameras."

Wir feilschten um die Kosten, aber seine Preise waren angemessen für die Qualität, die ich brauchte und das meiste würde ich an Skylur weiterreichen. Es war nicht meine Idee, Arvinder zu treffen. Den Rest würde ich auf meine Kappe nehmen, statt es Niall zu berechnen. Das zeugte von keinem guten Geschäftssinn, aber ich musste das so machen."

Ich löschte eine weitere Nachricht von meinem Handy, die mich nach Haven beorderte, dieses Mal von Jason.

Als ich das erledigt hatte, lenkte mich nichts mehr davon ab, über die Geschehnisse bei den Wölfen nachzudenken.

Mit den Beleidigungen und Drohungen konnte ich leben; aus dem Bauch heraus verstand ich das Rudel, wie es auf Außenseiter reagierte und seine Mitglieder behandelte. Ich hätte auf die Drohungen verzichten können, begriff aber, dass es für die Wolfsseite notwendig war, die Dinge so anzupacken. Vielleicht war es übertrieben, aber es war eben einfach eine Gemeinschaft, nur mit großen Zähnen. Ich schüttelte meinen Kopf bei dem Gedanken - wann war ich zum Werwolf Experten geworden?

Zumindest hatten Alex und ich eine halbherzige Übereinkunft mit ihnen gefunden. Ich verstand, dass das Problem schnell gelöst und nicht ausgesessen werden musste und dass es eine zeitliche Grenze gab.

Seltsamerweise beunruhigte mich das nicht halb so sehr wie das, was Taras Bestürzung ausgelöst hat.

Ich hatte eine flüchtige Erinnerung an eine Gabe, die an den Ältesten vererbt wurde. Die Älteste. Meine Hände verkrampften sich um das Lenkrad, als mir ein Gedanke kam. Ich war nicht die Erstgeborene. Tara war das.

Ich erinnerte mich; es gab etwas in der Andenkenschachtel meiner Mutter, das mir nicht ausgehändigt worden war. Mein Vater hatte gesagt, dass er es auch nicht bekommen hatte, weil auch er nicht der Älteste war. Etwas wartete darauf, an den Erstgeborenen der nächsten Generation weitergegeben zu werden. Ein Frösteln durchfuhr mich, als ich mir Alex' Diagramm der Farrells vor Augen hielt.

Das konnte nicht sein.

Ich fischte seine Akte aus meinem Rucksack. Mit einer Hand am Lenkrad öffnete ich sie. Papiere ergossen sich über den Boden.

Verdammt. Ich fuhr rechts ran und sammelte die Blätter auf, suchte das Diagramm heraus.

Ich hatte recht. Es war nicht nur so, dass Kinder gestorben waren. *Alle* Ältesten waren totgeboren oder als Säugling gestorben, sogar bei den Cousins. Und die Gabe in der Schachtel war nicht ausgehändigt worden.

Ein Schauer durchlief mich und ich schob die Gedanken beiseite. Es war lächerlich. Ich würde nicht anfangen, an generationenübergreifende Flüche oder tödliche, magische Gaben zu glauben. Es waren nur drei Generationen. Es war Zufall. Ich würde Mom fragen, was in der Schachtel war, wenn sie aus ihrem Urlaub zurück war. Nur interessehalber.

Und woher kannte Mom all diese Kindergeschichten der Arapaho? Spricht-Mit-Wölfen war Dads Großmutter, nicht Moms. Wie so viele Dinge, die ich als Kind erfahren hatte, hatte ich das nie infrage gestellt. Und als die Zeit kam, um darüber nachzudenken, wurde mir sehr unbehaglich.

Als ich das Keynes Gebäude erreichte, hatte ich vorher kurz in Manassah gehalten und ein elegantes Kostüm, das Jen mir gekauft hatte, angezogen. Es ärgerte mich, dass es so verdammt nützlich war, was sie mir gekauft hatte. Und notwendig. Heute Abend würde ich wieder versuchen, böse auf sie zu sein, vielleicht.

Ich stieg in den Aufzug und beobachtete mich im bodenlangen Spiegel. Drehte mich, begutachtete meinen Hintern. Zupfte den Rock etwas gerade.

Gute Güte, Amber, du hast dich gut zurechtgemacht. Hättest auch etwas Make-up auflegen sollen. Schönes Kostüm. Ich vergebe dir, Jen.

Victor war schon da und baute das System auf, ließ es seine elektronischen Fänge ins Gebäude schlagen. Er winkte mir kurz zu, drehte sich um, schaute dann direkt nochmal zu mir rüber und grinste über meine Kleidung. Ich funkelte ihn an, damit er keinen Kommentar riskierte. Klugerweise kehrte er stirnrunzelnd zu seinen Bildschirmen zurück.

Ich machte Kaffee und trieb einige Donuts auf. Während ich wartete, bemerkte ich, dass Tullahs falsche Visitenkarten angekommen waren, für die ich eine hübsche Tasche in meinem neuen Jackett hatte.

„Bin fast so weit", murmelte er mit einem Bissen Donut im Mund und klickte durch einige Konfigurationsfenster. Er schüttelte den Kopf.

„Dieses Sicherheitssystem ist zu einfach", sagte er. „Erinnerst du dich an das letzte Mal?"

„Ja, wir mussten darum kämpfen hineinzukommen."

„Fertig", er rieb seine Hände. „Es ist hier nur im Passivmodus und demonstriert seine Fähigkeiten, verstehst du. Du bist hier auf dich allein gestellt mit dem Ding, also drück nicht auf diese Taste, sonst wird es aktiviert. Verstehst du?"

Ich nickte. Diese Taste. Jawohl.

„Nun zu deinem ‚Kollegen', der hergebracht werden soll. Geht es klar, wenn er auf einem Motorrad fährt?"

„Ja, er ist fit und gesund." Ein Motorrad war eine gute Idee. Arvinder könnte ablehnen, wenn er das nicht mochte und ich könnte dann zurücktreten und sagen, dass ich innerhalb vernünftiger Grenzen alles getan hatte, was möglich war. Und könnte trotzdem die Rechnung an Skylur weiterreichen.

„Gut. Ein paar Kollegen werden zur Sicherung als Nachhut folgen. Könnte es heiß werden?"

Er meinte Schusswaffen. Ich schüttelte den Kopf. „Pack sie trotzdem in Kevlar."

Er holte einen Skizzenblock und eine Straßenkarte und wir stellten in fünfzehn Minuten sicher, dass wir einen guten Plan für das Abholen und die richtige Route hatten, um Arvinder herzubringen, ohne dass sonst jemand davon erfuhr. Auf halber Strecke würden sie ihn auf Peilsender überprüfen. Ich fragte mich, ob Arvinder dann noch glaubte, dass ein Schwätzchen mit mir das alles wert war.

Victor überreichte mir den Rest der Ausrüstung und ging mit einem besorgten Blick auf das System davon.

Ich stieß auf ein erstes, kleines Problem bei meinem Plan. Der Oktopus fand keinerlei ungesicherte Internetverbindungen im Gebäude.

Ich schloss den Konferenzraum ab und sagte den Managern Bescheid, dass ich kurz hinauswollte und ging mit meinem Laptop unterm Arm raus. Die Antenne lugte aus der Tasche.

Einen Block weiter stellte der Oktopus Verbindungen her. Ich steckte den Ohrhörer ein und machte einen ersten Anruf. Als Test rief ich Niall an. Ich ermahnte ihn, nach unserem Gespräch das Telefon auszuschalten und vor dem späten Nachmittag nicht wieder einzuschalten.

Er gluckste. „Das hört sich nach Spaß an", sagte er. „Aber ich vermute, dass ich es nicht wirklich wissen will. Und bevor ich es vergesse, Cassie sagte, dass sie in 14 Tagen nach Hause kommt. Wirst du da sein?"

„Ich tue mein Bestes." Das machte ich immer, aber ich war nicht sicher, ob es dieses Mal genug sein würde. Ich könnte genauso gut eingesperrt sein. „Sag ihr, dass ich Probleme mit meinem Handy habe, aber eine SMS kommt normalerweise schlussendlich durch."

Ich erinnerte ihn daran das Telefon auszuschalten und beendete das Gespräch. Test beendet.

Ich rief Underwood an.

„Mister Underwood? Vielen Dank, dass Sie meinen Anruf entgegennehmen. Ich rufe Sie seitens der Versicherung Ihrer Schwester und Ihres Schwagers, Herrn und Frau Quinn, an."

„Oh ja." Underwood schien überrascht. „Wie kann ich helfen?"

„Ist Ihnen bekannt, dass kürzlich bei ihnen eingebrochen wurde?" Ich redete schnell weiter. „Da einige der Stücke selten sind, muss ich aufgrund unserer neuen Vorschriften ein paar Dinge bestätigen. Ich bin nur einen Block entfernt, kann ich bitte kurz bei Ihnen vorbeischauen und fünf Minuten Ihrer Zeit stehlen? Oder wäre es Ihnen möglich, später meinen Boss zu treffen?"

„Ich verstehe nicht ganz, wie ..."

Das Letzte, was er wollte, war, in die Angelegenheit verwickelt zu werden, aber ich kam ihm zuvor und er fand nicht schnell genug eine Entschuldigung.

„Es ist einfach so, dass Sie der Einzige sind, der einige der Stücke kürzlich gesehen hat. Nur fünf Minuten." Fünf Minuten wären einfach und dann könnte er es aus seinen Gedanken streichen.

„Na gut."

„Vielen Dank. Ich bin gleich da."

Ich legte auf und ging zum Keynes Gebäude zurück.

Das kleine Büro von Underwood war hübsch, sogar luxuriös. Seine Sekretärin bewachte die Tür und zu ihrem Reich gehörte ein Tisch, auf dem sie eine Werbekampagne für eine Veranstaltung in einer seiner Galerien vorbereitete. Sonst war niemand in der Suite. Das hatte ich gestern erfahren, als ich Jen zuhörte. Underwood brauchte dieses Büro nicht. Er wäre besser und billiger in einer seiner Galerien untergebracht, aber er liebte den Eindruck, den ein eigenständiges Geschäftsbüro machte.

Während er mich warten ließ, fand ich heraus, dass seine Sekretärin, Frau Ellis, mit dem Auto zur Arbeit pendelte. Gut. Das würde ich später nutzen.

Als er herauskam, um mich zu treffen, stellte er sich als dünner Mann heraus mit Glubschaugen und strähnigem, grauem, zurückgekämmtem Haar. Er runzelte oft die Stirn und zappelte herum, fasste abwechselnd an seine Jackenaufschläge, putzte die Brille und rückte an seinem Schlips.

Sein Büro war voller Vitrinen aus Mahagoni. Ich zeigte mich interessiert und bekam die Zwei-Minuten-Führung durch seine private Sammlung. Am Ende der Führung wurden wir beide von einer kleinen Wanze gefilmt, die ich versteckt an der Seite einer seiner Vitrinen angeklebt hatte. Es ging darum, einen Schwachpunkt in meinem Plan abzudecken. Ich brauchte die Bestätigung, dass die Medaille sich hier befand und ebenso wichtig war, wo sie sich befand. Ich konnte nicht hier hereinkommen und Vitrinen auseinandernehmen oder Tresore aufsprengen.

Underwood ließ sich hinter dem glänzenden Schutzschild seines Schreibtisches nieder und bot mir einen Drink an. Ich lehnte ab.

„Also, Frau …", er blickte flüchtig auf meine falsche Karte, „Johnson, wie kann ich Ihnen helfen?"

Ich reichte ihm ein Bild der Medaille. „Dies ist das Stück, das uns besondere Sorgen bereitet, Mister Underwood. Können Sie bestätigen, dass Sie es erkennen und wissen Sie, was es ist?"

Er legte das Foto vorsichtig auf den Tisch und senkte seinen Kopf.

„Oh ja, das kann ich. Das ist die Tapferkeitsmedaille des Kongresses, verliehen an Captain Quinn im ersten Weltkrieg. Ist die gestohlen worden?" Er sah mich über die Ränder seiner Brille hinweg an. Fehler. Er übertrieb seine Unschuld.

„Wussten Sie das nicht?", fragte ich.

„Nein. Ich wusste, dass sie ausgeraubt worden sind, das ist alles."

Lügner.

„Das ist seltsam, nicht wahr?", ich runzelte meine Stirn stark übertrieben. „Das ist bestimmt das wertvollste Stück. Ich hätte gedacht, dass sie es erwähnt hätten."

„Die darf nach dem Gesetz nicht verkauft werden, Frau Johnson. Und sie ist graviert, also ist der Wert fiktiv."

„Ja natürlich. Ich meinte, wertvoll für sie."

Er begann zu schwitzen. „Ich glaube nicht, dass Ruth es mir gesagt hat. Vielleicht hat sie es meiner Frau erzählt und die hat vergessen es weiterzusagen."

Lügner, nochmals.

„Das macht nichts." Ich wischte es weg. „Aber offenbar können Sie bestätigen, dass sie sie besaßen und dass Sie sie vor Kurzem gesehen haben."

„Ja, vor ganz kurzer Zeit." Er lächelte. Er wusste, dass er den schwierigen Teil überstanden hatte und dass ich bald aus seinem Leben verschwunden wäre. Nur noch ein paar Minuten. „Sie wissen, dass ich mich für solche Dinge interessiere."

„Und Sie können bestätigen, dass Sie sie nur in ihrer Wohnung gesehen haben?"

„Ja."

„Sonst nirgends? Es war zum Beispiel nicht, sagen wir mal, hier in diesem Büro?"

„Nein."

Fast konnte ich den panischen Schrecken spüren, der ihn durchfuhr; ich konnte seine Lügen riechen. Mein Instinkt lag richtig. Er hatte sie und er hatte sie hier.

„Könnte es eine Fälschung sein, eine Kopie? Wir hatten kürzlich welche."

„Nein. Das hätte ich erkannt, das versichere ich Ihnen."

„Die Fälschungen, die wir fanden, hatten die Hälfte der Experten genarrt", sagte ich nebenbei, als ich aufstand. „Vielen Dank für Ihre Zeit. Sie waren sehr hilfreich." Ich lehnte mich hinüber und reichte ihm die Hand. Das bedauerte ich sofort. Seine Handfläche war verschwitzt.

Wieder in meinem Konferenzraum, einige Etagen tiefer, stellte ich mich ans Fenster und versuchte meine Wut zu unterdrücken. Underwood war kein hartgesottener Krimineller, er zog keinen Gewinn aus seiner Tat. Vermutlich hatte derjenige, den er dazu gebracht hatte, den Diebstahl zu begehen, die Juwelen als Bezahlung genommen. Er hatte gedacht, dass niemand verletzt wurde und die Versicherung selbstverständlich für alles zahlen würde. Ein Verbrechen ohne Opfer. Er war einfach nie erwachsen geworden und konnte es nicht ertragen, dass seine Sammlung unvollständig war. Er konnte sich nicht vorstellen, welchen Kummer er den Quinns bereitet hatte, geschweige denn wie empört ich war. Nun, er hatte sich mit den falschen Leuten angelegt.

Victors System zeichnete die Aufnahmen der Wanze auf. Ich spulte zurück. Sobald er sicher sein konnte, dass ich aus der Tür war, hatte Underwood die untere Schublade seines Schreibtisches aufgeschlossen und ein einfaches Kästchen herausgeholt. Er nahm eine Medaille heraus und untersuchte sie mit einer Uhrmacherlupe, streichelte sie fast. Ich konnte nicht erkennen, ob es Quinns war, aber mein Instinkt sagte mir, dass ich den Jackpot geknackt hatte.

Nachdem ich den ersten Teil des Plans in die Tat umgesetzt hatte, drückte ich ‚aus Versehen' die Taste an Victors System. Der Sicherheitsbeauftragte hatte sein System nicht mehr unter Kontrolle, obwohl es ihm so vorkam. Ich konnte ihn jederzeit überbrücken. Und ich würde wissen, wann Underwood das Gebäude verließ.

Ich rieb mir das Gesicht. Zeit für den zweiten Plan. Ich ging wieder den Block hinunter und rief Chopra über den Oktopus an. Er akzeptierte meine detaillierten Instruktionen ohne Widerspruch. Arvinder musste eine SMS an ein Handy schicken, dann die fünfzehnte Straße Richtung Union Station gehen und eines von Victors Telefonen anrufen. Er würde im Laufe seines Spaziergangs aufgenommen werden, Kennwort Siddhartha.

„Er wird dort sein, Frau Farrell, in etwa ..." Er überprüfte es kurz. „...dreißig Minuten."

„Nur damit er Bescheid weiß, es wird überprüft werden, ob er Wanzen oder Verfolger hat."

„Tatsächlich. Sehr klug unter diesen Umständen. Nochmals vielen Dank, Frau Farrell."

Er legte auf. Ich lächelte schief; er war ermüdend höflich.

Ich rief Victor an und gab ihm grünes Licht.

Es würde etwas dauern, bevor die Dinge im Keynes Gebäude ins Rollen kamen. Ich kaufte einen Obstsalat zu Mittag und spazierte Richtung Zentrum. Als ich noch einige Blocks weit vom Büro entfernt war, schaltete ich mein altes Handy ein, um zu prüfen, was sich dort angesammelt hatte. Jedes Mal, wenn ich das tat, stellte ich mir dabei Ingrams Blick vor, wie er auf eine Karte sah, wo ein kleines Symbol mit der Bezeichnung Farrell auftauchte.

Ich hatte einen Anruf von Mom verpasst.

Ich schaltete das Handy aus und rief sie über den Oktopus an.

„Hallo Mom! Ich bin es. Wie ist es in Florida?"

„Gut." Sie kämpfte einen Augenblick mit sich, was mir ‚nicht gut' sagte. „Wie geht es dir, Amber?"

„Mir geht es gut. Mom, was ist los? Du klingst beunruhigt."

„Amber", sagte sie und zögerte. „Ich vertraue dir. Ich vertraue deinem Urteil. Ich war so lange von dir abhängig. Wir beide waren es, Kathleen und ich und du hast nie die verdiente Anerkennung bekommen."

„Gott, Mom, das klingt so ernst."

Ich bedauerte meine Leichtfertigkeit, sobald sie ausgesprochen war. Ihr kleiner, unterdrückter Schluchzer verletzte mich tief. „Mom, was ist los?"

„Ich hasse es, wenn ihr zwei nicht miteinander auskommt. Ich habe dir das schon früher gesagt." Sie wartete, dann fuhr sie hastig fort. „Du würdest mir doch sagen, wenn etwas wirklich falsch läuft, Amber? Das würdest du doch, oder? Alles?"

Ich stöhnte. „Oh nein! Was hat Kath dieses Mal erzählt?"

„Darauf will ich jetzt nicht eingehen. Ich möchte Johns Urlaub nicht ruinieren. Du weißt, dass wir noch nie wirklich weg waren. Versprich mir, schwöre mir, dass nichts falsch läuft."

„Mom, Dinge geschehen und ich kümmere mich darum. Es gibt nichts, weswegen du dir Sorgen machen müsstest." Das Keynes Gebäude ragte über mir auf und der Oktopus blitzte eine Warnung, dass er die letzte Verbindung nutzte. Ich suchte verzweifelt nach etwas, um sie zu beruhigen. „Wirklich nichts, bei meinem BLUT, so schwöre ich", kam heraus. Nicht unbedingt der beste Einfall.

Es hörte ein Glucksen in der Leitung, das den Tränen nah war. „Was für ein Ausdruck, aber danke, Amber", sagte sie. „Wir sind Sonntag zurück. Bitte komm zu uns. Wir müssen das mit Kathleen klären."

„Das werden wir, Mom. Ich kann nicht zulassen, dass sie mich derart schickaniert und dir oder unseren Freunden gegenüber Dinge über mich verbreitet und dir damit so wehtut."

„Oh Gott, ich möchte jetzt darauf nicht eingehen. Aber bitte, Amber, sie hat einige Probleme, hören wir sie an, bevor wir in den Krieg ziehen."

Na ja, ich hatte auch Probleme. Und Kaths Angelegenheiten drehten sich wahrscheinlich um Dinge, über die ich nicht reden oder die ich nicht beweisen konnte, aber Mom verdiente Frieden in ihrem Urlaub.

„Okay, Mom. Ich halte mich zurück." Ich sah auf. Arvinder war gerade hinten auf einem Motorrad am Eingang des Keynes Gebäude angekommen.

„Mom, ich habe eine Besprechung, ich muss da gleich hin, aber noch eine schnelle Frage. Erinnerst du dich, dass du eine Art Erbstück in deiner Schachtel mit Erinnerungsstücken hattest?"

„Oh, natürlich Liebes, die alte Arapaho Halskette deiner

Urgroßmutter."

Ja! Sobald sie es gesagt hatte, kam eine alte Erinnerung an ein blaues Band mit Perlen zurück.

„Hast du sie noch?"

Es gab eine kleine Pause und mir wurde schwer ums Herz. Es wurde schlimmer.

„Nein. Ich habe sie Kathleen für ein Kostümfest gegeben, vor zwei oder drei Jahren. Ich denke, dass sie sie noch hat. Ist es wichtig?"

Verdammt.

„Das ist es, Mom, es ist ... äh ... eine Art Arapaho Wolfsclan Geschichtsgruppe, in der ich mitmache. Es hat keine Eile."

„Oh, das ist interessant. Du hast das geheim gehalten, Liebes. Vielleicht kann ich sie treffen."

Der Oktopus blinkte und Arvinder wartete.

Frage. Tara stupste mich.

„Ja, sicher. Äh. Du wirst mich für verrückt halten, aber als sie mich fragten, erkannte ich zum ersten Mal, dass sie Dads Großmutter war. Aber du hast immer von ihren Gutenachtgeschichten gesprochen, die sie dir erzählt hat."

„Aber ja. Oh, meine Güte, das muss ich dir erzählt haben, Amber. Es war immer ein Witz, dass es eine abgesprochene Hochzeit war, weil Blane und ich uns gekannt haben, seit wir fünf Jahre alt waren. Wir haben oft bei ihm oder mir übernachtet. Wir machten immer den Witz, dass Spricht-Mit-Wölfen mich für Blane ausgesucht hat."

Himmel! Das hat sie wahrscheinlich sogar. Aus welchem Grund?

„Wir sprechen darüber, wenn du zurückkommst, Mom. Ich bin sicher, dass die Geschichtsgruppe auch all diese Geschichten hören will."

„Aber es sind alles nur Kindermärchen."

„Er hat all das Zeug in Akten über Akten, ich bin sicher, dass die Geschichten wertvoll sind."

„Oh, *er*? Ja, natürlich, Liebes, ich werde gern mit ihm sprechen."

Ich kniff meine Augen zusammen. *Tut mir leid, Alex.* Adepten als Wahrheitsdetektoren? Nichts verglichen mit Mom.

„Ich weiß kaum, was ich denken soll", sagte sie. „Aber wenn", sie zögerte, dann wagte sie es, „wenn du persönliche Entscheidungen treffen musst, die ich deiner Meinung nach nicht gutheißen würde, Amber, dann denke daran, es sind deine Entscheidungen."

Danke, Kath. Mom wusste von Jen. Ja, das würde ein

interessantes Familientreffen, wenn sie zurückkam. Aber darum konnte ich mich jetzt nicht kümmern.

„Ich liebe dich, Mom."

„Ich liebe dich auch. Ich liebe euch *beide*, Amber. Bis dann."

Ich legte gerade auf, als der Oktopus aufgab.

Konnte es noch schlimmer kommen?

Meine verdammte Schwester. Es reicht nicht, mir ins Gesicht zu sagen, ich wäre eine Hure und Drogenabhängige, sie sagte es den Quinns. Dann Mom. Für wen zum Teufel hielt sie sich?

Dann stellt sich heraus, dass sie die Halskette hat. Na, toll.

Aber ich hatte versprochen, es im Moment dabei zu belassen und ich musste mich jetzt konzentrieren.

Arvinder stand in der Empfangshalle, elegant in einem grauen Nehru Anzug und sah etwas zerzaust aus, aber ruhig.

Wenn der Besetzungsdirektor eines Bollywood Films da gewesen wäre, hätte er Arvinder vom Fleck weg engagiert. Er war attraktiv, nicht mit der allgemeinen Freundlichkeit eines Bollywood Helden, aber mit dem dunklen Aussehen eines Fieslings. Er wäre die richtige Besetzung für einen Piratenkapitän oder den Anführer der Bergbanditen. Dann fielen seine Falkenaugen auf mich, als ich näherkam und er strahlte vor Vergnügen.

Viel besser.

Auf dem Wohltätigkeitsball war er reizend gewesen. Dort hatte ich ihm vertrauen müssen, hier musste er mir vertrauen.

Ich rief mir in Erinnerung, dass er ein Basilikos war. Er gehörte noch zum feindlichen Lager. Vielleicht versuchte er zu uns überzulaufen, aber im Moment musste ich auf der Hut sein.

Kapitel 30

Arvinder ließ sich auf einem Stuhl am Konferenztisch nieder. Es hätte ein alltägliches Treffen zwischen Geschäftsleuten sein können, anstelle eines zwischen dem Anführer einer Athanate Gruppierung und einem ... was auch immer.

Ich hatte Kaffee bereitstehen und es gab Kekse. Arvinder nahm einen aus Höflichkeit. Er schien nicht wirklich jemand zu sein, der auf Kekse stand.

„War die Sicherheitsprozedur okay?", fragte ich.

„Ein sehr lobenswertes Arrangement. Ihre Kollegen sind extrem effizient." Er schüttelte seinen Kopf und entfernte eine Strähne seines schwarzen Haars von seiner Stirn. „Ich möchte Ihnen dennoch einen Rat zu einem Punkt geben."

„Ich lerne immer dazu, Arvinder."

Er lächelte kurz. „Ihre Kollegen sind keine Angehörigen."

„Sie sind sicher. Sie wissen nichts von den Athanaten und ich weiß mit Sicherheit, dass sie die Mission von heute nicht mit Dritten diskutieren werden."

Er hob seine Hände. „Ich bin sicher, dass Sie das größte Vertrauen in sie haben und ich habe Vertrauen in Sie. Darum geht es nicht." Er bewegte sich etwas. „Angehörige haben einen Status unter den Athanaten. Wenn einem Angehörigen Schaden zugefügt wird, wird das betrachtet, als ob einem Athananten Schaden zugefügt worden wäre. Kein Athanate würde Angehörigen Schaden zufügen, außer es würde eine kompromisslose Fehde erklärt." Er runzelte die Stirn, überlegte kurz. „Oder Krieg. Es geht mir darum: Man setzt nicht leichtfertig nicht zugehörige Menschen ein, wenn es um Athanate geht. Nach unseren Gesetzen können wir mit ihnen machen, was wir wollen, solange wir den Athanaten nicht schaden oder sie bloßstellen."

„Dann ist das eine Situation, an deren Änderung ich arbeiten werde", sagte ich. Ich unterdrückte meine schlechte Laune deswegen. „Danke für den Rat." Ich muss für ihn wie ein Idiot geklungen haben. Ich war kaum Athanate und schon wollte ich sie zwingen ihre Jahrhunderte alten Systeme zu ändern.

Arvinder sah mich unentwegt über den Rand seiner Tasse

hinweg an. „Ich bin mir ganz sicher, dass Sie es versuchen werden", sagte er und nahm einen Schluck, „wenn Sie die Gelegenheit bekommen. Ich wünsche Ihnen Glück."

Er lehnte sich auf seinem Stuhl zurück und schlug die Beine übereinander. „Ich bedauere, dass ich nur kurz bleiben kann, um unser beider willen. Nicht nur, dass die Warder aufgebracht sein werden, sondern auch meine Verbündeten werden spekulieren, wenn meine Abwesenheit bekannt wird und dann ist es nur ein kleiner Schritt, bis Matlal davon hört."

Ich nickte zum Sicherheitssystem. „Bei den Mutmaßungen kann ich nicht helfen, aber auf aktuellere Gefahren achte ich. Ich sollte genügend Vorwarnung bekommen, wenn jemand herausfindet, dass wir hier sind. Aber es ist Ihre Besprechung, Arvinder, Sie geben den Ton an."

„Danke." Seine Brauen zogen sich ein wenig zusammen. „Bevor ich zu meinem Hauptanliegen komme, habe ich noch eine kleine Frage zur Abwechslung. Was wurde getan, um Ihre Marke zu tarnen? Sie ist beinahe ... wölfisch."

Ich zuckte die Achseln. „Wolf? Ja, ich habe mit dem örtlichen Rudel zu tun."

„Aha. Dann habe ich eine Information als kleines Geschenk. Matlal unterstützt ein rivalisierendes Wolfsrudel in Denver." Er winkte ab, als ich mich vorlehnte. „Sonst weiß ich nichts."

Ich lehnte mich zurück. „Gut, meinen Dank dafür. Das allein ist schon das Treffen wert."

Er lächelte und ich lächelte zurück.

Basilikos, erinnerte ich mich. Vielleicht nicht in der Ecke von Matlal, aber doch Basilikos.

„Genug Verzögerungen", sagte er und faltete die Hände vor sich. „Amber, bitte prüfen Sie ernsthaft ein Bündnis mit Haus Singh, anstelle von Haus Altau."

Ich verschluckte mich fast an meinem Kaffee; das hatte ich wirklich nicht erwartet. Er wartete ruhig.

„Ich bin geschmeichelt, dass Sie sich all die Mühe machen." Ich räusperte mich. „Und ich bin dankbar für die Information, die Sie mir heute gegeben haben, aber ich fürchte, dass Sie einiges von dem, was ich dazu sagen werde, als beleidigend empfinden werden. Es ist nichts Persönliches."

Er nickte. „Fahren Sie bitte fort."

„Ich weiß nicht, ob Altau ein typisches Athanate Haus ist", sagte ich und blickte auf meine Hände. „Ich nehme es nicht an, aber sie sind hier und haben mir geholfen und Skylur ist der Anführer der Panethus. Abgesehen davon der Präsident der Versammlung. Ich teile den Glauben der Panethus. Was ich von den Basilikos weiß ...", ich blickte hoch und sah ihm in die Augen, „empört mich. Warum sollte ich mich nicht an Skylur binden?"

Arvinder schnaubte. „Es braucht Zeit, die Politik der Athanate zu verstehen. Diese Zeit hatten Sie noch nicht. Sie wissen, dass es fundamentale Unterschiede zwischen Haus Singh und Haus Matlal gibt?" Ich nickte und er fuhr fort. „Mit der Zeit würden Sie sich fragen, wie sich so verschiedene Glaubensrichtungen innerhalb der Basilikos zusammenfinden konnten. Also, erlauben Sie mir das recht einfach zu beantworten. Basilikos ist jede Glaubensrichtung mit irgendeinem Prinzip, das nicht in vollständiger Übereinstimmung mit den Panethus ist. Basilikos würde nicht als Gruppe existieren, wenn sie nicht von den Panethus dazu getrieben würde. Die Unabhängigen sind diejenigen, die sich nicht durch ihre Glaubensrichtung definieren."

„Und mit Glaubensrichtung meinen Sie, wie Sie zu den Angehörigen stehen?"

Er schwenkte seinen Finger hin und her. „Angehöriger ist ein Ausdruck der Panethus und zu einer Glaubensrichtung gehört mehr. Aber um es einfach zu machen, ja."

„Wie nennen Sie dann Ihre menschlichen ..." Ich suchte nach einem Wort. „Partner?"

„Verehrer. Und Amber, unsere Theokos Glaubensrichtung ist die älteste der Athanate. Das vergessen die Panethus bequemerweise gerne."

„Alt bedeutet nicht unbedingt richtig", sagte ich. Er erzielte bei mir keinen Fortschritt. Verehrer klang nach einem Kult.

„Ignorieren Sie die Weisheit langer Erfahrung auf eigene Gefahr." Er tat meinen Kommentar ab. „Ich bitte Sie nicht, einer im Grundsatz falschen und letztendlich selbstzerstörerischen Gruppe wie Matlals beizutreten. Die Theokos Gruppe ist nur deshalb bei den Basilikos, weil uns Skylur dazu getrieben hat."

„Nicht, dass ich das Geringste darüber wüsste, aber stimmen Sie nicht mit Matlal bei der Versammlung?"

Arvinder war ehrlich genug, um betreten zu wirken. „Skylur hat

Spaß daran, uns dahin zu manövrieren." Als ich erstaunt wirkte, erklärte er es. „Auch Panethus ist eine weit gefasste Organisation und Skylurs Strategie bei der Versammlung ist es, sie durch einen einfach zu identifizierenden Feind zusammenzuhalten - alle anderen."

„Wenn Sie nicht auf meiner Seite sind, sind Sie gegen mich?"

Arvinder nickte und leerte seine Tasse Kaffee. Ich nahm den letzten Keks. Bei all dem Obst zu Mittag brauchte ich etwas zum Ausgleich.

„Sie sind also nicht so böse wie Sie sein könnten", sagte ich mit einem Lächeln, um dem Ganzen die Spitze zu nehmen. „Warum bedeutet das, dass ich meine Heimat verlassen und in Indien leben muss?"

Er gluckste. „Das habe ich nicht gesagt. Mir ist klar, dass das nicht zur Debatte steht." Er zuckte die Achseln. „Wo möchten Sie Ihr assoziiertes Haus in Amerika aufstellen? Sie mögen die Rockies; wie wäre es mit Boise oder Cheyenne? Oder auch Aspen oder Boulder?"

Ich schnaubte. „Boulder? Die Heimat der blonden Zicken aus der Hautevolee? Ich kann mir in Denver nicht mal eine Hütte leisten, also sind Orte wie Boulder oder Aspen weit oberhalb meiner finanziellen Möglichkeiten."

„Nicht, wenn Sie mit Haus Singh verbunden wären. Wir würden ein großes und elegantes Haus finden, das Ihrem Status und unseren Bedürfnissen angemessen ist. Ein Team, das Sie zu Ihrem eigenen machen können, ein Büro, Personal und natürlich Verehrer. Haus Farrell würde durch unsere Assoziation geschützt, wäre aber unabhängig. Sie wären dann wirklich Haus Farrell, nicht nur dem Namen nach."

„Wie bitte?" Das war natürlich ein Witz, das konnte er nicht ernst meinen. Es war ungeheuerlich. Wie könnte ich ein solches Investment wert sein? „Das meinen Sie nicht ernst."

Er legte nach.

„Wir meinen es ganz gewiss ernst." Er lehnte sich vor und klopfte zur Verstärkung auf den Tisch, als er fortfuhr. „Und das wäre längst nicht alles. Unsere fernöstlichen Geschäfte benötigen ein geeignetes Hauptquartier in Amerika und wir glauben, dass ein lokaler Partner unsere beste Option ist. Wir sind von Frau Kingslund höchst beeindruckt. Mit ihrem unternehmerischen Scharfsinn und unseren Mitteln, die von Ihnen verwaltet würden, würde unser gemeinsames Geschäft blühen." Er hielt plötzlich inne und lehnte sich zurück, seine dunkelbraunen Augen beobachteten mich genau. „Und Sie könnten ihr auf Augenhöhe begegnen."

Oh, Sie kluger, kluger Mann, das zu erkennen und den Haken in mein Fleisch zu treiben. Ich spürte, wie er sich in meinen Eingeweiden vergrub.

Also kein Scherz. Mir drehte sich der Kopf und ich konnte kaum alles aufnehmen, was er sagte; und das war kein guter Ausgangspunkt, um zu versuchen, es zu verstehen und zu beurteilen. Ich begann am einfachen Ende.

„Warum? Wie könnte ich Ihnen diese Art Aufwand wert sein?"

Er lächelte. „Für uns, aber nicht für Skylur? Warum lässt er Sie in der Stadt herumlaufen und mit Leuten wie mir reden, wenn Sie so wertvoll sind?"

„Hören Sie auf, Spitzen gegen Skylur auszuteilen und sagen Sie mir einfach, warum ich das wert bin."

„Sie repräsentieren, was verloren ging." Seine Augen glitzerten. „Verloren, als die Athanate vom wahren Pfad abwichen und anfingen von Häusern und Geheimhaltung besessen zu sein. Abgeschirmt durch den Geheimen Pfad, ging unsere Unschuld verloren und stattdessen wurde uns die Last der Crusis auferlegt. Die Häuser teilten sich auf. Ihr BLUT bringt einen Teil dieses Geschenks zurück zu uns."

Schauer liefen meinen Rücken hinunter. Hätte Skylur diesem Treffen zugestimmt, wenn er das gewusst hätte?

„Warum glaubt Skylur nicht daran?"

„Er vermutet es, kann sich aber nicht ganz dazu durchringen, es zu glauben. Vielleicht will er es nicht glauben. Und er hat auch nicht die Mittel, die wir aufgewandt haben, um uns darauf zu konzentrieren. Wir glauben, Amber. Wir glauben."

Ich stellte mich ans Fenster und kreuzte die Arme, um das Zittern zu unterdrücken.

„Wie würden Sie dieses ‚Geschenk' nutzen?"

„Eine sehr scharfsinnige Frage. Die Basilikos und die Panethus können nicht über ihr Machtstreben hinausblicken und die Theokos versuchen, in dem Kampf nicht unter die Räder zu kommen. Was könnten wir tun? Wenn wir unsere Anzahl erhöhen würden, um mit ihnen gleichzuziehen, könnten sie sich vereinen und uns besiegen. Aber wenn wir nicht drohen, sondern unsere Würde bewahren, unser Anliegen mit Beweisen untermauern und jeden begrüßen, der in

Frieden zu uns kommt? Weder Matlal noch Altau könnten ihre Verbündeten zwingen uns anzugreifen aus Angst, dass sie abgewiesen und ausgeschlossen würden oder sie Sie verletzen könnten."

Ich hätte mit einem ganzen Panzer durch die Lücken in seiner Argumentationskette fahren können, hätte er über Gruppen von Menschen gesprochen. Aber ich verstand allmählich, dass Athanate nicht immer vergleichbar reagierten.

Das alles machte mir Angst, aber ich könnte wenigstens so viel wie möglich herausfinden.

„Immer noch zu vage, Arvinder. Glauben Sie, dass ich nur gebissen werden muss, damit es funktioniert und ich nicht selbst beißen muss wie andere Athanate? Wie viele? Wer bestimmt das?"

„Meine Nachforschungen legen nahe, dass ein Austausch von BLUT erforderlich ist." Er senkte seinen Kopf. „Natürlich sind weitere Nachforschungen nötig. Was Anzahl und Kontrolle angeht, würden wir miteinander reden, um eine für beide Seiten tragbare Lösung zu finden."

Oh ja, das konnte ich glauben.

Er scheute keine Mühen, um es mir in einem attraktiven Gesamtpaket zu präsentieren und dafür konnte ich ihm nicht den Kopf abreißen. Aber schlussendlich würde ich das ermüdende Leben einer Gans führen, die goldene Eier legt, eines nach dem anderen, für immer. Niemals würden sie der Gans außerhalb ihres wunderschönen Nests trauen. Auf meine Wünsche würde auf lange Sicht niemals Rücksicht genommen werden.

Wäre Altau besser? Sobald er daran glaubte?

Besser als Matlal, der sich nicht um ein Nest scheren würde. Und ich traute Skylur zu, mich erheblich besser zu verteidigen als Arvinder mit seiner klugen Raffinesse.

Ich seufzte.

„Skylur wird hierüber mehr als verärgert sein. Sie versuchen, mit ihm ins Geschäft zu kommen, richtig? Was meinen Sie, wie er reagieren würde, wenn ich unter Ihren Fittichen auf der Versammlung auftauchte?"

Arvinder drehte seinen Stuhl, um mich anzusehen. „Er ist Pragmatiker. Die Theokos in die Panethus zu integrieren, hätte plötzlich absolute Priorität, vor allem anderen. Er würde das nicht riskieren, indem er offen wütend auf uns ist. Und er wäre realistisch genug, um zu erkennen, dass es ein großer Fehler seinerseits war, Sie hinauszulassen, wo Matlal Sie erwischen könnte."

„Sie verstehen, dass Matlal selbst jetzt nach Ihnen sucht. Er riskiert Vergeltungsmaßnahmen durch Altau und einen Verweis von den Wardern, weil er seine Leute nach Denver geholt hat, um Sie zu fangen. Unterschätzen Sie nicht, wie unschön es wird, wenn er Erfolg hat. Der Tod wäre eine Gnade, die nicht gewährt würde. Ich bin verblüfft, dass Skylur das riskiert." Er runzelte die Stirn und zuckte die Achseln. „Es ist, als ob Altau nicht in Denver wäre. Matlal kann machen, was er will. Die Situation ist nicht sicher. Für keinen von uns."

„Wie meinen Sie das?"

„Die Art, wie Matlal arbeitet, ganz ähnlich wie Skylur nebenbei gesagt, ist, Gründe hinter Gründen zu verstecken. Wir glauben zu wissen, dass er seine Leute herholt, um Sie gefangen zu nehmen."

Arvinder sah mich ausdruckslos an und wartete.

„Aber in Wahrheit", sagte ich, „holt er sie, um die Führung der Panethus bei der Versammlung anzugreifen."

Arvinder lächelte. „Ich dachte nicht, dass Sie diese Möglichkeit übersehen würden, aber es wäre falsch von mir gewesen, nicht darauf hinzuweisen. Ich nehme an, dass der Grund für die wenigen Altau in Denver Teil einer Falle ist? Hat Skylur sie versteckt und ist bereit, sich auf Matlal zu stürzen?"

Das würde ich auch gerne wissen, aber darüber würde ich vor Arvinder nicht spekulieren, möglicher zukünftiger Verbündeter oder nicht. Und wie viel verriet das, was er tat über seine Haltung zu einer Allianz? „Vertrauen Sie Skylur?", fragte ich.

„Ich vertraue darauf, dass er sich auf eine gewisse Art verhält. Ich weiß, das ist nicht das Gleiche. Warum?"

„Was ich meinte ist, Sie lassen Skylur Warnungen vor Matlal und Informationen darüber zukommen, was sie glauben, das ich bin. Gleichzeitig versuchen Sie, mich zu den Theokos zu locken. Welche Reaktion erwarten Sie von ihm?"

„Aha. Sie kommen zum Kern der Sache. Ich weiß es nicht. Skylur ist gerissener und geheimniskrämerischer als wir alle. Es wäre ihm zuzutrauen, mich mit diesem Schachzug", er deutete mit einer Geste unser Treffen an, „in eine Falle zu locken, aus Gründen, die ich mir nicht vorstellen kann. Aber schlussendlich glaube ich, dass die Theokos eine bessere Chance hätten mit Ihnen bei uns, als auf Skylurs

Ziele zu vertrauen. Darum mache ich Ihnen dieses Angebot. Ich glaube, dass es auch für Sie besser ist."

„Warum?"

„Weil die einzige Strategie, die Skylur aus meiner Sicht entwickelt, die Emergenz ist, die Menschheit auf uns aufmerksam zu machen. Ihre Rolle dabei kann nur sein, die anderen zu zwingen ihn zu unterstützen oder auf den Zugriff auf Ihr BLUT zu verzichten. Oder mit Hilfe Ihres BLUTES die Anzahl seiner engsten Alliierten plötzlich und massiv zu steigern." Er stand abrupt auf und drehte sich halb weg. „Verzeihen Sie mir, dass ich so offen rede, aber das ist es, was ich glaube. Selbst mit den besten Absichten würde Sie das ins Koma bringen, ihr BLUT bereitzustellen wie ... wie eine Maschine, um mehr Anwärter in aller Eile in den Status der Athanate zu versetzen, schneller und sicherer."

„Warum sollte ich darauf eingehen?"

„Warum denken Sie, dass Sie eine Wahl haben? Haben Sie den Gefolgschaftseid gelesen?"

Er schloss sich mir am Fenster an, wirkte nachdenklich. Still beobachteten wir das Treiben der Menschen auf der Straße unten. Menschen. Was sah er? Mögliche Verehrer?

Als er erneut das Wort ergriff, war es leiser.

„Sie wissen nichts. Sie eilen umher und denken an ihre Arbeit, ihre Freunde, den letzten Film, das nächste Ballspiel. Und in der Zwischenzeit versammeln sich die Athanate, um sich über die nächsten Schritte für uns alle zu unterhalten. Die Emergenz ist die Strategie, die mich überzeugt hat mit den Theokos zu den Panethus zu wechseln, lange bevor wir von Ihnen erfahren haben. Dies ist die gefährlichste Situation, mit denen die Athanate je zu tun hatten. Und auch die Menschheit. Ich muss an der Leitung beteiligt sein." Er schüttelte den Kopf. „Jetzt habe ich Ihnen meine Strategie offengelegt, Amber, ganz im Vertrauen."

Aus Ihren eigenen Gründen und innerhalb Ihrer eigenen Grenzen, Basilikos.

„Sie sprechen sehr überzeugend. Aber ich würde sicher das Gleiche zu Skylur sagen, wenn er hier wäre und seine Argumente darlegte."

„Aber das tut er nicht und das sollte Ihnen etwas sagen."

Ich brummte kurz. Das konnte er interpretieren, wie er wollte. Skylur war beschäftigt.

„Und nun zum anderen Teil - Teil der Theokos Gruppe zu werden. Ich muss Sie warnen, ich bin immer noch menschlich genug, dass ich es nicht mag, wenn andere Menschen die Athanate anbeten."

Er hob die Hände, als wollte er meine Worte abwehren. „Das sind wir alle. Wir stammen alle von Menschen ab. Wir verlieren nie die menschliche Perspektive. Nicht einmal Matlal. Für ihn ist das keine Quelle des Ekels, sondern des Lustgewinns." Arvinder drehte sich und starrte wieder düster aus dem Fenster. „Er ist noch nicht einmal der Schlimmste."

„Ich kann nicht ...", ich rang nach Worten. „Leute, die mich anbeten ..." Es kribbelte auf meiner Haut.

„Das Wort, das Sie gewählt haben, ist nicht korrekt. Es ist oft so, dass ein Wort in Athanate genau das richtige Gewicht hat, wenn es das englische Wort nicht hat. Sie werden das im Gespräch mit Altau schon bemerkt haben. Sie sagen ‚anbeten'. Denken Sie lieber an ‚verehren'. Die Panethus fokussieren sich auf die Liebe ihrer Angehörigen, die Theokos auf Verehrung. Das ist nicht so verschieden." Er zögerte kurz. „Verzeihung nochmals, wenn ich in Ihr Privatleben eindringe. Wenn ich sage, dass Frau Kingslund Sie verehrt, würde das so falsch klingen? Konzentrieren Sie sich nicht auf die Anbetung einer gesichtslosen Menschenmenge, sondern auf Individuen."

Gute Güte, er konnte das gut. Basilikos. Basilikos. Die Warnungen, die ich in meinem Inneren ausrief, schienen immer weniger Gewicht zu haben. *Verdammt, er klingt so vernünftig und ich weiß, dass er unrecht hat, ich kann scheinbar nur keine passenden Argumente formulieren.*

Er sah auf seine Uhr. „Ich muss gehen. Wir dürfen nicht alles gefährden."

„Ich bringe Sie hinunter", sagte ich. „Vielen Dank für alles heute."

Wir gingen zum Aufzug.

„Werden Sie meinen Vorschlag in Betracht ziehen?", fragte er.

„Das habe ich. So attraktiv er klingt, spüre ich, dass Panethus meine Heimat ist. Wenn mein BLUT Vorteile bei der Crusis bringt und Sie einen Anteil wollen, denke ich, dass die Theokos am besten den Panethus beitreten, je früher, desto besser."

„Innerhalb der Panethus würden die Vorteile nach Skylurs Gutdünken vergeben", sagte er. „Er könnte es verteilen oder zurückhalten, wie er es für richtig hält. Seien Sie nicht vorschnell.

Denken Sie darüber nach."

Als wir aus dem Lift stiegen, gab er mir eine Visitenkarte.

„Nutzen Sie diese Nummer, um mich zu kontaktieren jederzeit bis zur Versammlung oder Ronits Nummer, wenn ich bereits in der Versammlung bin. Sobald Sie in die Versammlung gehen, sind die Würfel gefallen."

Er trug sich an der Rezeption aus.

„Ich denke, dass Diana nicht nach New Mexico geeilt ist", sagte er. „Das ist ein weiser Zug. Bitte raten Sie ihr, extrem vorsichtig zu sein, falls sie fährt."

Ich öffnete meinen Mund, um ihm zu widersprechen, überlegte es mir aber anders. „Ich dachte

Sie waren es, der ihr die Botschaft über die Probleme dort übermittelt hat."

„Das war ich. Niemals habe ich jedoch vorgeschlagen, dass sie dort hinreisen soll. Ronit sagte, dass sie dennoch fährt. Er scheint falsch zu liegen."

Und woher zum Teufel wissen Sie das? Wie kompromittiert war Altau?

Aber dann kam mir ein anderer Gedanke. Ich hatte sie nicht ins Flugzeug steigen sehen. Ich hatte sie nur zum Flughafen gebracht. Und ich wusste, dass sie, aus welchen Gründen auch immer, einige Dinge ohne Skylurs Wissen tat. War ich getäuscht worden?

Arvinder und ich schüttelten die Hand.

„Wenn Sie mehr über die Theokos wissen wollen", sagte er, „fragen Sie Diana."

„Warum sie speziell?"

„Das können Sie sie auch fragen." Er lächelte wie über einen Insider Scherz, ging durch die Tür und schritt die Straße hinunter.

Kapitel 31

Skylur antwortete nicht, als ich mit dem sicheren Handy, das Tom mir gegeben hatte, anrief und ich musste aufhören, an das Gespräch mit Arvinder zu denken - ich hatte einen weiteren Job hier und der forderte meine gesamte Aufmerksamkeit. Wie auch immer sich die Dinge entwickeln würden, die Versammlung war ein Wendepunkt und ich konnte nicht riskieren dabei zu fehlen. Zum Beispiel, weil ich im Gefängnis sitzen würde, falls ich mich bei den illegalen Aktivitäten, die ich vorhatte, erwischen ließ.

Ich ging mit dem Laptop auf die Straße, ein halb vorbereitetes Drehbuch im Kopf. Der Oktopus arbeitete mit Stimmverfremdung, sodass ich wie ein alter Mann klang.

„Ist dort Mister Underwood?", fragte ich, als seine Sekretärin mich zögernd durchstellte.

„Am Apparat. Ich glaube nicht, dass wir uns kennen. Mister Soule, nicht wahr?"

„Soule. Michael Soule. Ich möchte Ihre oder meine Zeit nicht verschwenden, Mister Underwood. Ich räume derzeit mein Haus aus und bin auf alte Fotos gestoßen. Wissen Sie, diese schwarzweißen, die braun werden. Eiweiß zum Fixieren und der ganze Dreck." Ich konnte mir vorstellen, wie sich Underwoods Ohren spitzten. Mit diesem Hinweis waren die Fotos datiert.

„Ich verstehe, Mister Soule. Gut, alte Fotos können für Sammler interessant sein. Darf ich vorschlagen, sie vorbeizubringen?"

„Das können Sie, Sir und ich kann die nächste Nummer auf meiner Liste anrufen. Ich räume mein Haus aus und dann bin ich weg."

Ich wollte nicht zu begierig erscheinen, das war ein weiterer Schwachpunkt in meinem Plan. Ich musste erreichen, dass er aus dem Büro ging und so war es am wenigsten aufdringlich. Nach einigen Sekunden räusperte sich Underwood. Sammler sammeln. Er wollte die Fotos sehen. Nur für den Fall.

„Gut, wenn sie für mich von Interesse sind, könnte ich vielleicht heute vorbeikommen. Was ist auf den Fotos?"

„Einige Porträts von Leuten und von Familien, Hochzeiten und Begräbnissen. Mal sehen, Geschäfte, wissen sie, Ladenbesitzer und

Bankleute. Wahrscheinlich die Fotos, für die diese Leute nicht zahlen wollten, also vielleicht nicht die besten Aufnahmen, aber für mich sehen sie gut genug aus. Auch einige mit Goldminen. Nun, sie sind beschriftet, dort steht Breckenridge und Russell Gulch. Einige Tote auf der Erde wie nach einem Kampf. Da ist ein Datum, 1862. Sind sie interessiert oder nicht?"

Underwood war. Ich hatte ihn mit den Namen und dem Datum geködert. Eine Sammlung ähnlich der von Grabill oder O'Sullivan könnte ihm einen Namen machen. Es war allgemein bekannt, dass es Bilder geben musste, aber wenn sie die Zeit unbeschädigt überstanden hatten, wären sie extrem selten. Er notierte die Adresse, die ich ihm gab und er würde mindestens eine Stunde hin und zurück benötigen. Fünf Minuten später loggte ich mich in Victors System ein, um nachzusehen, ob er das Büro verlassen hatte.

Schwachpunkte türmten sich auf. Ich hatte ihm eine Handynummer geben müssen und die könnte er von unterwegs probieren anzurufen. Wenn er keine Verbindung bekam, könnte er umkehren. Ich musste schnell sein.

Die nächste Aufgabe war, die Sekretärin aus dem Büro zu locken.

Ich wartete so lange ich mich traute, dann stellte ich den Oktopus auf eine weibliche Stimme ein.

„Frau Ellis? Hier ist die Autobahnpolizei. Es hat einen Unfall auf der Interstate 25 gegeben. Zunächst möchte ich sagen, dass es Herrn Underwood gut geht. Er geht nur als Vorsichtsmaßnahme ins Krankenhaus, aber er war wegen einiger alter Fotos in seinem Wagen besorgt. Ich kann noch, sagen wir, eine halbe Stunde hier bleiben ..."

Nach fünf Minuten war Underwoods Sekretärin unterwegs und jagte Gespenster auf der Interstate 25.

Ich war zurück im Gebäude. Als ich auf der Überwachungskamera ihren Wagen aus der Garage kommen sah, schaltete ich den Strom und die Überwachung in Underwoods Büro aus. Dann ließ ich die Aufzeichnung dieser Etage von heute Morgen für die Überwachungskameras in einer Endlosschleife ablaufen. Nichts würde den Wachmann alarmieren und es gäbe keine Videoaufzeichnung von mir.

Trotzdem kam ich mit bis zum Hals klopfendem Herzen aus dem Aufzug. Ich war auf der falschen Seite des Gesetzes, seit ich Victors Sicherheitssystem aktiviert hatte, aber jetzt begann der wirklich kriminelle Teil. Sobald ich das Büro betrat, handelte es sich um

Einbruch und unbefugtes Betreten. Vielleicht konnte der Richter mildernde Umstände berücksichtigen, aber darauf konnte ich mich nicht einlassen, ich musste auf der Versammlung sein.

Reiß dich zusammen! Lass dich einfach nicht erwischen, sagte ich mir.

Auf der Etage befanden sich weitere Büros und jemand kam aus einem und ging zum Aufzug. Ich gab vor, einen Anruf mit dem Handy zu machen und ging langsam den Korridor hinunter, bis ich hörte, wie sich die Aufzugtür schloss.

Die Doppeltüren zur Bürosuite von Underwood waren natürlich verschlossen, aber der linke Flügel wurde nur von einem einfachen, in den Boden eingelassenen Bolzen gehalten. Ich hatte ein Stemmeisen zum Reifenwechsel in meiner Laptoptasche, es hatte ein dünnes Blatt am Ende. Ich schob es unter die Tür und drückte den Teppich hinunter. Das war der kritischste Moment. Ich konnte nicht verstecken, was ich tat, wenn jetzt jemand aus einem der anderen Büros käme. Schweiß bildete sich auf meiner Braue. Es schien ewig zu dauern, bis der Bolzen herausgehoben war.

Ich öffnete die Tür, schlüpfte hinein und setzte den Riegel zurück. Das Türblatt war unten sichtbar beschädigt; ich musste hier weg sein, bevor das bemerkt wurde. Ich schloss die Tür vorläufig mit einem Keil.

Die Suite war dunkel, aber ich brauchte kein Licht und Underwoods Büro war nicht verschlossen. Seine Schreibtischschubladen schon. Außerdem war es ein hübscher Tisch. Bedauerlich. Mein Stemmeisen zertrümmerte das Schloss.

Ich erstarrte bei dem Krach, als es aufbrach, aber außer mir war niemand da, der es hören konnte.

Ich nahm die Schachtel heraus und öffnete sie.

Nur eine Medaille. Es fühlte sich seltsam an, sie in der Hand zu halten. Ich hatte erwartet, dass meine Wut gegenüber Underwood wiederkehren würde, aber ich fühlte eher Mitleid. Ich drehte sie um und fuhr mit den Fingern über die Gravur auf der Rückseite.

„Weit über die geforderte Pflicht hinaus." Ich bekam Gänsehaut auf dem Arm. Captain Quinns Medaille ging heim zu seinem Enkel.

Das Telefon klingelte und der Anrufbeantworter sprang an. Underwood, der seine Sekretärin erreichen und wissen wollte, ob sich Soule gemeldet hatte. Ich sammelte die Kamerawanze wieder ein.

Als ich zur Tür ging, hörte ich Stimmen im Flur draußen. Mein Bauch verkrampfte sich, aber sie bemerkten den Schaden an der Tür nicht.

Genug jetzt. Es war allerhöchste Zeit, Victors Sicherheitssystem abzubauen und zu verschwinden.

An seinem Haus, rief ich Niall über die Türsprechanlage und sagte ihm, dass ich mit der Medaille draußen war. Ich war nicht überrascht, als er mich bat zu warten, statt den Summer zu betätigen. Er kam fünf Minuten später langsam auf seinen Stock gestützt heraus.

„Oh Gott, Amber! Wie ...", er hielt inne und besah sie sich in ihrer Ausstellungsbox. „Das sollte ich wohl besser nicht wissen."

Ich nickte nur, meine Hände hinter meinem Rücken, sodass er mir nichts zum Festhalten geben konnte. Er hatte einen verdächtig aussehenden Umschlag unter dem Arm.

„Hör mal, könntest du mich irgendwohin fahren?", fragte er.

Ich blinzelte. „Natürlich. Wohin?"

Er hielt mir eine Karte hin. Ich sah sie mir misstrauisch an, aber es war einfach nur eine Visitenkarte. Ein Museum unten in der Stadt.

„Ich habe entschieden, dass ich sie nicht behalten kann", erklärte er leise, als wir davonfuhren. „Es liegt nicht nur an Ruth und diesem ganzen Problem. Als ich länger darüber nachdachte, erkannte ich, dass sie nicht mir gehört. Ich verwahre sie nur. Es ist an der Zeit, sie an den passenden Ort zu bringen. Diese Leute haben eine Ausstellung, in der sie sie für alle im richtigen Zusammenhang ausstellen. Sie richten einen ganzen neuen Bereich über den Ersten Weltkrieg ein. Dort würde der Captain sie haben wollen, mit der Geschichte drum herum, was passiert ist und warum."

„Das würde er wohl, glaube ich", sagte ich leise.

Ich ließ ihn dort. Der Kurator wusste, was er bekam und sah sofort, wie Niall darüber dachte. Er ließ ihn eintreten, um ihm eine private Führung zu geben und versprach, ihn später zurückzufahren.

Der raffinierte Kerl hatte mir einen Briefumschlag mit Honorar verdeckt neben dem Beifahrersitz dagelassen.

Als ich davonfuhr, rief ich Skylur wieder auf dem sicheren Handy an. Eine kurze Aufzeichnung forderte mich auf, eine Nachricht zu hinterlassen. Ich legte auf, um nachzudenken.

Ich wusste nicht, wie sicher dieses Telefon war. Die Verbindung konnte abhörsicher und die Nachricht verschlüsselt sein, aber in wessen Besitz befand sich das eigentliche Gerät am anderen Ende? Jemand hatte irgendwann Bians Telefon in seinen Besitz gebracht. Könnte dieselbe Person auch auf Skylurs Handy Zugriff haben? Ich würde nicht über Arvinder sprechen, bevor ich sicher war mit Skylur zu sprechen, aber ich musste ihn über den groben Rahmen des Treffens informieren. Am Ende rief ich wieder an und hinterließ eine Nachricht, in der ich von ‚unserem Freund' sprach und es beim Notwendigsten beließ.

Dann schaltete ich das Handy wieder aus. Egal wie sicher, alle Handys nutzen die gleiche Infrastruktur. Wenn die Sicherheit kompromittiert war, konnte man mich orten. Es wäre klug das Handy auszulassen und schnell über Seitenstraßen davonzufahren, aber der ständige Verdacht nagte an mir. Ich wollte wissen, was geschah.

Ich fuhr rechts ran und lenkte den Jeep in einer Seitenstraße in eine abgelegene Parklücke, wo er nicht gesehen werden konnte. Nahe der Kreuzung lag ein Café mit Fensterplätzen. Ich bestellte ein Burger Menü, setzte mich halb verdeckt hinter Poster und beobachtete den Verkehr.

Was erwartete ich? Einen Wagen mit mexikanischen Nummernschildern, voller Männer in Anzügen und mit dunklen Sonnenbrillen? Wie viele würden auch noch Schnauzbärte tragen? Pullover mit Aufdruck ‚Team Matlal'?

Ich aß den Burger und lachte über mich.

Sie hatte keinen Schnauzbart und war zum Glück zu abgelenkt, um mich zu sehen. Die Frau, mit der ich im Cheesman Park gekämpft hatte, ging draußen vorbei. Ihr streng zurückgebundenes, silbernes Haar schimmerte in der Sonne und sie trug eine locker sitzende Jacke. Zehn zu eins, dass darunter eine Waffe versteckt war. Fünfzig Meter die Straße hinunter tauchte ein großer SUV auf und sie stieg ein. Der SUV machte eine 180° Wende und sammelte jemanden auf der anderen Straßenseite auf, bevor er langsam den Weg entlangfuhr, den ich gekommen war. Ein zweiter SUV fuhr hinter ihm los.

Ich aß das letzte Stück vom Burger, eher um Zeit zum Nachdenken zu haben als vor Hunger.

Sie waren nicht verschwunden, das kaufte ich ihnen nicht ab. Der Grund für sie, die Straße entlangzugehen, war, die Seitenstraßen zu überprüfen. Der Jeep konnte nicht von der Hauptstraße aus gesehen werden, aber jeder, der ein Dutzend Meter die Seitenstraße hineinging, würde ihn sehen. Sie hatte den Jeep entdeckt. Sobald sie merkten, dass ich nicht drin saß, hatten sie in dem Versuch mich nicht aufzuschrecken, die Gegend verlassen. Am Jeep würde jetzt ein Peilgerät kleben und sie würden in der Nähe warten, um sich mir in einer weniger öffentlichen Gegend zu nähern. Ich hatte zwei Wagen gesehen und ich würde wetten, dass bereits ein Anruf zur Anforderung einiger weiterer gemacht worden war.

Ich checkte den Jeep und fand das Peilgerät, das nicht so hübsch war wie das vom FBI. Es war ein Standard Spielzeug aus einem Elektronikladen und mit Matts Scanner fand ich es in weniger als einer Minute, per Magnet an der Karosserie befestigt.

Das Klügste wäre, den Jeep aufzugeben. Das Zweite, das Peilgerät loszuwerden und von hier zu verschwinden.

Ich grinste und steckte es in die Tasche, parkte den Jeep aus, gab Gummi und fuhr auf der Colfax Avenue nach Osten.

Natürlich gab es keine Spur von ihnen hinter mir. Sie befanden sich eine halbe Meile hinter mir und beobachteten einen blinkenden Pfeil auf einem Laptop. Wenn sie organisiert waren, würde es Vorausfahrer geben, die mich einen Block zu jeder Seite und wahrscheinlich einen vor mir begleiten würden.

Das war genug, dass ich selbst an einem Tag, an dem ich klar dachte, Zweifel bekommen hätte.

Der Verkehr wurde dünner. Die Vorausfahrer würden sich zu der Truppe hinter mir gesellen und sie alle mussten zurückfallen, um außer Sicht zu bleiben. Aber sie würden aufgeregt den kleinen Pfeil in Richtung Prärie beobachten und an ihre Möglichkeiten denken, mich dort zu überfallen. In Ops 4-10 nannten wir das den Technik Tunnel - wenn die Technik dich in einen Kaninchenbau lockt, aber du stur weiterhin an sie glaubst.

Als die Colfax in die Interstate 70 überging, fuhr ich neben einen 18-Rad Truck, reichte hinüber und heftete ihm das Peilgerät an, gerade vor der großen Kreuzung mit der Mautstraße. Dann fuhr ich den Jeep von der Straße runter und geradewegs auf die Trasse der Überführung. Das große Fahrzeug bemerkte kaum, dass es nicht auf Asphalt rollte.

Ich parkte den Jeep, sodass er von unten nicht sichtbar war, kniete mich hin und beobachtete den Verkehrsfluss hinaus in die

Prärie Richtung Kansas. Ich begann mich schon zu fragen, wo sie blieben, als ich die SUVs erkannte, die unten hindurchfuhren. Sie waren besonders vorsichtig und blieben weit zurück - zu weit, eigentlich. Ich sah drei oder vier weitere Wagen, die dicht genug bei ihnen waren, um vielleicht dazuzugehören. Das könnte heißen, dass ungefähr fünfzehn oder zwanzig von Matlals Leuten mich jagten. Ich war geschmeichelt. Ich beobachtete sie lachend, bis sie außer Sicht waren.

Gut, das würde sie eine Weile beschäftigen, aber ich durfte den Jeep nicht länger fahren. Mir gingen so langsam die Fahrzeuge aus. Roms Harley war unpraktisch und ich wollte ihn ohnehin nicht einbeziehen, aber ich konnte nicht überallhin laufen.

Und war es das gesamte Team von Matlal, das meinen elektronischen Geist hinaus in die Weizenfelder jagte?

Wieder in Denver, fuhr ich zu Dianas Wohnung am University Boulevard. Ihr Parkplatz war nicht einsehbar und ich konnte den Jeep dort sicher zurücklassen. Jedenfalls in der Annahme, dass ihre Wohnung noch ein Geheimnis für den Spion bei Altau war.

Arvinder hatte gesagt, dass sie nicht nach New Mexico geflogen war. Vielleicht war sie in ihrer Wohnung. Vielleicht sollte ich das herausbekommen und sie finden. Aber warum? Warum würde sie jeden denken lassen, dass sie nach New Mexico unterwegs war und dann in Denver bleiben?

Ich parkte auf ihrem Platz. Das alles zu enträtseln, machte mich dummerweise leichtsinnig; ich ließ alles im Jeep und ging in die hübsche Empfangshalle hinauf. Vor ihrer Wohnungstür konnte ich die beruhigende Marke Altaus riechen, die mich willkommen hieß und mich einlullte.

Ich ging mit einem Seufzer hinein, schloss die Tür hinter mir und ging ins Wohnzimmer. Es war kühl und dunkel und ruhig. Und jemand war da. Ich sprang vorwärts, rollte mich zu einem Ball zusammen, flog über das Sofa, kam dahinter zu Boden und fischte verzweifelt nach der nicht vorhandenen Waffe.

Kapitel 32

Sie klatschte langsam.

„Sehr gut, Rundauge."

Ich spähte über den Rand des Sofas und kam mir dumm vor.

„Unglücklicherweise", fuhr Bian fort und kreuzte ihre Arme, „bist du jetzt in der Falle. Du weißt doch, dass Matlals *beste* Leute dich jagen."

„Und warum zum Teufel machen die Warder nichts dagegen?", schnappte ich zurück, während ich meinen Rock zurechtzupfte. „Wollen die, dass Matlal mich erwischt?"

„Du kannst jederzeit mit mir zurück nach Haven kommen."

„Darum bist du hier, nicht wahr?"

Bian antwortete mir nicht, also hatte ich recht. Sie löste sich von der Wand, schaltete das Licht an und schlenderte hinüber zum Sofa. Ihr Haar war mit einem Band oben auf dem Kopf zusammengehalten und fiel dann über ihre Schultern wie ein schwarzer Pferdeschweif. Sie trug indigoblaue Jeans, so eng, dass sie hätten aufgemalt sein können, ein helles College Sweatshirt mit einer Kapuze, das ihre Tattoos verbarg und leuchtend grüne Laufschuhe. Für sie zurückhaltend.

„Süß, süßes Kostüm." Sie grinste, kniete sich auf das Sofa und sah mich von oben herab an. „Outest du dich?"

„Bin ich in Sicherheit?" Ich war mir nicht sicher, ob dies die Leopard Bian war.

Sie lächelte nur. Das sah nach dem Leoparden aus, aber obwohl die Bewegungen darauf hindeuteten, lag eine Sprödheit in ihr, als wäre sie ein zu straff gespannter Draht.

Ich räusperte mich. „Gut, gibt es wenigstens Kaffee?"

„Ich werde Tee trinken, aber dir mache ich Kaffee. Komm mit."

Wir gingen in die offene Küche hinüber. Adrett, funktional und sie sah nahezu unbenutzt aus. Bian machte mir Kaffee und einen orientalischen Orangentee für sich selbst. Sie konzentrierte sich auf ihre Arbeit mit akkuraten, präzisen Bewegungen.

Wir setzten uns wieder auf das Sofa und ich sah mich in der Wohnung um.

„Woher wusstest du, dass ich hierherkomme?", fragte ich.

„Wusste ich nicht, aber Diana sagte, dass sie dir von unserem Ort erzählen würde und ich dachte daran, dir hier eine Nachricht zu hinterlassen, nur für den Fall. Dann tauchtest du auf und turntest mir etwas vor."

„Teilt ihr euch diese Wohnung?"

„Ja. Sie ist erholsam, nicht wie in Haven." Sie seufzte und sah sich um, ließ sich dabei nichts anmerken. „Sie wird nicht viel genutzt werden, jetzt, wo es die Basilikos juckt, den Krieg wieder zu beginnen. Nicht sicher genug. Trotzdem wollen wir sie als unser Geheimnis bewahren, das verstehst du sicher."

„Ich werde es niemanden sagen."

Hinter dem langen, niedrigen Sofa blickten verspiegelte Fenster in Richtung Country Club. Das Sofa und passende Sessel in cremefarbenem Leder standen um einen Couchtisch aus Walnussholz. Kleine, dezente Strahler beleuchteten die Kunstwerke an der Wand: große, abstrakte Gemälde und geschnitzte, polynesische Masken. Die Hauptbeleuchtung war wunderschön, ein goldenes Schimmern, das von den Wänden und der Decke reflektiert wurde.

Wir nippten eine Minute in völliger Stille. Mit welcher Bian würde ich es jetzt zu tun bekommen?

„Du warst ein ganz schlimmes Mädchen", sagte Bian. „Die Warder beschuldigen dich, dass du die Spannungen hast eskalieren lassen." Sie holte einen Ausdruck aus einer Tasche und las daraus vor. „Die Situation in Denver wird immer angespannter. Alle Parteien werden aufgefordert, von Provokationen abzusehen und sich äußerster Zurückhaltung bis zum Zeitpunkt der Versammlung zu befleißigen."

„Ist das ein Witz?"

„Nein. Sie haben eine formelle Forderung gestellt, dich bis zur Versammlung in Haven festzuhalten." Sie blies auf ihren Tee und schaute in die Tasse. „Sie haben mich gebeten, dich reinzubringen."

Ich knirschte frustriert mit den Zähnen. Ich konnte Bian nicht bekämpfen und Skylur hatte sie explizit von der Liste derjenigen ausgenommen, die über unseren Plan, Matlal abzulenken, eingeweiht waren. Der Plan war durch die Warder und seine eigenen Sicherheitsmaßnahmen vereitelt worden.

Aber ich wollte wirklich nicht reingeholt werden, besonders nicht auf die Forderung der Gruppe hin, die Matlal von mir fernhalten sollte. Und ich hatte eine Verabredung mit Jen, auch wenn es nur ein geschäftliches Treffen war. Und es war unfair. Und ...

„Ich bin nicht diejenige, die die Dinge ausufern lässt", sagte ich. „Ich werde von Matlal gejagt."

„Und wenn er sich umdreht und sagt, dass du seinen Verbündeten jagst, dass er nur reagiert?"

„Mit zwanzig Athanaten, die extra aus Mexiko kommen? Und was ist mit seinen Verbündeten? Behauptet er, dass Hoben Angehöriger ist oder wie auch immer er seine Sklaven nennen mag?"

„Der Basilikos Name für Menschen ist *Marai*", sagte Bian und ließ ihre Finger müßig durch den Dampf ihrer Teetasse gleiten. „Das bedeutet herrenloses Vieh. *Toru*, wenn sie von einem Basilikos Haus beansprucht werden." Sie nahm noch einen Schluck Tee. „Rundauge, ich bin auf deiner Seite, aber wir müssen uns im Klaren darüber sein, wie sie argumentieren werden." Sie drehte sich um und faltete die Beine unter sich auf dem Sofa und lehnte sich vor. „Also, hast du Arvinder getroffen?"

Der Dexion war herausgekommen und schien mir ebenso spröde wie der Leopard.

„Oh ja. Ich habe die Basilikos ganz falsch verstanden. Theokos ist total lieb und Arvinder will mein bester Freund werden."

Bian schnaubte. Sie fuhr müde mit ihren Fingern durch ihren Pferdeschwanz.

„Hat mir ein Haus angeboten mit Personal und Verehrern", sagte ich.

Bian hob eine Augenbraue. „Fühlst du dich nicht genügend geschätzt?"

Sie schien über das Angebot von Arvinder nicht überrascht zu sein, als ob sie und Skylur gewusst hätten, dass er etwas in der Art anbieten würde. Aber es lag etwas Herausforderndes in ihrem Ton - hatten sie mir nicht ganz zugetraut, das Angebot abzulehnen? Hatte sie mich deshalb in letzter Zeit so gedrängt, um herauszufinden, wie ich über sie und Diana, Alex und Jen dachte? Wollten sie meine stärksten Motivationen herausfinden - Loyalität und Freundschaft oder Geld und Eigeninteresse? War das alles ein Komplott, um mich zu prüfen? Mein Kopf drehte sich bei diesen Gedanken.

„Ich beschwere mich nicht. Aber Arvinder weiß, wie er sein Angebot verlockend machen kann, besonders wenn er ein paar Geschäftsdeals für Jen hinzufügt." Ich schüttelte den Kopf. „Ich bin nicht in Versuchung. Aber er hat das nicht nur gemacht, um Skylur zum Spaß eins auszuwischen. Er will mein BLUT, genau wie Matlal."

Bian schien das nicht gehört zu haben - sie starrte gedankenverloren in die Ferne. Plötzlich stellte sie ihre Tasse weg und runzelte die Stirn. „Warum willst du nicht nach Haven kommen?", fragte sie. „Was ist der wirkliche Grund?"

Ich seufzte. „Bian, das sind wir bereits durchgegangen."

„Nein, sind wir nicht", sagte sie. „Du hast nur gesagt, dass du nicht willst. Nicht warum."

Sie bewegte sich wie eine Katze und stellte sich über meine Beine, setzte sich auf meinen Schoß. Sie sah mich intensiv an. „Ich könnte dich einfach fesseln und hinschleppen", sagte sie. Ihre Zunge berührte ihre Oberlippe. „Tatsächlich glaube ich, dass du mir gefesselt gefallen würdest"

Mist. War das Neckerei oder Ernst? Wie konnte ich das erkennen? Und wie konnte ich freikommen?

„Angst?", fragte sie.

Ich atmete bewusst langsam und flach, konzentrierte mich auf Ruhe.

„Hmm", sagte sie. „Schlau, Rundauge. So ruhig."

Ich sah sie mir genau an. Ihre Augen. Sie hatten nicht den harten Glanz, der einen hungrigen Athanaten verriet. Die Pupillen waren geweitet, aber sie starrte mehr auf meine Lippen als auf meine Kehle. Definitiv nicht Dexion Bian und auch nicht verspielt. Das war ernst. Aber ich war wohl sicher genug, solange ich meine Unterhose anbehalten konnte und darin hatte ich viel Übung in den letzten zwei Jahren. Zugegeben nicht in einer Situation wie dieser hier.

Ich wünschte, ich wüsste, wo Diana war. Genau hier würde mir gelegen kommen, um Bian in Schach zu halten.

Sie lehnte sich vor, stützte ihre Arme zu beiden Seiten meines Kopfes aufs Sofa. Das brachte ihr Gesicht bis auf Zentimeter an meines heran. Ich roch ihren Kupfer- und Gewürzduft und spürte die Wärme ihrer Haut wie die Wintersonne.

Sie kam näher, bis sich unsere Nasen beinahe berührten. „Macht es dich nicht nervös, wenn ich so nahe an deinem Gesicht bin?"

Ich lachte etwas abrupt auf. „Ich war Sergeant in der Armee, Bian. Ich bin den Leuten beruflich auf die Pelle gerückt."

„Interessanter Beruf", sagte sie. „Wieso kann ich keine Angst riechen, Sergeant Amber?"

„Ich habe keine Angst vor dir. Ich respektiere dich für das, was du bist. Du würdest mich ängstigen, wenn du nicht gerade versuchen würdest, mich zu schockieren."

„Das ist schön. Dass du keine Angst hast, meine ich." Sie lächelte träge. „Und warum schlägt dein Herz so schnell, Sergeant Amber?"

Sie nahm meine rechte Hand und nahm sie mit einem leichten Lächeln auf ihren Lippen unter die Lupe.

„Magst du mich?", fragte sie und sah zu mir auf. Immer noch keine Fangzähne.

„Trotz der Tatsache, dass du auf gutem Wege bist, zur irritierendsten Person der Welt zu werden, ja, ich mag dich." Ich schob sie etwas zurück. „Aber nicht so."

„Oh?" Sie kreuzte ihre Arme, fasste den Saum ihres Sweatshirts und zog es in einer seidenweichen Bewegung aus. Sie trug keinen BH. Ich hatte mich gefragt, wie weit ihre Leopardenflecken reichten. Sie verblassten dort, wo sich ihre Brüste erhoben.

Sie lehnte sich wieder vor. Unsicher, wo ich sie wegdrücken sollte, handelte ich nicht rechtzeitig. Mit einem Seufzer schmiegte sie ihr Gesicht in die Krümmung meines Halses.

Ich legte meine Arme um sie, während mein Herz und mein Hirn rasten. Ich musste schnell etwas tun, weil meine eigenen Athanate- und Wolfsgefühle zu reagieren begannen. Mein Kiefer entspannte sich. Alles, was ich noch tun musste, war ihr Haar zur Seite zu kämmen und ihren Hals zu küssen. Meine Athanate würde wissen, was dann zu tun war. Ich fühlte, dass meine Fangzähne bereit waren zu erscheinen. Ihre Lippen drückten ihre eigene heiße Nachricht gegen meine Kehle.

„Stopp, bitte. Wir dürfen es nicht", schaffte ich zu flüstern.

„Es ist in Ordnung, ich werde nicht beißen", murmelte sie.

„Bian, nein."

Sie hob verwundert ihren Kopf. „Deine Pheromone sind wie eine Droge, Amber. Versuche nicht, mir zu erzählen, dass du das nicht willst."

„Ich würde nicht versuchen, dich zu belügen, Bian." Ich schluckte. „Mein Körper will. Mein Herz will nicht und das heißt, ich will nicht."

„Ich glaube dir nicht." Sie neigte ihr Gesicht zum Kuss. Ich stand schnell auf. Ich schaffte es, mich zu drehen, sodass Bian nicht auf dem Boden, sondern auf dem Sofa landete, aber ihr Blick hätte nicht empörter sein können. Das war jetzt definitiv weder Leopard noch

Dexion.

„Was zum Teufel stimmt mit dir nicht?", schrie sie.

„Was meinst du, was mit mir nicht stimmt? Ich habe nein gesagt. Ich meine nein."

„Meinst du? Dein Körper sagt etwas anderes. Ich meine, was ich sage, mit Körper und Seele."

„Und, hast du nie darüber nachgedacht, wie du es sagst? Du hast mich ganz rappelig gemacht. Ich kann nicht erkennen, ob du mich auf den Arm nimmst oder es ernst meinst. Von einer Minute auf die nächste weiß ich nicht, wer du bist."

Sie sprang vom Sofa und stach mir mit dem Finger in die Brust. „Ich bin schwer durchschaubar? Du bist die, die sich verändert hat."

„Meinst du, dass ich argwöhnisch geworden bin? Kann das nichts damit zu tun haben, dass es einen Spion in Haven gibt? Der Spion, der angeblich nur in meiner Einbildung existiert?"

„Du hast selber gesagt, dass jemand zwei und zwei zusammengezählt haben könnte!"

„Das war, bevor ich gehört habe, dass die Basilikos genug Informationen haben, um mein BLUT zu erforschen. Das sind Details, die Leute nicht einfach belauscht haben können. Woher kommen diese Einzelheiten? Skylur? Diana? Dein Team?" Meine Wut radierte meine Vernunft aus. „Von dir?"

Bian sah mich an, als hätte ich sie geschlagen. Und ich war noch nicht fertig. Ich stieß ihr meinen Finger auch direkt in die Brust.

„Ich habe heute Nachmittag einen Anruf mit Skylurs sicherem Handy gemacht und eine Nachricht hinterlassen. Ich hätte meinen Standort genauso gut mit einem Nebelhorn bekannt geben können. Sechs Minuten später war Matlals Team da. Sag mir, wer Zugriff auf Skylurs Handy hat und auf deines."

Bian griff meine Hände. Sie war schneller und stärker als ich. Die Erkenntnis, dass ich der Spionin vielleicht gerade gesagt hatte, dass ich ihr auf der Spur war, kühlte meine Wut wie ein Eimer kaltes Wasser. Aber es lag Schmerz und nicht Wut in ihrer Stimme, als sie mich anschrie.

„Ich bin es nicht!", protestierte sie. „Wenn es einen Spion gibt und nicht einmal Skylur weiß, wer es ist, wie kann ich es wissen?"

Sie drückte mich fest gegen die Wand.

„Und er sendet durch mein Team Befehle für dich aus, nach Haven zu kommen, aber er greift nicht durch, wenn du sie ignorierst", zischte sie. „Hältst du mich für dumm? Versuche nicht, mir mit diesem Scheiß von der angegliederten Unabhängigkeit zu kommen. Du hast keine Vorstellung, wie viel Spielraum dir das gibt. Du arbeitest verdeckt für ihn. Schön. Wo bleibe ich dabei? Was ist, wenn ich das versehentlich bloßstelle?"

Die blanke Emotion zeigte sich wieder. Ihre Augen bekamen den träumerischen Ausdruck, der mich bei David erschreckt hatte. Sie keuchte und ihre Fangzähne erschienen und verschwanden wiederholt in ihrem Mund. Die ganze Anspannung in ihr schien kurz davor zu sein zu explodieren und in Gewalt oder einen Biss zu münden. Ich musste sie aufhalten, nicht nur um meinetwillen. Ich war mir bewusst, dass Skylur die Todesstrafe vollstrecken musste, wenn sein Bann gebrochen wurde. Es würde keine Entschuldigung für Bian geben.

„Ich bin Altaus Sicherheitschefin, wir haben ein Problem und jeder kann sehen, dass Skylur mir nicht traut." Ihre Stimme wurde leiser, blieb jedoch scharf wie ein Schwert. „Wie zum Teufel soll ich mich dabei fühlen?"

Ihr Körper zitterte wie eine gespannte Bogensehne. Irgendwo in ihrem Inneren wusste sie, dass sie aufhören musste. Sie rang mit sich selbst. Aber ich konnte es nicht tun. Das könnte es nur schlimmer machen. Ich musste mit ihr arbeiten. Ich musste die Situation entschärfen.

„Schlecht." Ich sprach leise. „Wenn er das Vertrauen in dich verliert, Bian, was bedeutet das für dich persönlich?" Ich merkte, wie ihr Verstand arbeitete. Das hatte auch David gestoppt. Während sie nachdachte, bestimmte nicht ihr Athanate Hunger ihr Handeln. Ich musste sie zum Nachdenken bringen. Um unser beider willen.

„Für mich?" Ein Stirnrunzeln kräuselte ihre Braue. „Wen kümmert, was es für mich bedeutet?"

„Mich."

Ihre Augen blitzten wieder, aber ihr Griff ließ etwas nach.

Sie blinzelte und ihr Atem beruhigte sich. „Auch wenn er glaubt, dass ich ihn betrogen habe; auch wenn er mich wegsperrt, mich tötet, ist er der Einzige, der uns vor einem Krieg bewahren kann. Er ist der Einzige, der das Schlimmste verhindern kann, was den Athanaten passieren kann." Sie atmete langsam aus. „Und er ist der einzige Anführer, der die Emergenz einleiten kann. Dagegen ist mein Schicksal nichts."

Ich spürte den Schock darüber tief in meinen Eingeweiden. Das war keine Athanate Reaktion. Das war Bians knallharte, rationale Einschätzung.

„Das ist doch nicht *nicht* von Bedeutung, Bian. Was sagt Diana?"

Sie ließ meine Hände los. „Sie hat nicht angerufen. Ich kann sie nicht erreichen. Ich weiß nicht einmal, wo sie ist."

Ich verstand. Auch mir gefiel das nicht. Heute heizte einfach alles meine Befürchtung an, dass wir alle auf einen Frontalzusammenstoß zu schlitterten. Sie musste weiter nachdenken.

„Warum, Miezekatze?" Meine Stimme klang rostig. Sehr, sehr vorsichtig legte ich meinen Arm um sie. Ich hielt ihren Blick mit meinem. Sie durfte sich nicht auf meinen Hals konzentrieren. „Warum ist die Emergenz so wichtig?"

„Was für eine Frage." Sie schnaubte und klang fast wieder nach dem Leoparden. „Weil ich mich outen möchte."

Ich stotterte. „Du bist so sehr geoutet, dass ..."

„Nicht *das Outen*, Rundauge. Das habe ich nie verborgen. Ich möchte mich als Athanate bekennen. Ich will, dass die Leute mich als das, was ich bin kennen und akzeptieren. Ich möchte dicht an jemanden herankommen können - wie jetzt - und wenn sich ihr Herzschlag beschleunigt, möchte ich, dass es vor Erregung ist und nicht vor Angst. Auch wenn sie wissen, dass ich Athanate bin. Auch wenn sie wissen, dass ich Blut trinke."

Unter dem Schutzschild ihrer Sexualität blitzte eine andere Bian hervor. Es war, als machten wir ein Boxtraining und sie hatte ihre Verteidigung gesenkt. Mir war etwas Kostbares anvertraut worden.

Es lag an mir, es nicht zu zertreten. Mit radikalen Verweigerungen kannte ich mich bestens aus, aber das war neu.

Ich bekam keine Chance.

„Wem vertraust du völlig?", fragte sie, plötzlich wieder dicht vor meinem Gesicht, ihre Lippen fast auf meinen, ihr Körper fest gegen meinen gedrückt.

„Diana", antwortete ich automatisch. *Mit meinem Leben. Buchstäblich.*

Sie nickte, ihr Blick fixierte mich. Der Druck ließ nach, als sie zurücktrat, aber sie ließ mich nicht los.

„In der Küche ist ein Schlüssel für einen alten Ford unten. Lass den Jeep hier und nimm den Ford. Niemand außer Diana und mir wissen davon. Und komm morgen nach Haven." Ihr Gesicht war noch ärgerlich, trotz der Ruhe in ihrer Stimme.

„Danke ...", begann ich.

„Vertraue mir", sagte sie und brachte mich aus dem Gleichgewicht. „Vertraue mir. Vielleicht weniger als Diana, aber vertraue mir. Und behalte deine verdammte Knarre bei dir." Sie schleuderte mich wieder gegen die Wand und als ich mich wieder aufgerappelt hatte, hatte sie ihr Sweatshirt genommen und war gegangen.

Kapitel 33

Ich ging etwas zittrig zu Fuß nach Manassah, an der Seite des Golfclubs entlang. Ich war früh dran und es war eine gute Methode, mein überschüssiges Adrenalin loszuwerden. Aber es hieß auch, dass ich durch den Patio reinkam und das Auto draußen nicht sah.

Und sie hatten mich gesehen, also hatte es keinen Zweck, zu versuchen wegzuschleichen.

„Agent Ingram, was für eine Überraschung", sagte ich.

„Hallo, Süße." Jen stand auf und küsste meine Wange. „Meine Güte, was für ein schönes Kostüm."

Ich versuchte, sie anzufunkeln, aber ich hatte in der letzten Zeit offenbar nicht genügend geübt und es funktionierte nicht.

„Ich bin so froh, dass ich Sie hier erwische, Frau Farrell. Ich glaube, dass Sie im Moment reichlich beschäftigt sind."

Ich ließ den Sarkasmus abperlen, während mein kleiner Dämon sich an seiner gedehnten, texanischen Sprechweise weidete. Jen brachte mir einen Rum und wir ließen uns auf dem Sofa gegenüber von Ingram nieder. Jen sah relativ entspannt aus, also hatte er sie wohl noch nicht ins Kreuzverhör genommen.

„Ich nehme an, dass Sie wegen mir und nicht wegen Jen gekommen sind?"

Agent Ingram nickte. „Ja richtig. Bin auf gut Glück, dass Sie hier sind, vorbeigekommen. Nur ein paar kleine Punkte."

Ich verbarg mein Seufzen hinter einem Schluck Rum und ließ seine Magie auf mich wirken. Zumindest war er nicht Handschellen schwingend und mit seinem Kollegen Griffith im Schlepptau gekommen.

„Wo ist Ihr Partner?", fragte ich.

Ingram schien unruhig. „Wir mussten uns trennen. Er überprüft etwas auf der anderen Seite der Stadt."

Ja, ganz sicher. Dies war plötzlich ein ganzes Stück interessanter. Ingram wollte ohne Zeugen mit mir reden. Zumindest ohne FBI Zeugen.

Ich hob meine Brauen. „Darf Jen hierbleiben?" Ich sah sie aus dem Augenwinkel irritiert zucken, aber ich wollte sehen, was er sagte.

Er nickte und tat sich schwer, es sich auf seinem Stuhl bequem zu machen.

„Ach, verdammt", sagte er. „Ray jagt Gespenster. Er ... er hat keine Fantasie. Und er hat keine Ermächtigung für gewisse Projekte."

„Aha", antwortete ich. Anthrazit zum Beispiel.

Er versucht, mich mit einem unerwarteten Schlag zu überrumpeln.

Er entspannte sich schließlich und neigte seinen Kopf zur Seite. „Wissen Sie, Frau Farrell, es wird über Sie mehr, entschuldigen Sie den Ausdruck, Pferdescheiße erzählt als über einen ganzen Saal voller Politiker."

Ich zuckte nur die Achseln.

„Und mein Interesse scheint wie eine blutrote Rose zu sein. Gedüngt mit Pferdescheiße hört es gar nicht mehr auf zu wachsen. Ich gebe Ihnen mal ein Beispiel", sagte er. Er holte einige Notizen heraus und setzte eine lächerlich kleine Lesebrille auf seine nervöse Nase.

„Emily Schumacher." Er stoppte mich, bevor ich etwas sagen konnte. „Ich habe die Familie nicht belästigt. Der Jahrestag ist gerade vorbei, nicht wahr?" Er wartete auf keine Antwort; er kannte das Datum genau. „Mal sehen. Drei Männer, kein bekanntes Motiv. Es gab einen Schusswechsel, zwei Polizeibeamte tot, die kleine Emily als Geisel genommen und so weiter und so fort. Sie haben in der Aufregung Ihren Partner verloren, spürten sie auf, riefen das SWAT Team und alles ging gut aus." Er sah mich über die Brille an. „Sehen Sie, totale Pferdescheiße, erster Güte."

Nein, so war es nicht passiert. Aber ich würde nichts aufklären. Im Moment faszinierte es mich stärker, wie er seine Schlüsse gezogen hatte, als dass ich seine Konsequenzen fürchtete. Ich bekam ein Gefühl dafür, wie er arbeitete. Er würde mir den ersten Teil erklären, um mich für den nächsten Teil weich zu kochen.

„Wissen Sie, wir leben in einer furchtbaren Welt", sagte er. „Von Erbsenzählern regiert. Und die Erbsenzähler haben ihre Klauen in die Polizei gegraben wie nirgendwo sonst. Nachdem ich diesen Bericht bekommen hatte, sah ich bei den Erbsenzählern nach. Die Polizei macht nach jedem SWAT Einsatz ein Audit. Nach jedem. Können Sie sich das vorstellen? Herrgott, und auch nach jedem abgefeuerten Schuss."

Ja, das ist nicht die Art, wie sie es in Texas machen, Agent Ingram. Da gäbe es gar nicht genug Papier.

„Das ist alles so wichtig, wirklich wichtig. Und wissen Sie was?", fragte er und sah mich über seine Brille an.

Okay, jetzt kommt es.

„Nicht einer aus dem SWAT Team hat an dem Tag seine Waffe abgefeuert. Nicht einer."

Oh, Mist.

„Sie andererseits, Frau Farrell, Sie hatten Ihre Kanone mitgeschleppt und der Erbsenbericht besagt, dass Sie die leer geschossen haben."

Ingram lehnte sich in seinem Stuhl zurück und schob den Bericht zur Seite. Er nahm seine Brille ab und kaute eine Minute gedankenvoll am Bügel.

„Zwölf Schuss im Magazin. Drei Männer. Nur zwei von ihnen mit 45er Schusswunden. Ich habe mir Ihre Punktzahl beim Schießtraining angesehen, Frau Farrell. Möchten Sie kommentieren?"

„Es war dunkel."

„Mehr Pferdescheiße", sagte er fröhlich. „Nichts für ungut!"

Athanate können sich schneller als Menschen bewegen, eine Fähigkeit, die sich mit der Zeit entwickelt. Ich hatte Glück, dass die drei Bösartigen, die ich getötet hatte, nicht alt waren, in Athanate Jahren, sodass ich eine Chance gegen sie hatte, obwohl ich neun Schuss brauchte, um den zweiten platt zu machen. Aber darüber konnte ich ihm nichts sagen.

„Vier andere Polizisten hatten das zuvor probiert. Zwei tot und zwei verwundet. Sie sind allein, vor dem SWAT Team hineingegangen, haben zwei von ihnen erschossen und den dritten aus dem Fenster geworfen."

Wenigstens freute sich mein Dämon über jede Silbe seines lang gezogenen Texasslangs.

„Oh und dies." Er hielt ein einzelnes Blatt Papier zwischen Daumen und Zeigefinger, als wäre es schmutzig. „Das soll die vollständige Forensik sein und der Bericht des Gerichtsmediziners über die drei Leichen. Unbekannte männliche Leiche eins, zwei, drei. Schusswunden und schweres Trauma und … nichts weiter. Kein Bluttest, keine DNA, keine Fingerabdrücke, keine Überprüfungen, keine Dokumentation, keine Fotos, nichts. Nicht einmal Einzelheiten über den Verbleib der Leichen. Und keine Unterschriften."

Die Leichen waren in die Obs Laboratorien verschwunden, um von deren Wissenschaftlern untersucht zu werden. Natürlich würde das niemand unterzeichnen.

„Und Ihr kleines Problem am Dienstag im Cheesman Park", sagte er und Jens Kopf zuckte herum. Ich hatte ihr natürlich nichts erzählt. Ingram sah es auch. „Ich freue mich, dass die Prellungen so schnell verschwunden sind, nebenbei. Also, Sie hatten keine Waffe dabei. Sie haben zwei außer Gefecht gesetzt und hatten eine verdammt gute Schlägerei mit dem dritten. Das waren nicht einfach Straßenräuber, die durch den Park bummelten, nicht wahr, Frau Farrell?"

Ich schürzte meine Lippen und zuckte wieder die Achseln.

„Und ich habe einige hübsche Kämpfe zu meiner Zeit gesehen. Ich war FBI Taekwondo Meister in meiner Jugend. Sie würden es heute nicht glauben." Er gluckste. „Ich habe einige Bewegungen gesehen, aber niemals so etwas."

„*Dentou-tekidenai*", murmelte ich. „Ohne Stil." Bei Wettkämpfen geht es um Punkte und Stil. Beim Kämpfen geht es ums Gewinnen. Mein Gegner in dieser Nacht hatte das offenbar verstanden.

„Und als sie davonrannten, mit einem ordentlichen Sprint, trugen ein paar von ihnen die Verwundeten, als ob sie federleicht wären. Komische Räuber, Frau Farrell. Egal. Die Armee füttert mich mit Pferdescheiße. Die Polizei hält große Stücke auf Sie, aber hinter Ihrem Rücken glauben die, dass Sie eine Art schiefgegangenes Armee Experiment sind. Weitere Pferdescheiße. Captain Morales weiß etwas, aber er sagt keinen Piep. Und alles kocht zu Folgendem zusammen: Sie waren zehn Jahre da draußen und haben Sachen gemacht, über die niemand, der davon weiß, mit mir reden will. Und jetzt machen Sie wieder etwas, das jemand anderes verhindern möchte und über das niemand, der davon weiß, mit mir reden will."

Ich fragte mich, wie hoch in der Abteilung Ingram stand. Wenn Colonel Laine seine Kontakte nicht nutzen konnte, wie stand es um Agent Ingram? Er war mir auf der Spur und mit seinen Mitteln konnte er jederzeit über die Athanate stolpern. Zum Teufel, durch das angezapfte Telefon wusste er bereits etwas von ihnen. Vielleicht wäre es besser, zu versuchen ihn auf unsere Seite zu ziehen. Wenn sich herausstellte, dass er nicht mit uns an Dianas Projekt arbeiten konnte, war ich sicher, dass Skylur verlangen würde, dass bei ihm eine Gedächtnislücke entsteht.

Wir waren ruhig geworden und Ingram beobachtete mich intensiv. Es war eine kleine Gnade, dass er nicht auch Athanate Sinne hatte.

„Frau Farrell, ich hege keinen Zweifel, dass Sie in der Armee waren und dort Gutes getan haben und ich nehme an, dass Ihre

Zurückhaltung, mit mir darüber zu sprechen, von irgendwelchen Vereinbarungen kommt, die Sie mit ihnen treffen mussten."

Meine Güte, er ist mit so wenig so dicht herangekommen.

„Dennoch", fuhr er fort „alles derart Geheime ist ein Problem. Denn wie sollen wir wissen, ob es so läuft, wie es soll? Und wenn ich geheim sage, dann meine ich, dass der Nationale Sicherheitsdirektor des FBI es nicht weiß. Ich frage mich, ob der Direktor der National Intelligence selbst davon weiß. Verstehen Sie mein Problem?"

Nur zu gut. Er legte seinen Finger auf ein Problem, das ich mit Ops 4-10 hatte, seit ich die Neuigkeiten von Colonel Laine gehört hatte. Wer befehligte die Einheit jetzt und wem mussten sie berichten? Ich hatte nie Zweifel, als Laine die Führung innehatte. Und jetzt? Ich war mir nicht mehr sicher. *Wirklich* nicht sicher.

Wie hoch stand Ingram beim FBI? Könnte er Zugriff auf diese Leute haben?

„Sprechen Sie mit diesen hochgestellten Leuten?", fragte ich.

„Ich bekomme Nasenbluten von der Höhe", antwortete er, was weder Bestätigung noch Verneinung bedeutete. Er spielte das Spiel ebenso gut wie ich.

Ich beruhigte mich, atmete einige Male tief ein und schnippte einen imaginären Fussel von meinem Hemd. Ingram hatte sich gerade unbewusst zu einem Treffen mit Diana und dem Colonel angemeldet, wenn ich es hinkriegen konnte. Aber er war noch nicht fertig.

„Also, jedenfalls habe ich nachgedacht", fuhr Ingram fort. „Wenn da einer ist, gibt es vielleicht mehr und Leutnant Krantz war sehr kooperativ. Einer von ihnen kann ein blinder Fleck in Ihrem Auge sein." Er hielt einen Kugelschreiber dicht vor seine Augen und bewegte ihn hin und her. „Aber nicht in meinen Augen, in den Militäraufzeichnungen. Männer und Frauen verschwinden aus den Büchern und tauchen vielleicht etwas später wieder in einer anderen Einheit auf, vielleicht mit anderem Rang und Gehaltsstufe. Nicht viele, wenn man die ganze Armee zugrunde legt. Vielleicht ein kleines Bataillon, sagen wir fünf- oder sechshundert."

Wieder nahe dran.

„Und jede Nachfrage zur Aufklärung wird die Kommandokette hinauf gestoßen. Es kostet Zeit, aber werden wir wohl jemanden finden, der weiß, was vor sich geht?"

Er machte es zu einer Frage. Er sah, dass ich zu einer Entscheidung gelangt war.

„Als Krantz mich verfolgte, habe ich es über Colonel Laine zurückgeleitet. Er hat mit jemandem gesprochen und dieser Jemand hat Krantz von meinem Fall abgezogen. Fragen Sie Krantz, wer das war. Es muss jemand in seiner Kommandokette gewesen sein. Vielleicht bringt Sie das schneller weiter."

Ingram machte einen Schmollmund und nickte.

„Versuchen Sie es und sagen Sie Krantz, dass er mir einen Gefallen getan hat und ich mich revanchiere."

Ingram lächelte und nickte nochmals, wartete weiterhin.

Ich faltete meine Hände, um sie ruhig zu bekommen.

„Sie sehen sich da zwei ganz unterschiedliche Dinge an. Geben Sie mir bis nächste Woche", sagte ich. „Bis dahin werden Sie vielleicht eine Vorstellung haben, wer was in der Armee weiß. Und ich hoffe, dass ich in der Lage bin, ein Treffen mit dem Teil, der nicht in der Armee ist, zu arrangieren."

„Ja, Agent Ingram", mischte sich Jen ein. „Himmel, alles was ich gehört habe, ist, dass Amber gute Sachen machte und nicht darüber reden kann aufgrund von Beschränkungen, die nicht ihre Schuld sind. Ich finde, dass etwas Spielraum angebracht wäre."

Ingram kratzte sein Kinn gedankenvoll, während er uns musterte und sich Zeit für seine Entscheidung nahm. Ich bemerkte, dass er nichts darüber sagte, mit einem Boss sprechen zu müssen. Das verstärkte meinen Eindruck, dass er einen viel höheren Rang innehatte, als ich zuerst glaubte.

„Ich danke Ihnen für Ihre Gastfreundschaft, Frau Kingslund", sagte Ingram und erhob sich plötzlich. „Und ich werde Sie beim Wort nehmen, Frau Farrell. Bedenken Sie jedoch, dass ich in der Zwischenzeit weitersuche. Und ich begrenze meine Untersuchungen nicht."

„Ja. Das ist verständlich." Ich stand ebenfalls auf und in einem Moment der Inspiration wagte ich zu sagen: „Wissen Sie, die Aufzeichnung, die Sie mir vorgespielt haben? Es wäre eine große Hilfe, wenn ich eine Kopie hätte."

Ingrams Nase zuckte und seine Augen wurden kugelrund. Der Taekwondo Champion glaubte, dass es ihm einen Vorteil brächte, wenn ich in seiner Schuld stand. Vielleicht hatte er recht. Er nahm eine kleine Speicherkarte aus seinem Diktiergerät und reichte sie mir lächelnd.

„Danke", sagte ich. Er nickte höflich.

Jen führte ihn hinaus und ich ließ mich zurück aufs Sofa plumpsen.

„Er ist weg. Bist du in Ordnung, Süße?" Jen lehnte am Türrahmen.

„Ja", seufzte ich und rieb mein Gesicht.

„Nur noch eines", sagte sie rätselhaft und ging wieder davon.

Tullah kam allein herein.

„Hey."

„Selber hey. Was ist los?"

Sie setzte sich steif neben mich aufs Sofa.

„Ma hatte wohl teilweise recht."

„Was, hast du gerade erkannt, dass ich ein übler Athanate bin?" Ich grinste sie an.

„Nein! Du bist nicht böse."

„Gut zu hören. Okay, womit hatte sie irgendwie recht?"

„Mein Drache", sagte Tullah. „Sie ist nicht ... sicher."

„Okay", sagte ich langsam. „Aber das hast du doch schon irgendwie gewusst."

Tullah sah so frustriert aus, wie ich mich fühlte.

„Es ist anders. Sie scheint Sachen zu wollen, die dann anfangen sich in meinem Kopf auszubreiten."

„Was zum Beispiel?"

„Ich kann noch nicht darüber reden. Ich muss mir erst selbst darüber klar werden." Sie zog ihre Schultern hoch. „Ich werde weiter an meinen Fällen arbeiten, aber ich muss mich eine Weile von dir und Ma fernhalten."

„Sieh mal, Tullah, so geht das nicht. Du kannst mir nicht erzählen, dass du abgelenkt bist und dann sagen, dass du arbeiten kannst."

„Ich bin nicht abgelenkt, wenn ich arbeite. Ich bin abgelenkt, wenn du in der Nähe bist." Tullah presste ihre Hände auf ihre Schenkel und grub ihre Finger hinein. „Sie will etwas von dir."

„Und ..."

„Ich kann nicht zustimmen, bevor ich verstehe, worum es geht. Der Adept muss das Geistwesen einbeziehen, nicht anders herum."

„Das klingt nach auswendig gelernter Weisheit", sagte ich. Das sollte nicht heißen, dass es nicht richtig war. Aber, Byzanz zu belagern, würden Tullah und Kaothos vielleicht doch noch ein paar Tage lang nicht schaffen.

„Okay, nimm dir bis Montag frei. Dann reden wir und klären das." *Vielleicht mit Mary und Liu.*

Sie nickte zur Bestätigung. Ich fischte meinen letzten Satz billiger Prepaid Handys heraus. „Behalte das bei dir", sagte ich und gab ihr eines. „Nimm es für Notfälle. Ich meine jede Art von Notfall, auch mit Drachen." Sie nickte wieder und ein kurzes Lächeln erschien. „Ich überprüfe mein normales Handy auch, aber ich lasse es nicht an, weil es überwacht wird."

Sie nahm das Telefon und sah unsicher aus. So nach und nach wurden ihr die Konsequenzen ihres Umzugs und ihrer Selbständigkeit bewusst. Plötzlich lag der ganze Druck, alles richtig zu machen, auf ihr.

„Ich glaube, dass es eine gute Idee ist", sagte ich. „Da draußen sind alle so verdammt an mir interessiert, dass es für uns alle besser wäre, für eine Weile woanders zu sein. Das wollte ich Jen auch gerade sagen."

Das entlockte ihr ein Lächeln. „Viel Glück dabei", sagte sie. Ihr Blick fiel kurz auf mich und dann wieder auf ihre auf dem Schoß gefalteten Hände. „War das für dich auch so, mit dem Athanate Zeug?"

„Das weiß ich nicht, Tullah. Wie denn? Ich weiß nicht, was in deinem Kopf vorgeht, aber wenn du dich fragst, ob ich zeitweise durcheinander und wütend und aufgebracht war, dann ja, so war es. *Ist* es noch."

„Das sieht man dir nicht an. Du bist immer so beherrscht."

Ich schnaubte und schob sie sanft zur Tür. „Verschwinde von hier."

Das tat sie und Jen kam zurück.

„Sind wir bereit für diese Pferdegeschichte?", fragte ich.

„Nach dem, was Agent Ingram sagte, bin ich mir nicht sicher, was du meinst." Sie lächelte. „Jedenfalls sind wir es nicht. Ich habe meine neuen Cowboystiefel von Werner bekommen und wir müssen beide im gleichen Stil gehen."

„Und wie?"

„Natürlich Country und Western, Süße."

Sie hatte die passende Kleidung auf mein Bett gelegt. Ein Stetson mit gewellter Krempe, Jeanshose und Jeansjacke, kariertes Hemd wie ein verdammtes Tischtuch und ein Ledergürtel mit einer riesigen Pferdeschnalle, was ich sonst nie angezogen hätte. Seufz. Ich entschloss mich mitzuspielen. Ich wähle meine Schlachten selbst.

Zumindest passte die Jeansjacke schön über das Schulterholster. Ich würde nirgendwo ohne meine HK hingehen, nicht einmal zu einem Geschäftsessen.

Kapitel 34

Ich wählte meine Schlacht und gewann. Als wir, wie Linedancer gekleidet, in ihrem rosa Mercedes abfuhren, hatte Jen zugestimmt, mindestens einige Nächte in ein Hotel zu ziehen. Die Wachen würden Manassah schließen und uns später im Hotel treffen.

Als Vergeltung bestand sie darauf, uns mit Country und Western Karaoke in Stimmung zu bringen. Wir erreichten die Rennbahn kichernd.

Das war das letzte Vergnügen, das ich für eine Weile hatte. Zu Beginn des Treffens wurde es eisig, als Jen klar wurde, dass die Frau, die den Besitz an Jens Konsortium überschreiben sollte, nicht kommen konnte. Ihr Ersatz war ein arroganter Ostküstler, Anthony Vance, der sich furchtbar penibel ausdrückte. Er konnte sich gerade so zurückhalten, Jen nicht zu korrigieren, aber sein eigenes Personal hatte dieses Glück nicht. Am schlimmsten dran war der Junior Assistent, der frisch sein Abitur gemacht und das Unglück hatte, aus Alabama zu stammen. Ich dachte, er war niedlich, denn ich mag südliche Akzente, aber Vance quälte ihn bei jedem Satz.

Es gab nichts, was ich wirklich beisteuern konnte und Vance erwartete das offenbar auch nicht von mir, also saß ich mit gefalteten Armen da. Das machte so viel Spaß wie ein Besuch beim Zahnarzt. Der Gedanke heiterte mich auf. Die gesundheitlichen Vorteile der Athanate bedeuteten, keine Zahnarztbesuche mehr für mich. Ein weiterer Punkt auf der Plus Seite. Und Jen hatte nicht mehr Spaß als ich. Obwohl es sonst niemand bemerkte, spürte ich die Wut in ihr ansteigen wie in diesen ominösen, in Filme hineingeschnittenen Szenen, wo sich der Dampfdruck aufbaut, bis er im roten Bereich ist.

„Also dann." Jen packte zusammen und stand auf. „Das ist alles, bis auf die Verpflegung zum Eröffnungstreffen. Ich denke, wir schließen jetzt und überlassen das einem Experten."

Oh mein Gott, lehnte ich mich da gerade vor?

„Amber?", fragte Jen belustigt.

„Ich denke nicht, dass du das anderen überlassen solltest. Diese Eröffnung ist ein besonderes Ereignis und ich wäre total fassungslos, wenn das Essen dem Ereignis nicht angemessen wäre."

Außer, dass ich es nicht so sagte. Der Dämon hatte meine Kehle in seiner Gewalt und heraus kam der uneheliche Nachwuchs von Agent Ingram und dem Junior Assistenten aus Alabama, aufgewachsen in einer Wohnwagensiedlung. Nur mit noch breiterem Akzent. Fünf Silben allein für ‚Eröffnung'.

„Ja, natürlich, danke", sagte Jen mit ernstem Gesicht und drehte sich zum Tisch. „Es soll genauso gemacht werden, wie meine Kollegin vorschlägt." Sie ging schnell davon, vorgeblich um unsere Stetsons zu holen und überließ mir die Sache.

Angesichts Vances immer panischer werdenden Blickes verblüfften Unverständnisses, wandte ich mich an Alabama.

„Du verstehst mich, nicht wahr, Kleiner?"

„Ja, Madam."

„Riesige Steaks vom Grill, groß wie eine Kuh und dick wie ein Sattel. Die Soße scharf, dass dir die Augen herausquellen, Kartoffeln in ihrer Schale, mit Klumpen guter Butter. Eiskaltes Bier. Und alle Beilagen"

„Ja, Madam."

Auf Vances Forderung übersetzte er.

„Was, wenn jemand kein Fleisch isst?", fragte Vance klagend.

„Wenn jemand kein Fleisch mag, kann er immer noch Hamburger essen", antwortete ich und wir gingen, bevor Alabama Zeit zum Übersetzen hatte.

Jen fuhr uns, mit nur leichtem Schlenkern, in die Nacht hinaus.

Wir nahmen die malerische Strecke zurück. So viel dazu, Leibwächterin zu sein. Lange Tage und späte Abende holten mich ein und mein Kopf war definitiv träge angelehnt, als wir anhielten.

Ich sah auf. Wir waren erst zehn Minuten gefahren.

„Ist das Benzin alle?"

„Süße, würde ich es mit so einem Satz bei dir versuchen?"

„Man weiß nie. Kommt auf den Versuch an", sagte mein Dämon, bevor ich ihn aufhalten konnte.

„Nein. Genug Benzin. Die Aussicht lohnt aber, wo wir schon einmal hier sind."

Wir waren irgendwo oben auf einem Aussichtspunkt, die Lichter von Denver unter uns. Wir stiegen aus und lehnten uns vorn an den Wagen.

Drei Millionen Leute da unten und Jen hatte sich diejenige mit einem paranormalen Problem aussuchen müssen, über das sie noch nicht reden konnte. Seufz.

Irgendwie war Jen in meinen Arm geschlüpft und ihre Hand schlängelte sich um mich herum und blieb auf meiner Hüfte liegen. Ihr Kopf lag auf meiner Schulter.

„Der Blick geht dort hinunter." Ich nickte in Richtung Denver.

„Hmm. Das ist eine Meinung", sagte sie. „Oha, du wirst rot."

„Es ist dunkel, wie kannst du das erkennen?"

Sie gluckste. „Nur gut geraten, Süße."

Ich lachte und konnte mich nicht zurückhalten sie in meine Umarmung zu ziehen. Wir passten gut zusammen, perfekt, wie manche Puzzleteile. Ich musste aufhören oder ich würde darüber nachdenken, wie warm die Motorhaube unter uns wäre, wenn wir uns drauflegten. Mein Kiefer schmerzte jetzt definitiv nicht. Stattdessen spürte ich eine schwache Erwartung in meinen Eckzähnen. Sie fühlten sich warm und behaglich an. Es war eine zarte Vorfreude, eine träge Verruchtheit, die vom Beißen kommen würde, wie ich wusste.

Ich schloss meine Augen. Ich konnte jede Bewegung von Jen fühlen, ihren ganzen Körper spüren. Ich hörte ihr Herz, das süß im Einklang mit meinem schlug. Ich konnte die Luft in ihre Lunge strömen spüren und den Druck des Blutes in ihren Venen. Ich spürte ihr Verlangen und sogar, wie sorgfältig sie sich in Schach hielt. Es war gut, dass eine von uns die Kontrolle behielt.

Ich hatte nie einen anderen Menschen so bewusst wahrgenommen, so vertieft, so empfindsam für jeden Zwischenton. Ich glaubte, dass ich den Windhauch an ihrer Wange spürte. Das Gefühl meines Rückens unter ihrer Hand. Meine Wärme neben ihrer. Die Gefühle beider Körper vereinigten sich in meinen Gedanken. Für meine geschlossenen Augen waren wir nackt, durchscheinend wie Tiefseekreaturen, aber in Licht getaucht, voll von murmelnden ...

Sie drückte sich an mich und unsere übergroßen Gürtelschnallen klirrten aneinander. Jen schnaubte amüsiert, ihr Atem sanft an meinem Hals. Meine Augen öffneten sich. Wir waren bekleidet, uns war kalt und wir fröstelten auf einem windigen Hügel. Mein Atem kam als zittriger Seufzer heraus.

„Himmel, Süße. Ich habe nie jemanden wie dich kennengelernt", flüsterte sie.

„Nein, vermutlich nicht, du Glückliche." Ich lachte kurz auf.

„Weißt du, dass ich dich nie belogen habe?"

Sie nickte gegen mich gelehnt. „Du bist nur etwas wählerisch, was du beantwortest." Aber ich hörte, dass sie lächelte.

„Ich schwöre", sagte ich. „Nach diesem Wochenende werde ich dir nie wieder eine Antwort auf irgendetwas verweigern."

„Das klingt nach einer langen Zeit."

Keiner von uns sagte etwas dazu. Ihr Herzschlag stieg und meiner folgte.

„Würdest du mir jetzt alles sagen, wenn ich fragen würde?", murmelte sie frotzelnd.

Ich schluckte. Meine Kehle war plötzlich schmerzhaft trocken. Aber ich konnte nur eine Antwort wahrheitsgemäß geben. „Ja", sagte ich.

Sie sah auf und ihre Hände waren plötzlich auf meinen Wangen.

„Oh mein Gott, Amber, das würde ich nicht. Ich habe nur gestichelt. Es tut mir leid. Es tut mir leid." Sie wischte unbeholfen die Tränen weg.

„Nein, mir tut es leid, dumm zu sein."

„Es ist überhaupt nicht dumm. Vielen Dank, Süße." Sie räusperte sich. „Jetzt fahren wir in das Hotel. Du musst zu Bett gehen. Allein. Im Moment."

Kapitel 35

FREITAG

Ich war früh genug in Victors Büro für ein Frühstück, also brachte ich etwas mit.

„Was ist mit meinem Bauch, Frau?", beschwerte sich Victor, als wir die Waffeln, Donuts und den Kaffee auf seinem Schreibtisch auspackten.

Ich spähte auf seine Mitte. Jawohl. Der Gürtel war noch im selben Loch, aber die Hose und das Hemd spannten in verschiedene Richtungen.

„Geh mehr raus", sagte ich selbstgefällig, kreuzte meine Beine und legte meine Stiefel auf seinen Tisch. Ich tätschelte meinen Bauch. Er schüttelte den Kopf. Es hielt ihn nicht davon ab, seinen Anteil zu nehmen. Nur um sie vor ihm in Sicherheit zu bringen, balancierte ich meine Waffeln und Donuts auf meinem Schoß.

Ich hatte seine Überwachungsgeräte zurückgebracht und wollte die Kosten begleichen. Ich nahm einen Bissen von einer Waffel und leckte den Sirup sorgfältig von meinen Fingern, bevor ich ihm zwei Schecks über den Tisch reichte.

„Ich habe einen auf das Monatsende datiert. Geht das in Ordnung?" Es gab gerade genug auf dem Konto, um die Leihgebühr für seine Geräte und Vics Arbeit mit Arvinder abzudecken. Ich wollte, dass Tullah einige Reserven hatte, bis die Zahlungen aus ihren Fällen eintrafen.

Skylur könnte die Rechnung für einiges davon übernehmen. Könnte.

Er grunzte und schob die Schecks in eine Schublade, ohne sie anzusehen. Er nahm einen langen Zug von seinem Kaffee.

„Möchtest du mir etwas sagen?", fragte er. Seine Stimme klang beiläufig, aber ich hörte die Untertöne in seiner tiefen Georgia Stimme.

„Was könnte das sein, Vic?"

Er schnaubte. „Warum suchen Leute nach dir, Mädchen? Und ich meine nicht per Zeitungsannonce. Ich meine per an die Türen hämmern, die Sau rauslassen, umgeworfene Tische und so."

„Die waren hier?"

Er nickte, nahm einen großen Bissen von seinem Donut, kaute gedankenvoll und beobachtete mich weiter. „Ich empfahl ihnen, verdammt noch mal sich zu verpissen", murmelte er.

Ich lächelte. Ich brachte alle meine Freunde in Gefahr, aber Victor war fähig, damit auf diesem Niveau umzugehen.

„Danke, großer Mann. Ich darf nicht darüber sprechen. Es sollte bald vorbei sein."

Er hob nur skeptisch eine Augenbraue. Ich wusste, was er dachte. Diese Art Aufwand war wegen etwas, das nicht so einfach verschwinden würde. Aber ich konnte ihm nicht mehr als Jen sagen. Jetzt nicht und vielleicht nie.

„Gut", sagte er, als ich still blieb. „Ich habe mich schon bei Tullah für die weitergereichten Aufträge bedankt, aber ich sage es dir auch noch einmal. Und ich habe ihr einige Überwachungs- und Internetarbeiten rübergeschoben. Sie macht das prima und hat uns diese Woche bei unserem Klienten gut aussehen lassen." Er beendete seinen Donut. „Gegenseitige Hilfe scheint uns beiden gutzutun."

„Danke. Ich werde mich nächste Woche wieder mit Tullah treffen und sehen, ob wir es noch besser machen können."

Wenn ich dann noch hier bin.

Etwas von dem Gedanken drang durch und Victors Braue hob sich wieder. Ich trat mich innerlich selbst und konzentrierte mich auf den Donut.

„Falls ...", Victor überlegte noch etwas. „Falls du es müde bist, dein eigenes Geschäft zu führen und mehr Freizeit haben willst, gibt es immer einen Platz für Tullah und dich hier. Ihr habt die Fähigkeiten, Mädel."

Er bot mir eine Art Sicherheit und dafür war ich ihm sehr dankbar. Die Geschäfte waren schwer genug für einen auf sich allein gestellten Privatdetektiv und die Ausbildung von Tullah machte es kurzfristig noch schwerer. Victor hatte regelmäßig Aufträge und ich hätte ein Einkommen statt des ständigen Hü und Hott. Ich könnte regelmäßig Ersparnisse zur Seite legen für Kleidung und eine Wohnung und ... nein. Nicht ich. Ich war nicht einfach zu stolz. Tief im Innern war ich nicht diese Art Frau. War ich auch nie, trotz aller Umsicht, mit der ich mein Geld verwaltet hatte, als ich Mom und Kath unterstützte. Und was Victor nicht verstand, war, dass wenn die Situation mit Matlal und den Basilikos auf der Versammlung nicht bereinigt würde, seine Sicherheitsmaßnahmen ohnehin nicht annähernd ausreichend wären.

„Nochmals danke, Vic, aber ich bin noch nicht bereit, das Geschäft aufzugeben." Ich leerte den Kaffee und seufzte. „Und ich muss heute ein paar Ablenkungsmanöver durchführen, ich muss mich beeilen."

In einiger Entferung von seinem Büro, fuhr ich rechts ran und schaltete mein Handy an, um meine Nachrichten abzuhören.

Nichts von Alex. Auch nichts vom Colonel.

Die Stille des Colonels störte mich nicht. Er war schlau. Er würde seinen Weg hierher finden und wir würden die Dinge für ihn, falls irgend möglich, in Ordnung bringen.

Alex' Stille beunruhigte mich wirklich.

Okay, ich würde also nach Haven aufbrechen. Aber vorher noch ein Telefonat. Sollte nicht lange dauern.

Kapitel 36

Der Oktopus verstellte meine Stimme nicht, als ich bei Alex im Büro anrief und irgendwie wusste seine Sekretärin sofort, wer ich war.

„Frau Farrell, tut mir leid, aber Mister Deauville wird heute den ganzen Tag in Besprechungen sein. Es ist gerade ungünstig. Kann ich eine Nachricht aufnehmen?"

Ich hielt inne. Ich würde ganz sicher nicht einer Sekretärin die Nachricht anvertrauen, dass Matlal das gegnerische Rudel bezahlte.

Schlimmer noch, irgendetwas stimmte da nicht. Mein Instinkt sagte mir, dass mich hier nicht Alex abwimmelte, sondern dass es um eine Rudelsache gehen musste. Das schmeckte mir kein bisschen.

„Frau Farrell?"

Ich hatte meinen Instinkt schon früher ignoriert und es bereut. Ich mag keine Reue. Und wenn schlechte Nachrichten vor der Tür standen, mochte ich auch keine Ungewissheit. *Besonders* nicht, bevor ich meinen Eid bei der Zeremonie leistete. Sogar Diana hatte gesagt, dass ich wissen musste, wo ich stand, wenn ich den Eid leistete.

Ich würde die Nachricht über Matlal überbringen und auch Antworten auf meine Fragen bekommen.

So viel zur ruhigen Fahrt nach Haven.

„Frau Farrell, sind Sie noch da?"

„Ja. Und ich habe eine Botschaft. Sie können ihm sagen, dass er sich Zeit für mich nehmen muss. Ich bin auf dem Weg."

„Frau F ..."

Ich legte auf und drehte den Ford mit rauchenden Reifen auf der Fahrbahn, was einige Fahrer aufregte, die Meter von mir weg und in keiner wirklichen Gefahr waren.

Alex hatte mir seine Visitenkarte auf dem Ball gegeben und ich wusste, wo sein Büro war. Ich würde mich nicht von Hinweisen, dass er beschäftigt war, aufhalten lassen. Wenn es etwas gäbe, das ich tun konnte, würde ich es tun. Wenn er mich nicht wollte, sollte er es mir selber sagen.

Und wenn er das sagte? Mein Magen krümmte sich zusammen. Wohl zu viel Kaffee und Donuts.

Sein Geschäft hieß Tallbarn Transportation und die Geschäftsräume bestanden aus einem zweistöckigen Lagerhaus mit Satteldach und einem hübschen, gemauerten Bürogebäude an der Seite.

Die Sekretärin hatte mich wohl nicht ernst genug genommen, um eine Wache aufzustellen und es gab keinen richtigen Empfangstisch. Jemand rief aus dem Lager herüber, als ich die Freitreppe hinaufging, aber ich sah wohl so aus, als ob ich dazugehörte. Sie beobachteten mich, aber verfolgten mich nicht.

Es gab nur zwei Türen am Ende der Treppe. Links war ein leerer Konferenzraum. So viel zu den ganztägigen Besprechungen. Geradeaus musste das Chefzimmer liegen. Oder vielmehr das Büro der Sekretärin, die ihren Chef abschirmte.

Sie sprang hinter ihrem Schreibtisch auf und ich erkannte sie sofort. Olivia, vom Dachbalken in der Werwolf Scheune.

„Das ist ja eine Überraschung", sagte ich.

„Sie können da nicht rein ..."

„Ja, das haben Sie mir gesagt. Er ist in einer Besprechung." Ich ignorierte sie und ging vorbei.

„Sie verstehen es nicht. Es ist nicht sicher ..."

Meine Hand schloss sich um die Klinke, als sie mich erreichte.

„Dann kann er mir das selber sagen oder ich merke es." Ich öffnete die Tür.

Alex saß im Dunkeln hinter dem breiten, halbrunden Chefschreibtisch aus Mahagoni. Er war allein, sein Tisch leer bis auf Telefone, Stifte und Blöcke. Sein Kopf lag in seinen Händen und er hob ihn langsam. Sein Gesicht wirkte müde und verschwollen, er hatte Schatten unter den Augen und seine Hände waren unruhig. Aber ein leichtes Lächeln hieß mich willkommen und das war mir genug.

Ich drehte mich auf der Türschwelle um und verstellte Olivia den Weg.

Sie versuchte, über meine Schulter zu rufen. „Tut mir leid, Mister Deauville ..."

„Olivia", sagte ich ruhig und leise, schnappte ihre Jacke und schaute ihr aus nächster Nähe ins Gesicht. Ich war einen halben Kopf größer als sie und Sergeanten können selbst im Schlaf einschüchternd wirken. Sie würde nicht einmal ihren Satz beenden können, während ich da war.

Ihr Mund schnappte zu und sie sah mich erschrocken an.

„Olivia, ich werde eine ganze Weile mit Herrn Deauville sprechen und ich werde wütend, wenn wir gestört werden. Sie haben gesagt, dass es hier nicht sicher ist. Also, es ist so, es ist gerade ein ganzes Stück schlimmer geworden."

„Ist in Ordnung, Olivia", sagte Alex leise.

Sie atmete tief ein, wohl um ein weiteres Argument anzubringen. Tapferes Mädel.

Ich war nicht mit einem Plan hergekommen oder mit einer Vorstellung, was ich vorfinden würde. Ich arbeitete aus dem Bauch heraus - gefährlich, aber manchmal nützlich. Mein Bauchgefühl hatte mir gesagt, dass Olivia einer der Werwölfe war, die mit dem Wandel Probleme hatten und dass ich vielleicht Teil einer Lösung war. Ob es meinem Zweck nützte oder nicht, diese Gelegenheit konnte ich nicht verstreichen lassen.

„Sie können sich nicht verwandeln, nicht wahr?"

Sie brach ab mit dem, was sie sagen wollte. Ihre Wangen röteten sich, ihr Blick senkte sich, gefolgt von ihrem Kopf. Wolfsverhalten.

„Nein", flüsterte sie. Ich hatte den Hunger in ihrem Blick in der Scheune gesehen und jetzt wusste ich Bescheid.

Ich ließ ihre Jacke los und bog ihr Gesicht hoch, bis sie mich ansehen musste.

„Wenn ich kann, werde ich Ihnen helfen. Bei meinem BLUT, so schwöre ich."

Sie stand sprachlos mit offenem Mund da und der hungrige Blick wallte in ihr hoch. Alex' Atem zischte im Dunkeln hinter mir.

„Machen Sie eine Kaffeepause", sagte ich und gab ihr einen kleinen Stoß, als ich die Tür schloss.

Ich stellte mich mit der Stirn gegen die Tür. Ich war noch eine Verpflichtung eingegangen - das war mir recht - aber ich hatte auch ihr Vertrauen gewonnen und das war eine Bürde, die ich nicht auf die leichte Schulter nahm. War das aufgrund eines Bauchgefühls gerechtfertigt?

Das Büro hinter mir war nun beinahe völlig still. Die solide Tür schirmte den Lärm aus dem Lagerhaus ab. Kein Computer lief, keine Klimaanlage. Ich streckte alle Sinne aus und sog es in mich auf: den Geruch von Alex, die Stille seines Atems, das Klopfen seines Herzens.

Der Wolf war sehr stark, sehr bedrohlich. Ich wusste, dass es dumm und gefährlich war, aber ich wollte nicht aufhören. Selbst mit der drohenden Gewalt in diesem Raum wollte ich nicht gehen. Was zum Teufel hatten sie mit ihm gemacht? Wenn ich ihn jetzt verließ, hatte das Rudel gewonnen.

„Er zwingt mich jede Nacht zum Wandel", sagte Alex und beantwortete meine ungestellte Frage. Seine Stimme klang rau. Sie erzeugte Gänsehaut meinen ganzen Rücken hinunter.

„Warum?", fragte ich, noch immer die Tür im Blick.

„Um die Dämonen zu vertreiben." Er lachte. Es klang hässlich, wie bei einem Verrückten. „Und er nennt mich abergläubisch."

„Was?" Ich drehte mich um.

Alex lehnte sich wieder in seinem Sessel zurück, das Leder und die Federn knarrten. „Mich jede Nacht zu wandeln, soll die Rudel Marke und die Loyalität stärken und den Athanate Dämon vertreiben. Es bringt den Wolf nahe an die Oberfläche."

„So? Nun, du siehst Scheiße aus", sagte ich. Wenn Felix dachte, dass er Alex ‚heilen' könnte, was mochte er mit mir vorhaben? Was, wenn er Erfolg hatte und Alex' Marke zurück zum Rudel wandelte und ich als einzige Außenseiter blieb? Zumindest hatte er Alex nicht zurückgewiesen.

Aber wenn Alex teilweise Athanate war, fürchtete ich, mochte der Wolf nahe der Oberfläche ihn in die Bösartigkeit treiben.

Ich atmete seinen Duft ein. „Es sind zwar erst wenige Nächte, aber ich kann noch den Unterschied von dir zum Rest des Rudels riechen."

Noch ein müdes Lächeln jagte über sein Gesicht, wie die Sonne, die mit den Wolken spielte. Meine Eingeweide verkrampften sich und dieses Mal lag es definitiv nicht am Kaffee und an den Donuts.

„Nein. Und es wird sich nicht ändern. Das spüre ich."

„Warum dann weitermachen?"

„Weil ich Rudel bin und Felix der Alpha."

„Warum ist das so? Ist Felix stärker?"

Alex gefiel die Frage nicht. Seine Lippen kräuselten sich zu einem kurzen Zähnefletschen, bevor er sich fing. „Felix will den Job und er ist gut darin. Das Rudel ist unter ihm stabil. Das letzte, was wir jetzt brauchen können, ist ein geteiltes Rudel."

„Oh ja. Das andere Rudel, das sich hineindrängt." Mir war zu warm. Ich ging bemüht locker zum Tisch, zog meine Jacke und das

Schulterholster aus und warf alles über die Lehne des Besucherstuhls. Ich setzte mich, nur den Schreibtisch zwischen uns und Spannung braute sich in der Luft zusammen. „Das ist einer der Gründe, warum ich dich sehen musste."

„Himmel, Amber, wie viele Gründe gibt es?" Ein flüchtiger Eindruck des wirklichen Alex zeigte sich und ein Schauer durchfuhr mich, sodass ich erzitterte.

„Drei. Das ist Tradition." Ich lehnte mich zurück und schlug meine Beine sorgfältig übereinander, die Jeans knarzte laut in der Stille. Alex bewegte sich unruhig, sein Atem wurde langsamer und tiefer. Der Wolf huschte unter der Oberfläche seines Gesichts hin und her.

„Mach keine Witze", sagte er.

Ich missverstand ihn absichtlich. „Okay. Ich habe herausgefunden, dass das andere Rudel *definitiv* eine Athanate Verbindung hat."

Er setzte sich plötzlich auf, mein Herz zuckte. „Was?"

„Einer der anderen Athanate in der Stadt ist der Anführer einer Oppositionspartei ..."

„Wir wissen Bescheid über die Basilikos und die Panethus, um Himmels willen. Wir sind nicht dumm. Du sagst, er ist Basilikos?"

„Ja. Matlal heißt der verantwortliche Athanate."

„Derselbe, der nach dir sucht?"

„Wie ...?"

„Das Rudel ist über Denver verteilt. Uns kommen Dinge zu Ohren und bei deinem Namen werden wir hellhörig." Er lehnte sich wieder nachdenklich zurück. „Macht Sinn. Wir haben gehört, dass das andere Rudel an dieser Suche nach dir beteiligt ist."

Ich rollte mit den Augen. „Welche Freude. Athanate *und* Werwölfe sind hinter mir her. *Und* das FBI."

Er gluckste. Die Spannung ließ nach.

Das würde nicht so bleiben.

„Botschaft angekommen", sagte er. „Warum bist du wirklich hier?"

„Du bist nicht ans Telefon gegangen. Ich wusste nicht, dass Olivia deine Sekretärin ist und selbst dann hätte ich ihr die Botschaft nicht gern ausgerichtet." Ich stoppte und die Stille setzte mir zu. Ein tiefer Atemzug. „Und ich muss wissen, wo wir stehen, Alex, bevor ... vor diesem Wochenende." Es gab so viele kluge Arten, es in Worte zu fassen und ich stammelte ungeschickt wie ein Kind.

Es war wichtig, aber ich konnte es nicht einmal für mich formulieren, dass es irgendwie davon abhing wer zu mir stand, wie ich zum Rest der Athanate stand. Und ich wollte, dass er auf meiner Seite war, körperlich und geistig. Ich brauchte das.

Er sagte nichts. Er stand auf und holte einen Krug und Gläser von einem Seitentisch, schenkte Wasser ein und gab mir eines.

Unsere Finger strichen übereinander.

Ich spürte das Verlangen in ihm. Meine Athanate nährte sich davon. Und Alex wusste genau, wie mein Körper reagierte. Sein Wolf verstand mich: Wort für Wort, Buchstabe für Buchstabe. Ich hätte mich ebenso gut nackt unter einem Scheinwerfer räkeln können.

War das Grund zwei oder Grund drei für mich, hier zu sein?

Zurück, Mädel. Grund drei.

Er setzte sich wieder in seinen Stuhl, umklammerte die Armlehnen. Sein Blick wanderte meinen Körper entlang und verweilte dann.

Ooooh. Das mag ich.

„Olivia hatte recht, es ist nicht sicher für dich hier zu sein."

„Wieso?"

„Weil ich gefährlich bin", schnappte er. „Je öfter ich Wolf werde, desto stärker blutet er in mich hinein. Er ändert nicht meinen Geruch, aber mein Verhalten." Er blickte zu mir auf, voller Hunger. Ich erzitterte erneut. „Ich kann nicht ... Der Wolf kann nicht gezügelt werden." Er wand sich in seinem Stuhl und versuchte, wegzusehen. „Geh jetzt."

„Nein", sagte ich. „Ich habe von drei Gründen gesprochen. War der erste nicht schon lohnend?"

Sein Temperament loderte auf, aber er hielt sich unter Kontrolle, knapp.

Von hier konnte ich auf zwei Arten weitermachen. Ich entschied mich für die Art des Sergeanten. Frontalangriff.

„Grund zwei ist, dass ich mit dir über Hope Gilliam sprechen muss."

Alex sprang beinahe über den Tisch. Er hielt sich zurück, indem er sich an der Tischkante festhielt und er knurrte mich wortlos an. Ich konnte den wütenden Wolf in seinem Gesicht sehen, obwohl sich die Knochenstruktur nicht geändert hatte.

Ich konnte Olivia niederstarren, aber Alex in diesem Zustand war eine andere Sache. Nicht, dass ich es wollte. Der Wolf war beängstigend. Aber Angst und Verlangen mischten sich in meinen Eingeweiden und meine Athanate *liebte* es. Ich stand geschmeidig und aufreizend nach Athanate Art auf. Vielleicht sollte Grund drei vorgezogen werden. Die Frau vor dem Sergeanten. Zeit für eine taktische Änderung des Plans.

Wie dicht kann ich an die Tischkante heran?

„Alex ..."

„Verschwinde", sagte er heiser. „Es ist nicht sicher."

Ich sah ihm nicht in die Augen. Mein Kopf blieb instinktiv unten, als ich mich um den Tisch schob. Ich forderte ihn nicht als Wolf heraus. Meine Athanate oder der Werwolf, wer es mir auch immer einflüsterte, machten weiter.

Er atmete schwer, als wäre er gerade eine Meile gerannt. Ich schlich näher, gesenkten Blickes, atmete unregelmäßig wie er. Ich wollte ihn unbedingt anfassen und ansehen, mein ganzer Körper sehnte sich nach ihm.

Langsam. Langsam. Ich behielt meinen Blick gesenkt.

„Gefährlich", wiederholte er fast panisch.

Ich schob eine Hand unter seine Jacke, flach auf die gebügelte Baumwolle seines Hemdes. Er brannte unter meiner Handfläche.

„Olivia ist hier", flüsterte ich. „Ist sie nicht auch in Gefahr?"

Er zitterte nun. Ich legte meinen Kopf sanft gegen seine Brust, liebkoste sie mit meiner Wange während ich seine Jacke nach hinten zog.

„Rudel", murmelte er. „Das Rudel ist sicher."

„Hmm." Ich liebkoste ihn, dachte Wolfsgedanken, atmete seinen Duft ein. Ich knabberte an seinem Hals, als seine Jacke herunterfiel und neigte meinen Kopf, um ihm meine Kehle anzubieten. „Auch ich bin Rudel, denk dran."

Dies war kein Märchen für Kinder und ich würde diesen Wolf nie zähmen. Vor allem nicht jetzt. Er roch nach Gewalt und ich trieb ihn sanft dahin sie freizulassen, weil es genau das war, was er brauchte. Und deshalb wollte ich es auch. Ich war sicher, solange ich den Sturm beherrschen konnte. Hinunterfallen wäre tödlich.

Trotz seiner Warnungen zügelte der Mann seinen Wolf noch. Seine Hände hingen locker herunter. Ich wusste, dass ich hinausgehen konnte, wenn ich wollte. Ich wollte nicht.

Ich musste ihn zum Loslassen anstacheln. Er hatte mir gezeigt wie, aber danach würde ich die Brücken neu aufbauen müssen.

Ich zog seinen Kopf herunter, bis ich seinen Mund an meinem Hals spürte. Sein Kiefer öffnete sich reflexartig, Wolfsinstinkt und seine Zähne erfassten plötzlich meine Kehle. Ich zuckte bei den furchtbaren Erinnerungen an jene Nacht in Südamerika, die von dort hervorzuspringen drohten, wo ich sie aufbewahrte. Dann nahm ich einen zittrigen Atemzug und entspannte mich.

Ich bin in deiner Gewalt, Wolf. Ich unterwerfe mich komplett.

„War Hope hier auch so?", fragte ich, die Worte klangen krächzend aufgrund der eigenartigen Stellung.

Sein Stöhnen hallte in meiner Brust wieder und ich verlor beinahe meine Nerven, aber meine Athanate spürte ihn schwinden und trieb mich weiter.

„Zeig es mir", zischte ich.

Er grollte und drückte mich an den Tisch. Seine Finger rissen an meinem Gürtel und an der Jeans, machten kurzen Prozess mit dem Knopf, zerstörten den Reißverschluss. Als er mir die Kleidung von der Hüfte riss, umfing ihn sein dunkles Verlangen wie eine Gewitterwolke.

Ja, ja, heulte mein Athanate und sog es auf. Ich wusste genau, was Alex wollte, wie er es wollte, so klar, dass ich es fast spürte. Ich war in seinem Kopf. *Seine* Begierde brannte durch *meine* Venen.

Ich griff nach ihm.

Aber dies war nicht der aufmerksame Mann, der mich in seinem Bett neckte. Er wirbelte mich herum. Die Gläser und der Krug Wasser flogen zur Seite und ich hielt mich am Tisch fest.

Es gab keine Berührung, keine Warnung, außer dem kurzen, hässlichen Kratzen seines Reißverschlusses, bevor er in mich eindrang. Jedes Gefühl wurde vom wilden Aufflammen der Leidenschaft, das in uns beiden aufloderte, überwältigt.

„Ja", keuchte ich, mein Gesicht wischte über das unnachgiebige Holz, das von dem kalten Wasser nass war.

Ich war nie zuvor so machtlos gewesen beim Sex; ich war von den Stößen seiner Lust am Tisch gefangen. Und ich hatte mich nie so machtvoll gefühlt, kontrollierte den Tornado dieses Verlangens und entlud ihn durch meinen Körper.

„Amber ...", ächzte er und ich spürte seine Zähne in meinem Nacken, wölfisch, er biss und durchbohrte meine Haut. Ich griff sein Haar, zog ihn an mein Gesicht. Durch das keuchende Stakkato unseres Liebesaktes sagte ich ihm, wie fantastisch es sich anfühlte.

Sein Körper krümmte sich; die Flut seines Höhepunktes hob uns beide, band uns zusammen. Seine rasenden Stöße verschwammen zu einem endlosen Feuersturm. Ich wölbte mich hoch und schrie auf, als wir beide kamen. Sein zugehöriger Schrei war durch nicht mehr ganz menschliche Stimmbänder gedrosselt.

Unsere Schreie mischten sich und ebbten ab und wir sanken auf den Tisch zurück.

„Alex", flüsterte ich, als wir hinunterrutschten und auf dem Boden zusammensackten.

Kapitel 37

Es ist würdelos, wenn dir deine Jeans um die Knöchel baumeln, mehr noch, als halbnackt und vor Sex glühend auf dem Bürofußboden zu liegen. Ich zog daher meine Stiefel aus und wurde Jeans und T-Shirt los. Ich hoffte, dass Olivia ihre Wächterpflichten jetzt ernster nahm als vorhin. Wir zogen ihn auch ganz aus und ich schob meinen Körper auf seinen und versenkte meine Klauen in ihn.

Mein, mein, mein, triumphierte meine Athanate.

Er schnaubte und wollte etwas sagen, also hielt ich ihn mit einem Kuss auf dem Teppich.

„Hmm?", fragte ich, als ich ihn zu Atem kommen ließ.

„Das war dumm", sagte er.

„Ja." Ich rieb mich an seiner Brust.

„Nichts hat sich geändert."

„Hmm." Es hatte, aber das sollte er selbst herausfinden.

„Warum hast du mich nach Hope gefragt?"

„Zwei Gründe." Ich drückte zwei Finger an sein Kinn.

„Hast du eine nummerierte Liste für alles?", beschwerte er sich.

Ich lächelte. Der Wolf war noch da, aber tief im Dunkeln. Ich fragte mich, ob er je verschwand. Man sagt, jedes Mal, wenn du den Wolf erblickst, hat er dich schon tausend Mal beobachtet. Ich schauderte.

„Natürlich habe ich niemals mit meiner Urgroßmutter gesprochen, als sie noch lebte, aber einer ihrer Sinnsprüche, die sie weitergegeben hat, war: Niemand stirbt wirklich, solange dich jemand in seinem Herzen trägt." Er rührte sich kurz unter mir, beruhigte sich jedoch wieder. Ich küsste seine Brust, links unter der vierten Rippe. „Du trägst sie in dir. Teile die Bürde mit mir."

Er war lange ruhig. „Was ist der zweite Grund?"

„Teil des ersten. Ich muss wissen, wie sie starb."

Er versteifte sich und Konflikt mischte sich in seinen Geruch, aber der Wolf blieb verborgen. Ich konnte das mit Worten klären.

„Warum?", fragte er.

„Um sie zu kennen. Und sicherzustellen, dass mein Herz und Verstand ausgerichtet bleiben."

Er schnaubte wieder und der Geruch, der die Spannung anzeigte, verdüsterte sich.

„Sie und ich wurden gleichzeitig infiziert", sagte er. „Ich konnte mich wandeln, sie nicht."

Ahhhh.

„Dann sage ich es noch einmal", flüsterte ich. „Für Olivia und für Hope, wenn ich helfen kann, werde ich es tun."

Aber ich hatte ihn auf einen Pfad gedrängt und er hörte mir nicht zu. „Schlussendlich bringt es dich um", murmelte er. „Der Körper versucht den Wandel zu erzwingen. Es ist sehr qualvoll. Einige Teile wandeln sich, andere nicht." Der nackte Schrecken troff aus seiner Stimme. „Ich habe gebetet, dass sie es schafft. Halte noch eine Minute durch, noch eine. Sie schrie mich an, sie zu töten."

Ich hielt ihn fest, Worte waren sinnlos bei diesem Schmerz.

„Ich weiß nicht, ob ich es getan habe oder ob sie einfach starb. Das Rudel ..." Er stoppte für einige Atemzüge. „Wir waren in Bitter Hooks mit dem Rudel. Sie versammeln sich dafür. Zur Unterstützung. Sie halfen mir, sie dort oben zu beerdigen. Die Leiche ... das, was übrig bleibt. Es ist dort."

Ich werde mich an dich erinnern, Hope. Du wirst in mir leben und wir werden diesen Schmerz gemeinsam lindern.

Er atmete mit einem langen Seufzer aus. „Es tut mir leid", sagte er.

„Weswegen?"

„Ich war grob. Schlimmer als das."

Ich hob meinen Kopf und starrte ihn an. „Ich habe das gewollt. Nicht dieser männliche Schwachsinn von ‚ich habe das gewollt', wenn du mit der falschen Kleidung die Straße entlanggehst, sondern weil ich spüren konnte, dass du es brauchtest. Wenn ich es nicht gewollt hätte, hättest du das gemerkt, Wolf, das kannst du mir glauben. Verstanden?"

„Verstanden", flüsterte er.

„Gut."

Ich legte meinen Kopf wieder auf ihn, meine Hände wurden ganz weich von der Freude, seinen Körper zu fühlen und dem langsam nachlassenden Gefühl, noch immer mit ihm verbunden zu sein. *Mein.*

Wir blieben lange liegen und hörten unserem Herzschlag zu.

„Hierfür werde ich Schwierigkeiten mit dem Rudel bekommen", murmelte er, während er seine Lippen in meine Haare drückte. „Olivia auch. Ich sollte von dir fernbleiben. Sie sollte dabei helfen."

Ich gluckste. „Na ja, du hast es doch selbst gesagt: Man kann nicht erwarten, dass du deinen Wolf zügelst. Wenn er will, dass du logische Entscheidungen triffst, brauchst du weniger Wolf, nicht mehr."

„Hä? Ich dachte, deine Schwester wäre die Anwältin."

„Ja, aber gegen mich hat sie nie einen Streit gewonnen."

Du meine Güte, Kath. Ich hatte ihre Reaktion auf Jen gehört. Was zum Teufel würde sie hiervon halten?

Er reckte seinen Kopf, um meinen Nacken anzusehen.

„Du blutest", sagte er.

Ich küsste seine Schulter und biss spielerisch hinein. Er zappelte etwas herum und begann, vorsichtig an meinem Nacken zu lecken. Ich hatte keine Ahnung, ob es wie Athanate Heilung war, aber, zum Teufel noch einmal, es fühlte sich gut an.

Nach einer Weile rieb er sich an mir. „Du musst noch etwas über Werwölfe wissen", sagte er durchtrieben. Seine Hände begannen, meinen Rücken zu kneten.

Ich gluckste. „Ausdauer, was?"

Er zügelte sich beim zweiten Mal nicht viel mehr und auch meine normalen Zähne schnitten in seine Haut. Ich schmeckte sein Blut und fürchtete, dass es mich blutdürstig machen könnte, aber mein Athanate lachte mich aus.

Dafür ist später noch viel Zeit.

„Nur einer von uns muss hinausgehen", sagte ich und schob ihn in Richtung seines Tisches zurück. „Du musst an die Arbeit, die du versäumt hast."

„Aber, das wird ..."

„Ja, peinlich. Daran ist noch keiner gestorben."

Ich musste ihn noch mehrmals schubsen, bevor ich durch die Tür kam.

Meine Jeans war ruiniert. Gott sei Dank hatte ich den Gürtel, denn sonst hielt sie nichts mehr und drunter war auch nichts übriggeblieben. Ich würde ein blaues Auge bekommen, vom Aufprall auf den Tisch. Mein Haar sah aus wie meine Gruselperücke.

Wenn das nicht genug war, wir hatten geheult wie Tiere. Keiner von uns beiden war vom stillen Typ.

Olivia musste es mitbekommen haben, aber das machte mir nicht viel aus. Auch bezweifelte ich, dass irgendjemand an diesem Ort nicht mitbekommen hatte, dass ihr Boss es gerade auf sehr geile Art und Weise mit seiner Frau getrieben und es ihr gefallen hatte. Lautstark.

Olivia hielt den Kopf gesenkt.

Ich blieb vor ihr stehen. Sie kicherte nicht. Sie sah nicht hoch. Ich fürchtete, dass sie weinte.

Eine verirrte Locke war aus ihrem Haarband geschlüpft und ich reichte hinüber, um sie sanft hinter ihr Ohr zu streichen. Sie drückte ihre Wange gegen meine Hand. Rudelverhalten. *Ich bin schwächer, beschütze mich,* hieß das.

Ich hob ihr Kinn wieder an, wie schon vorher. „Ich meine, was ich gesagt habe, Olivia. Ich weiß noch nicht, was ich tun kann, aber ich werde es, so bald wie möglich."

Sie blickte hoch, glaubte und vertraute mir. Dann errötete sie und küsste mein Handgelenk. *Hoppla.* Nicht die Reaktion, die ich beabsichtigt hatte. Ich musste aufhören, mit dem Sexappeal der Athanate und der Dominanz des Alpha Werwolfs zu winken.

Dennoch, sie wirkte etwas glücklicher als vorher. Ich lächelte sie zuversichtlich an und ging hinaus.

Ich konnte die Beobachter spüren.

Das ganze Lagerhaus sah auf die Treppe, sobald ich auf die oberste Stufe trat. Meine Athanate liebte es. Ich reckte den Kopf und ging wie auf dem Laufsteg. Applaus und anerkennende Pfiffe folgten mir aus der Tür und dann schritt ich hinüber zum Ford.

Alles andere als peinlich berührt, schwebte ich davon, praktisch vom Verlangen berauscht, das mich aus dem Lagerhaus anstrahlte.

Den Kopf in den Wolken. Darum lief ich geradewegs in Matlals Hinterhalt.

Kapitel 38

Ich konnte nicht in Haven auftauchen, als hätte ich drei Runden mit einem Berglöwen überstanden.

Ich wollte nicht nach Manassah zurückgehen, weil das der erste Ort wäre, an dem Matlals Team suchen würde. Aber vielleicht wusste Matlal nichts von Davids Haus.

Gelernt ist gelernt. Niemand wusste, dass ich den Ford fuhr und dabei sollte es bleiben, daher parkte ich zwei Blöcke entfernt und ging zu Fuß, nur eine weitere glücklose Obdachlose, die zufällig zum Washington Park streunte.

Aber es ist ein Unterschied, die Bewegungen abzuspulen oder konzentriert zu sein. Ich schwebte noch immer.

Ich hatte die Tür schon geöffnet und war hineingegangen, als ich auf meine Nase achtete und meine Instinkte übernahmen. Ich stürzte mich zur Seite und endete geduckt in einer Ecke, die HK über den stillen Flur hin und her schwenkend.

Dieses Mal klatschte niemand langsam in die Hände. Keine Köpfe tauchten hinter Stühlen auf. Keine Warnung von einem Armreif. Die Uhr tickte an der Wand. Der Wind drückte die Tür gegen einen Stapel Post, der auf dem Boden lag. Ich stand langsam auf und begann zu suchen, die HK vor mir.

Die Wohnung roch nach Matlal *und* Altau, war aber leer.

Bei meiner zweiten Runde sah ich mich wie an einem Tatort um, obwohl ich meine Ausrüstung nicht mitgebracht hatte. Wer war hier gewesen? Wo genau waren sie gewesen? Was hatten sie gemacht?

Ich konnte anhand der Abdrücke im Teppich sehen, dass ein Hocker neben das Fenster gestellt worden war. Jemand hatte dort gesessen und die Vorderseite beobachtet. Es lag ein Kissen auf dem Sofa, wo sich wohl jemand hingelegt hatte. Eine Zweiergruppe, die abwechselnd Ausschau hielt?

Ich prüfte den Müll. Lange Observierungen erfordern Essen und Trinken. Die Mülleimer waren leer, aber ein Geruch von öligem Fastfood und Kaffee hing noch in der Luft.

Warum waren sie verschwunden? Und warum hatten sie sich die Mühe gemacht, hinterher aufzuräumen?

Der Geruch auf dem Sofa war eine Mischung von Haus Matlal

und Wolf. War dies das rivalisierende Rudel, das mich nach Alex' Aussage suchte?

Der verwirrendste Hinweis kam, als ich den Berg Post an der Tür wegräumte. Matlals Wolf war hier verletzt worden. Er hatte auf den Teppich geblutet und auf einen Teil der Post. Der Geruch nach Altau war stark.

Hier konnte ich nicht bleiben, nicht einmal lange genug zum Duschen. Ich wusste nicht, was passiert war, aber es gab zu viele mögliche Szenarien, in denen Matlals Team zurückkehrte. Ich verschwand.

Dieses Mal spielte ich die Obdachlose überzeugend, als ich die Straße hinaufging. Ich brachte mein Haar noch stärker durcheinander.

Gute Sache.

Ich drehte mich nicht um, als der SUV vorbeifuhr. Ich ging weder schneller noch langsamer. Meine Hand war bereits in der Jackentasche, als wäre mir kalt, umklammerte den Griff der HK.

Ich hörte sie anhalten, die Türen öffneten sich und knallten wieder zu. Alle vier Türen. Mindestens vier Leute. Ich erreichte die Straßenkreuzung und riskierte einen heimlichen Blick zurück, während ich nach links ging. Der SUV stand vor Davids Haus, aber wer auch immer ausgestiegen war, war bereits außer Sicht. Zwei weitere humpelnde Schritte, bis ich ganz sicher aus ihrer Sicht war, dann machte ich mich davon.

Zehn Minuten später fuhr ich rechts ran und schaltete den Oktopus ein.

Bian beantwortete den Anruf neutral. Die Anruferkennung war unterdrückt.

„Bian, ich brauche eine sichere Nummer, auf der ich dich anrufen kann, sofort."

„Es ist an der Zeit herzukommen, Amber."

„Gib mir jetzt die Nummer. Ich habe die Aufzeichnung. Ich komme bald." Ich widersetzte mich nur aus eselhafter Sturheit; es gab keinen vernünftigen Grund für mich zu zögern. Sie gab mir eine Nummer und ich rief sofort zurück. Die Speicherkarte, die Ingram mir gegeben hatte, war im Lesegerät und ich lud die Tonaufzeichnung. Als sie antwortete, drückte ich auf Abspielen.

„Scheiße", sagte sie fast sofort, als es lief. „Scheiße. Scheiße.

Scheiße. Amber, hör mir zu, da draußen ist gar nichts sicher. Komm sofort her." Wut und Sorge verzerrten ihre Stimme. Ich merkte, dass sie jetzt bedauerte, mich gestern nicht mitgeschleppt zu haben.

„Bald. Sieh mal, das ist nicht alles. Ich komme gerade aus Davids Haus. Dort ist etwas seltsam - vielleicht ein Hinterhalt, der aufgelöst wurde. Die Marken von Matlal und Altau gemischt. Was geht da vor sich? Ich weiß nicht, wie sicher es momentan *irgendwo* ist."

„Warte kurz." Ich hörte sie mit jemandem auf Athanate sprechen. Wie es klang, bekam sie nicht die gewünschten Antworten.

Ich schaltete meine anderen Handys an, während ich wartete. Das sichere Handy von Skylur war leer. Auf meinem privaten Handy war nichts vom Colonel. Nur eine einzige einfache SMS.

Mike 6 ruft Bravo 5.

Keith hatte diese Nachricht letzte Woche benutzt, damit ich ihn anrief. Er war mit der Nachricht gekommen, dass mein alter Master Sergeant, Top, gestorben war. Er hatte als Abschiedsgeschenk meine Ops 4-10 Ausrüstung mitgebracht. Er hatte mich gewarnt, dass sich die Dinge in 4-10 änderten und mir einen ersten Hinweis darauf gegeben, dass Colonel Laine ein Problem hatte. Keith und ich waren in der Vergangenheit zusammen gewesen, aber jetzt war er verheiratet und wie die Lage bei 4-10 war, durfte er mich nicht kontaktieren, wenn es nicht wirklich wichtig war. Was wollte er? Meine Nervosität begann zu wachsen. Ich notierte die Nummer und schaltete das Handy aus.

Bian verspannte sich zunehmend bei den Antworten, die sie bekam.

Sie kehrte zu unserem Gespräch zurück. „Amber, bist du sicher mit den Marken? Matlal *und* Altau?"

„Positiv. Es war ein Beobachtungsposten und es hat einen Kampf gegeben. Der Ort war verwaist, als ich dort ankam, aber sobald ich ihn verließ, hielt ein Wagen an und mindestens vier Leute gingen hinein. Ich habe nicht gewartet, um sie zu identifizieren. Reinigungsmannschaft? Neuer Beobachtungsposten?"

Sie war eine Weile still.

„Ich weiß nichts davon", sagte sie. „Mein Team weiß auch nichts."

„Wie schlimm ist das?"

Bian war Dexion von Haus Altau. Offiziell ist ein Dexion derjenige, der die Verbindung des Athanate Hauses zum Rest der

Welt kontrollierte. In der Praxis machte sie das zur Nummer Drei in Haus Altau. Nummer Zwei, wenn man Dianas Beschreibung ihrer Rolle als Beraterin akzeptierte. Und Bian war Sicherheitschefin. Es gab nicht viele Altau nach dem, was ich gesehen hatte, also wie in Gottes Namen konnte es Altau da draußen geben, ohne dass Bian davon wusste?

„Ich weiß es nicht, Amber. Ich habe gerade mein Team unter Quarantäne gestellt, bis ich das mit Skylur klären kann. Sag es niemandem und komm direkt her."

Sie legte auf.

Ich tankte und fuhr hinaus Richtung City Park, um von der Position wegzukommen, die vielleicht über mein Privathandy geortet worden war. Ich hatte Skylurs Handy vergessen und reichte hinüber, um es auszuschalten. Ich hatte eine SMS von ihm.

Situation eskaliert. Täuschung ist vorbei. Komm jetzt rein.

Ich schaltete es aus.

Bian und Skylur hatten mir nun beide den direkten Befehl erteilt, nach Haven zu kommen. Aber meine Paranoia fütterte meinen inneren Esel und meine Neugier machte ihn stark.

Nur ein kurzer Anruf.

Der Oktopus machte seine Verbindungen und ich kam durch.

„Keith, ich bin es."

„Amber, Gott sei Dank." Es war Keith, der irgendwo auf einer geschäftigen Straße sprach, er klang … anders.

„Kannst du mich treffen?"

„Das ist schwierig heute." Mir gefiel nicht, wie sich das anhörte. Was zum Teufel ging da vor?

„Es geht um JL. Kann am Telefon nicht darüber sprechen."

JL war der Colonel. Es wurde schlimmer und schlimmer. Ich brauchte Zeit zum Nachdenken.

„Der muss sich gedulden. Bleibst du unter der Nummer erreichbar?"

„Nein. Kann ich dich anrufen?"

„Nein." Ich wusste nicht, wie man den Oktopus anrufen konnte und wenn, hätte ich es nicht verraten, Ex-Freund oder nicht. Wer konnte Keiths Handy abhören?

Er spie einen Strom Kauderwelsch aus. Darin eingebettet waren Zahlen auf vietnamesisch, eine Sprache, in der wir uns beide verständigen konnten.

„Okay", sagte ich und er würde wissen, dass ich die Nummer verstanden hatte, auf der ich ihn als nächstes anrufen sollte. „Bist du privat hier oder für die Firma?"

„Privat."

Ich legte auf.

Ich könnte Keith abblitzen lassen und nach Haven aufbrechen. Das wäre die bei weitem vernünftigste Wahl.

Ich könnte die Nummer anrufen und ihn irgendwo treffen. Das fühlte sich nach der dümmsten Alternative an und die Erkenntnis machte mich krank. Sicher nicht Keith. Warum sollte er mich hintergehen? Aber ich glaubte ihm einfach nicht. So wie er gesprochen hatte und was er gesagt hatte, das fühlte sich nicht wie Keith an. Ich konnte nicht glauben, dass er einen privaten Grund hatte, mich wegen des Colonels zu treffen.

Erste Entscheidung: Ich musste es überprüfen. Das schuldete ich Colonel Laine.

Zweite Entscheidung: wie? Ich brauchte eine Art Notfallplan, wenn es schiefging. Ich hatte nicht genug Zeit, ein sicheres Treffen über Victor zu organisieren. Ich hatte auch nicht das Geld, Victors Team für einen weiteren Nachmittag zu engagieren. Ich könnte natürlich Jen fragen, die mir das Geld sicher leihen würde.

Während ich nachdachte, hielt ich an der Colfax an, um etwas zu essen zu besorgen. Ich wusste nicht, wann sich das nächste Mal die Gelegenheit dazu bieten würde.

„Äh, Madam, Ihr Wechselgeld." Der Knabe hielt es mir mit gestrecktem Arm hin und mied meinen Blick. Okay, ich sah immer noch furchtbar aus, aber ich stank doch nicht. Jedenfalls nach nichts, das er riechen konnte.

Seine Vorgesetzte kam herüber und reichte mir lächelnd eine große Sicherheitsnadel.

Aha. Ja.

„Danke. Ich sollte mir besser einen Platz zum Umziehen suchen, nicht wahr?"

Sie lachte. „Ich habe Schlimmeres gesehen. Besonders nachts."

Ich jonglierte mit Kaffee und Obst, steckte die Sicherheitsnadel durch meine Jeans, ohne mich zu erstechen und ging zum Wagen zurück, die personifizierte Würde.

Ich hatte meine Entscheidung getroffen.

Ich musste jemandem trauen. Ich vertraute Diana. Ich vertraute Bian. Ich vertraute dem Colonel.

Ich musste erfahren, was vorging. Ich musste mehr Leuten vertrauen.

So sehr es mir widerstrebte, setzte ich den Oktopus in Gang und wählte die Nummer, von der ich wusste, dass ich sie anrufen musste.

Kapitel 39

Ich wusste, dass ich hintergangen worden war. Ich war nur nicht sicher, von wem und wie oft.

Ich wusste nicht, wie viele Athanate von Davids Haus gewusst hatten und wie nahe ich ihm stand. Skylur, Diana, Bian, David selber, das Team Fangzahn, Mykayla und der Fahrer des Kleinbusses, in dem sie gekommen waren; sie alle waren am Montag da gewesen. Dazu kamen diejenigen, mit denen sie gesprochen hatten.

Aber was, wenn damals jemand mein Handy verfolgt hatte? Ich wollte das glauben, aber Bians Reaktion auf die Aufzeichnung war beunruhigend.

Und wenn man mal einen Moment lang von mir absah, was war mit dem Rest von Altau? Es gab einen Verräter in ihrem Haus. Was bedeutete das für die Panethus?

Warum sprach Skylur nicht mit Bian und wer waren die Altau in Denver? Bian musste mehr wissen, als sie mir sagte.

Und jetzt das.

Ich lehnte mich gegen die Wand, vom Vorhang halb verdeckt und sah auf den kleinen Flecken Gras vor dem Kongresszentrum tief unter mir.

Wenn Skylur die Rechnung für Victor nicht übernahm, steckte ich nun tief in den roten Zahlen. Hotelräume in der Innenstadt sind nicht billig, auch wenn man nur aus dem Fenster sehen will. Das neue Prepaid Handy, die Kamera und das Fernglas in meiner Hand waren auf Kredit gekauft, den ich nicht zurückzahlen konnte. Ich könnte wohl den Audi verkaufen, aber wie sollte ich dann arbeiten? Sogar die HK hatte einen Wert, aber dann könnte ich genauso gut anfangen, Organe zu spenden.

Vielleicht war Victors Angebot der finanzielle Ausweg. Er wäre ein guter Boss.

Vielleicht Arvinder. Im Hause Singh gäbe es keine finanziellen Probleme.

Aber das war das nächste Thema, wenn ich dieses durchgearbeitet hatte.

Ich hob das Fernglas. Seit der Armee konnte ich keine billige Ausrüstung mehr ertragen. Ich hatte deutsche, optische Spitzenqualität gekauft. Es brachte ihn so dicht heran, dass ich meinte, seine Wange berühren zu können. Er wirkte so vertraut: das sandfarbene Haar, weich genug, um vom Wind zerzaust zu werden, die leicht gerundeten Schultern, weil er seine Hände tief in seine Jackentaschen gesteckt hatte, seine langen Beine. Er sah so attraktiv aus wie früher, als wir beide in Ops 4-10 waren. Als wir ein Paar waren und ich mich gut fühlte, wenn seine Lippen meinen Namen sagten. Jetzt spürte ich nur einen kalten Kloß in meinem Magen.

Vielleicht hatte ich unrecht. Vielleicht.

Matts Oktopus beschwerte sich über das einzige drahtlose System im Hotel, aber es wäre für einige kurze Anrufe sicher genug.

Ich beobachtete Keith, als er das Handy aus seiner Tasche holte.

„Hallo?"

„Keith, es wird bei mir später."

„Kein Problem. Wann?" Mit dem Fernglas konnte ich sehen, wie sich sein Gesicht frustriert verzerrte, aber seine Stimme blieb ruhig und vernünftig. Mein Bauchgefühl verschlimmerte sich. Seine linke Hand blieb in seiner Jackentasche.

Mach schon, mach schon, mach schon. Die Uhr tickte und ich musste mich entscheiden.

„Wie bitte? Ich höre Hintergrundrauschen."

Seine linke Hand kam aus der Tasche und schirmte das Handy ab. „Ist das besser? Ich hatte gefragt, wann."

Mein Herz rutschte mir in die Hose. „Besser, danke. Schwer zu sagen. Ich muss sicher sein, dass ich nicht verfolgt werde. Ich rufe in zehn Minuten wieder an."

Ich legte auf und versuchte, die Tränen aufzuhalten. Es bedeutete nichts, wirklich. Wir waren schließlich kein Paar mehr. Er machte nur seine Arbeit, befolgte Befehle. Aber Keith, um Gottes willen.

Er trug den Ring nicht an seinem Finger; Ops 4-10 Standardprozedur: kein Schmuck auf einer Mission. Keith war nicht aus privaten Gründen hier. Er war hier, um mich einzukassieren. Während ich ihn beobachtete, drückte er auf Schnellwahl und sprach mit jemandem. Das musste sein Team sein, wahrscheinlich in der Parkgarage des Sportclubs gegenüber oder im Kongresszentrum, vielleicht sogar in der Hotellobby. Er brachte sie auf den neuesten Stand. *Sie ist spät dran, kommt aber noch, nächste Meldung in zehn Minuten.*

Ich wählte die nächste Nummer.

„Weil nicht einmal meine beste Ausrüstung diesen Anruf

zurückverfolgen kann, nehme ich an, dass Sie es sind, Frau Farrell", sagte er gedehnt. „Nun bete ich wirklich, dass Sie etwas für mich haben, weil ein kleiner Agent wie ich ganz schön seine Karriere aufs Spiel setzt, wenn er eine Mission dieser Größe auf einem Versprechen aufbaut."

Kleiner Agent, dass ich nicht lache. Ingram würde die Freigabe hierfür vom Nationalen Sicherheitsdirektor mit einem Telefonanruf bekommen. Beim FBI war jeder heiß darauf herauszufinden, was unter ihren Nasen vor sich ging.

Ich selbst hatte genug. Ich war loyal gegenüber Ops 4-10 gewesen, aber es war keine Loyalität, die so weit reichte, in die Zelle gesteckt zu werden, damit die Wissenschaftler an mir experimentieren konnten. Es war keine Loyalität, die so weit reichte, auf offener Straße entführt zu werden. Es war keine Loyalität, die sich ausgezahlt hatte.

Und Agent Ingram hatte mich schwer getroffen mit seinem Kommentar in Manassah. Wenn der gottverdammte Nationale Sicherheitsdirektor nicht von Ops 4-10 wusste, wer zum Teufel dann? Ich hatte mich heute Nachmittag ins Zeug gelegt und jede Mission Revue passieren lassen, auf der ich je war. Nicht eine fühlte sich falsch an und ich war glücklicher, als ich zu diesem Schluss gekommen war. Aber was hatte Ops 4-10 seitdem gemacht? Was war mit Keiths Kommentar letzte Woche über die Art, wie Kommandoprobleme an der Basis gelöst werden sollten? Wer hatte den Überblick darüber?

Gut, es war an der Zeit die Tarnung zu lüften.

„Frau Farrell, sind Sie da?"

„Tut mir leid. Ja, Agent Ingram, wir können loslegen. Der Hammer befindet sich an der Kreuzung vierzehnte Straße und Welton, genau vor dem Kongresszentrum. Ich schicke Ihnen jetzt ein Foto. Das ist ...", der Atem stockte mir in der Kehle, „das ist Sergeant Keith Alverson, von einem geheimen Bataillon für Spezialeinsätze, Ops 4-10 genannt." Ich hielt inne, starrte ins Nichts, während mich die Erkenntnis durchfuhr.

Scheiße. Ich habe gerade eine Lücke aufgerissen. Ich habe die Tarnung gelüftet.

„Frau Farrell?"

„Tut mir leid. Was den Amboss angeht, also, ich sagte ja bereits, dass diese Leute gut sind. Ich habe keine bestätigten Punkte, aber es gibt drei oder vier Orte, wo ich ein Team aufstellen würde."

„Ja. Ich sehe auf eine Karte. Über die Straße, im Center, im Café und im Hotel. Warten Sie."

Ich hörte, wie er seine Teams dirigierte. „Grün", rief jemand. „Grün bei Teams eins, zwei und vier. Rot bei drei. Neun Minuten."

„Neun Minuten, Zeit läuft, Frau Farrell. Wir sind in Bewegung."

„Ich lenke ihn ab", sagte ich. Das Elend ballte sich als Kloß in meinem Magen zusammen. Keith. Um Gottes willen, Keith.

„Ja, ein Telefonanruf wäre gut."

„Ich gehe hinunter."

„Nein ..."

Ich legte auf und warf alles in den Rucksack.

Als die neun Minuten um waren, ging ich auf ihn zu. Er sah mich und drehte sich, seine Haare zerzaust. Ich konnte seinen Gesichtsausdruck nicht deuten. Ich fragte mich, was er in meinem las.

„Du hast mir nie gesagt, für wen der Ring war, Keith", rief ich zur Begrüßung.

Er sah verdutzt aus. „Ja, das ist wohl richtig. Julie. Erinnerst du dich an sie?"

Das tat ich. Julie war in Ordnung. Er hätte es viel schlechter treffen können. „Ich erinnere mich. Weiß sie, wo du bist?"

„Ich bin nicht hier, um meine Frau zu verlassen." Er begann nervös zu klingen. „Was ist das Problem, Amber?"

„Also weiß sie nicht, wo du bist?"

„Was ist das Problem?", fragte er erneut.

Die Lücke schloss sich. Das war dumm. Ich hatte gesagt, dass ich ihn ablenken würde, nicht dass ich mich im Zentrum einer FBI Mission positionieren würde. Ingram würde mir verdientermaßen den Marsch blasen. Aber ich konnte mich nicht zurückhalten.

„Dies hat nichts mit dem Colonel zu tun, nicht wahr? Julie weiß nicht, wo du bist, weil du unter Standardvorgehensweise stehst. Sie weiß nicht, was du tust, aber wenn, glaubst du, dass sie einverstanden wäre?"

„Wovon redest du, Amber?" Er hatte nicht gelogen, weil er nicht geantwortet hatte, aber die Schuld stand ihm ins Gesicht geschrieben, was von seinem Geruch und seinem beschleunigten Herzschlag unterstrichen wurde.

„Du kannst mich nicht belügen, das konntest du noch nie und todsicher auch jetzt nicht. Wer hat das Sagen bei diesem Einsatz, Keith? Wer hat das abgesegnet? Weißt du, für wen du heute wirklich arbeitest?"

Zwei Lastwagen kamen die Straße herunter. Einer wurde langsamer und wendete, um die Blicklinie von der Parkgarage zu blockieren, der andere hielt vor dem Café an.

Keith verstand. Wir waren zusammen im Einsatz gewesen, er war ebenso gut ausgebildet wie ich - vielleicht jetzt besser, weil er dabeigeblieben war. Sein Blick schoss nach rechts und links. Ich wäre bereits gelaufen, aber ich hatte nie einen Einsatz auf amerikanischem Boden absolviert. Die Regeln änderten sich.

„Versuche nicht zu fliehen", flüsterte ich. Ich kannte die Regeln des Gefechts nicht, aber das FBI war heiß darauf.

„Was zum ..."

„FBI. Wenn du rechtmäßig hier bist, hast du nichts zu befürchten." Ich drehte mich um, bevor er sehen konnte, dass ich weinte. „Mach's gut, Keith", sagte ich.

„Amber! Amber!", rief er. Bewaffnete Agenten in Kevlarwesten rannten auf uns zu. Ich drehte mich halb. Er streckte seine Hände zur Seite. Er würde nichts Dummes versuchen. Sein Gesichtsausdruck ... ich könnte denken, dass es Erleichterung war, aber ich glaubte nicht mehr an ihn.

„Amber", sagte er wieder und ich drehte mich um, ich musste einfach. So bin ich. Ein Agent rempelte mich an, als er vorbeistürmte. Ich bemerkte es kaum. Keiths Gesicht war verzerrt, wie vor Schmerz. Sie rangen ihn zu Boden. „Was haben die mit dir gemacht?", rief er, als die Agenten ihm Handschellen anlegten und begannen, ihn zu durchsuchen.

Nichts. Ich drehte mich um und ging los. Mehr Agenten rempelten mich an, bis ich mir wie in einem Flipperautomaten vorkam. Ich sah noch einmal zurück, aber er war hinter dunklen Jacken verborgen. Nichts.

Sie ließen mich in Ruhe. Ich fiel in Laufschritt, stieß Leute zur Seite. Jemand rief mir nach, weit weg. Ich sprintete, brach aus der Menge aus. Über die Straße. Autos hupten. Sie hatten nichts gemacht. Nichts. Nichts. Nichts.

Kapitel 40

Ich weiß nicht, wie viele Bars es in Denver gab, die diese Raumaufteilung besaßen, aber ich fand, es waren zu viele.

Der Raum war tief genug, sodass es schwer war hineinzusehen und über der rückwärtigen Wand hing ein Spiegel, damit ich mit dem Rücken zur Tür sitzen und ein Auge offen lassen konnte für den unwahrscheinlichen Fall, dass mich meine Verfolger zufällig fanden.

Ich war zufrieden mit mir, dass ich so verantwortungsbewusst war, denn ich war außerdem auch betrunken.

Mein letzter Drink war schon mindestens zehn Minuten her und ich war durstig und beinahe pleite, daher bestellte ich ein paar Blue Moons. Der Barmixer versuchte, mit einer Orangenscheibe am Rand des Glases zu witzeln und ich knurrte ihn an. Er zog sich ans andere Ende zurück, wo seine Stammgäste saßen, weit weg von der Obdachlosen mit dem verrückten Blick und den blauen Flecken.

Ich war seit 2005 nicht mehr so betrunken gewesen. Wir hatten sechs Leute aus unserem Zug in einem nächtlichen Hinterhalt verloren. Einer von ihnen war der Leutnant, den wir bewachen sollten. Ich war Korporal zu der Zeit und ich ging mit den drei anderen Schwadronführern trinken. Auch Keith war dabei.

Keith war vor nur einer Woche hier in Denver gewesen und hatte mich wegen Änderungen in der Einheit gewarnt. Er hatte gesagt, dass keiner der Leute, die ich aus 4-10 kannte, bei einer Mission, die mich beträfe, mitmachen würde und doch war er heute Nachmittag da. Was hatte sich in einer Woche geändert?

Übersah ich etwas? Verdiente ich es, zurück in die Isolierzelle zu kommen? Was hatte mich heute Nachmittag so aufgebracht, dass ich auf eine Sauftour gegangen war? Jedes Mal, wenn ich an meine Reaktion auf seine letzten Worte zurückdachte, flossen die Gedanken davon, als ob ich Rauch zu fassen versuchte.

Alkohol ist okay, wenn man Fragen hat, aber ich hatte ihn nie als hilfreich für Antworten erlebt. Und ich konnte mir nicht leisten, weiterzutrinken. Ich hatte es gewiss nicht nötig, noch mehr zu trinken.

Ich sah in den Spiegel. Eine betrunkene, gammelige, fast ein Meter achtzig große, scharfnasige Mischung aus Irin und Arapaho mit kastanienbraunem Haar sah zurück. Ich sah nicht boshaft aus.

Zumindest konnte ich mich im Spiegel sehen. Vampire sollen ja kein Spiegelbild haben. Wie konnte das gehen? Ich lachte.

„Es geht, weil Vampire nicht existieren, darum haben sie kein Spiegelbild. Logisch", murmelte ich.

Der Barmixer sah mich lachen und bewegte sich unruhig. Er bereitete sich wohl darauf vor, eine weitere Bestellung von mir abzulehnen, wenn ich um eine bat. Ich bat nicht.

Ich leerte das letzte Bier und er eierte herüber. Ich starrte ihn an.

Na los, sag mir, dass ich genug hatte, Dreckskerl.

„Soll ich Ihnen ein Taxi bestellen?", fragte er.

Ich schüttelte den Kopf, fühlte mich etwas beschämt. „Ich laufe es weg."

Herrgott. Den ganzen Weg bis nach Haven. Unwahrscheinlich. Vielleicht musste ich mich abholen lassen. Das würde ebenso gut ankommen wie mein Versagen, so schnell wie möglich nach Haven zu kommen.

„Es ist keine gute Idee, so spät in der Nacht durch die Gegend zu laufen", nuschelte er.

Ich dankte ihm und drehte mich auf dem Sitz. Er hatte recht und er hatte seine Pflicht getan. Ich musste erst meinen Kopf klar bekommen und dann weitermachen.

Draußen war es kalt geworden. Zumindest hatte ich die Jacke und mein Rucksack hielt meinen Rücken warm. Ich trug noch die zugige Jeans, die mit einer Sicherheitsnadel zusammengehalten wurde. Ich schüttelte nochmals den Kopf und ging los. Es war ein weiter Weg zurück zum Auto und ja, ich musste dahin, um einen Anruf über den Oktopus zu machen, sodass ich nach Haven gebracht und von Skylur zusammengestaucht werden konnte. Besser das, als dass Jen oder Alex mich in diesem Zustand sahen.

Dumm.

Ich nahm eine Abkürzung. Noch dümmer.

Ich war noch in einen fröhlichen, selbstvergessenen Schleier gewickelt und fragte mich, warum der Armreif juckte, als das erste warnende Zischen durch die Nacht klang.

„Hey, *Chica*. Hey, hey, hier drüben." Jemand machte Kussgeräusche und sie lachten. Es klang nach mindestens einem Dutzend.

Ich blieb stehen und drehte mich um. Ein paar schlenderten aus den Schatten, gefolgt von anderen.

„Scheiße. Nicht so klein, was? *Mamacita, aqui, aqui*. Komm her. Ich passe auf dich auf. Ich mache dich so-o-o glücklich." Großmaul.

Sie waren Teil der Straßengangs, die kamen und gingen. Alle angetan von tiefsitzenden Jeans und dem albernen Reiz von Markierungen auf der Hand. Tattoos und Testosteron. Einer hatte seinen halben Kopf rasiert. Trotz ihres mexikanischen Slangs waren sie eine so bunte Mischung, wie sie die Straße nur hervorbringen konnte. Und sie waren alt genug, dass es hässlich werden konnte.

Wenn ich nüchtern gewesen wäre, hätte ich einen passenden Spruch gesagt und wäre weitergegangen. Die Gasse war nicht so lang.

Es waren zwölf. Einige wären bewaffnet. Ich war allein und betrunken. Die HK steckte im Rucksack und plötzliche Bewegungen, um sie zu holen, wären, wie den Startpfiff zu geben.

Ich holte tief Luft, um meinen Kopf zu klären und schaute in die Dunkelheit, aus der sie gekommen waren. Meine Athanate Augen sahen jetzt deutlich. Da saß noch jemand und beobachtete uns. *El Jefe*, der Boss, der mit dem Plan einen Anteil am Revier zu besitzen und der diesen Respekt auf dem Rücken seiner Bande erlangen wollte. Er wollte sie mit Blut getauft, außerhalb der Gesellschaft und an ihn gebunden. Ich schnaubte über die schwache Parallele zu den Athanaten, selbst als ich erkannte, dass es hier keinen Ausweg gab.

„Hey!" feixte Halbkopf, als ich einfach stehen blieb, als sie näherkamen. „*Marimacha! Es' chavala tiene cojones*."

„Warum sollte sie weglaufen, wenn sie gefunden hat, was sie sucht?"

„Äh, ja, *la putita con buen culito*. Ich mochte sie lieber, als sie in die andere Richtung sah", sagte Großmaul.

„Scheiße, das magst du immer, Nigga."

Die Bande lachte und schubste einander, als sie sich sammelten. Oh, das war so lustig.

Der Aufpasser vom anderen Ende der Straße kam herüber geschlendert, wollte auch beteiligt sein. Fehler.

Ich hörte nicht mehr zu. Mein Straßenspanisch war ohnehin nicht gut. Es war gut genug, um zu bemerken, dass die ‚Kleine' und die ‚heiße Braut' schnell abgelöst wurden von ‚maskulin' und ‚Hure'. Dicht gefolgt von Bandenwitzen über Vergewaltigung von hinten. Ich hatte nichts zu ihnen gesagt, aber das kümmerte sie nicht. Sie wollten mich nicht als Person sehen; sie wollten mich als stumpfsinniges Ding, in ihrer Gewalt, verängstigt und mit Schmerzen.

Und der Boss beobachtete uns aus dem Schatten heraus. Die Regel hieß, Blut rein, Blut raus - durch Mord in die Bande aufgenommen werden und Hinrichtung, wenn du versuchst herauszukommen. Vergewaltigung würde als Auslöser für Blut zum Hineinkommen gelten. Sobald du es gemacht hast, musst du die Hure umbringen, nicht wahr? Das schuldest du deinen Kumpels.

Diese Seite der Menschheit nährte die Basilikos. Ich würde gut daran tun, mich daran zu erinnern.

Aber ich lernte noch etwas, während ich dort stand. Das Elethesin Hormon, das einen Athanaten antreibt, verbrennt Alkohol wie Spucke im Hochofen.

Halbkopf zeigte herüber. „Seht, die süße Nadel. Der wurde es schon besorgt, klar?"

Ob plötzlich nüchtern oder nicht, dafür fand ich keine Worte und was aus meiner Kehle kam, war ein Knurren.

„Scheiße!" Einer aus der Bande mit noch schorfigen Tattoos wich einige Schritte zurück. „Verdammte Scheiße!" Einige wurden nervös.

„Ha!", spuckte Großmaul. „Die Fotze knurrt, muss Hunger haben." Er griff sich in den Schritt. „Schade. Nicht dein ..."

Unten, wo ich in die Gasse abgebogen war, kam ein Mann um die Ecke. Er unterbrach Großmaul, rannte die Gasse hoch und rief. Ich liebte ihn dafür, aber Agent Ingram hätte wirklich mit seiner Waffe winken sollen, statt chancenlos heranzustürmen.

„Bringt den Wichser zum Schweigen", sagte Großmaul und schubste einige der anderen.

Er drehte sich zurück und wischte über seinen Mund. Halbkopf streckte die Hand nach meiner Sicherheitsnadel aus, aufreizend langsam.

Ich griff sein Handgelenk.

„Äh?" Er sah mich verblüfft an. Ich sollte mich unterwerfen oder versuchen wegzulaufen. So war es immer. Was hatte er falsch gemacht?

Er hatte sich eine wütende Athanate ausgesucht.

Ich rammte meine Handkante in sein Gesicht, brach ihm die Nase. Als er zurücktaumelte, drehte ich mich und warf seinen Körper mit dem Gesicht nach unten zu Boden. Dann nagelte ich seinen Arm mit meinem Stiefel fest und brach ihm den Ellbogen wie einen trockenen Zweig. Er schrie.

Großmaul hätte mich angreifen sollen, er hatte Zeit gehabt.

Stattdessen holte er sein Messer heraus.

Ich mag keine Messer. Es gibt den alten Witz, dass der Gewinner eines Messerkampfes derjenige ist, der ins Krankenhaus kommt und da ist etwas Wahres dran. Ich trat nahe an ihn heran und griff nach seinem Handgelenk. Meine andere Hand fuhr in seine Leiste. Ich bekam ihn gut zu fassen und drückte fest zu, hob ihn hoch und warf ihn in einen offenen Müllcontainer, wobei er wie eine gefangene Ratte quietschte.

Der Kampf der anderen schien vorbei. Ingram war am Boden, aber sicher genug.

Ich sprang in die Nische, wo *el Jefe* beobachtet hatte, wie seine Mannschaft zerfiel und erwischte ihn, als er verzweifelt versuchte, in ein Haus hinter seinem Revier zu flüchten. Zu langsam.

Ich zog ihn an der Kehle in die Gasse hinaus. Seine Hände fuchtelten wild durch die Luft, versuchten meinen Griff zu lösen. Seine Augen traten heraus, als er erkannte, dass er nur noch Sekunden zu leben hatte. Ich hob ihn hoch, kickte seine Füße nach hinten und pflanzte ihn auf seine Knie. Hart. Ich konnte das Splittern hören.

Meine Finger krümmten sich tiefer hinein. In einer Sekunde würde ich ihn zerreißen und sein Blut würde auf die dreckige Gasse spritzen. Ich würde mich nicht dazu herablassen, von Unrat wie ihm zu trinken, aber der Wolf in mir wollte seinen letzten Atemzug hören, wenn er in seinem eigenen Blut ertrank.

„Sergeant Farrell! Sergeant! Halt! Lassen Sie ihn los!"

Ich wirbelte im Stand herum, riss den Bandenboss mit und knurrte Ingram an.

„Es ist vorbei. Es ist vorbei", sagte er. „Sie müssen das nicht tun. Lassen Sie ihn."

Ingram. FBI. Alles flutete zurück, löste die tierische Wut auf. Ich öffnete meine Hand und *el Jefe* schlug hin und zuckte matt im Schmutz.

Der Rest der Bande war verschwunden und die drei, die noch hier waren, würden nirgendwohin rennen.

Ich ging zitternd neben Ingram in die Hocke.

„Sind Sie in Ordnung?", fragte ich. Meine Stimme war rau.

„Ja. Danke." Er versuchte, etwas Fassung wiederzugewinnen. Ich gab ihm eine Hand zum Aufstehen, die linke ohne all das Blut und zog ihn auf die Füße.

„Ja, bin ich", wiederholte er. „Dank Ihnen."

„Sie wären ohne mich nicht hier draußen gewesen, also ist es wohl irgendwie meine Verantwortung", sagte ich. „Haben Sie mich verfolgt?"

„Ich bevorzuge ‚beschattet'", sagte er.

„Wie Sie wollen." Ich hielt meine rechte Hand hoch und sah sie an. Normal, keine Klauen. Ich wischte das Blut an meiner Jeans ab. „Äh, gab es heute Nachmittag Verluste?"

Er schüttelte den Kopf.

Gott sei Dank. Selbst wenn sie mich in die Falle locken wollten.

„Sie reden nicht und bislang ist niemand aus dem Unterholz aufgetaucht und hat sie für sich beansprucht. Aber das werden sie, das werden sie."

Ich schnaubte. „Warum haben Sie mich vorhin Sergeant genannt?", fragte ich. Dumm, das zu fragen.

„Ich habe Sie Vieles genannt, Frau Farrell. Das war es, was durchgedrungen ist, scheint mir. Was zum Teufel war das?" Er machte eine vage Geste auf alles, was vorgefallen war.

Eine weitere Gestalt erschien am Eingang der Gasse. Man bekommt wohl nie Hinz ohne Kunz.

„Ich bin dann weg", sagte ich, drehte mich um und ging den Weg weiter, den ich vorhin eingeschlagen hatte. Es *war* eine Abkürzung.

Griffith rief mir nach, aber ich ignorierte ihn. Ingram beruhigte ihn und ich hörte sie einen Krankenwagen für die Gangster rufen.

Wirklich, was war das alles? Die Gefühle, die mich wie Elektrizität durchfahren hatten, waren nicht, was ich von meiner Athanate Seite erwartet hatte. Meine Hand hatte sich nicht einfach um *el Jefes* Kehle gekrallt, die Nägel hatten sich verfestigt und waren scharf wie Dolche geworden. Ich hatte gewusst, dass ich seine Kehle herausreißen konnte, nicht nur in Gedanken, sondern real. Mein Körper wusste, dass er das tun konnte. Ich hatte mich zum Teil in einen Wolf verwandelt.

Das Vermischen von Werwolf und Athanate in mir fühlte sich gefährlich an. Die Blutgier des Werwolfes, wenn es das war, schien so nahe an der Bösartigkeit der Athanate zu sein, wie man mich gewarnt hatte. Vielleicht würden sie einander nähren, wenn ich sie ließ.

Genau wie ich Hilfe von Altau für meine Athanate Seite brauchte, brauchte ich die Hilfe des Rudels für meine Werwolf Seite. Wie Liu gesagt hatte, war die Wut, die tief in mir brannte, für niemanden gut. Ich musste das besser handhaben. Dass der Werwolf durchkam, während ich noch Athanate Zeug lernte, fühlte sich ungesund und unberechenbar an.

Wie hätte Top es formuliert? *Warum keinen Flammenwerfer nehmen, um etwas Licht in das Munitionslager zu bringen?*

Ich hatte genug Dummheiten gemacht für heute Nacht. Ich erreichte meinen Wagen und stieg seufzend ein. Was, wenn es Matlals Mannschaft in der Gasse gewesen wäre? So schlau zu sein und Bars mit Spiegeln auszusuchen, war erbärmlich. Sie hätten einfach draußen warten können.

Anstelle von drei verletzten Gangstern und Griffith, der über mein Verschwinden hyperventilierte, wäre ich inzwischen zu Matlal gebracht worden. Was auch immer er von mir wollte, es wäre schlimmer als die Bande.

Ich klappte die Sonnenblende hinunter und schob die Klappe von dem kleinen Kosmetikspiegel hoch.

„All die Spiegel in all den Bars überall in Denver und jetzt will sie reden", sagte Tara.

„Tut mir leid, Schwesterchen. Einfach dumm, nicht?"

„Du sagst es."

„Weißt du irgendetwas darüber, was passiert ist, als Keith …"

„Ich kann nichts sehen, was du nicht auch siehst, Schwester. Beweg deinen Hintern endlich nach Haven, jetzt."

Und das tat ich.

Kapitel 41

Der Empfang am Pförtnerhaus war kühl und formell. Mir schien, dass Skylurs scheinbare Unzufriedenheit mit mir abgefärbt hatte und alle glaubten, dass ich nicht der Liebling des Monats war. Das Täuschungsmanöver mochte vorbei sein, aber die Wahrheit war noch nicht bekannt gemacht worden. Entweder war es das oder ich stand wirklich wieder auf seiner schwarzen Liste, als ich nicht sofort nach seiner SMS zurückgekommen war.

Mir wurde der Weg durch das ruhige Haus gezeigt, bis in das Zimmer, das David und Pia zugeteilt worden war. Obwohl es so spät war, waren sie noch irgendwo bei der Arbeit. Der Raum war groß und luxuriös, das Bett hatte die Größe eines kleinen Schwimmbades. Schön, dass man sich um sie kümmerte.

Bian kam an, riss die Tür auf und erschreckte mich. Ich bemerkte kurz eine Wache im Flur und wappnete mich. Sie sah, wohin mein Blick ging und kickte die Tür zu.

Ich fragte mich nervös, welche Bian ich heute Nacht bekam.

Es war der Dexion, vielleicht.

„Meine Eskorte, Rundauge, nicht deine."

„In Haven?" Ich konnte die Ungläubigkeit nicht ganz aus meiner Stimme raushalten.

Sie sah mich nur an.

Was zum Teufel ging hier vor?

Ich holte die Speicherkarte mit der Aufzeichnung aus meinem Laptop und gab sie ihr.

Sie starrte auf die Karte in ihrer Handfläche, als wäre sie ein Skorpion.

„Ist es so schlimm?", fragte ich.

Ihre Finger schlossen sich um die Karte. „Das ist nicht gut für mich persönlich. Oder für Altau", sagte sie.

Die Tür öffnete sich wieder.

Skylur. Ein aufgebrachter Skylur.

Er schloss die Tür hinter sich mit übertriebener Vorsicht und winkte mich zu einem Platz vor dem Fenster. Bian setzte sich auf den Rand des Bettes.

Er ließ sich auf den Platz mir gegenüber nieder und legte seine Hände über Kreuz in seinen Schoß. Seine Lider waren schwer, die strahlend blauen Augen leuchteten aus tiefen Schatten. Er sah müde aus.

„Du hast meine Nachricht bekommen", sagte er leise.

Es war keine Frage, dennoch nickte ich.

„Und dann tauchst du hier mitten in der Nacht auf. Zwölf Stunden später." Er ließ seinen Blick über mich wandern, hinauf und hinunter. „Du hast gekämpft. Matlal?"

„Nein." Die Prellungen und zerrissenen Jeans kamen von Alex, aber das würde ich ihm nicht sagen. „Eine Bande hat mich überfallen, als ich auf dem Weg zum Auto war, um herzukommen."

„Warum musstest du durch Denver laufen?"

Ich war im Unrecht, aber ich würde hier nicht lange sitzen und mir das anhören.

„Hör mal, Matlal hat mich nicht erwischt. Am dichtesten kam er an mich heran, als ich euer sicheres Handy nutzte und sie es verfolgten."

Es wurde so ruhig, dass ich die Gespräche im Flur hören konnte. Ich hätte nicht da draußen bleiben sollen, aber mein Argument hatte irgendwie Gültigkeit. Das Gefährlichste bei allem, was passierte, war, dass Altau einen Spion hatte, der Matlal informierte.

Ich wollte, dass Bian mich unterstützte, wie Diana es getan hätte, aber das tat sie nicht. Tatsächlich war es Skylur, der zustimmte, mit einem äußerst knappen Nicken.

„Das gestehe ich dir zu. Du hast uns den Beweis geliefert und du bist Matlal gestern ausgewichen."

Ich dachte, dass es nun in Ordnung war, aber er fuhr fort.

„Und das war nur ein Bruchteil der Athanate und Werwölfe, die nach dir gesucht haben, als sie merkten, dass du sie überlistet hattest. Über zweihundert, Amber. Nicht nur die Elite Einheiten. Sondern tatsächlich der überwiegende Teil von Haus Matlal."

Er ließ das sacken. Ich hatte gedacht, es wären schlimmstenfalls zwei Dutzend.

„Und sie wussten genug von dir, um jeden deiner üblichen Aufenthaltsorte zu überwachen. Ich musste langfristige Pläne ändern und Posten nutzen, die ich in Reserve hatte, um dich zu decken und die Hinterhalte aufzulösen. Das wirkt sich noch immer aus. Ich habe Gründe, Dinge geheim zu halten", sagte er, seine Stimme wurde kälter. „Ich mag es *nicht*, wenn meine Absichten durchkreuzt werden."

„Es gibt so viele Basilikos in der Stadt, dass sogar die Warder zugeben mussten sie bemerkt zu haben und sie beschwerten sich bei Matlal", sagte Bian. „Und jeder, *absolut jeder* weiß jetzt, dass Matlal hinter dir her ist und die meisten glauben zu wissen, warum. Und die Panethus verlangen zu erfahren, warum es anscheinend keine Altau in der Stadt gibt."

„Moment mal, ich bin nicht schuld am Informationsleck", schnappte ich zurück. „Ich bin nicht verantwortlich für die Anzahl der Altau, die ihr mir nicht einmal erklärt. Und der Rest von dem, was ich da draußen gemacht habe, war wichtig. Wenn es eure Absichten durchkreuzt, hättet ihr mich besser informieren sollen."

Skylur lehnte sich vor, Frust färbte seine Stimme. „Perspektive, Amber! Matlal wurde abgelenkt. Das hast du erreicht. Du hast uns Beweise über den Spion gebracht. Alles Weitere war nur mehr Risiko. Nicht gerechtfertigt."

Gut, einiges war riskant und nicht mit Skylur abgesprochen, wie mit dem FBI zu arbeiten. Aber Diana hatte explizit gesagt, dass ich die Emergenz nicht mit Skylur besprechen sollte - er musste es glaubhaft vor der Versammlung abstreiten können. Das führte zu einem weiteren Problem. Wie würde es aussehen, wenn ich sagte, dass ich mit Bian vertraulich darüber reden wollte, wenn sie selber unter Verdacht stand? Besser abwarten, bis ich mit Diana reden konnte. Das gleiche galt für den Colonel.

Aber es wurde immer deutlicher, dass Skylur zwar böse auf mich war, aber dass es etwas gab, über das er noch weit wütender war. Okay. Er ließ es an mir aus, weil ich zufällig da war. Nicht so okay, aber damit konnte ich umgehen.

„Gut, wenn wir schon darüber reden, was habe ich sonst noch falsch gemacht?"

„Du hast uns bei den Werwölfen ohne Autorisierung vertreten", sagte Bian leise.

„Ich habe mit ihnen über eine ihrer Angelegenheiten gesprochen. Als klar wurde, dass es einen Kommunikationsausfall mit Altau ..."

„Stopp! Ich verstehe, Amber", bremste Skylur mich. „Darüber bin ich viel weniger beunruhigt. Informiere mich einfach in Zukunft."

Ich schäumte, aber im Stillen. Welchen Teil von ‚über eine ihrer Angelegenheiten' hatte er nicht verstanden? Aber der Wortlaut des Eides, den ich morgen leisten sollte, kam mir in den Sinn. Der ließ mir keinen Spielraum. Ich wurde in etwas gedrängt, hinter dem ich aus

Mangel an Alternativen nicht vollständig stand. Mir wurden die Widersprüche in meinem Denken klar. Wenn ich sagte, dass es Angelegenheiten nur für das Rudel gab, musste ich akzeptieren, dass es auch Sachen nur für die Athanate gab. Beides fühlte sich immer falscher an, aber das war nichts, was heute Nacht in Ordnung gebracht werden konnte.

Was würde Top machen? Die Karten spielen, die er bekommen hatte.

Ich holte tief Luft. „Okay. Ich entschuldige mich. Ich kann nicht versprechen, dass ich nichts mehr falsch mache, aber ich werde es versuchen." Ich zögerte. „Wie ist meine Lage jetzt?"

„Unverändert", sagte Skylur. „Dies ist kein Gefängnis, aber du musst hierbleiben, solange die Basilikos in Denver sind, außer bei besonderen Umständen."

Alle hatten sich beruhigt. Ich hatte draußen getan, was ich konnte. Alex und das Rudel wussten wenigstens, was vor sich ging. Jen logierte anonym in Hotels mit Wachleuten. Tullah war aus dem Weg und ich vermutete, dass es für einen Athanaten nicht klug war, gegen Kaothos anzutreten. Ich konnte sie vorübergehend aus meinen Gedanken verbannen und so die Versammlung handhaben.

„Du musst verstehen", Skylur lehnte sich wieder vor und stützte die Ellbogen auf seine Knie, „ich kann dich nicht..."

Jemand von seinem Personal öffnete die Tür und sagte etwas. Einige des Teams draußen sahen blass und schockiert aus.

Skylurs Gesicht erstarrte und er stand auf.

„Treffen in zehn Minuten in Raum 6", sagte er knapp zu Bian und ging ohne einen weiteren Blick davon.

Ich starrte ihm wütend nach.

„Lass ihm etwas Raum", sagte Bian.

„Das mache ich."

„Nicht genug, Amber." Sie prüfte, dass die Tür geschlossen war und beugte sich zu mir, sodass mein Herz ins Stottern geriet. „Hör zu, es ist nicht alles deine Schuld, aber du verstehst nicht, in welche Lage du Skylur bringst."

„Dann erkläre es mir!"

„Das ist der perfekte Aufruhr für die Basilikos. Wenn Matlal einen Krieg anfängt, werden sich die Panethus und die Unabhängigen gegen die Basilikos vereinigen. Aber wenn Skylur einen Krieg anfängt, würden sich nicht nur die Panethus aufspalten, sondern die Unabhängigen würden sich bis auf das Mitternachtsimperium raushalten."

„Okay, das verstehe ich. Aber Skylur fängt keinen ..."

„Die Panethus brauchen einen starken Anführer", unterbrach Bian mich. „Sie erwarten einen starken Anführer. Sie glauben zu wissen, was dein BLUT kann. Einige würden von ihm erwarten, ihn sogar *auffordern*, in den Krieg zu ziehen, wenn du heute von den Basilikos erwischt worden wärst, allein wegen der Bedrohung, die das darstellen könnte. Und sie würden sich abspalten, wenn er das nicht täte. In dem Fall würden die Basilikos trotzdem zuschlagen. Bedenke, dass das seit Tagen über seinem Kopf schwebt. Jetzt bist du in Sicherheit und er kann sich um die nächste Sorge kümmern - die Panethus für die Versammlung zu einigen. Und nun ...", sie schüttelte den Kopf. „Zeige bitte etwas Verständnis für seine Lage."

Jemand von ihrer Eskorte streckte den Kopf zur Tür herein und sprach kurz auf Athanate, während sie auf etwas in ihrem Ohrhörer lauschte. Bian ging zur Tür, wartete und hielt sie so lange zu. „Es hat sich erschreckend viel zur Versammlung angehäuft und du hattest deinen Anteil daran, Rundauge. Einiges ist dein Werk, anderes nicht. Wir könnten am Rande eines Krieges stehen, der nicht gewonnen werden kann und das wäre eine totale Katastrophe für die Gesamtheit der Athanate. Es ist wirklich ärgerlich, dass er nicht mit mir gesprochen hat, aber ...", sie warf mir einen Blick über ihre Schulter zu. „Ich traue ihm weiterhin. Er ist der Einzige, der uns da hindurchführen kann." Sie senkte ihren Kopf und schloss eine Minute lange ihre Augen, als müsse sie Kraft sammeln, dann straffte sie ihre Schultern und ging hinaus. Ich war wieder allein.

Verdammt. Einiges davon *war* mein Fehler. Nicht der Krieg, selbst wenn ich vielleicht ein Auslöser dafür war. Aber ich hatte Probleme verursacht, während sie sich auf die heikle Situation konzentrieren sollten. Ich war dummerweise böse auf Skylur und reagierte, statt die Dinge zu durchdenken. Ich würde meine Zeit nicht damit verschwenden, meine Entscheidungen von heute zu hinterfragen, aber ich musste ihnen zugestehen, dass sie mit Recht nicht glücklich über mich waren. Ich war von den heutigen Ereignissen so erschüttert, dass ich nicht klar denken konnte. Meine Gedanken zogen sich von allem zurück. Jetzt war wieder etwas in Haven geschehen, das alle schockiert hatte, aber keiner wollte es mir erklären.

Ich gab das Raten auf und ging unter die Dusche, dann stürzte ich mich, in Pias Bademantel gehüllt, auf das Bett. Ich war zu müde, um irgendetwas zu tun, beispielsweise mir neue Kleidung zu suchen. Ich vergewisserte mich, dass Tullahs Notfall Handy neben dem Bett lag und alles andere aus war.

Als nächstes merkte ich, wie Pia sich über mich beugte. Ich versuchte aufzustehen, aber sie drückte mich zurück.

„Ruhe dich nur aus, ich ziehe das Bettzeug gerade."

Wir zerrten an den Bettdecken, bis ich zugedeckt war und dann verließ sie mich, um zu duschen. Ich schlief wieder ein. Einige Minuten später schlüpfte sie neben mich, warm und nach Lavendelseife duftend. Und sie war splitternackt.

Ich wachte eilig auf. Ich war Herrin eines Athanate Hauses. Ich hatte Pflichten. Ich schluckte nervös. BLUT war tabu; Skylurs Bann war noch aktiv. Damit blieb wohl Sex. Mist. Ich schreckte hoch. Ich wollte nicht ...

Pia schien zu verstehen. Sie kicherte. „Entspann dich."

Sie schlüpfte aus dem Bett und kam in etwas zurück, das wohl Davids Bademantel war.

Wir setzten uns etwas unbeholfen aufs Bett.

„Ich habe Fortschritte bei der Satzung gemacht, um die du gebeten hast", sagte sie. „Aber Skylur hält uns auf Trab."

„Ich freue mich auf die Satzung. Was musstet ihr ..."

Pia hob eine Hand. „Darf ich nicht sagen", sagte sie. „Direkter Befehl von Skylur. Rede mit niemandem."

„Heißt das auch mit mir?"

Sie dachte nach. „Vielleicht nicht. Ich nehme an, dass wir ..."

„Nein." Ich stoppte sie und sah die Erleichterung auf ihrem Gesicht. „Nein. Ich war Skylur gegenüber diese Woche zu nah an der Grenze. Ich werde nicht drängen." Ich kniff meine Augen zusammen. Wie weit reichte diese Bindung an ein Haus? „Nur interessehalber ..."

„Ja, Herrin", murmelte sie und senkte ihre Augen. „Ich würde antworten, wenn du fragtest."

Das würde ich nicht. Ich würde sie nicht in diese Lage bringen. Das wäre definitiv Missbrauch meiner Autorität. Das Gefühl für die Athanate Verbindungen stellte sich wieder ein. Verwirrend, machtvoll. Sogar etwas unheimlich.

„Ich sagte dir bereits, Pia, sag Amber zu mir. Ganz bestimmt nicht Herrin", sagte ich mit vorgetäuschtem Zorn.

Sie lächelte leicht. „In der Öffentlichkeit." Sie sah wieder hinunter. „Im Privaten brauche ich die Herrin meines Hauses. Dich so zu nennen hilft mir, die Verbindung zu dir zu spüren."

„Wie ist die?", fragte ich, neugierig.

„Die Verbindung? Ein bisschen von allem. Meine Lebensgefährtin, mein Boss, mein Priester, mein Teamleiter, meine große Schwester, meine Freundin."

Ich gluckste unruhig. „Verdammt! Hoffentlich kriege ich das alles hin."

„Das wirst du", sagte sie, und dieses Mal war ihr Lächeln breiter.

„Kann ich dich fragen, wie es war, als du Haus Altau warst?" Ich hatte die Sorge, dass es ein Tabuthema für Athanate wäre.

„Natürlich!"

„War die Verbindung mit Skylur auch so?"

Sie schüttelte den Kopf. „Es war ein sehr sicheres Gefühl, Teil von Altau zu sein. Und wir sind assoziiert, sodass ich das irgendwie behalten habe." Sie neigte den Kopf. „Aber er war nie so ...", sie runzelte die Stirn und zuckte die Achseln, „zugänglich, nehme ich an. Skylur war immer zu beschäftigt für mich. Diana ist zu beängstigend und Bian ist zu, nun ja, zu sehr Bian für mich." Sie hielt inne.

„Ich würde nie mit Skylur auf dem Bett sitzen und einfach über die Dinge sprechen." Ich spürte ihre Zufriedenheit, beinahe Selbstgefälligkeit. „Und du hast mich exotisch und begehrt gemacht. Unsere Marke ist attraktiv. Ich kann dir nicht sagen, was für ein Schub das war. Sogar hier, versteckt und während ich mir den Hintern abarbeite, hatte ich nie zuvor so viele Anträge."

„Heißt das, du bekommst Anträge, um BLUT zu teilen?"

„Sie dürfen nicht bis zum Letzten gehen", sie sah mich scheu an, „also versuchen sie es mit dem Nächstbesten. Aber Skylur sagt, kein BLUT im Moment und nebenbei, ich will es in keinster Weise verdünnen. Ich möchte wirklich Haus Farrell sein, Herrin."

Meine Athanate schnurrte.

„Und was die anderen Anträge angeht", sie gab ein zufriedenes, kleines Grollen von sich, „habe ich David. Oder zumindest, wenn wir Zeit haben. Wir waren etwas eingespannt diese Woche."

Ich lachte und lehnte mich zurück an das Kopfteil. Das war nicht so schlecht.

David taumelte in diesem Moment herein, hohläugig vor Müdigkeit.

Er kam und setzte sich auf die Bettkante. Pia drehte sich um und umarmte ihn. Mir schenkte er ein Lächeln.

„Fertig?", fragte Pia.

„Ja, endlich fertig."

„Geh duschen und komm ins Bett", sagte Pia, gab ihm einen zarten Schubs in die richtige Richtung und beobachtete ihn, wie er sich ins Badezimmer schleppte und seine Kleidung loswurde.

Sie hatte sich von mir weggedreht und ihr wunderschönes Haar fiel in Kaskaden ihren Rücken hinunter, schwarze Wellen, die in einem tollen Kontrast zum weißen Bademantel standen.

Ich nahm eine verirrte Locke und ließ sie durch meine Finger laufen wie ein Stück mitternachtsschwarze Seide.

Kath hatte auch immer wunderschönes Haar. Wir hatten unzählige Male genau so dagesessen.

Pia seufzte und streckte sich, schüttelte den Kopf, dass der ganze schwarze Wasserfall hin und her wogte.

Ich kämmte ihn mit meinen Fingern zurück.

„Das ist schön, Herrin", murmelte sie. „Warum so traurig?"

Ich zögerte, dann fuhr ich mit dem Kämmen fort. „Ich habe an meine Schwester gedacht, dass wir früher so etwas oft gemacht haben. Nun hasst sie mich."

„Jetzt sind wir Schwestern", flüsterte sie.

Die Dusche verstummte. Es wurde ganz still.

„Es gab noch viele andere Rollen für mich", sagte ich.

„Du machst das gut, glaub mir."

Sie lehnte sich etwas zurück, sodass ich meine Finger durch die ganze Länge ihres Haares laufen lassen konnte. Ich fühlte, wie sie mit ihrem Willen meine dunkelsten Gedanken beiseiteschob. „Du bekommst jetzt zehn Punkte, Herrin", sagte sie.

„Weil ich dein Haar kämme?"

„Mit deinen Fingern. Im Bett. Und du bekommst nur einen für das Kämmen. Die anderen neun, weil du es genießt." Sie seufzte. „Ich spüre das. Es nährt mich und es nährt die Bindung zwischen uns."

„Oh." Das zumindest war nicht so schwierig. „Gut."

David kam ins Bett. Wenigstens hatte er Boxershorts an.

Mein unbehagliches Gefühl kehrte zurück, aber in Sekunden hatten sie sich an meinen beiden Seiten angeschmiegt wie Klammern. David war eingeschlafen, sobald er lag, sein Gesicht an meiner Schulter.

Pia schaltete das Licht aus und kuschelte sich auf ihr Kissen. Die

Spannung von vorher war zurück. Ich hatte eine Pflicht und sie war nicht geringer, als das, was wir beim Kämmen ihrer Haare gefühlt hatten.

Ich zog sie versuchsweise näher heran. Sie schlängelte sich an mich heran, bis ihr Kopf auf meinem Kissen ruhte und ihr ein kleiner Seufzer entwich.

Ich war müde. Ein tiefes Athanate Familiengefühl überkam mich. Ich würde alles tun, um das Vertrauen zu rechtfertigen, das sie in mich setzten. Eine seltsame Athanate Reaktion schlug in mir an und Pia atmete tief ein und schnurrte, als sie einschlief. David schob sich näher, ohne aufzuwachen.

Haven war nicht mein Heim, noch lange nicht, aber dies war meine Athanate Familie. Ich strömte etwas Beruhigendes in meiner Marke aus und sie reagierten unbewusst auf gleiche Weise. Es war, als würde ich in den Schlaf gestreichelt.

Ich schlief sehr gut. Umso mehr erschütterte mich der frühe Anruf von Tullah, der mich weckte.

„Amber, Jen ist entführt worden."

Kapitel 42

SAMSTAG

„Außergewöhnliche Umstände, Bian", sagte ich am Handy und jagte den Ford aus der Tiefgarage. „Das hat Skylur gesagt."

„Du weißt nicht einmal, wo sie ist", antwortete Bian. „Und es ist nur eine Frau gegenüber der Zukunft der Athanate insgesamt. Diese Versammlung ..."

„Diese Versammlung ist eine Farce und das weißt du. Die Basilikos sind bereits gegen uns in Stellung gegangen. Sie sind nur daran interessiert, den Eindruck von der Versammlung aufrecht zu erhalten, um die Unterstützung für die Panethus zu schwächen." Ich atmete mehrmals tief ein, um mich zu beruhigen. „Und für mich ist sie nicht irgendeine Frau. Es ist Jen ... und sie gehört zur Familie. Sie ist eine Angehörige."

Bian schwieg. Ich fuhr zur Ausfahrt und auf die Tore zu. Sie waren noch geschlossen und die Wachleute kamen heraus, ihre Waffen in der Hand. Mein Herz schlug schmerzhaft in der Brust. Ich musste hier raus, aber ich konnte diese Leute nicht bekämpfen. Sie waren auch Familie.

Ich konnte im Hintergrund hören, wie jemand Bian eine Frage stellte und sie antwortete. Sie redeten auf Athanate, also wusste ich nicht, worum es ging. Es klang ärgerlich.

„Ich verstehe, Amber", sagte Bian zu mir und die Tore öffneten sich. Ich blinzelte, Erleichterung durchflutete mich. Bians Stimme klang gepresst. „Gute Jagd. Wenn du sie findest, ruf mich an und ich werde auf Unterstützung drängen."

„Danke, Bian", flüsterte ich und legte auf. Die Wachen traten zur Seite und winkten uns durch.

Davids Hand langte vom Rücksitz nach vorne und drückte meine Schulter. „Wir werden sie finden", sagte er.

David und Pia trugen schwarze Kampfanzüge und hatten ihre P90 und Kevlarwesten in Sporttaschen. Das hässliche kleine P90 Maschinengewehr war Standardausrüstung bei Altau und würde nützlich sein.

Ich trug die beschädigte Kleidung von gestern, aber ich hatte meine gesamte Ausrüstung für militärische Missionen aus dem Audi geholt. Ich war so gut bewaffnet, wie ich es sein konnte, bei diesem Aufbruch ins Ungewisse. Und wenn dies auch nicht das erfahrenste Team war, das ich als Unterstützung haben konnte, war es doch ungemein beruhigend, sie dabei zu haben.

Draußen vor Manassah stand Tullah und ich kam neben ihr schleudernd zum Stehen.

„Bleibt im Wagen, Leute", sagte ich zu David und Pia. „Ich will nicht, dass die Polizei euch in diesem Aufzug sieht."

Tullahs Gesicht war bleich, sie war total schockiert und zitterte. Ich umarmte sie und entlockte ihr langsam die Geschehnisse.

Als wir unser Büro hierher verlegten, hatte Tullah die Alarmanlage mit ihrem Handy gekoppelt und sie hatte eine Nachricht bekommen, als sie losging. Sie kam als Erste an, gefolgt von Victors schnellem Eingreifteam und der Polizei. Sie hatte es geschafft, vor ihnen hinein- und wieder hinauszuschlüpfen.

„Die Terrassentüren wurden gewaltsam geöffnet." Sie schluckte. „Reynolds ... er ist tot, Amber. Der andere Wachmann auch. Ich glaube, dass sie erst verwundet wurden. Dann ..." Sie wischte ärgerlich Tränen von ihren Wangen und sah weg. „Dann wurde ihnen in den Kopf geschossen, als sie dort lagen."

Einen Augenblick später fuhr sie fort. „Die Wache hat sich gewehrt. Ich glaube, dass Jen eine Schrotflinte abgefeuert hat. Es waren fünf weitere Leichen im Haus." Sie atmete ein. „Keinerlei Nachricht."

Das war alles mein Fehler. Ich hatte Hoben nicht gefunden. Ich hatte Jen und Victor nicht gewarnt, wie ernst das Problem war.

„Ich muss wissen, wer das getan hat", sagte ich und wollte an ihr vorbei.

Sie hielt mich auf. „Es waren keine Athanate, wenn es das ist, wonach du suchst."

Ich sah sie an. „Sagen dir das deine Adepten Sinne? Bist du dir sicher?"

Sie nickte ruckartig.

„Werwölfe?"

„Nein. Es waren Menschen. Wohl ein Dutzend."

Der Einzige, der es sein konnte, war Frank Hoben. Aber warum

Jen? Er war hinter mir her. Außer, er wollte Jen dazu benutzen, um mich zu bekommen. Warum zum Teufel war sie hierher zurückgekommen?

Ich musste das beiseiteschieben. Die Polizei würde uns bemerken, wenn wir zu lange hierblieben. Tullah hatte mich vor dem großen Fehler bewahrt, dort hineinzugehen. Die Polizei durfte mein privates Arsenal im Kofferraum nicht sehen oder mich stundenlang befragen.

„Tullah, du hast getan, was du konntest, danke. Nun liegt es an mir."

„Ich kann dir helfen, Amber."

„Ich stecke gegenüber deiner Mutter schon in genügend Schwierigkeiten." Ich ließ ihr gar keine Gelegenheit zum Streiten, stieg in den Wagen und gab Gas.

Davids Haus kam nicht infrage. Damit blieb das von Alex.

Auf der kurzen Fahrt konnte ich an nichts anderes denken als an Katastrophenszenarien. Ich war bereits wütend, jetzt fügte sich Schuld und Enttäuschung zu der Mischung hinzu.

„Bitte, Amber", sagte Pia leise. Ich sah in den Rückspiegel. Ihre Augen waren groß und ihr Blick unsicher. Ich erkannte, dass beide meine Gefühle spürten und auf sich selbst übertrugen. Pia war mein Frühwarnsystem. Sie war sehr empfindsam für die Gefühle um sie herum. Dadurch war sie vermutlich gut mit Anwärtern, obwohl sie als Mentorin auch Fehler gemacht hatte. Aber ich war keine Anwärterin, ich war ihre Athanate Herrin und sie konnte meine Gefühle nicht abwehren. Ich musste meine Rolle lernen, während ich sie lebte.

„Es tut mir leid", sagte ich und zwang mich, sinnvoll und logisch darüber nachzudenken was wir tun konnten, *wenn* – nicht *falls* – wir herausgefunden hatten, wo Jen festgehalten wurde.

Alex' Haus war irritierend hell und fröhlich in der Morgensonne. Und leer. Vielleicht holte Alex Arbeit nach. Oder vielleicht war er als Wolf draußen im Gebirge. Ich schickte David in die Küche zum Kaffeekochen, während ich im Wohnzimmer hin- und herlief und mit Gewalt versuchte, konstruktiv zu denken.

Pia hielt mich an und neigte ihren Kopf. „Draußen hielt ein Auto", sagte sie und rannte zur Vordertür mit ihrer P90. Ich nahm die HK.

„Amber, es ist Tullah", rief sie. „Sie muss uns hierher gefolgt sein. Sie ist allein."

Ich ärgerte mich über mich selbst, dass ich nicht bemerkt hatte, wie sie uns gefolgt war. Ich hatte den Kopf verloren und reagierte nur, verhielt mich, als hätte ich nie eine Ausbildung durchlaufen, war blind durch meine persönliche Betroffenheit. Das musste ich ändern. Ich musste bestmöglich arbeiten, um Jen zurückzubekommen und musste ruhig und besonnen bleiben, egal wie schwer das war.

Ich traf Tullah an der Tür. Sie trug ihren Laptop und funkelte mich trotzig an, als sie an mir vorbeizukommen versuchte.

„Tullah, ich werde dich nicht aufhalten. Aber ich habe Athanate hier bei mir; bist du sicher, dass du hereinkommen willst?"

Sie nickte nervös und ich trat zur Seite. Sie schlüpfte nach hinten und blieb Pia und David so fern wie möglich, ohne dass es auffällig wurde. Sie ging direkt zum Beistelltisch im Wohnzimmer und baute ihren Laptop mit einem Gewirr seltsamer Kabel und Verteiler auf.

„Dein altes Handy, Amber", sagte sie und hielt mir ihre Hand hin.

Erstaunt reichte ich es ihr. „Was ist das?"

„Die waren nicht hinter Jen her", sagte sie. „Die wollten dich. Die werden Jen benutzen, um dich zu bekommen." Sie verband mein Handy mit ihrem Laptop mit einem der Kabel und startete ein Programm zum Aufzeichnen der Nachrichten.

„Sie haben Jens Handy mitgenommen", sagte sie, „deswegen wette ich, dass sie sich auf diese Art mit dir in Verbindung setzen werden."

Sie schloss ihr Handy an eine andere Buchse an.

David hielt seine Hand über den Tisch. „Nebenbei, ich bin David und das ist Pia."

Nach einer winzigen Pause schüttelte Tullah ihre Hände vorsichtig. Ich fragte mich, ob sie erkannten, dass sie eine Adeptin war. Ihre Spannung ließ etwas nach, als sie an ihrem Laptop fummelte.

„Kannst du einen eingehenden Anruf mit dem Aufbau verfolgen?", fragte David.

„Das ist keine Fernsehserie", antwortete Tullah. „Aber ich habe jemanden, der vielleicht helfen kann." Sie rief ein anderes Programm von der Startleiste auf und fragte: „Bist du noch dran, Matt?"

„Ja." Sein Bild erschien in einem Fenster. Er war von Schränken mit Ausrüstung umgeben.

„Amber und einige Freunde sind hier. Willst du ihnen erklären, was du mir über das Rückverfolgen gesagt hast?"

Matts Stimme, die durch die Laptop Lautsprecher drang, war skeptisch. „He, um es gleich vorwegzunehmen, ich weiß nicht, wie erfolgreich es sein wird. Ich versuche den Funkverkehr der Mobilfunktürme anzuzapfen. So lange das Handy an ist, ist es mit den nächsten Türmen verbunden. Selbst ohne die GPS Daten zu knacken, könnte ich eine vernünftige Ortung bekommen..."

„Aber?", forderte ich ihn auf, als er langsamer wurde.

„Also, vielleicht bin ich einfach nicht schnell genug oder ihre Sicherheitssysteme könnten die Verbindung kappen. Außerdem, selbst wenn ich es schaffe und eine Ortung bekomme, sehen die bösen Jungs ja auch fern. Das Handy und Frau Kingslund könnten sich auf verschiedenen Seiten von Denver befinden."

Mein Handy klingelte und alle erstarrten.

Ich nahm es und las die Anruferkennung. Schloss meine Augen.

Ich schüttelte den Kopf, um den anderen ein Zeichen zu geben und drehte mich leicht zur Seite. „Alex, hallo."

„Amber, mein Sicherheitssystem meldet ..."

„Warte eine Sekunde", unterbrach ich ihn. „Wir haben ein Problem. Jen wurde entführt und ich glaube, dass sie auf dieser Nummer anrufen werden. Tut mir leid, ich bin mit meinem Team in deinem Haus. Ich wusste nicht, wohin sonst."

„Vergiss es, das ist in Ordnung. Ich rufe auf meinem Festnetz an."

Er rief sofort zurück.

„Amber, es tut mir leid", sagte er. „Hat das etwas mit Tucker zu tun? Gibt es etwas, das ich tun kann?"

„Das weiß ich noch nicht, Alex. Warte eine Sekunde." Ich wandte mich an Tullah. „Hat Matt Alex' Anruf auf mein Handy zurückverfolgt?"

Sie schüttelte den Kopf. „Zu kurz", sagte Matt.

Tullah fummelte mit einem weiteren Kabel an Alex' Festnetz.

Alex' Stimme kam aus den Laptop Lautsprechern. „Bist du noch da?"

„Ja, wir haben dich gerade an einen Laptop angeschlossen, wie bei einer Konferenzschaltung, sodass wir dich alle hören können und du müsstest uns auch hören."

„Hallo, alle", sagte Alex. „Amber, kannst du mir sagen, was

passiert ist?"

Tullah und ich skizzierten, was vorgefallen war. Es war seltsam darüber zu reden. Es machte es ein wenig unpersönlicher, ein wenig. Das half mir, viel ruhiger zu sein, als mein Handy wieder klingelte, diese Mal mit Jens Kennung.

Ich nahm ab und alle wurden ruhig.

„Wer ist dort?" fragte ich.

„Hast du meinen alten Herrn umgebracht?" Ich erkannte seine raue Stimme.

„Versuch diesen Mist nicht bei mir, Hoben. Er hat sich selbst umgebracht und wenn er es nicht getan hätte, dann hätte er dich gekillt, weil du das Geld für Killer verschwendet hast."

„Hätte er?", schnaubte Hoben. „Arschloch. Jetzt Schluss mit dem Scheiß und hör zu oder ich lege auf."

Man hörte ein schmerzhaftes Luftholen und Jens Stimme „Amber, komm nicht ..."

Darauf folgten das Geräusch eines Schlages und ein Schrei von Jen.

„Jen!", rief ich.

„Deine Schlampe will sagen, dass du nichts Dummes tun sollst oder du wirst sie nie wiedersehen", sagte Hoben. „Wir rufen zurück, ich und *Jen*, später, wenn wir Zeit haben. Du behältst dein Handy besser bei dir, aber es wäre dumm, die Polizei zu rufen. Das gleiche gilt für Altau. Wenn du machst, was ich sage, dann könntest du deine Schlampe lebendig zurückbekommen."

Der Anruf wurde getrennt.

Ich schaffte es bis zum Becken, bevor ich mich übergab.

Kapitel 43

Zwanzig Minuten später war Alex selbst bei uns.

„Konzentriere dich, Amber", sagte er. „Hoben will etwas von dir. Solange er das will, haben wir eine Chance."

Das ,wir' half mir ebenso viel wie die Frage selbst. Was wollte Hoben?

„Er will sich nicht einfach rächen. Er versucht, etwas zu organisieren", sagte David.

Alex war ganz steifbeinig und territorial geworden, als er David vorfand, aber klug wie er war, ignorierte David es. Die Spannung ebbte schnell ab und ich konnte sehen, wie sie ein Team wurden. Das Problem war, dass sie mich brauchten, um sie anzuführen und ich Schwierigkeiten hatte, das Problem leidenschaftslos zu sehen. Genau wie es Hoben zweifellos beabsichtigt hatte.

„Es geht nicht einfach darum, dich zu töten. Das hätte er in wenigen Minuten in Gang setzen können", sagte Alex.

„Ja, er braucht Zeit. Er muss mit jemandem sprechen", sagte David. „Mein Bauch sagt Matlal."

Pia lehnte sich vor. „Wenn es Matlal ist, hast du keine Chance, dass er dich gehen lässt. Es wäre einfach eine Falle."

„Es wäre in jedem Fall eine Falle", sagte ich, aber zumindest begann ich wieder nachzudenken. „Wir müssen wissen wo." Ich versuchte, nicht auf den Schirm mit Matt in seinem Raum voller Computer zu sehen. Er hatte Hobens Anruf nicht zurückverfolgen können. Er nutzte die Zeit, noch mehr Dinge aufzubauen, die ihm nächstes Mal bessere Chance einräumen würden.

Alex brachte eine große Karte von Denver und Umgebung und legte sie auf den Tisch. Ich sah darauf und wollte, dass mir der offensichtliche Ort ins Auge stach.

„Es muss außerhalb der Stadt sein", sagte ich.

„Aber Tucker ..."

„Nein, das war Tuckers Art. Er bekam seinen Kick davon, alles direkt unter aller Augen zu machen, ein respektabler Geschäftsmann zu sein und zugleich Kopf einer kriminellen Vereinigung. Hoben ist anders. Und Matlal will, dass alles verborgen bleibt. Es muss etwas Privates sein, irgendwo außerhalb."

„Etwas, das Matlal gehört?", fragte Tullah.

Ich zuckte die Achseln. „Oder Hoben. Wir wissen so gut wie nichts von ihm."

„Moment mal", sagte David und sah plötzlich hoch. „Er hat dich dazu gebracht, dein Handy eingeschaltet zu lassen. Wenn du denkst, dass Matlal das verfolgt, kann ihn das genau hierher führen."

„Mist! Du hast recht. Tut mir leid, Alex. Wir müssen weg."

„Stopp!" Alex runzelte die Stirn in Gedanken und stand auf. „Gib mir ein paar Minuten."

„Wir können hier nicht kämpfen ..."

„Matlal will sich nicht öffentlich sehen lassen", sagte Alex. „Wie du gesagt hast, will er, dass sich alles im Verborgenen abspielt. Wir sind hier wahrscheinlich sicher. Aber als Rückversicherung lass mich Felix anrufen."

Alex ging für den Anruf in sein Büro hinauf. Ich war nicht sicher, ob es funktionieren würde, das Rudel mit ins Spiel zu bringen, aber ich musste dabei auf sein Urteil vertrauen.

„Tullah." Ich lehnte mich zu ihr hinüber und sprach leise. „Gibt es irgendetwas, das Adepten tun können, um Leute zu finden?"

Sie schüttelte den Kopf. „Ich nicht. Nicht so."

„Mary?"

Tullahs Gesicht versteinerte. „Ich denke nicht. Ganz sicher nicht schnell. Und nicht, wenn Athanate beteiligt sind."

„Amber", rief Alex von oben, „komm bitte hoch."

Sein Büro war hell und aufgeräumt. Große Fenster öffneten sich zum Hinterhof. Larimers Gesicht sah mich von Alex' Computerbildschirm aus an.

„Frau Farrell, glauben Sie mir, es tut mir wirklich leid, von Ihrem Problem zu erfahren", sagte er.

„Danke." Kein Grund, unhöflich zu sein, aber ich hatte das Gefühl, dass Larimer irgendwie einen Vorteil daraus ziehen wollte. Wenn es Jen zurückbrachte, würde ich zuhören.

„Und ich möchte Ihnen für die Information über unsere Rivalen danken. Ich will Sie nicht mit Einzelheiten langweilen, aber es war uns von Vorteil." Er machte eine Pause. „Jedoch bin ich nicht gewöhnt, dass meine Wünsche ignoriert werden."

Mist. Alex oder Olivia müssen ihm von gestern erzählt haben.

„Ich bin nicht in Ihrem Rudel, Larimer."

„Wir haben das nicht wirklich entschieden, oder? Aber

Alexander ist es noch", antwortete er glatt, „und ich glaube, dass Sie an ihn eine Art Anspruch auf Angehörigkeit stellen."

„An Alex", sagte ich.

„Und damit an mich."

Ich konnte keine bissige Antwort darauf finden.

„Ich will von Ihrem Unglück nicht profitieren", sagte er, was bedeutete, er wollte. „Ich mache den folgenden Vorschlag. Wir bewachen Alexanders Haus. Ich erlaube Rudelmitgliedern, heute Botengänge für Sie zu machen, wenn nötig. Alexander kann Ihnen helfen. Aber das Rudel wird keine Athanate bekämpfen, außer in Notwehr. Das gilt auch für Alexander."

„Und was wollen Sie dafür haben?" In Wahrheit war ich keineswegs in der Lage, mit ihm zu verhandeln. Er musste erkannt haben, dass ich im Moment nicht auf Altau zählen konnte oder ich hätte es bereits getan. Mein kleines Team war Matlal gegenüber fast wehrlos. Verstärkung aus seinem Rudel könnte das Blatt wenden.

„Nach dem heutigen Tag lassen Sie Alexander für eine Weile allein ..."

„Warum? Und was bedeutet eine Weile?"

„Weil ich ganz sicher sein muss, dass Alexander macht, was er will und nicht, was eine Athanate in seine Gedanken pflanzt." Larimer blieb ruhiger als ich es war und ich kämpfte darum, es ihm gleichzutun. „Ich muss sicher sein, wem gegenüber er uneingeschränkt loyal ist. Und die Weile - eine Woche, zwei Wochen sollten ausreichen. Ich werde Sie weiterhin jederzeit sehen, wenn ich will. Ich werde Ihnen sagen, wann ich zufrieden bin."

„Was noch?" Ich wusste, dass der Bastard noch nicht fertig war mit mir. Meine Augen flogen zu Alex, aber er sagte nichts.

„Es hat noch einen Vorfall wie in Ihren Polizeiberichten gegeben. Ich brauche Sie, um herauszufinden, wer das ist."

„Hä?" Nicht meine klügste Erwiderung, aber das hatte ich nicht kommen sehen.

„Frau Farrell, Sie haben Fähigkeiten auf diesem Gebiet bewiesen." Er zählte Punkte mit seinen Fingern ab. „Soweit es die Werwölfe angeht, sind Sie ...", er zuckte die Schultern, „sagen wir, eine Cousine. Als Athanate verfügen Sie über Vorteile die Wahrheit zu erkennen, nicht so gut wie ein Adept, aber ausreichend. Und ich weiß, dass Sie motiviert sind."

Da brauchte ich nicht zu überlegen. Ich konnte mir nicht leisten, dass Matlal hier angriff, während ich einen Plan zusammenzustellen versuchte, um Jen zurückzubekommen. Ich brauchte einige Verteidiger.

„Abgemacht", sagte ich und sah auf sein selbstgefälliges Bild auf dem Schirm. „Sie vertrauen mir?"

„Frau Farrell, ich bin mir noch nicht sicher, ob ich Ihnen vertraue. Ich bin mir jedoch sicher, dass ich dem Rest der Athanate nicht traue."

„Rufen Sie Skylur an. Sprechen Sie direkt mit ihm", sagte ich. „Ich kann keine offizielle Aussage treffen, aber ich glaube, dass die Altau Ihre Freunde sind."

Larimer reagierte nur mit einem Nicken.

Er legte auf und ich starrte auf den leeren Bildschirm.

Alex drückte meine Hand. „Ein Problem nach dem anderen", sagte er.

Guter Rat.

Ich war gerade wieder unten, als mein Handy erneut klingelte.

Kapitel 44

„Amber …"

Jens Stimme wurde so abrupt abgeschnitten wie vorhin. Sie klang rau, schmerzverzerrt, erschöpft.

„Hast du es genossen zu warten, Farrell? Deine Schlampe hat es …"

„Hoben, ich schwöre …"

„Du solltest sehr genau darüber nachdenken, was du als Nächstes sagst, Farrell. Du willst mich bei guter Laune halten, nicht wahr?"

Ich antwortete nicht und Jen schrie.

„Nicht wahr, Hure?", rief er.

„Ja! Ja, ich will dich bei guter Laune halten." Die Übelkeit stieg wieder in mir hoch, aber es war wichtig, ihn in der Leitung zu halten und es war wichtig, dass er aufhörte, Jen wehzutun.

„Oh, das klingt gut", sagte er. „Bitte mich, als ob du es so meinst. Du bist eine Hure, du kannst es vortäuschen, nicht wahr?"

„Bitte." Ich zwang die Worte heraus. „Bitte, ich will dich bei guter Laune halten. Bitte, tu ihr nicht weh."

„Das ist besser. Es scheint, dass du Glück hast. Mich in gute Laune zu versetzen, ist einfach. Du bist mein Joker, um mir Matlal vom Hals zu schaffen, also wirst du verdammt noch einmal zuhören und tun, was ich dir sage. Du wirst dich mit mir treffen, allein. Ich werde einen von Matlals Vamps dabeihaben. Alles, was du tun musst, ist, ihm zu sagen, wo das Haus von Altau ist und ihn überzeugen, dass du die Wahrheit sagst. Tu das und du kannst dein leckeres Häppchen wieder mitnehmen und verschwinden."

„Ich kann nicht …"

„Also, du findest besser einen Weg, wie du kannst", schrie er. „Womit hast du ein verdammtes Problem? Altau hat dich hintergangen. Du schuldest ihnen nichts. Das ist der Deal. Aber wenn du dir Zeit nimmst, werden wir die Gesellschaft deiner kleinen Schlampe genießen, während du dich entscheidest. Du hast bis Sonnenuntergang, dann übergebe ich sie an die. Und du weißt, was die von ihr wollen. Texte an dieses Handy, wenn du dich entscheidest und ich werde dir sagen, wohin du kommen sollst." Er lachte. „Na los

Schlampe, Zeit zum Spielen. Mach mich glücklich."

Jen schrie auf und die Verbindung wurde beendet.

Ich zitterte. Hoben war ein toter Mann. Sobald Jen in Sicherheit war, würde ich ihn um jeden Preis jagen und er würde wie ein tollwütiger Hund sterben.

„Tut mir leid. Ich konnte den Anruf nicht orten", sagte Matt in die schmerzliche Stille, bevor jemand fragte. „Ich checke die Haupt-Gebietsdatenbank. Das könnte es eingrenzen."

Ich schloss meine Augen. Pia stand direkt neben mir und zitterte als Reaktion auf meine Wut. Die Wut, die meine Gedanken trübte, die Wut, die mir Jen nicht zurückbringen würde. Ich musste sie loswerden.

„Spiel die Aufzeichnung noch einmal ab, Tullah." Meine Stimme klang in meinen eigenen Ohren laut.

Wir lauschten wieder. Ich weigerte mich, den Worten einen Sinn zu geben. Es waren nur Geräusche.

„Noch einmal", sagte David. „Genau bevor Jen schreit."

Noch einmal und noch einmal. In der halben Sekunde, bevor sie schrie, war ein anderes Geräusch zu hören, ein ähnliches Geräusch. Tullah schnitt es heraus und spielte es mit voller Lautstärke ab. Es war markant, eine Flugzeugturbine.

„Das ist keine Passagiermaschine, es ist etwas Kleineres", sagte David. „Vielleicht ein Privatjet in voller Leistung, beim Steigflug nach dem Start."

Es gab ein halbes Dutzend Flugplätze im Einzugsbereich von Denver. Matt suchte nach den Windrichtungen der sich in Betrieb befindlichen Startbahnen und skizzierte mögliche Geräuschprofile.

„Irgendwo gegen den Wind, dicht bei einer Startbahn, die für einen kleinen Jet ausreicht", sagte Tullah.

„Sie werden Leute von Matlal dort haben. Wenn es die Basis ist, wird sie groß und privat sein." David lehnte sich über die Karte. „Ein Lagerhaus, vielleicht ein geschlossener Hangar auf dem Flugplatz."

„Kein Hangar, das ist zu öffentlich. Etwas, das Tucker gehörte", sagte ich. „Nicht genutzt, aber ein Ort, von dem Hoben weiß. Oder ein Ort, den er nutzt, weil Matlal Tucker überredet hat."

„Ich habe eine Idee", sagte Alex langsam. „Bevor all dies losgetreten wurde, hat meine Firma die Transporte für Tucker durchgeführt. Wir machten Abholungen und Auslieferungen an alle ihre Hauptbüros und Lagerhäuser. Eines davon war auffällig. Es ist eine leere Fabrik, die instandgesetzt wurde, nahe Longmont. Ungefähr eine Stunde nördlich von hier. Die Lieferungen machten nicht viel Sinn. Es waren zum Beispiel Reisebetten und Mikrowellenherde dabei, aber keine Bürotrennwände oder Möbel." Er überlegte und zeigte auf die Karte auf dem Beistelltisch. „Sie liegt abseits der Hauptstraße und hat einen Sicherheitszaun. Sie liegt nicht direkt unter der Startbahn des Flughafens Longmont, aber nahe genug."

„Norden", stimmte Matt zu. „Ich komme nicht weiter, aber der Anruf kam von außerhalb der Stadtgrenzen und aus dem Norden. Das schließt ...", er tippte wie wahnsinnig, bevor er wieder in die Webcam sah. „Das schließt Longmont mit ein."

„Es ist das Beste, was wir haben", sagte ich und sah mich um. Alle nickten. „Wir haben wenig Zeit, weniger als sieben Stunden. Ich werde es überprüfen."

„Wenn wir falsch liegen ..." Tullah blickte ängstlich hoch.

„Wenn ich falsch liege, dann ist es mein Fehler", sagte ich.

„Was, wenn sie noch immer dein Handy orten?", fragte David. „Wenn du es anschaltest, um ihm zu texten, Zeit zu schinden oder was auch immer, werden sie sehen, wo du bist."

„Das kann ich regeln", sagte Matt. „Ich schicke euch etwas Hardware, einen Transponder, per Citykurier. Er leitet die Verbindung automatisch weiter. Du lässt dein Handy in Alex' Haus, an einen Computer angeschlossen. Jeder ankommende Anruf wird an Tullahs Internet Telefon auf ihrem Laptop weitergeleitet. Wenn du mit deinem Handy anrufen willst, loggst du dich einfach ein und übernimmst das Handy. Wenn jemand dein Handy anzapft, sieht es für ihn aus, als ob du noch dort wärst."

„Matt, das ist fantastisch."

Ich rief Bian auf ihrer sicheren Nummer an. Skylur hob ab.

Mist.

Ich wappnete mich.

„Amber, noch ein Problem wie es scheint", sagte er, täuschend nachsichtig.

„Es tut mir leid, Skylur. Keine Entschuldigungen. Aber ich kann nicht, *werde nicht* zurückkommen, solange es eine Chance gibt, Jen zu retten. Sie ist eine Angehörige. Hör zu."

Ich spielte die Aufzeichnung ab.

„Wir glauben, dass sie in einer stillgelegten Fabrik draußen in der Nähe von Longmont sind. Wir werden das untersuchen. Ein bisschen

Unterstützung gegen Matlal wäre willkommen", sagte ich.

„Das reicht noch nicht, Amber", antwortete er. „Du könntest komplett falsch liegen. Oder Hoben benutzt den Namen Matlal nur, um seine Falle glaubwürdig zu machen. Ich kann dir noch keine Ressourcen überlassen. Ich behalte dieses Telefon und wenn du Hoben oder Matlals Leute findest, werde ich ein Team schicken. Einen Augenblick."

Man hörte Geräusche im Hintergrund.

„Amber, ich muss es dabei belassen. Erfasst du die Lage, in die du mich bringst? Ich glaube, Bian hat dir gestern Nacht das politische Kräftespiel erklärt."

„Ja. Es tut mir leid. Ich tue alles, was mir nur möglich ist, damit ich nicht erwischt werde. Aber was ist, wenn ich anrufe und du beschäftigt bist? Sollte ich nicht Bian erreichen können?"

„Es scheint, dass du meinen Dexion viel zu gut erreicht hast. Ich überprüfe das gerade. Du musst dein Glück mit mir versuchen."

„Aber ..." Die Leitung war tot.

Oh Mist, nun hatte ich auch Bian in weitere Schwierigkeiten gebracht. Und solange kein Wunder geschah, waren wir auf uns gestellt.

Ich wurde von der Ankunft der Werwölfe unterbrochen, natürlich in menschlicher Gestalt. Während sie bei meiner vorigen Erfahrung auf Larimers Ranch bedrohlich und knurrig zurückhaltend waren, erschienen sie heute mehr wie ein Haufen Welpen, gaben sich High fives und schlugen auch die Fäuste zum Gruß aneinander. Sie freuten sich darauf, dass Matlal versuchen würde, hier einzudringen. Dass er das andere Rudel unterstützte, hatte sie ernsthaft wütend gemacht.

Ich lief umher, teilte uns auf zwei Wagen auf, um flexibel zu sein. So ruhig die Dinge bei meinem Team schienen, dachte ich, es wäre besser, wenn Pia mit Alex und David mit mir fuhr. Jede Menge vernünftiger kleiner Entscheidungen, um mich zu beschäftigen. Alles, damit ich nicht daran denken musste, was anderswo in Denver passierte.

Der Transponder kam per Kurier und David half mir beim Anschließen und Testen.

Eine letzte Angelegenheit.

Ich wandte mich an Tullah. „Ich brauche den Laptop", sagte ich.

„Der bleibt bei mir", antwortete sie. Sie ließ die Programme weiterlaufen, klappte ihn zu, drückte ihn an ihre Brust und funkelte mich an.

Kapitel 45

Tullah weigerte sich, ihren Laptop herzugeben. Sie war nicht zu überzeugen und am Ende gab ich nach. Wir wollten ohnehin im Moment nur aufklären. Ich könnte sie wegschicken, wenn es gefährlich wurde. Oder?

David fuhr. So konnte ich die Ausrüstung durchgehen, die wir in den Wagen geladen hatten. Über die militärischen Geräte hinaus hatten wir meine Überwachungsausrüstung, die ich für Campbell Carters Fall gekauft hatte, dabei. Das schien ein halbes Leben zurückzuliegen. Ich machte mich erneut mit der Inbetriebnahme dieser Laser Lauscheinrichtung vertraut. Ich hatte das Gefühl, dass wir sie benötigen würden. Sofern diese Fabrik der richtige Ort war. Natürlich war sie das, redete ich mir selbst ein.

Als wir Denver auf der Interstate 25 Richtung Norden verließen, bewölkte sich der Himmel und leichter Regen begann zu fallen.

Ich zerlegte meine Waffen und setzte sie wieder zusammen. Wieder und wieder. Spannung baute sich in jedem Muskel auf. Die Zeit rann mir durch die Finger wie Rauch.

In Longmont fand David die Straße zur Fabrik. Alex blieb etwas zurück und wir fuhren beide an der Fabrik vorbei. Sie lag zurückgesetzt hinter Torschranken und größtenteils außer Sicht von der Straße aus. Jemand war im Torhaus, aber blickte nicht auf, als wir vorbeifuhren. Ein kleiner zweimotoriger Flieger flog in geringer Höhe über uns im Steigflug von der Startbahn.

Am Ende der Straße drehten wir und fuhren langsam zurück. Das Gebäude war durch Bäume von der Straße verdeckt. Auf halber Strecke ließ ich David anhalten und sprang mit einem Laser Überwachungssensor raus. Ich befestigte ihn an einem Baum und richtete ihn auf eines der Fenster im rechten Gebäude, wo ich ein Anzeichen von Aktivität bemerkt hatte.

Wir drehten wieder um und David parkte weit außer Sicht der Fabrik. Ich startete das zentrale System und stellte es auf den Sender des Sensors ein. Es schickte seinen Laserstrahl zum Fenster und maß jegliche Schwingung. Geräusche innerhalb und außerhalb des Gebäudes wurden in elektrische Signale umgewandelt und über die Lautsprecher des Hauptsystems zurückverwandelt.

Ich stellte ein Mikrofon draußen auf, um Geräusche wie startende Flugzeuge aufzunehmen, und das System entfernte diese Geräusche von dem, was es vom Fenster bekam, sodass wir nur die Geräusche innerhalb des Gebäudes hörten. Nett. Das war die Art von System, die Matt gutheißen würde.

Alex und Pia kamen zu uns in den Ford.

„Athanate", sagte Pia sofort, als wir Sprachgeräusche aus dem Gebäude empfingen. „Haus Matlal, sie besprechen die Versammlung. Amber, es gibt keinen vernünftigen Grund für sie hier zu sein, ebenso wenig, warum sie wissen wollen, wo die Versammlung abgehalten wird." Sie wurde noch ein paar Stufen bleicher. „Hier geht es nicht nur um dich. Oh Gott, sie planen es wirklich, sie planen, die Versammlung anzugreifen."

„Ruf Bians Nummer an", sagte ich zu ihr. „Skylur hat ihr Handy. Dies hier müsste etwas Unterstützung wert sein." Ich drehte mich um. „David, geh da hinunter und finde einen Platz für den zweiten Sensor. Er muss auf das Bürogebäude links zeigen. Der Winkel muss so gerade wie möglich sein, sonst ist das Signal zu schwach. Lass dich nicht blicken und bleib dort, damit wir ein paar Fenster ausprobieren können." Er nickte und ging den Weg zurück, den wir gekommen waren. Er hatte eine alte Jacke aus seiner Tasche angezogen, die seine schwarze Uniform verdeckte und die Bäume verbargen ihn vor der Fabrik.

Nach zehn Minuten lief der zweite Sensor. Das Bürogebäude war ruhiger und David wechselte die Fenster, bis wir schließlich Geräusche aus dem obersten Stock bekamen. Das Signal war viel schwächer und klang wie von einem schlecht eingestellten Radio.

Pia konnte Skylur nicht erreichen. Ich schlug frustriert auf den Sitz und sie legte ihre Hand beruhigend auf meinen Arm. „Ich rufe in fünf Minuten nochmal an. Lass mich erst hier zuhören."

Sie runzelte konzentriert die Stirn. Schließlich schüttelte sie den Kopf. „Es ist nicht Athanate."

„Eine Gruppe Männer", sagte Tullah. „Ich glaube, dass sie Karten spielen oder so etwas."

Das schien zu passen. Die Stimmen hatten einen Rhythmus. Ich konnte mir den Zyklus von Anbieten, Wetten, Witzeln und Prahlen vorstellen, aber die Worte waren undeutlich und nicht zu entschlüsseln.

War das Hobens Stimme? Rau und kratzig. Die Teppiche waren

aus dem Gebäude entfernt worden. Ich hörte, wie billige Stühle auf Betonboden kratzten.

Ab und zu änderte sich der Klang. Einer rief etwas und die anderen lachten. Es fühlte sich nicht nach unbeschwertem Gelächter an. Es war dunkler; sexuell. Brechreiz kam wieder hoch. Ich konnte nicht daran denken, dass Jen dort drinnen war. Ich musste das als militärische Mission ansehen. Wie sollten wir das Gebäude angreifen und mein Team und die Geisel herausholen. Die Geisel.

Konzentriere dich. Drei miteinander verbundene Gebäude. Die Geisel war wahrscheinlich im obersten Stock des Bürogebäudes. Wenn wir direkt hineingingen, könnten uns die Leute aus den anderen Gebäuden einfach umzingeln. Aber wie konnten wir sie drinnen festhalten?

Pia kam durch und sprach mit Skylur. Es war in Athanate und so kurz, dass mein Herz stockte.

Sie drehte sich zu mir, ihr Gesichtsausdruck zeigte Verwunderung. „Bian kommt mit einem kleinen Team."

„Gott sei Dank. Worin liegt das Problem?"

„Heute ist der Tag der Versammlung, Amber. Die Delegierten werden jetzt hingebracht. Als Dexion ist Bian für die gesamte Sicherheit verantwortlich. Sie kann da nicht weg, sie kann nicht hierherkommen. Ich verstehe nicht, was vorgeht."

Ich konnte keine Zeit mit Rätselraten verschwenden. Ich wandte meine Aufmerksamkeit wieder dem Gebäude zu.

David richtete meinen ersten Sensor neu aus und wir bekamen das bislang beste Signal aus dem mittleren Gebäude.

„Wieder Athanate", sagte Pia. „Sie überprüfen etwas. Wie eine Bestandsaufnahme." Sie runzelte die Stirn. „Munition. Gewehre."

Ich rief David zurück und schlüpfte selbst unter die Bäume. Top hatte immer gesagt, dass die Zeit für Aufklärung selten verschwendet ist. Was hätte er hier gemacht? Vollständig informiert wäre ich nie, wie lange sollte ich mich also hiermit beschäftigen, bevor ich eine Entscheidung traf?

Dunkle Wolken zogen auf und Sturmböen rüttelten an den Bäumen. Kalter, leichter Regen fiel noch immer. Der Flugverkehr hatte aufgehört und aus der Farbe der Wolken schloss ich, dass der Regen heftiger werden würde.

Ich ignorierte das und versteckte mich, wo ich mit meinem Fernglas das Gebäude und die Flächen absuchen konnte. Der Großteil des Geländes innerhalb der Umzäunung war links als Parkplatz für Autos reserviert und rechts stapelten sich Container. Vor den Gebäuden lag eine ausgedehnte, offene Fläche - viel zu groß.

Ein bewaffneter Wachmann trat aus dem mittleren Gebäude, sah in den Himmel und ging zurück. Gut.

Die Uhr für diesen Einsatz tickte in meinem Kopf. Weniger als drei Stunden bis zum Ablauf der Frist. Es gab keine Möglichkeit, ohne Risiko näher heranzukommen, sodass ich auf Vermutungen angewiesen war.

Ich hatte ein kleines Team ohne Erfahrung mit dieser Art Einsatz und ein weiteres kleines Team, das erst noch kommen musste, mit einem eigenen Auftrag und unbekannten Fähigkeiten.

Und die Dinge waren gerade komplizierter geworden. Es gab jetzt zwei Aufgaben. Jen herausholen *und* Matlals Truppen am Angriff auf die Versammlung hindern. Schleichende Ausweitung der Mission.

Ich weigerte mich an die Möglichkeit zu denken, dass Jen nicht hier war, eingesperrt im obersten Stockwerk des linken Bürogebäudes. Mission eins war dort hineinzukommen und sie herauszuholen. Das war meine Aufgabe.

Mission zwei war schwieriger. Es konnten beliebig viele von Matlals Leuten in den Gebäuden sein.

Aber während ich weiter beobachtete und darüber nachdachte, erkannte ich, dass sie es als militärischen Einsatz behandelten und das war gut. Noch besser war, dass ich gut darin war und sie nicht.

Und ich wusste, dass nichts so gut wirkt wie Gewehrschüsse, um die Aufmerksamkeit auf etwas zu lenken, selbst wenn man sich damit auf die völlig falsche Sache konzentriert.

Das Ende der Frist kam näher und wir müssten einige Abkürzungen nehmen, aber ein Plan nahm Form an.

„Alex", sagte ich. „Kann ich dir einen Lastwagen und einige Werkzeuge abkaufen?"

Kapitel 46

Bian kam in einem großen Lieferwagen an, als Alex losfuhr, um meine Besorgungen zu holen.

Ohne viel nachzudenken, umarmte ich sie.

„Ich hoffe, dass du meinetwegen nicht in zu großen Schwierigkeiten steckst", sagte ich.

Sie schüttelte ihren Kopf. Jason, Paul und Tom stiegen hinten aus dem Lieferwagen. Der Wagen war mit einer vollen medizinischen Ausrüstung ausgestattet. Die Heilung der Athanate reichte wohl auch nur so weit. Es war eine willkommene Ergänzung.

„Nur die drei?"

„Ja." Ende des Gesprächs. „Amber, ich bin hier wegen einer bestimmten Aufgabe, nicht um Jen zu retten. Mein vorrangiges Ziel ist es, unwiderlegbare Beweise zu bekommen, dass hochrangige Mitglieder von Haus Matlal in einen Angriff auf Haven verwickelt sind und zu verhindern, dass du gefasst wirst. Ich kann dir nur helfen, sofern das nicht mit diesem Ziel in Konflikt gerät."

„Sehr genaue Anweisungen", sagte ich. Sie waren wie Zielvorgaben bei Ops 4-10. „Aber das sind höllische Forderungen."

„Sie wurden so vereinbart." Bian war blass, aber unerbittlich. Sie weigerte sich, mehr darüber zu sagen.

„Okay", sagte ich. „Ihr seid jetzt Gruppe 1. Ich habe ohnehin erwartet, dass dein Team gesondert arbeiten muss."

Bian begann sich etwas zu entspannen, als ich alle versammelte und zum ersten Mal durch den Plan führte.

Tullah hörte zu, aber ich würde sie keinesfalls mitkommen lassen. Selbst wenn wir Reservewaffen hätten, war sie nicht in deren Gebrauch ausgebildet. Sie war ziemlich gefährlich mit ihren Händen und Füßen, wie es von einer Tochter von Liu zu erwarten war, aber das würde in einem bewaffneten Kampf nichts nützen.

Als ich still war, lachte Bian weich. „Und ich dachte, dass du nur ein bisschen verrückt wärst, Rundauge."

„Ich bin nicht diejenige, die mit einem übergroßen Küchenmesser herumläuft, Miezekatze", antwortete ich und hörte Glucksen. Gut. Ich zweifelte nicht daran, dass dem Team klar war, wie gefährlich es war, aber sie mussten daran glauben, dass sie es schaffen konnten, wenn wir eine Chance haben wollten. Sie mussten in guter Stimmung sein.

Für eine Einheit waren wir ziemlich unterschiedlich.

Das Team Fangzahn war in ihren schwarzen Kampfuniformen und Kevlarwesten gekommen. Aber zusätzlich trugen sie auf ihren Helmen Infrarotbrillen wie bei einem SWAT Team und hatten die passenden Lampen dazu auf ihren P90 Gewehren. Sie hatten genug Munition für etwa fünfzehn Minuten, wenn sie umsichtig waren. Wenn es länger dauerte oder sie unvorsichtig waren, waren wir ohnehin am Ende.

Bian trug nichts davon. Sie trug ihre enge Hose und eine Jacke mit hohem Kragen, ebenfalls in Schwarz. Das Material war seidig, matt und als das Licht schwächer wurde, schienen ihr Gesicht und ihre Hände in tiefschwarzer Leere zu schweben. Sie trug einen Rucksack aus demselben Material. Ihre einzige Waffe war ihr Katana Schwert. „Für meine Aufgabe geeigneter", antwortete sie auf meine Frage, ohne damit wirklich etwas zu erklären.

David und Pia trugen schwarze Kampfanzüge und die P90, sie hatten auch Kevlarwesten, aber keine Helme, nichts von dem angeberischen Auftreten des Fangzahn Teams und nicht viel Munition. Ich hatte spezielle Aufgaben für sie und hoffentlich brauchten sie ihre Waffen kaum.

Es war so weit. Ich betete, dass Alex bald zurückkehrte und begann mit dem Plan. Ich schickte eine SMS auf Jens Handy mit dem Inhalt, dass ich Hoben sagen würde, wo Altau war und ihn fragte, wo ich auftauchen sollte.

Er rief zurück, rau und spöttisch.

„Fahr zum Cherry Creek Reservoir hinaus und ruf wieder an", sagte er.

Das war auf der anderen Seite von Denver.

„Cherry Creek?"

„Hast du ein Problem damit?"

„Nein."

Er legte auf.

Sie sahen mich alle an.

„Wir sind am falschen Ort", sagte Pia und ließ ihren Kopf in ihre Hände sinken.

„Nein." Sie hoben die Köpfe wieder und sahen mich an. Ich hatte Zweifel, aber die konnte ich ihnen nicht zeigen. „Nein, Jen ist hier. Cherry Creek ist, wo sie mich haben wollen. Zwei verschiedene

Dinge. Nichts hat sich geändert."

Ich rief in Alex' Haus an und bat einen der Werwölfe, mein Handy in die Nähe von Cherry Creek zu fahren. Ich konnte dann keine Gespräche mehr darüber führen, aber es würde vorbei sein, bevor er dort ankam. Ich wollte nur, dass Hoben mein Handy ortete und sah, dass ich tat, was er verlangte.

Ich ging nochmals durch den Plan und stellte sicher, dass jeder wusste, worauf es ankam.

Alex kam mit einem seiner großen Mack Laster zurück. Blech im Wert von 150.000 Dollar.

Mich schauderte, aber es gab kein Zurück mehr.

Als wenn ich Ablenkung brauchte, sah ich Alex' verblüfften Blick, als er Bian erkannte und die fast schuldige Art, als er mich ansah. Mist, sie *hatten* eine Vergangenheit. Etwas, mit dem ich mich später beschäftigen müsste.

Noch mehr Probleme; Alex teilte mir mit, dass er auch hineinginge.

„Du hast den direkten Befehl von Felix, dich nicht einzumischen."

„So geht das bei mir nicht." Er senkte den Kopf. „Ich werde es Felix erklären, wenn wir fertig sind. Du verschwendest Zeit. Ich muss wissen, was ich tun soll."

Ich ging es zum letzten Mal durch. Alex einzubeziehen war sinnvoll und ich konnte ihn mit David und Pia in Gruppe 2 stecken. Relativ sicher. Oder so sicher, wie man in einem Gebäude sein konnte, das vor Schüssen dröhnte.

„Um es noch einmal zu rekapitulieren", schloss ich, „die gute Nachricht ist, dass sie das wie eine militärische Mission führen, aber schlecht. Sie haben ihre Truppen aufgeteilt in der Fabrik rechts von den Sturmgewehren, im Lagerhaus in der Mitte und bei der Geisel im Bürogebäude links." Mein Herz setzte bei dem Wort Geisel einen Schlag aus. „Die Wachen sind nur leicht bewaffnet, aber sie gehen nicht auf Patrouille. Ein Wachmann steht am Tor und andere sind im Lagerhaus oder in der Fabrik."

Wir standen hinten im Lastwagen. Der Regen trommelte auf das Blech. Er wurde heftiger.

„Die Aufgaben, die ich verteilt habe, sind darauf ausgelegt, ihre Fehler auszunutzen und unsere Ziele zu erreichen, obwohl sie in der Überzahl sind." Ich versuchte, den Blicken der Leute zu begegnen wie

Top, damit sie Vertrauen fassten. „Erledigt eure Aufgaben und die Mission wird erfolgreich sein." Ich wartete ab. „Fragen?"

Es gab allgemeines Kopfschütteln. Wegen ihrer Unerfahrenheit hatte ich sie so oft durch den Plan geführt, dass sie sicher wussten, was zu tun war, auch wenn sie sich wegen ihrer Prioritäten Sorgen machten. Da konnte ich nichts machen. Ich war die mit dem Training für diese Aufgabe, deshalb ruhte das primäre Ziel auf meinen Schultern. Anders hätte ich es nicht haben wollen. Sobald es losging, würde ich keine Zeit haben, Angst um mich oder Jen zu haben. Meine Instinkte waren in zehn Jahren Training gestählt worden und ich musste ihnen vertrauen.

Tullah wirkte distanziert, aber resigniert. Ich hatte ihr die Aufgabe gegeben, draußen zu warten und den Fortschritt an Skylur zu melden. Das wäre wichtig, wenn die Dinge schlecht liefen, aber das sagte ich nicht.

Pia machte mir Sorgen. Ich blieb vor ihr stehen und sie wich zurück.

„Dass ich Athanate bin, heißt nicht, dass ich keine Angst habe", flüsterte sie, sah auf den Boden und fummelte an ihrer P90.

Ich hob ihr Gesicht sanft, bis sie mich ansah. „Angst zu haben heißt nicht, dass du nicht tapfer bist. Du wirst es gut machen."

Sie atmete tief ein und nickte.

Ich trat zurück. „In die Takelage, bitte."

Wie ich ausdrücklich gebeten hatte, war Alex' Lastwagen innen mit Gurtführungen ausgestattet, wie das Netz an einer Kletterwand, mit einer zentralen Befestigung. Jeder außer Paul wand die Arme hindurch und war bereit, die Schutzhaltung einzunehmen - unmittelbarer Aufprallschutz. Paul saß einfach hinten, bereit für seine erste Aufgabe.

Ich zog mein altes Armee Gurtzeug an und prüfte, ob alle meine Waffen gesichert waren. Die MP5 war an meinen rechten Oberschenkel geschnallt. Am linken hing mein taktisches Sturmgewehr, die brutale Kanone, die wir bei Ops 4-10 BFG (Brutal Fatales Gewehr) nannten.

Ich konnte kaum fassen, dass das Gurtzeug mit bei Tops Abschiedsgeschenk an Waffen dabei war, aber da war es. Auf einem der Gurte war sogar noch die Bezeichnung Mike 6 zu lesen.

Ich kletterte auf den Fahrersitz und fuhr die Straße hinunter Richtung Torhaus. Die Mission hatte grünes Licht, es ging los. Es war zu dicht am Fristende, aber es war nicht möglich gewesen, alles schneller zu organisieren.

Etwas fühlte sich unfertig an, nicht bereit.

Meine Hand fuhr über die Gurte. Die alten gewohnten Haken und Klettbänder, alles befestigt. Und eine kleine Tasche, genau da. Meine Finger schlüpften hinein. Die Dose mit Tarnfarbe war noch da.

Etwas, das ich in mir mit Gewalt gezügelt hatte, erwachte und wollte heulen. Ich steckte meine Finger in die Dose und schmierte mir wilde Linien übers Gesicht. Das war keine Tarnung. Das war Kriegsbemalung. Sie sollen sehen, wenn ich komme. Sie sollen wissen, dass die Augen des Todes sie anschauen.

Jetzt war ich bereit.

Es war dunkler geworden und der Regen war nicht hilfreich, aber als ich einbog, war es noch hell genug für den Wachmann, sodass er Alex' Lastwagen Lackierung erkennen konnte. Er kam aus dem Torhaus, aber die Schranke blieb unten. Das war in Ordnung; ich wollte nur, dass er von den Alarmknöpfen fernblieb. Er fluchte wahrscheinlich, zum einen wegen des Missgeschicks, eine Lieferung zu spät zu schicken, damit sie noch angenommen werden konnte und zum anderen, weil er in den Regen hinausmusste, um mich wegzuschicken. Er hob den Arm, um mich anzuhalten.

Paul war abgesprungen, als wir abgebogen waren.

Ich hielt das Gaspedal durchgedrückt.

Die Augen des Wachmannes weiteten sich panisch und er stolperte zurück in Richtung Torhaus, dann zuckte er zusammen und fiel, als ich vorbeiraste. Paul stellte sicher, dass er nicht wieder aufstand.

Der Lastwagen fegte die Plastikschranke zur Seite und ich fuhr auf die Liefertüren des Lagerhauses zu. Die großen, stählernen Rolltore waren unten. Normalerweise würden sie für eine Lieferung hinaufgerollt. Ich glaubte nicht, dass sie das heute für uns tun würden, also benutzte ich die alternative Amber-Farrell-Methode, um sie zu öffnen.

Der Laster donnerte hinein, zerriss die leichten Stahlplatten wie Papier, während ich auf die Bremse trat und den Laster gerade hielt. Ein paar Wachen saßen rauchend in der Hauptlieferzone. Das war Pech für sie. Wachen, Stühle und Tische verschwanden unter dem riesigen Frontgrill des Lasters.

Ich hatte den Laster absichtlich nicht mit Vollgas gefahren, aber die Bremsen reichten trotzdem nicht aus, um die ganze Wucht zu stoppen. Ich sprang aus der Kabine und der Lastwagen raste direkt in einige große Lieferwagen und faltete sie wie Pappe zusammen.

Ich rollte ab und kam mit dem HK Maschinengewehr im Anschlag hoch. Es war nicht meine Aufgabe, aber ich feuerte einige kurze Salven in eine kleine Gruppe verblüffter Kämpfer von Matlal, die neben Regalen voller Waffen standen. Damit erreichte ich ihre Aufmerksamkeit lange genug, dass sich Gruppe 2 von den Gurten befreien und ihre Aufgabe übernehmen konnte.

Ich verließ sie und rannte die offene Treppe im Zickzack hinauf bis ganz nach oben.

Am ersten Treppenabsatz sah ich, dass das halbe Dutzend Matlal Soldaten im Lagerhaus am Boden lag.

Am zweiten Absatz hatte Pia den Inhalt von Alex' erstem industriellen Bauschaumspender über die aufgestellten Gewehre gesprüht. Er würde in die Rohre und Abzugsmechanismen hineinlaufen, niemand würde die so schnell benutzen. Damit war ihre Aufgabe beinahe erledigt und David und Alex sprangen die Stufen hinter mir hoch. Bian und die Gruppe 1 waren in Richtung Fabrik verschwunden, wo sich der Großteil von Matlals Männern aufhielt. Das war ihre Aufgabe. Meine lag vor mir.

Das Büro auf der linken Seite war mit dem Lagerhaus durch einen Übergang im obersten, dem dritten Stock, verbunden. Wenn sie alarmiert waren, würden sie den beobachten oder von dort kommen. Obwohl wir schnell genug waren, sodass kein Alarm ausgelöst worden war, mussten sie gehört haben, wie der Lastzug in das Lagerhaus hineingerast war und die Schüsse danach. Wenn sie über den Übergang kämen, würden Alex und David aus der Deckung auf sie schießen. Ich musste vor allen anderen dorthin gelangen, daher rannte ich auf das Dach hinaus und lief leise die Oberseite des Überganges entlang und von dort auf das Dach des Bürogebäudes.

Angespornt durch Adrenalin und Elethesin, war ich ganz und gar in meinem Element. Meine Bewegungen wurden schneller und genauer. Ich sicherte ein Seil auf dem Dach und fädelte es durch meine Bremslaschen, schätzte die benötigte Länge ab und blockierte die Bremsen.

Hier oben konnte ich nichts mehr aus dem Lagerhaus hören. Mit etwas Glück würden die Leute im Büro unter mir auf den Übergang achten, um zu erfahren, worum es bei dem ganzen Lärm ging. Ich hatte Sekunden, bevor jemand an Jen dachte oder sie erkannten, dass sie angegriffen wurden.

Ich holte das BFG aus dem Holster meines Beingurtes und stellte es auf breite Streuung. Ich zog den Stift einer Blendgranate, zählte zwei Sekunden und sprang von der Seite des Gebäudes, die Beine weit gespreizt. Das Seil spannte sich und ich schwang zu einem Fenster. Kurz bevor meine Stiefel die untere Fensterbank trafen, zielte ich mit dem BFG nach oben und feuerte.

Sicherheitsglas ist stark, aber das BFG wurde konstruiert, um solche Dinge aus dem Weg zu räumen. Die herausschießende Masse von Metallteilchen explodierte durch das Glas und schleuderte es in einem tosenden Feuerball bis zur Decke des Raumes. Hinter der sich ausdehnenden Trümmerwolke flog die Blendgranate hinein. Sie ging los, während ich das restliche Glas aus dem Weg trat.

Ich hatte den Countdown gezählt. In Erwartung des Knalls und des Lichtblitzes hielt ich meine Augen fest geschlossen und es war trotzdem ein Schock, als sie explodierte. Die Leute in dem Raum waren weder gewarnt noch trainiert und als ich hineinsprang, taumelten die, die noch auf den Beinen waren, konfus, blind und taub durcheinander. Die meisten waren benommen und saßen oder lagen am Boden.

Ich hielt die untersetzte HK MP5 Maschinenpistole jetzt auch noch bereit. Ich ließ Kugeln auf diejenigen hageln, die sich am ehesten zu erholen schienen. Ich wollte jeden einzelnen von ihnen töten, aber dazu fehlte mir die Zeit. Ich würde mich auf dem Rückweg um sie kümmern.

Das Wichtigste für mich war, dass Jen sich nicht im Raum befand. Ich schoss auf die, die meinen Weg zur Tür in das nächste Büro kreuzten.

Ich warf mich gegen die Tür und sie barst auf. Ich sah bewaffnete Männer und rollte zur Seite, während ich die MP5 sprechen ließ. Alle schossen. Nach der Blendgranate klang alles wie Popcorn, aber die Kugeln taten, was sie immer taten. Ich spürte ein Klatschen, als eine davon meine Schulter schräg von der Seite traf und mich herumwirbelte, aber die Weste fing das Schlimmste ab. Dafür würde ich später büßen. Der Mann, der auf mich geschossen hatte, büßte jetzt.

Drei von ihnen hatten sich um eine Tür gedrängt. Jetzt alle tot. Ich schloss daraus, dass es der wahrscheinlichste Ort für Jens Versteck war und trat mit meinem ganzen Gewicht gegen das Schloss. Es war eine normale Bürotür und sie zersplitterte.

Jen war in dem Raum, sie lag am Boden, nackt und mit Handschellen gefesselt. Ein Mann neben ihr kämpfte darum, seine Kleidung wieder anzuziehen. Er starb, schneller als er es verdiente, mit drei Schüssen: zwischen die Beine, in seine Eingeweide und durch sein Gehirn.

Ich kniete verzweifelt neben ihr und wusste, dass ich zu spät kam.

Sie war blutüberströmt und sie hatten ihr schönes Gesicht zerfetzt, ihre Wangen aufgeschlitzt. Ich legte die Waffen ab und fühlte nach ihrem Puls. Meine Hand zitterte und meine Augen schienen ihren Dienst zu versagen, aber ich spürte einen ganz schwachen Druck an meinen Fingern.

Ihre Augenlider bewegten sich und mein Herz geriet ins Stottern, als sie mich bemerkte. Ich nahm den Bolzenschneider, den Alex mitgebracht hatte, aus meinem Rucksack. Er durchschnitt ihre Handschellen. Vorsichtig hob ich ihren Kopf hoch.

„Oh, Jen, es tut mir so leid."

Die Welt außerhalb hörte auf zu existieren. Ihre aufgeplatzten Lippen verzogen sich zum Hauch eines Lächelns und sie flüsterte etwas.

Der Schuss traf mich im Rücken, genau über meinem Herzen.

Kapitel 47

Die Weste hielt die Kugel zwar auf, aber die ganze Wucht schlug durch. Ich fiel auf Jen, rollte mich ab, um von ihr wegzukommen und kämpfte darum, meinen Kopf klar zu kriegen und wieder zu Atem zu kommen. Es fühlte sich an, als wäre ich von einem Vorschlaghammer getroffen worden. Mein linker Arm gehorchte nicht. Die ganze Schulter schmerzte höllisch. Und meine Waffen lagen auf dem Boden auf der anderen Seite von Jen.

Hoben stand in der ruinierten Türöffnung, visierte mich mit seiner Pistole an. Er muss auf dem Übergang gewesen sein, als ich durchkam. Zwei seiner Männer standen hinter ihm und feuerten ihre Flinten zum Übergang hin ab.

„Du!", schrie Hoben, als er mich erkannte. „Scheiße, ich gewinne die Wette. Matlal sagte, dass du in Cherry Creek auftauchen würdest."

Er kam herein. „Macht keinen Unterschied. Er hat genug Leute für beide Fallen. Egal, wen du mitgebracht hast, sie werden in zwei Minuten mit allem fertig sein, womit du hergekommen bist. Dann wirst du uns kennenlernen, während wir auf Matlal warten."

„Nicht so voreilig, Hoben. Du hast uns noch nicht in der Hand. Matlal wird nicht zufrieden sein mit dir." Meine Stimme klang fast so kratzig wie seine. Ich musste weitermachen.

„Er wird sehr zufrieden sein, sobald ich dich ausliefere, Hure."

Er war nahe, nur noch ein paar Schritte.

„Er kann mit den Waffen in der Fabrik nichts mehr anfangen. Die stecken in Bauschaum. Womit soll er jetzt angreifen, Hoben, mit Schimpfworten?"

„Verdammtes Miststück", schrie er mich an. „Das wirst du mir büßen. Du bist mir das letzte Mal in die Quere gekommen."

Noch ein Schritt. Nur einer.

Alles passierte gleichzeitig. Jen rollte sich zur Seite. Er drehte sich und schoss auf sie. Ich sah, wie die Kugel ihren Bauch traf. Ich warf mich auf ihn. Jen hob das BFG und schoss auf ihn. Der Rückstoß riss sie aus ihrer Hand. Aber das kümmerte die hervorquellende Bleimasse nicht. Sie streute auf einer Fläche von einem halben Meter Durchmesser, traf Hoben mitten in die Brust und sein Körper löste sich in Hackfleisch auf.

Ich landete auf seinem zerfetzten Leichnam.

Der Schmerz in meiner Schulter engte meine Sicht ein. Ich kämpfte ihn nieder, frustriert grunzend, als ich die Pistole aus seiner Hand riss. Zu langsam. Seine Männer würden sich umdrehen und auf uns schießen.

Ich hörte Schreie, Schüsse und dann mit einer entsetzlichen Endgültigkeit das nasse Knirschen von zermalmtem Knorpel.

Ich taumelte auf die Füße. Einer von Hobens Männern krümmte sich auf dem Boden, sein Lebenssaft floss in Strömen aus der Ruine seiner Kehle. Der andere lag mit dem Gesicht nach unten, den Kopf auf dem Boden und der riesige Wolf löste langsam den Todesgriff von seinem Nacken.

„Alex", keuchte ich. Er knurrte und sein Kopf zuckte. Blut befleckte seine Flanken, aber er bewegte sich mit Leichtigkeit und drehte sich um, um den restlichen Raum in Augenschein zu nehmen.

Ich kroch zurück an Jens Seite. Man kann fast nirgendwo im menschlichen Körper risikolos von einer Kugel getroffen werden. Der Schuss in ihren Bauch könnte Arterien oder Organe aufgerissen haben. Sie schien nicht unmittelbar viel Blut zu verlieren, aber ich musste sie jetzt sofort ins Krankenhaus bringen.

Ich hatte komplett die Übersicht verloren und Schwierigkeiten nachzudenken, was am besten zu tun war.

Jemand rief meinen Namen, als ich mich abmühte Jen aufzuheben und dabei meine Waffen nicht loszulassen. Mein linker Arm gehorchte mir nicht - meine Schulter brannte qualvoll. Ich ließ sie beinahe fallen, als Alex um mich herum reichte und sie mir abnahm. Er war natürlich vollständig nackt.

„Amber, wo bist du getroffen?" Ich realisierte, dass er mich schon zweimal gefragt hatte und schüttelte nur den Kopf und deutete nachdrücklich zurück auf den Weg, den er gekommen war.

„Jen. Krankenhaus", sagte ich und versuchte, nicht zu husten. Mein Rücken und meine Brust fühlten sich an, als wären sie in einem Schraubstock.

„Dann los", sagte er und rannte zurück zum Übergang ins Lagerhaus. Ich klemmte meinen linken Arm in meinen Gurt, um ihn ruhig zu halten, schob das BFG zurück ins Holster, nahm die MP5 und rannte ihm nach. Auf jeden von Hobens Leuten, der aussah, als könne er wieder auf die Beine kommen, schoss ich, ohne zu zögern.

Im Lagerhaus jagte David die Treppe hinunter und erreichte das

Erdgeschoss als erster. Er startete einen Staplerlaster, der dem Massaker entgangen war. Alex kletterte mit Jen an Bord und David raste durch die zerschmetterten Rolltore und am Torhaus vorbei.

„Pia!" Ich warf ihr Alex' Kleidung von der Treppe aus zu. „Schnell! Sorge dafür, dass sie in Ordnung sind", schrie ich.

Ich rannte durch das Lagerhaus, rutschte beinahe in den sich ausbreitenden Pfützen von Benzin und Diesel aus und eilte den Gang zur Fabrik hinunter. Dort am Ende stand Paul. Er war dort als Rückversicherung, um mit den anderen aus Gruppe 1 in Kontakt zu bleiben und ihren Fluchtweg offen zu halten.

Ich kam schlitternd neben ihm zum Stehen. „Das ist eine Falle. Wir haben Jen. Ruf alle zurück, jetzt."

Er berührte die Kommunikationseinheit in seinem Ohr. „Sie haben das gehört, sie kommen", antwortete er. Während er sprach, tauchte Jason auf, schlurfte rückwärts und humpelte, sein Gewehr schlingerte, aber er sicherte die Ecken, aus denen ein Angriff kommen konnte. Hinter ihm sah ich Bian, die den bewusstlosen Tom trug und zu uns rannte.

Ich schob Jason und Paul mit meinem guten Ellbogen in Richtung Lagerhaus. Jasons Brust war voller Blut und ich wusste, dass es schlimm war.

„Ich übernehme das hier", rief ich. „Los. Los. Los."

Männer tauchten hinter Bian auf und ich feuerte die Vollautomatik der MP5 auf sie ab, einhändig, ohne mir die Mühe zu machen zu zielen. Kugeln prallten von den Fabrikationsmaschinen ab. Einige trafen. Als ein Magazin leer war, klemmte ich das Gewehr zwischen meine Knie, riss das Magazin heraus und rammte das nächste hinein, mein letztes. Bian rannte an mir vorbei und ich zog mich rückwärts hinter ihr her zurück.

Es kamen noch mehr von ihnen. Meine Taktik war aufgegangen. Als sie vom Lagerhaus aus angegriffen wurden, vergaßen sie einfach, dass sie hinausrennen und uns umzingeln konnten. Es funktionierte, aber jetzt hatte ich ein großes Problem. Ich musste mich von ihnen lösen und auf Teufel komm raus hier wegkommen, ohne dass sie mir direkt an den Fersen hafteten.

Ich rannte in das Lagerhaus und wartete am Ende des Ganges, gerade außer Sicht. Der Rest meines Teams war mittlerweile aus dem Lagerhaus heraus. Bald würden sie bis hinter die Abzweigung zurückfahren. Es würde alles perfekt klappen; ich würde hinausrennen und an Bord springen und wir würden davonfahren.

So funktioniert es nie.

Ich schwang die MP5 über meine Schulter. Zeit für einen Strategiewechsel. Als die ersten von Matlals Männern den Gang zur Hälfte passiert hatten und so nahe waren, dass mir das Herz beinahe stehen blieb, warf ich eine Sprenggranate mitten unter sie. Die Explosion musste im engen Raum des Ganges entsetzlich sein, aber ich wartete nicht ab, um nachzusehen. Ich feuerte mit dem BFG blind in den Gang und rannte los.

Als ich das Torhaus passierte, sah ich, dass einige darauf gekommen waren, was sie tun sollten. Sie kamen aus der Fabrik. Aber dann machten sie den Fehler, auf geradem Weg über den Parkplatz auf mich zu zu rennen.

Sie hatten keine Deckung und sogar einhändig kann ich eine MP5 genau genug abfeuern.

Aber so konnte ich nicht weitermachen. Ich hatte fast keine Munition mehr und einigen würde schließlich einfallen, dass sie um die Container herumgehen und mich von der Seite her angreifen konnten. Und sogar ohne diesen Kniff würden sie in einer Minute alle herausströmen und wie ein Schwarm über mich herfallen.

Pia und Paul und Bian mussten jetzt am Lieferwagen sein, aber für mich war es zu spät. Mein Atem kratzte in meiner Kehle und mein linker Arm und meine linke Schulter fühlten sich an, als stünden sie in Flammen. Ich konnte nicht rennen. Es war vorbei. Zumindest würden sich Matlals Männer auf mich konzentrieren, sodass die anderen entkommen konnten.

Ich hielt die MP5 fester und suchte nach dem ersten von Matlals Soldaten, der seine Deckung verließ. Ein paar von ihnen würde ich mit mir nehmen.

Es war dunkel und der Regen fiel jetzt heftig, daher konnte sie mich erreichen, ohne dass ich sie bemerkte.

„Tullah", rief ich, als ich endlich erkannte, dass sie da war. „Verschwinde von hier! Lauf zum Lieferwagen."

Sie blieb stehen, ignorierte mich und der Regen lief in Kaskaden ihr Gesicht hinab. Ihr Blick war auf das Lagerhaus fokussiert.

„Ich halte sie auf. Los! Los!", schrie ich mit schwindender Stimme.

Sie bewegte sich nicht, außer dass sie ihre Stirn runzelte. Dann streckte sie ihre Hände zu Fäusten geballt gerade zur Seite. Über ihr wand sich die Nacht, drehte sich in einer Spirale, glatt und riesig und reichte bis in die Wolken.

Ich feuerte Schüsse auf die Fabriktore ab. Dort sammelte sich eine Gruppe, machte sich bereit, wieder über das tödliche, offene Gelände zu hetzen.

Mein Haar wirbelte hoch. Tullah und ich standen neben dem Herzen eines Miniatur Tornados. Windstöße ließen uns taumeln und versuchten kreischend und schnatternd, uns hochzuheben. Tausend glänzende Schuppen schimmerten über unseren Köpfen, schlängelten und drehten sich. Wir schimmerten in einem seltsamen, elektrischen Blau. Und in diesem Licht konnte ich sehen, dass sich auf Tullahs Gesicht Panik ausbreitete. Was auch immer sie mit ihrem verdammten Drachen tun wollte, es funktionierte nicht.

Bians Lieferwagen kam. Der Ford folgte.

„Kaothos!", rief ich. „Hör auf."

Ich reichte hinüber, um Tullah in Richtung Straße zu schieben.

Es war, als würde ich meinen Arm in ein Wespennest stoßen.

Ich berührte sie.

Meine Schultern brannten, meine Haut schien sich zu kräuseln. Tullahs Augen weiteten sich und starrten wie die einer Verrückten. Riesige zischende Pfeile leuchtend blauer Blitze knisterten und entluden sich. Und sie öffnete ihre Hände.

Die Gebäude explodierten.

So weit entfernt wir uns auch befanden, wurden wir dennoch hochgehoben und auf die Straße geschleudert.

Der Lieferwagen hielt mit quietschenden Reifen und David zog uns hinten hinein.

Ich sah hoch. Alle drei Gebäude waren verschwunden. Es gab keinerlei Anzeichen, dass dort noch jemand am Leben war.

Natürlich hatten wir dort randaliert, Gewehre abgefeuert, Granaten geworfen. Der Tank des Mack Lasters war aufgerissen. Und auch die der anderen Lieferwagen. Etwas musste zu brennen angefangen haben und es hatte die Munition erhitzt, die wir in Bauschaum gegossen hatten. Das muss die Explosion ausgelöst haben. Oder vielleicht ein Blitzschlag, sagte ich mir.

Im Lieferwagen war es schmerzhaft hell und Alex setzte die medizinische Notfallausrüstung ein. Als ich sah, dass Jen, Tom und Jason dort lagen, lichtete sich in meinem Kopf der Nebel der letzten Minuten und ich kniete mich hin, um zu sehen, ob ich helfen konnte und legte meine Ausrüstung ab und sicherte die Gewehre.

Alex untersuchte Jen, seine erfahrenen Hände gingen sicher und vorsichtig vor. Ich verstand, was er machte und wollte ihn nicht unterbrechen, deshalb sah ich nach den beiden anderen.

Bian behandelte Tom, so wie es die Athanate tun, ihren Kopf über ihn gebeugt. Er war mehrfach in Arm und Bein getroffen worden, aber es war nicht genug Blut zu sehen, um auf eine Arterienverletzung zu schließen. Es wäre etwas anderes gewesen, wenn er mit einem der Sturmgewehre angeschossen worden wäre, die wir zerstört hatten. Die Gewalt der Patronen, die durch seinen Körper flogen, hätten lebenswichtige Organe zerstören können. So wie es aussah, würde er wahrscheinlich überleben und mit der Athanate Heilung wäre er so gut wie neu.

Damit blieb Jason. Ich wandte mich ihm zu und eine Übelkeit erregende Gewissheit nagte in meinen Eingeweiden. Alex und Bian hatten die Verwundeten selektiert und kümmerten sich um die, die sie vielleicht retten konnten, statt um die anderen. Jasons Haut war weiß und der strenge Geruch sagte mir, dass seine Muskeln nachgelassen hatten. So wie sein Körper schlaff ausgestreckt auf dem Boden des Lieferwagens lag, hatte es etwas Endgültiges. Ich konnte keinen Puls spüren oder Atem sehen. Nur eine einzige Kugel war durch seine Leiste direkt unter der Kevlarweste eingedrungen, aber unter ihm hatte sich ein See von Blut ausgebreitet, wo sein Körper durch die zerfetzte Arterie vollständig entleert worden war. Es muss eine gewaltige Anstrengung für ihn gewesen sein, zurück zu Paul in die Fabrik zu kommen. Er war wahrscheinlich schon gestorben, während Paul ihn trug.

Ich beugte meinen Kopf über seinen Körper. Ich wusste nicht einmal, wie alt er wirklich war. Athanate sehen normalerweise jung aus, aber vielleicht hatte er nach menschlichen Maßstäben ein gutes, langes Leben gehabt. Dennoch hatte er das nicht verdient. Ich berührte seine sich abkühlende Stirn. Zumindest sah er friedlich aus, für immer sicher vor unserem sinnlosen Zwist und Streit.

Ich wandte mich wieder Alex und den Sorgen der Lebenden zu. Er arbeitete schnell in der ihm nicht vertrauten Ausstattung des Lieferwagens und hatte es geschafft einen Tropf und einen Blutdruckmonitor anzuschließen. Seine Finger tasteten feinfühlig Jens Bauch ab und versuchten den Schaden zu beurteilen, den die Kugel verursacht hatte.

Unter dem professionellen, ruhigen Arztgesicht konnte ich kochende Wut spüren.

„Was ist?", fragte ich.

„Sie entgleitet mir, Amber. Wir müssen sie in eine Notaufnahme bringen." Sein Blick flog hinüber zu Bian. „Sie sagt, dass wir zu Haus Altau zurückfahren."

Bians Kopf fuhr hoch, ihre Augen waren dunkel.

„Bian, es tut mir leid um Jason", sagte ich dringlich. „Aber wir müssen uns auf die Lebenden konzentrieren. Jen muss sofort in ein Krankenhaus."

„Nein", sagte sie. „Wir müssen nach Haven zurückkehren. Das ist Skylurs direkte Order. Wir müssen jetzt zurück. Wir können nicht ins Krankenhaus."

Ich sah, dass sie sich über die Befehle ärgerte und dass sie ihre Meinung dennoch nicht ändern würde.

„Dann musst du Jen helfen. Du hast es für Mykayla getan, als sie verletzt war."

Sie wandte ihren starren Blick ab, schloss die Augen und antwortete mit müder Stimme: „Nein, ich kann nicht."

Kapitel 48

„Was meinst du damit, Bian?" Ich streckte den Arm aus und zog sie herum, keuchte, als meine Schulter schmerzhaft protestierte. Bian bewegte sich leicht, wehrte sich nicht, aber ihre Augen blitzten vor Wut.

„Glaubst du, dass ich es nicht möchte?", schrie sie mich an. „Ich bin Heilerin, ich will ihr helfen. Ich spüre, wie sie mich ruft."

„Warum tust du es dann nicht?", fragte ich verwirrt.

„Skylurs Anweisungen", antwortete sie. „Er hat unsere Kommunikation mitgehört. Er sagte, wenn jemand aus deinem Haus verletzt wird, musst du sie heilen."

„Jen ist unbeteiligt, um Himmels willen."

Bian wandte wieder ihr Gesicht ab. „Das ist sie nicht, Amber. Sogar ich erkenne das an. Du hast sie als Angehörige beansprucht." Sie hob ihre Hände. „Und wir haben keine Zeit zum Streiten."

Zumindest dem konnte ich zustimmen. Regen trommelte auf das Dach des Lieferwagens und machte das Denken schwierig. Jen brauchte mich. Ich war keine vollständige Athanate. Ich war ein bizarrer Hybrid. Ich wusste nicht, wie ich Leute heilen konnte, nicht wie es Bian tat. Warum machte Skylur das?

„Ich kann es nicht tun, Bian. Ich weiß nicht, wie ich anfangen soll."

Jetzt war Bian an der Reihe, mein Hemd zu packen und mich heranzuziehen. „Du bist eine vollständige Athanate", rief sie über den Lärm des Regens hinweg. „Du glaubst es nicht, weil einiges verrücktes Wolfszeug in dir vorgeht, aber du bist es. Ich kann es spüren. Ich kann spüren, dass du heilen kannst. Du musst mir glauben, um Jens willen."

Waren das Tränen in ihren Augen?

„Was muss ich dann tun?"

„Du tust es bereits. Du willst sie heilen. Ich kann die Aniatrope riechen, die von dir ausströmen."

„Und ...?"

Bian ergriff mein Gesicht. „Küsse sie." Ein Lächeln huschte über ihre Lippen, etwas von der verspielten Bian kam an die Oberfläche. „Es ist nicht so, als hätte sie etwas dagegen."

Sie zog mich grob vorwärts, bis ich kniete. Jens blutiges Gesicht lag blass unter mir. Mein Herz brannte darauf, etwas zu tun. Nun, da Bian es gesagt hatte, konnte ich Änderungen in meinem Mund schmecken - fremde Aromen, säuerlich, beinahe wie unreife Beeren. Dinge gingen in mir vor, aber ich hatte keine Vorstellung, was es war.

„Es muss schnell etwas geschehen", sagte Alex, der trommelnde Regen verzerrte seine Worte, seine Finger suchten den schwächer werdenden Puls.

Für mich fühlte sich das alles falsch an. Es bestand das Risiko, dass ich Jen mit Prionen infizierte. Ich wusste nicht, welche Botenstoffe mein Körper herstellte. Aber Jen hatte keine Wahl mehr. Ich musste Bian vertrauen. Ich musste es versuchen.

Ich küsste ihre kalten Lippen. Ich wollte sie in meinen Armen halten, sie behüten und beschützen. Ich hatte sie im Stich gelassen. Es war mein Fehler, dass ich nicht da war, dass ich mich nicht darauf konzentriert hatte, Hoben vor der Versammlung zu erwischen. Hoben war hinter mir her gewesen, nicht hinter ihr. Sie hatte das statt meiner erduldet. Das war meine Verantwortung.

„Blutdruck fällt." Ich konnte Alex hören. Ich konnte seine Gegenwart spüren und Bians, die mich drängte, etwas zu tun. Irgendetwas.

Die Aniatrope waren nicht genug.

Jen!

Kalt. Heiß. Schmerz. Nicht nur meine Schulter, mein ganzer Körper wurde von Schmerz überflutet, mein Geist steckte in einer Wolke der Verzweiflung. Scham. Erniedrigung. Alles, was man mir angetan hatte. Nein, nicht meinem Körper. Jens. So zerbrechlich wie die Tiefseekreatur, die ich flüchtig gesehen hatte, als ich auf dem Berghang über Denver zitterte; ein flüchtiges Phantom aus Hoffnungen und Sehnsüchten, Lust und Schmerz.

Jen! Jen, vertraue mir.

Immer.

Unsere durchscheinenden Geister berührten sich, umschlangen einander, wanden sich im Licht, bis ich nicht mehr erkennen konnte, wo die eine aufhörte und die andere anfing.

Unser Schmerz, unsere Verletzungen. Herzen schlugen wie eines, Luft drängte in unsere Lungen, BLUT floss in unseren Venen. Heile. Gemeinsam in herzklopfender Stille. Ungehindert und grenzenlos, *unsere* Stärke, *unsere* Gesundheit.

„Blutdruck steigt!" Alex. Weit weg. „Puls gleichmäßig. Es funktioniert, verdammt Amber, es funktioniert!"

Eine Kindheitserinnerung blitzte auf. Meine Mutter hob mich hoch, als ich gefallen war, küsste mich auf Knie und Ellbogen und wie durch Zauberei war alles wieder in Ordnung. Dies war ganz und gar nicht das Gleiche, aber ich wollte alles in Ordnung bringen, all den Schaden, alles, was ihr wegen mir passiert war. Ich wollte nicht nur die Schnitte und Prellungen heilen. Ich wollte die Angst wegnehmen, diese letzten Dinge in der Dunkelheit, die Schreie voller Schmerz. Sie waren mein, meine Verantwortung.

Nein! Jen kämpfte. *Du musst das nicht.*

Sie sind mein. Ich habe einen Ort dafür.

Und ich nahm sie.

„Gut, Amber, gut. Nun ist es genug." Bian murmelte in mein Ohr. Ich bemerkte ihre Hand auf meiner Schulter.

Das Licht schien auszugehen und über den Regen hinweg hörte ich das Geräusch von Donner.

Ich saß wieder aufrecht, ohne mich zu erinnern, dass ich mich bewegt habe. Jasons Blut sickerte in meine Jeans. Tullah hockte neben mir, spähte besorgt in mein Gesicht. Meine Schulter schmerzte.

Alex nahm vorsichtig Jens Hand aus meiner. Sie war so schlaff. Ich reichte schwach hinüber, um sie wieder zu nehmen.

Du kannst sie mir nicht wegnehmen.

„Amber! Stopp! Entspann dich einfach", sagte Bian. „Du hast es gut gemacht. Aber es fordert auch seinen Tribut."

„War es genug?", fragte ich. Jen wirkte so leblos. Alex wusch sorgfältig das Blut von Jens Körper. Entsetzliche Bilder vom Säubern von Leichen für ihr Begräbnis zwangen sich in meinen Kopf.

„Ja", sagte Bian einfach und die Bilder verließen mich. „Sie wird sich erholen. Sie wird vollständig heilen."

Ich sackte gegen die Wand des Lieferwagens und schloss meine Augen wieder. Ich hatte es getan. Mich kümmerte nicht, was nun mit mir geschah. Nichts konnte schlimmer sein als der Albtraum dieses Tages. Ein schwaches Lächeln, zaghaft wie eine Frühlingsblume, spielte um meine Lippen. Nur etwas ausruhen.

„Amber." Tullah kniete neben mir und schüttelte mich, bis sie meine Aufmerksamkeit hatte. „Ich muss hier raus. Ich kann nicht in die Nähe einer Athanate Versammlung."

Bian sah sie ausdruckslos an und ich hatte ein mulmiges Gefühl dabei.

Alex unterbrach die Spannung. „Lass sie den Ford nehmen, Bian."

„Aber du gehörst zu Haus Farrell", sagte Bian zu Tullah.

„Nein", sagten Tullah und ich gleichzeitig.

„Wirklich?" Bians Blick wurde schwer und berechnend. „Dann müssen wir uns wieder treffen, junge Adeptin." Sie langte hinter sich, holte ein Kommunikationssystem hervor und wies David an, rechts ranzufahren.

Pia hielt hinter uns am Straßenrand.

„Alex", sagte ich widerstrebend, „vielleicht solltest du besser ..."

Er schüttelte den Kopf. „Ich kann meine Patientin im Moment nicht verlassen", sagte er. „Oder dich."

„Ich muss zurück zu Ma gehen", flüsterte mir Tullah ins Ohr. „Sie hatte recht. Kaothos ist zu stark. Und was geschehen ist ... Ma wird mit dir sprechen müssen."

Ich schnaubte. „Wenn sie mich reden lässt, bevor sie mir den Kopf abreißt, weil ich dich in Gefahr gebracht habe. Ja, okay." Ich streckte meine gute Hand aus und drückte ihre Schulter. „Danke. Und falls wir das letztendlich *waren*, dann mussten wir das tun."

„Nein. Wir haben alle Regeln gebrochen. Kaothos hat dich benutzt und sie hat mit dir gesprochen, ohne mir etwas zu sagen. Wie kann ich ihr noch trauen?" Sie zog sich zurück und sprang in den Regen hinaus.

Pia leistete Paul und David im Führerhaus Gesellschaft. Ich konnte Tullah gerade eben durch den Regen erkennen, als sie in den Ford einstieg. Bian schloss die Tür.

„Du bist ein Narr, wenn du sie nicht sehr bald in Haus Farrell aufnimmst", sagte sie, als wir wieder auf der Straße waren.

„So arbeite ich nicht", antwortete ich. Mary würde mich wahrscheinlich sowieso umbringen. Zu versuchen, ihre Tochter an ein Athanate Haus zu binden, würde die Dinge verschlimmern.

„Wir werden sehen. Die Notwendigkeiten der Athanate könnten deine Denkweise ändern." Bian seufzte. „Wir sind hier noch nicht fertig. Wir müssen alle eines von beidem sein, wenn wir in Haven ankommen. Haus Altau oder Haus Farrell. Es reicht nicht, es nur zu sagen."

Alex hob den Kopf und in seinen Augen zeichnete sich der Wolf ab. Ich legte meine Hand beruhigend auf seinen Arm und sah Bian fragend an.

„Skylur musste verzweifelte Maßnahmen treffen. Er hat ..." Sie stammelte etwas. „Er hat Reserven, die aus Sicht der Versammlung nicht völlig legal sind. Wir haben keine Zeit, das zu erklären. Die Lyssae sind los auf dem Grundstück", sagte sie. „Es wird schwierig genug, Leute von Haus Altau hindurchzubekommen."

„Was sind die Lyssae?"

Bian zuckte ungeduldig die Achseln. „Du wirst es sehen. Athanate, die den Teil verloren haben, der sie zurechnungsfähig erhält."

„Bösartige?"

„Nein. Das sind sie nicht. Vielleicht verstehen wir sie besser, wenn wir die Prionen verstehen, von denen du uns erzählt hast. Wir haben einfach immer gesagt, dass sie ihre gesamte Menschlichkeit verloren haben." Sie rieb ihr Gesicht. „Es ist schwierig, sich mit ihnen zu verständigen und man kann sie nicht bekämpfen. Sie sind einfach zu stark und zu schnell. Sie verstehen und verteidigen Haus Altau und sie sollten Haus Farrell akzeptieren. *Wenn* sie euch alle als Haus Farrell identifizieren können."

„Pia und David ...", begann ich.

„Sie sind klar Haus Farrell. Ebenso Jen, mit der Menge an Aniatropen, die du gerade in sie hineingepumpt hast." Ihr Blick fiel auf Alex.

„Ich gehöre keinem Athanate Haus an", grollte Alex und mit jedem Moment, der verstrich, wurden seine Augen immer goldener.

„Du bist schon mehr als halb drin, Wolf", sagte Bian. „Du riechst nicht wie das Denver Rudel. Und was die Athanate Marke angeht, sie ist halb Wolf."

„Ich gehöre nicht ...", wiederholte er.

„Hmm, vielleicht können wir das regeln", Bian bewegte sich plötzlich mit ihrer raubtierhaften Anmut und legte eine Hand auf ihn.

Bevor Alex reagieren konnte, bevor ich Zeit zum Nachdenken hatte, schob ich sie davon, umfing ihn und zog ihn fast ganz an mich heran, schmerzende Schulter hin oder her.

Wir sahen einander aus nächster Nähe an. Seine Augen waren jetzt ganz und gar golden und obwohl er sich nicht gewehrt hatte, als ich ihn packte, waren seine Muskeln steif und wachsam.

Mein, mein, mein, jammerte mein Verstand, aber ich zwang mich dazu zu entspannen. Ich würde niemals irgendjemanden mit Zwang ändern und es würde bei diesem Wolf ohnehin nicht funktionieren. Ich spürte, dass meine Athanate Sinne ihn erreichen, *irgendetwas* tun wollten, aber ich weigerte mich. Mein Kiefer fühlte sich heiß an, aber meine Fangzähne tauchten nicht auf. Ich würde nicht beißen. Das war ohnehin nicht, was Bian meinte, dachte ich.

Ich war nicht gut darin. Ich wäre nie so attraktiv oder verführerisch wie Bian. Ich hatte nicht mal eine klare Vorstellung davon, was es hieß jemanden zu binden. Bian schien zu glauben, dass ich instinktiv meinen Weg durch all die Athanate Fähigkeiten finden würde.

Am Ende seufzte ich, schloss meine Augen und wartete. Es hing an Alex. Ich konnte und würde ihn nicht zwingen.

Es war fast eine Überraschung, als sein Mund meinen berührte. Wir küssten uns zart und kurz.

„Haus Farrell?", flüsterte ich. Er konnte mich durch den Lärm des Regens nicht gehört haben, aber vielleicht konnte er von meinen Lippen lesen.

„Rudel Deauville", witzelte er. „Du kannst einen Werwolf ebenso wenig binden wie ich einen Vamp, aber wenn es Bian von mir fernhält, versuchen wir es einfach."

Das taten wir, dieses Mal viel weniger zögerlich. Ich wusste nicht, ob es das war, was ich tun sollte, aber wie er gesagt hatte, wenn das Bian von ihm fernhielt ...

Keine Lichter oder Nebel wie bei Jen. Dunkelheit und Aufruhr in der Nacht. Ein Gefühl des Teilens, *eins zu* sein, zusammen zu jagen.

Und bei mir allmählich das Verständnis, dass alle Grundlagen bereits gelegt worden waren, als wir in seinem Büro, sagen wir mal, abgelenkt waren.

Funktionierte das alles? Ich hatte keine Ahnung. Es fühlte sich aber richtig an.

Und als wir aufhörten uns zu küssen, grinste Bian. Hexe. Sie hatte gewusst, welche Reaktion von mir sie provozieren wollte.

Ich schaute sie böse an, als sie zu Alex hinüberglitt. Meine Nackenhaare sträubten sich, aber sie schnüffelte nur.

„Riecht jedenfalls besser; etwas mehr Vamp über dem vielen nassen Hund. Ich erkläre euch hiermit zu Haus Farrell." Sie hob kapitulierend die Hände bei Alex' Blick. „Zumindest für den Zweck, nach Haven zu gelangen." Ihr Blick verweilte auf seinem nackten Körper. „Zeit zum Anziehen, Wolf."

Seine Kleidung war mit uns hinten in den Wagen geworfen worden, mit Blut besudelt. Er rümpfte seine Nase, kämpfte sich jedoch wieder hinein. Er grinste mich an, verstand offensichtlich nicht, was gerade geschehen war. Es würde höllisch schwierig werden, es ihm zu erklären, wenn ich irgendwann einmal die Gelegenheit dazu hatte.

„Rundauge, du musst noch einige Dinge wissen, bevor wir dort ankommen."

Ich sah sie an. Die Visiere waren wieder unten. Nun zeigte sich wieder Bians harte Schale.

„Zunächst weiß ich nicht, ob ich noch Dexion bin. Skylur ist heute morgen ausgerastet." Sie zuckte die Schultern. „Ich würde es wieder tun und immerhin haben wir unsere Ziele, von denen ich dir erzählt habe, erreicht."

Meine Hand ruhte auf Jason. „Es hatte seinen Preis", sagte ich.

Sie nickte und die Schale bröckelte etwas. „Zweitens musst du verstehen, wie wichtig du geworden bist." Sie drehte den Kopf weg, ihre Stimme ging fast im Regen unter. „Mir wurde eine dritte Aufgabe aufgetragen. Falls du gefangen genommen worden wärst, sollte ich alles tun, um dich zu töten, um jeden Preis."

Mist. Ich öffnete meinen Mund, um die offensichtliche Frage zu stellen und in dem Moment bog der Lieferwagen ab und hielt mit einem Ruck an.

„Keinen Augenblick zu früh", sagte Bian. „Der Spaß ist vorbei."

Kapitel 49

Wir stiegen alle im strömenden Regen an den Toren von Haven aus.

Der Donner grollte von den Bergen herunter, erspürte seinen Weg durch die Täler wie ein blindes Monster, das hinter uns herjagte und langsam näherkam.

Der Regen wurde stärker. Wir waren bereits nass und es gibt einen Punkt, ab dem man nicht noch nasser werden kann. Gut, dass ich nicht viel für die Frisur ausgegeben hatte. Und vielleicht würde etwas von dem Wasser das Blut abwaschen.

Das Pförtnerhaus hatte Läden aus Stahl, welche die Schießscharten abdeckten. Zwei Leute kamen heraus. Einer war ein Mann, den ich bereits am Tor gesehen hatte, die andere war Mykayla. Beide umarmten Bian. Mit Bian zum Vergleich sagte meine Nase, dass der Mann ihr Angehöriger war. Ich glaubte, dass Mykayla noch nicht von Bian gebissen worden war, was mich überraschte, aber vielleicht war es doch schon geschehen.

„Ihr solltet bereits drin sein", sagte Bian zu ihnen, klang aber nicht ärgerlich.

„Wir mussten auf dich warten", antwortete Mykayla. „Alle anderen sind jetzt drin oder weit weg von den Umzäunungen." Sie sah hinüber auf das dunkle Gelände und schauderte. „Sie sind draußen. Und jemand hat versucht, von der Rückseite hereinzukommen."

„Ich weiß", antwortete Bian. „Öffne das Tor und lass uns durch, dann schließe hinter uns. Amber bleibt bei mir, der Rest steigt wieder in den Lieferwagen. Lasst die Türen hinten offen. Ebenso die Fenster des Fahrerhäuschens, David."

Alex wollte widersprechen, aber Bian ließ es nicht zu.

„Du hast keine Vorstellung, Alex. Du musst mir einfach vertrauen. Geh da rein und beweg dich nicht, egal, was passiert."

Ich berührte seinen Arm. Er hatte Bians Weigerung hingenommen, Jen in die Notaufnahme zu bringen. Er hatte klaglos hinten im Lieferwagen gearbeitet, während Jasons Blut über den Boden floss. Er hatte Bians Forderung bezüglich der Bindung nachgegeben. Er war ärgerlicher und ärgerlicher geworden, während der Abend voranschritt und ich hatte Angst, wie er jetzt reagieren würde. Er war heute bereits einmal Wolf gewesen und ich spürte, dass der Wolf noch in der Nähe war. Ich wusste nicht, ob es einen Punkt gab, an dem der Wolf einfach übernehmen würde.

„Bitte, Alex. Ich komme schon klar. Bleib bei Jen."

Er redete mir leise ins Ohr und verbarg es mit einer Umarmung.

„Ich mache mir Sorgen, Amber. Sie hat recht - ich weiß nicht, was vorgeht. Traust du ihr? Nach dem, was sie gesagt hat?"

„Ich weiß auch nicht, was vorgeht", antwortete ich. „Aber ich vertraue Bian. Und ich bin froh, dass du hier bist."

Er nickte unglücklich und stieg wieder in den Lieferwagen. Sobald die Tore hinter uns geschlossen und alle an Bord waren, starteten wir in Richtung des Hauses. Bian und ich gingen voran. Der Lieferwagen rollte langsam hinter uns her. Es war wie bei einer Beerdigung. Tatsächlich war es eine, erinnerte ich mich. Jasons Leiche lag im Wagen.

Die Lichter des Wagens beleuchteten uns. Es war stiller als im Wagen, aber das Rauschen des Regens hatte nicht nachgelassen, ebenso wenig das Heulen des Windes und der Kies knirschte unter unseren Füßen und den Wagenreifen.

In einem Augenblick zeigten die Scheinwerfer des Wagens nichts als den fallenden Regen, im nächsten beleuchteten sie eine riesige Gestalt, die unseren Weg versperrte.

Ich keuchte vor Schreck und stolperte. Zwei Meter zwanzig groß und schwarz wie das Nichts stand die Statue von Anubis aus Skylurs Kerker vor uns, sein Atem umwölkte ihn wie eine alte Lokomotive.

Zumindest Bian hatte das erwartet. Sie ging zuversichtlich voran, sah winzig vor ihm aus und sprach ihn an.

Sie benutzte Athanate und berührte ihn leicht am Arm, um zu betonen, was sie sagte. Das Geräusch seines Atmens war lauter als Regen und Wind, es erinnerte mich an ein schwer arbeitendes Pferd. Seine nasse Haut glänzte dunkel im Scheinwerferlicht, aber seine Augen reflektierten gar nichts. Ich war froh, dass er seine Aufmerksamkeit auf Bian richtete.

Sein Kopf beugte sich, bis er nahe bei Bians war und er schnüffelte. Bian sprach weiter mit ihm. Ich konnte die Muskeln an Hals und Kopf sehen, das Zucken seiner Schnauze, sogar den Speichel, der von seinen offenen Lippen tropfte. Es war schwer zu glauben, aber dies war keine lebensechte Maske auf dem Kopf eines riesigen Mannes. Dies war ein Mann, zwei Meter zwanzig groß, mit dem Kopf eines Schakals, der, als ich ihn zuletzt gesehen hatte, eine Statue gewesen war.

Er richtete sich wieder auf und Bian drehte sich um, um mich heranzuwinken.

„*Ykos* Altau", sagte sie laut, ihre Hand auf ihrer Brust. „*Ykos* Farrell." Sie legte eine Hand auf meine Schulter. „*Philos. Perikos.*"

Ich hoffte wirklich, dass es gute Dinge bedeutete und Anubis sie verstand. Ich konnte nicht erkennen, wie er sie aufnahm. Wie erkennt man den Ausdruck eines Schakalgesichts?

Er trat vor. Ich wollte wirklich nur allzu gerne probieren, ob ich es zurück zum Pförtnerhaus schaffte und mich verstecken konnte, bevor Anubis mich erreichte, aber ich machte es Bian nach und hielt die Stellung.

„Keine plötzlichen Bewegungen", sagte Bian ruhig. Das konnte sie leicht sagen. Ich blickte in das riesige Schakalgesicht, nur Zentimeter von meinem eigenen entfernt, mit Augen, die das Licht aufzusaugen schienen und geifernden Lippen, die den Anschein machten, als habe er in letzter Zeit nichts gegessen. Dann erblickte ich das Blut an seiner Schnauze. Ich konnte nicht anders und zuckte, sein Kopf zuckte direkt mit.

Er atmete tief ein. Ein Geräusch kam aus seiner Kehle, das *Perikos* heißen konnte.

Ich streckte langsam meinen Arm aus und berührte seine Schulter. „*Perikos*", sagte ich. Sein Körper war warm und aus dieser Nähe konnte ich Dampf von ihm aufsteigen sehen, selbst in diesem steten Regen. Seine Haut war nicht hart wie zu der Zeit, als ich ihn im Kerker berührt hatte. Sie war wie die eines Menschen.

Er richtete sich so plötzlich auf, dass mein Herz einen Schlag aussetzte, aber ich hatte den Test offensichtlich bestanden. Er schritt an mir vorbei zum Lieferwagen, Bian und ich folgten. Jeder Schritt dröhnte auf dem Boden.

Er schob seinen Kopf in die Fahrerkabine, was für David, der auf dem Fahrersitz saß, erschreckend sein musste. Aber nach einem langen, gurgelnden Atemzug war er wieder draußen und stapfte nach hinten.

Dort duckte er sich und sein Körper schien die Rückseite des Lieferwagens auszufüllen. Bian quetschte sich neben ihm hinein, ihre Hand auf einem riesigen Arm und murmelte *Perikos*, immer wieder. Ich ahmte sie nach.

Anubis war nicht glücklich. Er ignorierte alle anderen und fixierte Alex mit seinem Blick. Seine Lippen bebten und entblößten lange, scharfe Zähne. Speichel tropfte auf den Wagenboden. Ein Grollen nahm tief in seiner Kehle seinen Anfang, wie der Donner, der das Tal hinaufrollte.

„Verwandle dich nicht, Alex. Bewege dich nicht einmal", zischte Bian, dann sprach sie auf Athanate zu Anubis. Alex' Augen waren wieder golden, schimmerten sogar im Zwielicht des Wagens hell. Er zitterte und seine Muskeln spannten sich an. Seine Lippen waren ebenfalls zu einem Zähnefletschen zurückgezogen. Ich hatte es noch nie gesehen, aber ich wusste, dass es nur noch Augenblicke bis zu seiner Wandlung zum Wolf waren.

„Alex, Alex", rief ich ihn mit so ruhiger Stimme wie möglich, bis sein Blick Anubis verließ und auf mich fiel. „Ich brauche dich in Menschengestalt. Jen braucht dich auch. Bitte."

Das Leuchten in Alex' Augen ließ etwas nach und er blinzelte langsam. Mit sichtbarer Anstrengung entspannte er seine Muskeln und das Zittern ebbte ab.

Anubis verschwand. Eine Sekunde zuvor war er da, wir lehnten gegen ihn, hielten ihn und in der nächsten war er fort. Bian und ich taumelten, sackten zusammen und lehnten uns an den Wagen, ignorierten den Regen, der sich über uns ergoss.

„Mist, das war knapp", sagte Bian heiser.

„Sind wir durch?", fragte ich.

Bian nickte. „Die anderen überlassen es offenbar ihm. Sie werden uns jetzt nichts tun." Sie fröstelte. „Glaube ich. Es ist Zeit hineinzugehen."

Wir marschierten zur Vordertür, schirmten Tom und Jen zwischen uns ab und gingen die Treppe hoch in den Schutz der Säulenhalle. Bian trug Jasons Leiche.

Wachen standen an der Tür, Menschen und Athanate und sie ließen uns schnell ein. Das Geräusch, als sich die Tür endlich hinter uns schloss, war in gewisser Weise beruhigend, obwohl ich bezweifelte, dass sie Anubis lange aufhalten würde, wenn er hineinwollte.

Bian verfiel umgehend in hektische Aktivität. Eine Trage für Jen wurde hereingebracht und Bian legte den Rucksack, den sie mitgebracht hatte, auf die Ablage darunter.

Andere kamen zu uns und trugen Jasons Leiche weg, respektvoll und voll Trauer. Ich sah Tränen in einigen Augen, aber Bian ließ niemandem die Zeit zu verweilen.

Das Haus wurde geleert, ein Bereich nach dem anderen, die Wachen rannten herum, prüften und hakten ab. Wir gingen wohl unter die Erde, wie ich es vorgeschlagen hatte und es machte mich nervös. Ich hatte es nie gemocht, wenn nur ein Weg hinein- oder hinausführte.

Schließlich versammelten wir uns in einem Raum mit Fahrstuhl und die Wachen fuhren jeweils zu sechst hinunter, bis nur noch unsere Gruppe übrigblieb.

Als der Fahrstuhl für uns ankam, winkte uns Bian hinein und nahm ein Haustelefon.

„Der letzte Aufzug kommt herunter. Alle Sicherheitssysteme sind aktiviert, gecheckt. Keiner mehr im oberen Bereich des Hauses, gescheckt." Sie wartete, dann winkte sie zur Überwachungskamera. „Verstanden? Okay, Schotten dicht und lasst den Banshee hören."

Als sie zu uns kam, stöhnte etwas in der Nacht. Es war beinahe unhörbar, ein ansteigender Ton, den ich hinter meinen Augen spürte, wie eine Million Fingernägel auf einer Wandtafel.

„Der Banshee", sagte sie zu uns. „Ein Signal für die Lyssae. Sie haben bereits einen Angriff zurückgeschlagen, der aus dem Tal hinter dem Haus kam. Offenbar wird sie der Banshee noch weiter aufstacheln. Alles, was nun hereinzukommen versucht, ist ein gefundenes Fressen für sie." Sie drückte die Taste.

„Ist das nicht gefährlich für andere Leute?

Bian schüttelte ihren Kopf. „Die Nachbargrundstücke gehören uns. Die Lyssae werden das Anwesen nicht verlassen und es sind Wachen außerhalb der Grenzen unterwegs."

Sie drehte sich von mir weg. Etwas in ihrer Stimme sagte mir, dass einige da draußen ihre Athanate Angehörigen waren und dass sie in Gefahr waren.

„Es ist gut, dass du weißt, wie du mit ihnen umgehen musst."

Bian schnaubte. „Es ist das erste Mal, dass ich sie je zu Gesicht bekommen habe. Theoretisch wusste ich von den Lyssae, ich wusste nur nicht, dass wir welche haben. Ich habe nach Skylurs Anweisungen gehandelt."

Mich schauderte. „Ich bin froh, dass du mir das erst hinterher gesagt hast." Skylur hatte niemandem sein Geheimnis anvertraut, nicht einmal Bian. Und auch mir nicht wirklich. Ich hatte sie zwar gesehen, aber für verdammte Statuen gehalten.

Der Fahrstuhl brachte uns in den Bunker von Haven hinunter.

Wir teilten uns auf. Bian führte uns durch Sicherheitstüren in einen geräumigen Saal. Mein kleines Haus Farrell: Alex, Pia, David, Jen auf der Krankentrage. Und ich.

Köpfe drehten sich. Es befanden sich wohl hundert Leute dort und unsere kleine Gruppe, von der Blut und Wasser heruntertropfte, löste eine Welle der Stille aus, die sich ausdehnte und auf die ein Gemurmel an Vermutungen folgte. Und starrende Blicke.

Hunger. Furcht. Und Hass.

Kapitel 50

Bians Gegenwart hielt uns in einer Oase der Ruhe.

„Weder Kaffee noch Kuchen. Ich fühle mich nicht sehr willkommen", sagte ich zu Bian. Ich wollte mich irgendwo hinlegen und schlafen, aber eher stiege ich in die Hölle hinab, als das vor diesen Leuten zuzugeben.

„Es sind nur die Warder und Berater", sagte Bian. „Sie sind nicht wichtig. Wir werden zur richtigen Versammlung gerufen, wenn sie bereit sind."

„Also rasen wir hierher, halten nicht einmal am Krankenhaus an und nun warten wir?"

„Amber, ich hasse das ebenso sehr wie du."

„Machen wir uns sauber?"

Sie schüttelte den Kopf. „Ich will, dass wir genau so aussehen."

Bian prüfte Jens Puls und Temperatur. Ich berührte die Wunden in ihrem Gesicht, die schon zu heilen begannen. Ihre Haut fühlte sich fiebrig an.

„Die Narben werden in einem oder zwei Tagen verschwinden", sagte Bian. „Sie schläft tief. Das heißt, dass deine Aniatrope ihre Arbeit tun." Sie verstummte, ihre Hand berührte meine fast scheu. „Nicht alle Athanate können heilen, weißt du und sehr wenige können es so gut wie du. Du bist begabt."

Alex nahm etwas Verbandmaterial aus den Vorräten, um meinen Arm zu fixieren. So viel zu meiner außerordentlichen Heilkraft. Athanate Heilkraft oder nicht, diese Schulter würde mich heute Nacht quälen. Ich versuchte, mich von den Schmerzen abzulenken. „Also kennt Matlal diesen Ort und weiß verdammt noch mal beinahe alles, was vor sich geht", sagte ich zu Bian. „Wer ist der Verräter?"

Bians Gesicht verdunkelte sich. „Skylur wird sich darum kümmern."

Das war nicht dasselbe, als hätte sie gesagt, sie wüsste es nicht. Sie war die Chefin der Sicherheitskräfte von Altau. Sie musste es wissen. Sie hatte offensichtlich weitere Befehle von Skylur wegen dem, was sie sagen durfte.

„Wirst du mir sagen, warum es so wenige Altau gibt?", fuhr ich aus reiner Bosheit fort. „Jeder, den ich getroffen habe, arbeitet rund um die Uhr. Pia wurde zum Mentor befördert, bevor sie bereit war. Mykayla wird als Wache eingesetzt, bevor sie weiß wie herum man ein Gewehr hält. Wieso? Und wieso gibt es Altau in Denver, von denen nicht einmal du weißt?"

Sie lächelte dünn. „Du wirst die Antwort früh genug erfahren. Kopf hoch."

Ein Mann und eine Frau näherten sich uns. Er war seinem Aussehen nach vom indischen Subkontinent und sie war Tuckers Verlobte, Inez Vega Martine. Das Miststück, das kaltblütig ihren zukünftigen Mann ermordete, indem sie ihn in die Crusis geschickt hatte, die er nicht überleben konnte.

Ich hatte kein Mitleid mit Tucker, aber ich wäre lieber mit einer Klapperschlange zusammen.

„Dexion Trang", sagten beide und neigten ihre Köpfe minimal vor Bian. Hier zumindest wusste niemand, ob Bian degradiert worden war.

„Dexion Vega Martine, Dexion Chopra", antwortete Bian kühl und sagte zu mir: „Haus Matlal, Haus Singh."

„Ich freue mich sehr, Sie endlich zu treffen, Señorita Farrell", sagte Vega Martine.

„Es tut mir so leid, dass ich vorher nicht für ein Treffen zur Verfügung stand", ätzte mein Dämon. Als ob ich das genossen hätte. „Mein Beileid zum Tod Ihres Verlobten, Señorita Vega Martine."

Sie blinzelte. „Vielen Dank. Nennen Sie mich bitte Inez." Sie warf einen Blick auf Bian, dann wieder auf mich. „Darf ich vertraulich mit Ihnen sprechen?"

„Nein, ich denke nicht. Ich kenne mich mit den Gebräuchen der Athanate nicht gut genug aus. Dexion Trang ist hier, damit ich keine Fehler mache." Ich hielt ihrem Blick stand und sprach mit sanfter Stimme. „Ich möchte niemanden unabsichtlich beleidigen."

Bian lächelte etwas über meine Wortwahl, blieb jedoch ruhig.

Ronit Chopra und ich hatten natürlich schon früher miteinander gesprochen, aber ich überließ es ihm, ob er das bekannt machen wollte. Er nickte einfach höflich.

„Unsicher was die alltäglichen Gebräuche der Athanate betrifft und bereits Herrin Ihres eigenen Hauses", sagte Vega Martine. „Sie segeln in fremden Gewässern." Sie schob sich näher heran, als wolle sie Chopra ausschließen. „Genau darüber möchte ich mit Ihnen sprechen. Sie müssen erkennen, dass Sie nicht vollständig darüber informiert sind, was hier abläuft. Ich habe keinen Zweifel, dass Sie gut über die Mängel der Basilikos informiert wurden und wir geben zu, dass wir Fehler haben. Ich frage mich, wie viel Ihnen über die Panethus oder Haus Altau gesagt wurde. Haben sie Ihnen überhaupt gesagt, was heute Nacht vorgeht?"

„Ich bin nur hier, um Altau Gefolgschaft zu schwören. Was die Informationen über die Versammlung angeht, musste meine Einweisung heute ausfallen. Ich war beschäftigt, meine Angehörige vor Ihrem Haus zu retten."

„Oh, nein. Nein. Da liegen Sie falsch", sagte sie. „Das war Jacks Sohn. Mein Haus hat Ihre Freundin nicht entführt."

So akkurat. Niemand von Matlal war in die Entführung verwickelt, niemand von Matlal befand sich in dem Teil des Gebäudes. Aber sie wusste von allem.

„Es wurden Fehler gemacht, Inez, und Sie müssen das eingestehen", sagte Chopra zu ihr. Er verbeugte sich noch einmal kurz vor mir. „Nicht alle Basilikos sind Ihre Feinde. Die Theokos und Haus Singh würden Sie als Alliierte oder Partner sehr gerne willkommen heißen. Aber ich stimme mit Inez überein, dass Sie nicht verstanden haben, was hier passiert. Altau wird ein Gefängnis sein." Er winkte mit seinen Händen, um auf das Gebäude über uns zu zeigen. „Ein schönes Gefängnis, aber doch ein Gefängnis. Und es ist nicht das einzige Gefängnis, das auf Sie warten könnte. Die Theokos bieten Ihnen Freiheit. Unsere Domäne liegt außerhalb der Reichweite der bundesstaatlichen amerikanischen Behörden oder wir würden unseren Einfluss spielen lassen. Aber wir würden Ihnen die Wahl lassen ..."

„Eine eingeschränkte Wahl ist überhaupt keine Wahl", unterbrach ihn Vega Martine. „Sie sind nicht vollständig Athanate, nicht vollständig verpflichtet." Sie zögerte und ihre dunklen Augen verengten sich. „Warum sich nicht ganz von den Athanaten lossagen? Trennen Sie sich von allem. Die Behörden sind nur an Ihnen interessiert, wenn Sie Athanate sind. Bauen Sie Ihr Leben neu auf. Sagen Sie, haben Sie nie davon geträumt, ein Kind zu haben?"

Vega Martine war sehr gut bei dem, was sie tat, viel besser als Chopra. Selbst mit all meinen Problemen würde ich niemals alles hier aufgeben und mich in Indien verstecken, aber eine Tochter? Wie Emily? Ja, da hatte sie meine Aufmerksamkeit.

„Was sagen Sie da?", fragte ich gegen meinen Willen.

„Was Altau leugnen wird - es gibt eine Heilung", sagte sie. Bian schnaubte.

Die Tür am Ende der Halle öffnete sich und eine große Gestalt erschien.

„Der Saaldiener", murmelte Bian. „Er wird uns jetzt hineinbringen."

Er kam gemessenen Schrittes zu uns und mein Magen verkrampfte sich in Vorahnung. Vega Martines Hand berührte meinen Arm.

„Ihre letzte Chance, Señorita Farrell. Sobald Sie drin sind, sind Sie verpflichtet. Für die Sache der Panethus zählen Sie nicht. Trauen Sie Altau nicht. Sie wissen nicht, was die wollen. Die werden Sie für ihre Zwecke hintergehen, ohne einen Moment zu zögern. Verlassen Sie sie."

Bian riss mich zurück, um sie anzusehen. Mit ihren schnellen, anmutigen Bewegungen hob sie ihre Hand an ihren Mund und biss sich in den Ballen. BLUT quoll hervor. Sie zog mich heran, wie um mich zu küssen, aber stattdessen drückte sie meine erschreckten Lippen an ihre blutige Hand.

„*Unser* BLUT", zischte sie und starrte in meine Augen. „Wir sind ein Haus. Auf unser BLUT so schwöre ich, dass ich dich nicht hintergehen werde. Vertraue mir, Amber. Vertraue mir mit deinem Leben."

Ihre Hände fassten mein Gesicht und sie küsste mich, schnell und hart, dann ließ sie mich los und trat zurück.

Der Saaldiener hatte uns erreicht. „Die Versammlung ist bereit. Es ist so weit", sagte er.

Mein Magen machte einen Satz. Der salzige, kupferartige Geschmack von Bian brannte auf meinen Lippen und ihr Flehen klang in meinen Ohren. In welche Schlangengrube war ich diesmal im Begriff zu treten?

„Señorita Farrell." Vega Martine griff nach meinen Arm. „Das ist nicht real. Die haben Sie aus dem Gleichgewicht gebracht mit Eiden und Beteuerungen, wie attraktiv Sie sind oder wie sie Sie lieben. Sie müssen verstehen, die Marke kennt keine Liebe. Sie kennt nur Notwendigkeiten. Sie versteht etwas vom Benutzen. Das ist es, was Sie für sie sind. Etwas, das sie brauchen. Etwas zum Benutzen."

Ich sah sie von der Seite an. Sie *hatten* mich unausgeglichen gelassen. Skylur brachte mich ständig in die Defensive. Bian und

Diana, jede auf ihre eigene, unterschiedliche Weise. War das eine bewusste Strategie von ihnen? Und diese Frau spürte so viel von mir. Selbst so kleine Dinge, wie unbehaglich ich ihre Behauptung fand, dass ich so attraktiv wäre. Ihr warmer Blick bat mich, es zu überdenken. Sie würde meine Freundin sein. Warum nicht mit ihr gehen?

Sie war unheimlich gut. Total glaubhaft.

Ich schüttelte mich. „Sie sagten mir, dass es eine Heilung gibt", sagte ich. „Was haben Sie Jack Tucker eingeredet?"

Für einen Moment brach ihre Fassade auf und ich sah die Wut dahinter. Es war ein Schuss ins Blaue, aber ich hatte sie ganz gut getroffen. Sie war die Verantwortliche für die Lügen, die man Tucker aufgetischt hatte. Die Lügen, die ihn in Wirklichkeit getötet hatten, obwohl er selbst den Abzug gedrückt hatte.

Die Wut wich aus ihrem Gesicht. Ein Moment eisiger Ruhe stellte sich ein, beinahe Resignation und mir kam es vor, als wäre etwas Kaltes über meine Schultern geglitten und hätte in mein Ohr geflüstert.

Ich entzog mich ihrem Griff und führte meine zerlumpte, kleine Gruppe hinein, um der Versammlung zu begegnen und dem Unheil, das sie mir verordnen würde.

Es gab einen Verbindungsraum. Türen schlossen sich hinter uns mit der Endgültigkeit von Gefängnistoren. Bian ergriff meine Hand. Der Ort war dunkel und voller Warder. Zwei davon kamen zu mir. Sie hielten Handschellen.

„Nein!", schrie ich und zerrte an Bians unnachgiebigem Griff.

Kapitel 51

Bian schob mich hinter sich, ohne loszulassen.

„Halt!", rief sie. Kurz davor sich zu schlagen, hielten die Warder und Alex inne.

„Die werdet ihr mir verdammt noch mal nicht anlegen", würgte ich hervor. Bilder von Fesseln und fensterlosen Zellen wallten in mir hoch, so frisch, als wäre das alles gestern gewesen. Dahin konnte ich nicht zurück, koste es, was es wolle.

„Amber, Alex, wartet", sagte Bian. „Wartet einfach."

Alex' Hände hatten sich in Klauen verwandelt, seine Fingernägel waren wie Säbel und seine Augen golden. Es ging dabei nur um mich; ich konnte nicht zulassen, dass er Schwierigkeiten mit den Wardern bekam, aber ich konnte ihn nicht erreichen. Eine meiner Hände war in Bians Griff gefangen, die andere festgeschnallt und ruhiggestellt.

Wir wankten am Rande des Abgrunds.

„Alex", schaffte ich zu sagen. „Bitte."

Er trat einen Schritt zurück. Noch einen. Dann umringten er und David und Pia mich, gaben mir Halt.

„Danke", sagte Bian. Sie wandte sich an die Warder und atmete tief durch. „Was glauben Sie, was Sie hier tun?"

Einer von ihnen räusperte sich. „Das ist eine Anweisung von Haus Matlal, Dexion Trang. Er ist im Recht."

„Wieso?"

„Frau Farrell ..."

„*Haus* Farrell", unterbrach Bian.

Der Warder kam wankend zum Stehen. Sein Blick suchte verzweifelt Unterstützung. Niemand wollte ihm helfen.

Die Tür zum Versammlungsraum öffnete sich und ein weiterer Warder kam herein. Erleichterung trat in das Gesicht des anderen Warders.

Aha. Der Boss der Warder. Und nicht mein Freund, so wie es aussieht. So eine Freude.

„Warum die Verzögerung?", fragte er.

„Ihre Leute verstehen die grundlegenden Höflichkeitsregeln nicht, Captain", sagte Bian. „Sobald wir in ihre Köpfe bekommen, dass dies Haus Farrell ist, können Sie erklären, warum Sie versuchen ein Haus in Handschellen zu legen."

Der Captain der Warder mochte es nicht, sich etwas sagen zu lassen, aber entschied, sich mit ‚Befehlen' zu verteidigen.

„Ich fürchte, wir haben leider keine Wahl, Dexion", sagte er. „Haus Matlal hat ernsthafte Anklagen gegen ... Haus Farrell erhoben und er verlangte angemessene Vorsichtsmaßnahmen."

„Wo sind wir?"

Der Captain war verwirrt. „In Haus Altau." Sobald er es ausgesprochen hatte, erkannte er die Falle, aber er konnte die Wahrheit kaum leugnen.

„Und wer ist für die Sicherheit in diesem Haus verantwortlich?"

„Sie sind es, Dexion."

„Dann werde ich bestimmen, welche Vorsichtsmaßnahmen notwendig sind."

„Ich bin für die Sicherheit bei der Versammlung verantwortlich ..."

„Sind Sie das? Wie viele Sicherheitsbelange habe ich letzte Woche angesprochen?"

Der Captain wusste es offensichtlich nicht. Jemand aus seinem Team kam mit einem Notepad, versuchte effizient zu sein. „Siebenunddreißig, Captain, Dexion."

„Und mit wie vielen haben Sie sich beschäftigt?"

„Sie wurden alle bearbeitet, Dexion."

„Das bedeutet, Sie haben das Telefon beantwortet und es in die Datenbank eingegeben. Kein einziges Problem wurde gelöst. Nicht eines. Sie haben auf Ihrem Hintern gesessen und zugesehen, wie Matlal die Stadt mit seinen Leuten überschwemmt hat."

„Wir haben unsere Bedenken darüber geäußert ...", begann der Captain.

Sie drehte sich von ihnen weg.

„Sie haben die formalen Richtlinien auf ihrer Seite", murmelte sie in mein Ohr. Ihr Blick flehte mich an. „Es gibt kein Zurück mehr, Amber. Für keinen von uns. Das ist einfach Scheiße, aber wir müssen einen Kompromiss finden. Was kannst du akzeptieren? An mich gekettet?"

Sie wusste, dass mein Herzschlag durch die Decke ging, auch wenn sie nicht erkennen konnte, wodurch das verursacht wurde. Was das anging, wusste ich es auch nicht. Ich sollte nicht so extrem reagieren.

Krieg dich in den Griff!

Ich schloss meine Augen und zwang mich zu einem Nicken.

Sie drehte sich um. „Sie." Sie zeigte auf einen von ihnen. „Geben Sie mir die Handschellen."

„Aber die Forderung ..."

„Wird erfüllt, wenn sie an mich gekettet ist. Oder wollen Sie hier in Haus Altau behaupten, dass ich nicht genüge? Dass der Dexion von Haus Altau nicht akzeptabel ist? Weil ich Sie hier und jetzt herausfordere, wenn Sie das behaupten."

Niemand sagte etwas. Ich hielt meine Augen geschlossen. Die Kälte des Metalls schloss sich um mein Handgelenk und das Schnappen des Verschlusses dröhnte laut in der Stille.

Während ich mich von Bian stolpernd vorwärtsführen ließ, versuchte ich, das Wimmern in meinem Inneren nicht nach außen dringen zu lassen.

Kapitel 52

Sie teilten uns auf. Bian und ich gingen nach vorn, während die anderen hinten im Versammlungsraum blieben. Ich drehte mich um, aber die anderen waren im Düstern rund um den Eingang fast nicht mehr zu sehen.

Vor uns lag hell erleuchtet so etwas wie eine Bühne. Wir setzten uns aneinandergekettet auf Konferenzsessel am Rand dieses freien Bereichs in der Mitte des Raumes.

Dies war also die Versammlung der Athanate. Zweiundvierzig Sitze in drei abgestuften Reihen auf beiden Seiten der zentralen Bühne. Die Körperschaft, die mein Leben in ihrer Hand hielt.

Skylur saß an der Kopfseite auf seinem Pfauenthron, sein Gesicht ganz und gar unleserlich. Matlal saß auf der rechten Seite in der Mitte. Das war die Seite der Basilikos. Arvinder saß drei Plätze weiter weg von ihm, noch Teil der Basilikos.

Ich erkannte eine Anzahl der Repräsentanten. Ein bisschen von der Spannung fiel von mir ab. Ich hatte mit den meisten auf dem Wohltätigkeitsball getanzt. Lag das nur eine Woche zurück? Würde das zu meinen Gunsten zählen?

Vielleicht nicht, so wie du tanzt.

Danke, Tara!

Sie half mir. Ich holte tief Luft und versuchte mich zu konzentrieren.

Acht Plätze waren leer. Zu beiden Seiten von Skylur waren Bildschirme für die abwesenden Repräsentanten aufgebaut, damit sie über Fernkonferenz teilnehmen konnten. Drei waren ausgeschaltet. Vielleicht Romero und zwei weitere?

Hinter uns hing eine riesige Leinwand von der Decke.

Zu unserer Rechten saß ein älteres Paar, leger gekleidet, und ignorierte das Vorgehen weitgehend. Die Adepten, nahm ich an.

Bian stupste mich an und sah hoch. Kameras waren in allen vier Ecken oberhalb des Gestühls montiert und nahmen die Repräsentanten ins Visier.

„Skylurs kleine Überraschung", murmelte Bian. „Gesicherte Live Übertragung der Veranstaltung in jedes Athanate Haus auf der Welt. Darum ist es später geworden. Er musste es durchboxen."

Das bedeutete wohl, dass die Basilikos die Veranstaltung nicht falsch darstellen konnten, aber mir schien es ein riskanter Schachzug zu sein.

Es war ein konstantes Stimmengewirr zu hören. Ich spürte beinahe jedes einzelne Auge auf mich gerichtet, aber hier drinnen konnte ich die Gesichter nicht so lesen wie bei ihrem Personal draußen. Ich tat es ihnen gleich und starrte zurück, kämpfte die Panik hinunter und hielt mein Gesicht so ausdruckslos wie sie.

Dies war aufgrund von Matlals Beschwerden über mich schon längst weit über eine Eideszeremonie hinausgegangen. Aber die Intensität der Kontrolle, hier wie draußen, verriet mir, dass jeder Einzelne von ihnen gehört hatte, dass es etwas wegen meines BLUTES zu besprechen gab und was das für sie bedeutete. Ich brachte den Wandel zu denen, die sich nicht wandeln konnten. Hinter den starren Masken tobten sicher die gleichen Gefühle, die ich draußen gesehen hatte.

Es war kalt und ich zitterte etwas in meiner nassen, besudelten Kleidung.

Ich versuchte, mich auf das Gesagte zu konzentrieren und bemerkte, dass alle Gespräche auf Athanate geführt wurden. Die Hürde war gerade noch höher geworden.

„Die Basilikos versuchen die Versammlung zu verhindern, bevor wir auch nur anfangen", flüsterte Bian mir zu. „Es ist wichtig, dass du nicht sprichst, bevor ich es dir sage. Und behalte diesen ausdruckslosen Gesichtsausdruck bei, Rundauge."

Das war einfach. Stell dir das Kriegsgericht vor.

Skylur nickte ihr zu. Bian stand auf und wartete auf die einsetzende Stille.

„Dieses Thema wird auf Englisch diskutiert", sagte sie und setzte sich wieder.

Lärm brach aus. Ich denke, dass sogar ihre eigene Gruppe - unsere Gruppe - durch ihre Erklärung vor den Kopf gestoßen war.

Ich saß da und war still.

Als die Rufe erstarben, sprach ein Basilikos, auf Athanate.

Sobald er fertig war, stand Bian auf. „Präzedenzfall", sagte sie und setzte sich hin.

Bevor sie erneut mit ihren Beschwerden beginnen konnten, schaltete sich Skylur ein. „Dexion Trang hat recht. Der Eid von Haus Karamazin gegenüber Haus Spasenieva, geleistet 1931 vor dieser

Versammlung. Er wurde auf Englisch geleistet, auf Forderung der Basilikos." Er sah sich um und fügte wie nebensächlich hinzu: „Es ist ja nicht so, als wenn Sie nicht alle englisch miteinander reden würden, wenn Sie ein anderes Haus außerhalb dieser Versammlung treffen."

Die Repräsentanten sahen aus, als hätte er sie geohrfeigt, aber die Diskussion endete und die Gesichter wurden wieder ausdruckslos.

Wir hatten einen ersten Schritt getan und die Veranstaltung lief auf Englisch weiter. Aber ich fragte mich, wie viele Panethus Bian und Skylur gerade verärgert hatten. Was taten sie?

Die Repräsentantin der Basilikos aus Brasilien stand auf. An Haus Correia erinnerte ich mich vom Ball. Sie hatte einen Tanz abgelehnt. Ihr glattes, schwarzes Haar lag kunstvoll auf ihren Schultern und sie trug ein elegantes Geschäftskostüm in der Art, wie Jen es trug.

Correia sah uns an und lenkte wieder alle Blicke auf die Gegenüberstellung. Bian und ich tropften blutiges Wasser auf den Boden und starrten zurück.

Die Stille war jetzt absolut und trotz ihres nichtssagenden Gesichtsausdrucks merkte ich, dass alle Repräsentanten sich vorlehnten und sehen wollten, wie das ablaufen würde.

„Tagesordnungspunkt ist der zu leistende Gefolgschaftseid vom neu vorgeschlagenen Haus Farrell gegenüber Haus Altau. Die Basilikos erheben Einspruch gegen diesen Punkt und empfehlen den Diskussionsrahmen zu erweitern", sagte sie.

„Haus Correia, es gibt keinen ‚Vorschlag' bezüglich Haus Farrell. In meiner Befugnis habe ich die Bildung dieses Hauses konstituiert und formal genehmigt. Darüber gibt es keine Diskussionen. Was Ihre weiteren Kommentare angeht, soll der Rahmen eingegrenzt oder offen sein?", fragte Skylur.

Bian versteifte sich und Correias Blick flog zu Matlal, auf der Suche nach Bestätigung. Der Saal hielt den Atem an.

„Offen", sagte sie.

Skylur nickte und ein stiller Seufzer klang von den Plätzen herüber.

„Jetzt kann alles diskutiert werden", hauchte Bian in mein Ohr. „Riskant. Er hätte es begrenzen sollen."

„Dann will ich mit einer Beschwerde gegen Haus Altau beginnen", sagte Correia. „Nämlich, dass Sie einen Anwärter in den Wohltätigkeitsball der McIntire-Harriman-Stiftung geschleust haben, um die Versammlung auszuspionieren."

„Die Versammlung existiert nur, wenn wir in einem Raum sind und die Versammlung begonnen hat", sagte Skylur pedantisch.

„Keine Verteidigung", flüsterte Bian. „Was versucht er zu tun?"

„Dann eben die dort versammelten Repräsentanten."

„Haus Farrell war kein Anwärter", konterte Skylur.

„Also geben Sie zumindest das Spionieren zu." Correia klang verärgert, aber ich spürte, dass beide mit versteckten Karten spielten.

Skylur verlagerte sein Gewicht. „Nein. Ich wurde von einem anderen Haus aufgefordert, jemanden teilnehmen zu lassen. Offensichtlich konnte das nach den Regeln der Versammlung niemand aus Haus Altau sein. Ich verpflichtete Haus Farrell in ihrer Funktion als Ermittler."

„Aber sie war Athanate und nicht registriert. Das ist ..."

„Nein, zu dieser Zeit nicht", unterbrach sie Skylur.

Correia lächelte, als hätte er einen Fehler gemacht.

„Uns ist allen bewusst, dass Sie ein Befürworter der Emergenz sind, aber das ist unhaltbar. Mit dieser eigenmächtigen Entscheidung haben Sie riskiert, die ganze Gemeinschaft der Athanate bloßzustellen. Sie haben zugegeben, einen Menschen, keinen Angehörigen, keinen Anwärter und keinen Athanaten, beschäftigt und über Angelegenheiten der Athanate unterrichtet zu haben, um den Ball zu besuchen."

Bian blies Luft zwischen ihren Zähnen durch.

„Nein." Skylur schien unbesorgt. Ein Saaldiener brachte ihm Nachrichten und er überflog sie, bevor er sie auf einen Stapel legte.

Bei seiner Verneinung drehten sich die Köpfe zu den Wahrheitsprüfern, aber die starrten mit blankem Gesichtsausdruck zurück.

„Sie war dabei, Athanate zu werden", erklärte Skylur und legte die letzte Nachricht beiseite. „Sie war jedoch mit keinem Haus verbunden, also kein Anwärter. Folglich fiel sie in keine der Kategorien, die Sie erwähnt haben. Ein Risiko, ja, aber nicht so wie Sie es dargestellt haben und vollständig in meiner Befugnis."

Ich spürte die Unzufriedenheit von Seiten der Panethus. Skylur hatte Spaß daran Correia als Närrin vorzuführen, aber seine eigene Seite wollte mehr Antworten, als er scheinbar zu geben bereit war. Vielleicht wollte er, dass sie tiefer grub, sodass er Matlals Verbindung zu Tucker aufdecken konnte.

Correia lehnte ab, den Faden weiterzuverfolgen und fuhr fort. „Also wurde dieser Anwärter-ohne-Haus zum Athanaten. Und dann haben Sie ein Haus für sie gegründet. In einer Woche. Ich meine, ich nehme an, dass Sie selbst das Haus gegründet haben, weil sie nicht einmal Athanate spricht?"

„Korrekt." Skylur zuckte die Achseln. „Dies ist meine Domäne und derartige Entscheidungen liegen in meiner Macht. Darüber wird es keine Diskussion geben."

„Ich muss wohl kaum darauf hinweisen, dass das keine Zeit für die Crusis lässt."

„Normalerweise nicht", gab Skylur zu.

Die Repräsentanten raschelten auf ihren Sitzen. Einige nickten ihren Nachbarn zu - die Gerüchte waren also wahr. Die Spannung stieg.

Correia fasste es für sie alle in Worte. „Die Gerüchte über das BLUT dieser Frau scheinen also zu stimmen."

„Möglicherweise, Haus Correia." Skylur lehnte sich zurück und legte seine Fingerkuppen aneinander. „Worauf wollen Sie mit alldem hinaus?"

„Ich will darauf hinaus, Haus Altau", schnappte sie zurück, „dass Sie ohne Ermächtigung durch die Versammlung fragwürdige Entscheidungen getroffen haben, welche die Emergenz in Gefahr bringen und Sie haben die Kontrolle über Ihre Domäne verloren. Ich schlage vor, dass Sie von Ihren Ämtern enthoben werden, sowohl hinsichtlich der Versammlung als auch dieser Domäne."

Skylur gluckste. „Sie haben noch einen weiten Weg vor sich, bevor sich Ihre Vorwürfe zu einer Art Grundlage aufaddieren, die die von Ihnen vorgeschlagenen Konsequenzen rechtfertigt."

„Haus Farrell handelte mit Ihrer Ermächtigung und Zustimmung?" Sie wartete, bis er nickte. „Na, dann sehen wir mal, was einer Ihrer Partner zu sagen hat."

Sie drückte eine Taste an ihrem Sitz und ein Bildschirm hinter Bian und mir zeigte Oscar Jaworski, Dexion von Haus Romero. Mist. Altau hatte ihn gehen lassen und er genoss es, all die Dinge, die ich ihm angetan hatte, auszubreiten. Ich hatte ihn sich entkleiden lassen, ihn gefesselt. Ja, es war am helllichten Tag gewesen, aber wenn man ihm zuhörte, schien ein Großteil der Bevölkerung Denvers Augenzeuge seiner Behandlung geworden zu sein.

Trottel.

„Nennen Sie das Kontrolle Ihrer Domäne?", fragte Correia.

Die Panethus Repräsentanten blieben ausdruckslos, aber sie regten sich unbehaglich.

„Was ist hiermit?"

Sie zeigte einige wacklige Videoaufnahmen von mir, wie ich vom Nexus Gebäude sprang und an den Hubschrauberkufen hängend davongeflogen wurde.

„Damit wurden Athanate Fähigkeiten gezeigt", behauptete Correia mit anschwellender Stimme. „Vor Zeugen. Vor laufender Kamera. Damit wurde riskiert, die Athanate zu enthüllen, die Emergenz wurde riskiert. Ist das Kontrolle?"

Absoluter Mist. Bei Ops 4-10 hatte ich ständig so etwas gemacht. Bian umklammerte meinen Unterarm und hielt mich auf dem Stuhl.

Das war längst kein Volltreffer, aber es führte zu steigender Besorgnis bei den Panethus. Skylur musste ein Gegenargument bringen.

„Und jetzt möchte ich jemanden aus Ihrem eigenen Haus befragen", sagte Correia. „Marlon Pruitt. Unter dem Schutz der Versammlung und der Warder."

Ich runzelte die Stirn. Was würde Marlon sagen? Dass ich mich geweigert hatte, vom Team Fangzahn zu Skylur geschleppt zu werden? Das war sicherlich nichts. Es sei denn ... es sei denn, er hatte über David und mich herausgefunden, dass wir Altaus Sicherheit gefährdet hatten. Er war jene Nacht nicht in Davids Haus gewesen, aber er würde mit den anderen gesprochen haben. Bian könnte ihn sogar informiert haben. Aber weshalb würde er das tun? War er der Spion? Wie?

Bian ließ den Kopf hängen. Sie schloss die Augen. „Mein Stellvertreter, zweiter Kommandierender", flüsterte sie. „Ich habe ihm vollständig vertraut."

„Sind Sie sicher, Haus Correia?", fragte Skylur mit seidenweicher Stimme. „Wollen Sie Ihren Spion vor der Versammlung demaskieren?"

Sie war vernünftig genug, um beunruhigt zu sein, aber Matlal machte eine schroffe Geste. Mach weiter damit.

„Nicht unser Spion", fügte er klugerweise noch hinzu.

Sie holten Marlon herein. Sein Gesicht war völlig entspannt, gleichgültig.

Bians Hand umklammerte meinen Arm. Sie begleiteten ihn nicht, sie führten ihn, stützten ihn. Sein Gesicht war nicht nur gleichgültig, sondern absolut emotionslos.

„Wir unterstellen ihn dem Schutz der Versammlung", sagte Skylur. Marlon stand im zentralen Bereich, schwankte leicht und sein Blick wanderte verständnislos über die Versammlung.

Correia erholte sich schnell. „Was haben Sie ihm angetan?"

„*Wir* haben nichts getan, Haus Correia, außer ihn mit Beweisen seiner Spionage zu konfrontieren. Sie sagen, er ist nicht Ihr Spion. Also, wer auch immer ihn rekrutieren und programmieren konnte, schaffte es nicht nur, ihn so präzise zu kontrollieren, dass wir es nicht entdecken konnten, sondern pflanzte ihm auch einen selbstzerstörerischen Zwang in sein Hirn." Skylur lehnte sich vor. „Dieser Mann war nur meinem Dexion nachgeordnet. Er war ein guter Mann, ein ehrlicher Mann, der sein Vertrauen in die falschen Leute setzte. Wem in Ihren Häusern, meine geschätzten Kollegen, können Sie nun noch vertrauen?"

Eine Welle wogte durch den Raum. Die ganze Arbeit Correias, Panethus zu verstören, wurde mit einem Rutsch weggespült.

Aber Bians Kopf blieb gesenkt.

Skylur winkte den Saaldienern und Marlon wurde neben der Bühne auf einen Stuhl zwischen uns und die Adepten gesetzt.

Skylur machte mit dem Angriff weiter. „Ihr Hauptpunkt, Haus Correia, den Sie Schwierigkeiten haben zu untermauern, scheint zu sein, dass Amber Farrell ungeeignet ist, Herrin eines Hauses zu sein, sich falsch verhält und dass ich, da ich sie ernannt habe, ebenso ungeeignet für meine Posten bin. Und weil Sie die Emergenz ins Spiel gebracht haben, werden wir auch die im Verlauf dieser Debatte ansprechen."

Matlal und Correia versteiften sich, kamen aber schnell darüber hinweg.

„Ungeeignet, Athanate zu sein", sagte Matlal. „Und daher ungeeignet, Herrin eines Hauses zu sein."

Skylur schnaubte. „Ihre Darstellung ist gescheitert und ich bezweifle, dass Sie jetzt eine Abstimmung wollen?" Er sah sie mit hochgezogenen Augenbrauen an. „Welche Eignungsbeurteilung würden Sie akzeptieren? Einen Experten?"

„Ja", sagte Correia. Zu voreilig.

Skylur zuckte die Achseln und bedeutete ihr, dass sie weitermachen solle.

„Ich fordere, dass die Saaldiener den Schiedsmann Philippe Remy vor die Versammlung bringen."

Ich erinnerte mich, dass Diana gesagt hatte, sie traue ihm nur insofern, dass er sich wie erwartet verhalten würde. Meine Nervosität wuchs. Ich wünschte, Diana wäre hier, um mir beratend zur Seite zu stehen.

Remy kam herein und ich mochte ihn ebenso wenig wie zuvor. Er weigerte sich, mich anzusehen, als er in den zentralen Bereich ging und auf die Steuerung für das Präsentationssystem spähte. Wir drehten uns, um den Bildschirm hinter uns anzusehen.

Er zeigte ein Bild seines Gerätewagens und dann erklärte er stichwortartig, was er konnte und wie er funktionierte.

Es war eine Weiterentwicklung der neuesten Systeme, die auf der Welt verfügbar waren; es war beinahe perfekt, man brauchte nur jemanden, der in der Interpretation geschult war. Er zeigte einige weitere Dias.

Ich versuchte mich zu konzentrieren. Ich spürte, dass sich dort eine unangenehme Überraschung verbarg. Correia und Matlal waren zu begierig ihn herzubekommen. Sie mussten wissen, was kam.

Als es dann kam, begann es täuschend langweilig.

„Links sieht man das Durchschnittsprofil eines gesunden Athanaten. Die Form des Profils spielt keine Rolle, sondern lediglich die Tatsache, dass es ein Muster zeigt. Es wurde aus vielen Tests entwickelt, die ich in vielen Häusern durchgeführt habe." Das Bild eines zweiten Musters glitt von rechts hinein. „Also, rechts sieht man jetzt ein anderes Profil, von weniger Exemplaren, es ist sehr verschieden." Er machte eine Pause. „Alle Exemplare rechts kamen nicht durch die Crusis und wurden bösartig oder sie kamen durch und wurden dann bösartig."

Ich mochte die Richtung nicht, in die das ging. Remy selbst wirkte immer unruhiger.

„Nun, legt man die Form darüber, die von Frau Farrell stammt." Er zog ein Profil nach links, dann nach rechts.

Mir drehte sich der Magen um. Mir war übel. Das Muster war der Bösartigkeit ähnlicher, viel ähnlicher. Selbst ich konnte das sehen.

„Schiedsmann Remy", übertönte Skylur das Gemurmel. „Ist Haus Farrell bösartig?"

Ich blieb sitzen und versuchte mein Gesicht ausdruckslos zu halten, als sich alle Blicke auf mich richteten.

„Nein." Er mühte das Wort heraus. „Das will ich nicht sagen. Nur dass es eine Tendenz gibt. Statistisch gesehen, wird sie bösartig werden."

„Ich verstehe", sagte Skylur. „Statistisch. Altau nutzt weder diese Maschine noch Ihre unbestrittene Expertise. Sagen Sie mir, sind Sie mit unserer Erfolgsrate vertraut?"

„Ja." Remy musste das zugeben.

Oh Gott, mach weiter, Skylur!

„Also, wir vertrauen auf unsere Methoden und die liefern uns in diesem Fall andere Ergebnisse. Trotzdem, sehr interessant diese neuen Spielzeuge. Ich werde sehr beeindruckt sein, wenn Ihre Vorhersagen ebenso treffsicher wie unsere sind. Sagen Sie mir, nur interessehalber, merzen die Basilikos auf Basis dieser Ergebnisse Anwärter aus?"

„Das weiß ich nicht. Ich führe nur die Tests durch, Sir. Ich gehöre zur Domäne der Warder."

„Hmm." Skylur lächelte ihn an wie ein Krokodil. „Und sagen Sie mir, würde eine andere Testreihe oder eine andere Abfolge in der Darstellung ein anderes Ergebnis zeigen, ein anderes Muster? Eines, dem vielleicht jeder einigermaßen ähnlich sieht?"

„Ja, aber ..."

„Vielen Dank. Machen Sie weiter, Schiedsmann Remy."

Mein Magen beruhigte sich.

Ich vergebe dir alles, Skylur. Fast alles.

„Aber natürlich hat Altau Farrell nicht infundiert", sagte Matlal. „Wir wissen nicht, welches Haus das war. Altau hat lediglich... adoptiert, was begonnen worden war. Es gab keine Beurteilung vorab."

Die Basilikos um ihn nickten bestätigend. Die Panethus starrten ausdruckslos zurück.

Remy hielt inne und wischte sich mit seinem Taschentuch über die Augenbrauen. Schweiß zeichnete sich auf seinem Jackett ab. Ich zitterte vor Kälte.

„Das nächste Merkmal, das ich zeigen möchte, ist nicht ausschließlich Ergebnis meiner Arbeit. Diese Ausrüstung wird weltweit zunehmend dazu benutzt, um mentale Zustände zu beurteilen. Mit den allgemein entwickelten Richtlinien habe ich Frau Farrells mentalen Zustand beurteilt." Remy lud Bilder auf den Schirm, seine Finger hantierten unbeholfen mit der Steuerung.

„Frau Farrell hat eine übertriebene Vorliebe für Risiken."

Das ist nichts Neues für mich. Worüber sollte ich mir Sorgen machen? Worauf wollte er hinaus?

„Isoliert betrachtet, beunruhigend, aber bedauerlicherweise ist es nicht isoliert." Remy senkte seinen Kopf und drückte seine Faust kurz auf seinen Mund, bevor er fortfuhr. „Man verwendet die Begriffe Schizophrenie und Paranoia nicht gern, aufgrund volkstümlicher Missverständnisse über ihre exakte, medizinische Bedeutung. Ich würde eher sagen, dass Frau Farrell eine Anlage für Wahnvorstellungen manifestiert."

Was?

„Sie können in Form von Stimmen auftreten, die ihr befehlen, Dinge zu tun oder als ständiger Verfolgungswahn. Sie war bislang relativ erfolgreich, das unter Kontrolle zu halten. Ihr Verstand ist von einer Struktur durchdrungen, die es ihr erlaubt diese Dinge zu handhaben. Ohne weitere Studien kann man nicht absolut sicher sein, aber ich glaube, dass sie ihren Athanate Zustand als eine Art Kreatur in ihrem Geist ansieht, der angekettet bleiben muss."

Die Panethus rührten sich erneut auf ihren Plätzen.

Bians Griff an meinem Arm verstärkte sich, als ich aufzustehen versuchte. Ich zwang mich zu entspannen.

Remy wischte wieder über seine Augenbrauen. „Und ... es gibt Beweise für eine Gedächtnismanipulation."

„Was?" Sogar Skylur zuckte dabei.

Was haben die mit mir gemacht? Was haben die in der fensterlosen Zelle mit mir gemacht?

Ich wollte weglaufen. Egal wohin. Mich verstecken. Bians Griff wurde stärker. Sie zog mich zu sich heran, ihre Lippen direkt an meinem Ohr.

„Atme. Ruhig. Atme. Er versucht, dich zu provozieren. Vertraue mir, Amber. Ich werde dich nicht im Stich lassen."

Sie schob ihren Kopf vor meinen, als würde ich ihr etwas ins Ohr flüstern. Sie verabreichte mir Beruhigungsstoffe. Machte mich wehrlos.

Vertraue mir mit deinem Leben.

Ich holte tief Luft.

„Es lassen sich Blockaden im Gedächtnis feststellen", sagte Remy, „wie sie gemacht werden, um Athanate Informationen zu verschleiern. Das ist keine den Athanaten vorbehaltene Technik und Frau Farrell hat eine solche Blockade in ihrem Gedächtnis. Leider kann ich ohne weitere Untersuchungen nicht mehr dazu sagen." Er sah zu Boden und fuhr langsam fort. „Aber Frau Farrell war früher in der Armee der Vereinigten Staaten. Man könnte annehmen ... es ist vorstellbar, dass sie dafür die Verantwortung trägt."

„Also, Schiedsmann Remy", sagte Matlal. „Sie ist geistig instabil und könnte unter einer Art Zwang stehen uns zu betrügen? Oder sogar jemanden zu ermorden?"

„Man könnte ... man könnte berechtigterweise zu einer solchen Folgerung gelangen", stotterte Remy.

„Oder sie könnte unter dem Zwang stehen, am Unabhängigkeitstag die Nationalhymne zu singen", sagte Skylur. „Fakt ist, dass Sie keine Vorstellung haben, ob es ein Zwang ist oder was es sonst sein könnte."

„Nein. Worauf es hier ankommt ist, Schiedsmann Remy, ob Sie sie als geeignet ansehen, Athanate zu werden", fragte Correia.

„Unglücklicherweise ist dies bereits entschieden." Remy ließ die Fernbedienung fallen und tastete umher, um sie aufzuheben. Seine Hände zitterten. „Sie ist bereits Athanate oder zumindest teilweise. Man könnte spekulieren, dass eine Kreuzinfusion mit einem Werwolf vorliegt." Einige Repräsentanten keuchten. „Ich spekuliere, dass sie sich in einem Zwischenstadium befindet, man könnte sagen, eine immerwährende Crusis." Er senkte seinen Blick und seine Stimme. „Zum Wohle aller, sollte sie nicht frei herumlaufen. Unter diesen Umständen und in ihrem geistigen Zustand würde man eine Lobotomie empfehlen, aus Gnade."

Bians Beruhigungsstoffe wirkten nicht gut genug. „Lass mich los", ächzte ich durch zusammengebissene Zähne.

„Warum ihr kein Ende bereiten, wenn sie jede Sekunde bösartig werden kann?", fragte Correia.

Ich würde bösartig werden. Ich würde mir Correia und Matlal vorknöpfen, ihre Kehlen herausreißen, bevor mich irgendjemand aufhalten konnte. Und Remy. Ich würde der ganzen Welt einen Gefallen tun.

„Amber, denk an die anderen", zischte Bian in mein Ohr. „Jen, Alex, David, Pia. Sie brauchen dich. Du musst das für sie durchstehen."

„Die Warder ...", Remy blinzelte und sah kurz verloren aus. „Die Warder fordern, die Verantwortung dafür zu übernehmen. Wie beschädigt das Gefäß auch sein mag, es gibt Anzeichen dafür, dass ihr

BLUT die Crusis verkürzt. Das muss untersucht werden. Die Einrichtungen der Warder sind neutral und stellen sicher, dass jeglicher Nutzen für alle Athanate verfügbar wäre." Er ließ seinen Blick über die Versammlung gleiten. „Diese Untersuchung muss das gesamte Haus Farrell betreffen, Athanate und Angehörige."

„Nein!", versuchte ich zu schreien, aber Bians Beruhigungsstoffe beraubten mich meiner Kräfte. Es kam als Krächzen. Warum taten sie mir das an?

„Wir schlagen eine Abstimmung darüber vor, sofort", sagte Matlal.

„Noch einen kleinen Augenblick", sagte Skylur und hielt eine Hand hoch. „Wo sind diese Einrichtungen?"

„In New York", murmelte Remy.

„New York? Sind Sie sicher?"

„Es werden bessere Einrichtungen gebaut, in die wir zu gegebener Zeit umziehen würden." Remys Blick schoss umher, als würde er nach einem Ausweg suchen und er schenkte dem Schweiß, der über sein Gesicht rann, keine Beachtung mehr.

„Das wären die Einrichtungen in New Mexico, nicht wahr? Die, deren Bau gerade begonnen wurde."

Remy stotterte zusammenhanglos.

„Finanziert von der Banco Armeria, die wiederum in Besitz von ... Bioteca Eztlian ist." Skylurs Worte peitschten in eine Stille, in der man eine Stecknadel hätte fallen hören können. „Das gehört Ihnen, nicht wahr, Haus Matlal? Haben Sie wirklich geglaubt, dass wir das nicht merken? Was passiert, wenn die Warder Geschenke von den Basilikos annehmen?"

Lindberg, der Panethus Repräsentant aus Schweden, ergriff das Wort. „Es ist klar, dass das nur in New York gemacht werden kann. Das ist schließlich das ausgewiesene, neutrale Gebiet. Und ebenso klar ist, dass diese Untersuchung gemacht werden muss. Sie stimmen dem sicherlich zu, Haus Altau. Die Gelegenheit ist einfach zu günstig, um sie verstreichen zu lassen."

„Wirklich?" Skylur brütete eine Minute, bevor er seufzte. Er wandte sich wieder an Remy. „Und was ist mit all diesen Ansichten und Spekulationen, die Sie als so uncharakteristisch herausgestellt haben?"

Norgaard, die Panethus Repräsentantin aus Dänemark, stand auf. „Das kann ich nur unterstreichen", sagte sie. „Es dauert Wochen, eine Meinung von Ihnen zu bekommen und jetzt produzieren Sie hier so reichlich Spekulationen wie Mist auf einem Bauernhof. Was ist passiert, Remy?"

Remy sagte nichts.

„Wer hat diese Meinungen vorgegeben, Remy? Was hat man Ihnen dafür versprochen?", fragte Skylur. „Neue Einrichtungen, keinerlei Begrenzung des Umfangs Ihrer Untersuchungen?"

„Das ist lächerlich", sagte Correia. „Er arbeitet für die Warder. Er ist neutral. New Mexico liegt im Panethus Gebiet. Das ist ein Vertrauensbeweis seitens der Basilikos. Ich erhebe Einspruch gegen diese Behandlung des Experten. Sie waren damit einverstanden, dass seine Entscheidung in dieser Sache zählt."

„Lächerlich ...", wiederholte Remy, Schweißbäche rannen an ihm herunter. „Neutral ..."

„Na los, Remy. Sehen Sie der Wahrheit ins Gesicht." Skylur deutete auf Marlon. „Geben Sie es zu."

Remy schüttelte nur wild den Kopf. Er sah aus, als würde er sich jeden Augenblick übergeben müssen.

„Dann tut es mir wirklich leid", sagte Skylur ruhig und drückte eine Taste an seinem Sitz.

Die Leinwand zeigte nun Remy bei einem Telefongespräch. Ich hörte fast nichts, bis Remy zu schreien und mit seinen Armen zu winken anfing, als könnte er alle vom Zusehen abhalten.

„Unterlassen Sie das. Das ist empörend! *Scandaleux* ..." Er stoppte, verblasste gänzlich gegenüber dem Remy auf dem Schirm. „*C'est* ...?" Fassungslosigkeit huschte über sein Gesicht und ganz, ganz kurz das blanke Entsetzen. Dann wurde es ausdruckslos, wie das von Marlon. Und hinter ihm zeigte die Aufnahme, wie er über die Details der Diagnose stritt, die er vorhin über mich abgegeben hatte. Genauer gesagt, versuchte zu streiten, bis ihm einfach gesagt wurde, was er zu berichten hatte.

Skylur hielt das Video an. Der Raum war still, als die Saaldiener Marlon und Remy hinausbrachten.

Ich fühlte mich elend. Bians Hand lag weiterhin auf meinem Arm, aber ich sank auf dem Stuhl zusammen und wartete auf die nächste Katastrophe.

Lindberg stand wieder auf. „Ich wiederhole meine Meinung, dass Frau Farrell in eine geschützte Umgebung gebracht und ein neutrales Team aufgestellt werden sollte, um die Auswirkungen ihres BLUTES auf die Crusis zu untersuchen."

Norgaard fing an zu widersprechen, aber Skylur übertönte beide. „Haus Lindberg, mein Verständnis wissenschaftlicher Methoden verlangt nach einem Vergleichsobjekt. Vielleicht bieten Sie an, dass Sie und das gesamte Haus Lindberg auch in diese geschützte Umgebung mit Haus Farrell gehen und Ihr BLUT untersuchen lassen zum Wohle der Athanate?"

„Aber ich bin ..." Er brach ab.

„Genau. Sie sind Athanate und Herr Ihres Hauses und unterliegen keiner willkürlichen Einkerkerung." Er lehnte sich zurück. „Genau wie Haus Farrell."

„Das wurde noch nicht definitiv bestimmt", sagte Matlal. „Remy schlug vor ..."

„Sie akzeptieren doch sicher nichts von dem, was Remy behauptete?" Skylur wirkte erstaunt und hob seine Hände zur Decke. „Er wurde gerade vollständig diskreditiert. Aber ich habe zugestimmt, dass eine Expertenmeinung zählen würde und Remys Bestechung hat uns eines Experten beraubt. Aber nicht aller. Adeptin Emerson?"

„Oh, immer so traditionsbewusst, Haus Altau." Sie gluckste und stand auf.

Bian flüsterte. „Die alte Methode, die Eignung zum Athanaten zu bestimmen - sie kann die Bindung zwischen Angehörigen und Haus beurteilen."

„Was muss ich tun?"

„Nichts. Sie wird alles machen."

„Was machen? Wird es ..."

„Hab einfach Vertrauen, Amber." Aber Bian war nun auch nervös.

Pia verstand, was vor sich ging und brachte David aus dem hinteren Teil des Raumes nach vorn.

„Es sind noch weitere dort hinten", sagte Correia.

Die Saaldiener halfen Alex, Jens Krankentrage ins Zentrum zu rollen. Sie war mit einem Laken bis zum Schlüsselbein bedeckt und ihr goldenes Haar lag verfilzt und platt gedrückt unter ihr. Ich war sicher, dass keiner der Athanate sie erkannte.

Emerson kam und stellte sich vor mich. Unter ihrem faltigen Gesicht sah ich eine vitale Ausstrahlung. Ihre Augen waren winterhimmelblau und blinzelten nicht, als sie mich prüfend ansah.

Nach zehn Jahren in der Armee schlägt mich niemand mehr bei Anstarrspielen, so ramponiert und müde ich auch war. Ich stand vor ihr, zitterte von den Auswirkungen der Beruhigungsstoffe und sah sie ebenfalls an.

Sie nahm meine rechte Hand, die noch an Bians gekettet war. Ihre Finger waren kalt, rastlos. Pia gab ihr ihre Hand. Mein Herz setzte einen Schlag aus.

„Gebunden", sagte sie sofort, ihre Stimme zugleich kratzig und weich.

David gab ihr seine Hand. „Gebunden", sagte sie wieder.

Jens Trage wurde näher geschoben. Emerson griff nach Jens Hand, beugte ihr Gesicht nahe zu meinem. Ich konnte Bians Spannung spüren. Diese kühlen Augen bohrten sich in mich. Es fühlte sich an wie Nadelstiche, die meinen Arm hinaufwanderten. Ihre Augen weiteten sich leicht und ihr Gesicht verzog sich zu einem Lächeln.

„Oh! Doppelt gebunden", sagte sie so leise, dass es sonst keiner hörte.

Sie griff nach Alex' Hand, als Correia ausrief: „Werwolf! Sie hat einen Werwolf zur Versammlung mitgebracht. Das ist ein Sicherheits ..."

„Präzedenzfall", rief Bian und sprang auf. „Mehrere Basilikos Häuser haben Werwölfe und Adepten versklavt. Sie wurden zur Versammlung mitgebracht. Und dieser Werwolf ist aus freien Stücken hier."

Gut, damit gewann sie wohl Alex' Stimme. Er ignorierte alles, bis auf einen goldäugigen Blick, den er mir zuwarf. Seine Hand lag in der der Adeptin.

„Sie können keinen Werwolf binden", sagte Correia. „Altaus Partner müssen sie versklaven."

Emerson lachte. Das ließ sie viel jünger aussehen.

„Dreifach", flüsterte sie.

Was?

Sie ging zu ihrem Kollegen zurück, sah die Versammlung nicht einmal an. „Alle gebunden", sagte sie, winkte über uns als Gruppe. „Keiner unter Zwang."

„Gut", sagte Skylur. „Damit ist dann alles klar."

Sprich für dich selber, Skylur.

„Und, Haus Farrell", sagte Skylur und sah mich an. Mein Herz setzte einen weiteren Schlag aus. „Zur Vervollständigung der Registrierung, wer ist oder war Ihr Mentor?"

Bian drückte mein Handgelenk und ich stand wieder auf.

„Diana Ionache." Ich setzte mich in einer tiefen Stille.

Lindberg stand auf und machte eine kleine formelle Verbeugung. „Wenn es noch irgendwelche Zweifel gegeben hätte, dann wären sie hiermit ausgeräumt. Meine Entschuldigung, Haus Farrell."

Ich verbeugte mich unbeholfen im Sitzen.

Skylur winkte David und Pia heran.

Oh Gott, was nun?

„Ich glaube, ihr habt eine Präsentation für uns? Ich weiß, dass es nicht dem Zeitplan entspricht, aber wo ihr schon hier seid ..."

David bekam eine Fernbedienung. Er stand in seiner feuchten Kampfuniform da und sammelte sich.

Was, um Himmels willen war hier los?

„David Thaler, Haus Farrell", stellte er sich vor und eine Woge von Stolz durchfuhr mich.

„Ich wurde gebeten, eine Analyse über die Auswirkungen der Emergenz ..."

Matlal erhob sich und unterbrach. „Inwiefern sollte das für den Eid von Haus Farrell relevant sein?"

„Sie hatten gefordert, dass der Rahmen ausgeweitet werden solle", antwortete Skylur vernünftig. „Haus Farrell zeigt nun, warum es eine Einheit rechtfertigt. Ich habe diese Präsentation noch nicht gesehen, ich bin neugierig. Sind Sie das nicht?"

Matlal setzte sich, er kochte.

„.... die Auswirkungen der Emergenz auf die finanzielle Stabilität der Welt zu präsentieren", fuhr David fort. Er blickte nervös auf Skylur, sammelte sich jedoch wieder. „Parallel dazu haben wir eine zweite Analyse vorbereitet." Er zeigte auf Pia.

„Pia Shirazi, Haus Farrell", sagte sie. „Eine Analyse der gesellschaftlichen Auswirkungen der Emergenz."

Ich hatte keine Vorstellung, wohin das führte, aber ich liebte es, wie sie dort standen und jeder die Bezeichnung Haus Farrell einfach akzeptierte. Vielleicht hatten wir das Schlimmste hinter uns.

Ich hatte immer gewusst, dass David klug war. Er zeigte allen, wie klug. Er hatte Informationen zusammengetragen, wie die großen Finanzakteure investierten, woher und wie sie ihre Mittel dafür bekamen und er machte alles einfach, sogar wie die weltweite

Struktur insgesamt zusammenhing. Er musste diese Woche dreiundzwanzig Stunden pro Tag gearbeitet haben, um das vorzubereiten.

Er stellte seine Analyse anhand der finanziellen Auswirkung der Bankenkrise dar, wie es dazu gekommen war und um wie viel schwächer sie alles zurückließ.

Pia übernahm und zeigte die gesellschaftlichen Auswirkungen der Bankenkrise - die Verunglimpfung der Bankleute, die Vertrauenskrise, die zum Zusammenbruch von Banken und Kreditinstituten geführt hatte und den Sturz von Regierungen als Folge der Katastrophe. Sie übergab wieder an David.

Er hatte es zuvor gut im Griff gehabt, aber dieses Mal schien er nervös. Ich hatte eine unbehagliche Vorstellung, wohin das führen würde und viele andere auch. Unterdrücktes Murmeln stieg von den Plätzen auf beiden Seiten auf. Skylur bedeutete ihm mit einer Geste weiterzumachen.

Und David fuhr fort. „Diese Daten dienen uns als Modell, um die Auswirkungen der Emergenz vorherzusagen. In der verfügbaren Zeit haben wir nur zwei Hauptgeschäftsfelder untersucht: Pharmazie und Versicherungen."

Die beiden, die Darstellung stützenden, Teile seiner Grafik wurden hervorgehoben.

„Das Vertrauen der Investoren in diesen Bereichen würde abstürzen", sagte Pia. Von der Seite schob sich eine Darstellung der dramatischen Auswirkungen auf die Aktienkurse auf den Bildschirm.

„Das ist lächerlich", sagte Norgaard vor allen anderen. „Sie nehmen an, dass die Menschheit von den Athanaten erwartet, ihre ganze Medizin durch Heilung zu ersetzen? Die Rentenkassen würden zusammenbrechen, weil die Menschen länger lebten? Es gibt nicht viele Athanate. Wir könnten das unmöglich tun."

„Da haben Sie absolut recht. Aber die Finanzstrukturen der Welt basieren auf Vertrauen und Wahrnehmung, nicht auf Tatsachen", antwortete David. Er hielt eine Zehn Dollar Note hoch. „Dieses Stück Papier besagt, dass die Regierung der Vereinigten Staaten mir Geld schuldet. Was ist, wenn ich es mir holen will und was werden sie mir geben? Was wäre, wenn das alle täten? Diese Note hat keinen Wert außer ihrem wahrgenommenen Wert. Die Auswirkungen der Emergenz wären tiefgreifender als die Bankenkrise." Er deutete auf den Schirm mit seiner 3D Simulation der verwobenen

Finanzstrukturen. Eine Animation zeigte, wie die Säulen Pharmazie und Versicherung kollabierten. Die gesamte weltweite Struktur folgte.

„Das würde zu einer anarchistischen Reaktion im Hinblick auf die wahrgenommene Ursache führen", sagte Pia. „Wir sprechen hier von weltweiten Aufständen. Lynchen. Verbrennen."

Die gesamte Versammlung blieb sitzen, entsetzt von dem Bild, das David und Pia gezeichnet hatten.

Außer Skylur. Ich beobachtete ihn und fragte mich, was zum Teufel er tat. Ein eisiges Lächeln huschte kurz über sein Gesicht, wie Frost im Frühling.

„Schön, sehr aufschlussreich, Haus Altau, Haus Farrell", sagte Correia und atmete deutlich aus. „Die Emergenz fällt also für immer aus. Wunderbar."

„Nicht ganz." Skylur langte unter seinen Thron und legte sich etwas in den Schoß. „Diese Präsentation zeigte die Auswirkungen einer *unvorbereiteten* Emergenz. Dem sehen wir uns in genau diesem Augenblick gegenüber." Er sah mich an und winkte mir. „Haus Farrell, bitte."

Bian schloss die Handschellen auf. Ich ging unsicher, wie betäubt, jeder Schritt jagte einen dumpfen Schmerz durch meine Schulter. Was kam als Nächstes? Zumindest focht niemand die Entfernung meiner Handschellen an.

„Wir befinden uns hier im Herzen der mächtigsten und fortschrittlichsten Zivilisation, die die Welt je gesehen hat." Skylur wandte sich an den Saal und plötzlich peitschte seine Stimme: „Und Sie glauben, dass wir uns im Schatten verstecken können."

„Erkläre ihnen dieses Gerät." Skylur warf mir meinen Bluttester zu.

Eine überschäumende Freude drohte aus mir auszubrechen, aber ich schaffte es, sie unter Kontrolle zu halten. Ich drehte mich um und hielt das Gerät hoch, damit alle es sehen konnten.

„Diese Box", sagte ich, „gehört der Armee der Vereinigten Staaten. Und sie wurde entwickelt, um die Verwandlung vom Menschen zum Athanaten zu messen."

Rufe, die es verleugnen wollten, unterbrachen mich, aber ich zeigte auf die Adepten.

„Es ist wahr", sagten sie.

„Das Militär weiß von den Athanaten und unsere einzige Verteidigungsmöglichkeit gegen die Katastrophe einer unvorbereiteten Emergenz ist, uns vorzubereiten, um die Emergenz zu kontrollieren. Um das zu tun, müssen wir zusammen mit den Regierungen Vorbereitungen treffen, geheim und auf höchster Ebene. Und damit das auch funktioniert, muss unser Verhalten als Athanate …"

Ich kam gegen die Protestwelle der Basilikos nicht an. Sie erkannten, worauf ich hinauswollte, wohin Skylur uns so meisterhaft geleitet hatte.

Ich kehrte zu meinem Stuhl zurück, ließ den Streit über mich hinweg wüten wie Meeresbrandung. Die Saaldiener hatten zugelassen, dass sich mein Haus um mich sammelte, was mich beruhigte. Die emotionale Achterbahn, der Schmerz und die Beruhigungsstoffe beraubten mich jeder weiteren Reaktion. Ich blieb benommen sitzen.

Schließlich stellte sich wieder ein Anschein von Ruhe ein.

Einer der Telekonferenzbildschirme ging mit einem blauen Balken an. Der inoffizielle Vertreter des Mitternachtsimperiums bat um das Rederecht und Skylur nickte.

„Sagen Sie mir, Haus Farrell", sagte er mit nur wenig britischem Akzent über die Lautsprecher, „wie Ihr Mentor darüber denkt."

„Diana will es", antwortete ich. „Sie möchte, dass ich über meine früheren Militärkontakte erste Verbindungen knüpfe, um mit der Regierung zu sprechen."

Der Adept zog eine Augenbraue hoch, aber ich hatte nicht wirklich gelogen.

Das Mitternachtsimperium schien das als gute Nachricht aufzufassen.

„Das ist irrelevant und das Mitternachtsimperium hat hier keine Stimme", sagte Correia und umklammerte die Armlehnen ihres Stuhls. „Nicht jeder Ihrer eigenen Seite wird Sie hierbei unterstützen, Altau. Vielleicht wird die Emergenz in Zukunft akzeptiert werden müssen, zu einem Zeitpunkt, mit dem wir alle einverstanden sind. Aber die Basilikos werden diesen Vorschlag jetzt ablehnen. Lassen Sie uns darüber abstimmen."

„Wann gewählt wird, liegt in meiner Verantwortung, Haus Correia, es sei denn, Sie wollen eine Vertrauensabstimmung?"

Correia gab nach. Vorhin hätte sie zugestimmt, aber Skylur hatte Panethus wieder auf eine Linie gebracht, wenn auch nicht, soweit es um die Emergenz ging.

„Und was das genaue Timing angeht, gestehe ich eine kleine List." Skylur lächelte. Er amüsierte sich jetzt gut. Matlal und Correia blickten sich besorgt an.

„Ich habe wahrheitsgemäß gesagt, dass ich nicht weiß, wo Diana ist, als Sie vorhin fragten. Aber ich weiß, wo sie war." Er nahm einen Stapel Papier, der neben seinem Sitz lag, und blätterte ihn durch, bis er hatte, was er wollte. Reine Show.

„In Kanada."

Bian zuckte. Das hatte ich überhaupt nicht erwartet, aber Bian schien eine Ahnung zu haben, was nun kam.

„Die versammelten Häuser von Kanada", las Skylur vor, „et cetera, et cetera, stimmen hiermit den vorgeschlagenen Bedingungen für die Integration in die Panethus zu." Er sah hoch. „Sie werden morgen hier sein."

Der Repräsentant des Mitternachtsimperiums auf dem Bildschirm wirkte überrascht, aber nicht schockiert. Er hatte das offenbar erwartet.

Die Basilikos nicht. Und die Waage bei der Versammlung hatte gerade gegen sie ausgeschlagen.

„Und weiterhin", schnurrte Skylur nahezu, „habe ich Bewerbungen von sechsunddreißig neuen Häusern in den Vereinigten Staaten, die morgen der Versammlung vorgelegt werden."

Correia stand auf. „Das ist unmöglich. Das ist ein Hirngespinst. Eine reine Verzögerungstaktik, um die Abstimmung über die Emergenz zu verschieben."

„Selbstverständlich nicht unmöglich", sagte Skylur. „Schwierig, ja. Meine Kollegen, fast jeder Altau Athanate wurde in den letzten zehn Jahren quer durch die Vereinigten Staaten geschickt. Jede größere Stadt, in der es kein Haus gab, hat nun eines. Jetzt enthülle ich sie, eher als ursprünglich geplant."

Die Basilikos waren so geschockt, dass sie nichts sagen konnten.

Ich konnte mich nicht an die Formel für die Platzverteilung erinnern.

„Mindestens sechs Sitze", flüsterte Bian. „Alle auf der Seite von Altau."

„Wenn Ihr komplettes Haus ausgeflogen war, wie konnten Sie wachsen, wie haben Sie sich geschützt?", fragte Lindberg. Sein Stirnrunzeln wandelte sich in Besorgnis. „Tatsächlich hörte ich Gerüchte über Denver, die ich jedoch ignorierte. Wie sind wir jetzt geschützt?"

„Warum sollten wir Schutz brauchen, wo die Warder hier sind?", fragte Skylur und ließ das wirken. „Dennoch fühlte ich, dass wir Schutz benötigten. Und ich enthülle ein weiteres Geheimnis von Haus Altau. Wir sind hier unten zu unserer eigenen Sicherheit eingeschlossen. Heute Nacht werden wir von den Lyssae geschützt."

Nun stand auf allen Gesichtern im Saal Schock.

„Es sollte sicher sein", sagte Skylur hilfreich. „Wir *glauben* nicht, dass sie hier einbrechen werden. Und was den Schutz in Denver nach der Versammlung angeht ...", Skylur blickte in die Runde. „Das Scheitern der Warder war der Auslöser für die Änderung meiner Pläne in Bezug auf die neuen Häuser. Meine verbundenen Häuser haben jetzt genügend Leute geschickt, um die Sicherheit zu gewährleisten. Ich versichere Ihnen, meine werten Kollegen, wenige von Ihnen waren wirklich in Sicherheit oder wären es beim Verlassen dieser Versammlung gewesen. Sogar bevor wir hier eingeschlossen wurden, gab es einen Angriff auf dieses Haus."

Das Geschrei schwoll an und erstarb, als er fortfuhr und direkt mit Bian sprach.

„Ich entschuldige mich bei meinem Dexion, dass ich sie und jeden sonst von diesen Entscheidungen ausgeschlossen habe."

Ein weiterer Proteststurm folgte, angeführt von den Basilikos.

„Das ist lächerlich. Sie beschuldigen die Basilikos ...", schrie Correia.

„Habe ich einmal Basilikos gesagt?"

Der Telekonferenzbildschirm des Repräsentanten vom Imperium des Himmels leuchtete auf. Es wurde ruhiger im Saal. Das Imperium des Himmels gehörte nicht der Versammlung an, war aber außerhalb der Versammlung weltweit die größte zusammenhängende Athanate Gruppe und sie sprach mit einer Stimme.

„Was ist der Zweck dafür, überall in den Vereinigten Staaten Häuser zu etablieren, Haus Altau? Wir haben uns nie streng an diese menschlichen Grenzen gehalten."

„Mitten ins Schwarze", murmelte Bian.

Skylur zuckte die Achseln. „Es ist jetzt Altau Strategie, so zu verfahren. Die wenigen Häuser anderer Glaubensrichtungen, die in Nordamerika verblieben sind, werden jetzt aufgefordert, sich uns anzugliedern oder das Land zu verlassen."

Die Versammlung zischelte im Kollektiv.

„Es dreht sich also alles um die Emergenz", sagte das Imperium des Himmels. „Also gut. Wir werden Vergleichbares innerhalb unserer Domänen bekannt geben. Und wie steht es mit New York, Haus Altau?"

„Altau und unsere Verbündeten umfassen alle Athanate in Nordamerika. Einschließlich New York", antwortete Skylur fest.

„Aber das ist an die Warder abgetreten", rief jemand.

Der Captain der Warder schritt aus der Dunkelheit im hinteren Teil des Raums nach vorne, sein Gesicht vor Wut gerötet. „Das können Sie nicht tun!"

„Nach Ihrer Satzung war die Bedingung dafür absolute Neutralität, Captain." Skylur drückte eine Taste und die Aufzeichnung von Agent Ingram wurde über die Lautsprecher abgespielt, etwas von der Telefonkonferenz, das ich vorher noch nicht gehört hatte. Ich erkannte eine der Stimmen - Marlon.

„Marlon", flüsterte Bian mit schwacher Stimme. „Wie er unseren Standort an die Warder verrät."

„Und von den Wardern direkt an Matlal", sagte Skylur.

„Haltlose Anschuldigungen", rief Matlal. „Jetzt fordere ich eine Vertrauensabstimmung. Jetzt, bevor Sie diese Versammlung mit Nachträgen verdrehen können, die nicht die vorherrschende Meinung widerspiegeln."

„Sie nennen es haltlos, Haus Matlal. Sie haben eine Angelegenheit aufs Tapet gebracht und die darf ich zuerst abhandeln. Sie können Ihre Vertrauensabstimmung danach haben."

„Nein! Es ist zu knapp, um den Wahlausgang vorherzusagen", zischte Bian leise. „Die Vertrauensabstimmung wird eine Abstimmung über die Emergenz sein. Zu viele Panethus wollen ihre Köpfe in den Sand stecken. Das ist zu riskant."

„Dexion", rief Skylur. „Ich glaube, Sie haben der Versammlung etwas über das Verhalten von Haus Matlal in Denver zu zeigen."

Bian stand auf.

Sie nahm drei Minidisks aus ihrer Tasche und reichte sie einem Saaldiener, um die Aufzeichnung auf dem Vorführsystem abzuspielen. Dann, in der erwartungsvollen Stille, wandte sie sich an mich.

„Haus Farrell. Bitte erkläre, warum wir bei der Fabrik in Longmont waren."

Ich stellte mich hin und ignorierte den Schmerz in meiner

Schulter. Genau das würde ich tun.

Ich zog Jens Trage nach vorne in die Mitte der Versammlung. Am anderen Ende des Raumes hätten einige Repräsentanten sie nicht sehen können. Nun konnten es alle.

Ich strich mit meinen Fingern sanft über ihr bewusstloses Gesicht. Meine Augen brannten und ich schüttelte ärgerlich den Kopf.

„Dies ist Jennifer Anna-Marie Kingslund, eine der prominentesten Einwohner von Denver. Die meisten von Ihnen haben sie auf dem Wohltätigkeitsball getroffen. Meine Angehörige, wie Sie bestätigt bekommen haben."

Ein überraschtes Murmeln lief durch die Halle, aber ich beobachtete Matlal. Er zuckte zusammen. Oh ja, der Bastard hatte sie vielleicht nicht selbst entführt, aber er wusste alles darüber.

Er fummelte am Kommunikationssystem, das in seinen Sessel eingebaut war und scheinbar konnte er seine Berater draußen nicht erreichen. Eine kleine Fehlfunktion, zweifellos vom Sturm verursacht. Skylur hatte eine Art, an alles zu denken.

„Sie wurde entführt", sagte ich. „Und die Forderung für ihre Freilassung wurde an mich gestellt. Ich sollte den Standort dieses Hauses rechtzeitig verraten, damit die Versammlung während der Tagung angegriffen werden konnte."

Sogar Repräsentanten der Basilikos zischten deswegen.

„Aber sie kannten diesen Standort bereits. Es war einfach eine Falle. Eine Falle, um mich zu entführen und an Haus Matlal auszuliefern."

„Lächerlich!", schrie Matlal, schon mit weniger Unterstützern.

„Als wir sie retteten", fuhr ich fort, „war es vor menschlichen Kriminellen, die von schwer bewaffneten Mitgliedern aus Haus Matlal unterstützt wurden, die planten, diese Versammlung anzugreifen, sobald sie mich hatten."

Die Versammlung explodierte. Die Panethus nahmen mich beim Wort und schrien die Basilikos Seite an. Die Basilikos Seite schrie mich an - Lügen und Beweise waren das Hauptthema. Und das war ein Problem. Ich glaubte, was ich sagte, insofern wurde es von den Adepten bezeugt, aber ich konnte es nicht beweisen. Als ob sie das spürten, wurden die Rufe nach ‚Beweisen' immer lauter.

Bian stand neben mir. Sie fasste unter Jens Trage und holte die Tasche hervor, die sie in Tuckers Fabrik getragen hatte.

„Beweise!", schrien die Repräsentanten der Basilikos.

Bian griff ruhig in die Tasche und holte einen abgetrennten Kopf heraus.

„Pascal Medina aus dem Haus Matlal." Sie ließ den Kopf auf den Boden fallen und griff erneut in den Beutel, während es still wurde. „Estebano Moreno aus dem Haus Matlal. Vincente Herrera aus dem Haus Matlal."

Mich schauderte. Ich hatte vor Ewigkeiten recht gehabt. Meine Verbündeten ängstigten mich mehr als meine Feinde.

Bian nahm die Fernbedienung und der Schirm am Ende der Halle flackerte und teilte sich in drei Bereiche. Ich erkannte jetzt, dass die Einsatzhelme des Teams Fangzahn gar keine Infrarotgeräte trugen. Es waren Videokameras.

Pauls Aufnahme kam zuerst, die Zeitanzeige leuchtete in der unteren rechten Ecke. Er rannte hinter dem Lastwagen, den ich gerade zu Schrott gefahren hatte, in das Lagerhaus. Er filmte die toten Wachleute, die Regale mit Gewehren und Munition, den kurzen Kampf und den Beginn der Aktion die Waffen unbrauchbar zu machen.

Dann machten er und die anderen sich auf in die Fabrik, Bians schlanker Gestalt folgend. Matlals Leute starben auf dem Bildschirm. Tom und Jason feuerten ihre P90 und Bian bewegte sich wie ein Geist, das Schwert flimmerte in ihren Händen, während sie ihre furchtbare Ernte einfuhr.

Sie und Tom versuchten die Anführer zu erreichen, aber es waren zu viele. Tom wurde getroffen und fiel; seine Kameralinse schwang wild hin und her, als Bian ihn aufhob und zurückrannte, Jason schoss, um ihren Rückzug zu decken.

Ich erschien auf Pauls Bildschirm, mit Hobens Blut bedeckt und wies sie schreiend an, dass sie losfahren sollten. Jasons Kamera schwankte, als er getroffen wurde und zu Paul zurückwich, dann taumelte sie, als er aufgehoben und getragen wurde.

Sie gelangten zum Lieferwagen. Alex und Bian beugten sich über Jason, verließen ihn dann. Toms Helm wurde abgesetzt und zur Seite geworfen. Paul sah aus dem Fenster der Kabine zur Fabrik, gerade als sie explodierte und der ganze Bildschirm aufflackerte.

Die Basilikos rückten von Matlal weg, als hätte er ein ansteckendes Fieber.

„Und hier, viel weniger dramatisch", sagte Skylur in die Stille und nahm ein Blatt von seinem Stapel. „Eine Nachricht von meinem guten Freund und Verbündeten, dem Alpha der Werwölfe von Denver. Sie haben es anscheinend auf sich genommen, einen Bericht zu überprüfen, nach dem Matlal ein rivalisierendes Rudel in Denver bezahlte. Es kam zu einer Auseinandersetzung am Cherry Creek Reservoir. Es scheint keine Überlebenden der Matlal zu geben."

Er warf den Bericht zur Seite und stand auf.

„Freunde und Kollegen, wir sind am Rande eines neuen Zeitalters. Es kann sein, dass wir die Emergenz nicht mögen, aber sie kommt, ob wir wollen oder nicht. Wir müssen die Verantwortung in die Hand nehmen. Die Emergenz ist kein Anlass für Parteiklüngel. Man darf uns nicht miteinander kämpfen sehen. Wir dürfen keine Glaubensrichtungen behalten, die die Menschheit nicht akzeptiert. Die Emergenz vereinigt ..."

„Nein!" Correia war wieder aufgesprungen. „Basilikos verstößt Matlal. Sie können Matlals Angriffe auf Sie nicht dazu benutzen, diese Vorschläge durchzupeitschen. Nein zur Emergenz. Nein zur Ausweitung dieser Versammlung. Die Basilikos werden Matlal bestrafen. Genug Verzögerung. Jetzt will ich eine Vertrauensabstimmung."

Skylur neigte den Kopf. „Ob ich dem zustimme oder nicht, Haus Correia hat recht und ich kann eine Vertrauensabstimmung nicht länger verzögern." Er schaute die Reihe der Panethus entlang.

Ein halbes Dutzend schüttelte den Kopf. Ich stöhnte.

„Sehen Sie!", schrie Correia triumphierend. „Die vernünftigen Panethus wenden sich ab. Wir sind zahlenmäßig mehr als Ihre Unterstützer. Sie werden aus dem Amt entfernt."

„Das ist ganz und gar nicht der Fall", sagte eine ruhige Stimme hinter ihr. „Die Theokos werden Altau darin unterstützen seine Position zu behalten." Arvinder Singh stand auf und seine nächsten Nachbarn ebenfalls.

Andere Basilikos schrien die Theokos Repräsentanten an. Correia verschaffte sich schließlich Gehör.

„Ich übernehme die Führerschaft der Basilikos." Sie funkelte Matlal an. Er war wütend, aber klug genug zu erkennen, dass er die Basilikos jetzt nicht anführen konnte. Correia sah sich um und niemand widersprach ihrer Erklärung. Sie drehte sich zu Arvinder. „Ich verlange, dass Sie das zurücknehmen, Haus Singh. Die Basilikos verbieten diese Meinung."

Arvinder blieb stehen und starrte sie weiter an. Ohne seinen Blick abzuwenden, sagte er: „Dann beantragen die Theokos die Aufnahme in die Panethus."

„Akzeptiert", sagte Skylur. „Und willkommen."

Die Theokos schritten würdevoll zur gegenüberliegenden Seite, während sich die Basilikos in lautstarke Streitereien auflösten, Matlal und Correia im Mittelpunkt und alle schrien auf Athanate.

Skylur winkte mich nach vorn.

Nur wenige der Panethus passten wirklich auf, als ich zitternd niederkniete und meinen Eid leistete.

Einen Eid, der Skylur erlaubte, mich einzusperren, wenn es zum höheren Wohl der Athanate war.

Einen Eid, der zugleich das Gegenteil versprach, da Skylur Loyalität für Loyalität versprach.

„Willkommen." Er lächelte mich fast an. Sein rechtes Augenlid senkte sich. Beinahe ein Zwinkern.

Er schaute hinüber auf den quirligen Streit der Basilikos. „Wir haben etwas nützliche Zeit gewonnen und dafür danke ich dir. Wir müssen diese Zeit gut nutzen, denn wir sind noch nicht in Sicherheit, nicht im Entferntesten."

Ich stand auf und mir wurde schwarz vor Augen. Ich kippte fast um. Bian und Alex fingen mich auf und halfen mir zu meinem Stuhl zurück.

„Einen Moment, Haus Farrell", rief Norgaard aus. „Da Diana Ihr Mentor ist, können Sie uns vielleicht sagen, wo sie ist?"

Ich bemühte mich, mich zu konzentrieren. „Ich weiß es nicht. Kanada hat mich komplett überrascht."

„Woran haben Sie gedacht?"

„Mexiko-Stadt scheint gerade frei von Athanaten zu sein", sagte mein Dämon. Nicht dass ich es wollte, aber die Köpfe der Basilikos wandten sich mir zu und ich hatte wieder ihre Aufmerksamkeit. Mein Geist klarte angesichts der feindlichen Blicke auf, aber der Dämon plapperte weiter. „Vielleicht beansprucht sie das Gebiet für die Panethus. Oder, wer weiß, sie könnte in New Mexico sein. Es ist natürlich eine Falle, aber wie Haus Matlal herausgefunden hat, können Fallen zurückbeißen."

Matlal schrie wütend los und sprang auf die Füße, kämpfte sich frei von den Händen, die ihn zurückhalten wollten.

Diana und Skylur hatten mich darauf vorbereitet.

Matlals Angriff auf meinen Geist war brutal, ohne Skylurs

Zurückhaltung oder die überwältigende Kraft Dianas. Schierer direkter Angriff, wie Eispickel, die in meinen Kopf schlugen.

Diana hatte mich gelehrt, wie ich mich verteidigen konnte, mit meiner in mir vergrabenen Wut als Treibstoff für den Widerstand. Sie schien nicht einmal mehr vergraben zu sein. Den ganzen Tag hatte die Wut dicht unter der Oberfläche brodelnd gekocht, gedroht jederzeit zu explodieren.

Ich heulte und ging mit jeder Faser meines Wesens auf ihn los. Ich schrie wegen der Flut an Schmerzen, die in mir heranrauschte: vergessener Schmerz, erinnerter Schmerz, Schmerz, den ich von Jen gesammelt hatte, alles in einem so heftigen und formlosen Zorn begraben, dass mein ganzer Körper brannte.

Matlal brach zusammen wie ein kaputtes Spielzeug.

Ich verstand. Jetzt verstand ich es. Alex fing mich auf, als ich fiel.

Kapitel 53

Bian führte uns aus der Versammlung und brachte uns in eine luxuriöse Kellersuite. David und Pia schoben Jens Trage und Alex hielt mich aufrecht.

Jen rührte sich, als wir sie ins Bett legten.

Sie wird im Laufe ihrer Erholung von Zeit zu Zeit kurz zu sich kommen", sagte Bian. „Sie wird verwirrt sein. Du musst für sie da sein."

Ich war zu zittrig, um zu stehen, also kniete ich mich neben Jen auf das Bett. Alex stand auf der anderen Seite und prüfte wieder Puls und Blutdruck.

Jens Augenlider flatterten und sie runzelte die Stirn. „Amber?", flüsterte sie.

Ich hielt ihre Hand und beugte mich über sie. „Ich bin bei dir, Jen. Du bist in Sicherheit. Alles wird wieder gut."

„Schmerz", murmelte sie.

„Ich kann nicht riskieren, ihr Schmerzmittel zu geben, bevor ich ein paar Tests gemacht und sie an einen Monitor angeschlossen habe", sagte Alex zu mir.

Ich schüttelte den Kopf. Ich wusste, das meinte sie nicht.

„Nein", sagte Jen. „Will keine. Kein Schmerz. Spüre keine Schmerzen. Was ist passiert?" Mit ihrer freien Hand fasste sie in ihr Gesicht und ich spürte den Schrecken, als sie sich erinnerte und ihre Verwirrung, als sie auf heilende Haut stieß.

Sie öffnete ihre Augen weit und sah mich an. Und sie *erreichte mich*. Der Schock lief mein Rückgrat entlang. Ich griff zur Unterstützung nach Alex' Hand und das machte es nur noch schlimmer. Es fühlte sich an, als teilten wir jedes Gefühl zwischen uns dreien, roh und scharf wie zerbrochenes Glas.

Als Bian über die Bindung sprach, hatte ich eine Vorstellung gehabt, wie es sein würde. Ich stellte mir Schiffe vor, die fest an einer stabilen Betonmole in einem sicheren Hafen vertäut waren, mit mir als eine Art aufgeblasenem Hafenmeister, der selbstsicher umherstolzierte, die Zügel fest in der Hand. Das war vielleicht, was getan werden konnte, vielleicht wie Bian es sich vorstellte, aber so war es nicht.

Als ich uns gebunden hatte, wenn es das denn war, hatte ich

getan, was sich richtig anfühlte. Das Bild jetzt war mehr wie drei Schiffe, miteinander verzurrt draußen auf dem weiten Ozean. Sie waren an mich gebunden, aber ich auch an sie. Wenn sie sich bewegten, bewegte ich mich mit. Mit beiden.

Doppelt und dreifach gebunden.

Überrascht, wie wir waren, hatten Alex und ich eine Chance gehabt herauszufinden, was passiert war. Jen war darin erwacht. Sie verfiel in Panik und das versetzte auch mich in Panik. Alex konnte nicht helfen; er machte es tatsächlich schlimmer. Als er das erkannte, zog er sich, so entschlossen wie er nur konnte, zurück.

Es war Pia, die verstand, was getan werden musste. Sie versammelte David und Alex und zog uns alle physisch zusammen und strahlte ein Gefühl von Zusammengehörigkeit, von Familie aus. Es durchflutete mich, beruhigte mich, hob mich hoch, bis ich zusammen mit ihr und David das Gefühl an Jen senden konnte. Wir nahmen sie auf. Ich spürte den Augenblick, als sie zu kämpfen aufhörte und zu uns stieß, nicht verstand, aber akzeptierte.

Aber Alex konnte das nicht. Ich sah, wie er es versuchte, aber ich sah auch seinen Wolf, der außer sich war aufgrund des Gefühls gefangen zu sein. Er strahlte eine klaustrophobische Furcht aus und weil wir zusammen waren, erkannte er den Schmerz, den er uns damit zufügte. Er versuchte sich zurückzuziehen und uns nicht zu verletzen und er erkannte, dass er das eine nicht ohne das andere tun konnte. Wir waren kurz davor ihn zu verlieren, was uns für immer verwundet hätte, als ich spürte, wie Hana in meinem Geist nach vorn krabbelte. Die anderen spürten sie und waren geschockt, aber sie machten es mir nach, als ich sie begrüßte.

Hana sah durch meine Augen und fing Alex' Blick auf, von Wolf zu Wolf. Sie sprach zum ersten Mal, sprach ihn durch meinen Mund an und sagte das eine richtige Wort: „Rudel."

Der Wolf in seinem Blick wurde ruhiger, weniger wild und ich konnte wieder atmen. Es war noch weit bis zu einer Akzeptanz, aber es war ein Anfang, ein erstes Verstehen. Ich sah von einem Augenpaar zum anderen - Jens verwundertes Blau, das bereits wieder zurück in die Bewusstlosigkeit glitt und Alex, misstrauisch und golden. Beide für mich so wunderschön.

„Bian." Ich hielt sie auf, als sie weggehen wollte, nachdem ein

Monitor für Jen geliefert worden war. Alex schloss mit ruhiger Hand Kabel an.

„Du musst ausruhen, Amber."

„Das werde ich. Es gibt etwas, das ich dir und Skylur sagen muss." Ich konnte kaum sprechen. Meine Gedanken jagten umher wie Murmeln, die auf einen Steinboden fielen. „Matlal ..."

„Du bist in Sicherheit, er wird festgehalten."

„Nein." Ich verzog mein Gesicht. Wenn nur meine Schulter aufhören würde zu schmerzen. Wenn nur mein Kopf sich nicht mehr drehen würde. „Das ist es nicht."

Sie drückte mich sanft auf das Bett zurück, neben Jen.

„Matlal ist nicht echt", sagte ich undeutlich.

Bian runzelte die Stirn.

„Er ist wirklich das, was seine Werbeabteilung sagt. Ein Junge aus dem Barrio, der aufgestiegen ist. Nicht der wahre Führer", sagte ich bedächtig. Es ergab keinen Sinn. Ich versuchte mich aufzusetzen, aber Bian drückte mich wieder hinunter. Ich konnte die Beruhigungsstoffe riechen, die sie erzeugte.

„Nicht alt genug. Nicht stark genug." Ich kämpfte. „Eine Finte. Um unsere Aufmerksamkeit abzulenken."

„Er war der Führer der Basilikos, Amber."

„Nein", flüsterte ich. „Eine Marionette."

„Für wen?"

Ich spürte ihren Blick auf mir. Nicht Bians. Ihren. Die Augen, die zu viel sahen, zu leicht. Die Stimme, die mich mit der Zeit auf ihre Seite gezogen hätte, selbst gegen meine Freunde. Ein Gefühl, als ob sich etwas Eiskaltes auf meine Schultern gelegt hätte.

„Vega Martine."

„Ich kümmere mich darum", sagte Bian und runzelte noch immer die Stirn. „Ich verspreche es."

Ich schloss kurz meine Augen. Sie würde es überprüfen, aber sie glaubte mir nicht. Ich hoffte, dass sie mir glaubte, bevor es zu spät war.

Als ich meine Augen öffnete, war sie gegangen.

Alex saß wie eine Statue da und beobachtete Jens Lebenszeichen. Das brauchte er nicht. Ich beobachtete sie. Beide. Unsere Herzen schlugen träge synchron.

Wir waren hintergangen worden und wir hatten überlebt.

Die Dinge waren gerade *wirklich* kompliziert geworden.

Aber ich würde dafür sorgen, dass es funktionierte.

DANKSAGUNG

Ich danke allen, die mit mir zusammengearbeitet haben.

Dem Coverbild Team: Andrew Dobell und Maria Askew.

Meinen wichtigsten Feedbacklesern: Jessica, Gail, Leiah, TK.

Meiner Lektorin: Lauren Sweet.

Und denen, ohne die gar nichts ginge, meiner Frau und meiner Familie.

E-Mail an: Mark@Athanate.com,
um per E-Mail benachrichtigt zu werden,
wenn ein neues Buch erhältlich ist.

Rezensionen, Termine & News auf
www.athanate.com

und für deutschsprachige Leser
Bite Back Buchreihe auf Facebook
https://www.facebook.com/groups/2322354514740983/

www.ingramcontent.com/pod-product-compliance
Lightning Source LLC
Chambersburg PA
CBHW030539260626
47157CB00006B/2102